악의
심장

악의 심장

EVIL MIND

크리스 카터 장편소설

서효령 옮김

북로드

《악의 심장》을 향한 찬사들

"롤러코스터를 탄 듯 숨 막히는 심리스릴러. 이야기가 어디로 향하고 있는지 안다고 생각하는 순간, 길을 잃을 것이다."

_〈바이후크오어바이북〉

"어느 사이코패스의 오싹하고 강박적인 초상. 크리스 카터가 제프리 디버와 어깨를 나란히 할 수준에 올랐음을 증명하는 소설."

_〈데일리메일〉

"비틀리고 뒤틀린 서사와 클리프행어로 가득한 소설."

_〈북리스트〉

"크리스 카터에게서 퍼트리샤 콘웰이 보인다."

_〈메일온선데이〉

"독자들을 어두운 숲으로 인도하고, 심장을 뛰게 하는 결말로 이끌며, 독자들로 하여금 잠들기 전에 문단속을 하게 만드는 책. 〈CSI〉나 HBO의 〈트루 디텍티브〉 같은 텔레비전 드라마를 즐긴 이라면 분명 이 책을 손에서 내려놓지 못할 것이다."

_〈북스파이〉

"《악의 심장》은 가장 소름 끼치는 심리스릴러 가운데 하나다."

_〈프레시픽션〉

차례

1막
죄를 뒤집어쓴 남자

1

"보안관님, 안녕하세요. 안녕, 보비." 왼쪽 손목에 작은 하트 문신이 있는 적갈색 머리의 통통한 여자 점원이 카운터 안쪽에서 외쳤다. 오른쪽 벽에 걸린 시계를 확인할 필요도 없었다. 이제 막 아침 6시가 지났을 터였다.

월턴 보안관과 보비 데일 보안관보는 수요일이면 어김없이 와이오밍주의 남동부 휘틀랜드 외곽에 있는 '노라의 휴게소 식당'으로 달콤한 파이를 먹으러 왔다. 소문에 의하면 그 식당에서 구워 내는 파이는 와이오밍주에서 최고였다. 매 요일 메뉴가 달랐는데, 수요일은 월턴 보안관이 제일 좋아하는 시나몬 애플파이가 나오는 날이었다. 늘 아침 6시 정각이면 오븐에서 첫 파이가 나온다는 사실을 잘 아는 그는 갓 구운 파이의 유혹에 차마 저항하지 못했다. "안녕, 베스." 외투와 바지에서 빗물을 털어내며 보비가 인사했다. "어디 수문이라도 열린 것 같네." 옷 입은 채 소변이라도 본 것처럼 그가 다리를 떨며 덧붙였다.

와이오밍주 남동부에서 여름 폭우는 흔한 일이었지만, 오늘 아침의 폭풍우는 그해 들어 가장 심했다.

"안녕, 베스." 월턴 보안관이 모자를 벗고 손수건으로 얼굴과 이마를 훔치며 식당을 재빨리 둘러보았다. 이른 아침부터 비까지 양동이로 들이붓듯 퍼붓는 상황이라 가게는 평소보다 덜 붐볐다. 테이블 열다섯 개 중 고작 세 개에만 손님이 앉아 있었다.

문에서 가장 가까운 테이블에는 20대 중반 정도로 보이는 남녀가 아침으로 팬케이크를 먹고 있었다. 보안관은 밖에 주차된 낡아빠진 은색 폭스바겐 골프가 그들의 차일 거라고 생각했다.

안쪽 다음 테이블에는 땀을 뻘뻘 흘리는 덩치 큰 빡빡머리 남자가 앉아 있었는데, 몸무게가 적어도 160킬로그램은 나가 보였다. 그의 앞에는 굶주린 사람 200명, 아니 300명은 거뜬히 먹일 만큼의 음식이 늘어놓여 있었다.

창가 쪽에 있는 마지막 테이블에는 말발굽 모양의 숱 많은 콧수염과 휜 코를 가진 회색 머리의 키 큰 남자가 앉아 있었다. 양 팔뚝이 바랜 문신들로 빼곡했다. 아침 식사를 거의 마친 그는 몹시 어려운 결정을 앞둔 사람처럼 근심 어린 표정으로 담뱃갑을 만지작거리며 의자에 가만히 앉아 있었다.

밖에 주차된 대형 트럭 두 대가 저 두 사람의 차일 거라는 데는 거의 의심의 여지가 없었다.

블랙커피와 초코 도넛을 먹으며 카운터 끝에 앉아 있는 남자는, 유쾌하게 차려입은 40대로 보였다. 짧은 머리는 잘 관리돼 있었고, 턱수염은 맵시 있고 단정하게 손질된 채였다. 그는 조간신문 한 부를 획획 넘기며 읽고 있었다. 식당 옆에 주차된 진청색 포드 토러스가 그의 차여야 한다고, 월턴 보안관은 결론 내렸다.

"딱 맞췄네요." 베스가 보안관에게 윙크를 날리며 말했다. "막 오븐에서 나왔답니다." 그녀는 그를 향해 어깨를 살짝 으쓱해 보였다. "뭘 또 몰랐다는 듯이 그러세요."

오븐에서 갓 나온, 시나몬 향이 살짝 섞인 달콤한 파이 냄새가 실내를 완전히 에워쌌다.

월턴 보안관은 미소 지었다. "베스, 항상 먹던 걸로 줘요." 카운터에 자리를 잡으며 그가 말했다.

"바로 가져다드릴게요." 베스는 그렇게 대답하고 주방으로 사라졌다. 잠시 후 그녀는 허니 크림을 얹은, 김이 나는 파이를 '특대 조각'으로 두 개 가지고 돌아왔다. 접시 위에 놓인 파이는 완벽한 하나의 예술품 같았다.

"음……." 카운터 반대쪽 끝에 앉은 남자가 선생님에게 발표 허락을 구하는 아이처럼 쭈뼛쭈뼛 손가락을 들어 올리며 말했다. "저 파이, 남은 거 좀 있을까요?"

"물론이죠." 베스가 미소 지으며 대답했다.

"한 조각 먹을 수 있어요?"

"그래요, 나도." 벌써 입맛을 다시는 중이던 덩치 큰 트럭 운전사가 손을 들며 외쳤다.

"그럼 나도." 말발굽 모양의 콧수염을 단 남자도 담뱃갑을 재킷 주머니에 도로 넣으며 말했다. "파이 냄새가 끝내주네."

"냄새만 그런 게 아니라 맛도 좋은데요." 베스가 덧붙였다.

"'좋다'는 말로는 턱도 없어요." 월턴 보안관이 테이블 쪽으로 몸을 돌리며 말했다. "천국을 경험하게 될 겁니다." 그러더니 돌연 그의 두 눈이 휘둥그레졌다. "젠장." 그는 숨을 내쉬며 스툴에서 뛰어내렸다.

보안관의 반응에 보비 데일은 재빨리 몸을 돌려 그의 시선을 좇았다. 20대 커플 너머 커다란 유리창 밖으로, 그들을 향해 곧장 달려오는 픽업트럭의 헤드라이트가 눈에 들어왔다. 차는 전혀 제어되지 않는 것처럼 보였다.

"제길, 뭐야?" 보비가 일어서며 욕설을 내뱉었다.

식당 안에 있던 사람들 모두가 창 쪽으로 몸을 돌리더니, 일제히 경악했다. 차가 마치 유도미사일처럼 그들에게 달려들고 있었던 것이다. 방향을 바꾸거나 속도를 줄일 기미는 보이지 않았다. 2초, 어쩌면 3초 후면 식당과 충돌할 터였다.

"모두 피해!" 월턴 보안관이 소리쳤지만, 그럴 필요는 없었다. 식당 안의 모두가 이미 일어나 움직이고 있었다. 저 속도라면 픽업트럭은 식당 벽을 뚫고 돌진하며 모든 것을 파괴하다가 뒤쪽 주방에 이르러서야 멈출 것이다.

식당은 절망적인 비명과 혼돈에 점령당했다. 그들 모두, 피하기에는 시간이 충분치 않다는 것을 알고 있었다.

쾅!

폭발음 같은 소리에 귀청이 터질 듯했고, 발밑에서 땅이 흔들렸다.

월턴 보안관이 가장 먼저 고개를 들었다. 차가 식당 벽을 뚫고 지나가지 않았다는 사실을 깨닫기까지는 몇 초가 걸렸다.

찡그린 표정은 이내 어리둥절한 표정으로 바뀌었다.

"다들 괜찮아요?" 정신없이 주변을 둘러보던 보안관이 마침내 큰 소리로 외쳤다.

괜찮다고 웅얼거리는 소리가 여기저기서 들려왔다.

보안관과 보안관보는 다급히 일어나 밖으로 뛰어나갔다. 다른 사람들도 그들을 뒤따랐다. 몇 분 사이 더 거세져서 이제는 폭포수같이 쏟아지는 비 때문에 앞이 거의 보이지 않았다.

순전히 운으로, 픽업트럭은 식당을 단 몇 미터 앞에 두고 지면의 움푹 팬 구덩이에 부딪히며 왼쪽으로 방향을 급격히 틀었고 불과 60센티미터 차이로 건물을 비껴갔다. 그러고는 주차돼 있던 진청색 포드 토러스의 후미를 친 후 그대로 화장실과 창고가 있는 옆 건물을 들이받아 벽을 완전히 무너뜨렸다. 다행히 화장실과 창고에는 사람이 없었다.

"빌어먹을!" 월턴 보안관은 가슴 속에서 거세게 뛰는 심장을 느끼며 숨을 토했다. 충돌로 인해 픽업트럭은 완전히 찌그러졌고 바깥의 건물은 폐허가 되었다.

보안관이 잔해 더미를 넘어 제일 먼저 트럭에 도착했다. 차에는 운전사만 타고 있었다. 50대 후반쯤 되어 보이는 회색 머리의 남자였다. 어디선가 본 듯했으나 확신하기는 어려웠다. 비록 남자를 알아볼 순 없었지만, 휘틀랜드 주변에서 그 차를 본 적이 없다는 것만은 확실했다. 낡고 녹슨 1990년대 초반식 셰비1500 모델로 에어백은 없었고, 운전사가 안전띠를 매고 있었음에도 불구하고 너무나 끔찍한 현장이었다. 엔진 룸과 차 앞부분이 운전석 쪽으로 함몰되어, 튀어나온 계기판과 핸들이 운전사의 가슴을 짓눌렀다. 운전사 얼굴은 피범벅이었고 앞 유리의 파편들로 마구 찢겨 있었다. 파편 하나가 남자의 목을 갈라놓았다.

"젠장!" 운전석 문 옆에서 월턴 보안관이 악문 이 사이로 욕설을 내뱉었다. 남자의 맥을 짚어볼 필요도 없었다.

"이런 세상에!" 1미터도 안 되는 거리에서 베스의 떨리는 목소리가 들려왔다. 보안관이 뒤돌아 그녀를 향해 양손을 들어 올려 멈추라는 신호를 보냈다.

"베스, 오지 말아요." 그가 단호한 목소리로 말했다. "안으로 들어가요." 그런 다음 트럭 쪽으로 빠르게 모여드는 사람들에게 시선을 돌렸다. "다들 식당으로 돌아가요. 명령입니다. 이제 여긴 출입 금지예요. 알아들었습니까?"

모두 멈춰 섰지만, 돌아가는 사람은 없었다.

보안관의 두 눈이 보안관보를 찾아 사람들을 훑다가 뒤쪽 멀리, 포드 토러스 옆에 서 있는 그를 찾아냈다. 보비는 경악과 두려움이 뒤섞인 얼굴을 하고 있었다.

"보비!" 월턴 보안관이 불렀다. "**당장** 구급차하고 소방대 불러."

보비는 움직이지 않았다.

"보비! 정신 차려. 빌어먹을. 내 말 알아들었어? 지금 당장 무전기 켜서 구급차 부르고 소방대 지원 요청하라고!"

보비는 미동도 없이 서 있었다. 토할 것 같은 표정이었다. 그제야 보안관은 보비가 자신이나 심하게 망가진 픽업트럭을 보고 있지 않다는 걸 깨달았다. 보비의 두 눈은 포드 토러스에 고정되어 있었다. 트럭은 화장실 건물과 충돌하기 전에 토러스 왼편 후미를, 트렁크 문이 열릴 정도로 세게 들이받았었다.

갑자기, 보비가 멍한 상태에서 깨어나 허리춤의 권총으로 손을 뻗었다.

"모두 움직이지 마!" 그가 소리 질렀다. 이 사람 저 사람을 오가며 총을 겨누는 손이 흔들렸다. "보안관님!" 보안관보가 불안정한 목소리로 외쳤다. "오셔서 이것 좀 보셔야 할 것 같습니다."

2

5일 후
캘리포니아주 로스앤젤레스 헌팅턴파크

"34달러 62센트입니다." 까만 머리의 자그마한 점원 아가씨가 계산대 위에 놓인 마지막 물건의 품목까지 기계에 입력한 뒤, 앞에 서 있는 젊은 남자를 올려다보며 사무적으로 말했다.

남자는 비닐봉지에 물건들을 집어넣으며 신용카드를 건넸다. 그의 나이는 끽해야 스물한 살 정도로 보였다.

점원은 기계에 카드를 긁고 잠깐 기다렸다가, 아랫입술을 깨물며 의심의 눈초리로 남자를 쳐다보았다.

"죄송합니다, 손님. 이 카드는 승인 거절됐어요." 그녀가 카드를 돌려주며 말했다.

남자는 마치 그녀가 외국어라도 한다는 것처럼 그녀를 빤히 보았다.

"뭐라고요?" 그는 카드로 시선을 옮기고 잠시 주춤거리다가 다시 점원에게 눈길을 돌렸다. "그럴 리가요. 분명히 잔고가 있을 텐데요. 다시 한번 해주시겠어요?"

계산원은 어깨를 으쓱하고는 카드를 한 번 더 긁었다.

긴장되는 몇 초가 지났다.

"죄송합니다, 손님. 또 거절됐네요." 그녀가 카드를 내밀며 말했다. "다른 카드로 해보시겠어요?"

남자는 난처한 얼굴로 카드를 받으며 힘없이 고개를 저었다. "다른 카드는 없어요." 그는 부끄러워하고 있었다.

"상품권 같은 건요?" 그녀가 물었다.

그가 또다시 애처롭게 고개를 저었다.

남자는 필사적으로 주머니를 뒤지기 시작했고, 가까스로 달러 지폐 몇 장과 동전 한 움큼을 마련했다. 그는 재빨리 머릿속으로 잔돈을 더해보고는 잠깐 머뭇거리다가 미안한 얼굴로 계산원을 다시 응시했다.

"미안해요. 26달러 정도 부족하네요. 몇 가지 놓고 가야겠어요."

그가 쇼핑한 것들은 기저귀, 이유식 두 병, 분유 한 통, 아기용 물티슈 한 봉지, 작은 튜브형 기저귀 발진 연고 같은 유아용품이 대부분이었다. 나머지는 빵, 우유, 달걀, 채소 약간, 과일 몇 개, 수프 한 캔 등 필수용품들로 모두 저렴한 축에 들었다. 남자는 유아용품은 건드리지 않고 나머지는 전부 반납했다.

"이렇게 하면 얼만지 봐주시겠어요?" 그가 물었다.

"저기요." 뒤에서 계산을 기다리던 남자가 말을 걸었다. 날카롭고 뚜렷한 윤곽의 매력적인 이목구비에 친절한 눈빛을 한, 키가 크고 운동선수 같은 체격을 가진 남자였다. 그는 계산대 점원에게 20달러짜리 지폐 두 장을 건넸다.

그녀는 얼굴을 찡그리며 그를 쳐다보았다.

"내가 계산하죠." 그가 고개를 끄덕이며 점원에게 말하고는 젊은 남자에게 말을 걸었다. "물건들 챙겨요. 내가 내죠."

젊은 남자는 어찌할 바를 모른 채 뭐라 말도 못 하고 그를 바라보기만 할 뿐이었다.

"괜찮아요. 걱정 마세요." 키 큰 남자가 그를 안심시키는 미소를 지으며 다시 말했다.

여전히 어리둥절한 젊은 남자가 계산대 점원과 키 큰 남자를 번갈아 보았다.

"고맙습니다, 선생님." 그가 마침내 손을 뻗으며 감사 인사를 건넸다. 목이 메고 두 눈은 약간 촉촉해져 있었다.

남자는 그의 손을 잡고 흔들며 고개를 끄덕여서 안심시켰다.

"여기서 일하면서 본 가장 친절한 장면이에요." 젊은 남자가 물건들을 챙겨 떠나자 계산대 점원이 말했다. 조금 전 그녀의 두 눈에도 눈물이 차올랐었다.

키 큰 남자는 그녀에게 똑같이 미소 짓기만 했다.

"정말이에요." 그녀가 되풀이했다. "이 슈퍼마켓 계산대에서 거의 3년을 일했어요. 계산할 때 돈이 부족해서 물건들을 제자리로 되돌려놓고 와야 했던 사람들을 많이 봤죠. 하지만 방금 선생님처럼 행동한 분은 아무도 없었어요."

"누구에게나 작은 도움이 필요할 때가 있죠." 남자가 대답했다. "그게 창피한 일은 아니에요. 오늘은 내가 그를 도왔고, 언젠가는 그가 또 누군가를 돕게 될 겁니다."

다시 눈에 눈물이 고인 점원이 미소 지었다. "맞아요. 우리 모두 작은 도움이 필요할 때가 있어요. 기꺼이 돕는 사람이 극히 적다는 게 문제죠. 특히 호주머니로 손을 뻗어 누군가를 도와야 할 때는요."

남자는 조용히 그녀의 의견에 동의했다.

"여기서 선생님을 본 적이 있어요." 남자가 계산대에 내려놓은 물건의 바코드를 찍으며 점원이 말했다. 물건값은 총 9달러 49센트였다.

"네, 이 동네에 삽니다." 10달러짜리 지폐 한 장을 건네며 그가 대답했다.

그녀는 잠시 그와 눈을 마주쳤다. "전 린다예요." 그녀가 턱짓으로 가슴의 이름표를 가리키고는 손을 내밀었다.

"로버트입니다." 남자가 그 손을 잡으며 대답했다. "만나서 반가워요."

"저기…… 오늘 6시에 일 끝나는데, 이 동네에 사신다고 하니…… 끝나는 시간에 맞춰서 커피라도 한잔할래요?" 그에게 잔돈을 돌려주며 그녀가 물었다.

남자는 순간 망설였다. 그러다 마침내 입을 열었다. "정말 그러고 싶네요. 하지만 불행하게도 오늘 밤 비행기를 타야 해서요. 오랜만에 휴가를 떠나거든요. 대체 몇 년 만인지……." 그는 잠깐 미간을 찡그렸다. "마지막 휴가가 언제였는지 기억도 안 나네요."

"그 기분 알아요." 그녀는 약간 실망한 목소리였다.

남자는 물건들을 모아 봉투에 담고는 다시 그녀를 바라보았다.

"열흘쯤 뒤에 돌아와서 내가 전화하면 어때요? 커피요."

그녀는 그를 올려다보며 입꼬리를 당겨 살짝 미소 지었다. "좋아요." 그러고는 재빨리 전화번호를 적어주었다.

남자가 슈퍼마켓 밖으로 막 한 발을 내디뎠을 때, 재킷 주머니 안에서 휴대전화가 울렸다.

"특수사건전담반 로버트 헌터입니다." 그가 전화를 받았다.

"로버트, 아직 LA에 있나?"

로스앤젤레스 경찰국, LAPD_{Los Angeles Police Department}의 강력계를 진두지휘하는 바버라 블레이크였다. 불과 며칠 전, 헌터와 그의 파트너 카를로스 가르시아 형사가 몹시 진을 뺐던 연쇄살인 사건의 수사가 종료되자 그들에게 2주 휴가를 다녀올 것을 지시한 장본인이었다.

"아직은, 그렇습니다." 헌터가 미심쩍은 목소리로 대답했다. "오늘밤에 출발합니다, 반장님. 무슨 일이시죠?"

"로버트, 자네한테 정말 이러고 싶지 않은데……." 진심으로 미안해하는 목소리로 반장이 대답했다. "미안하지만 내 사무실로 와줘야겠어."

"언제요?"

"지금 당장."

3

점심시간의 도로는 혼잡했다. 헌터는 헌팅턴파크에서 시내에 있는 로스앤젤레스 경찰국 본부까지 12킬로미터 정도를 운전하는 데 45분이 조금 넘게 걸렸다.

웨스트 1번가의 그 유명한 경찰 행정 건물 5층에 자리한 강력계 사무실은 탁 트인 널따란 공간에 형사들의 책상을 별 고민 없이 쑤셔 넣은 단순한 형태였다. 서로를 분리하는 얇은 파티션이나 개인 공간의 경계를 표시하는 유치한 바닥 선 같은 것은 없었다. 그곳은 일요일 아침에 열리는 벼룩시장처럼 사방이 움직임과 중얼거림, 고함 등으로 가득 차 북적거렸다.

블레이크 반장의 방은 형사들이 있는 주 공간의 반대쪽에 있었다. 문은 닫혀 있었는데, 그건 평소에도 소음 때문에 종종 그런 터라 드문 일은 아니었다. 하지만 형사들의 공간을 향해 나 있는 특대 크기의 창에 내려진 블라인드는, 의심의 여지 없이 좋지 않은 신호였다.

헌터는 천천히 사람과 책상들을 요리조리 피해 나아가기 시작했다.

"대체 여기서 뭐 하는 거야, 로버트?" 헌터가 페레스와 헨더슨의 책상 사이를 간신히 지나갈 때 페레스 형사가 컴퓨터 화면에서 고개를 들고 물었다. "휴가 간 줄 알았는데?"

헌터가 고개를 끄덕였다. "맞아, 오늘 밤 비행기 탈 거야. 반장님이 잠깐 보자고 해서서."

"**비행기를 탄다고?**" 페레스는 놀란 듯이 보였다. "와, 돈 많은가 봐. 어디 가는데?"

"하와이. 처음 가는 거야."

페레스가 미소 지었다. "멋지군. 나도 당장 하와이에 가고 싶은걸."

"꽃목걸이나 하와이안셔츠 사다 줘?"

페레스는 얼굴을 찌푸렸다. "됐어. 하지만 네가 여행 가방에 훌라 무용수 한둘을 슬쩍 넣어 올 수 있다면 사양하지 않을게. 그럼 매일 내 침대에서 밤새 훌라 춤을 출 텐데. 무슨 말인지 알지?" 그는 진심이라는 듯 고개를 끄덕였다.

"뭐, 사람은 누구나 꿈꿀 수 있지." 페레스가 격렬하게 고개를 끄덕이는 모습에 재밌어하며 헌터가 대답했다.

"즐겁게 지내다 오라구."

"꼭 그럴 거야." 그렇게 대답하고 헌터는 계속 책상과 사람들을 헤쳐 나갔다. 그는 반장 사무실 문 앞에서 잠시 본능과 호기심에 이끌려 고개를 한쪽으로 기울이고 창문 안쪽을 확인했다. 소득은 없었다. 블라인드를 투시할 수는 없었으므로. 그는 문을 두 번 두드렸다.

"들어와요." 안에서 블레이크 반장이 평상시의 단호한 목소리로 대답했다.

헌터는 문을 열고 안으로 들어갔다.

바버라 블레이크의 사무실은 널찍했고, 불이 환하게 켜져 있었으며, 흠잡을 데 없이 깔끔하게 정돈되어 있었다. 남쪽 벽에 놓인 책장은, 색깔별로 완벽하게 정리되어 진열된 딱딱한 표지의 책들로 가득했다. 북쪽 벽은 사진을 끼운 액자와 훈장, 공로상 등으로 뒤덮여 있었는데, 모든 것들이 대칭적으로 자리를 잡고 있었다. 동쪽 벽은 바닥에서 천장까지 통유리로 되어 사우스메인스트리트에 면해 있었다. 양쪽에 서랍이 달린 책상 바로 앞에는 가죽 안락의자 두 개가 놓여 있었다.

블레이크 반장은 통유리로 된 전망 창 옆에 서 있었다. 칠흑같이 까맣고 긴 머리는 우아하게 번스타일로 올려 젓가락 비슷한 나무 막대 한 쌍으로 고정했다. 그리고 하얀 실크 블라우스를 짙은 남색의 우아한 펜슬스커트 속에 넣어 입었다.

그녀 옆에는 김이 폴폴 나는 커피 잔을 든, 수수한 검은색 정장 차림의 날씬하고 아주 매력적인 여성이 서 있었다. 헌터는 한 번도 본 적이 없는 사람이었다. 나이는 30대 초반으로 보였고, 금발의 긴 생머리와 깊고 푸른 눈을 가졌다. 어떤 상황에 부닥치더라도 대개는 태평할 사람으로 보였지만, 지금은 다소 걱정스러울 만치 고개를 꼿꼿이 들고 있었다.

헌터가 방 안으로 들어와 문을 닫자, 역시 수수한 검은색 정장 차림으로 안락의자에 앉아 있던 키 크고 호리호리한 남자가 그를 향해 몸을 돌렸다. 50대 중반 같았지만, 눈 밑의 다크서클이 짙고 살집 있는 볼은 사냥개처럼 축 처져서 자기 나이보다 최소 열 살은 더 많아 보였다. 머리에 남겨둔 흰머리 몇 가닥은 귀 뒤로 단정하게 빗어 넘겼다.

놀란 헌터는 눈살을 구기며 멈춰 섰다.

"안녕한가, 로버트?" 그 남자가 일어서며 인사했다. 타고난 쉰 목소리는 수년간의 흡연으로 더 심해진 상태였는데, 여러 날 잠을 못 잔 듯 보이는 사람치고는 의외로 강하게 들리는 어조였다.

헌터의 시선이 그에게 잠깐 머물렀다가, 금발의 여성과 블레이크 반장에게 차례로 옮겨 갔다.

"미안하게 됐어, 로버트." 그녀는 고개를 살짝 기울이며 사과한 후 돌처럼 단단해진 시선을, 헌터를 향해 서 있는 남자에게 쏘아댔다. "한 시간쯤 전에 예고도 없이 불쑥 나타났어. 빌어먹을 '예우상 방문'도 아니면서 말이지." 그녀가 설명했다.

"재차 사과드리죠." 남자는 차분하지만 권위적인 어투로 말했다. 분명 남에게 지시를 내리고 그것을 따르게 하는 데 익숙한 사람이었다. "좋아 보이는군, 로버트." 그가 헌터에게 말을 걸었다. "항상 그렇긴 하지만."

"당신도요, 에이드리언." 헌터는 남자에게 걸어가 그와 악수하며 인사치레했다.

에이드리언 케네디는 연방수사국, 즉 FBIFederal Bureau of Investigation의 국립 강력범죄분석센터 NCAVCNational Center for the Analysis of Violent Crime와 센터 산하 행동분석팀 BAUBehavioral Analysis Unit의 책임자였다. BAU는 비정상적인 범죄나 연쇄 폭력 범죄 수사에 관여하는 미국 국내 및 국제 사법기관에 지원을 제공하는, FBI의 전문 부서였다.

에이드리언 케네디는 꼭 움직여야 하는 상황이 아니면 절대 움직이지 않는 인물이라는 사실을 헌터는 잘 알고 있었다. 그는 현재 NCAVC의 작전 대부분을 워싱턴의 커다란 사무실에 앉아 지휘하고 조정하지만, 처음부터 관리직 관료는 아니었다. 케네디는 어린 나이에 FBI와 함께 인생을 시작하며 지도력에 굉장한 자질이 있음을 빠르게 증명했다. 그는 사람들에게 동기부여를 하는 능력도 타고났는데, 그 또한 다른 이들의 눈에 띄지 않을 리 없었다. 그래서 일찌감치, 명망 높던 대통령 경호대에 발탁되었다. 2년 후, 지구에서 가장 강력한 힘을 가진 사람의 숨통을 끊기 위해 날아가던 총탄 앞에 몸을 내던져 암살 시도를 저지한 그는 영예로운 표창장과 함께 대통령

이 직접 쓴 '감사' 편지를 받았다. 그로부터 몇 년 후인 1984년 6월에 국립 강력범죄분석센터가 공식적으로 설립되었다. 그들은 타고난 지도자를 필요로 했고, 후보자 명단의 맨 위에 자리한 이름이 바로 에이드리언 케네디였다.

"여긴 특수요원 코트니 테일러." 케네디가 고갯짓으로 금발 여성을 가리키며 소개했다.

그녀는 가까이 다가와 헌터와 악수했다. "만나서 정말 반갑습니다, 헌터 형사님. 말씀 많이 들었어요."

상대를 무장 해제시킬 수 있다는 자신감이 느껴지는 부드럽고 앳된 목소리는 믿을 수 없을 정도로 유혹적이었다. 테일러 요원의 손은 가냘팠지만, 막 중대한 거래를 성사시킨 여성 사업가처럼 그녀는 단호하고 결연하게 헌터의 손을 잡았다.

"만나서 반갑습니다." 헌터가 점잖게 대답했다. "안 좋은 얘기만 들으신 게 아니길 바랍니다."

그녀는 수줍어 보이지만 진실한 미소를 지었다. "나쁜 얘긴 하나도 없었어요."

헌터는 다시 케네디를 향해 몸을 돌렸다.

"휴가 떠나기 전에 붙잡아서 다행이네, 로버트." 케네디가 말했다.

헌터는 아무 말도 하지 않았다.

"어디 좋은 데 가나?"

헌터는 케네디의 시선을 마주했다.

"분명히 심각한 일이겠죠." 그가 마침내 입을 열었다. "누구한테 사탕발림하는 분은 아니시지 않습니까? 내가 어디로 휴가를 가든 전혀 관심 없으시고요. 그렇다면 시간 낭비는 마시죠. 에이드리언, 무슨 일입니까?"

케네디는 신중하게 대답을 숙고하고 있다는 듯 한동안 뜸을 들인 후 대답했다.

"로버트, 자네와 관련된 일이네."

4

헌터의 시선이 잠시 블레이크 반장을 향했고, 그와 시선이 마주치자 그녀는 사과하듯 어깨를 으쓱했다.

"내게 많이 알려주진 않았어, 로버트. 하지만 좀 들어보니 자네가 듣고 싶어 할 것 같아서." 그녀는 자신의 책상으로 돌아갔다. "저분들이 설명하는 게 좋겠네."

헌터는 케네디를 보며 기다렸다.

"로버트, 앉지 그러나?" 케네디가 안락의자 하나를 내주며 말했다.

헌터는 움직이지 않았다.

"서 있어도 괜찮습니다. 감사합니다."

"커피는?" 케네디는 구석에 있는 블레이크 반장의 에스프레소 기계를 가리키며 물었다.

헌터의 시선이 굳어졌다.

"알았네, 좋아." 케네디는 항복의 표시로 양손을 들면서 '특수요원' 테일러를 향해 알아차리기 힘들 정도로 살짝 고개를 끄덕였다. "시작하지." 그는 자리로 돌아갔다.

테일러는 커피 잔을 내려놓고 케네디의 의자 옆에 섰다.

"네." 그녀가 말을 시작했다. "5일 전 아침 6시경, 87번 일반 국도를 따라 남쪽으로 운전하던 존 가너는 와이오밍주 남동부의 소도시

휘틀랜드 외곽에서 심장마비를 일으켰습니다. 당연히 자신이 몰던 픽업트럭을 제어할 수 없게 됐죠."

"그날 아침은 비가 심하게 내리고 있었고, 트럭에는 가너 혼자 타고 있었네." 케네디가 덧붙이고는 테일러에게 계속하라고 신호했다.

"아마 아시겠지만……." 테일러가 말을 이어나갔다. "87번 국도는 몬태나주에서 텍사스 남부까지 뻗어 있고, 미국의 고속도로 대부분이 그렇듯 최저 인구 기준 충족 지역을 통과하거나 사고 위험성이 높다고 간주되는 구간을 지나는 게 아니라면 가드레일이나 벽, 높은 연석, 높은 중앙분리대 등등 차량이 도로를 이탈하는 것을 막아줄 만한 게 **아무것도 없습니다.**"

"이제부터 이야기하려는 지역은 최저 인구 기준 충족 지역이나 고위험 구간 범주에 해당하지 않는다네." 케네디가 보충했다.

"천만다행으로……." 테일러가 말을 이었다. "아니 어떻게 보면 불운으로, 가너는 작은 휴게소 식당을 지나던 중에 심장마비를 일으켰어요. 운전자가 핸들을 잡은 채 의식을 잃은 상태에서 트럭은 길을 이탈해 낮은 잔디밭을 지나 식당으로 직행했죠. 목격자에 따르면 가너의 트럭은 식당과 정면으로 충돌할 수 있는 직선상에 있었다고 합니다. 아침인 데다 폭우가 내리고 있었기 때문에 식당 안에는 열 명밖에 없었죠. 손님 일곱에 종업원 셋이요. 손님 둘은 그 지역 보안관과 보안관보였습니다." 그녀는 잠시 목을 가다듬었다. "마지막 순간에 무언가가 일어났어요. 가너의 트럭이 급격히 방향을 바꿔 단 몇십 센티미터 차이로 식당을 비껴갔으니까요. 도로 사고 담당 조사관들은 트럭이 식당을 불과 몇 미터 앞두고 도로의 크고 깊게 팬 구덩이에 빠졌고, 그 바람에 핸들이 왼쪽 끝까지 돌아간 것으로 판단했죠."

"트럭은 인접한 화장실 건물과 충돌했네." 케네디가 말했다. "심장마비로 가너가 죽지 않았다 해도 아마 그 충돌로 죽었을 거야."

"여기서 첫 번째 반전이 있습니다." 테일러가 오른손 검지를 들어 올리며 말했다. "가너의 트럭이 식당을 비켜 가 화장실 건물로 향했을 때, 밖에 주차돼 있던 푸른색 포드 토러스의 뒤쪽을 치고 갔어요. 식당 손님 중 한 명의 차였죠."

테일러는 잠시 말을 멈추고 블레이크 반장의 책상 옆에 있는 자신의 서류 가방으로 손을 뻗었다.

"가너의 트럭이 토러스의 후미를 세게 쳐서 토러스의 트렁크가 열렸지." 케네디가 말했다.

"보안관은 그걸 보지 못했어요." 테일러가 다시 말을 받았다. "밖으로 달려 나갔을 때, 그의 주 관심사는 트럭 운전사와 승객을 돌보는 것이었으니까요. 누구든 차에 타고 있을 경우에 말이에요."

그녀는 서류 가방 속에 손을 넣어 가로 30센티미터, 세로 20센티미터 크기의 컬러사진을 꺼냈다.

"하지만 보안관보는 놓치지 않았어요." 그녀가 선언하듯 말했다. "밖으로 뛰쳐나갔을 때, 토러스의 트렁크 속 무언가가 그의 눈길을 끌었죠."

헌터는 기다렸다.

테일러가 앞으로 나와 그에게 사진을 건넸다.

"트렁크 안에서 그가 본 거예요."

5

버지니아주 콴티코 국립 FBI 아카데미
LA에서 4,236킬로미터

지난 10분 동안 특수요원 에드윈 뉴먼은 'FBI 아카데미'를 이루고 있는 여러 건물 중 어느 한 곳의 지하에 위치한 유치장 통제실 안에서 있었다. 동쪽 벽에는 수많은 CCTV 모니터가 설치되어 있었지만 그의 온 관심은 단 하나, 특정한 화면 하나에 쏠려 있었다.

뉴먼은 아카데미에서 교육받는 신입 요원은 아니었다. 사실 그는 행동분석팀의 매우 숙련되고 기량이 뛰어난 요원으로, 훈련은 이미 20년도 전에 끝마쳤다. 워싱턴에 상주하는 그였지만, 이번엔 특별히 새로운 용의자를 심문하기 위해 나흘 전에 버지니아주로 날아온 것이었다.

"지난 한 시간 동안 조금이라도 움직인 적이 있습니까?" 뉴먼은 화면이 설치된 벽에 면해 있는 커다란 제어반을 조작 중인 담당자에게 물었다.

담당자는 고개를 가로저었다.

"아뇨. 그리고 불이 꺼질 때까지는 움직이지 않을 겁니다. 전에 말씀드렸듯이 이 남자는 꼭 기계 같아요. 이런 건 본 적이 없어요. 나

홀 전 밤에 끌려온 이후로 자신의 일과를 깬 적이 없죠. 깍지 낀 두 손을 배 위에 올려놓고 반듯이 누워서 꼭 관 속의 시체처럼 잠을 잡니다. 일단 눈을 감으면 움직이지 않아요. 꿈틀거리지도 않고, 몸을 돌리거나 뒤척거리지도 않죠. 몸을 긁거나 코를 고는 일도 없고, 볼일 보러 밤중에 깨는 일도 없어요. 전혀요. 가끔 겁먹은 듯 보일 때도 있긴 하더군요. 자기가 왜 여기 있는지 모르겠다는 표정을 하고 있더라고요. 하지만 대개는 인생에 걱정이라곤 없는 사람처럼 잡니다. 돈으로 살 수 있는 가장 편안한 침대에서 자는 것처럼요. 문제는……." 그는 화면을 가리켰다. "저건 그런 침대가 아니라는 거요. 불편한 나뭇조각 같은 프레임에, 매트리스는 종잇장 같거든요."

뉴먼은 흰 코를 긁적거렸지만 말은 전혀 하지 않았다.

담당자는 말을 이었다.

"저 녀석 몸 안에는 스위스 시계처럼 정확하게 정비된 시계가 있어요. 장난 아니에요. 놈을 보고 시간을 맞춰도 될 정도라니까요."

"무슨 뜻입니까?" 뉴먼이 물었다.

담당자는 킥킥 웃었다. "놈은 매일 아침, 정확히 5시 45분에 눈을 뜹니다. 잠을 깨우는 알람도 없고, 시끄러운 소리도 없고, 불이 켜지지도 않고, 우리가 부르거나 방으로 요원이 뛰어들지도 않죠. 5시 45분. 그 시간이 되면 그냥 혼자서 **딱** 깨어나요."

뉴먼은 이 용의자의 개인 소지품을 모두 압수했다고 알고 있었다. 손목시계는 물론이고 시계라 할 만한 그 어떤 것도 그는 가지고 있지 않았다.

"눈을 뜨면 정확히 95초 동안 천장을 응시합니다. 단 1초의 오차도 없어요. 원하시면 지난 3일간 녹화된 영상을 보면서 시간을 재봐도 됩니다."

뉴먼은 아무 반응도 보이지 않았다.

"95초가 지나면 침대에서 나와 변기에 볼일을 본 후 바닥에서 팔굽혀펴기를 하고 곧바로 윗몸일으키기를 하죠. 한 세트에 열개씩이요. 방해받지 않는다면, 세트와 세트 사이에 최소한의 휴식만 취하면서 50세트를 합니다. 앓는 소리도 없고, 헐떡이지도 않고, 얼굴을 찡그리지도 않아요. 오로지 투지만 있을 뿐이죠. 아침은 6시 30분에서 7시 사이에 가져다줍니다. 운동을 아직 끝내지 못했으면 끝까지 마친 후에야 앉아서 차분히 음식을 먹죠. 불평 없이 전부 다요. 설사 그 쟁반에 똥이 놓여 있다 해도 그럴 겁니다. 그 후에는 심문 시간이죠." 그가 몸을 돌려 뉴먼을 보았다. **"당신이** 그 심문자라고 생각했는데요."

뉴먼은 대답하지 않았다. 긍정도 부정도 하지 않고 그저 모니터만 응시할 뿐이었다.

담당자는 어깨를 으쓱하고 설명을 이어나갔다.

"다시 방에 돌아오면 시간이 몇 시든 두 번째 운동에 돌입합니다. 팔굽혀펴기와 윗몸일으키기 50세트를 하죠." 그가 킬킬댔다. "잊었을까 봐 다시 말씀드리지만, 매일 각각 1,000번입니다. 운동을 마치고 또 심문을 받으러 끌려가지만 않는다면, 정확히 지금 화면에 보이는 그대로 있어요. 침대에 책상다리를 하고 앉아서 정면의 텅 빈 벽을 응시하죠. 명상이나 기도, 뭐 그런 걸 하는 것 같아요. 하지만 눈은 절대 감지 않더군요. 그런데, 보세요. 벽을 응시하는 모습이 대단히 기이합니다."

"얼마나 오랫동안 저러고 있습니까?" 뉴먼이 물었다.

"상황에 따라 달라요." 담당자가 대답했다. "하루에 한 번 샤워실에 갈 수 있어요. 하지만 죄수들 샤워 시간은 그날그날 바뀝니다. 어떤

지 설명 안 해도 아시잖아요. 만약 벽을 보는 중에 데리러 가면 놈은 무아지경 상태에서 재빨리 빠져나와 침대에서 내려와선 쇠고랑을 차고 샤워실로 가죠. 투덜거리지도 않고, 저항하거나 싸우지도 않아요. 그러고 나서 방으로 돌아오면 바로 침대에 앉아 다시 벽을 보고요. 아무 방해도 받지 않는다면 아마 9시 30분에 소등할 때까지 계속 벽만 보고 있을 겁니다."

뉴먼은 고개를 끄덕였다.

"그런데 어제는 호기심에 불을 5분 더 켜놔봤죠." 담당자가 덧붙였다.

"내가 맞혀볼까요?" 뉴먼이 말했다. "전혀 차이가 없었다. 정확히 9시 30분에 누워서 '관 속의 시체' 자세로 잤다. 불이 꺼지거나 말거나."

"맞습니다." 그가 동의했다. "말했듯이, 꼭 스위스 시계처럼 정확한 시계가 내장된 기계 같아요." 그는 말을 멈추고 몸을 돌려 뉴먼을 향했다. "내가 이쪽 전문가는 아니지만 지난 나흘간 온종일 지켜본 바로는, 이 녀석은 정신적으로 난공불락의 요새예요."

뉴먼은 아무 말도 하지 않았다.

"주제넘게 끼어들고 싶지는 않지만…… 심문 중에 그가 뭐라도 말한 게 있습니까?"

뉴먼은 한참을 곰곰이 생각했다.

"어떻게 돌아가는지 아니까 물어본 겁니다. 이자처럼 특수한 재소자가 사흘간 심문을 받고도 입을 열지 않으면 VIP 대우가 시작되죠. 그게 얼마나 힘든지는 우리 모두 알고 있고요." 담당자는 본능적으로 자기 손목의 시계를 확인했다. "음, 사흘이 지났군요. 만약 'VIP 대우'가 곧 시작될 예정이었다면 지금쯤 저도 연락을 받았을 겁니다. 추측해보건대…… 그가 입을 열었군요."

뉴먼은 몇 초 더 화면을 주시하다가 고개를 한 번 끄덕였다. "어젯밤에 처음으로 입을 열었어요." 마침내 그가 벽의 화면에서 눈을 떼고 담당자와 시선을 마주했다. "딱 두 마디였죠."

6

헌터는 특수요원 코트니 테일러가 건넨 사진을 자세히 살펴보며, 가슴 속 심장박동이 빨라지고 몸속에 아드레날린이 세차게 밀려오는 것을 느꼈다. 말없이 몇 초를 흘려보낸 뒤 그는 사진에서 시선을 돌려 블레이크 반장을 보았다.

"이 사진, 보셨습니까?" 그가 물었다.

그녀는 고개를 끄덕였다.

헌터는 다시 사진으로 눈길을 돌렸다.

"확실히, 가녀의 픽업트럭은 토러스의 트렁크 문이 열리고 안에 든 아이스박스가 넘어질 정도로 세게 부딪혔어." 케네디가 다시 일어서며 말했다.

토러스의 트렁크 안에서 옆으로 넘어져 있는 소풍용 아이스박스가 보였다. 커다란 얼음 조각들이 사방으로 쏟아져 나왔는데, 피가 틀림없어 보이는 물질로 인해 진홍색으로 물든 채였다. 하지만 그런 건 부차적인 것에 불과했다. 헌터의 관심은 다른 데 있었다. 그 사고로 내용물이 드러나기 전까지 용기 안에 보존되어 있었을 절단된 머리 두 개. 둘 다 여성이었다. 꽤 긴 금발의 머리와 픽시커트로 자른 흑갈색 머리칼의 머리. 둘 다 목의 맨 아래 부위에서 절단되었다. 헌터가 보기에 절단면은 깔끔했다. 숙련된 솜씨였다.

금발 여성의 머리는 왼쪽 뺨이 바닥을 향한 채 긴 머리칼에 얼굴 대부분이 가려져 있었다. 반면 흑갈색 머리칼 여성의 머리는 용기에서 굴러떨어진 뒤 얼음 조각 여러 개로 뒷머리가 트렁크 바닥에 딱 붙어 저절로 고정된 덕분에 이목구비가 훤히 드러나 있었다. 헌터는 숨이 멎는 것 같았다. 얼굴에 난 상처가, 잘린 목보다도 더 충격적이었다.

작은 자물쇠 세 개를 일정하지 않은 간격으로, 조잡하고 잔인하게 위아래 입술을 한 번에 뚫어 채운 후 잠가서 입을 다문 모양으로 만들되 완전히 봉인되지는 않게 해놓았다. 섬세한 입술은 피딱지가 앉았음에도 여전히 부풀어 올라 있는 듯이 보였는데, 이는 그녀가 살아 있는 동안에 자물쇠가 채워졌다는 걸 의미했다. 안구는 모두 제거되어 눈구멍이 비어 있었다. 그저 까만 구멍 두 개에 말라버린 피만 잔뜩 들러붙어 있을 뿐이었고, 피는 뺨까지 흘러내려 기괴한 검붉은 번개 문양을 그려냈다.

나이 든 여성의 피부 같지는 않았지만, 사진만으로는 나이를 추측하기가 실질적으로 불가능했다.

"사고 후 몇 분 뒤에 월턴 보안관이 찍은 사진이네." 케네디가 헌터 옆으로 걸어와 멈춰 섰다. "테일러 요원이 앞서 언급한 대로, 보안관은 그날 아침 그 식당에서 아침을 먹고 있었네. 그는 아무것도 건드리지 않았어. 비로 인해 증거가 빠르게 훼손되리라는 걸 알고 신속하게 행동했지."

테일러는 서류 가방 속으로 손을 뻗어 새로운 사진을 꺼내 헌터에게 주었다.

"이건 감식반에서 찍은 사진이에요." 그녀가 설명했다. "그들은 샤이엔에서 와야 했어요. 샤이엔은 여기서 고작 한 시간 정도 거리지만, 팀을 모아서 출발하느라 지체되는 바람에 사고 발생 후 네 시간이 지나서야 도착했죠."

새로운 사진에서는, 토러스의 트렁크 안에서 두 머리가 얼굴을 위로 향한 채 나란히 놓여 있었다. 금발 여성의 얼굴 상처는 흑갈색 머리 여성이 얼굴에 입은 상처와 정확히 일치했다. 두 번째 여성도 나이를 추정할 수가 없었다.

"용기에 안구가 있었습니까?" 헌터가 사진에서 관심을 거두지 않으면서 물었다.

"아뇨." 테일러가 대답했다. "아이스박스 안에 다른 건 없었어요." 그녀는 케네디와 헌터를 차례로 보았다. "몸도 어디에 있는지 모르고요."

"그게 다가 아니라네." 케네디가 말했다.

헌터의 두 눈이 사진을 떠나 FBI에서 온 남자에게 고정되었다.

"입술에서 자물쇠를 뺐더니, 둘 다 치아가 전부 뽑혀 있더군." 케네디가 고개로 사진을 가리키고는 극적인 효과를 위해 잠깐 말을 멈췄다가 다시 이었다. "그리고 혀도 절단됐어."

헌터는 침묵을 지켰다.

"몸이 없다는 건 지문도 없다는 뜻이니까, 누군가는 피해자의 신원을 확인할 수 없도록 얼굴에서 치아와 안구를 제거한 거라고 주장할 수도 있겠죠. 하지만 두 피해자의 상처에서 보이는 잔혹성은……" 이야기를 넘겨받은 테일러가 잠시 말을 그쳤다가, 자신의 의견을 강조하기 위해 오른손 검지를 들어 보였다. "특히, **피해자들이 죽기 전에** 이 고문이 이루어졌다는 점은 다른 사실을 말해주고 있습니다. 그들을 죽인 게 누구든 간에, 놈은 즐겼던 거예요." 그녀의 말에서 마지막 몇 마디는 자기가 중요한 비밀을 알려준다는 양 가르치려 드는 어조였다.

케네디는 테일러를 날카롭게 쳐다보며 얼굴을 찡그렸다. 테일러가 말한 내용은 이 방에 있는 사람이라면 누구나 알 만한 것이었기 때문이다. FBI의 강력범죄분석센터나 행동분석팀 소속이 아니었음에도, 로버트 헌터는 케네디가 만나본 프로파일러 중에 최고였다. 케네디는 오래전 헌터가 쓴 〈범죄행위에 관한 고급 심리 연구〉라는 박사 논문을 읽고 그를 FBI에 채용하려고 했었다. 당시 헌터는 고작 스물세 살이었다.

그 논문은 케네디와 당시 FBI 국장에게 아주 깊은 인상을 남기며 NCAVC의 필독 자료가 되었고, 현재까지도 그렇다. 이후 케네디는 몇 년이나 헌터를 자신의 팀원으로 뽑으려고 여러 차례 시도했었다. 그가 생각하기에는 헌터가 미국에서, 주장컨대 세계에서 가장 엽기적인 연쇄살인을 추적하는 연방 특수요원이 아니라 로스앤젤레스 경찰의 일개 형사라는 것은 말이 되지 않았다.

그는 헌터가, 특별히 잔혹하고 가학적인 살인 사건과 연쇄살인의 수사를 위해 LAPD가 창설한 '특수강력범죄수사대'의 팀장이라는 것을 알았다. 헌터는 자기 분야에서 최고였다. 그는 체포 기록으로 그것을 증명했지만, 여전히 FBI는 그에게 LAPD가 해줄 수 있는 것보다 훨씬 더 강력한 지원을 해줄 수 있었다. 하지만 헌터는 연방요원직에 전혀 흥미를 보이지 않았고, 케네디와 그의 상급자가 내놓은 모든 제안을 거절했다.

"흥미로운 사건이네요." 헌터는 사진들을 테일러에게 돌려주며 말했다. "하지만 FBI와 NCAVC는 이와 유사한 사건들을 수없이 수사해왔죠. 더 충격적인 사건도요. 엄밀히 말해 새로운 사건은 아닌 것 같습니다만."

케네디도 테일러도 그 말에 이의를 제기하지 않았다.

"FBI는 두 피해자의 신원을 모르는 것 같군요." 헌터가 말했다.

"맞네." 케네디가 대답했다.

"그리고 그…… '머리'가 와이오밍주에서 발견됐다고 했죠?"

"그것도 맞지."

"아마 제 다음 질문이 뭔지도 예상하시겠죠?" 헌터가 물었다.

1초 정도 망설임이 있었다.

"피해자들의 신원을 모르고 그들의 머리가 와이오밍주에서 발견됐다면, 그렇다면 우리는 왜 LA에 와 있는가?" 테일러가 고개를 끄덕이며 말했다.

"그리고 전 왜 여기에 있는 거죠?" 헌터는 손목시계를 재빨리 확인하고 덧붙였다. "몇 시간 후에 비행기를 타야 합니다. 아직 짐도 다 못 쌌어요."

"우리가 여기에 있고 당신이 여기에 있는 건, 연방정부가 당신의 도움을 필요로 하기 때문입니다." 테일러가 대답했다.

"오, 제발." 블레이크 반장이 이죽거리며 말했다. "설마 지금 같잖은 우국 연설을 하려는 건 아니겠죠?" 그녀는 일어섰다. "우리 형사들은 해가 뜨나 지나 이 도시, 로스앤젤레스를 위해 목숨을 겁니다. 그건 곧 이 나라를 위해서 그러는 거예요. 그러니 같잖은 연설은 집어치워요." 그녀는 금속도 녹일 수 있을 것 같은 시선으로 테일러를 옭아맸다. "그런 허튼소리가 사람들한테 먹히긴 하던가요?"

테일러가 대답하려는데, 헌터가 말을 끊었다.

"내가 필요하다고요? 어째서죠?" 케네디를 향한 질문이었다. "난 FBI 요원이 아닙니다. FBI에는 수사관이 셀 수도 없을 만큼 많잖아요. 프로파일러팀은 말할 것도 없고요."

"자네만큼 유능한 사람은 없지." 케네디가 말했다.

"여기서 아부해봐야 아무 소용없어요." 블레이크 반장이 말했다.

"에이드리언, 나는 프로파일러가 아닙니다." 헌터가 말했다. "아시잖아요."

"그래서 자네가 필요한 게 아니네, 로버트." 케네디가 대답했다. 그리고 잠깐 기다렸다가 테일러를 향해 고개를 끄덕였다. "말하게."

7

케네디의 어조에 헌터의 오른쪽 눈썹이 조금 씰룩였다. 그는 테일러 요원 쪽으로 몸을 돌리고 그녀가 이야기하기를 기다렸다.

테일러는 이야기를 시작하기 전에 손가락 끝으로, 삐져나온 머리를 귀 뒤로 밀어 넣었다.

"토러스는 그날 아침 식당에서 식사를 하던 손님의 차였습니다. 면허 정보에 따르면 이름은 리암 쇼. 1968년 2월 13일에 테네시주 매디슨에서 태어났죠." 테일러는 말을 잠시 멈추고 헌터가 그 이름을 알아듣는지 흘긋 보았다.

반응이 전혀 없었다.

"'면허 정보에 따르면'이라고요?" 헌터는 테일러와 케네디를 번갈아 보면서 질문했다. "그렇다면 의심스러운 점이 있는 거군요." 질문이라기보다는 진술이었다.

"이름은 확인됐네." 케네디가 말했다. "거짓 정황은 없어 보여."

"여전히 의심스러운 부분이 있는 거겠죠." 헌터가 다그쳤다.

"문제는……." 이번엔 테일러가 말했다. "14년 전까지 거슬러 올라간다면 문제는 없어 보입니다. 하지만 더 올라가면……." 그녀는 고개를 살짝 저었다. "테네시주 매디슨에서 1968년 2월 13일에 태어난 리암 쇼에 관한 기록을 전혀 찾을 수가 없어요. 마치 그 이전에는 존재하지 않았던 사람처럼요."

"그 이름을 언급하면서 나를 살펴보던 모습으로 판단해보건대, 당신은 내게서 '인지신호'를 찾았어요. 왜죠?" 헌터가 말했다.

테일러는 감명받은 듯 보였다. 평소에 그녀는 사람들의 반응이나 행동을 몰래 살필 수 있다며 자신의 포커페이스를 자랑스러워했지만, 헌터는 그녀를 책 보듯 훤히 읽어냈다.

케네디는 미소 지었다. "뛰어나다고 했잖나."

테일러는 그의 말에 신경 쓰지 않는 듯 보였다.

"리암 쇼는 현장에서 월턴 보안관과 보안관보에게 체포됐어요." 그녀는 말했다. "하지만 월턴 보안관은 자신의 작은 조직으로는 간단하게 처리할 수 없는 일이라는 걸 금방 깨달았죠. 토러스는 몬태나주의 번호판을 달고 있어서 주 경계를 넘어 조회해야 했어요. 그래서 와이오밍주의 보안관서가 우리를 끌어들일 수밖에 없었던 거죠."

그녀는 잠시 새 서류를 찾기 위해 서류 가방 속 내용물을 뒤졌다.

"여기서 두 번째 반전이 있어요." 그렇게 말한 뒤 그녀는 다음 주제로 넘어갔다. "그 토러스는 '리암 쇼'가 아니라 뉴욕의 '존 윌리엄스' 명의로 등록돼 있어요."

그녀는 서류를 헌터에게 건넸다.

헌터는 종이를 한번 힐긋 보기만 했다.

"놀랍게도 차가 등록된 주소지에 존 윌리엄스라는 사람은 없었지." 케네디가 말했다.

"존 윌리엄스는 아주 흔한 이름이죠." 헌터가 말했다.

"너무 흔하죠." 테일러는 동의했다. "뉴욕에만 대략 1,500명은 있을 거예요."

"쇼는 구금돼 있죠?" 헌터가 물었다.

"맞아요." 테일러가 확인해주었다.

헌터는 여전히 다소 혼란스러운 듯한 얼굴로 블레이크 반장을 보았다. "그렇다면, FBI는 테네시 출신으로 보이는 쇼와 신원 불명인 여성 둘의 머리, 그리고 뉴욕의 윌리엄스라는 이름으로 등록되고 몬태나주 번호판을 단 차 한 대를 확보한 거군요." 그는 어깨를 으쓱했다. "내 질문이 아직 유효하겠군요. 그렇다면 여러분은 왜 LA에 오신 거죠? 그리고 나는 집에서 짐을 싸는 대신 왜 여기에 와 있는 걸까요?" 그는 한 번 더 자신의 손목시계를 확인했다.

"쇼가 입을 열지 않으니까요." 테일러가 대답했다. 여전히 차분한 목소리였다.

헌터는 잠시 그녀를 쏘아봤다.

"그게 어떻게 내 질문에 대한 답이 되죠?"

"테일러 요원의 보고가 100퍼센트 정확한 건 아니야." 케네디가 끼어들었다. "우리는 나흘간 쇼를 구금했네. 그는 체포 다음 날 우리에게 이송됐어. 콴티코에 구류돼 있지. 이 사건은 테일러 요원과 뉴먼 요원에게 배정됐고."

헌터의 눈길이 테일러 요원에게로 옮아가 잠시 머물렀다.

"하지만 테일러 요원이 말했듯이……." 케네디가 계속 말했다. "쇼가 말하기를 거부하고 있네."

"그래서요?" 블레이크 반장이 다소 재밌어하며 끼어들었다. "언제부터 FBI가 사람한테서 정보를 못 뽑아내 발을 동동 구르게 됐죠?"

케네디는 그녀의 가시 돋친 발언에 동요하지 않았다.

"어젯밤 심문에서 쇼가 마침내 입을 열었어." 그는 잠시 말을 멈추고 동쪽 벽에 난 커다란 창문으로 걸어갔다. 그리고 말했다. 딱 두 마디 말만 하더군."

헌터는 기다렸다.

"'로버트 헌터, 난 그 사람한테만 말할 겁니다'라고 했네."

8

헌터는 미동도 없이 가만히 있었다. 움찔하지도 않았고 표정에 변화를 일으키지도 않았다. 케네디의 말이 헌터에게 어떤 식으로든 영향을 주었다고 해도, 그는 그런 징후를 보이지 않았다.

"미국에 '로버트 헌터'라는 이름을 가진 사람이 저 하나는 아닐 텐데요." 마침내 그가 입을 열었다.

"그렇겠지." 케네디가 동의했다. "하지만 자네를 지목한 게 확실하네."

"어째서죠?"

"그의 어조 때문에." 케네디가 대답했다. "그리고 자세와 자신감, 태도……. 실은 모든 게 그래. 그 장면을 녹화한 영상을 수없이 분석했네. 로버트, 우리가 어떻게 하는지 알잖나. 숨길 수 없는 아주 미세한 기색을 읽어내고, 목소리 억양의 가장 약한 변화도 감지하고, 몸짓 언어 신호를 찾아내도록 훈련받은 사람들이 있네. 이 남자는 자신감에 차 있었어. 망설임이나 두려움 같은 건 없었지, 전혀. 그는 자신이 지명하는 사람을 우리가 알 거라고 확신하고 있었네."

"원하시면 그 영상을 볼 수 있어요." 테일러가 제안했다. "바로 여기에 있거든요." 그녀는 서류 가방을 가리켰다.

헌터는 계속 침묵했다.

"그래서 어쩌면 자네가 그를 알지도 모르겠다고 생각했지." 케네디가 말했다. "하긴, 리암 쇼라는 이름도 가짜일 수 있다고 의심하긴 했었지만."

"리암 쇼의 출신지로 추정되는 테네시주에는 알아봤어요?" 블레이크 반장이 물었다. "그곳 어딘가에 로버트 헌터라는 인물이 있을 수도 있잖아요."

"아뇨, 해보지 않았습니다." 테일러가 대답했다. "그럴 필요가 없었어요. 케네디 센터장님이 말씀하신 대로 쇼는 굉장한 자신감에 차 있었어요. 자기가 말하는 사람이 누군지 우리가 바로 알아들을 거라는 걸 알고 있었죠."

케네디가 이야기를 넘겨받았다. "그 이름을 듣자마자, 그가 지목한 게 누구인지 알았지. 바로 자네야, 로버트."

"그 장면, 볼 수 있을까요?" 헌터가 물었다.

"네." 테일러가 대답했다. "쇼의 사진도 있어요." 그녀는 서류 가방에서 마지막 사진을 꺼내 헌터에게 건넸다.

헌터는 아주 오랫동안 그 사진을 응시했다. 말없이, 조용히. 이번에도 헌터가 깊은숨을 내쉬기 전까지는 누구도, 그의 표정이나 몸짓에서 아무것도 읽어낼 수 없었다. 헌터는 고개를 들어 케네디의 눈을 들여다보았다.

"지금 날 골탕 먹이려는 거죠."

9

자신이 리암 쇼라고 주장했던 남자는, 버지니아주 콴티코의 FBI 아카데미 단지 내 별 특징 없는 한 건물의 지하 깊숙이 위치한 작은 유치장 속 침대 위에 앉아 있었다. 책상다리를 하고 느슨하게 깍지를 낀 두 손은 허벅지 위에 둔 채였다. 두 눈은 뜨고 있었지만, 생기 없는 눈동자는 움직임이 없었다. 두렵기도 하고 불안하기도 한 눈빛으로 그저 앞의 텅 빈 벽만 똑바로 응시할 뿐이었다. 몸 또한 움직임이 전혀 없었다. 가벼운 머리의 흔들림도, 손가락의 경련도, 약간의 자세 조정도 없었다. 결코 피할 수 없는 신체 운동 반응인 눈 깜박임 외에는 미동조차 없었다.

오랫동안 그렇게 응시하다 보면 벽 너머로 순간 이동이라도 할 수 있는 것처럼, 그는 한 시간 동안 같은 자세로 벽만 바라보았다. 지금쯤이면 다리에 쥐가 나서 수천 개의 핀과 바늘로 찌르는 것처럼 따끔거림을 느껴야 했다. 목도 장시간 계속된 움직임의 결핍으로 인해 뻣뻣해져 있어야 했지만, 그는 흡사 자신의 호화로운 거실에 앉아 있는 것처럼 편안해 보였다.

오래전에 혼자 터득한 이 기술은 숙달하기까지 오랜 세월이 걸렸다. 덕분에 이제는 생각의 대부분을 정신 속에서 비워낼 수 있었다. 그리고 눈을 활짝 뜬 상태에서도 소리를 쉽게 차단하고, 주변에서 일어나는 일들을 가리는 게 가능해졌다. 기이하다고 할 수준으로 정신을 상승시키는 일종의 명상 상태였다. 이 상태에 들어가면 무엇보다도 정신적으로 흔들리지 않을 수 있었다. 바로 그것이 지금의 그에게 꼭 필요한 것이었다.

어젯밤 이후로 요원들은 그를 귀찮게 하지 않았다. 하지만 그는 그들이 그러리라는 걸 알고 있었다. 그들은 그에게 **말하라고** 했지만, 그는 무엇을 말해야 할지 알 수 없었다. 그는 수사 기관의 수사 절차를 잘 알았기에, 설사 그것이 진실이라 해도 자신의 설명으로는 충분치 않으리라는 것 또한 잘 알고 있었다. 그들의 눈에 그는, 그가 말하든 말하지 않든 이미 유죄였다. 자신이 경찰서나 보안관서에 구류되지 않고 바로 FBI에 넘겨졌다는 사실은 문제가 대단히 복잡해졌음을 뜻한다는 것 또한 그는 이해했다.

그는 곧 그들에게 무언가를 주어야 했다. 심문 방법이 이제 바뀔 것이다. 심문자 둘 모두의 어조에서 그것을 감지할 수 있었다.

자신을 '뉴먼 요원'이라고 소개한 흰 코의 덩치 큰 남자는 훨씬 공격적이고 불같았던 반면, 자기를 '테일러 요원'으로 소개한 매력적인 금발 여성의 말투는 공손하고 부드러웠다. '좋은 경찰과 나쁜 경찰', 전형적인 팀플레이. 하지만 그가 침묵하는 데 전념하자, 비로소 그들의 숨겨진 불만이 드러나기 시작했다. 매력과 예의도 곧 끝날 터였다. 마지막 심문에서 그것이 분명해졌다.

그때 그 생각이 떠올랐다. 그러면서 이름 하나가 튀어나왔다.

로버트 헌터.

10

헌터는 가방을 싸기 위해 아파트로 돌아왔지만, 몇 시간 후에 타게 될 비행기는 그가 예약했던 하와이행이 아니었다.

호커 제트기는 활주로까지 천천히 이동한 후 반누이스 공항 관제탑으로부터 이륙 '허가'를 받았다.

헌터는 블랙커피가 든 큰 컵을 감싸 안 듯 들고 비행기 뒤쪽을 바라보고 앉았다. 그는 일 때문에 여행을 많이 하지 못했고, 어쩌다 여행하게 됐을 때는 대개 직접 운전하는 차를 이용했었다. 상용 비행기는 몇 번 타봤지만 전용기는 이번이 처음이었는데, 그것에 감명받았다는 사실을 그 자신도 인정해야 했다. 비행기 내부는 호화로우면서도 실용적이었다.

대략 기내 길이는 7미터, 폭은 2미터였다. 편안한 크림색 가죽 시트 좌석 여덟 개가 양쪽 창가를 따라 배치돼 있었는데, 통로 양쪽에 있는 네 개의 좌석에는 전기 콘센트와 미디어 시스템이 설치되어 있었다. 여덟 좌석 전부 360도로 회전이 가능했고, 머리 위의 저열低熱 LED 전등은 기내 분위기를 밝고 쾌적하게 만들어주었다.

테일러 요원은 헌터의 바로 앞 좌석에 앉아 접이식 탁자에 놓인 노트북의 자판을 치고 있었다. 에이드리언 케네디는 헌터의 오른쪽, 통로 건너편에 앉았다. 그는 블레이크 반장의 사무실을 떠난 이후

줄곧 휴대전화로 통화를 하는 것 같았다.

비행기는 부드럽고 신속하게 이륙해 순항고도 3만 피트까지 올라갔다. 헌터는 아주 많은 생각과 씨름하며 창밖의 구름 한 점 없는 푸른 하늘에 계속 시선을 두었다.

"자." 케네디가 마침내 전화기를 재킷 주머니 속에 넣으며 말했다. 그는 좌석을 회전시켜 헌터와 마주 보았다. "다시 이 남자에 대해 얘기해주게, 로버트. 그가 누구지?"

테일러는 자판 치던 것을 멈추고 천천히 두 남자를 향해 좌석을 회전시켰다.

헌터는 푸른 하늘을 잠시 더 바라보았다.

"내가 만나본 가장 똑똑한 사람 중 하나였죠." 드디어 그가 입을 열었다. "굉장한 자제력과 통제력을 가진 인물이었고요."

케네디와 테일러는 그의 말이 이어지기를 기다렸다.

"이름은 루시엔. 루시엔 폴터입니다." 헌터는 계속 말했다. "아니, 적어도 난 그렇게 알고 있습니다. 스탠퍼드 대학교에 간 첫날 그와 만났죠. 그때 전 열여섯 살이었어요."

헌터는 로스앤젤레스 남부의 저소득층 거주 지역인 콤프턴에서 노동자 계층 부모의 외동아들로 자랐다. 어머니는 그가 고작 일곱 살일 때 암과의 싸움에서 지고 말았다. 아버지는 재혼하지 않고 혼자 힘으로 자식을 양육하기 위해 두 개의 직업을 가져야 했다.

헌터는 항상 남달랐다. 아이일 때부터 그의 두뇌는 다른 누구보다 문제를 빠르게 해결하는 듯이 보였다. 그에게 학교는 지루하고 답답한 곳이었다. 2개월도 되지 않아 헌터는 6년 교과과정을 전부 마쳤고, '그저 뭔가를 하기 위해' 초중등 나머지 과정까지 모조리 섭렵했다. 그 후 그는 교장 선생님에게 7학년과 8학년 과정의 최종 시험을

치를 수 있는지 물어보았다. 순전히 호기심으로 교장은 그것을 허락했고, 헌터는 전 과목에서 'A'를 받았다.

그러자 교장은 즉각 로스앤젤레스 교육위원회에 연락을 취했다. 그렇게 헌터는 열두 살 때 새로운 시험과 검사들을 연달아 치른 후 영재를 위한 학교인 머먼스쿨의 입학을 허가받았다.

하지만 특수학교의 교과 과정조차 그의 학습 속도를 따라잡지는 못했다.

열네 살이 되었을 즈음 헌터는 머먼스쿨의 고교 영어, 역사, 수학, 생물, 화학 과목 과정으로 순조롭게 나아갔다. 그는 고등학교 4년 과정을 2년으로 단축해 열다섯 살에 우수한 성적으로 학교를 졸업했다. 그리고 그를 가르쳤던 모든 교사들의 추천을 받아 '특수 사정' 학생으로 스탠퍼드 대학교에 입학할 수 있었다.

열아홉 살에는 이미 **최우등으로** 심리학 과정을 마쳤고 스물세 살에 범죄행동분석과 생물심리학 분야에서 박사학위를 받았다.

"룸메이트였다고 했죠?" 테일러가 물었다.

헌터는 고개를 끄덕였다. "첫날부터요. 첫날 기숙사 방을 배정받았는데 루시엔과 같은 방이었어요." 그가 어깨를 으쓱했다.

"방을 몇 명이 같이 썼죠?"

"우리 둘이요. 기숙사 방이 다 작았거든요."

"루시엔도 심리학 전공이었나요?"

"맞아요." 헌터는 다시 창밖의 하늘에 시선을 두고 오래전의 기억을 되새겼다. "멋진 남자였어요. 그가 내게 그런 호의를 보일 거라고는 기대도 안 했죠."

테일러가 눈살을 찌푸렸다. "무슨 뜻이죠?"

헌터는 또다시 어깨를 으쓱했다. 그때 "나는 주변 누구보다도 어렸어요. 체육관에 간다든지 운동에 깊이 빠져본 적도 없었죠. 아니, 사실 어떤 종류의 신체 활동도 한 적이 없었어요. 너무 말라서 볼품 없었고, 머리도 길었죠. 당시에 유행하던 옷도 입지 않았고요. 따돌림당하기 딱 좋은 학생이었어요. 당시 루시엔은 열아홉 살이었고, 스포츠를 정말 좋아하는 데다 매일 규칙적으로 운동하는 친구였죠. 보통이라면 나 같은 애를 신나게 놀려댈 만한 사내아이였어요."

헌터의 지금 외모와 체격을 본 사람이라면 그가 한때 마르고 볼품없는 아이였다고 생각하기란 쉽지 않을 것이다. 지금 그의 모습은 고등학교 미식축구팀이나 레슬링팀의 주장 자리까지도 쉬이 꿰찼을 법한 남자 같았다.

"하지만 그는 그러지 않았죠." 헌터가 말을 이었다. "사실 그 전만큼 괴롭힘을 당하지 않았던 건 다 루시엔 덕분이었어요. 우리는 가장 친한 친구가 되었죠. 내가 체육관에 다니기 시작했을 때 루시엔은 운동과 식단 등 모든 걸 도와줬어요."

"그러면, 일상은 어땠나요?"

테일러는 폴터의 내면적인 특성에 대해 이야기하고 있었다.

"폭력적인 부류는 아니었어요. 당신 질문이 그런 뜻이라면요. 그 친구는 언제나 침착했죠. 항상 평정심을 유지했고요. 다행이었죠. 그는 '싸울 줄' 알았으니까."

"하지만 방금 '폭력적인 부류'는 아니었다면서요." 테일러가 말했다.

"그래요."

"어쨌든 그가 싸우는 모습을 봤다는 거죠?"

헌터는 반쯤 고개를 끄덕였다. "그랬죠."

테일러의 눈과 입술이 일그러지며 무언의 질문을 던졌다.

"얼마나 침착하냐, 너그러우냐에 상관없이 피할 수 없는 특별한 상황들이 있죠." 헌터가 대답했다.

"이를테면?" 테일러가 대답을 요구했다.

"딱 한 번 루시엔이 싸우는 걸 본 기억이 있어요." 헌터가 설명했다. "그는 싸움을 피하려고 했지만, 그렇게 잘 풀리지가 않았어요."

"어째서죠?"

헌터는 어깨를 으쓱했다. "루시엔은 주말에 바에서 여학생을 만나 담소를 나누며 밤을 보냈어요. 내가 아는 한 그게 다였죠. 섹스도 키스도 없었고, 나쁘다 할 만한 건 전혀 없었어요. 그저 술 몇 잔 마시고 약간의 '썸'을 타면서 아주 많이 웃었을 뿐이죠. 그렇게 주말이 지나고, 월요일이었어요. 우리는 도서관에서 스터디를 하고 늦게 돌아오던 길이었는데, 덩치가 꽤 큰 녀석 넷이 시비를 걸어오더군요. 그중 하나가 그 여학생의 '아주 진절머리 나는' 전 남자친구였죠. 보아하니 그 둘은 오래전에 헤어진 것 같았어요. 루시엔은 항상 말을 잘했어요. 속담에서 말하는 '에스키모한테도 얼음을 팔 수 있는 사람'이었죠. 그는 그 상황에서 벗어나려고 애썼어요. 그래서 말했죠. 미안하다고요. 그녀에게 남자친구가 있는지, 두 사람이 막 헤어졌는지 몰랐다고 말했어요. 알았더라면 그녀에게 절대 다가가지 않았을 거라고 했죠. 하지만 녀석들은 그런 건 알고 싶어 하지 않았어요. 사과를 받으려고 온 게 아니라고 하더군요. 이거였죠. 신세를 조지러 왔다, 끝."

"그래서 어떻게 됐죠?" 테일러가 물었다.

"별일 없었어요. 그때까지 나는 그런 장면을 본 적이 없었어요. 그 녀석들은 그냥 그를 공격했어요. 저요? 전 말라깽이긴 했지만 가장 친한 친구가 네 명의 네안데르탈인에게 맞는 것을 앉아서 지켜보고만 있을 생각은 없었어요. 하지만 내가 움직일 기회는 거의 없었죠.

상황이 10초, 아니 끽해야 15초 안에 다 끝났으니까요. 그때 일어난 일을 자세히 말해줄 수도 없어요. 루시엔은 빨랐어요. 너무 빨랐죠. 순식간에 녀석들 모두 바닥에 누워 있었죠. 두 녀석은 코가 부러졌고, 한 녀석은 손가락 서너 개가 부러졌고, 나머지 한 녀석은 숨이 꺽꺽 막힐 정도로 급소를 걸어차인 뒤였어요. 거기서 빠져나온 뒤에, 그런 걸 도대체 어디에서 배웠느냐고 내가 물어봤죠."

"그랬더니 뭐라던가요?"

"실없는 소리였어요. 무술영화를 많이 봤다고 하더군요. 내가 루시엔에 대해 알게 된 게 있다면, 그가 알려주려고 하지 않는다면 아무리 압박해 대답을 얻으려고 해봐야 소용없다는 거였어요. 그래서 그냥 그 정도로 해뒀죠."

"그가 말을 잘했다고 했었죠?" 테일러가 살짝 경쾌한 음률이 실린 목소리로 말했다. "음, 지난 며칠간은 그렇게 많은 말을 하지는 않았어요."

"그를 마지막으로 본 게 언제지?" 케네디가 물었다.

"박사학위를 받던 날이었습니다." 헌터가 설명했다. "제가 그보다 1년 먼저 졸업했죠."

테일러는 헌터의 이력서를 통해, 그가 대학에서도 속도를 내 4년 과정을 3년으로 단축해 마쳤다는 것을 알고 있었다.

"하지만 전 스탠퍼드에 남았죠." 헌터가 말했다. "박사 과정을 밟기 위한 두 번째 장학금을 제안받고 받아들였어요. 루시엔이 졸업할 때까지 1년 더 기숙사 방을 같이 썼죠. 졸업하고 나서 그는 스탠퍼드를 떠났고요."

"계속 연락했나요?"

"한동안은 그랬지만 오래가진 않았어요." 헌터가 대답했다. "그는 졸업하고 몇 달을 쉬었어요. 잠깐 여행을 다녀온 뒤에 대학으로 돌아가겠다고 했죠. 그 역시 박사학위를 받고 싶어 했으니까요."

"스탠퍼드로 돌아간 건가요?"

"아뇨, 예일로 갔습니다."

"코네티컷주요?" 테일러는 깜짝 놀랐다. "거긴 동부 해안이잖아요. 캘리포니아에 스탠퍼드, 버클리, 칼텍, UCLA가 있는데, 왜 그렇게 멀리 갔죠? 가까이에 이 나라 최고의 대학이 네 곳이나 있는데."

"예일도 아주 좋은 대학이죠." 헌터가 반박했다.

"알아요. 하지만 내 말뜻 알잖아요. 코네티컷 물가는 캘리포니아에 비하면 살인적이라고요. LA에서 그렇게 오래 살았으니 LA에 친구들도 많고 자기 생활이 있을 텐데, 어째서 그렇게 급격한 변화를 선택한 걸까요? 혹시 가족이 코네티컷주에 살아요?"

헌터는 잠깐 기억을 되살려보려고 애썼다.

"가족이 어디 사는지는 모르겠어요." 그가 말했다. "그러고 보니 가족 얘기는 한 번도 한 적이 없어요."

테일러의 시선이 천천히 케네디를 향했다가 다시 헌터에게로 돌아갔다.

"좀 이상하지 않아요?" 그녀가 물었다. "당신 둘은 몇 년 동안 기숙사 방을 함께 썼어요. 그리고 당신 입으로 가장 친한 친구가 됐다고 했죠. 그런데 가족 얘기를 전혀 하지 않았다고요?"

헌터는 무덤덤하게 어깨를 으쓱였다.

"네, 그리고 전 그게 조금도 이상하다고 생각하지 않아요. 가족 얘기는 나도, 그에게든 다른 누구에게든 한 적이 없으니까요. 다른 이들보다 은밀한 사람들은 언제나 있게 마련이죠."

"그러면 자네는 박사학위를 받았을 때 그를 마지막으로 본 거군."

케네디가 말했다.

헌터는 고개를 끄덕였다. "그는 졸업식에 참석하기 위해 비행기를 타고 와서 하루 머물고는 다음 날 아침 다시 날아갔죠. 그 이후론 소식을 들은 적이 없습니다."

"코네티컷으로 날아가서 그냥 사라졌어요?" 테일러가 다시 이야기했다. "둘이 가장 친했다면서요."

"아마 사라진 쪽은 나였을 겁니다." 헌터가 말했다.

테일러는 순간 머뭇거렸다.

"왜요? 그가 당신과 연락하려고 했었나요?"

"내가 알고 있는 한은, 아니에요." 헌터가 대답했다. "하지만 나도 연락해보려고 하지 않았죠." 그는 잠시 말을 멈추고 눈길을 돌렸다. "난 졸업 이후로 아무와도 연락하지 않았어요."

11

호커 전용기는 로스앤젤레스의 반누이 공항에서 이륙한 지 정확히 다섯 시간 만에 버지니아주 콴티코의 터너필드 활주로에 착륙했다.

헌터는 긴 비행시간 동안 자신이 기억하는 옛 단짝 친구에 관해 케네디, 테일러와 이야기를 나누었다. 그리고 나머지 시간은 모두 말없이 앉아 있었다. 케네디는 두어 시간 정도 잤지만, 헌터와 테일러는 줄곧 각자의 생각에 잠겨 있었다. 무슨 이유에선지, 테일러는 어릴 적 기억으로 돌아가 자신이 왜 그토록 어린 나이에 스스로를 돌보는 방법을 배울 수밖에 없었는지 되새겨보았다.

그녀가 열네 살일 때, 건강해 보이던 아버지는 관상동맥류가 촉발한 심장마비로 불시에 세상을 떴다. 테일러는 아버지의 죽음을 받아들이지 못했고, 그것은 그녀의 젊은 어머니 또한 마찬가지였다. 이후 몇 년간은 정서적으로, 경제적으로 전쟁 기간과 같았다. 지난 15년간 전업주부였던 어머니가 일련의 낯선 직업들을 전전하며 버둥거림과 동시에, 미망인으로서 편모가 되었다는 압박감과도 싸워야 했기 때문이다.

테일러의 어머니는 친절한 영혼을 가진 다정한 여성이었지만, 혼자서는 견뎌내지 못하는 유형의 사람이기도 했다. 게으름뱅이 남자친구들이 줄을 이었고 개중에는 폭력적인 사람도 있었다. 어머니가 다시 임신했을 때는 테일러가 고등학교를 졸업할 무렵이었다. 당시 어머니의 남자친구는 책임감에 짓눌리는 것을 원치 않는다고 말했다. 자신은 아빠가 되고 가족을 꾸릴 준비가 되지 않았고 다른 누군가의 딸, 즉 그는 조금도 관심이 없는 소녀의 아빠가 되어줄 생각은 추호도 없다고 밝혔다. 그가 낙태 수술을 예약해놓은 병원에 테일러의 어머니가 가지 않겠다고 하자, 그는 다음 날 그녀를 떠났다. 이후로 다시는 그의 소식을 듣지 못했다.

어머니가 만삭의 몸으로 일을 할 수 없게 되자 테일러는 대학에 진학하려던 생각을 접고 지역 쇼핑몰에서 일하기 시작했다. 한 달 뒤 어머니는 아들, 애덤을 출산했다. 하지만 불행히도 애덤은 중등도의 지적장애, 근육위축, 두개안면 기형 등의 증상과 운동 조정 능력에 심각한 문제를 일으키는 '18번 삼염색체증'을 가지고 태어났다. 애덤의 출생은 기쁨을 가져다주는 대신 그녀를 우울의 소용돌이 속으로 밀어 넣었다. 그녀는 어떻게 대처해야 할지 몰랐고, 결국 수면제와 항우울제, 알코올에서 위안을 찾았다. 열일곱 살의 나이에 테일러는 '큰딸'과 '큰누나', 그리고 '집안의 가장'이 되어야 했다.

그 후 3년 동안, 정부 보조금으로는 충분하지 않았기에 테일러는 구할 수 있는 일이라면 닥치는 대로 다 해서 어린 동생과 어머니를 보살폈다. 하지만 병원 치료에도 불구하고 애덤은 건강이 계속 악화되어 세 번째 생일을 치르고 두 달 뒤에 죽었다. 어머니의 우울증은 상당히 심각한 수준에 이르렀지만, 의료보험이 없는 상태에서 전문적인 도움을 받기란 사실상 불가능했다.

비 내리던 어느 밤, 테일러가 시내 음식점에서 종업원으로 야간 근무를 마치고 돌아왔을 때 부엌 식탁에 놓인 쪽지를 발견했다.

너나 애덤에게 좋은 엄마가 되어주지 못해서 미안해, 우리 아가. 엄마가 했던 모든 실수도 미안. 너는 나 같은 엄마에게는 과분한 최고의 딸이야. 온 마음을 다해 사랑한다. 엄마는 네가 언젠가는 이렇게 약하고 어리석은 나를, 그리고 내가 너에게 지웠던 모든 짐을 용서할 수 있기를 바랄 뿐이야. 행복하게 지내렴, 내 딸. 너는 그럴 자격이 있단다.

쪽지를 읽으며 가슴이 멎는 듯한 두려움으로 가득 찬 테일러는 어머니 방으로 급히 달려갔다. …… 너무 늦었다. 어머니의 침대 옆 탁자에는 빈 병 세 개가 놓여 있었다. 하나는 수면제, 하나는 항우울제, 하나는 보드카였다. 테일러는 아직도 그날 밤에 대한 악몽을 꾸곤 했다.

그들이 착륙했을 때 활주로에는 이미 FBI 스타일로 차창에 선팅을 한 GMC의 검정 SUV가 그들을 기다리고 있었다.

헌터는 비행기에서 내려와 이른 새벽의 산들바람을 맞으며 183센티미터에 이르는 뼈대를 쭉 폈다. 다시 신선한 공기를 호흡하고, 좁은 공간에서 마침내 벗어나서 기분이 좋았다. 제트기 기내가 아무리 호화로워도 그 안에 갇혀 다섯 시간을 보내고 나니 하늘이 감옥처럼 느껴졌다.

헌터는 손목시계를 확인했다. 두 시간은 더 있어야 해가 뜨겠지만, 놀랍게도 이맘때 버지니아의 밤공기는 로스앤젤레스의 그것처럼 따뜻했다.

"우리 모두 잠을 좀 자둬야겠군." 케네디가 다시 휴대전화를 얼굴에서 떼어내며 말했다. 세 명 모두 SUV에 탔다. "그리고 나중에 괜찮은 아침 식사를 하자고. 자네 숙소는 준비했어." 그가 헌터에게 말했다. "자네가 아카데미 기숙사에서 지내는 걸 싫어하지 않길 바라네."

헌터는 살짝 고개를 가로저었다.

"테일러 요원이 오전 10시에 자네를 데리러 갈 거야." 케네디는 손목시계를 들여다보았다. "여섯 시간의 여유가 있어. 잠 좀 자두게."

"더 빨리 갈 수는 없습니까?" 헌터가 물었다. "지금 이미 여기 왔잖아요. 시간을 더 끌 이유가 없어요."

케네디는 헌터의 눈을 똑바로 보았다. "로버트, 우리 모두 좀 쉬어야 해. 긴 하루였고 긴 비행이었어. 자네가 아주 적게 자면서 일할 수 있다는 건 알겠네. 하지만 그렇다고 해서 자네 두뇌가 다른 이들의 것처럼 피로해지지 않는다는 의미는 아니지. 우린 자네가 옛 친구와 이야기하러 들어갈 때 아주 예리한 정신상태이길 바라네."

헌터는 활주로를 떠나는 SUV 옆으로 빠르게 스쳐 가는 가로등 기둥들을 응시할 뿐, 아무 말도 하지 않았다.

12

오전 10시 정각, 특수요원 코트니 테일러는 헌터의 방문을 두드렸다. 간신히 다섯 시간을 자고 일어나 샤워를 한 그녀는 지금, 실용적으로 보이면서도 우아한 검정 세로줄 무늬 정장을 입고 있었다. 금발 머리는 아주 단정하게 뒤로 당겨 말총머리로 묶은 채였다.

문을 연 헌터는 손목시계를 확인하고 미소 지었다.

"와, 10시가 되길 기다렸다가 두드렸나 보군요."

헌터의 머리는 아직 젖어 있었다. 그는 검은색 진바지에 진청색 티셔츠를 입고 그 위에 늘 입는 얇은 검정 가죽 재킷을 걸친 차림에 까만 부츠를 신었다.

헌터는 깜박 잠들었다 깼다를 반복하면서 다 합쳐봐야 고작 두 시간 반 남짓하게 잤다.

"준비됐나요, 헌터 형사님?" 테일러가 물었다.

"그럼요." 헌터가 등 뒤로 문을 닫으며 대답했다.

"아침 식사를 했다고 믿어도 되겠죠?" 계단을 향해 복도를 따라 걸으면서 그녀가 물었다.

아침 9시 정각, FBI 요원 후보생이 과일, 시리얼, 요구르트, 스크램블드에그, 커피, 우유, 토스트 등 건강식이 놓인 쟁반을 들고 헌터의 방문을 두드렸다.

"먹었어요." 헌터가 왜 그러느냐는 듯한 미소를 지으며 말했다. "FBI가 룸서비스를 하는 줄은 몰랐네요."

"이번만이에요. 케네디 센터장님에게 고맙다고 하세요."

헌터는 고개를 한 번 끄덕였다. "꼭 그러죠."

아래층에는 또 다른 검정 SUV가 그들을 아카데미 단지 반대편으로 데려가기 위해 기다리고 있었다. 테일러는 운전사와 함께 앞에 앉고 헌터는 조용히 뒷좌석에 앉았다.

FBI 아카데미는 워싱턴에서 남쪽으로 65킬로미터 지점, 면적 220만 제곱미터의 해병대 기지 안에 있었다. 정부의 훈련 시설이라기보다는 너무 커져버린 기업의 사옥처럼 보이는 건축물들이 서로 연결되어 있었다. 가슴에는 FBI 휘장이 새겨지고 등에는 금색으로 'FBI'가 가로로 크게 적힌 감색 운동복을 입은 신입 요원들을 어디서나 볼 수 있었다. 고성능 소총을 든 해병대원들이 교차로와 건물 입구마다 서 있었다. 공기를 가르는 헬리콥터의 프로펠러 소리가 끊이지 않을 것만 같았다. 그 장소 전체에 감도는 뚜렷한 사명감과 비밀 의식의 분위기에서 벗어날 길은 없었다.

영원히 계속될 듯싶던 주행 뒤에, SUV는 마침내 아카데미 단지의 반대편 끝쪽에 도착했다. 차는 중심 건물들에서 완전히 분리된 채 '기지 속 기지'로 설명될 수밖에 없을 만큼 경비가 삼엄한 문 앞에서 잠시 기다렸다. 그리고 보안 검색대를 통과해, 전면이 짙은 방탄유리로 되어 있는 3층짜리 벽돌 건물 앞에서 멈춰 섰다.

헌터와 테일러가 차에서 내렸다. 테일러가 헌터를 안내해 무장한 해병대원들이 서 있는 입구를 지나 건물 안으로 들어갔다. 그들은 보안 출입문 두 개를 통과해 긴 복도를 따라 내려가다 다시 한번 보안 출입문을 지난 후 엘리베이터를 타고 세 개 층 아래에 있는 행동과학부, BSU_{Behavioral Science Unit}로 내려갔다. 엘리베이터 문이 열렸다. 벽에 금박을 입힌 초상화 액자들이 줄지어 걸려 있는, 길고 번쩍이면서 훤한 느낌의 원목 복도가 나타났다.

둥근 얼굴에 코가 휜 덩치 큰 남자가 엘리베이터 앞에 서 있었다.

"로버트 헌터 형사님." 약간 쌀쌀맞은 느낌의 거친 목소리로 그가 인사를 건넸다. "에드윈 뉴먼 요원입니다. BSU에 오신 걸 환영합니다."

헌터는 엘리베이터에서 내려 뉴먼과 악수했다.

50대 초반의 뉴먼은 뒤로 빗어 넘긴 희끗희끗한 머리에 밝은 초록색 눈을 가진 남자였다. 완전히 새것 같은 흰 셔츠에 빨간색 실크 넥타이를 매고, 검은색 정장을 입었다. 그는 하얀 이를 반짝이며 미소 지었다.

"회의실에서 잠깐 얘기할 수 있을까요? 당신이……." 뉴먼은 잠깐 테일러를 보았다. "내가 이해한 대로라면…… '옛 친구'를 보러 가기 전에요."

헌터는 간단히 고개를 끄덕이고는 뉴먼과 테일러를 따라 복도 맨 끝으로 갔다.

회의실은 컸고 아주 쾌적한 온도로 냉방이 되고 있었다. 방의 중앙에는 반짝반짝 광이 나는 기다란 마호가니 탁자가 있었다. 맞은편 벽에는 대형 모니터가 아주 상세한 미국 지도를 화면에 띄운 채 빛을 발하고 있었다.

뉴먼은 탁자의 상석에 자리를 잡고 헌터에게 옆에 앉으라고 고개를 끄덕였다.

"현재 우리가 처한 까다로운 상황에 대해 다 알고 있다고 들었습니다." 헌터가 자리에 앉자 뉴먼이 이야기를 시작했다.

헌터는 고개를 끄덕였다.

뉴먼은 탁자에 놓인 파일을 열었다. "당신이 케네디 센터장님과 테일러 요원에게 한 말에 따르면, 우리가 구류한 남자의 진짜 이름은 루시엔 폴터고, 운전면허증에 적힌 리암 쇼가 아니었군요."

"내가 아는 그의 이름이죠." 헌터가 확인해주었다.

뉴먼은 이해했다는 듯 고개를 끄덕였다. "그렇다면 당신은 '루시엔 폴터' 역시 지어낸 이름일 수 있다고 생각하는군요."

"내 말뜻은 그게 아닙니다." 헌터가 차분하게 대답했다.

뉴먼은 헌터가 설명하기를 기다렸다.

"내가 볼 땐, 대학 때 그가 가명을 사용해야 했을 만한 이유는 없었어요." 헌터는 상황을 명료하게 정리하려고 애썼다. "또, 지금 우리가 이야기하고 있는 사람이 스탠퍼드 대학교에 다녔고 당시에 고작 열아홉 살이었다는 사실을 염두에 둬야 합니다."

뉴먼은 형사의 생각을 제대로 따라가지 못하겠는지 헌터를 보며 아주 미세하게 얼굴을 일그러뜨렸다.

헌터가 그의 마음을 읽고 설명해주었다. "열아홉 살짜리 소년이, 개인용 컴퓨터가 존재하지 않던 시대에 명망 있는 대학교에 들어가기 위해 전문적인 수준으로 여러 기록을 조작했어야 한다는 의미입니다." 그는 고개를 저었다. "쉬운 일은 아니죠."

"쉽지 않죠." 뉴먼이 동의했다. "하지만 가능은 했어요."

헌터는 아무 말도 하지 않았다.

"나는 그의 이름에 숨겨진 의미를 물어본 거요." 뉴먼이 말했다.

"숨겨진 의미요?" 헌터가 호기심을 느끼며 요원을 보았다.

뉴먼은 고개를 끄덕였다. "'폴터'라는 단어가 독일어로 '고문하다'라는 뜻인 걸 압니까?"

헌터는 고개를 끄덕여 동의했다. "네, 루시엔이 말해줬죠."

뉴먼은 계속 그를 응시했다.

헌터는 그다지 감명받은 듯 보이지 않았다. "당신이 말하는 숨은 의미라는 게 그겁니까?" 그는 테일러를 힐끗 본 후 다시 뉴먼에게로 시선을 돌렸다. "'루시엔'이 프랑스어로는 '빛, 깨달음'이라는 뜻을 가졌다는 것도 알아요? 또, 폴란드어로는 '마을'이라는 뜻이고 기독교 성인의 이름이기도 하죠. 대부분의 이름 뒤에는 역사가 있어요, 뉴먼 요원님. 내 성은 '추적하는 자'를 의미합니다. 그렇지만 내 아버지는 어떤 형태로든 사냥꾼이었던 적이 없어요. 미국인들이 가진 많은 성이, 우연하게도 다른 언어로 무언가를 의미하죠. 그게 실제 의미가 될 수는 없습니다."

뉴먼은 되받아치지 않았다.

헌터는 잠깐 그대로 있다가 탁자 위의 파일로 시선을 옮겼다.

뉴먼은 그것을 알아채고 파일의 내용을 소리 내어 읽기 시작했다. "좋습니다. …… 루시엔 폴터. 1966년 10월 25일생으로 콜로라도주 몬테비스타에서 태어났죠. 양친인 찰스 폴터와 메리앤 폴터는 모두 사망. 그는 1985년에 매우 우수한 성적으로 몬테비스타 고등학교를 졸업했어요. 어린 시절 범죄를 저지른 기록은 전혀 없고 경찰과 어떠한 문제에도 휘말린 적이 없습니다. 고등학교 졸업 후 바로 스탠퍼드 대학교에 합격했고요." 뉴먼은 말을 잠시 멈추고 헌터를 보았다. "그 이후 몇 년간의 일들은 이미 다 알고 있을 것 같군요."

헌터는 침묵을 지켰다.

"스탠퍼드에서 심리학 학사 과정을 마치고 루시엔 폴터는 코네티컷의 예일 대학교 범죄심리학 박사 과정에 지원했어요. 그는 합격했고, 3년간 박사 과정을 밟다가 그냥 사라졌죠. 학업을 마치지 못한 채로요." 뉴먼이 설명했다.

헌터는 계속 뉴먼에게 시선을 두고 있었다. 그는 옛 친구가 박사 과정을 마치지 못했다는 사실을 이제껏 몰랐었다.

"'사라졌다'는 게 무슨 말인가 하면…… **행방불명**입니다. 예일에서 3년을 보낸 이후의 루시엔 폴터에 관한 흔적은 세상에 아무것도 없어요. 직업 기록도 없고, 여권도 없고, 신용카드도 없고, 등록된 주소지도 없고, 청구서도 없고…… 전혀요. 마치 존재하기를 멈춘 것처럼요." 뉴먼은 파일을 덮었다. "이게 우리가 그에 관해 알고 있는 전부입니다."

"아마 그때 신분을 바꾸기로 했나 보네요." 헌터의 맞은편에 앉아 있던 테일러가 말했다. "루시엔 폴터로서의 자신에게 염증을 느끼고 다른 누군가가 되기로 한 거죠. 그게 리암 쇼일 수도 있고, 아니면 우리가 모르는 전혀 다른 누군가일 수도 있어요."

이후로 몇 초 동안 침묵이 그 방을 장악했다. 뉴먼이 정적을 깼다.

"진실은 이 녀석이 누구든 간에 숨을 쉬며 살아 있고, 걸어 다니는 수수께끼가 되었다는 겁니다. 어쩌면 인생 전체가 거짓일 수도 있어요."

헌터는 잠시 곰곰이 생각했다.

"형사님이 이 점을 이해하고 그와 이야기하러 갔으면 좋겠어요." 뉴먼이 덧붙였다. "과거의 사람들을 대할 때 다소 감정적으로 될 수가 있으니까요. 당신에게 어떻게 하라고 강요할 생각은 없습니다. 나는 당신 파일을 읽었고, 〈범죄행위에 관한 고급 심리 연구〉라는 논문도 읽었어요. 실은 BSU 필독서라 모두가 읽었죠. 그러니 당신이 누구보다도 자기가 할 일을 잘 알 겁니다. 하지만 당신도 인간이니 감정이 있을 테죠. 얼마나 잘 아느냐에 상관없이 감정은 판단과 생각을 흐릴 수 있습니다. 아니, 흐릴 겁니다. 그 점을 명심하고 들어가세요."

헌터는 조용히 있었다.

뒤이어 뉴먼은 루시엔 폴터가 콴티코에 도착한 뒤로 얼마나 특이하고 기이한 모습을 보여왔는지 설명했다. 극도의 침묵, 정밀한 생체 시계, 긴 운동 일과, 벽 응시하기, 비범한 정신력 등 전부.

옛 친구에 관해 알고 있는 헌터는 루시엔이 그토록 정신을 집중할 수 있다는 사실에 그다지 놀라지 않았다.

"그가 기다리고 있어요." 뉴먼이 말했다. "이제 가봐야겠군요."

13

뉴먼과 테일러는 헌터를 데리고 회의실에서 나와 다시 복도를 지나 엘리베이터를 타고 지하 5층까지 두 층을 더 내려갔다. 그곳은 행동분석팀이 있는 층과는 전혀 달랐다. 복도 바닥에서는 윤이 전혀 나지 않았고, 벽에 화려한 장식물도 없었으며, 쾌적한 느낌도 들지 않았다.

엘리베이터 문이 열리자 콘크리트 바닥의 작은 대기실이 나왔다. 우측의 커다란 안전유리 뒤로 모니터가 설치된 벽과 커다란 콘솔패널 앞에 앉아 있는 보안요원이 보였다. 통제실이 분명했다.

"BSU의 유치장에 오신 걸 환영합니다." 테일러가 말했다.

"왜 여기에 가둔 거죠?" 헌터가 물었다.

"사실 두 가지 이유가 있습니다." 테일러가 대답했다. "첫째, 전에 말했던 대로 휘틀랜드의 보안관서는 이런 규모의 사건을 어떻게 처리해야 할지 전혀 알지 못했어요. 그리고 두 번째, 모든 상황이, 아마도 이 두 살인이 여러 주에 걸쳐 벌어진 범행임을 가리키기 때문이죠. 그래서 형사님의 옛 친구가 어디에 구금되는 게 옳은지 분명하게 결론이 날 때까지는 이곳에 가둬둘 겁니다."

"또, BSU 내부에서 당신 친구의 정신이상 가능성이 제기되었기 때문이기도 합니다." 뉴먼이 덧붙였다. "특히 그의 정신력, 극도의 압박 상황에서 굳건히 버티는 모습은 믿기 힘들 정도죠. 분석팀의 누구도 비슷한 케이스를 본 적이 없어요. 만약 그가 살인범이 맞는다면, 두 피해자의 머리에 가해진 잔혹성 수준으로 판단하건대, 우리는 우연히 '판도라의 상자'를 찾아낸 건지도 모릅니다."

테일러가 통제실 안의 보안요원에게 신호를 보내자 맞은편의 문이 윙 소리를 내며 열렸다. 문 옆에 서 있던 해병대원이 옆으로 한 걸음 비켜서서 그들을 통과시켰다.

문은 그들을 콘크리트블록 벽 사이에 난 긴 복도로 이끌었다. 공기 중에 콧속을 간지럽히는 소독약 냄새가 뚜렷했다. 병원 냄새와 비슷하지만 그렇게 강하지는 않았다. 복도는 보통의 힘이나 일반적인 도구로는 도저히 뚫을 수 없어 보이는 육중한 두 번째 철제문으로 이어졌다. 테일러와 뉴먼은 그 문에 다다르자 위쪽 천장 높이 달린 보안 카메라를 올려다보았다. 1초 뒤, 문은 윙 소리를 내며 열렸다. 그들은 더 좁은 복도를 요리조리 따라가 육중한 철제문을 두 개 더 통과한 후 별 특징 없는 복도를 반쯤 따라 내려가 마침내 심문실에 도착했다.

연회색 콘크리트블록 벽과 하얀 리놀륨 바닥으로 된 이 새 방은, 가로세로 5미터의 정방형 '상자'에 가까워 보였다. 방 한가운데엔 양 끝에 두 개의 금속 의자가 놓인 정사각형 철제 탁자가 바닥에 단단히 고정돼 있었다. 의자 바로 옆 바닥에 설치된 두꺼운 금속 고리 두 개 역시 볼트로 고정된 채였다. 탁자 바로 위 천장에서는 보호 철창 속에 설치된 두 개의 형광등이 방을 환히 밝히고 있었다. 헌터는 CCTV 카메라가 천장 각 구석에 하나씩 총 넉 대가 설치돼 있다는 걸 알아챘다. 벽 한쪽에 정수기가 있었고, 북쪽 벽은 아주 커다란 반투명유리로 되어 있었다.

"앉으세요." 테일러가 헌터에게 말했다. "편히 계세요. 형사님 친구를 여기로 데려올 겁니다." 그리고 그녀는 머리로 옆을 가리켰다. "우리는 옆 방에 있을 거예요. 하지만 눈과 귀는 이 방에 있을 겁니다."

그 밖에 다른 말은 없이, 테일러와 뉴먼은 폐소공포를 느끼게 하는 사각형 상자 안에 헌터를 홀로 남겨둔 채 심문실을 나가, 육중한 철제문이 쾅 닫히게 했다. 문의 안쪽에는 손잡이가 없었다.

헌터는 철제 탁자에 기대 벽을 똑바로 보며 심호흡했다. 그는 이런 심문실에 셀 수 없이 와봤다. 아주 폭력적이고 잔인하면서 가학적인 살인자와, 개중에는 연쇄살인범으로 판명된 사람들과 얼굴을 마주했던 적도 많았다. 하지만 심문을 기다리며 질식하는 느낌에 빠졌던 처음 몇 번의 심문을 제외하면 이렇게 목이 졸리는 느낌이 든 적은 없었다. 그는 그 느낌을 좋아하지 않았다. 조금도.

그때, 윙 소리를 내며 문이 열렸다.

14

천천히 문이 열리는 동안 내내 자신이 숨을 참고 있었다는 사실을 깨닫고 헌터는 놀랐다.

문을 처음 통과한 사람은 전투용 산탄총을 든, 큰 키에 체격이 다부진 해병대원이었다. 그는 방으로 두 걸음을 내디딘 후 다시 왼쪽으로 한 걸음 옮겨서, 문에서 방으로 이어지는 길을 비워주었다.

헌터는 긴장하며 일어섰다.

두 번째로 방에 들어온 남자는 헌터보다 키가 3센티미터쯤 더 컸다. 바짝 자른 갈색 머리에 턱수염은 막 무성해지려 하고 있었다. 그는 평범한 주황색 죄수복을 입고 있었다. 두 손은 수갑이 채워진 채 지름이 30센티미터 이내로 보이는 금속 봉에 연결돼 있었다. 금속 봉과 이어진 사슬은 남자의 허리를 두른 후 발까지 내려가 굵고 무거운 족쇄에 채워져 있어서, 마치 일본의 게이샤처럼 발을 끌며 걸을 수밖에 없게끔 그의 움직임을 제한했다.

고개는 턱이 거의 가슴에 닿을 정도로 숙이고 있었고 두 눈은 바닥에 고정된 상태였다. 헌터는 남자의 얼굴을 확실히 볼 수 없었지만, 그래도 옛 친구를 알아볼 수는 있었다.

첫 번째 해병대원과 똑같이 무장한 두 번째 해병이 죄수 바로 뒤를 따랐다.

헌터는 오른쪽으로 한 걸음을 옮겼지만 말은 하지 않았다.

두 경비병은 죄수를 철제 탁자 앞의 의자로 인도했다. 그가 앉자 두 번째 해병대원이 재빨리 바닥의 금속 고리에 죄수의 발목 사슬을 채웠다. 남자는 내내 시선을 낮게 유지하며 절대로 고개를 들지 않았다. 구속 과정을 전부 마치자 두 경비병은 한마디 말도 없이, 헌터에게 눈길 한 번 주지 않고 방을 나갔다. 문은 그들 뒤로 쾅 소리를 내며 닫혔다.

그때부터 남자가 마침내 고개를 들 때까지, 영원히 계속될 것만 같은 팽팽한 정적이 이어졌다.

헌터는 그와 철제 탁자를 사이에 두고 서 있었다. 얼어붙은 듯이 아무런 미동도 없이. 그러다 그들의 눈이 마주쳤고, 둘은 잠깐 서로를 그냥 바라보기만 했다. 남자의 입술이 옆으로 늘어나며 살포시 긴장된 미소를 띠었다.

"안녕, 로버트." 감정이 북받친 듯한 목소리로 남자가 마침내 인사를 건넸다.

루시엔은 헌터가 마지막으로 본 이후 살이 약간 붙긴 했지만, 여전히 근육질의 몸 같았다. 얼굴은 전보다 나이 들어 보였지만 오히려 더 탄탄해진 듯싶었다. 그 옛날처럼 건강한 피부색도 여전했다. 하지만 진갈색 눈빛은 변해 있었다. 엄청난 집중력과 의지력을 가지고 상대를 바라보며 마음을 꿰뚫어 보는 듯했다. 높은 광대뼈와 도톰하고 강인한 입술, 그리고 각진 턱은 여전히 여성들로 하여금 그가 잘생겼다고 말하게 할 것임을 헌터는 의심치 않았다. 눈 바로 아래 왼쪽 뺨에 사선으로 난 3센티미터 길이의 흉터는, 헌터의 생각으로는 많은 사람이 매력적이라 여길 '나쁜 남자'의 거친 인상을 주었다.

"루시엔." 헌터는 자신의 눈을 믿을 수 없다는 듯이 말했다.

몇 초간 그들은 그렇게 서로를 응시했다.

"오랜만이야." 루시엔은 수갑이 채워진 손을 내려다보며 말했다. "할 수만 있다면 너를 안아줬을 거야, 로버트. 보고 싶었어."

헌터는 가만히 있었다. 무슨 말을 해야 할지 정말 몰랐기 때문이다. 언젠가는 옛 대학 친구를 다시 보게 될 거라고 생각했지만, 지금 이렇게 만나게 되리라고는 전혀 예상치 못했다.

"내 친구, 좋아 보이네." 눈으로는 헌터를 분석하며, 루시엔은 다시금 미소 지었다. "네가 운동을 한순간도 게을리하지 않았다는 걸 알겠어. 네 모습은 마치……." 그는 적당한 단어를 고르기 위해 잠시 뜸을 들였다. "타이틀전을 앞둔 호리호리한 복싱선수 같다고나 할까. 그리고 전혀 나이를 안 먹은 것 같은걸. 네 인생은 좋았었나 보네."

헌터가 마침내 고개를 저었다. 무아지경 상태에서 막 깨어난 듯한 미약한 움직임이었다.

"루시엔, 대체 무슨 일이야?" 목소리는 차분하고 침착했지만, 여전히 놀란 눈빛이었다.

루시엔은 심호흡했고, 헌터는 그의 몸이 긴장하는 것을 보았다.

"모르겠어, 로버트." 다소 약해진 목소리로 그가 대답했다.

"'모르겠다'고?"

루시엔은 자신의 수갑 찬 손으로 눈길을 돌렸고, 좀 더 편한 자세를 찾기 위해 몸을 이리저리 움직이기 시작했다. 그가 고심하고 있다는 분명한 징후였다.

"말해봐." 그가 시선을 피하며 말했다. "수전에게 연락받은 적 있어?" 그러고는 일순간, 질문한 자신도 놀란 듯한 반응을 보였다.

헌터는 눈살을 찌푸렸다. "뭐라고?"

"수전. 기억하지? 수전 리처즈."

헌터의 머릿속에서 섬광처럼 기억이 떠올랐다. 그는 수전을 똑똑히 기억했다. 어떻게 기억하지 못할 수 있을까? 그들 셋은 대학 시절 떼어놓으려야 떼어놓을 수 없는 사이였다. 수전 역시 심리학을 전공한 매우 똑똑한 학생이었다. 그녀는 스탠퍼드에 합격하고 네바다주에서 캘리포니아주로 옮겨 왔었다. 수전 리처즈는 태평스러운 타입의 여자아이로, 늘 미소 지으며 매사에 긍정적이었고 좀처럼 당황하는 법이 없었다. 몹시 매력적이기도 했다. 밤색 머리와 아몬드 모양의 아름다운 녹갈색 눈, 그리고 작은 코와 도톰한 입술을 가졌으며, 키가 크고 날씬했다. 수전은 북미 원주민인 어머니의 섬세한 이목구비 대부분을 물려받았다. 사람들은 그녀를 두고 심리학과 학생이라기보다는 할리우드 스타처럼 보인다고 말하곤 했었다.

"그럼, 당연히 기억하지." 헌터가 말했다.

"그녀에게 연락받은 적 있어?" 루시엔이 물었다. 헌터는 심리학적 시각으로 상황을 보고 나서야 무슨 일이 벌어지고 있는지 깨달았다. 공포증에 대한 방어기제. 사람은 까다로운 사안에 관해 이야기하기 두렵거나 너무 긴장되면 무의식적으로, 잠시라도 진정이 될 때까지 핵심 주제를 회피하고 그와 거리가 먼 대화를 시도할 때가 있다. 정확히 지금 루시엔이 그랬다.

심리학자로서 헌터는 그냥 동조하는 척하는 것이 최고의 대처임을 알고 있었다. 긴장은 곧 진정될 것이다.

"아니, 수전이 졸업한 후론 전혀 소식을 듣지 못했어. 너는?" 그가 되물었다.

루시엔은 고개를 가로저었다. "나도 마찬가지야. 짧은 편지조차 없었어."

"내 기억에, 수전은 여행을 가고 싶다고 말했었어. 유럽이었나. 여행하다가 아예 거기 정착했는지도 모르지. 거기서 누굴 만나 결혼했거나, 아니면 일자리를 얻었을 수도 있고."

"맞아, 수전이 여행 얘기를 했었어. 아마 그랬겠지." 루시엔이 동의했다. "로버트, 그래도 우리는 항상 붙어 다녔잖아. 우린 친구였어, 좋은 친구."

"그런 일은 흔해, 루시엔." 헌터가 말했다. "너와 나도 가장 친한 친구였는데 대학 졸업 후엔 전혀 연락을 하지 않았잖아."

루시엔이 고개를 들어 헌터를 보았다. "그건 완전히 사실은 아니야, 로버트. 한동안은 연락했었지. 사실, 네가 박사학위를 딸 때까지 몇 년 동안은 했었어. 내가 졸업식에 갔던 거 기억해?"

헌터는 고개를 한 번 끄덕였다.

"수전이 너와는 연락했을지도 모른다고 생각했어." 루시엔이 어깨를 으쓱했다. "수전이 너한테 빠졌다는 건 누구나 알았지."

헌터는 대꾸하지 않았다.

루시엔은 헌터를 향해 다정한 미소를 지어 보였다. "네가 수전과 데이트하지 않았다는 건 알아. 내가 그 애를 좋아한다는 걸 넌 알고 있었으니까. 넌 정말 멋졌어. 정말 사려 깊었지……. 하지만 너희가 사귀었다 해도 내가 언짢아했을 것 같지는 않아. 너희 둘은 아주 멋진 커플이 됐을 거야."

루시엔은 잠깐 동안 헌터와 눈을 마주치려 하지 않았다.

"그 애가 팔에 그 끔찍한 문신을 하는 데 우리가 따라갔던 거 기억해?" 그가 물었다.

헌터는 분명히 기억했다. 수전은 붉은 장미의 가시 돋친 줄기가 목을 조르듯 피 흘리는 심장을 감싼 문신을 하기로 했었다.

"확실히 기억해." 헌터가 침울한 미소를 지으며 말했다.

"그게 뭐였지? 심장을 조르는 장미?"

"그 문신, 마음에 들었는데." 헌터가 말했다. "독특했어. 그리고 분명히 수전에게 의미가 있었지. 그 애 팔에 아주 잘 어울렸고. 그 문신 아티스트, 실력이 좋았어."

루시엔은 얼굴을 찡그렸다. "난 사실 문신을 좋아하지 않아. 한 번도 좋아했던 적이 없지." 그는 잠시 눈길 가는 대로 콘크리트블록 벽을 아무 데나 바라봤다. "수전이 보고 싶어. 그 애는 항상 우리를 웃게 해줬잖아. 최악의 상황에서도 말이야."

"맞아, 나도 그 애가 보고 싶어." 헌터가 말했다.

침묵이 몇 초간 그 방을 집어삼켰다. 헌터는 종이컵에 정수기 물을 받아 루시엔의 앞에 놓았다.

"고마워." 그가 재빨리 한 모금 마시며 말했다.

헌터는 자기 컵에도 물을 받았다.

"저들은 엉뚱한 사람을 잡은 거야, 로버트." 루시엔이 마침내 말을 꺼냈다.

헌터는 잠시 말없이, 옛 친구를 다시 보았다. 루시엔은 드디어 긴장이 풀렸는지 이야기할 준비가 된 것 같았다. 헌터는 눈빛으로 물었다.

"내가 한 게 아니야." 루시엔이 다시 감정이 치미는 목소리로 말했다. "저들이 내가 했다고 하는 거 말이야. 넌 날 믿어야 해, 로버트. 나는 괴물이 아니야. 그런 짓을 하지 않았어."

헌터는 침묵을 지켰다.

"하지만 누가 했는지는 알아."

15

커다란 반투명유리 뒤편 관찰실에서 특수요원 테일러와 뉴먼은 루시엔 폴터의 모든 행동과 말을 유심히 지켜보고 있었다. FBI 행동분석팀의 법정法定 정신의학자 패트릭 램버트 박사도 동석해 있었다.

동쪽 벽 가까이 놓인 CCTV 화면 두 개가 각기 다른 각도에서 자세하게 찍은 루시엔의 영상을 보여주고 있었다. 램버트 박사는 끈기 있게 안면의 모든 움직임과 어조를 일일이 분석했다. 하지만 그게 다가 아니었다. 두 모니터 모두 최신 안면 분석 프로그램이 설치된 컴퓨터에 연결되어 있어서, 얼굴이나 눈의 가장 작은 움직임마저도 판독하고 평가할 수 있었다. 심문받는 사람의 차분하던 정신상태가 긴장, 불안, 짜증, 분노 등의 상태로 변하면서 무의식적으로 촉발되어 통제하지 못하는 움직임들. 관찰실에 있는 모두가, 루시엔 폴터가 무엇이든 조금이라도 거짓을 말하면 자신들이 결국에는 알게되리라고 확신했다.

램버트 박사, 그리고 특수요원 테일러와 뉴먼 모두 안면 분석 프로그램 없이도 루시엔의 어조나 안구의 움직임, 표정 등에 드러난걱정과 긴장의 징후를 포착할 수 있었다. 예상했던 바였다. 루시엔은 아주 잔혹한 두 건의 살인 혐의로 체포된 이래 처음으로 '이야기하고' 있었다. 게다가 대학 시절 이후 처음으로 보는 옛 친구와 마주하고 있다는 사실이 더해져 긴장과 불안을 느낄 수밖에 없을 것이다. 상식적인 인간의 심리 반응이었다. 그가 처음에 보였던 '회피'도 마찬가지였다. 루시엔에게 있어 옛 친구와 공통의 주제에 관해 이야기하는 것은 긴장과 불안을 쉽고 확실하게 진정시키는 방법이었다. 곧 헌터 형사가 천천히 루시엔을 대화로 이끌어갈 터이기에 그들은 기다렸다. 하지만 헌터가 그럴 필요도 없었다. 루시엔이 자발적으로 그 주제로 돌아왔기 때문이다. 하지만 그의 마지막 말은 모두에게 뜻밖이었다.

"저들은 엉뚱한 사람을 잡은 거야, 로버트."

관찰실 안에 감돌던 긴장감이 한층 더해졌고, 모두가 그렇게 하면 더 잘 보이거나 잘 들리기라도 한다는 양 본능적으로 머리를 모니터 쪽으로 길게 빼고 있었다.

"내가 한 게 아니야. 저들이 내가 했다고 하는 거 말이야. 넌 날 믿어야 해⋯⋯."

"물론 안 했겠지." 뉴먼은 테일러를 보고 킬킬거리며 말했다. "절대로 했을 리가 없지. 감옥은 무고한 사람들로 넘쳐나는 곳이니까, 안 그래?"

테일러는 대꾸하지 않았다. 그녀는 신중하게 화면들을 보고 있었고, 램버트 박사도 마찬가지였다.

"하지만 누가 했는지는 알아."

이 마지막 말은 아무도 예측하지 못한 것이었다. 왜냐하면, 이 발언은 루시엔이 범죄 공모를 인정하는 것이나 다름없기 때문이었다. 루시엔 폴터가 두 여자를 살해하고 목을 자른 쪽은 아니었다고 해도 누구 짓인지 알고 있었다고 인정함으로써 스스로 살인 종범이 되었고, 게다가 경찰에 알리지 않고 여자들의 머리를 다른 주로 수송하다가 발각됨으로써 상황은 더 악화되었다.

그리고 그가 체포된 곳이자 사형제도가 아직 시행되고 있는 와이오밍주의 지방검찰청은 틀림없이 그를 사형대로 보내려 할 것이었다.

16

헌터는 놀랐지만, 침착하고 느긋해 보이려고 최선을 다했다. 그는 루시엔의 마지막 말에 옆의 관찰실 안에서 긴장감이 팽팽해졌을 거라고 확신했다. 하지만 이야기를 시작할 만큼 루시엔의 긴장이 풀린 듯 보였기 때문에, 헌터는 가능한 한 대화를 매끈하게 이어가야 했다. 그는 그저 상황을 올바른 방향으로 이끌어, 옛 친구가 이야기할 수 있게 하리라고 다짐했다.

헌터는 의자를 끌어당겨 루시엔의 맞은편에 앉았다. "누구 짓인지 알고 있다고?" 시간을 물어보듯 몹시 평온한 어조였다.

대개 심문자는 권위적인 자세로 서 있는 한편, 심문을 받는 사람은 열등한 자세로 앉아 있기 마련이다. 질문자가 더 높은 위치에서 상대를 얕보는 투로 말하는 것이 위협 기술로 작용한다는 이론이다. 그러면 대부분의 사람이 가지고 있을, 어릴 적 무언가 잘못해서 부모에게 혼났던 기억이 자극된다. 하지만 헌터는 이미 루시엔이 받은 위협에 위협을 더하고 싶지 않았다. 그래서 권위적인 자세를 버리고 루시엔과 같은 높이로 내려와 그의 바로 앞에 앉았다. 헌터의 이동은 심리적으로 긴장감을 최저로 낮춤으로써, 바라건대 위축감을 주지 않는 효과를 가져올 것이다.

"글쎄." 루시엔이 몸을 앞으로 숙여 팔꿈치를 탁자 위에 올리며 말했다. "**정확히** 누구인지는 모르지만, 논리적으로 따져보면 알 수 있어. 그 차를 배달받는 사람, 아니면 그 차를 내게 준 사람 둘 중 하나여야 해. 만약 그들이 아니더라도, 누구 짓인지 그들은 알겠지. 그들이 네가 쫓아야 할 사람들이야." 그는 깊고 절실한 숨을 토해냈다. "로버트, 넌 나를 도와줘야 해. FBI가 원하는 사람은 내가 아니야. 내가 하지 않았어. 나는 배달원일 뿐이라고."

처음으로 루시엔의 목소리에서 약하게 느껴지는 정서적 공포에 헌터는 주목했다. 그 차가 루시엔의 이름으로 등록되어 있지 않다는 사실을 FBI에게 들어 이미 알고 있었지만, 루시엔이 그 차를 누군가에게 배달하고 있었다고 들은 것은 이번이 처음이었다.

"토러스를 누구한테 가져가고 있었던 거야?" 헌터가 물었다.

루시엔이 다시 헌터의 눈길을 피했다. 그러다 마침내 입을 열었을 때, 그는 침착하고 조심스러운 어조로 돌아가 있었지만 거기엔 분노의 기색이 실려 있었다.

"친구야, 현실의 삶은 모두에게 똑같지 않다는 거 알잖아."

헌터는 루시엔이 무슨 이야기를 하는지 알 수 없었고, 그래서 기다렸다.

루시엔은 재빨리 천장의 카메라들을 훑고 헌터 뒤쪽의 커다란 반투명유리를 바라봤다. 그는 지금의 상황이 영상으로 녹화되고 있으며 그가 무엇을 말하든 헌터와 자신만의 비밀이 될 수 없다는 사실을 알고 짧은 순간 당황한 듯 보였다.

헌터는 옛 친구가 느끼는 갑작스러운 당혹감을 알아채고 그의 시선을 쫓았지만, 다른 사람들이 엿듣는 것을 어떻게 할 수는 없었다. 이것은 FBI의 사건이지, 헌터의 사건이 아니었다. 루시엔에게 시간을 주는 것밖에 그가 할 수 있는 일은 없었다.

"스탠퍼드를 떠난 후에 나는 몇 가지 실수를 저질렀어." 그렇게 말한 루시엔은 자신이 한 말을 다시 곱씹어보는 것 같았다. "실은 **꽤 많이.** 개중에는 아주 좋지 않은 것들도 있었고." 그는 다시 헌터를 바라보았다. "처음부터 이야기해야 할 것 같네."

17

어떤 까닭인지, 루시엔의 말에 심문실 안의 공기가 에어컨을 켠 것처럼 갑자기 차가워진 느낌이 들었다.

헌터는 목을 타고 척추로 흘러 내려가는 불편한 한기에도 안정을 유지했다.

물을 홀짝이는 루시엔의 눈빛이 침울해졌다.

"예일에서, 이듬해에 한 여자를 만났어." 그가 이야기를 시작했다. "그녀의 이름은 캐런이었지. 잉글랜드 동남부의 그레이브젠드라는 곳에서 온 영국인이었어. 들어본 적 있어?"

헌터는 고개를 끄덕였다.

"난 몰랐어." 루시엔이 말했다. "찾아봐야 했지. 어쨌든 캐런은……." 그는 잠시 무슨 말을 해야 할지 고민하는 것 같다. "예일의 박사 과정 학생을 떠올리면 보통 그려지는 모습과는 달랐어. …… 생김새가 말이야."

"'다르다'고?" 헌터가 물었다.

"모든 면에서. 자유로운 영혼이었지. 아마 너라면 사람이 그럴 수 있나, 하고 생각했을 정도로 말이야. 내가 좋아했던 여자들 기억하지?"

헌터는 고개를 끄덕이면서도, 옛 친구가 방해받지 않고 계속 이야기를 이어갈 수 있도록 아무 말도 하지 않았다.

"캐런은 그들과는 완전히 달랐어." 소심한 미소를 지으며 그의 입술이 벌어졌다. "우리가 만났을 때 그녀는 마흔둘이었어. 나는 스물다섯이었고."

헌터는 머릿속에 메모하기 시작했다.

"키가 155센티미터 정도였을 거야. 나보다 30센티미터는 작았어. 굴곡 있는 몸매였고."

헌터의 기억에 루시엔은 키가 크고 날씬한 여성들에게만 끌렸었다. 180센티미터 이상의 키에 유연한 무용수 같은 몸매를 가진 여성들.

"그녀 역시 몸에 문신이 꽤 많았지." 루시엔은 계속 말했다. "입술과 코에 피어싱을 했는데, 왼쪽 귀가 1센티미터 정도 아래로 늘어져 있었어. 그리고 베티 페이지(1950년대에 큰 인기를 끈 미국의 핀업 모델로, 일자로 늘어뜨린 앞머리가 트레이드마크였다—옮긴이) 스타일의 앞머리가 있었고."

이번에는 헌터도 놀라움을 드러내지 않기가 어려웠다.

"너는 문신을 좋아하지 않는다고 생각했는데."

"좋아하지 않아. 얼굴에 피어싱을 하는 것도 별로 좋아하지 않고. 하지만 캐런에겐 뭔가가 있었어. 뭐라 설명할 수 없는 무언가가 나를 확 움켜잡고 놓아주질 않았지." 그는 물을 홀짝였다. "우리는 만난 지 몇 달 만에 데이트하기 시작했어. 삶이란 건 항상 놀라움으로 가득해서 재밌잖아? 캐런은 내가 좋아했던 여자들 그 누구와도 같은 구석이라곤 단 한 곳도 없었어. 행동거지도 달랐고. 그런데도 나는 정신을 못 차릴 정도로 그녀에게 빠져들었지." 루시엔은 잠시 말을 멈추고 눈길을 다른 데로 돌렸다. 그리고 다시 입을 열었다. "정말로 사랑에 빠졌었다고나 할까."

헌터는 옛 친구의 턱 근육이 풀어지는 것을 보았다.

"아주 다정한 여자였지." 루시엔이 말했다. "우린 정말이지 환상적이라고 할 만큼 잘 지냈어. 모든 것을 함께했지. 어디든 같이 갔고, 모든 시간을 함께 보냈어. 그녀는 내게 안식처이자 천국이었어. 내 심장이었지. 꿈결 같더군. 하지만 문제가 하나 있었어."

헌터는 기다렸다.

"캐런은 질이 몹시 좋지 않은 몇 사람과 관련이 있었어."

"어떤 부류의?" 헌터가 물었다.

"마약." 루시엔이 말했다. "사는 게 싫증 나서 아주 폭력적인 방식으로 삶을 마감하고 싶은 경우가 아니라면 굳이 얽히지 않을 법한 부류지." 그는 꿀꺽꿀꺽 세 모금 만에 남아 있는 물을 다 마시고는 오른손으로 종이컵을 구겼다.

헌터는 친구가 고요히 화를 분출했다고 머릿속에 메모한 뒤, 일어서서 새 컵에 물을 받아 다시 그의 앞에 놓아주었다.

"고마워." 그는 컵을 응시했다. "실망스럽게도 나는 강하지 못했어, 로버트." 루시엔이 말을 이었다. "사랑에 눈이 멀어서 그랬는지, 아니면 그저 휘말려버렸던 건지는 모르겠어. 나는 그녀를 말린 게 아니라, 오히려 그녀가 하던 약 몇 가지를 같이해보게 됐지."

루시엔은 괴로워하며 말을 잇지 못했다.

헌터는 끈기 있게 그를 관찰했다.

"문제는 말이야." 루시엔이 계속 말했다. "넌 알겠지만, '시도'로만 끝내기에는 힘든 약들이 있어." 그는 자신의 손을 내려다보았다. "결국 난 중독됐지."

"지금 이야기하는 게 어떤 종류의 마약이지?"

루시엔은 어깨를 으쓱했다. "강력한 거 있잖아. 즉시 빠지는 거……. 그리고 알코올. 나는 술도 많이 마시기 시작했어."

헌터는 강인했던 사람들이 마약중독자로 전락하는 모습을 셀 수 없을 정도로 봐왔다.

"그때부터 모든 게 내리막길로 접어들었고, 추락의 속도도 빨라졌지. 내 돈은 몽땅 그녀와 나의 습관성 중독을 충족시키는 데 들어갔어. 네가 생각할 수 있는 정도보다 훨씬 빠르게 내 돈을 갉아먹었지. 내 삶은 온통 고통으로 점철되기 시작했어. 3년 차에 예일을 중퇴하고, 하루하루 필요한 마약을 마련하기 위해 어떤 일이든 해야 했어. 더구나 캐런의 소개로, 절대 그래선 안 되는 부류의 사람들에게 빚을 졌어."

"도움을 청하고 의지할 만한 사람은 전혀 없었어?"

헌터가 물었다. "재정적인 도움을 말하는 게 아니야. 네가 마약을 끊고 너로 다시 돌아오게 도와줄 수 있는 사람 말이야."

루시엔은 헌터와 눈이 마주치자 조롱하듯 킬킬 웃었다. "로버트, 날 알잖아. 난 그렇게 친한 친구들이 많았던 적이 없어. 얼마 없던 친한 사람들과도 연락을 끊었고 말이야."

헌터는 그 말뜻을 알아차렸다. "루시엔, 넌 나한테 연락할 수도 있었어. 내가 어디에 있는지 알고 있었잖아. 우리는 가장 친한 친구였어. 난 너를 도왔을 거야." 헌터는 자신의 실수를 깨닫고 말을 멈췄다. 그의 시선이 굳어졌다. "젠장. 내 졸업식에 왔을 때 너는 이미 중독됐었던 거야, 그렇지? 그래서 LA에서 24시간도 머무르지 않았던 거였어. 하지만 나는 당시 너무 탈진한 상태여서 알아채지 못했지. 네가 나한테 도움을 청한 거였는데."

루시엔은 눈길을 피했다.

헌터는 통렬한 죄책감에 흡사 살이 베이는 것 같았다. "너는 뭐라도 말했어야 했어. 나는 너를 도왔을 거야. 너도 알잖아. 내가 그걸 알아채지 못했다니 미안해."

"그래야 했을지도 모르지. 그게 내가 저지른 또 하나의 나쁜 실수였을지도. 하지만 오래전에 끝난 일을 가지고 징징거리진 않을 거야, 로버트. 돌이킬 수 없는 거잖아? 내게 일어난 모든 일은 다른 누구도 아닌 내 일이고, 다 내 잘못이야. 난 알아. 그리고 받아들여야지. 그래, 누구나 가끔은 작은 도움이 필요하다는 걸 알지만 어떻게 요청해야 할지 모를 뿐이야."

헌터가 물을 마셔야 할 차례였다. "네가 LA에 왔을 때, 캐런과 함께였어?" 그가 물었다.

루시엔은 고개를 끄덕였다. "그녀도 학교를 그만두고 돈을 구하려고…… 별짓을 다 했어." 머뭇머뭇 심호흡을 한 차례 한 그의 두 눈에 슬픔이 번졌다. "우린 3년간 함께 지냈어. 그녀가 약을 과다 복용했던 그날까지 줄곧." 긴 침묵이 이어졌다. "그녀는 내 품에 안겨서 죽었어."

루시엔의 강인함에 금이 가면서 그가 시선을 돌렸다. 눈물이 나오는데도 침착함을 유지하는 것 같았다.

오랫동안 정적이 흘렀다.

"정말 유감이야." 헌터가 마침내 입을 열었다.

루시엔은 고개를 끄덕이고 수갑 찬 손으로 얼굴을 훔쳤다.

"그 후에 어떻게 됐어?" 헌터가 물었다.

"나는 지옥까지 갔었어. 정말이지 한 발 한 발 발을 뗄 때마다 지옥 속으로 걸어 들어가는 것 같았지. 완전히 길을 잃은 채 깊은 우울증에 빠졌어. 나는 캐런에게 일어난 일을 보고도 약을 끊는 게 아니라 오히려 더 깊숙이 빠져들었어." 루시엔은 한 번 더 반투명유리를 슬쩍 바라보았다. "나는 지금쯤 죽었어야 해. 실제로 죽기를 바랐고. 약에 저항하기까지 참 오래도 걸렸어. 몹시 고통스러웠지. 중독을 제어하는 데 몇 년이 걸렸어. 끊기까지는 또 몇 년이 걸렸고 말이야. 그동안 빚은 점점 불어나서 기어이 밑바닥의 사람들과 연관될 수밖에 없었지."

FBI가 실시한 루시엔 폴터의 혈액 검사 결과는 깨끗했다.

"그래서…… 언제 끊었지?" 헌터가 물었다.

"몇 년 전에." 루시엔은 일부러 모호하게 대답했다. "그땐 심리학이나 제대로 된 분야에서 직업을 얻을 거라는 희망이 조금도 없었어. 이상한 직업들만 연달아 구했는데, 대부분 끔찍했고 합법적이지 않은 일들이었지. 나는 내가 싫었어. 비록 약물에서 벗어나 깨끗해졌다고는 하지만, 더는 예전의 내가 아니었으니까. 더 이상 루시엔 폴터가 아니었지. 나도, **그 누구도** 알아볼 수 없는 누군가가 돼버린 거야. 그게 정말 마음에 들지 않았어."

헌터는 다음에 이어질 말을 예측할 수 있었다.

"그래서 신분을 바꾸기로 한 거군." 그가 말했다.

루시엔은 헌터를 똑바로 보며 고개를 끄덕였다.

"맞아." 그가 동의했다. "나처럼 마약중독자가 돼서 오랫동안 인간 쓰레기로 살다 보면 상당히 흥미로운 사람들과 접촉하게 돼. 원하는 것을 갖게 해줄 수 있는 사람들……. 당연히 대가는 치러야겠지. 새 신분을 갖는 건 가판대에서 신문을 사는 것만큼이나 쉬웠어."

헌터는 중독자들의 현실을 누구보다 잘 알고 있었기 때문에 루시엔의 말이 거짓이 아니라는 것을 알았다. 다른 신분을 얻기 위해서는 거기에 알맞은 사람, 아니 관점에 따라서는 '알맞지 않은 사람'을 알아내기만 하면 되었다. 그리고 심지어, 그들을 찾기는 그리 어렵지 않았다.

"일단 리암 쇼가 되고 나자, 건강을 회복하는 데 집중했어. 다시 체중을 불리기까지 꽤 오래 걸렸지. 집중력을 회복할 때까지 말이야. 마약에 찌든 내 몸은 음식을 거부했어. 위는 줄어들었고 입은 궤양으로 가득했지. 죽음이 겨우 머리카락 한 올 거리까지 다가와 있었어. 나는 억지로라도 먹어야 했어." 그는 잠시 자신의 팔과 상체를 내려다보았다. "로버트, 지금 겉보기에 내 몸은 괜찮아 보이지만, 속은 처참하게 망가져 있어. 되돌릴 수 없게 된 것들이 많아. 장기 대부분이 심각하게 손상돼서 언제까지 제대로 기능할지도 확신할 수 없어."

그러나 헌터는 루시엔의 그런 말과 달리 그의 목소리나 어조, 눈빛에서 자기 연민을 포착할 수 없었다. 그는 스스로에게 한 짓을 받아들였다. 자신이 저지른 실수들을 이미 인정했고, 그 대가를 치르는 것에 초연해 보였다.

"이번 '차 배달' 얘기를 해줘." 헌터가 말했다.

18

옛 친구의 눈길에 루시엔의 눈썹이 한 번 씰룩거렸다.

"내가 관련됐던 사람들과 얽히면 뭐가 문젠지 알아? 시작부터 발톱을 아주 깊숙이 박는다는 거야. 일단 그렇게 되면 절대 놓아주지 않아. 평생 소유하려 들지. 이런 사람들은 설득도 매우 잘한다는 거, 너도 잘 알 거야."

헌터는 대답하지 않았다.

"1년 반쯤 전이었어." 루시엔이 말했다. "이런 식이었지. 내게 전화해서 배달할 주소와 시간을 알려주고 어디에 있는 차를 가져와달라는 거야. 이름은 알려주지 않고 말이야. 거기로 차를 가져가면, 그 차를 받아 가려고 기다리는 사람이 있었어. 차를 넘기면 그 사람이 내게 돌아갈 교통비를 줬지. 아니, 아마 그것보단 좀 더 얹었어. 그게 다야. 다음 전화가 올 때까지는 말이야."

"늘 같은 장소로 배달하진 않았을 거 같은데." 헌터가 말했다.

"맞아, 지금까지는 전부 달랐어." 루시엔이 동의했다. "'픽업' 주소와 '배달' 주소는 매번 달랐어." 그는 잠시 헌터를 바라보았다. "하지만 차를 넘겨받는 사람은 늘 같았어."

놀라운 일이었다.

"그 사람 인상착의를 묘사할 수 있어?" 헌터가 물었다.

루시엔의 미간이 좁아졌다. "키는 183센티미터 정도에 체격이 좋아. 매번 한밤중에 어두운 공터에서 만났지. 늘 긴 코트의 깃을 세운 채였고, 야구 모자를 쓰고 까만 선글라스까지 끼고 있었어." 그는 어깨를 으쓱했다. "최대한 설명해줄 수 있는 게 그 정도야."

"같은 사람이었다는 건 어떻게 알았지?"

"같은 목소리와 자세, 같은 버릇들." 루시엔은 의자에 등을 기대앉았다. "알기는 어렵지 않았어, 로버트. 매번 같은 사람이었어."

루시엔을 의심할 이유가 없었다. "너한테 차를 가져다준 사람은 어때?" 헌터가 물었다.

"이미 말했듯이, 모든 지시는 전화를 통해 이루어졌어. 차는 주차장에 있었고, 자동차 키와 주차권, 배달 주소가 든 봉투는 정해진 장소에 있었지. 사람과의 접촉은 없었어."

"그런데 너는 배달하는 게 뭔지 몰랐다는 거야? 내 말은, 트렁크 안에 뭐가 들어 있는지 몰랐느냐는 거야." 헌터가 물었다.

루시엔은 고개를 끄덕였다. "지시 내용 중에 항상 있었어. '트렁크 안은 볼 생각도 하지 마'라고."

헌터는 1초나 2초 정도 그 점에 대해 곰곰이 생각했다. 루시엔은 헌터의 다음 질문을 예상하고 그가 묻기도 전에 대답을 내놓았다.

"그래, 궁금했어. 맞아, 살짝 엿볼까도 여러 번 생각했었지. 하지만 내가 말했듯이, 수작을 부린다거나 할 수 있는 사람들이 아니야. 만약 내가 그 트렁크를 열어봤다면, 그들이 그걸 알아낼 방법이 있었을 거라고 난 확신해. 안에 든 게 궁금하건 궁금하지 않건 간에 난 그런 어리석은 실수를 할 생각은 없었어."

헌터는 벌컥벌컥 물을 마셨다.

"이 모든 일이 1년 반 전에 시작됐다고 했지?"

루시엔은 고개를 끄덕였다.

"몇 번이나 배달했어?"

"이번이 다섯 번째가 될 뻔했지."

헌터는 겉으로 드러내지는 않았지만, 무언가 잘못됐다는 생각이 들기 시작했다. **다섯 번**의 배달. 루시엔의 말이 사실이고 그가 매번 같거나 비슷한 화물을 배달했다면, 그것은 연쇄살인이 된다. 그러면 상황은 더 악화될 것이다. 그리고 헌터가 본 것들로 판단하건대, 매우 잔혹하고 가학적인 연쇄살인이 될 터였다.

루시엔은 좋은 패를 받고 표정을 감추지 못하는 애송이 포커 선수 같은 얼굴로 헌터를 보았다. "내가 가진 '으뜸 패'는 통화 상대가 누구였는지 안다는 거야."

헌터의 눈썹이 활 모양으로 치켜 올라갔다.

루시엔은 잠깐 뜸을 들이다 입을 열었다. "지금은 그 정보를 나 혼자 간직할 거야. 이전에 차를 픽업하고 배달한 모든 장소도."

그 말에 깜짝 놀란 헌터가 눈살을 찌푸렸다.

"로버트, 이건 네가 진행하는 쇼가 아니잖아." 루시엔이 말했다. "FBI가 뒤에서 조종하고 있는 거 알아. 네가 여기 온 이유는 내가 너를 불러달라고 요청했기 때문이야. 너는 이곳에서 손님…… 아마 이야기를 들어주기만 하면 된다고 그들이 말했겠지. 네겐 아무 권한이 없어. 협상할 권한이 없으니 내게 보장해줄 수 있는 것도 없겠지. 반면에 내가 가진 교섭할 힘이라고는 정보밖에 없고."

"이해해." 헌터가 동의했다. "하지만 그게 네게 어떤 도움이 될지 모르겠어, 루시엔. 네가 결백하다면 FBI와 게임을 할 게 아니라 네 이야기가 사실임을 증명할 수 있게 협조해야 해."

"그렇다면 난 그렇게 할 거야, 로버트. 하지만 겁이 나. 나한테 불리한 증거가 엄청나게 많다는 건 아이라도 알 수 있을 거야. 나는 지금 사형수 감방을 향해 가고 있어. 그래서 겁에 질려 있어. 그래, 피해망상이 시작된 거라고 말하고 싶은 거라면, 인정할게." 루시엔은 수갑이 채워진 두 주먹에 이마를 쿵쿵 박은 후 헌터의 눈을 똑바로 보았다. "저들에게는 지금까지 아무것도 말하지 않았어. 날 믿을 거라고 생각하지 않았으니까."

루시엔의 피해망상과 공포가 현실을 보는 눈을 왜곡시켰다는 건 쉽게 알 수 있었다. 헌터는 그를 안심시켜야 했다. "루시엔, 그런 식으로는 안 돼. FBI가 왜 너를 믿지 않겠어? FBI는 아무나 감옥에 보내려고 하는 게 아니야. 살인에 책임이 있는 사람을 찾기를 원하는 거지. 네가 그들을 도울 수 있다면 당연히 네 말을 들을 테고, 그러면 진상을 철저히 밝혀낼 거야."

"그래, 그럴 수도 있겠지만 나는 공황 상태였어." 그는 깊은숨을 토했다. "그때 네 생각이 나더군. 로버트, 내겐 남은 가족이 없어. 모두 죽었지. 내가 살건 죽건 신경 쓸 사람이 이 지구상에는 아무도 없어. 살면서 많은 사람을 만나고 친구도 사귀었지만, 진짜 친구는 너뿐이야. 너는 진짜 나를 알았던 유일한 사람이고, 또 경찰이기도 하지. 그래서 그런 생각이 들었어. 너라면 어쩌면……." 루시엔의 목소리에서 한 차례 더 감정을 읽을 수 있었다. 단단하던 무언가가 다시금 갈라지고 있었다. "내가 하지 않았어, 로버트. 넌 나를 믿어야 해."

대학 다닐 때 헌터는 루시엔의 거짓말을 대부분 알아챌 수 있었다. 그에게는 거짓말을 할 때 아주 미세한 반응으로 그것이 거짓이라는 걸 내비치는 버릇이 있었기 때문이었다. 두 번째 학기를 보낼 때 헌터는 그의 그런 버릇을 발견했었다. 거짓말을 하는 동안 강한 눈빛으로 최면을 걸어 어떻게든 상대가 자신을 믿게 하려는 듯 루시엔의 시선이 굳어지며 더 완강해지곤 했던 것이다. 그 결과 왼쪽 아래 눈꺼풀이 경련까지는 아니지만 아주 미세하게 움직이며 잠깐 아래로 당겨지곤 했었다. 그로서는 어쩔 수 없는 버릇이었는데, 스스로 그러는지 알지 못했던 까닭이다. 그 뒤로 20년 이상 지났지만, 여전히 무엇을 봐야 할지 알고 있는 헌터는 지금 자신이 부디 그것을 알아볼 수 있기를 바랐다. 하지만 루시엔의 시선은 굳어지지 않았고 왼쪽 아래 눈꺼풀도 움직이지 않았다. 얼마나 미묘한가의 문제가 아니었다.

"내가 네게 도움을 청할 방법을 몰랐다고 했던 거, 기억해?" 루시엔은 숨을 들이마셨다. "지금 네게 도움을 구하고 있어. 제발 나를 도와줘, 로버트."

헌터는 두 번째로, 통렬한 죄책감에 살이 베이는 듯했다.

"내가 어떻게 도와줄 수 있을까, 루시엔?" 그가 물었다. "좀 전에 네가 말했잖아. 나는 이야기를 들어주러 온 거야. 내겐 어떤 권한도 없어. 심지어 난 FBI 요원도 아니야. LAPD의 형사지."

루시엔은 오랫동안 헌터와 눈을 마주쳤다. 갑자기 그의 시선이 부드러워졌다.

"잔인할 정도로 솔직하게 말하면, 내가 죽든 살든 이제는 상관없어. 나는 오래전에 이미 끝났어. 너무 많은 실수를 했고, 그 후로는 '대체 인생'을 살고 있을 뿐이야. 내 존엄성과 진실하게 사랑했던 단 한 사람을 포함해서 나는 모든 걸 잃었어. 내 삶은 부끄러웠다고 할 수 있지만, 그래도 난 살인자는 아니야. 이 말이 어리석게 들릴 수도 있겠지만…… 로버트, 너만 아니면 누가 날 어떻게 생각하든 상관없어. 내게 무슨 일이 일어나든, 내가 괴물이 아니라는 걸 **네가** 알아주기만 나는 바랄 뿐이야."

헌터가 뭐라 말하려는데, 루시엔이 가로막았다.

"제발 이미 안다거나 나를 그런 사람으로 믿지 않는다는 말 따윈 하지 마. 동정을 원하는 게 아니니까, 로버트. 나는 네가 알기를 원해. **정말로 알기를 원해.** 그래서 네게 말하려는 거야. 네가 FBI건 아니건, 너라면 내가 하는 말이 진실이란 걸 확인해줄 테니까."

여전히 루시엔에게서 '거짓말의 신호'는 나타나지 않았다.

루시엔이 옳았다. 헌터는 루시엔이 말하려 하는 모든 것을, 심문실을 나간다고 해서 잊을 리 없었다. FBI가 그 어떤 압력을 가한다고 할지라도 말이다.

"그래서 나한테 뭘 이야기하고 싶은데?" 그가 물었다. "내가 확인해줬으면 하는 게 뭐야?"

루시엔은 헌터와 시선을 마주하기 전에 자신의 두 손을 내려다보았다. 그러고 나서 이야기하기 시작했다.

19

루시엔을 감방으로 돌려보내고 30초 후, 특수요원 테일러와 뉴먼이 램버트 박사와 함께 심문실로 들어왔다. 헌터는 철제 탁자에 기댄 채 깊은 생각에 잠긴 표정으로 텅 빈 벽을 바라보고 있었다.

"헌터 형사님." 테일러가 그의 주의를 끌며 말했다. "이쪽은 패트릭 램버트 박사예요. BSU의 법정 정신의학자죠. 박사님도 관찰실에서 전부 지켜봤어요."

"만나서 반갑습니다, 헌터 형사." 램버트 박사가 헌터와 악수하며 말했다. "인상적인 연구였어요."

헌터는 그를 보며 아주 살짝 얼굴을 찡그렸다.

"당신 논문 말입니다. 인상적인 연구였어요. 더구나 그때 아주 어렸었다죠."

헌터는 간단히 고개를 끄덕이는 것으로 그 칭찬을 받아들였다.

"닷새 동안 단 두 마디 말만 했던 사람치곤 확실히 '말'을 하긴 했네요." 테일러가 말했다.

헌터는 그녀를 보았지만 대꾸하지는 않았다.

"우리는 유의미한 정보를 포착하지 못했습니다." 뉴먼이 정수기에서 물을 따르며 말했다.

"무슨 뜻이죠?" 헌터가 물었다.

뉴먼은 헌터에게 관찰실에서 사용했던 안면 분석 프로그램에 관해 이야기했다.

"불안이나 초조로 인한 시선과 고갯짓, 손동작이 몇 차례 있었죠." 램버트 박사가 말했다. "목소리에서 감정적인 음색이 드문드문 감지되긴 했지만, 불안해한다거나 긴장하고 있다고 신호를 보내올 만큼은 아니었어요. 요점은 이겁니다. 그가 어떤 거짓말을 하고 있다는 명백한 징후는 없었어요." 그는 극적인 효과를 위해 잠시 말을 멈췄다. "하지만 진실을 말하고 있었다는 명백한 징후 역시 없었습니다."

당신네 값비싼 안면 분석 프로그램이란 게 참…… 헌터는 생각했다.

"물론 마지막 몇 분간 했던 모든 이야기를 포함해서요." 램버트 박사가 덧붙였다.

루시엔은 목소리를 조용히 내려고 노력했었다. 내내 그랬지만 마지막 몇 분은 특히 더 조용히 말하려고 했다. 하지만 철제 탁자 바로 위 천장에 달린 강력한 성능의 다방향 마이크는 그가 헌터에게 한 모든 말들과 그 속의 단어들을 잡아냈다.

"로버트, 수수께끼를 낼게. 오직 너만 풀 수 있어." 루시엔은 양 팔꿈치를 탁자에 올려놓고 몸을 앞으로 숙여 헌터의 어깨 너머에 있는 반투명유리를 바라보았다. "*나는 저 바보 같은 놈들을 믿지 않아.*"

이제는 거의 속삭이고 있었다.

"*지난 몇 년 동안 나는 노스캐롤라이나에서 살았어, 아니 숨어 있었다고 하는 게 맞을지도 몰라. 그 집은 노부부에게 빌렸는데, 세를 미리 현금으로 지불해서 추적되지는 않을 거야.*" 루시엔은 종이컵에 든 물로 목을 축였다. "*스탠퍼드 기숙사 방 내 침대 옆에 포스터가 여러 장 붙어 있었지. 그중에서 특별한 게 하나 있었어. 가장 크고, 너도 좋아했던 포스터……·. 저녁놀이 지는 장면 말이야. 아마 기*

억할 거야. 노스캐롤라이나주에는 그 포스터 속 인물과 이름이 같은 카운티가 있어."

헌터는 생각에 잠긴 표정이었다.

"넌 틀림없이 '핫소스' 교수를 기억할 거야." 루시엔의 입술 오른쪽이 씩 올라가며 조롱하는 듯한 미소가 떠올랐다. "수전의 도전…… 핼러윈 밤……." 그는 헌터가 그 말을 알아듣고 얼굴을 씰룩댈 때까지 잠깐 기다렸다. "순전히 우연의 일치로, 내가 살았던 곳 지명이 그 교수의 이름과 같아."

헌터는 아무 말도 하지 않았다.

"처음 차를 배달하라는 전화를 받고 머릿속에서는 어쩌면 끝이 아주 안 좋을지도 모르겠다는 생각이 들었어. 그래서 난 일종의 예방책으로, 말하자면 '일지'를 쓰기 시작했지. 평범한 공책에 최대한 다 기록해놨어. 날짜, 시간, 통화 시간, 대화 내용, 픽업 시간과 장소들, 차종과 번호판, 가는 길에 들렀던 곳들, 통화 상대방의 이름 전부 다. 그 공책은 그 집 지하실에 보관돼 있어."

헌터는 옛 친구의 눈이 전과 달리 새로이 번득이는 것을 목격했다.

"그 집은 그 숲가 맨 끝에 있어. 열쇠는 재킷 주머니 안에 있는데, 아마 FBI가 압수했을 거야. 로버트, 네가 그 열쇠로 집 안으로 들어가는 걸 허락할게. 아마 거기서 많은 걸 찾아낼 거야. 네가 이 난장판을 정리하는 데 도움이 될 수 있는 것들 말이야."

그게 전부였다.

"그래서 마지막에 그가 지껄인 허튼소리의 답을 압니까?" 뉴먼이 헌터에게 물었다.

헌터는 대답하지 않았지만, 뉴먼은 그 태도를 긍정의 의미로 해석한 듯싶었다.

"잘됐네요. 그럼 그 집이 있는 노스캐롤라이나주의 카운티와 동네 이름을 우리에게 알려주면, 여기서 당신이 할 일은 모두 끝나는 거요." 그는 컵에 남아 있던 물을 전부 들이켰다. "형사님은 뒤늦은 휴가를 보내려고 하와이에 가는 길이었던 모양입니다." 아무 이유 없이 뉴먼은 손목시계를 들여다보았다. "딱 하루 놓쳤네요. 내일 아침이면 거기에 가 있겠어요."

헌터의 시선이 몇 초 정도 뉴먼에게 머물다가 테일러에게로 옮겨갔고, 다시 뉴먼에게 돌아왔다.

"이래서 루시엔은 집의 위치를 나만 풀 수 있는 수수께끼로 낸 겁니다." 그가 똑바로 일어서서 가죽 재킷의 깃을 가다듬으며 말했다. "당신들 중 누가 가든, 거기에 갈 방법은 내가 데려가는 것뿐입니다."

20

뉴먼에게도, 테일러에게도 그런 결정을 내릴 권한은 없었다. 그들이 알았던 건 유치장에 있는 남자가 로스앤젤레스 경찰국의 로버트 헌터 형사에게만 말하겠다며 이야기하기를 거부했다는 게 전부였다. 헌터가 합류했지만, 모두가 아는 한 그는 이야기를 그저 들어주기만 하면 되었다. 그의 임무는 루시엔 폴터의 입을 여는 것이었다. 수사에 관여하는 것은 허락되지 않았고, 더구나 그는 명백히 수사팀의 일원이 아니었다. 이것은 LAPD와 FBI의 공조 수사가 아니었다.

"로버트, 자네가 빨리 휴가를 가고 싶어 하는 줄 알았는데." 에이드리언 케네디가 웹 카메라를 똑바로 응시하며 말했다.

다시 BSU가 있는 층으로 올라온 헌터와 테일러, 뉴먼은 이제 널찍한 사무실에서, 아주 큰 모니터가 설치된 벽을 향해 앉아 있었다. 화면 맨 위에 있는 점 크기의 초록색 불이 모니터에 내장된 카메라가 작동 중임을 알리고 있었다.

한 시간도 채 걸리지 않는 거리였지만 에이드리언 케네디 센터장은 예정된 일정이 넘치는 탓에 콴티코로 돌아올 수 없었다. 그는 워싱턴의 사무실에서 화상 연결을 통해 모두와 이야기하고 있었다.

"글쎄요. 그 계획은 에이드리언, 당신이 LA에 등장했던 어제 꼬여버렸죠." 헌터는 있는 그대로 말했다.

"그건 확실하게 해결해줄 수 있어, 로버트." 케네디가 대답했다. "자네가 테일러와 뉴먼 요원에게 수사를 계속할 수 있는 정보를 주기만 하면, 오늘 밤 자네를 하와이로 데려갈 제트기를 마련할 수도 있어."

헌터는 감명받은 표정이었다. "이야, FBI는 고작 나를 버지니아에서 하와이까지 데려다주는 데 제트기를 운용할 만큼 예산을 마음껏 사용할 수 있군요? 젠장, LAPD는 경관이 입을 방탄조끼 예산조차도 충분치 않은데."

"로버트, 난 진지하네. 우리는 이 정보가 필요해."

"나도 마찬가지입니다, 에이드리언." 헌터의 목소리가 돌연 심각해지고, 시선도 딱딱하게 굳어진 듯했다. "내가 온 게 아니에요. 센터 장님이 나한테 왔죠. 기억합니까? 나를 이 혼란 속에 밀어 넣었다고요. 이제 당신이 좋든 말든 나는 이 사건의 일부가 됐습니다. 만일 내가 그냥 정보를 넘겨주고 말 잘 듣는 어린애처럼 손을 뗄 거라고 생각했다면, 나를 너무 모르는 겁니다."

"자네를 정말로 아는 사람은 아무도 없네, 로버트." 케네디가 여전히 차분한 목소리로 받아쳤다. "자네를 안 이래 자네는 늘 복잡한 수수께끼 같은 인물이었지. 하지만 지금은 아주 위험한 게임을 하고 있어. 자네 행동은 연방의 살인 사건 수사와 관련된 정보를 은폐하는 거야. 자네를 체포할 수도 있어."

헌터는 동요하지 않고 침착하게 대답했다.

"그렇게 나오신다면…… 나는 루시엔이 낸 수수께끼를 풀었다고 말한 적이 없습니다. 내게 정보가 없다면 감출 것도 없겠죠, 에이드리언. 오래전 기숙사 방에 어떤 포스터가 있었는지 기억이 잘 나지 않는군요. 그리고 '핫소스' 교수도 누군지 모르겠고요." 헌터는 잠시 말을 멈추고 곁눈질로, 짜증이 잔뜩 난 것같이 보이는 뉴먼 요원이 낯빛을 바꾸는 것을 보았다. "당신만 세게 나가는 방법을 아는 건 아니에요, 에이드리언. 나는 꼭두각시가 아닙니다."

케네디는 화가 나지도, 기분이 상한 것 같지도 않았다. 사실, 심문실의 녹화 영상을 본 후 그는 헌터가 다른 반응을 보일 거라고 생각지 않았다. 헌터는 도와달라는 요청을 받았다. FBI에서, 또 그의 오랜 친한 친구에게서.

"끼어들어서 죄송합니다, 케네디 센터장님." 뉴먼이 앉은 자리에서 몸을 앞으로 숙이며 말했다. "하지만 아직 용의자는 구금되어 있습니다. 헌터 형사가 협조를 거부한다면, 유감이지만 그냥 LA로 돌아가게 하죠." 그는 헌터를 보았다. "기분 나빠하지는 마쇼, 친구."

헌터는 눈곱만큼의 반응도 보이지 않았다.

"직접 정보를 뽑아낼 수 있습니다." 뉴먼이 계속했다. "제가 몇 번 더 심문할 수 있게만 해주시죠."

"물론 할 수 있겠지." 케네디가 말했다. "자넨 지금까지 눈부신 성공을 거둬왔으니까. 그렇지 않나, 뉴먼 요원?"

뉴먼이 뭔가 더 말하려 했지만, 케네디는 충분히 들었다는 듯 손가락 하나를 들어 올렸다. 눈빛에서, 그가 머릿속으로 몇 가지 가능성을 재보고 있다는 것이 여실히 드러났다.

"좋아, 로버트." 말없이 몇 초가 흐른 뒤 케네디가 입을 열었다. "자네가 신사답게 행동한다면 나도 신사답게 하겠네. 테일러 요원과 함께 노스캐롤라이나의 집에 가서 확인하게. 뉴먼 요원, 자네는 워싱턴으로 복귀해. 오늘 말이야. 자네가 해줬으면 하는 다른 일이 있네."

뉴먼은 뺨을 한 대 맞은 듯한 표정이었다. 그의 입이 반쯤 벌어지며 뭔가를 말하려 했지만, 케네디가 다시 가로막았다.

"오늘이네, 뉴먼 요원. 알았나?"

뉴먼은 숨을 깊이 들이마셨다. "네, 알겠습니다."

케네디는 다시 헌터에게 말을 걸었다. "로버트, 이제 게임은 안 돼. 루시엔이라는 자가 낸 수수께끼의 답을 정말 아나? 그 질문들의 답을 알고 있는 건가?"

헌터는 고개를 한 번 끄덕였다.

"좋아." 케네디는 손목시계를 확인했다. "운이 좋군. 노스캐롤라이나는 가까우니 금방 이동할 수 있겠어. 테일러 요원, 만반의 준비를 하게. 난 늦어도 오늘 밤에는 자네와 로버트가 그곳에 있길 바라네. 가서 일기장이든 공책이든 그게 뭐든 간에 가져와. 그래서 이 난장판을 정리해가보자고. 뭐라도 찾으면 바로 내게 전화하게. 시간은 상관 말고 아무 때나. 알아들었나?"

"네, 알겠습니다." 테일러가 곁눈질로 헌터를 살피며 대답했다.

케네디는 연결을 끊었다.

21

"좋아요." 테일러 요원은 무선 키보드로 데스크톱 컴퓨터에 새 명령어를 입력하면서 말했다.

테일러와 헌터는 회의실에 돌아와 있었다. 미국의 상세 지도를 띄운 커다란 모니터가 벽에 걸려 있던 그 회의실에. 그녀가 엔터 키를 누르자, 카운티 전체가 표시되는 노스캐롤라이나주 지도로 화면이 바뀌었다.

"그래서 루시엔 폴터가 벽에 붙여놨던 포스터가 뭐였죠?" 테일러가 물었다. "당신이 좋아했다던 저녁놀이 지는 포스터요."

헌터는 아주 살짝 어깨를 으쓱하고는 화면 가까이 다가가 신중하게 지도를 살폈다.

"산이 그려진 포스터였죠." 그가 대답했다. "해가 산 너머로 막 지면서 하늘이 두드러진 자줏빛을 띠었고요. 난 그 하늘빛이 정말 좋았어요. 그리고 모닥불도 있었죠."

"모닥불?"

"그래요." 헌터가 말했다.

"그게 다예요?" 테일러가 물었다.

"그 불 옆에는 노을을 바라보는 외로운 형상이 앉아 있었어요."

"무슨 형상이죠?"

헌터의 두 눈은 이미 지도 탐색을 마친 뒤였다.

"노인."

테일러가 인상을 썼다. "노인이요?" 그녀가 지도 옆으로 와 물었다. "그럼 지금 뭘 찾는 거죠? '실버'카운티? '올드'카운티? 아니면 이 노인에게 이름이 있었나요? 루시엔 폴터는 그 카운티 이름이 포스터 속 인물의 이름과 같다고 했잖아요."

"이름은 없어요." 헌터는 단호하게 말했다. "하지만 그 노인은 북미 원주민이었죠. 더 정확하게는……." 그는 지도의 맨 왼쪽에 있는 카운티 하나를 가리켰다. 체로키카운티.

노스캐롤라이나주는 동부와 서부, 산록대 이렇게 세 지역으로 나뉜다. 체로키카운티는 서부의 서쪽 끝에 있는 카운티로, 조지아주 그리고 테네시주와 경계를 접하고 있었다.

"체로키 인디언이라니." 테일러는 약간 다른 어조로 말했다. "무슨 이런 일이 다 있담."

헌터는 잠시 그녀를 바라보았다. 표정으로 질문을 대신했다.

테일러는 고개를 한쪽으로 갸우뚱했다. "전남편이 체로키 혼혈이었어요. 막 어려운 이혼 절차를 끝낸 참이거든요. 이상한 우연의 일치, 그게 다예요."

헌터는 고개를 끄덕였다.

테일러는 다시 지도로 관심을 되돌려 체로키카운티의 위치를 곰곰이 따져보았다. "빌어먹을." 그녀가 컴퓨터로 돌아가며 욕설을 내뱉었다. "지옥 같은 장거리 운전이 되겠네요."

"가는 데만 최소 여덟 시간, 그리고 돌아오는 데 여덟 시간이죠." 헌터가 동의했다.

테일러가 새 명령어를 입력하자 지도에서 즉각, 콴티코의 FBI 아카데미와 체로키카운티 동쪽 경계 사이의 경로 하나가 추적됐다. 화면 왼쪽에는 전체 여정의 단계별 세부 정보가 표시되었다. 그것에 따르면, 860킬로미터의 거리를 단 한 번도 멈추지 않고 달릴 경우 대략 여덟 시간 25분이 걸릴 것이다.

헌터는 자신의 손목시계를 확인했다. 낮 12시 52분. 왕복 열일곱 시간을 운전할 기분은 아니었다.

"비행기로 갈 수 있을까요?" 그가 물었다.

테일러는 얼굴을 구겼다. "비행기 사용을 인가할 수 있을 정도의 권한이 저한텐 없어요." 그녀가 말했다.

"하지만 에이드리언은 있죠." 헌터가 덧붙였다.

테일러는 고개를 끄덕였다. "케네디 센터장님이라면 가능하죠."

"그러면 그렇게 하죠." 헌터가 말했다. "에이드리언은 방금 전에도 나를 제트기에 태워 하와이로 날려 보내려고 했으니까요. 심지어 전 FBI가 아닌데도 말입니다."

테일러는 이의를 제기하지 않았다.

"좋아요, 제가 전화하죠. 그래서 어디로 가죠?"

헌터가 그녀를 보았다.

"수수께끼의 두 번째 부분." 그녀가 명확히 했다. "도시 이름이요. '핫소스' 교수가 누구죠? 수전의 도전이니 핼러윈 밤은 또 뭐고요."

헌터는 아직 자신이 가진 패를 다 보여줄 생각은 없었다. 적어도 FBI 아카데미에 있는 동안은. 그는 손목시계를 보았다. "테일러 요원, 한 번에 한 걸음씩 갑시다. 먼저 출발하죠. 우리가 하늘에 떠 있게 됐을 때 알려줄게요."

그 말에 테일러가 그의 얼굴을 자세히 살폈다. "무슨 차이가 있죠?"

"내 말이 그 말이에요. 차이가 없다면, 지금 말할 수도 있고 나중에 말할 수도 있겠죠. 나는 나중에 하겠어요. 지금은 먼저 출발해야 해요."

테일러는 포기했다는 듯 양손을 들어 올렸다. "좋아요, 당신 방식대로 하죠. 케네디 센터장님께 전화할게요."

22

테일러와 에이드리언 케네디 센터장의 전화 통화는 3분도 걸리지 않았다. 오래 설득할 필요가 없었기 때문이다.

루시엔 폴터는 엿새 전에 체포됐다. FBI는 두 여성의 절단되고 훼손된 머리를 갖고 있었다. 몸은 없고 신원도 미상이었다. 설거지통에 쌓인 더러운 접시처럼 문제는 산적해 있는데 그들은 아무것도 가진 게 없었다. 케네디는 답을 원했다. 무슨 수를 쓰더라도 빨리 답을 얻기를 바랐다.

헌터와 테일러는 90분 만에 준비를 마치고 페놈100 모델 소형 제트기가 두 사람을 기다리고 있는 터너필드 활주로로 갔다. 이 비행기는 그들이 로스앤젤레스에서 콴티코로 올 때 타고 왔던 비행기의 절반 정도 크기에 불과했지만 실내는 똑같이 호화로웠다.

기내는 곧 어둑해졌고, 비행기는 순조롭게 이륙했다. 헌터는 진한 블랙커피가 든 머그잔을 두 손으로 감싼 채 머리로는 그날 아침 심문실에서 들은 내용을 복기했다.

테일러는 헌터의 바로 앞, 검정 가죽 의자에 앉아 있었다. 무릎에 받친 노트북의 화면에는 체로키카운티 내 모든 도시와 마을이 표시된 상세 지도가 떠올라 있었다. "자, 이제 하늘에 떠 있잖아요. 그래서 정확히 어디로 가는 거죠? '핫소스' 교수는 누구고요?"

헌터는 옛 기억을 떠올리며 미소 지었다.

"루시엔과 수전, 나는 로스앨터스에 있는 한 아일랜드식 바에서 열린 핼러윈 파티에 갔어요. 거기서 우연히 어떤 신경심리학과 교수를 만났죠. 그는 멋진 남자이자 훌륭한 교수였고, 술 마시는 걸 정말 좋아했어요. 그날 밤 우리 모두 몇 잔 걸쳤을 때, 난데없이 교수가 독주 마시기 내기를 하자고 우리를 부추겼어요. 루시엔과 나는 거절했지만 놀랍게도 수전이 그 제안을 받아들였죠."

"왜 놀란 거죠?"

"수전은 술을 잘 마시지 못했거든요." 고개를 약하게 내저으며 헌터가 말했다. "주량이 고작 네댓 잔 정도였죠. 그녀에게 꿍꿍이가 있다는 걸 우린 몰랐어요."

테일러는 흥미롭다는 듯한 얼굴이었다. "그게 뭐였죠?"

"수전은 조부모님이 라트비아인들이라 '물'을 뜻하는 '우덴스ūdens'를 포함해 라트비아 말을 조금 알고 있었죠. 내기는 각자 자기가 제일 좋아하는 술을 차례로 한 잔씩 비우는 거였어요. 그런데 실은 수전이 라트비아인이었던 바텐더와 안면이 있었던 거죠. 교수는 테킬라를 마셨고 수전은 바텐더에게 계속 '우덴스'를 주문했어요. 열네 잔을 마신 뒤에야 교수는 수건을 던졌죠. 벌칙은 57그램짜리 핫소스 한 병을 다 마시는 거였고, 그는 그걸 다 마시고는 사흘을 수업에 못 나왔어요. 그날부터 우리 셋은 그를 '핫소스 교수'라고 불렀어요."

헌터는 테일러의 노트북 화면 속 지도를 재빨리 살폈다. 그리고 단 1초 만에 목적지를 찾았다.

"그래서 그 신경심리학과 교수 이름이 뭐였죠?" 테일러가 물었다.

헌터는 화면을 가리켰다. "스튜어드 머피였어요."

'머피'시市는 체로키카운티에서 가장 큰 도시로, 히와시강과 밸리 강이 합류하는 지점에 있었다.

"머피에는 공항이 없는 것 같군요." 테일러는 지도를 분석하며 새로운 명령어를 입력했다. 1초 후 그녀는 원하는 답을 얻었다. "좋아요, 가장 가까운 공항은 웨스턴캐롤라이나 공항이에요. 약 22킬로미터 거리죠."

"그 정도면 괜찮네요." 헌터는 말했다. "우리 행선지를 조종사에게 알려줘요."

테일러는 그녀의 오른쪽 벽에 달린 기내 전화를 사용해 조종사에게 목적지를 알려주었다.

"한 시간 10분 정도면 도착할 수 있을 거예요." 그녀가 헌터에게 말했다.

"여덟 시간 반 운전하는 것보다야 훨씬 낫죠." 그가 대꾸했다.

"이런 걸 물어보면 실례가 될까요, 헌터 형사님?"

그들이 하늘에 떠 있게 된 지 몇 분 뒤에 테일러가 물었다.

헌터는 창밖의 푸른 하늘에서 눈을 떼고 그녀를 보았다.

"당신이 계속 '헌터 형사님'이라고 부른다면요. '로버트'라고 불러요."

테일러는 순간 망설이는 것 같았다. "좋아요, 로버트. 당신도 날 '코트니'라고 부른다면, 그럴게요."

"좋아요. 그래서 뭘 물어보고 싶은데요? 코트니?"

"당신은 죄책감을 느꼈어요. 아닌가요?" 그러고 나서 그녀는 좀 더 명확히 하기로 결심했다. "루시엔이 마약 문제를 털어놓았을 때, 그리고 어떻게 그것에 연루되었는지 이야기했을 때요."

헌터는 침묵을 지켰다.

"관찰실에서 모두가 루시엔에게만 관심을 쏟는 동안 나는 당신을 관찰했어요. 당신은 그때 죄책감을 느꼈죠. 자기 잘못이라고 느낀 거예요."

"내 잘못이라는 건 아니었어요." 헌터가 마침내 말했다. "하지만 내가 그를 도울 수도 있었으니까요. 그가 마지막으로 나를 보러 LA에 왔을 때 중독 상태였다는 걸 알아챘어야 했어요. 어떻게 그걸 놓쳤는지 모르겠군요."

테일러는 시선을 돌리고 아랫입술을 깨물며 자기 생각을 말해야 할지 말아야 할지 따져보다가 기어이 말하기로 결론 내렸다. "당신 친구인 걸 알면서 이렇게 말하는 게 유감이지만, 나는 마약중독자들을 동정하지 않아요. 싸구려 마약에 취해서, 아니면 싸구려 마약을 살 돈을 구하려고 저지른 극악무도한 살인 사건을 수없이 맡았죠." 그녀는 잠시 숨을 돌리고 말했다. "그가 거짓말하고 있을 수도 있어요, 알죠? 여전히 중독되어 있을 수도 있고요. 약에 취해서 그 두 여자를 살해했을 수도 있어요."

헌터는 테일러의 어조에서, 근원적으로 다른 무언가를 포착했다. 가려진 분노와 같은 무언가를.

"그쪽 실험실 검사에서 깨끗하다고 나왔어요." 그가 말했다.

"몇 시간 만에 몸에서 빠져나가는 마약도 있어요, 알잖아요." 테일러가 반박했다. "더구나 그 머리들이 얼마나 오랫동안 아이스박스 안에 들어 있었는지도 알 수 없는걸요. 몇 달 전에 살해됐을 수도 있죠."

"그건 사실이에요." 헌터는 반박할 수 없었다. "몇 시간 만에 몸에서 완전히 빠져나가는 마약도 있죠. 하지만…… 마약중독자를 본 적 있죠? 그들은 그렇게 오랫동안 마약을 멀리할 수 없어요. 불가능하죠. 심리적으로나 육체적으로나 전형적인 금단증상을 보이니까요.

피부, 눈, 머리카락, 입술…… 편집증, 불안…… 뭔지 알잖아요. 루시엔은 금단증세를 전혀 보이지 않았어요." 헌터는 고개를 가로저었다. "더는 중독 상태가 아니에요."

이번에 이의를 제기할 수 없는 쪽은 테일러였다. 루시엔은 실제로 육체적으로든 심리적으로든 금단현상의 징후를 보이지 않았다. 하지만 그녀는 아직 물러설 마음이 없었다.

"좋아요, 그 의견에 동의해요. 그는 깨끗하다고 나왔죠. 하지만 그렇다고 해도 공감할 수는 없어요. 그가 당신에게 한 말에 따르면, 그에게 마약을 강요한 사람은 없었어요. 자신의 의지로 한 거죠. 그 말은 손쉽게 약에서 손을 뗄 수도 있었다는 뜻이잖아요. 나이 불문하고 모두가 도처에서 약물의 유혹을 받죠. 로버트, 일반인들보다 잘 알 거 아니에요. 호기심으로 약을 해보는 사람도 있고, 절대 하지 않는 사람도 있어요. 그건 **선택**이에요. 루시엔의 경우에는 다른 누구도 아닌 바로 **그 자신**의 선택이었어요. 마약중독자가 된 것에 죄책감을 느껴야 할 사람은 루시엔뿐이에요."

헌터는 한참 동안 아무 말도 하지 않았다. 그때 그들이 탄 비행기가 난기류에 부닥쳤고, 그는 기체가 잠잠해질 때까지 기다렸다가 이야기하기 시작했다.

"그렇게 간단하지 않아요, 코트니."

"그렇지 않다고요?"

"그래요." 헌터는 의자에 등을 기대앉았다.

"나는 여러 번 마약의 유혹을 받았어요." 테일러가 말했다. "학교에서, 대학에서, 거리에서, 동네에서, 파티에서, 휴가지에서…… 정말 모든 곳에서요. 그렇지만 멀리할 수 있었죠."

"훌륭하네요. 하지만 당신처럼 강하지 못한 사람들도 있다는 거 알고 있죠? 약물을 멀리하지 못하고 중독돼버린 사람들 말이에요."

테일러의 눈 속에서 뭔가가 바뀐 듯이 보였다. "그래요." 헌터는 그녀가 목소리를 차분하게 유지하려 애쓴다는 것을 알 수 있었다. "하지만 그렇다고 해서 내가 죄책감을 느끼지는 않아요."

왠지 그 말은 거짓말처럼 들렸다.

"코트니, 우리는 다 달라요. 그래서 같은 일에 대해서도 각자 다르게 반응하는 거죠." 헌터가 주장했다. "우린 주변 환경에 직접적으로 영향을 받아요. 그리고 특정한 때의 심리 상태에 따라서도 반응은 달라지고요."

테일러도 그 사실을 **잘 알았다.** 전에 본 적이 있었다. 집과 직장에서 잘나가는 행복한 사람들은 파티나 여타 장소에서 중독성이 강한 약을 제의받으면 "아니"라고 말한다. 그 혹은 그녀는 약의 필요성을 느끼지 못하기 때문이다. 바로 그 시각에 그 사람은 자연스럽게 행복감을 느끼고 황홀경에 취하는 까닭이다. 하지만 하루아침에 직장에서 해고를 당하거나 가족과 심하게 싸워서 기분이 가라앉은 상태로 같은 약을 제의받는다면 이번에는 "네"라고 할 것이다. 그 사람의 기분이 변하고 환경이 변해서 바로 그 순간에 심리적으로, 어쩌면 육체적으로도 매우 취약한 상태가 되는 탓이다. 마약상은 군중 속에서 그런 사람들을 기가 막히게 골라내는 육감을 가지고 있고, 그들을 구슬리는 법까지도 꿰고 있다. 마약상들은 이 약에 취하면 모든 문제들이 눈 깜짝할 새에 사라진다고, 천국이 기다리고 있다고 그들을 꼬일 것이다.

테일러는 아랫입술을 자근자근 씹기 시작했다.

"단 한 방이면 '끝나는' 마약이 밖에 많다는 거 알죠?" 헌터는 계속 말했다. "루시엔이 말한 대로 '즉각' 빠지죠. 아주 강한 사람들조

차 항상 강할 수는 없어요, 코트니. 어쩔 수 없는 현실이죠. 이런저런 이유 때문에 정신적으로 그리 강하지 않을 때, 외롭거나 우울하거나 방치되거나 그 비슷한 느낌에 빠졌을 때 그들이 접근해오면, 그러면 그들에게 사로잡히는 거에요. 우리가 모든 사실관계를 알지는 못해요. 그리고 루시엔이 마약에서 벗어나기 위해 몇 번이나 어떤 시도를 하다 실패했는지도 우린 알지 못하죠."

"인정할게요." 테일러가 말했다. "당신은 마약중독자를 대신해서 좋은 주장을 펼쳤어요."

"마약중독자를 변호하려는 게 아니에요, 코트니." 헌터는 차분하게 말했다. "그저 실수를 깨닫고 자신의 힘으로 마약을 끊어내길 원하는 중독자들도 엄청나게 많다는 걸 얘기하고 싶은 거예요. 대부분은 스스로 해낼 수 없을 것처럼 보이죠. 그 사람들에겐 도움이 필요해요. 하지만 누구도 선뜻 나서지 않아요. 저 밖에도 당신처럼 생각하는 사람들이 많으니까요."

테일러의 푸른 두 눈이 강렬하게 헌터를 쏘아보다 금세 도망쳤다.

"당신은 어떻게 도울 수 있었다는 거죠? 당신이 뭘 할 수 있었을까요?" 그녀가 물었다.

"내가 할 수 있는 일이라면 뭐든지요." 헌터는 조금도 주저하지 않고 대답했다. "내가 할 수 있는 **모든 걸** 다 했을 겁니다. 그는 내 친구였으니까요."

23

이륙한 지 한 시간 8분 만에 페놈100 제트기는 웨스턴캐롤라이나 공항에 착륙했다. 바깥 날씨는 변해가고 있었다. 여러 뭉치의 커다란 구름이 하늘에서 어슬렁대며 태양이 제대로 빛나는 것을 막았고, 기온도 몇 도나 떨어뜨렸다. 햇빛이 없는데도 테일러는 비행기에서 내리자마자 선글라스를 썼다. 사람들이 있는 데서는 항상 눈을 가려라. FBI의 기본 지침이었다.

공항 밖에서 헌터와 테일러는 미리 통화한 지역 렌터카 회사의 직원을 만났다. 그는 최고급의 검은색 링컨 MKZ 세단을 가져왔다.

"자." 운전석에 탄 테일러가, 헌터가 차에 오르자마자 노트북을 열고 말했다. 마침 그들을 태우려고 그날 아침에 산 것같이 차에서 새 차 냄새가 풍겼다. "여기서 어떻게 가야 하는지 보죠."

테일러가 노트북의 터치패드로 신속하게 위성지도 프로그램을 실행하자 순식간에, 공중에서 내려다본 머피시가 화면에 떠올랐다.

"루시엔은 집이 숲가 맨 끝에 있다고 했죠." 그녀는 헌터가 볼 수 있게끔 노트북을 돌려주며 말을 이었다.

둘 다 오랫동안 화면을 꼼꼼히 살폈다. 테일러는 터치패드를 사용해 지도를 왼쪽에서 오른쪽으로, 위에서 아래로 이리저리 움직이다가 갑자기 태도를 바꿨다.

"그가 수작을 부리는 건가요?" 그녀가 말했다. 여전히 차분했지만 짜증이 섞인 목소리였다. 선글라스를 머리 위로 올려 쓴 그녀는 근심 어린 시선으로 헌터를 올아맸다. "여긴 사방이 숲이에요. 이 도시의 안과 밖 어디에나 숲이 있어요. 이걸 봐요."

그녀가 다시 화면으로 시선을 돌리며 터치패드로 지도를 축소했다. 그녀의 말이 맞았다. 머피시는 커다랗고 야트막한 숲의 한가운데 느닷없이 지어진 도시 같았다. 건물보다 나무가 더 많아 보였다.

"어떻게 해야 하죠? 숲 가장자리에 있는 집을 전부 찾아가서 열쇠가 맞는지 확인해요?"

헌터는 아무 말도 없었다. 그는 여전히 화면만 응시하며 무언가 알아내려고 애쓰고 있었다.

"우리와 놀아보자는 거죠, 아녜요?" 테일러가 콧방귀를 뀌며 투덜거렸다. "이제 그 집이 있는지도 의심이 들지만, 설사 있다 해도 찾는 데 며칠, 아니 더 오래 걸릴 거예요. 우릴 골탕 먹이려는 거예요, 로버트. 그는 게임을 하고 있다고요." 그러고서 그녀는 잠깐 생각에 잠기는 것 같았다.

"그가 이곳에 와본 적이 있는 건 확실해요. 어쩌면 여기서 꽤 오래 살았을지도 모르죠. 그는 머피시가 숲으로 둘러싸여 있다는 걸 알아요. 그래서 그런 수수께끼를 내서 우리를 여기로 보낸 거죠. 우리는 여기서 며칠을 보내고도 절대 찾지 못할 수 있어요. 그…… 상상 속의 집을요."

헌터는 잠시 지도를 더 살펴본 뒤에 고개를 저었다. "아뇨, 루시엔이 말한 건 여기가 아니에요."

테일러의 눈썹이 활처럼 휘었다. "무슨 말이죠? 그가 한 말 그대로잖아요. '숲가 맨 끝에 그 집이 있어'라고요. 당신이 틀려서 엉뚱한 곳으로 온 게 아니라면요."

"나는 틀리지 않았어요." 헌터가 그녀를 안심시켰다. "우리는 제대로 왔어요."

"그럼 좋아요. 하여간 루시엔은 게임을 하고 있어요. 로버트, 지도를 보세요." 그녀는 노트북 쪽으로 고개를 까닥였다. "*숲가 맨 끝에 그 집이 있어.*" 그녀는 되풀이했다. "그렇게 말했어요. 녹화 영상을 가져왔으니 원한다면 들어봐요."

"그럴 필요 없어요." 헌터는 노트북을 자기 쪽으로 돌리면서 대답했다. "왜냐하면, 그는 정확히 그렇게 말하지 않았으니까요."

"저기요?"

"그는 그 집이 그냥 '숲'이 아니라 '숲가 맨 끝'에 있다고 말했어요. 거기엔 큰 차이가 있죠. 검색 가능한 지도 있어요? 장소나 거리명 같은 거요."

"네, 물론이죠."

자판을 몇 번 두드리자 화면이 조감도에서 최신 위성 도로 지도로 바뀌었다.

"여기 있어요." 그녀는 노트북을 헌터 쪽으로 밀었고, 헌터는 재빨리 검색창에 뭔가를 쳤다.

검색이 진행되며 지도는 왼쪽으로 회전되었다. 그러다 이윽고 남쪽 두 숲의 언덕 사이를 지나는 좁은 흙길이 확대되어 나타났다. 그 길의 이름이 '숲가'였다.

결과를 보고 헌터조차도 조금 놀랐다. 숲이나 공원의 명칭일 수 있겠다 생각은 했지만, 길 이름일 거라고는 예상하지 못했다.

"오, 믿음이 작은 자들아." 그가 말했다.

"무슨 이런 일이……." 테일러가 숨을 토했다.

그 길은 800미터 정도 뻗어 있는 것 같았다. 어느 방향으로도 숲 말고는 아무것도 없었다. 집 한 채가 서 있는 맨 끝까지는 말이다. 숲 가의 끝에 있는 그 집.

24

테일러가 핸들을 잡았다. 공항에서 머피시 남쪽까지는 25분도 걸리지 않았다. 목적지로 가는 동안 언덕과 들판과 삼림이 간간이 끼어들었고, 머피시에 가까워지자 한가로이 말과 소가 돌아다니는 작은 목장들이 길옆으로 획획 지나갔다. 공기에서 농장의 거름 냄새가 났지만, 헌터도 테일러도 불평하지 않았다. 헌터는 눈길 닿는 곳마다 온통 나무와 녹색 들판인 이런 곳에 와본 기억이 없었다. 빼어난 풍경이었음을 둘 다 인정해야 했다.

크리크로드에서 '숲가'로 방향을 바꾸자 목장 옆으로 난 길은 더 울퉁불퉁해져서 어쩔 수 없이 달팽이가 기어가는 것 같은 속도로 서행해야 했다.

"아이고, 여긴 뭐가 전혀 없네요." 그녀가 주변을 돌아보며 말했다. "2킬로미터 가까이 가로등 하나 없었던 거 알아요?"

헌터는 고개를 끄덕였다.

"아직 해가 있어서 다행이네요." 테일러가 말했다. "루시엔이 뭔가로부터, 아니면 누군가로부터 숨어 있었다는 건 틀림없네요. 제정신이라면 누가 여기까지 와서 살고 싶겠어요?"

그녀는 움푹 팬 구덩이와 요철을 피하려고 최선을 다했지만, 아무리 조심스럽게 방향을 바꾸고 천천히 운전해봐도 교전 지역을 운전하는 것 같은 느낌은 어쩔 수 없었다.

"꼭 지뢰밭 같아요. 자동차 회사들은 여기서 서스펜션 테스트를 해야겠어요." 그녀가 말했다.

몇 분 동안 천천히 울퉁불퉁한 길을 달리다 마침내 숲가 끝에 있는 집에 도착했다.

목장주의 단층 주택처럼 보였지만 규모는 훨씬 작았다. 수리와 페인트칠이 필요해 보이는 낮은 나무 담장이 건물 주위를 에워싸고 있었다. 담장 너머 잔디는 몇 달은 깎지 않은 듯 보였다. 대문에서 집까지 삐뚤빼뚤 이어진 시멘트 길은 대부분 갈라진 채였고, 갈라진 틈새와 길 주변에 온통 잡초가 자라 있었다. 오른쪽의 녹슨 깃대에는 해져서 구멍이 숭숭 뚫린 성조기가 걸려 있었다. 한때 하얀색이었을 정면의 벽과, 연푸른색이었을 창틀과 문은 심하게 빛이 바랬고 거의 모든 곳에서 페인트가 벗겨지고 있었다. 추녀마루가 있는 지붕 역시 새 타일 몇 개가 절실해 보였다.

헌터와 테일러는 차에서 내렸다. 시원한 산들바람이 서쪽에서 불어오며 축축한 흙 내음을 풍겼다. 헌터가 고개를 들자 더 짙어진 빛깔의 구름 두 개가 눈에 들어왔다.

"여길 잘 돌보지 않았다는 건 확실하네요." 테일러가 차 문을 닫으며 말했다. "최고의 세입자는 아니었나 보네요."

헌터는 주변의 흙길과 나무 담장까지 확인했다. 그들이 타고 온 차가 낸 것 외에 다른 타이어 자국은 없었다. 집에는 차고가 없어서 집 옆에 차를 세워둘 만한 장소를 찾아야 했다. 사람들은 항상 같은 자리에 주차하는 경향이 있다. 틀림없이 지면에 지속해서 만들어진 자국을, 어쩌면 기름 흔적이나 잔여물까지도 남겼을 터다. 그러나 그들은 아무것도 발견하지 못했다. 루시엔 폴터가 정말 이곳에 살았다면, 그는 차를 가지고 있었던 것 같지는 않았다.

헌터는 담장 옆 우체통도 확인했다. 비어 있었다.

둘 다 집 쪽으로 이동한 뒤 헌터는 잠깐 기다려서, 테일러가 자기 앞에 서게 했다. 최소 한 차례 이상은 그가 똑똑히 들었던 것처럼, 이건 그의 사건이 아니었다.

현관으로 올라가는 한 단짜리 나무 계단은 테일러의 체중이 실리자 무언가를 경고하듯 삐걱거렸다. 바로 뒤에 있던 헌터는 계단을 건너뛰어 바로 현관으로 올라갔다. 그들은 현관 양옆에 있는 창문을 확인했다. 모두 커튼이 쳐진 채로 잠겨 있었다. 집 오른편의 뒷마당으로 통하는 두꺼운 문 역시 잠겨 있었다. 그 위의 벽은 누군가 타고 넘어가려고 한다면 붙들고 말려야 할 정도로 높았다.

"자, 이걸로 해보죠." 테일러가 제안했다.

루시엔의 열쇠고리는 건물 관리인의 것일 수도 있었다. 굵은 금속 고리 하나에 비슷비슷해 보이는 열쇠 열일곱 개가 빽빽하게 걸려 있었다.

테일러는 방충망 문을 당겨 열고 열쇠 구멍에 첫 번째 열쇠를 넣어보려 했지만 들어가지도 않았다. 두 번째, 세 번째, 네 번째, 다섯 번째 열쇠는 모두 쉽게 미끄러져 들어갔는데, 돌아가지는 않았다. 테일러는 침착하게 열쇠를 하나씩 확인했다.

빗방울이 떨어지기 시작하면서 축축한 흙냄새는 더 짙어지고 공기는 시원해졌다. 빗발이 세지자 테일러는 현관 지붕에 구멍이 얼마나 많을까 궁금해하며 위를 올려다봤다.

여섯 번째와 일곱 번째 열쇠는 첫 번째 열쇠처럼 구멍에 들어맞지 않았다. 반면에 여덟 번째 열쇠는 구멍에 쏙 들어갔고, 테일러가 열쇠를 돌리자 둔탁한 소리를 내며 잠금장치가 풀렸다.

"빙고." 그녀가 말했다. "나머지 것들은 어디 열쇠인지 궁금하네요."

헌터는 대답하지 않았다.

테일러는 손잡이를 돌려 문을 열었다. 놀랍게도 최근에 기름칠을 한 듯, 삐걱거리거나 소름 끼치는 소리가 나지 않았다.

집에 들어가지도 않았는데, 안에서 좀약 같은 살균제 냄새가 확 풍겨왔다. 본능적으로 테일러는 손을 코에 가져다 댔다.

그 냄새가 헌터를 괴롭히지는 못했다.

테일러는 문 오른쪽 벽에서 전등 스위치를 찾아 올렸다.

정면의 현관은, 표면이 완전히 드러난 하얀 벽의 아주 작은 곁방으로 통했다. 그들은 재빨리 곁방을 통과해 거실로 갔다.

이번에도 테일러는 문 옆에서 전등 스위치를 찾아 천장 한가운데 매달린 백열전구를 켰다. 빨간색과 까만색으로 칠해진 두꺼운 전등 갓이 불빛의 강도를 크게 떨어뜨려서, 방 안은 불을 켜도 반그늘 상태였다.

그곳이 가장 널찍한 거실은 아니었지만, 이렇다 할 가구가 거의 없어서 비좁게 느껴지지도 않았다. 좀약 냄새는 더 강해져서 금방이라도 구토를 일으킬 듯이 테일러를 움츠러들게 만들었다.

"괜찮아요?" 헌터가 물었다.

테일러는 고개를 끄덕였지만, 그 행동이 썩 미덥지는 않았다. "난 좀약 냄새가 싫어요. 배 속이 뒤집혀서요."

헌터는 그녀에게 잠깐 시간을 주고 혼자 천천히 방을 훑어보았다. 그 집이 누구의 집이었다고 알려줄 만한 것은 전혀 없었다. 벽에 사진이나 그림도 걸려 있지 않았고, 장식품도 없었으며, 개인의 손길이 느껴지는 그 무엇도 없었다. 그야말로 아무것도 없었다. 루시엔은 자기 자신에게서조차 숨어 있었던 것 같았다.

서쪽 벽의 열려 있는 문은 어두운 부엌으로 통했다. 그들이 거실로 들어왔던 곳에서 바로 맞은편에 난 복도는 집 안쪽으로 이어졌다.

"부엌을 확인하고 싶어요?" 헌터가 문 쪽으로 고갯짓을 하며 물었다.

"별로 그러고 싶지 않네요." 테일러가 말했다. "일지나 찾고 나가서 신선한 공기를 마시고 싶을 뿐이에요."

헌터는 고개를 끄덕여 동조했다.

그들은 거실을 가로질러 반대쪽 복도로 들어갔다. 이곳의 전등 역시 거실과 마찬가지로 빛이 약했다.

"침울한 불빛을 좋아했나 봐요." 테일러가 자신의 견해를 밝혔다.

복도를 따라 문이 네 개 나 있었다. 왼쪽에 두 개, 오른쪽에 하나, 맨 끝에 하나. 왼쪽 두 개와 맨 끝의 하나는 활짝 열려 있었다. 불이 꺼진 상태에서도 헌터와 테일러는 문 너머가 침실과 욕실임을 알 수 있었다. 복도 오른쪽의 두껍고 육중한 문은 커다란 자물쇠로 단단히 잠겨 있었다.

"지하로 가는 문이어야 할 텐데요." 테일러가 말했다.

헌터는 동의하며 자물쇠를 확인하다가 불현듯 놀랐다. 액체질소를 비롯한 온갖 공격에도 끄떡없을 사전트앤드그린리프의 군용 등급 자물쇠였다. 루시엔은 초대받지 않은 사람이 지하실로 내려가는 것을 원하지 않았던 게 분명했다.

"다시 '열쇠 룰렛'을 해야겠군요." 테일러가 루시엔의 열쇠 뭉치를 꺼내며 말했다.

그녀가 열쇠들을 확인하기 시작하자, 헌터는 신속하게 왼쪽 첫 번째 방인 욕실을 확인했다. 퀴퀴하고 축축한 냄새가 심한, 하얀 타일로 꾸민 작은 욕실이었다. 흥미로운 것은 없었다.

찰칵.

복도에서 금속이 맞물리는 소리가 들리자 헌터는 욕실을 나갔다.

"찾았어요." 테일러는 자물쇠가 바닥에 떨어지게 놔두며 말했다. "이번엔 열두 번 만이었어요." 그녀는 손잡이를 비틀어 문을 열었다.

문 안쪽 천장에서 아래로 전등 줄이 드리워져 있었다. 테일러는 전등을 켰다. 노르스름한 형광등이 두어 번 깜빡이다 불이 들어오며 밑에서 오른쪽으로 구부러진 좁은 시멘트 계단을 드러냈다.

"먼저 가고 싶어요?" 테일러가 한발 물러서며 물었다.

헌터는 어깨를 으쓱했다. "당연하죠."

둘은 조심조심 천천히 계단을 내려갔다. 아래에선 또 다른 노르스름한 전구 두 개가 위층의 거실만 한 공간을 밝히고 있었는데, 빛 속에 드러난 것은 거친 시멘트 바닥과 지겹도록 봐온 하얀색 벽이었다. 그래도 가구에 대해서라면, 위층의 거실과 비교할 만했다. 북쪽 벽에는 책들이 가득한 키 큰 나무 책장이 있었다. 방의 중앙에는 커다란 양탄자 위에 꽃무늬 소파가 놓여 있고, 그 바로 앞쪽에는 옛날 텔레비전이 올려진 너도밤나무 장식장이 있었다. 장식장의 왼편에 자리한 것은 옷장과 작은 맥주 냉장고였다. 그림 액자 몇 개가 벽을 장식하고 있었다. 모두 먼지가 얇게 덮인 채였다.

"일지는 틀림없이 저기에 있겠네요." 테일러가 책장을 향해 고개를 끄덕이며 말했다.

헌터는 여전히 모든 것을 눈여겨보면서 방을 둘러보고 있었다.

테일러가 책장을 향해 나아갔다. 그녀는 그 앞에 서서 눈으로 재빨리, 책장에 꽂힌 책들의 제목을 전부 훑었다. 몇몇 책은 심리학 관련 서적으로 보였고, 공학 관련 책과 요리책, 기계학 서적 몇 권과 스릴러소설, 그리고 동기부여를 하는 법이나 역경을 극복하는 방법에 관한 책들도 보였다. 한쪽 구석에 다른 책들과 조금 달라 보이는 작은 규모의 전집이 있었다. 여타의 책들과 가장 큰 차이는 제목이 없다는 것이었다. 인쇄된 책이 아니었다. 두꺼운 표지의 공책으로, 어느 문구점에 가도 쉽게 살 수 있는 종류의 것이었다.

"일지가 한 권이 아닌가 봐요." 테일러가 첫 번째 공책으로 손을 뻗으며 알렸다.

그녀는 헌터에게서는 아무 대답도 들을 수 없었다.

그를 보지 않고, 그녀는 공책을 획획 넘기면서 얼굴을 찌푸렸다. 글은 없고 직접 그린 그림과 스케치로 빼곡했다.

"로버트, 이리 와서 이것 좀 봐요."

여전히 헌터에게서는 대답이 없었다.

"로버트, 내 말 듣고 있어요?" 테일러가 마침내 그를 향해 몸을 돌렸다.

헌터는 방 한가운데서 미동도 없이 앞의 벽만 똑바로 응시하며 서 있었다. 어떤 감정 상태인지 읽어내기 어려운 표정이었다.

"로버트, 무슨 일이에요?"

정적.

그의 시선을 좇던 그녀의 눈이, 그림을 끼운 액자에서 멈췄다.

"잠깐." 그녀는 눈을 찡그린 상태로 액자에서 시선을 떼지 않은 채 좀 더 가까이 다가갔다. 그리고 몇 초 만에 자신이 무엇을 보고 있는지 이해하자, 순식간에 온몸에 소름이 돋았다.

"세상에." 그녀가 속삭였다. "저거…… 사람 피부예요?"

헌터가 천천히 고개를 끄덕였다.

테일러는 숨을 내쉬며 한 걸음 뒤로 물러나 방 안을 다시 둘러보았다.

"이럴 수가……." 목이 완전히 말라버린 듯 뻑뻑해지고, 보이지 않는 두 손이 그 목을 조르는 것 같았다.

벽에 걸려 있는 액자는 모두 다섯 개였다.

헌터는 여전히 움직임 없이 바로 앞에 있는 액자에만 시선을 고정하고 있었다. 액자 속 그림인 줄 알았던 것이 실은 인간의 피부였다는 사실 때문에 놀란 것은 아니었다. 헌터를 얼어붙게 만든 것은, 지금 그가 보고 있는 액자 속 인간의 피부 위에 그려진 그림이었다. 아주 독특한 문신. 그 문신이 피부에 새겨지던 현장에 헌터가 있었기에, 그는 생생하게 기억했다. 그 자리에는 루시엔도 있었다. 가시 돋친 줄기가 피 흘리는 심장을 교살하듯 감싼 빨간 장미 문신.

수전의 문신이었다.

2막
진범

25

윙 소리를 내며 문이 열리고 헌터와 테일러가 심문실 안으로 들어섰을 때, 루시엔 폴터는 이미 철제 탁자에 앉아 있었다. 전과 마찬가지로 두 손에는 수갑이 채워진 채였고, 수갑은 사슬과 연결되어 있었다. 두 발에도 족쇄가 채워져 발목 사슬이 의자 옆 바닥의 굵은 고리에 단단히 고정된 상태였다. 그리고 바로 뒤에는 무장한 해병대원 둘이 서 있었다. 둘 다 말없이 헌터와 테일러에게 묵례하고 방을 나갔다.

루시엔은 의자에 앉아 몸을 앞으로 숙이고 있었다. 탁자 위에 올려놓은 양손은 깍지를 낀 채로, 자신에게만 들리는 느린 노래에 맞춰 차분하게 엄지로 박자를 맞추는 듯했다. 머리와 눈은 아래를 향해 있고, 시선은 양손에 고정되어 있었다.

테일러는 일부러 문이 쾅 닫히게 놔뒀지만, 그 소리는 루시엔의 귀에까지 도달하지 못한 듯싶었다. 그는 몸을 움찔하거나 고개를 들지도 않았고, 박자를 맞추던 엄지를 멈추지도 않았다. 자기만의 세계에 빠져 있는 것 같았다.

헌터는 앞으로 나아가 그가 앉은 탁자 맞은편에 섰다. 양팔은 옆으로 자연스러우면서 느긋하게 늘어뜨렸다. 그는 자리에 앉지도 않았고, 한마디 말도 없었다. 그냥 기다렸다.

테일러는 분노로 이글거리는 눈을 하고 문 옆에 서 있었다. 콴티코로 돌아오면서 그녀는 절대 분노를 드러내 보이지 않겠다고, 분별 있고…… 전문적이고…… 공정한 모습만 보이겠다고 스스로에게 약속했었다. 하지만 침착해 보이는 루시엔을 보자 다시금 혈관 속의 피가 끓어올랐다.

"이 역겨운 개자식." 결국 불쑥 욕설을 내뱉었다. "대체 얼마나 죽인 거야?"

루시엔은 자신만 들을 수 있는 노래에 엄지로 박자를 맞추는 걸 그치지 않았다.

"전부 피부를 벗겼어?" 테일러가 계속했다.

대답이 없었다.

"모든 피해자한테서 그런 역겨운 '트로피'를 만들었어?"

루시엔은 여전히 묵묵부답이었지만 이번에는 박자 맞추기를 멈추고 천천히 고개를 들어 헌터와 눈을 마주쳤다. 한참 동안 둘 다 입을 열지 않았다. 곧 전투를 앞둔 완전한 이방인처럼 서로를 살필 따름이었다. 헌터가 그때 처음 알아차린 것은, 지난번 면회 때와는 완전히 달라진 루시엔의 태도였다. 감정적인 루시엔, 자신에게 가해지는 거대한 부정不正의 의혹에 겁을 먹은 듯 보였던 루시엔, 도움을 필요로 하던 루시엔은 이제 거의 사라졌다. 지금 헌터 앞에 앉아 있는 새로운 루시엔은 전보다 더 강해 보였고…… 더 자신만만해 보였으며…… 두려움 따위는 없어 보였다. 심지어 얼굴마저도 전투를 마다하지 않을 싸움꾼처럼 한층 강인해 보였다. 어떤 어려움이 닥쳐오든, 그는 준비된 사람이었다. 진갈색 눈빛도 무언가 달라져 있었다. 아주 차가워 보였고, 감정이 차단되어 텅 비어 있었다. 헌터가 형사로서 이제까지 여러 번 목격하기는 했어도 루시엔의 눈에서는 결코 보지 못했던, 사이코패스의 공허한 눈빛이었다.

루시엔이 숨을 내쉬었다.

"로버트, 네 표정을 보니 액자 속 문신을 알아봤구나."

헌터는 루시엔이 일찍이 수전과 그 문신을 언급했던 진짜 이유를 그제야 깨달았다. 긴장이 풀릴 때까지 민감한 주제에 관한 대화를 회피하려던 게 아니라, 헌터가 문신을 확실히 기억하게 한 후에 그 집으로 보내고 싶었던 것이다.

헌터는 정확히 무슨 말을 해야 할지 몰랐고, 그래서 침묵했다.

"지금까지는 그게 내가 제일 좋아하는 작품이야." 루시엔이 말을 이었다. "왠지 알아?"

헌터는 대답하지 않았다.

루시엔은 그 기억을 떠올리니 몹시 즐겁다는 듯이 미소 지었다.

"수전이 내 처음이었거든."

"이 개자식." 테일러는 로켓처럼 튀어 나가 루시엔에게 돌진했지만, 마지막 순간에 정신을 차리고 철제 탁자 옆에서 멈춰 섰다.

루시엔의 얼음장 같은 시선이 천천히 그녀에게로 옮겨졌다. "테일러 요원, 제발 같은 말을 반복하지 마. 이미 날 '역겨운 개자식'이라고 불렀잖아." 단조로운 목소리였다. 감정도 없고 온기도 없었다. "아마 네 말이 맞을 거야. 하지만 욕은 정말이지 너와 어울리지 않아." 그는 혀로 입술을 핥았다. "욕은 약한 놈들이나 하는 거야. 지적으로 싸우기엔 지능이 부족한 사람들이나 하는 거지. 넌 네가 지능이 부족하다고 생각해? 그렇다면 직업을 잘못 선택한 거야."

테일러는 심호흡하며 스스로를 진정시켰다. 두 눈은 여전히 분노로 타올랐지만, 그녀는 루시엔이 그저 자신을 몰아붙이려고 그런다는 것을 알고 있었다.

"지금 그 집에서 본 것 때문에 다소 충격받은 상태라는 건 이해해." 루시엔이 계속 말했다. "그래서 감정이 조금 고조되어 있지." 그는 태연하게 어깨를 으쓱했다. "정상적인 반응이야. 하지만 경솔한 감정 분출은 FBI 요원에게 기대되는 덕목은 아닐 텐데, 안 그래? 물론 너도 놀랐을 거야. 틀림없이 자제력을 잃지 않겠다고 스스로에게 약속했을 테니까. 침착하고 전문적인 태도를 유지하겠다고 다짐했겠지, 아닌가?" 루시엔은 그녀에게 대답할 시간을 주지 않았다. "감정을 통제한다는 건 아주 힘든 일이야. 심지어 선의로도 네 안의 감정들이 쉽게 달아오를 수 있지. 제대로 감정을 통제하려면 많은 훈련이 필요해." 그러고는 또 한 번 어깨를 으쓱했다. "하지만 언젠가는 너도 그 경지에 틀림없이 도달하게 될 거야."

테일러는 잠자코 있으려고 안간힘을 썼다. 루시엔은 테일러에게서 다시금 감정적인 반응이 나오기를 기대하는 게 틀림없었지만, 그녀는 그의 바람을 들어주지 않았다.

"몇 명이야, 루시엔?" 마침내 헌터가 침묵을 깨고 단호한 목소리로 물었다. "수전이 네 '첫 번째'라고 말했지. 피해자가 몇 명이지?"

루시엔은 의자에 등을 기대고 연습한 듯 보이는 미소를 지었다.

"로버트, 아주 좋은 질문이야." 그는 잠깐 깊은 생각에 잠긴 듯했다. "사실 잘 몰라. 처음엔 수를 세다가 얼마 안 가 잊어버렸거든."

테일러는 다시 피부에 소름이 돋는 것을 느꼈다.

"하지만 다 적어놓았지." 루시엔이 고개를 끄덕이면서 말했다. "그래, 일지는 정말 있어. 실은 한 권이 아니야. 내가 있었던 장소들, 내가 데려왔던 사람들, 내가 사용했던 범행 수법들…… 전부 기록해놓았지."

"어디에 있지?" 테일러가 물었다.

루시엔이 킥킥대며 손을 움직이자 사슬이 금속 탁자에 부딪혀 달그락거렸다. "진정하라구, 테일러 요원. '기다리는 자에게 복이 있나니'라는 말도 못 들어봤어?"

말은 테일러에게 하고 있었지만, 루시엔의 관심은 온통 헌터에게 쏠려 있었다.

"로버트, 지금 네 머릿속에 나뒹구는 질문이 아마 1,000개는 될 거야. 네가 무엇보다 알고 싶은 건 동기와 방법이겠지. 그리고 넌 경찰이니까, 피해자의 신원도. 루시엔은 긴장을 풀려는 것처럼 목을 양옆으로 한 번씩 꺾었다. "시간이 좀 걸리겠지만 날 믿어, 로버트. 나도 네가 그걸 알았으면 해. 그래서 너를 여기로 부른 거니까."

루시엔은 헌터 뒤쪽의 반투명유리를 바라보았다. 그는 헌터나 테일러에게 이야기하는 것이 아니었다. 노스캐롤라이나에서의 발견 이후, FBI의 좀 더 높은 자리에 있는 누군가가 유리 건너편에 와 있으리라는 걸 그는 알았다. 모든 것을 지휘할 권한을 가진 인물.

"**당신** 역시 동기와 범행 수법을 알고 싶어 한다는 걸 알아." 그는 거울에 비친 자신의 모습을 응시하며 으스스한 톤으로 말했다. "어쨌든, 그 유명한 'FBI 행동과학부'잖아. 나 같은 사람들의 정신을 연구하려고 있는. 그러니 날 믿어. 나 정도의 사람은 못 봤을 테니까."

루시엔은 유리 뒤에서 고조되는 긴장감을 실제로 느낄 수 있었다.

"그것보다 당신들은 피해자들의 신원을 알아내야 해. 그게 당신들 의무지. 하지만 지금 말하건대, 내 협조 없이는 절대 불가능할 거야."

헌터는 테일러가 안절부절못하고 자세를 이리저리 바꾸는 모습을 지켜보았다.

"좋은 소식은, 내가 기꺼이 협조할 거라는 거지." 루시엔이 말했다. "하지만 조건이 있어. 그러니 잘 들어." 목소리가 훨씬 진지해져 있었다. "나는 로버트하고만 얘기할 거야. 로버트가 FBI 소속이 아니라는 걸 알지만, 그 정도는 쉽게 처리할 수 있잖아." 그는 잠시 방 주위를 둘러보았다. "이 방에서는 만나지 않을 거야. 난 여기가 편하지 않거든. 그리고……." 그는 두 손을 들어 올리고 손목 사이의 사슬이 철제 탁자에 부딪히게 해서 달그락 소리를 냈다. "수갑 차는 건 정말 좋지 않아. 내 정신 상태를 아주 좋지 않게 만들지. 그건 내게도 너희에게도 좋지 않아. 또, 나는 방 안을 걸어 다니면서 말하는 걸 좋아해. 그편이 생각하는 데 도움이 되거든. 지금부터는 로버트가 내 방으로 내려와서 이야기해도 돼." 그는 테일러 쪽을 슬쩍 보았다. "테일러 요원은, 본인이 원한다면 함께해도 돼. 난 이 친구가 마음에 들거든. 하지만 성질을 다스리는 법을 배워야 할 것 같군."

"네게 협상할 권리 따위는 없어." 테일러는 자신이 낼 수 있는 가장 차분한 목소리를 유지하며 말했다.

"오, 좋은걸. 할 수 있을 것 같은데, 테일러 요원? 지금쯤이면 너희 요원들이 머피시의 집을 샅샅이 뒤졌겠지. 그리고 그들이 조금이라도 유능하다면 너와 로버트가 거기서 본 걸 찾아냈을 테고 말이야." 루시엔이 잠시 헌터와 눈을 마주쳤다. "글쎄, 그건 시작일 뿐이야."

26

루시엔의 추측이 옳았다. FBI의 수색 전문 팀이 머피시의 집을 조사하기 위해 이미 배치되었던 것이다.

특수요원 스테퍼노 로페즈는 아주 경험 많고 실력이 쟁쟁한 여덟 명의 요원으로 구성된 수색팀의 책임자였다. 특별히 조직된 이 팀은 8년 전, 현장 감식 전문가들에 대한 신뢰가 거의 없었던 에이드리언 케네디 센터장에 의해 출범했다. 당시 전국적으로, 대부분의 법과학 관련 작업이 민간 기업들에 위탁됐었다. 그들을 '요원'이라고 부를 수 있을지는 모르겠지만, 지난 10년간 방송가를 강타하며 폭발적으로 늘어난 과학수사 텔레비전 프로그램에 힘입어 자기 능력에 비해 과한 보수를 받던 법과학자들은 스스로를 진짜 스타라 믿고 정말로 스타인 양 행동했었다.

케네디의 팀은 고도의 법과학 증거물 수집과 분석 훈련을 받았고, 여덟 명 모두 화학 또는 생물학 학위를 가졌거나 혹은 둘 다 가진 요원도 있었다. 팀의 리더인 로페즈를 비롯한 요원 세 명은 FBI에 합류하기 전에는 의학부 예과의 학생이었다. 모두가 합당한 자격을 갖춘 그들은 '현장'에서의 다양한 테스트를 위한 실험 설비와 도구를 충분히 챙겨서 왔다.

더 신속한 수색을 위해 로페즈 요원은 집을 구획으로 나누고 요원들을 두 명씩 네 팀으로 나누었다. 수아레즈와 팔리의 'A팀'은 거실과 부엌을 맡아 안을 샅샅이 확인했다. 레이나와 골드스타인의 'B팀'은 복도를 따라 두 침실과 작은 욕실을 수색했고, 로페즈와 풀러의 'C팀'은 아래층 지하실을 맡았다. 비예가스와 카버의 'D팀'은 건물 밖을 수색했다.

C팀은 처음에 지하실 전체를 사진으로 찍는 작업을 했고, 이제는 증거를 수집하여 꼬리표를 붙이고 추가 분석을 위해 증거 봉투에 넣으면서 그것들을 걸러내는 과정에 있었다. 그들이 처음으로 조사한 품목은 '피부 액자들'이었다.

로페즈 요원과 풀러 요원은 동쪽 벽에서 조심스럽게 첫 액자를 떼어내자마자, 그것이 간단하지만 아주 영리하게 고안해 만든 액자임을 깨달았다. 먼저, 피부 조각을 포름알데히드나 포르말린 같은 보존 물질에 적신 다음, 일반 현미경 슬라이드 두 개 높이에 해당하는 약 2밀리미터 두께의 안전유리에 판판하게 펼쳐놓았다. 그리고 똑같은 두께의 두 번째 안전유리를 피부 조각 위에 덮었다. 피부의 손상을 최소로 유지하기 위해 안전유리와 인간 피부의 샌드위치를 특수 밀봉재를 사용하여 밀폐한 후, 평범한 그림이나 사진처럼 액자에 끼웠다.

"완전히 미친놈이야." 로페즈가 지문 채취를 위해 마지막 액자에서 먼지를 떨어내며 말했다. 액자에서는 아무것도 나오지 않았다.

큰 키에 몸이 호리호리한 로페즈는 짧은 곱슬머리와 꿰뚫어 보는 듯한 진갈색의 눈, 그리고 그에게 '호크hawk'라는 별명이 붙게 만든 '매'부리코를 가지고 있었다.

"장난 아니에요, 호크." 풀러 요원이 꼬리표를 붙인 액자들을 증거 봉투에 넣으면서 말했다. "몇 년간 살인범들 '기념품'을 많이 봤잖아요. 그중엔 피살자 신체 부위도 꽤 있었고요. 하지만 이건 그 범주를 넘어서네요." 그는 고개로 액자를 가리켰다. "이 녀석은 피해자에게서 손가락이나 귀를 자르기만 한 게 아닙니다. 일부라고는 해도 피부를 **벗겨냈죠**. 피해자들이 살아 있는 동안에 그랬을지도 모릅니다. 그래서 저한테는, 이전까지는 없었던 새로운 범주에 속하는 범죄자인 것처럼 보이네요."

"어떤 범주인데?"

"사이코패스의 기괴한 쇼. 장인의 수준. 끈기를 갖춘 기술자."

호크는 고개를 끄덕여 그 의견에 동의했다. "그러게, **진짜** 미친놈인 것 같군. 하지만 정말 짜증 나는 건 이 방이야." 그는 주위를 둘러보았다.

풀러는 호크의 시선을 좇아 방 안을 빙 둘러보았다. "무슨 뜻입니까?"

"그동안 우리가 본 '기념품' 보관실이 몇 개였는지 말해보겠나?"

풀러는 미간을 찡그리고 어깨를 으쓱했다. "모르겠습니다, 호크. 하지만 너무 많았다는 것만은 확실합니다."

"우리 팀이 생긴 이후로 모두 서른아홉 개야." 호크가 확인해주었다. "하지만 사진으로 본 것까지 치면 수백 개는 될 거야. 기념품실은, 알다시피 전부 비슷해 보이지. 좁고, 냄새나고, 더럽고, 어둡고…… 뭔지 알잖나. 그게 어디든 가해자들이 피해자에게서 잘라낸 신체 부위를 보관하는 장소는 겨우 찬장 크기의 공간이거나 잘해봤자 헛간 같은 곳이 대부분이지. 놈들이 피해자들과 함께 보낸 시간을 반추하면서 자위를 하거나 환상에 잠기거나 뭐, 어떤 짓이든 할 수 있는 그런 장소. 자네도 알지? 할리우드 공포 영화에나 나올 법한 역겨운 성지처럼 보이는 곳들이었잖아." 호크는 장갑 낀 두 손의 손바닥을 위로 향하게 한 후 다시 그 방을 둘러보았다. "하지만 여기…… 평범한 가정집 거실 같아. 먼지만 좀 쌓였을 뿐이지." 그는 옷장의 윗면을 손가락 두 개로 쓸어 풀러에게 보여주었다.

"그래서 요점이 뭡니까?"

"내 말은, 이 녀석이 여기 내려와서 자기가 저지른 살인이나 피해자들과 보냈던 시간을 되새김지는 않았을 것 같다는 거야. 이 녀석은 여기서 티브이를 보고 맥주를 마시고 책을 읽었던 것 같아. 꼭 보통 사람들처럼 말이야. 피해자들의 피부를 끼운 액자들에 둘러싸여서 그랬다는 것만 다를 뿐이지."

호크는 요원들을 여러 팀으로 나누기 전에 집 곳곳을 둘러봤었다. 그는 이 집에 텔레비전이라고는 지하실에 있는 오래된 모델의 제품이 유일하다는 것을 알고 있었다. 또한 구석의 작은 냉장고 안에 맥주 몇 병 외에 다른 것은 전혀 없다는 사실도 알았다.

호크의 목소리에 풀러를 걱정스럽게 만드는 무언가가 있었다.

"그래서 진짜로 말하고 싶은 게 뭡니까, 호크?"

호크는 책장 옆에서 잠시 장서들의 제목 일부를 훑어보았다.

"내 말은, 저것들이 기념품 같지는 않다는 거야." 그는 바닥에 놓여 있는, 액자 다섯 개가 들어 있는 증거 봉투를 가리켰다. "이건 단순한 장식품일 뿐이야. 이 녀석이 진짜 기념품 보관실을 갖고 있다면, 여기는 아니야." 그는 말을 잠시 멈추고 걱정스럽다는 듯이 한숨을 쉬었다. "풀러, 마음 단단히 먹게. 이 녀석한테 진짜 보관실이 있다면, 우린 아직 찾아내지 못했으니까."

27

위층에서는 미겔 레이나와 에릭 골드스타인의 B팀이 작은 욕실과 첫 번째 침실의 수색을 막 마친 뒤였다. 두 곳에서 지문 여러 개를 채취할 수 있었지만, 이 팀의 지문 전문가인 골드스타인은 추가 정밀 분석을 하지 않고도 지문의 패턴이 동일하다는 것을 알 수 있었다. 다시 말해, 발견된 지문 모두가 같은 사람의 것이라는 의미였다. 엄지 지문의 크기로 미루어 남성의 지문일 가능성이 컸다.

샤워실의 배수구에는 머리카락이 몇 가닥 있었는데 모두 짧은 진갈색이었다. 첫 번째 침실과 욕실에서 실시한 고강도 자외선 조사照射에서는 정액이나 혈액의 흔적이 전혀 나오지 않았다. 면도에 썼을 수도 있는 오래된 칼이 있던 세면대에서조차 아무것도 나오지 않았다. 변기와 그 주변의 바닥에서 크고 작은 얼룩 여러 개가 빛을 발했지만, 예상된 바였다. 소변은 자외선을 비추면 매우 강한 형광성을 띤다.

혹시나 해서 그들은 벽에도 자외선 조사를 했다. 가해자가 페인트 칠로 핏자국을 가리려 시도하는 것은 드문 일이 아니다. 맨눈에는 완전히 감춰지지만, 페인트로 덮인 핏자국은 고강도 자외선 아래 자신의 존재를 아주 분명히 드러낼 것이다.

복도 벽에서 드문드문 작은 반점들이 빛났다. 레이나와 골드스타인은 그 점들에서 샘플을 채취했지만, 그것들은 페인트칠로 숨겨져 있거나 하지는 않았다. 두 요원 모두 복도에서 수집한 샘플이 혈액으로 판명될지에 대해서는 의구심을 갖고 있었다.

그들은 복도 끝에 있는 마지막 큰 방에 이르렀고, 조사를 진행하기 전에 잠시 문 옆에 서서 눈으로 방 안을 훑어보았다.

내부 장식은, 매우 적은 예산으로 가구를 완비한 대학 기숙사 방처럼 빈약하고 저렴하면서 난잡했다. 벽에 붙여놓은 더블 침대는 구세군 상점에서 산 물건처럼 보였고, 매트리스나 검정과 회색이 섞인 색상의 침대 커버나 베갯잇 역시 마찬가지였다. 독서등이 놓인 서랍 없는 목제 협탁 역시 침대 오른쪽의 같은 벽에 딱 붙어 놓여 있었다. 오래돼 보이는 양문형 옷장은 서쪽 벽의 가운데에 자리했다. 그 외에 가구라곤 책이 잔뜩 꽂혀 있는 작은 책장뿐이었다.

"여긴 그렇게 오래 걸리지 않겠어." 레이나는 새 라텍스 장갑을 손에 재빨리 끼며 말했다.

"좋아." 골드스타인이 동의했다. 마스크를 쓰고 있음에도 좀약 냄새 때문에 콧속이 얼얼했다.

그들은 앞의 두 방에서처럼 고강도 자외선 조사로 현장 감식을 시작했는데, 자외선을 비추자마자 침대 커버가 크리스마스트리처럼 빛났다.

"음, 놀랍지는 않네." 골드스타인이 말했다. "전혀 빨지 않았나 봐."

정액, 혈액, 질 분비물, 소변, 침, 땀 등 다양한 체액들이 고강도 자외선을 받으면 형광성을 띠지만, 그것이 정확히 어떤 얼룩인지는 자외선만으론 확인할 수 없기에 추가 검사를 해야 한다. 더구나 감귤류 과일 주스나 치약처럼 체액이 아닌 몇몇 물질도 자외선 아래서 밝게 빛나는 탓에 속단할 수는 없었다.

"전부 봉투에 넣자." 골드스타인이 말했다. "연구실에서 처리해야 할 거야."

레이나는 신속하게 침대에서 그것들을 걷어내 품목별로 분류한 뒤 증거 봉투에 넣었다. 침대 커버 아래 흰색 매트리스에서 육안으로 보이는 혈흔은 없었지만, 어쨌든 자외선 조사를 했다. 이번에도 여기저기서 작은 반점으로 빛이 났는데, 의심스럽다고 할 만한 것은 없었다. 그렇지만 레이나와 골드스타인은 반점들의 위치를 전부 표시하고 샘플을 수집했다.

작업을 끝마치자 골드스타인은 작은 책장으로 가서 책을 한 권도 빠짐없이 조심스럽게 꺼내기 시작했다. 레이나는 침대 옆에 남아 지문 채취를 위해 침대 프레임의 먼지를 떨어냈다. 그리고 반대쪽으로 건너갔을 때, 그는 매트리스의 옆면이 어딘가 이상하다는 것을 알아차렸다. 매트리스와 혼동되는 두꺼운 흰색 천으로 만들어져 거의 티가 나지 않는, 옆으로 기다란 임시 덮개였다. 그는 얼굴을 구기며 매트리스에서 천천히 덮개를 뜯어냈고, 그 밑에 숨어 있던 틈을 찾아냈다.

"에릭, 와서 이것 좀 봐." 그가 손짓으로 골드스타인을 불렀다.

골드스타인은 살펴보던 책을 내려놓고 레이나 쪽으로 걸어왔다.

"이게 뭐 같아?" 레이나가 매트리스 옆에 난 기다란 틈새를 가리키며 물었다.

골드스타인의 두 눈이 휘둥그레졌다. "비밀 장소?"

"당연하지." 레이나가 손가락을 틈새에 밀어 넣고 최대한 넓게 벌리며 대답했다.

골드스타인이 몸을 굽혀 틈새 속으로 전등을 비췄다. 레이나의 손 안쪽으로 아무것도 보이지 않았다.

"내가 확인하지." 골드스타인이 전등을 내려놓고 오른손을 틈새

안으로 천천히 밀어 넣으면서 말했다. 아주 조심스럽게 더듬으며 매트리스 안쪽으로 나아가기 시작했다. 먼저 왼쪽, 그다음은 오른쪽. 아무것도 없었다. 팔을 좀 더 깊숙이, 팔꿈치까지 밀어 넣었다. 왼쪽, 오른쪽. 아직 아무것도 없었다.

"여기에 전에 뭘 숨겼든 간에 지금은 없을지도 몰라." 레이나가 말했다.

골드스타인은 포기하려 하지 않았다. 몸을 최대한 앞으로 숙여서 어깨까지 팔 전체를 매트리스 속으로 밀어 넣었다. 이번에는 여기저기를 더듬을 필요가 없었다. 손가락에 단단한 무언가가 닿았기 때문이다.

골드스타인은 잠시 멈추고 의미심장할 얼굴로 레이나를 보았다.

"뭐 찾았어?" 레이나가 틈 안쪽을 들여다보기 위해 본능적으로 고개를 한쪽으로 기울이며 물었다. 아무것도 보이지 않았다.

"잠깐 기다려봐." 골드스타인은 매트리스 안에 숨겨진 물체를 움켜잡으려고 손을 벌렸다. 뭔지는 몰라도 두께가 15센티미터는 되었다.

"기다려봐." 그가 말했다. "잡았어." 그는 밖으로 그걸 끌어내려 했지만 그만 손아귀에서 빠져버렸다. "잠깐, 잠깐." 그가 매트리스 속으로 다른 쪽 팔을 밀어 넣으며 말했다. 양팔을 어깨너비로 벌린 상태에서 양손으로 그 물체를 움켜잡았다. "상자 같은데." 그러고는 천천히 밖으로 끌어내기 시작했다.

레이나는 기다렸다.

"자, 간다." 골드스타인이 틈새 입구로 상자를 가져오면서 말했다.

레이나는 척추를 타고 내달리는, 무언지 정확히 알지 못할 흥분을 느끼며 양손을 뗐다.

골드스타인은 상자를 매트리스 밖으로 완전히 끌어내 둘 사이의 바닥에 내려놓았다. 대략 길이가 70센티미터에 폭은 50센티미터 정도인 나무 상자였다.

"총기 상자." 레이나는 그렇게 말하면서도 확신하지는 못했다.

골드스타인의 두툼한 두 눈썹이 호기심으로 활처럼 휘었다. 상자는 MP5나 우지 같은 기관단총 한 자루나 권총 두세 자루 정도는 충분히 들어갈 크기였다.

"알아내는 방법은 하나지." 골드스타인이 말했다.

놀랍게도 상자에는 자물쇠가 없었고, 옛날 스타일의 걸쇠 두 개만 달려 있었다. 골드스타인은 걸쇠를 풀고 뚜껑을 홱 젖혀 열었다.

안에 총기는 없었지만, 그 내용물은 두 요원의 눈을 휘둥그레지게 만들고 그들이 동작을 멈추게 하기에 충분했다.

상자는 가운데에 칸막이가 있어 두 칸으로 나뉘어 있었다.

완전한 침묵이 몇 초간 이어진 후, 골드스타인은 마침내 펜으로 양 칸의 내용물을 조심스럽게 뒤적였다.

"빌어먹을." 그는 나지막이 욕설을 내뱉으며 레이나를 보았다.

"가서 호크를 데려와."

28

새벽 1시 30분, 헌터와 테일러 요원은 BSU 건물 3층의 방음 회의실에서 열린 NCAVC 특별 회의에 불려 갔다. 남자 넷과 여자 셋이 반들반들한 붉은색 참나무 탁자 앞에 앉아 있고, 반대쪽 벽에는 천장으로부터 크고 하얀 스크린이 내려와 있었다. 헌터는 회의실로 안내돼 들어가자마자 무겁고 심각한 분위기를 감지할 수 있었는데, 모두의 얼굴에 떠올라 있는 긴장된 표정이 이 분위기를 한층 강조했다. 에이드리언 케네디 센터장은 탁자의 상석에 앉아 있었다.

"이리 와서 앉게." 그는 일어서지 않은 채 자기 오른쪽과 왼쪽, 양옆으로 빈자리를 가리키며 말했다.

헌터는 케네디의 오른쪽 자리에 앉았다.

"자, 소개부터 하지." 케네디가 계속 말을 이었다. "분명 여기 있는 모두가 로버트 헌터 형사의 논문을 잘 알 거야. 하지만 자네들 대부분이 그 논문을 쓴 사람을 만나는 건 이번이 처음이라고 알고 있네." 그는 헌터를 힐긋 본 후 앉은 사람을 한 명 한 명 고갯짓으로 가리키며 소개했다. "제니퍼 홀든은 프로파일러 컴퓨터 시스템을 감독하지. 디온 더글러스와 리오 허스트는 범죄 수사 분석 프로그램 CIAP Criminal Investigative Analysis Program 소속이고, 빅토리아 대븐포트는 FBI의 강력범 검거 프로그램인 VICAP Violent Criminal Apprehension Program에 있지. 앞서 만난 패트릭 램버트 박사는 최고의 법의학 정신과 전문의 중 한 명이야."

그들 모두 고개를 끄덕여, 역시 일일이 묵례를 건네는 헌터에게 조용히 '인사'했다.

"왼쪽은 FBI 특수요원 코트니 테일러." 케네디가 말했다. "이 수사를 지휘할 거네."

조금 더 조용한 묵례가 오갔다.

"로버트, 실례를 무릅쓰고 LA 경찰국의 자네 상관에게 한 번 더 연락했네." 케네디가 헌터에게 말했다. "현재 이 수사에는 자네가 필요하고, 틀림없이 자네도 참여하기를 원하겠지. 하지만 원칙대로 해야해. 우리 요청은 신속히 처리돼 이미 승인됐어." 그는 손가락으로 허공에 인용부호를 그리며 말했다. "자네는 이제 공식적으로 FBI에 '파견 중'이네." 케네디는 헌터의 이름과 사진이 있는 FBI 신분증을 그의 앞에 놓았다. "그래서 이 사건을 전부 해결할 때까지 자네는 '특수요원 로버트 헌터'야."

헌터는 그 직책이 당혹스러운 듯 보였다. 그는 신분증을 그 자리에 그대로 두었다.

"좋아." 케네디가 좌중을 향해 말했다. "이렇게 야심한 시각에 예정에 없던 회의에 불러내서 미안하네. 하지만 오늘의 일로 사건 양상이 크게 바뀌었다는 건 의심의 여지가 없어." 그는 의자에 기대앉아 깍지 낀 양손을 무릎에 얹은 후 헌터와 테일러에게 말했다.

"램버트 박사와 나는 오늘 관찰실에서 루시엔 폴터의 두 번째 심문을 지켜봤어."

헌터는 놀라는 것 같지 않았다. 그는 머피시의 집에서 '피부 액자'와 일기장을 찾아내자마자 테일러가 케네디에게 전화했다는 것을 알고 있었다. 테일러는 휴대전화로 액자와 지하실을 사진과 영상으로 찍어 이메일로 전송하기까지 했다. 헌터는 케네디가 그날 어떤 바쁜 일이 있더라도 남은 일정을 모두 연기하고 워싱턴에서 콴티코로 최대한 빠르게 날아올 거라고 예상했었다.

"이 방의 사람들 모두 두 심문 과정 녹화 영상을 자세히 봤네." 케네디는 그렇게 덧붙인 후에 램버트 박사에게 고개를 끄덕여서 배턴을 넘겼다.

"첫 심문에서 두 번째 심문까지 단 몇 시간 만에 폴터가 보인 탈바꿈은 그야말로 경악스러웠습니다." 그는 다소 당황스러운 듯 보였다. "첫 심문에서 마약 중독 이야기를 듣고 제 안에서 그를 믿는 마음이 생기기 시작했죠. 그가 안쓰러웠습니다."

VICAP의 빅토리아 대븐포트가 고개를 끄덕여 동의했다. 램버트 박사는 계속 말했다.

"정말로 폴터가, 정교한 계획을 세운 아주 잔인한 살인범 혹은 살인범들의 또 다른 피해자일 수 있겠다는 의심을 품기 시작했죠. 그는 단지 졸개일 뿐이고, 훨씬 더 큰 사건의 배달부일 뿐이라고요." 박사는 손으로 얼마 남지 않은 머리칼을 쓸어내렸다. 한 움큼의 흰 가닥들은 절대 제자리에 있고 싶어 하지 않는 것 같았다. "법정 정신의학자로서 일하면서 봐온 저런 사람들, 저렇게 설득력 있게 거짓말을 할 수 있는 사람들은 아주 극소수였는데, 대부분 다중인격 장애였어요." 그는 헌터를 똑바로 바라봤다. "알다시피 지금 이 사건은 거기에 해당되지 않습니다."

헌터는 아무 말도 하지 않았지만, 램버트 박사가 옳다고 생각했다. 루시엔은 결코 인격 분열의 징후를 보이지 않았다. 그리고 루시엔 역시 자신이 둘 이상의 다른 인격이라고 주장하지도, 암시하지도 않았다.

다중인격 장애를 앓는 사람은 일단 인격이 바뀌면 별개의 기분이
나 감정, 역사와 기억을 가진 완전히 다른 사람이나 마찬가지인 존
재가 된다. 인격들 간에 기분, 감정, 역사, 기억은 공유되지 않는다.
따라서 만약 루시엔이 다중인격 장애를 앓고 있고, 두 번째 심문에
서 첫 심문 때와 다른 인격이 나타난 거라면 두 번째 인격은 첫 심문
을, 혹은 첫 심문에서 이야기된 어떤 내용도 기억하지 못해야 했다.
여러 인격 중 어느 한 인격에 의해 저질러진 범죄들 역시 다른 인격
은 기억하지 못할 테고 알지도 못할 터였다. 하지만 그렇지 않았다.
루시엔은 자신이 어떻게 행동했는지 알았고, 두 심문의 내용도 정확
히 인지하고 있었다.

"폴터가 첫 심문에서는 세심하게 계획한 배역을 완벽하게 연기했
던 게 틀림없습니다. 진짜 루시엔 폴터는 두 번째 심문에서 우리 모
두 보고 들었던 그자인 거죠. 차갑고, 감정이 없고, 사이코패스적이
고, 자신의 행동을 완전히 통제하던 자 말입니다."

램버트 박사는 잠시 공기 중에 그 말이 떠다닐 수 있게 기다렸다
가 말을 이었다.

"와이오밍주에서 기이한 사고로 잡힌 건 우연이었을지 모르지만,
그는 헌터 형사와 테일러 요원이 피부 액자를 발견하리라는 걸 아주
잘 알면서도 기꺼이 노스캐롤라이나의 집으로 안내했어요. 헌터 형
사가 그중 하나를 개인적으로 알아보리라는 걸 알면서도 말이죠. 자
신이 한 짓에 엄청난 성취감과 쾌락을 느끼고 있고, 잔인함과 오만,
자부심도 매우 높은 것으로 보입니다." 박사는 잠시 숨을 돌린 뒤 다
시 말했다. "이자는 사람에게 고통을 주는 걸 좋아합니다. 육체적으
로, 감정적으로 모두요."

29

램버트 박사의 마지막 몇 마디 말에 회의실에 앉아 있는 이들 거의 모두가 거북하다는 듯이 자세를 고쳐 앉았다.

그 틈을 타 케네디는 병리학자인 에이드리아나 몬토야 박사를 힐긋 보았다. 그녀는 짧고 까만 머리에 굉장히 매력적인 녹갈색 눈과 도톰한 입술을 가졌고, 왼쪽 귀 바로 뒤쪽 목 부분에는 부서진 심장 모양의 작은 문신이 있었다.

"DNA 분석은 며칠 걸릴 수 있습니다." 그녀는 몸을 앞으로 숙여 탁자에 팔꿈치를 올려놓으면서 말했다. "피부 착색 검사와 표피 분석 결과는 오늘 늦게라도 나올 수도 있습니다. 그 조각들이 각기 다른 다섯 명에게서 얻은 피부일 가능성이 있습니다." 그녀는 잠깐 말을 중단했다. "그러면, 지금까지 피해자는 일곱 명이 되는 거죠. 이로써 루시엔 폴터는 대량 살인을 한 연쇄살인범이 됩니다. 우리가 일주일 전까지는 알지 못했던 살인범이죠. 그리고 전 램버트 박사 의견에 동의합니다. 그가 보이는 냉혹함과 잔혹성의 수준이 경악스러워요. 트렁크 속 피해자 둘은 목이 잘렸고, 지하실의 다섯은 피부가 벗겨졌어요." 그녀는 그 가능성을 고려하면서 부드럽게 고개를 저었다. "게다가, '이건 시작일 뿐'이라고 했어요."

헌터는 어떤 이유에선지 몬토야 박사의 마지막 말에 케네디가 긴장하는 것을 놓치지 않았다.

40대 초반으로 건장한 체격에 거무스름한 피부를 가진 CIAP의 리오 허스트는 앞에 놓인 파일을 펼쳤다. 두 차례의 심문을 녹취한 기록이었다.

"이 녀석은 다 알고 게임을 하는 중입니다." 그가 말했다. "FBI가 사이코패스의 요구에 굴복하지 않는다는 걸 알고 있어요. 어떤 상황에서도 우리는 규정을 따르죠, 항상. 문제는 그가 자신에게 유리하도록 사건의 국면을 전환했고, 이제 우리가 할 수 있는 일은 많지 않다는 겁니다. 수사의 우선순위가 범인의 체포에서 피해자들의 신원 확인으로 옮겨 갔기 때문에 우리가 협력해야 한다는 걸 놈은 아는 거죠."

모두가 그에게 주목했다.

"자, 이게 시작일뿐이라는 그의 말이 거짓이라고 가정해봅시다." 그는 계속 말했다. "'잠재적' 피해자가 일곱 명이 전부라고 가정하는 겁니다. DNA 분석 결과에 따라서, 그리고 그들이 전국 실종자 데이터베이스 안에 모두 있다면, 그의 도움 없이도 일곱 명 모두의 신원을 확인할 수 있을 겁니다." 그는 아주 얇은 두 눈썹 사이를 긁적거렸다. "하지만 그의 도움 없이 신원을 전부 확인해낸다 해도 두 번째 문제에 직면하게 됩니다."

"시신 찾기." 그렇게 말한 케네디의 시선이 순간 헌터의 시선과 마주쳤다.

"맞습니다." 리오 허스트의 파트너인 디온 더글러스가 동의했다. 그는 아프리카계 미국인으로, 역시 40대 초반으로 보였는데 삭발한 머리와 꾸준한 관리가 필요할 듯싶은 멋진 염소수염을 가지고 있었다. "가족들은 이 상황이 끝나길 원할 겁니다. 신체, 아니 어떤 유해라도 찾아서 적절히 장례를 치러주고 싶어 할 겁니다. 그리고 이 폴터라는 인물은, 자신의 협조 없이는 피해자들을 처리한 장소를 우리가 찾지 못하리라는 걸 알고 있죠."

또다시 케네디는 이 방의 누구보다도 긴장하는 듯한 모습을 보였다. 아주 드문 일이었다. 에이드리언 케네디는 NCAVC와 행동분석팀에 있었고, 헌터가 기억하기로는 어떤 부류의 범죄나 가해자에게도 쉽게 당황하지 않는 사람이었다. 얼마나 잔인한지, 또는 기괴한지는 문제가 되지 않았다. 헌터는 다른 뭔가가 있음을 감지했다. 케네디가 말하지 않은 무언가가 있었다. 적어도, 아직은.

"'이게 시작일 뿐'이라는 말은 거짓일 수도 있어요." 제니퍼 홀든이 말했다. "당신이 말했듯이……." 그녀는 리오 허스트 쪽으로 고갯짓을 했다. "그는 알고 게임을 하는 것 같아요. 그렇게 말하면 자신에게 상황이 유리하게 된다는 걸 아는 거죠. 거짓말탐지기를 사용해봐야 할지도 모릅니다."

헌터는 고개를 가로저었다. "설사 거짓말이라고 해도, 그는 쉽게 통과할 겁니다."

"거짓말탐지기를 통과할 거라고요?" 제니퍼 홀든이 다소 놀라서 물었다.

"네." 헌터는 확신을 가지고 대답했다. "25년 전에 재미 삼아 거짓말탐지기를 사용해본 적이 있거든요. 아마 지금은 그때보다 더 잘 속일 겁니다."

탁자에 앉은 몇 사람이 이상한 표정을 지었다.

"여러분 모두 첫 번째 심문 영상을 보셨을 겁니다." 헌터가 설명했다. "첫 심문에서 안면 분석 프로그램조차 그의 표정에서 유의미한 변화를 잡아내지 못했습니다. 제가 보기엔 루시엔은 거짓말에 심리적 반응을 거의 보이지 않는 것 같습니다. 동공 크기와 호흡은 내내 똑같이 유지됐죠. 스스로 조절하는 법을 단련한 게 틀림없어요. 아마 확인해보면 땀구멍 크기와 피부 홍조도 변화가 없을 겁니다. 어쩌면 거짓말탐지기를 사용해주기를 바라고 있을지도 모르죠. 거짓말탐지기를 쓰든 안 쓰든 차이는 없을 겁니다." 램버트 박사가 고개를 끄덕여 동의를 표했다. "길고 정교한 거짓말을 설득력 있게 구사할 수 있는 개인 유형은 따로 있습니다. 게다가 거기엔 아주 많은 재능이 필요하죠. 창의성, 지능, 통제력, 뛰어난 기억력, 그리고 아주 뛰어난 돌발 상황 대처 능력까지. 지금 말하는 건 일반적인 상황에서 그렇다는 겁니다. 경찰관이나 연방요원처럼 권위 있는 인물 앞에서, 또한 자신의 자유가 위태로워질 수 있는 상황에서라면, 그런 자질 조건들은 평소보다 열 배는 상승할 겁니다. 첫 심문에서 보여준 그의 설득력으로 판단하건대, 루시엔 폴터가 거짓말탐지기 조사를 손쉽게 빠져나간다 해도 별로 놀랍지 않을 겁니다."

"그가 거짓말을 하고 있다고 생각하는 건가요?" 테일러가 헌터에게 물었다.

"아뇨. 하지만 나나 여러분 중 누군가가 어떻게 생각하는지는 상관없습니다. 리오가 말했듯이, 루시엔은 자신이 어떤 게임을 하고 있는지 압니다. 그의 집을 보고 난 우리에겐 이제 의심 같은 걸 할 만한 여유가 없죠. 지금 당장은 그가 상황을 통제하고 있습니다."

아무도 입을 열지 않았다. 무슨 말을 해야 할지 정말로 몰랐기 때문이다.

헌터는 조용해진 틈을 타 탁자의 상석에 앉아 있는 남자를 향해 몸을 돌렸다.

"에이드리언, 수색은 어떻게 돼가고 있습니까?" 그가 물었다. "무슨 소식이라도 있나요?"

케네디는 자기 생각을 들켰다는 듯 헌터를 보았다.

걱정스러운 침묵이 이어졌다.

"음." 기어이 케네디가 입을 열었다. "사실…… 그래서 오늘 밤 여기 모이라고 한 거야. 수색팀이 루시엔 폴터의 침실에서 뭔가를 찾아냈네. 매트리스 속에 숨겨져 있었어."

방 안의 긴장감이 한층 올라갔다.

모두가 기다렸다.

"이거야."

케네디가 앞에 있는 작은 리모컨의 버튼을 누르자, 반대쪽 벽의 하얀 스크린 위에 골드스타인과 레이나가 찾아낸 나무 상자의 이미지가 영사됐다.

"총기 상자처럼 생겼네요." 디온 더글러스가 말했다. "기관단총 한 정이나 분해한 소총이라면 충분히 들어가겠네요. 벌써 열어봤습니까?"

케네디는 고개를 끄덕였다. "불행히도 저 안에 무기는 없었네." 그가 대답했다.

"그러면 뭐가 있었죠?" 테일러가 물었다.

케네디의 눈길이 탁자를 빙 돌고는 헌터에게서 잠시 멈췄다. 그는 리모컨 버튼을 한 번 더 눌렀다.

"이거야."

30

불이 꺼지고 주위가 새카만 암흑이었는데도 루시엔 폴터는 BSU 건물 지하 5층에 있는 감방에 깬 채로 누워 있었다. 자기만 볼 수 있는 대단히 흥미로운 영화라도 감상 중인 것처럼 그는 뜬 눈으로 천장을 응시하고 있었다. 하지만 명상 상태는 아니었다. 명상은 이미 완벽하게 끝마쳤다. 지금은 그저 올바른 실행 순서만 생각하며 다시금 그것을 정리하고 있었다.

한 번에 한 걸음씩. 그는 생각했다. *한 번에 한 걸음씩 나아가, 루시엔.*

지금까지, 1단계는 완벽하게 해낸 것처럼 보였다.

루시엔은 머피시의 집 지하실에서 벽에 걸린 액자들에 끼워진 것이 그림이 아니라는 사실을 깨달았을 때의 헌터 얼굴을 보기 위해서라면 돈이 얼마가 든다 해도 지불했을 것이다. 그리고 마침내 수전의 문신을 알아보았을 때 헌터가 지었을 표정을 보기 위해서도.

그래, 제법 돈을 들일 가치가 있었을 거야.

수전과 보냈던 마지막 밤의 기억들이 거세게 몰려오면서 피가 다시 따뜻해졌다. 그녀의 달콤한 향수 냄새와 부드러운 머리칼과 매끈한 피부를 아직도 떠올릴 수 있었다. 그는 조금 더 기억에 잠겨 있다가, 그것을 머릿속 옆으로 치워두었다.

큰 침실의 매트리스 안에 숨겨놓은 상자를 FBI 수색팀이 찾아내는 데 얼마나 걸릴지 궁금했다.

그들이 조금이라도 쓸 만하다면, 아마 그렇게 오래 걸리진 않을 거야.

본능적으로 상자의 내용물들을 되새기기 시작했다. 그러자 흥분이 그의 안에 차오르며, 자랑스러움을 담은 절제된 미소가 입가에 떠올랐다. 그는 모든 걸 기억할 수 있었다. 하지만 그 상자는 다가올 일에 비하면 아무것도 아니었다. 그들은 곧 아연실색하게 될 것이다.

루시엔은 미소를 억누르고 마침내 눈을 감았다.

한 번에 한 걸음씩, 루시엔. 한 번에 한 걸음씩.

31

프로젝터가 스크린에 쏜 화면 속 이미지는 몇 초 전의 그 나무 상자 그대로였지만, 이번에는 뚜껑이 열린 채였다. 상자 가운데를 칸막이로 나눠 만든 두 개의 칸이 분명하게 보였다. 마치 누군가가 '큐 사인'이라도 준 것같이, 에이드리언 케네디를 제외한 모두가 동시에 목을 길게 빼고 눈을 가늘게 뜨고서 화면을 보았다.

언뜻 보기에는, 상자 오른쪽 칸은 형형색색의 천 뭉치들이 들어 있고 왼쪽 칸은 다양한 장신구들로 가득한 것 같았다.

아무도 말이 없었다.

좀 더 눈을 가늘게 뜨고 보았다.

의자 몇 개가 바닥에 끌리는 소리가 났다.

"여성용 속옷인가요?" 마침내 테일러 요원이 오른쪽 칸을 가리키며 물었다.

"내가 해결해주지." 케네디가 리모컨 버튼을 누르며 말했다.

화면의 이미지가 바뀌었다. 이제는 흰색 배경 위에 상자 속 내용물이 가지런히 진열되어 있었다. 테일러가 옳았다. 오른쪽 칸에 있던 천들은 모두 여성용 속옷이었다. 좀 더 구체적으로는 색상, 크기, 스타일이 다양한 팬티들이었지만, 하나씩 분리되어 줄지어 진열되면서 전에는 눈에 보이지 않았던 것들이 분명해졌다. 많은 팬티에 피가 엉겨 있었다.

왼쪽 칸을 차지했던 장신구들 역시 종류별로 분류되어 진열되었다. 반지, 귀걸이, 목걸이, 팔찌, 손목시계, 체인, 배꼽 피어싱 두 개.

회의실 안 공기가 갑자기 퀴퀴해지며 정신이 몽롱해지는 기분이 들었다.

"오른쪽 칸에 여성용 속옷 열네 개가 있었어." 케네디가 일어서며 말했다. "그중 열한 개가 피로 덮여 있었지." 그는 방금 한 말의 중요성이 충분히 이해될 수 있게끔 시간을 두고 말을 이었다. "이미 전부 법의학 연구실로 보냈어. 44부터 77까지 사이즈가 다양해. 전부 다른 사람들이 입던 것이었다는 의미지."

"저것들은……." 헌터가 말했다. 그 방의 사람들을 향해 말했다기보다는 본능적으로 자기 자신에게 중얼거린 것에 가까웠다. 하지만 케네디는 놓치지 않았다.

"뭐라고 했나, 로버트?"

헌터는 순간 멈칫했다.

"저것들은 '기념품'이에요, 에이드리언. 다 아시겠지만, 일반적으로 '기념품 수집가'들은 각 피해자에게서 하나의 기념품만을 취합니다."

파도타기응원처럼, 헌터의 오른쪽에서부터 시작된 고개의 주억거림이 탁자를 빙 돌아 테일러에게 이르렀다.

기념품 수집가들은 **보통** 피해자에게서 아주 은밀한 것으로 오직 한 개의 기념품만을 취한다. 피해자와 살인 행위에 관한 강렬한 기억을 쉽게 촉발하고 자신이 얼마나 강력한 존재였는가를 일깨워줄 무언가로 말이다. 은밀한 부위에 착용하는 의복을 선호하는 경우가 많은데, 그것들이 피해자의 피부, 좀 더 구체적으로는 성적인 부분과 밀접한 관계가 있는 데다 피해자의 체취를 간직하기도 그만큼 쉽기 때문이다. 범행 후 몇 달, 제대로 보관하기만 한다면 몇 년 동안 그런 물건에서 자기들을 흥분시키는 피해자의 '공포 냄새'를 맡을 수 있다고 믿는 가해자들도 있다. 그들이 먹잇감을 향해 행사한 그 공포에, 성적으로든 다른 식으로든 흥분하는 가해자들이 많기 때문이다. 그 점을 염두에 두면, 한 피해자에게서 은밀한 물건을 두 개 이상 얻는 것은 무의미해진다. 두 개라고 해서 가해자가 그 살인 행위를 다시 머릿속으로 체험하며 얻는 만족도가 증가하지는 않기 때문이다. 대개 한 개면 충분하다.

"헌터 형사 말이 맞습니다." 램버트 박사가 말했다. "각 피해자에게서 한 개를 초과하는 기념품을 수집하는 건 의미가 없죠."

"세상에!" 제니퍼 홀든이 소리쳤다. "그럼 이제, 이미 알고 있는 '잠재적' 피해자 일곱에 열넷이 더 추가될 수 있다는 말이에요?"

"늘어날 '잠재적' 피해자는 스물여섯 명이죠." 헌터가 화면의 장신구들을 가리키며 그녀의 말을 정정했다.

휘둥그레진 여섯 쌍의 눈이 그에게 쏠렸다. 케네디와 램버트 박사만이 놀라움을 보이지 않았다.

"이 말 역시 맞습니다." 램버트 박사가 사람들을 향해 고개를 끄덕여서 확인해주었다. "'이중 징표 이론'에 따라, 폴터가 이미 한 피해자에게서 속옷을 취했다면 같은 피해자에게서 취한 액세서리는 무의미한 두 번째 징표가 되겠죠." 그는 고갯짓으로 화면을 가리켰다. "저 증거물 열두 점은 모두 다른 피해자들의 것이라고 가정하는 게 안전합니다. 그러면 총 숫자는 스물여섯까지 늘어나죠. 트렁크와 지하실에서 발견된 것들에 더하면 현재까지 피해자는…… 서른세 명일 수 있습니다."

몇몇이 고개를 저었고 뒤이어 탄식과 중얼거림이 들렸다.

"다른 게 더 있습니다." 헌터가 말했다.

관심이 다시 그에게로 쏠렸다.

"저기 반지 두 개, 그리고 손목시계는 세 개 전부, 또 목걸이 하나는 여성들이 착용하는 액세서리로는 보이지 않습니다."

모두의 눈이 다시 화면으로 옮겨졌다.

"저게 정말 피해자들의 물건이라면, 루시엔은 여성만 살해한 건 아닌 것 같습니다."

32

정확히 아침 7시 30분, BSU 건물의 지하 5층의 유치장 복도로 통하는 육중한 철제문이 윙 소리를 내며 열렸다. 문 너머 복도는 넓었고, 불이 환하게 켜져 있었으며, 약 70미터 정도의 길이였다. 오른편의 콘크리트블록 벽은 칙칙한 회색으로 페인트칠되어 있었다. 광택이 나는 합성수지 바닥은 벽과 거의 같은 색이었지만 살짝 더 어두웠고, 가장자리를 따라 노란색으로 안내선 두 줄이 나 있었다. 왼쪽 벽에는 엄중 경비 감방이 줄지어 있었다. 총 열 개. 각 감방은 3.5미터 정도 되는, 감방의 너비만치나 두꺼운 벽으로 옆의 방과 분리되어 있었다. 철창은 없었고, 앞면은 아주 두꺼운 안전유리로 돼 있었다. 그리고 안전유리 한가운데, 바닥에서 170센티미터 정도 높이에 지름이 1.5센티미터쯤 되는 작은 대화용 구멍 여덟 개가 뚫려 있었다. 감방은 맨 끝 하나를 제외하고는 모두 빈 채라 불이 꺼져 있었다.

헌터와 테일러는 문을 통과해, 발소리가 울리는 복도로 걸음을 내디뎠다. 수년간 FBI에 몸담았으며 여러 차례 BSU 건물을 방문했음에도 불구하고 테일러가 지하 5층에 온 것은 이번이 처음이었다. 헌터 역시 마찬가지였다.

길게 뻗은 복도에 불길하고 사악한 무언가가 도사리고 있는 것 같았다. 마치 선과 악 사이에 놓인 문지방을 넘어가는 것 같은 기분이었다. 내부 공기는 너무 차가우면서도 무거웠고 환기가 잘 되지 않는 듯싶었다.

테일러는 마지막 감방을 향해 첫발을 내딛자마자 척추를 타고 빠르게 오르내리는 불편한 전율과 최선을 다해 싸웠지만, 끝내 형편없이 패배하고 말았다. 그곳엔 어렸을 때 몹시 무서워했던 핼러윈 유령의 집을 생각나게 하는 무언가가 있었다.

"당신은 어떨지 몰라도, 심문실에서 하는 편이 낫겠어요." 그녀가 몸을 진정시키며 말했다.

"불행하게도 우리에겐 선택권이 없어요." 윤이 나는 바닥을 밟아 탁탁 소리를 내며 헌터가 대답했다. 그러다 돌연 걸음을 멈추더니 테일러와 마주 보았다. "코트니, 루시엔에 관해 말해줄 게 있어요." 그는 마지막 감방까지 말소리가 울려서 전달되지 않기를 원했기에 속삭임보다 살짝만 큰 목소리로 이야기했다. "그는 늘 게임을 좋아했어요. 심리 게임이요. 굉장히 잘했죠. 아마 지금은 훨씬 잘할 겁니다. 분명히 당신을 표적으로 삼을 거예요. 지적하고, 빈정거리고, 직접적으로 비꼬면서 어떻게든 당신의 신경을 긁을 거예요. 그중엔 몹시 끔찍한 것들도 있을 테니 대비해요, 알겠죠? 영향을 받지 않게 해요. 그가 당신 정신에 들어가게 되면, 아마 당신을 부서뜨릴 겁니다."

테일러는 이미 다 알고 있었다는 듯 오만상을 지었다.

"난 성인이에요, 로버트. 내 일은 내가 알아서 해요."

헌터는 고개를 끄덕이며 부디 그녀가 옳기를 바랐다.

33

접이식 철제 의자 두 개가 복도 끝 감방 바로 앞에 나란히 놓여 있었다.

루시엔 폴터는 침대에 누워 아무 미동도 없이 천장을 응시하고 있었다. 복도를 따라 자신을 향해 다가오는 발걸음 소리가 들리자 그는 일어서서 안전유리 쪽으로 몸을 돌리고 기다렸다. 그는 전혀 긴장하지 않는 듯 보였고, 본인이 느끼기에도 그랬다. 그의 얼굴에는 어떤 감정도 떠올라 있지 않았다. 몇 초 뒤 헌터와 테일러가 시야에 들어오자, 막 중요한 장면의 큐 사인을 받은 노련한 배우처럼 그의 얼굴에서 무표정의 가면이 사라졌다.

그는 그들을 향해 따뜻한 미소를 지었다.

"내 새집에 온 걸 환영해." 그는 주변을 둘러보며 차분하게 말했다. "임시 거처일지도 모르겠지만."

감방은 3.5미터 폭에 4미터 깊이의 직사각형 모양이었다. 밖의 복도와 마찬가지로, 콘크리트블록 벽은 칙칙한 회색이었다. 왼쪽 벽에 설치된 침대와, 반대쪽 벽에 설치된 변소와 세면대, 기다란 철제 의자가 딸린 작은 철제 탁자가 그곳에 있는 전부였다. 철제 탁자와 긴 의자는 모두 벽과 바닥에 볼트로 고정돼 있었다.

사업 미팅이라도 시작하려는 것같이 루시엔은 복도의 두 의자를 가리켰다.

"앉지."

그는 헌터와 테일러가 자리에 앉기를 기다렸다가 침대 가장자리에 앉았다.

"아침 7시 30분이군." 루시엔이 말했다. "난 하루를 일찍 시작하는 게 정말 좋아. 내 기억엔 로버트 너도 그랬는데. 아직도 잠을 못 자?"

헌터는 대답하지 않았지만, 불면증 따위는 큰 비밀도 아니었고 딱히 일부러 숨기려는 것도 아니었다. 그는 암에 어머니를 빼앗긴 직후, 일곱 살이라는 어린 나이에 벌써 잠을 이루지 못하는 밤들을 경험하기 시작했다.

그에게 아버지 말고는 가족이라곤 없었기 때문에 어머니의 죽음에 대처하는 일은 아주 고통스럽고 외로운 임무가 되었다. 잠들기에는 너무 슬펐고, 눈을 감기에는 너무 무서웠으며, 울기에는 너무 자존심이 세서 밤에 깬 상태로 누워 있곤 했다.

꿈꾸기가 두렵게 된 건 어머니의 장례를 치른 직후부터였다. 눈을 감을 때마다 우는 어머니, 고통에 일그러진 어머니, 도와달라고 간청하며 죽음을 기도하던 어머니의 모습이 보였다. 한때는 건강했던 몸에서 생명력이 고갈되고 허약해져서 혼자서는 일어서지도 못했던 어머니. 한때는 그에게 있어 가장 밝은 미소와 가장 다정한 눈을 가진 아름다운 얼굴이었으나 마지막 몇 달 동안은 몰라볼 정도로 변해 가던 그 모습. 하지만 여전히 사랑하지 않을 수 없었던 얼굴……

잠과 꿈은 그가 어떻게든 탈출해야 하는 감옥이 되었다. 불면증은 밤이면 찾아오는 두려움과 끔찍한 악몽을 상대하기 위한 방어책으로서 그의 신체와 두뇌가 찾아낸 논리적인 해답이었다. 간단하지만 효과적인 방어기제.

루시엔은 헌터와 테일러의 얼굴을 몇 초 동안 자세히 살폈다. "로 버트, 여전히 너는 홀리지 않는 데 능숙하구나." 헌터에게 손가락질 하며 그가 말했다.

"사실, 더 나아졌다고 해야지. 하지만 테일러 요원, 너는……." 그 의 손가락이 그녀에게로 옮겨 갔다. "나아졌지만 아직 멀었어. 그 상 자를 찾아냈나 보군."

"이봐, 테일러 요원." 루시엔의 입가에 새로운 미소가 걸렸다. "그 렇게 티 나게 로버트를 쳐다보면 내 의심이 맞는다는 말이 되잖아. 넌 아직 좀 더 배워야 해."

테일러는 동요하지 않는 듯 보였다.

루시엔의 미소가 더 커졌다.

"이봐, 테일러 요원." 그가 말했다. "포커페이스를 유지하려면 많은 연습이 필요해. 남을 현혹하는 모습을 만드는 데 훨씬 더 큰 에너지 가 들긴 하지만. 로버트, 안 그래?" 루시엔은 헌터가 대답하지 않을 거라는 걸 알았기에 계속 말했다. "너도 이제는 내가 완벽해졌다고 인정해야 해. 넌 내 거짓말을 항상 알아볼 수 있다고 생각했었지, 안 그래?" 그는 숨을 들이마시고 말을 이었다. "오래전에는 그랬지만, 이제는 아니야." 루시엔은 잠시 턱을 긁적거렸다. "이제 그러니까, 뭐 였더라? 아, 그래…… 이거."

헌터의 눈을 똑바로 향하던 루시엔의 시선이 돌연 더 강해지고 단 호해지면서, 아주 잠깐 왼쪽 아래 눈꺼풀이 거의 알아보기 힘들 정 도로 미세하게 움찔대며 팽팽해졌다. 기대하지 않았다면 포착하지 못했을 것이다.

"테일러 요원, 봤어?" 루시엔이 미소 지으며 물었다. "물론 못 봤겠 지. 하지만 지금 당장은 자책하지 마. 네 잘못이 아니니까. 넌 뭘 찾아야 할지, 어디를 봐야 할지 몰랐잖아." 그의 시선이 헌터에게로 옮겨졌다. "로버트는 알아챘지. 내 눈을 봐야 한다는 걸 알았으니까. 특히 내 왼쪽 눈을. 이번엔 좀 더 천천히 다시 해보지. 놓칠 수 있으니 눈을 깜박이지 마, 테일러 요원."

그는 아까 보인 눈의 움직임을 반복했다. 이번 것이 보인 철저한 통제는 거의 무서울 지경이었다.

"로버트, 네가 대학 때 딱 한 번 말했었지. 파티 후였는데 기억나? 우리 둘 다 약간 취해 있었는데 그때 넌 내가 그 말을 알아듣지 못했다고 생각했어, 안 그래?"

헌터는 기억을 더듬었다. 어렴풋이 떠올랐다.

"하지만 그 말은 내 안에 계속 **남아 있었어.**" 루시엔은 말을 이었다. "감지하기 어려워서 누구나 알아볼 수는 없다고 했지만, 넌 항상 포착할 수 있었지. 로버트, 넌 늘 그런 감각이 뛰어났어. 내가 알기로는 자주는 아니었어. 단순한 선의의 거짓말을 할 때는 나오지 않았지만 좀 더 심각한 거짓말을 할 때면…… **탕.** 눈의 움직임 때문에 항상 들통이 났지." 루시엔은 엄지와 검지로 자신의 눈을 두어 번 문질렀다. "그래서 거울 앞에서 이 버릇이 완전히 없어질 때까지 연습하고 또 연습했어. 이제는 거짓말할 때 무의식중에 보내게 되는 신호 따위는 없어. 심리적인 운동 반응에 배신당하는 일은 없지. 시간이 좀 걸렸어. 사실은 아주 오래. 하지만 결국 통제하는 방법을 습득한 거야. 오히려 이제는 능숙해져서 내가 원할 때 언제든 이걸 지어내서 사람들이 착각하게 만들 수 있을 정도야. 거참 무섭지, 안 그래?"

헌터와 테일러는 조용히 있었다.

"로버트, 네가 '진실의 눈'을 찾을 줄 알았어. 날 읽으려고 집중하는 너를 감지할 수 있었지." 새로운 미소가 그의 입에 걸렸다. "젠장,

나 훌륭하지 않아? 오스카상을 받을 만한 연기야." 그 기세 그대로 루시엔은 다음 주제로 넘어갔다. "음료를 좀 대접하고 싶은데." 그가 말했다. "하지만 내게는 수돗물이 전부야. 그리고 컵도 하나밖에 없지." 어색한 기류 속에서 그는 다시 두 심문자를 자세히 살폈다. "커피가 좋겠는데, 여긴 없네." 그의 시선이 테일러에게 머물렀다.

그녀는 눈치를 채고, 유치장 천장에 달린 CCTV 카메라를 쳐다보며 고개를 한 번 끄덕였다.

"블랙커피에 설탕 두 스푼 부탁해요." 루시엔은 카메라에 대고 주문하고는 다시 헌터와 테일러에게 말을 걸었다. "자, 어떤 식으로 진행할지 알려주지. 나한테 질문 몇 개를 하게 해줄게. 나는 그 질문들에 진실하게 대답할 거야. 진심이야. 거짓말은 하지 않아. 그 후엔 내가 질문할 차례야. 내게 정직하게 대답하지 않는다 싶으면, 심문은 24시간 동안 종료야. 다음 날 다시 시작할 수 있어. 나는 너희들에게 진실을 말하고, 너희는 내게 진실을 말하고. 이 정도면 공평하지 않아?"

테일러는 얼굴을 찡그렸다. "우리한테 질문을 한다고? 무슨 질문을?"

그녀의 반응이 루시엔을 즐겁게 했다.

"정보는 힘이지, 테일러 요원. 나는 강한 게 좋아. 너는 안 그래?"

그들 모두 복도 끝의 문이 열리는 소리를 들었다. 김이 나는 커피잔을 든 해병대원 하나가 그들 쪽으로 걸어왔다. 테일러가 그 컵을 받아 안전유리의 슬라이드 쟁반에 놓고 유치장 안으로 밀어 넣었다.

"고마워, 테일러 요원." 컵을 거둬 가며 그가 감사치례를 했다. 그러고는 커피를 코로 가져가 향을 깊이 들이마신 후에 다시 입으로 옮겨 한 모금을 삼켰다. 커피가 지나치게 뜨거웠다 하더라도 그는 아무런 반응을 보이지 않았을 것이다. "아주 좋군." 그는 고개를 끄덕였다. "자." 그가 다시 앉으며 말했다. "위대한 폭로전을 시작해보지. 너희 첫 번째 질문은 뭐지?"

34

헌터는 테일러와 함께 감방에 도착한 이후 옛 친구를 조용히 살펴보고 있었다. 루시엔은 전날보다 훨씬 더 큰 승리감에 도취되어 스스로를 경배하는 듯한 태도를 띠었지만, 그렇게 놀랍지는 않았다. 루시엔은 자신이 우위에 있다는 것을 알았다. 적어도 지금 당장은 모두가 자신의 장단에 맞춰 춤을 춰야 한다는 것을 알았고, 그래서 대단히 즐거운 듯 보였다. 하지만 뭔가가 더 있었다. 루시엔의 가면을 쓴 인격에 관한 새로운 무언가가. 신념과 자신감, 심지어 깊은 자부심도. 그는 자신이 한 일을 정말로 모두가 알기를 원하는 것 같았다.

테일러는 힐끗 헌터를 보았다. 헌터는 질문을 할 마음이 없어 보였다.

"지금까지 네 짓으로 보이는 서른세 건의 살인을 찾았어." 그녀가 말하기 시작했다. 테일러는 루시엔의 시선을 피하지 않았고, 그녀의 목소리는 단조롭고 차분하게 계산된 것이었다. "맞아? 아니면 아직 알지 못하는 피해자가 더 있어?"

루시엔은 다시 커피를 홀짝이고는 태연하게 어깨를 으쓱했다.

"첫 질문으로 괜찮군, 테일러 요원. 곧장 내가 얼마나 대단한 괴물인지 알아내려는 거지." 그는 고개를 약간 뒤로 젖히고 면도하는 동작처럼 검지로 목젖에서 턱 끝까지 쓸어 올리기 시작했다. "하지만…… 말해봐. 만약 내가 잔인하든 아니든 단 한 명만 죽였다면, 서른세 명이나 쉰세 명, 아니 아흔세 명을 죽였을 때보다는 괜찮은 괴물이 되는 거야?"

테일러는 냉정을 유지했다. "그거, 우리한테 하는 질문에 들어가는 거야?"

루시엔은 개의치 않고 미소 지었다. "아니, 그냥 궁금했을 뿐이니 신경 쓰지 마. 내가 말했듯이, 테일러 요원, 첫 질문으로 아주 좋았으니까. 단지 적절하지 않았을 뿐이지. 너 같은 FBI 상급 요원에게서 나온 질문이 그 정도라니 아주 실망스러운걸. 난 네게 더 큰 걸 기대하고 있었는데." 그는 조롱하듯 그녀를 보았다. "하지만 이번 한 번 정도는 기꺼이 가르쳐줄 수 있어. 어쨌거나 인생은 배워가는 과정일 뿐이잖아, 그렇지?"

테일러는 대꾸하지 않았지만, 눈빛에 살짝 분노가 깃들어 있었다.

"첫 질문은, 좀 더 목적이 있어야 했어. 네가 여기 있게 된 문제를 다뤘어야지. 지금 시간을 낭비하는 건지 아닌지를 보여줄 대답을 유도했어야 해." 루시엔은 다시 커피를 한 모금 마신 후 헌터에게 말했다. "우리가 테일러를 위해 좀 수정해볼까? 로버트, 네가 대학 시절에 얼마나 뛰어났는지 난 아직도 기억해. 교수를 비롯해 누구보다 늘 한발 앞섰지. 이제 LAPD의 형사로 다년간 경험을 쌓았으니 더 발전하고 더 예리해졌겠지? 아마 위트도 나아졌으리라고 생각하는데 말이야. 그러니까 이제 대상감 질문을 들어보자고. 로버트, 너라면 이 상황에서 제일 먼저 뭘 물었을까? 부디 테일러 요원을 실망시키지는 마. 그녀는 배우고 싶어 해."

헌터는 굳이 돌아보지 않아도 루시엔을 보는 테일러의 눈빛이 어떤지 알 수 있을 것 같았다.

헌터는 의자 등받이에 기대앉아 있었다. 느긋하고 침착한 자세였다. 왼쪽 다리를 오른쪽 다리 위로 꼬고 두 손은 허벅지 위에 올려놓았다. 어깨나 목에 긴장의 흔적은 전혀 없었고 얼굴에서는 걱정스러운 표정도 보이지 않았다.

"우릴 기다리게 하지 마, 로버트." 루시엔이 재촉했다. "인내는 미덕이지만 숙달하기는 어려우니까."

루시엔의 게임에 참여하는 것 외에 헌터에게 다른 대안은 없었다.

"장소." 그가 기어코 입을 열었다. "사체를 처리한 모든 장소를 정말 정확히 알고 있어?"

짝. 짝. 짝.

루시엔은 커피 잔을 바닥에 내려놓고 아주 느린 속도로 손뼉을 치기 시작했다.

"훌륭하지 않아?" 루시엔이 빈정거리는 투로 테일러에게 물었다. "내가 너라면 눈여겨볼 거야, 테일러 요원. 오늘 여기서 한두 가지를 배울 수 있을 거라고."

테일러는 그를 노려보지 않으려고 최선을 다했다.

"테일러 요원, 왜 저 질문이 옳은지 알아?" 그가 강의하는 선생님처럼 과장되게 물었다. "내가 이 질문에 '아니'라고 대답하면 여기서 끝나기 때문이야. 너희는 날 포장해서 전기의자로 보내버리면 돼. 이제 나는 FBI에 쓸모가 없으니까." 그는 테일러에게서 시선을 떼지 않은 채 바닥에서 커피 잔을 집어 들었다. "넌 내게 자백을 받아내려고 온 게 아니야, 테일러 요원. 그건 이미 완전히 끝난 부분이지. 내가 살인범이고 그 사람들을 **다** 살해했어, 잔혹하게." 루시엔의 마지막 말에는 오싹한 자부심이 서려 있었다. "내가 아직 여기 있는 이유는 너희가 필사적으로 내게서 얻어내야만 하는 게 있어서지." 그는 헌터를 힐끗 보았다. "사체가 있는 장소. 증거가 필요해서가 아니라 가족들이 그걸 원하니까. 사랑하는 이들에게 적절한 장례를 치러줘야 할 테니. 안 그래, 테일러 요원?"

이번에도 테일러는 대답하지 않았다.

"내가 로버트의 질문에 '아니'라고 대답하면, 심문을 계속해야 할 의미가 없어지지. 질문하는 데도 의미가 없게 되고, 이곳에 계속 나를 가둬두는 것도 의미가 없게 돼. 너희들이 필요로 하는 것을 내가 줄 수 없으니까." 엷은 미소가 루시엔의 입가를 장식했다. 이 상황이 그를 즐겁게 만들고 있는 게 확실했다. "말해봐, 테일러 요원. 외부인이 너보다 네 일을 잘해서 화가 나나?"

기분 나빠하지 말아요. 헌터의 머릿속 목소리가 테일러에게 속삭였다. *화내지 말아요. 저 사람 때문에 괴로워하지 말아요.* 그는 곁눈질로 테일러가 분노와 싸우는 모습을 볼 수 있었다. 그리고 그가 볼 수 있었다는 말은, 루시엔도 그것을 볼 수 있었다는 뜻이다.

테일러는 미끼를 물지 않았다. 그녀는 자신의 분노와 싸웠지만, 그 싸움을 철저히 비밀로 하기로 했다.

루시엔은 거만하게 킥킥대고는 헌터에게로 관심을 돌렸다.

"로버트, 네 질문에 대답은 '그래'야. 나는 사체를 **찾아낼 수 있는** 장소를 전부 말해줄 수 있어." 그는 차분하게 커피를 홀짝였다. "넌 알아들었겠지만, 절대 발견될 수 없는 것도 있어. 물리적으로 불가능한 일이지, 아……." 그는 태평스럽게 말했다. "그리고 난 그들의 신원도 전부 기억해."

한 번 더 루시엔은 헌터의 표정을 읽어보려고 했다. 그는 또다시 실패했지만, 테일러의 눈빛에서 의심의 기색을 읽어낼 수는 있었다.

"내가 널 속인다고 생각하면 거짓말탐지기를 써봐. 기꺼이 응해주지, 테일러 요원."

그는 쉽게 통과할 겁니다. 이른 새벽의 회의에서 헌터가 했던 말들이 테일러의 안에 떠올랐다. 어쩌면 거짓말탐지기를 사용해주기를 바라고 있을지도 모르죠.

"그럴 필요는 없어." 그녀가 드디어 입을 열었다.

루시엔이 호탕하게 웃었다. "알겠군, 알겠어. 로버트가 대학 때 재미로 해본 거짓말탐지기 테스트를 우리 둘 다 통과했다고 얘기한 모양이지?"

테일러는 이 질문에 대한 답을 주지는 않았지만, 헌터도 그와 마찬가지로 테스트를 통과했다는 사실은 알지 못했었다.

"그렇지만 로버트가 나보다 훨씬 뛰어났어." 루시엔이 말했다. "난 그 기술을 완전히 익히는 데 몇 달이나 걸렸는데 로버트는 단 몇 주만에 해냈으니까." 그는 헌터를 보았다. "로버트의 자기 수양과 집중력 통제는 항상 굉장했지."

루시엔의 마지막 단어 몇 개가 어딘지 낯설게 느껴졌다. 테일러는 질투 때문일 거라고 생각했지만, 그녀가 틀렸다.

루시엔은 한 손을 들어 올려 기다리라는 신호를 했다.

"그런데 왜 내 말을 믿는 거지? 지금까지 난 거짓말 말고는 별로 한 게 없는데." 오랫동안 침묵이 흘렀다. "내 제안대로 거짓말탐지기를 써도 돼." 그러고 나서 루시엔은 고개를 뒤로 젖히고 박장대소했다. "그랬다면 좋았을 텐데. 재밌었을 거야."

헌터도 테일러도 즐거워 보이지 않았다.

"로버트, 말 안 해도 돼." 루시엔이 헌터가 막 하려던 말을 예측하고 자르면서 말했다. "난 절차를 잘 알고 있어. 우리 사이에 신뢰를 수립하려면 선의의 징표가 필요하겠지, 안 그래? 내가 인질을 잡은 테러리스트라면 이제 내게 인질에 관해 물어볼 시점일 거야. 내가 페어플레이를 할 거라는 걸 입증하길 원할 테니까."

"넌 우리에게 뭔가 줘야 해, 루시엔." 헌터가 그 말에 동의했다. 그는 아직 느긋한 자세를 바꾸지 않았다. "네 말처럼, 너는 지금까지 우리한테 거짓말 말고는 준 게 없어."

루시엔은 고개를 끄덕이고 커피를 마저 마셨다.

"이해해, 로버트." 그는 눈을 감고 평온하게 심호흡했다. 흡사 바깥의 어느 꽃밭에 앉아 공기 중에 떠도는 우아한 향기를 음미하는 것 같았다. "메건 로." 루시엔이 눈을 감은 채 말했다. "28세. 몬태나주 루이스타운에서 12월 16일 출생." 그는 천천히 혀끝으로 윗입술을 쓸었다. 떠오른 기억에 침이 고이기라도 하는 것처럼. "케이트 바커. 26세. 워싱턴주 시애틀. 5월 11일 출생. 메건은 7월 2일에, 케이트는 7월 4일에 납치. 둘 다 워싱턴주 시애틀에서 혼자 일하는 매춘부들이었지. 메건은 트렁크에서 발견된 적갈색 머리야. 금발이 케이트고."

루시엔은 마침내 눈을 뜨고 헌터를 주시했다.

"그 여자들의 '나머지'는 아직 시애틀에 있어. 주소를 받아 적어줄래?"

35

유치장 통제실에서 심문을 지켜보던 에이드리언 케네디 센터장은 연방 수색영장을 발부받기 위해 즉각 '관료 시스템'을 가동했다. FBI 고위 관료라는 지위에는 이점이 있었는데, 그 이른 시간에, 더구나 워싱턴주는 버지니아주보다 표준시가 세 시간이나 늦음에도 불구하고 시애틀 연방법원 판사가 서명한 영장을 얻을 수 있다는 것이 그랬다.

설사 루시엔이 두 피살자의 유해가 보관된 장소로 갈 수 있는 열쇠가 머피시의 집에서 사용했던 열쇠고리에 달려 있다고 말했다 할지라도, 케네디는 기다리지 않았을 것이다. 단, 루시엔의 말이 거짓인지 확인하기 위해 콴티코에서 시애틀까지 헌터와 테일러나 다른 요원들을 보낼 생각은 없었다.

연방 수색영장을 확보하자 케네디는 워싱턴주 시애틀 3번 애비뉴 1110번지에 있는 FBI 지부에 전화를 한 통 넣었다. 태평양 표준시 아침 8시 30분에 요원 두 명으로 구성된 팀이, 루시엔이 헌터와 테일러에게 알려준 주소로 향했다. 개인용 창고였다.

"어디로 갈까요, 에드?" 운전석에 탄 특수요원 서지오 데커가 까만색 포드 SUV의 시동을 걸며 물었다.

책임자인 특수요원 에드거 피게로아는 조수석에 막 올라탄 참이었다. 30대 중반의 그는 큰 키에 넓은 어깨, 그리고 보디빌더 같은 몸매를 가진 남자였다. 검은색 머리칼은 두개골에서 1센티미터 길이로 다듬었고, 코는 그냥 보기에도 최소 두 번은 부러졌었다는 걸 알 수 있었다.

"노스 130번가에 창고 확인하러." 그가 안전띠를 매며 대답했다.

데커는 고개를 끄덕이고 차를 후진했다가 3번 애비뉴에서 우회전한 뒤 세니커스트리트를 향해 북서쪽으로 달렸다.

"무슨 사건이죠?" 그가 물었다.

"우리 사건은 아니야." 피게로아가 대답했다. "워싱턴이나 콴티코의 높은 곳에서 온 전화 같아. 우린 그냥 거기 가서 확인하면 돼."

"마약 수사?" 데커가 질문했다.

피게로아는 어깨를 으쓱이면서 고개를 저었다. "잘은 모르겠지만, 아닌 것 같아. 내가 아는 한 마약단속국은 관련돼 있지 않아. 자세히 듣지는 못했지만, 내 생각엔 피해자의 유해인 것 같아."

데커의 눈썹이 올라갔다. "개인용 창고에 은닉된 겁니까?"

"우리가 가진 주소로는 그래." 피게로아가 확인했다.

데커는 다시 우회전해 브리티시컬럼비아주의 밴쿠버로 향하는 I-5 노스 도로로 진입했다. 아침 출근 시간대였으므로 예상대로 차량의 흐름은 느렸지만 정체가 아주 심하지는 않았다.

"구금 중인 사람이 있습니까?" 데커가 물었다.

"내가 이해하기로는 그래. 워싱턴이나 콴티코에 구금된 것 같아." 피게로아는 한 번 더 어깨를 으쓱했다. "아까 말했듯이 많이 듣지는 못했지만, 큰 건이라는 인상을 받았지."

"영장이 있습니까? 아니면 'FBI의 매력'으로?" 데커가 농담을 했다.

"영장 있어." 피게로아가 손목시계를 확인하며 말했다. "그 주소지에서 법원 보안관을 만날 거야."

3번 애비뉴의 FBI 사무실에서 도시의 북쪽에 자리한 민간 개인용 창고 건물까지는 25분 정도 걸렸다. 여느 창고 건물이 그렇듯 밖에서 보기에는 평범한 창고 같았다. 온통 하얗게 페인트칠되어 있고, 건물 정면에 상호가 엄청나게 큰 초록색 글씨로 적혀 있었다. 창고 앞쪽의 광대한 고객용 주차장에는 차들이 여기저기 흩어져 주차돼 있었는데, 그마저도 몇 대 안 돼 실질적으로는 비어 있는 것이나 마찬가지였다. 젊은 커플 하나가 2번 하역장 옆에 주차된, 렌터카로 보이는 하얀색 밴에서 물건들을 산업용 카트에 내리고 있었다.

데커는 SUV를 창고 안내 사무실 바로 앞에 있는 작은 녹색 정원 옆에 주차했다. 땅은 약 40분 전에 그친 비로 여전히 젖어 있었지만, 어두워 보이는 하늘로 판단하건대 곧 비가 다시 쏟아질 것 같았다.

두 요원이 차에서 내리자, 오른쪽으로 네 칸 옆에 주차된 흰색 지프 컴패스에서 40대 초반으로 보이는 한 여성이 내렸다.

"연방법원 보안관 조애나 휴스예요." 그녀가 손을 내밀며 말했다. 그녀는 피게로아와 데커가 자신이 만나기로 되어 있는 FBI 요원이라는 걸 한눈에 알아보았다.

휴스는 밤색 머리를 뒤로 바짝 당겨 말총머리로 묶은 탓에 동그란 얼굴에 비해 이마가 너무 넓어 보였다. 단적으로 말하면, 매력적인 여성은 아니었다. 코는 뾰족했고, 입술은 얇았으며, 두 눈은 멀리 있는 글자를 읽으려고 가늘게 뜨고 있는 것 같은 모양이었다. 그녀는 크림색 정장과 베이지색 구두로 우아하게 차려입고 있었다. 요원들은 정식으로 자신을 소개하고 그녀와 악수했다.

"갈까요?" 휴스가 안내 사무실을 향해 손짓했다.

피게로아가 사무실 문을 밀자 "딩딩" 하는 전자 종소리가 울렸고,

그와 데커, 그리고 휴스는 지나치게 환한 직사각형 모양의 방으로 들어갔다. FBI 요원 둘은 까만 선글라스를 낀 채였고, 휴스는 자신에게도 선글라스가 있으면 좋겠다고 생각했다.

문 왼쪽에 작은 응접실이 있었다. 연갈색의 4인용 소파와 그에 어울리는 안락의자 두 개가, 둥근 모양에 짧은 크롬 다리가 달린 유리 탁자 주위에 적당히 배치돼 있었다. 잡지 몇 권과 창고 시설의 안내 책자 여러 권이 탁자 위에 단정하게 쌓여 있었다. 구석에 정수기도 보였다. 나무와 아크릴로 만든 데스크 뒤에 앉아 있는 젊은 남성은 스물다섯 살 이상으로는 보이지 않았다. 그의 두 눈은 휴대전화 화면에 가 있었다. 맹렬히 문자메시지를 입력하고 있거나, 또는 어떤 우스꽝스러운 게임에 몰두해 있는 듯했다. 그가 작은 화면에서 마침내 고개를 들기까지 최소 5초는 더 걸렸다.

"도와드릴까요?" 그가 전화기를 컴퓨터 모니터 옆에 내려놓고 일어서며 물었다. 그는 방문객들에게 과장된 미소를 지어 보였다.

"여기 담당자신가요?" 휴스가 물었다.

"정확하십니다, 부인." 젊은 청년이 고개를 한 번 끄덕였다. "뭘 도와드릴까요?"

휴스는 더 가까이 다가가 신분증을 내보였다. "연방법원 보안관 조애나 휴스예요." 그녀가 말했다. "여기 두 신사분은 FBI 요원이고요."

피게로아와 데커 모두 정장 재킷 주머니에 손을 넣어 각자 신분증을 꺼내 보였다.

청년은 신분증을 확인한 후 뒷걸음질 쳤다. 다소 혼란스러워 보였다. "무슨 문제라도 있나요?" 그의 과장된 미소는 이제 싹 사라져 있었다.

휴스는 미국 연방정부의 인장이 찍힌 종이 한 장을 건넸다.

"이곳의 325번 창고 시설을 수색할 법적 허가와 권리를 명시한 연방 수색영장입니다." 그녀는 침착하지만 아주 권위적인 목소리로 말했다. "우리를 위해 친절을 베풀어서, 창고 문을 열어주시겠어요?"

청년은 영장을 보고 몇 줄 읽더니 마치 그게 라틴어로 쓰여 있기라도 한 양 미간에 주름을 잡으며 잠시 주저했다.

"상사한테 전화를 해야 할 것 같은데요."

"이름이 뭐지, 젊은 친구?" 데커가 물었다.

"빌리."

빌리는 173센티미터 정도의 키에, 스타일링 젤로 곳곳에 생기를 더한 짧은 금발의 청년이었다. 수염은 최소 사흘은 기른 듯이 보였고, 양쪽 귀에는 귀걸이가 각기 두 개씩 달려 있었다.

"좋아, 빌리. 원하는 대로 자네는 누구에게라도 전화할 수 있어. 하지만 우리가 기다릴 시간이 정말 없어서 그래." 그는 고갯짓으로 영장을 가리켰다. "여기 연방보안관 휴스가 설명했듯이, 미국의 연방법원 판사가 서명한 그 종잇조각은 자네 회사가 협조하든 안 하든 325번 창고를 들여다볼 법적 권리를 우리에게 주는 물건이야. 자네한테도 우리한테도, 자네 상사의 허가는 필요하지 않아. 우리에게 필요한 허가는 저 종이 한 장이 다야. 자네가 열지 않는다면, 불행하게도 우리는 저 문을 부숴서라도 열어야 할 거야."

"그리고 그로 인해 발생하는 어떤 피해에 대해서도 법적으로 우린 책임이 없고." 피게로아가 덧붙였다. "내 말 이해했어?"

빌리는 몹시 불편해하는 듯이 보이기 시작했다. 데스크에 놓인 휴대전화에서 문자메시지가 도착했음을 알리는 소리가 울렸지만 그는 곁눈질로도 그쪽을 보지 않았다.

"그 영장은 자네 옆에 두고 계속 써먹어도 돼." 데커가 덧붙였다.

"상사나 변호사, 아니 자네가 비위를 맞춰야 하는 사람이라면 누구에게든 보여주면 되겠지. 바로 그 종잇조각이 자네가 법이나 사규를 어기지 않았고 하지 말아야 할 어떤 일도 하지 않았다는 걸 보장해 줄 거야." 그는 잠시 말을 멈추고 손목시계를 확인했다 "빌리, 우리가 지금 일정이 좀 **빡빡한데**. 자, 이제 어떻게 하면 될까? 우릴 안으로 들여보내 줄 텐가, 아니면 우리가 직접 문을 부수고 들어갈까? 선택하게."

"지금 장난하는 거죠?" 빌리가 물었다. 그는 어딘가에 숨겨진 몰래카메라를 찾아내려는 것처럼 두 요원 뒤쪽 유리창을 넘겨다보았다.

"이건 공무예요, 빌리." 휴스가 농담이 아니라는 어조로 말했다.

"당신들, 진짜 FBI예요?" 빌리가 다소 흥분한 듯한 음성으로 물었다.

"진짜야." 데커가 대답했다.

"이봐요, 저도 돕고 싶어요." 빌리가 말했다. "당신들을 건물 안에 들어가게 해줄 수는 있어요. 문제없죠. 하지만 325번 창고 문을 열 수는 없어요. 자물쇠가 채워져 있거든요. 우리 창고는 문에 잠금장치가 없어요. 두꺼운 빗장이 다죠. 대신 고객들은 우리한테서 자물쇠를 살 수 있고요." 그가 뒤쪽에 진열된, 크기가 제각각인 자물쇠들을 가리켰다. "아니면 고객이 직접 가져오든가요. 하지만 우리한테 보조 열쇠를 줄 필요는 없어요. 그래서 아무도 주지 않죠. 일단 창고를 임대하면, 우린 거기에 더는 접근할 수 없어요. 사유재산이니까요."

피게로아는 고개를 끄덕이며 잠시 생각했다. "좋아, 그럼 창고 정보는 줄 수 있을까?"

"물론이죠." 빌리가 데스크 너머 컴퓨터에 뭔가를 입력하기 시작했다. "나왔네요." 몇 초 뒤에 그가 말했다. "가로세로 각각 3미터인 중간 크기 특수 창고예요."

"특수?" 데커가 물었다.

"네." 빌리가 말했다. "파워 소켓이 설치돼 있거든요."

"좋아."

"8개월 전…… 1월 4일에 리암 쇼라는 사람이 대여했네요." 빌리가 화면에 떠오른 정보를 계속 읽었다. "1년치를 선납했어요. 현금으로요."

"놀랍지는 않네." 데커가 말했다.

"'F통로'에 있어요." 빌리는 그렇게 말하고 덧붙였다. "원하시면 안내해드릴 수 있어요."

"가지." 피게로아와 데커가 동시에 말했다.

36

시애틀의 창고 시설에 관한 루시엔의 말이 진실인지 확증을 얻을 때까지는 심문을 진행하는 것이 의미가 없었다. 에이드리언 케네디 센터장이 헌터와 테일러에게 연방법원이 발급한 수색영장과 함께 워싱턴주의 FBI 요원들이 이미 파견되었으므로 60분 이내에 답이 올 것이라고 전해왔다.

BSU 건물 지하 3층의 한 회의실에서 테일러가 앞에 놓인, 손도 대지 않은 커피 잔을 응시하며 혼자 앉아 있을 때 헌터가 문을 열고 들어왔다.

"괜찮아요?" 그가 물었다.

헌터의 질문은 얼마간 그녀에게 닿지 않는 듯 보였고, 잠시 후에야 그녀가 천천히 몸을 돌려 그를 올려다봤다.

"네, 좋아요."

어색한 침묵이 몇 초간 이어졌다.

"저 밑에서, 잘했어요." 헌터가 거만하거나 거들먹거리지 않는 어조로 말했다.

"아, 네." 테일러는 빈정대듯 고개를 끄덕이며 말했다. "잘못된 첫 질문으로 시작한 것만 빼고 말이죠."

"아니에요." 헌터가 그녀의 맞은편에 앉으며 말했다. "잘못 생각하는 거예요. 코트니, 당신이 어떤 질문을 했더라도 루시엔은 꼬투리를 잡고 조롱했을 거예요. 당신을 깎아내려서 스스로 열등하다고 느끼게 하고, 직업적 자부심을 뒤흔들어서 자신이 뛰어나지 않다고 믿게끔 만들려고 했을 겁니다. 당신을 화나게 하려고 말예요. 그는 자기가 그걸 잘한다는 사실을 알고 있어요. 대학에서도 그런 식으로 교수들을 괴롭히곤 했죠."

테일러는 헌터를 향한 눈길을 돌리지 않았다.

"나한테도 그렇게 하고 싶을 거예요. 하지만 그는 당신보단 나를 좀 더 잘 알죠. 아니, 적어도 예전에는 잘 알았죠. 지금 당장은 당신 반응을 보고 상황을 살피려고 할 겁니다. 그리고 점점 더 강하게 밀어붙일 거예요, 알죠?"

"그럼 밀어붙이라고 하죠." 테일러는 단호하게 대답했다.

"루시엔에게 이건 게임이라는 것만 기억해요, 코트니. 이건 그의 게임이에요. 자기가 우위에 있다는 걸 아니까요. 지금 당장은 우리가 할 수 있는 게 없어요."

테일러는 다시 헌터를 보았다. "그래요, 게임을 하죠." 그녀가 말했다.

헌터는 고개를 가로저었다. "그냥 게임이 아니에요. **그의** 게임을 하는 거죠. 그가 원하는 대로 해줘요. 자기가 이기고 있다고 믿게 만드는 거예요."

에이드리언 케네디가 회의실 문을 열고 안을 살짝 들여다보았다. "여기 있었군." 그의 손에는 푸른색의 서류 뭉치가 들려 있었다.

"시애틀에서는 아직 소식 없습니까?" 헌터가 물었다.

"아직이야." 케네디가 대답했다. "기다리는 중이지. 하지만 루시엔이 트렁크 속 여성들의 신원에 대해 거짓말하는 것 같지는 않아." 그는 서류를 확 펼쳤다. "메건 로. 28세. 몬태나주 루이스타운에서 12월

16일 출생. 그녀는 열여섯 살 때 루이스타운을 떠났어. 그녀의 어머니가 당시 남자친구를 집에 들어와 살게 한 지 6개월이 지났을 때였지." 케네디는 무의식적으로 헌터를 보며 고개를 끄덕였다. "그녀는 LA로 이사해서 6년을 지냈어. 모든 게 그녀가 '거리의 여성'임을 가리키더군. 그러다 시애틀로 갔지. 거기서도 매춘을 했던 것 같아." 그는 읽고 있던 보고서를 한 장 넘겼다. "케이트 바커. 26세. 워싱턴주 시애틀에서 5월 11일 출생. 열일곱 살 때 집을 나와 당시 '장차 음악가가 되려던' 남자친구와 동거했어. 확인된 건 아니지만, 케이토에게 처음 매춘을 시킨 게 그 남자친구로 보이네."

"약을 살 돈 때문이었나요?" 테일러가 물었다.

케네디는 어깨를 으쓱했다. "아마도. 루시엔이 '메건 7월 2일', '케이트 7월 4일'이라고 알려준 납치 날짜는 확인하기 어려울 거야. 둘 다 실종 신고가 된 적이 없어서."

놀라운 일은 아니었다. 미국에서 세 번째로 많은 미결 사건이 매춘부 살인이었다. 폭력배와 마약 관련 살인 바로 다음이었다. 하루 수천 명의 '거리의 여성'들이 강간이나 폭행, 강도를 당하거나 납치됐다. 그들이 매력적으로 보여서, 혹은 현금을 가지고 다녀서 표적이 되는 게 아니었다. 범인이 쉽게 접근할 수 있고 극도로 취약한 존재라는 이유도 있었지만, 무엇보다도 그들이 '익명'이기 때문이었다. 그들은 대부분 혼자 살거나 다른 매춘부와 함께 산다. 그들에게 인생의 동반자가 없는 이유는 명백하다. 가출을 한 탓에 더는 가족과 연결 고리가 없거나, 아니면 희미한 경우가 많다. 친구도 거의 없이 외로운 삶을 산다. 통계적으로, 행방불명된 거리의 매춘부 열 명 가운데 실종 신고가 되는 것은 단 두 명꼴이다.

케네디는 헌터와 테일러에게 보고서를 한 부씩 건넸다. 그 보고서에는 피살자들의 머그샷(피의자 얼굴 사진─옮긴이)이 있었다. 메건 로와 케이트 바커, 둘 다 매춘 혐의로 두 번 체포된 적이 있었다. 머그샷인데도 불구하고 그 사진을 루시엔의 트렁크 안에서 발견된 머리와 연관짓기란 불가능해 보였다. 그들에게 가해진 상해의 잔혹성 때문이었다.

"루시엔이 그들의 신원에 대해 거짓말하고 있는 게 아니라면, 아마 시애틀 얘기도 거짓이 아니겠지." 케네디는 그 말을 남기고 그 방을 떠났다.

37

카트와 지게차가 편히 이동할 수 있도록 넓은 통로와 둥근 모서리를 가진 창고 시설 내부는, 안내 사무실처럼 불이 환히 밝혀져 있었다. 합성수지 바닥은 연한 녹색으로 페인트칠되었다. 창고 문은 모두 하얗게 칠해져 있고, 문의 중앙과 오른쪽 벽에 검은색 페인트로 각 창고의 번호가 적혀 있었다. 빌리가 복도를 따라 이리저리 방향을 바꾸며 F통로까지 안내하는 데 2분 정도 걸렸다. 325번 창고는 왼쪽에서 세 번째 문이었다.

"자, 다 왔습니다." 빌리가 말했다.

그가 설명한 대로, 셔터 오른쪽 가장자리 중앙에 걸린 금속 빗장이 두꺼운 황동색 자물쇠로 고정돼 있었다.

피게로아와 데커는 더 자세히 보려고 앞으로 다가갔다.

루시엔이 머피시의 집 지하실 문을 잠그는 데 사용했던 군용 등급 자물쇠와는 달랐다. 마스터사社의 '프로 시리즈' 창고용 자물쇠였다. 억지로 부숴 여는 게 아주 불가능한 물건은 아니었지만, 역시 만만치 않았다.

"이거 꽤 강력한 자물쇠 같은데." 피게로아가 데커와 빌리를 차례로 보며 말했다. "절단기로 끊을 수 있겠어?"

빌리는 창고의 자물쇠를 끊어야 할 거라 예상하고 빨간색과 노란

색으로 칠해진 1미터짜리 절단기를 벌써 챙겨 왔다.

"문제없어요." 빌리가 앞으로 나서며 말했다. "몇 주 전에도 비슷한 걸 잘라야 했거든요. 분명 별 차이 없을 거예요."

"그럼 어서 할 일을 해, 빌리." 피게로아가 비켜서며 말했다.

빌리는 문 가까이 다가가 절단기를 가능한 한 넓게 벌리고 조심스럽게 자물쇠의 걸쇠를 집었다. 그리고 절단기 뒤쪽에 온 체중을 실어 손잡이를 꽉 조였다.

챙.

아무 일도 없었다는 듯이 절단기가 자물쇠에서 미끄러지며 떨어졌지만, 그들 모두 뭔가가 바닥에 튕기고는 통로를 따라 몇 미터 미끄러지는 것을 보았다. 빌리는 걸쇠를 보호하는 덮개 일부만 간신히 잘랐다. 이제 걸쇠 한쪽이 노출되었다.

"자, 봐요." 빌리가 턱짓으로 절단기를 가리키며 말했다. "굉장하죠? 이쯤은 아무것도 아니에요." 그는 노출된 걸쇠 주위를 절단기로 집고 다시 한번 손잡이를 꽉 조였다.

철컥.

이번에는 절단기가 자물쇠에서 미끄러지지 않았다. 절단기는 젖은 찰흙을 자르듯 간단하게 걸쇠를 잘랐다.

그 자리에 있는 모두가 감명받은 표정이었다.

"더 잘라야 해요." 빌리가 설명했다. "걸쇠가 두껍고 견고해서 비틀어서는 자물쇠를 빼낼 수가 없어요. 꽤 많이 잘라내야 한다구요."

"마음껏 즐겨봐, 빌리." 데커가 말했다.

빌리는 몇 초 전에 했던 것과 같은 단계를 다시 반복했는데, 이번에는 절단기의 끝을 처음에 잘랐던 곳에서 3센티미터 정도 위에 놓았다.

철컥.

절단기가 다시 금속을 잘라냈다. 작은 조각이 떨어져 나가며 자물쇠의 걸쇠에 상당한 크기의 틈을 남겼다.

"식은 죽 먹기죠." 빌리는 빗장에서 자물쇠를 제거하며 의기양양하게 말했다.

"수고했어, 빌리." 피게로아가 말했다.

빌리가 물러나자, 피게로아가 빗장을 열고 셔터를 올렸다. 순간, 그들 넷 모두 가로세로 3미터의 거의 빈 창고 안을 응시하며 가만히 멈춰 섰다. 뒤쪽 벽에 설치된 산업용 대형 냉동고 말고는 아무것도 없었다.

"고맙네, 빌리." 데커가 라텍스 장갑을 손에 끼며 말했다. 피게로아도 똑같이 했다. "이제 자네는 가도 돼. 필요한 일이 생기면 전화하지."

빌리는 실망한 표정이었다. "남아서 지켜보면 안 됩니까?"

"이번엔 아니야, 빌리."

그들 모두 빌리가 모퉁이를 돌아 사라질 때까지 기다렸다가 창고로 들어갔다. 휴스는 두어 걸음 떨어져서 그들을 따라갔다.

냉동고의 모터에서 낮게 흘러나오는 윙 소리가 매우 으스스한 배경음을 제공했다. 냉동고 문에는 자물쇠나 잠금장치가 없었다.

피게로아가 냉동고의 밑면과 그 뒤쪽을 자세히 살폈다.

"괜찮아 보이는군." 그가 말했다.

"그러면 안을 확인해보죠." 데커가 말했다.

피게로아가 고개를 끄덕이며 문을 들어 올렸다.

피게로아와 데커, 휴스가 안을 들여다본 순간, 그들 모두 거의 똑같은 표정으로 얼굴을 찡그렸다.

"우리가 찾는 게 정확히 뭐죠?" 휴스가 빈정대는 어조로 물었다.

"아이스크림 재고?"

대형 냉동고 안에 있는 것은, 대략 세 겹으로 쌓여 있는 2리터짜리 아이스크림 플라스틱 통들이었다. 위에서 보이는 라벨에 따르면 맛이 다양했다. 초콜릿, 바닐라, 딸기, 피스타치오, 쿠키앤드크림, 애플시나몬, 바나나초코칩.

데커는 여전히 눈살을 찌푸리고 있었지만, 피게로아의 표정은 그보다 훨씬 더 걱정스러워 보였다.

"세상에." 그가 낮게 중얼거리며 손을 뻗어 딸기 맛 아이스크림 통을 들어 올렸다.

휴스와 데커가 여전히 얼굴을 구긴 채 그의 행동을 지켜보았다.

피게로아는 불투명한 흰색의 아이스크림 통을 왼손으로 잡고 천천히 뚜껑을 당겨 열었다.

휴스의 두 눈이 휘둥그레졌고, 1초 후 그녀는 속에 있는 것을 전부 게워냈다.

38

헌터와 테일러는 케네디에게서 메건 로와 케이트 바커에 관한 보고서를 넘겨받은 지 55분 만에 센터장 사무실로 불려 갔다.

BSU 건물의 3층에 자리한 사무실은 너무 으리으리하지 않으면서도 널찍하고 멋지게 장식된 곳이었다. 전통적인 마호가니 책상과 짙은 갈색의 체스터필드 안락의자 두 개, 드러누워 편안히 잠도 잘 수 있을 것 같은 털 양탄자, 그리고 최소 100권은 돼 보이는 가죽 장정의 책으로 들어찬 거대한 책장이 있었다. 책장을 장식하고 있는 것들은 대개 졸업장이나 표창장, 유명 정치인과 정부 인사들 옆에 서 있는 케네디의 사진들이었다.

케네디는 책상 뒤에 앉아 독서용 안경을 코 위에 높이 걸치고 27인치 모니터 화면을 응시하고 있었다. "들어오게." 노크 소리에 그가 답했다.

테일러가 문을 밀고 안으로 들어갔다. 헌터는 그녀에게서 두어 걸음 뒤쪽에 있었다.

"앉지 말고 이리 오게. 시애틀에서 소식이 왔어." 케네디가 고개로 화면을 가리키며 그들에게 가까이 다가오라는 손짓을 했다.

헌터와 테일러는 안락의자를 지나 케네디의 책상 뒤편에 자리를 잡았다. 헌터는 그의 왼쪽에, 테일러는 오른쪽에 서 있었다. 모니터에 떠올라 있는 것은 배경 화면뿐이었다. 캐네디는 자신이 보고 있던 것을 최소화해 화면에서 숨겨놓았다.

그가 이야기를 시작했다. "약 40분 전에, 우리 요원 둘과 연방보안관이 시애틀에서 창고 문에 달린 자물쇠를 절단하고 찾아낸 거야."

케네디가 마우스를 클릭하여 몇 초 전에 구석으로 치워놓았던 프로그램 창을 다시 키웠다. 사진 뷰어였다.

"5분 전에 받았어." 그가 설명했다.

첫 번째 사진은 325번 창고 문 바로 밖에서 찍은 사진이었다. 방 전체를 보여주는, 기본 광각으로 찍은 '범죄 현장' 사진으로, 창고의 크기를 잘 알 수 있었다. 또한 그 공간이 얼마나 별스럽지 않은지도. 뒤쪽 벽에 설치된 대형 냉동고가 보였다.

케네디는 다시 마우스를 클릭했다.

두 번째 사진에는 냉동고가 찍혀 있었는데, 문은 닫힌 채였다. 이번에도 별로 의심스러울 것은 없었다.

다시 클릭.

세 번째는 냉동고 문을 열고 위에서 내려다본 광경을 찍은 사진이었다.

순간 테일러는 아이스크림 통을 보고 얼굴을 찡그렸다.

"이제부터 역겹지." 케네디가 다시 마우스를 클릭하며 말했다.

화면은 왼손에 아이스크림 통 하나를 잡은 요원의 근접 사진으로 바뀌었다. 통의 뚜껑은 열려 있었다.

테일러는 주춤거리며 눈을 가늘게 뜨고 자기가 보고 있는 것을 이해하려고 애를 쓰다가…… 마침내 깨달았다.

"세상에." 그녀는 손으로 입을 막고 속삭였다.

헌터의 시선은 계속 화면에 가 있었다.

아이스크림 통 속에는 냉동된 인간의 안구 두 쌍과 혀 한 쌍이 들어 있었다.

처음에 테일러가 그게 무엇인지 이해하기 어려웠던 이유를 그는 알 수 있을 것 같았다. 건조되고 피가 없어서 크기가 줄어들었기 때문이다. 안구들은 사진 왼쪽에, 흡사 포도송이처럼 한데 뭉쳐 있었다. 혀도 오른쪽에 두 개가 함께 있었는데, 하나가 다른 하나 위에 포개져 있어서 기이한 'X'자를 이루고 있었다.

케네디는 헌터와 테일러가 사진을 자세히 살필 수 있게끔 시간을 준 후, 다시 마우스를 클릭했다. 다음 사진은 두 번째 아이스크림 통을 찍은 것이었다. 통 안에는 손목 부위에서 절단된 손 하나가 얼어붙어 있었다. 손가락은 모두 잘리고 없었다.

다시 클릭.

아이스크림 통 안에 든, 냉동된 두 번째 손.

한 번 더 클릭.

냉동된 다른 신체 부위.

케네디는 마우스를 클릭하던 손을 멈췄다.

"계속되네." 그가 말했다. "냉동고 안에 아이스크림 통이 68개 있었지. 통마다 냉동된 신체 부위가 들어 있어. 내부장기도 있고, 아니면 그 일부가. 심장, 간, 위……. 그림이 그려지지?"

헌터는 고개를 끄덕였다.

"창고 시설의 해당 구역은 잠시 폐쇄됐어." 케네디가 설명했다. "창고 측은 감식반이 창고를 조사하고 아이스크림 통이 들어 있는 냉동고를 수거할 수 있도록 최대 두세 시간을 보장해줬지. 연구실에서 DNA 분석을 하고 루시엔의 트렁크 속 절단된 머리에서 얻은 DNA와 비교할 거야. 결과가 일치하리라는 것을 의심하지는 않네만."

헌터와 테일러 역시 의심하는 것 같지 않았다.

"창고 시설 직원이 요원들을 도와 자물쇠를 절단했어. 그 안에 뭐가 보관돼 있는지는 몰랐고." 케네디는 말을 이었다. "우리는 이 사건을 비밀로 유지하는 데 전력을 다하고 있어. 언론도 아직 냄새를 맡지 못했지. 가능한 한 오랫동안 이 상태를 유지하려고 노력할 거네. 하지만 우리 모두 알듯이, 루시엔 폴터는 미국 법원의 재판을 받아야 해. 결국은 세상에 알려지겠지. 그러면 정말 크게 터질 거야. 우리가 저 아래 가둬놓은 게 빌어먹을 괴물이라는 데는 의심의 여지가 없으니까. 이건 시작에 불과해."

39

복도 끝의 육중한 문이 열리고 곧이어 발소리가 들려왔을 때, 루시엔 폴터는 마지막 운동을 막 마친 참이었다. 그는 바닥에서 일어나 오렌지색 죄수복의 소매로 이마에 흐르는 땀을 훔치고 침대 모서리에 앉아 차분히 기다렸다. 헌터와 테일러가 모습을 드러내고 감방 앞에 놓인 의자에 앉자, 루시엔의 입가에 자랑스러워하는 웃음이 걸렸다.

"시애틀에서 확인됐나 보군." 헌터에서 테일러로 시선을 천천히 옮기며 그가 말했다. 그러나 그는 두 사람의 얼굴에서 무표정 말고는 아무것도 읽어내지 못했다. "직접 보러 가지 않았다니 애석하군. 장담컨대, 내 시신 절단 기술은 수년간 발전을 거듭해서 매우 세련돼졌거든."

"시체를 다 그렇게 처리한 거야?" 루시엔의 자랑에도 끄떡없어 보이는 테일러가 물었다. "그렇게 잘라서?"

루시엔과 테일러는 몇 초간 서로에게 시선을 고정했다.

"아니, 다는 아니야." 그가 무미건조하게 대답했다. "테일러 요원, 알다시피 처음엔 BSU의 모든 과학자처럼 나도 호기심이 강했어. 무엇 때문에 감정이나 가책 없이 살인하게 되는지 정말 알고 싶었지. 사이코패스는 태생이 그런 것인지, 아니면 순전히 의지로 만들어질 수 있는 것인지 너무 궁금했어. 그 주제에 관해서라면 자료를 닥치는 대로 읽었지만, 어느 것도 내가 찾던 답을 주지 못했지. 테일러 요원, 저 밖에는 책도, 논문도, 연구도, 아무것도 없어. 여기서는 실제로 무슨 일이 일어나는지 말해줄 만한 게 없어." 그는 검지로 오른쪽 관자놀이를 두 번 톡톡 쳤다. "무차별 살인자가 된 누군가, 혼자 힘으로 사이코패스가 된 누군가의 정신 속에서 일어나는 일 말이야." 루시엔은 수수께끼 같은 미소를 지었다. "하지만 넌 절대 모르겠지. 아니, 언젠가는 바뀔지도 모르지만. 어쨌든 내가 '미리 보기'를 좀 제공할게."

테일러는 왼쪽 다리 위로 오른쪽 다리를 꼬고 차분하게 기다렸다.

루시엔은 이야기를 시작했다.

"테일러 요원, 나 같은 사람이 되는 데는 엄청난 학습이 필요하다는 걸 아는 사람들이 별로 많지 않아. 나는 몇 년에 걸쳐 진화하고, 적응하고, 때론 즉흥적으로 상황을 처리하면서 좀 더 지략적인 존재가 되어왔지." 그는 재빨리 어깨를 으쓱했다. "하지만 난 늘 알고 있었어. 그래서 처음부터 다른 범행 수법…… 다른 접근…… 등등 다양한 시도를 해보고 싶었지. 죽음은 어차피 같지만, 근본적으로 피해자는 전부 다르게 다뤄져야 해." 루시엔은 마치 살인이 실험실에서 이루어지는 간단한 실험인 양 말했다. "하지만 나 같은 사람은 늘 엄청난 문제에 부닥치게 마련이지."

"그게 뭔데?" 흥미가 깃든 목소리로 그녀가 물었다.

루시엔은 그녀를 보며 웃음기 없는 미소를 지었다.

"음, 테일러 요원. 네게는 범죄자를 잡기 위한 무수한 자원과 24시간 내내 일하는 요원들이 있고, 경찰들도 있지. 하지만 나 같은 사람은 외로운 영혼이야. 내 자원은 매우 한정적이지. 나는 오로지 내 머리에만 기대야 했어." 그는 여전히 헌터의 시선을 무시한 채 차가운 눈으로 테일러를 노려보았다. "이 나라에는 적어도 500명의 연쇄살인범이 자유롭게 활보하고 다닌다는 연구 결과를 얼마 전에 FBI가 책으로 출판한 적이 있었지?" 그는 킥킥거렸다. "놀랍지 않아? 나 같은 사람이, 많은 사람들이 믿는 것보다 훨씬 덜 희귀하다니. 지난 몇 년간 나는 살인자들을 여럿 마주했어. 오로지 순수한 기쁨을 위해 고문하고, 죽이고 **싶어 하는** 사람들 말이야. '나가서 죽여라'라는 목소리를 듣거나 아니면 듣는다고 생각하는 사람들. 악한 자들에게서 신의 창조물을 직접 구해내며 지구에 신성한 일을 한다고 믿는 사람들. 아니면 그저 가장 어두운 욕구를 충족하려는 사람들. 그중에는 배우기를 원하고, 자신을 가르쳐줄 이를 찾는 사람들도 있어. 바로 나 같은 사람 말이야."

루시엔은 헌터와 테일러가 자신의 말뜻을 충분히 음미할 수 있도록 몇 초의 시간을 주었다.

"내가 수습생을 두겠다고 마음먹으면 한 명을 찾기까지 얼마나 걸릴 것 같아? 그냥 이 위대한 나라 아무 대도시의 거리를 찾아보기만 하면 돼." 그는 세상을 끌어안으려는 듯 두 팔을 넓게 벌렸다. "미국의 거리에는 차기 테드 번디(1970년대에 악명 높았던 연쇄살인범—옮긴이), 차기 존 웨인 게이시('광대 살인마'로 불린 연쇄살인범—옮긴이), 차기 루시엔 폴터가 넘쳐나지."

잘난 척하는 주장이 터무니없게 들렸지만, 헌터는 루시엔이 틀리지 않았다는 것을 알았다.

"심지어 미국의 차기 슈퍼스타 연쇄살인범을 찾기 위한 오디션 프로그램도 만들 수 있어." 루시엔은 진지하게 그것을 고려하는 것처럼 얼굴을 찡그렸다. "케이블티브이 채널 몇 군데에다 제안해봐야겠어. 만약 누군가가 그런 프로그램의 제작을 고려한다고 해도 놀랍지는 않을 거야. 이것 하나만은 확실하니까. 다른 쓰레기 같은 프로그램보다 시청률이 높을 거라는 거."

헌터가 가장 최근에 수사했던 사건의 기억들이 머릿속에서 폭죽처럼 터졌다. 인터넷에 자신의 리얼리티 살인 쇼를 올렸던 연쇄살인범이었다. 루시엔이 제안한 텔레비전 프로그램 같은 그 쇼를 보기 위해 수많은 사람들은 우르르 몰려들었다.

자리에서 일어난 루시엔은 작은 철제 탁자에서 플라스틱 컵을 집어 들고 구석의 세면대로 가 컵에 물을 받은 뒤 침대로 돌아왔다.

"하지만 테일러 요원, 네 질문으로 돌아가서, 나는 시신을 늘 같은 방식으로 처리하지는 않았어." 그는 물을 한 모금 마셨다.

"수전." 헌터가 침묵을 깨며 말했다. "그녀가 네 첫 피해자라고 했었지."

루시엔의 주의가 헌터에게로 쏠렸다.

"로버트, 네가 그녀로 시작하고 싶어 할 줄 알았어. 수전은 친구였을 뿐만 아니라, 네 말대로 내 **첫 피해자**였지. 정말이지 완벽한 출발점이야, 안 그래?" 심호흡하는 그의 눈빛이 바뀌었다. 마치 이제는 주위의 벽에 구속당하지 않고 실제 만질 수 있을 것처럼 그 기억과 이미지를 생생하게 느끼고 있는 듯했다. "그러면 어떻게 시작됐는지 전부 얘기해주지."

40

캘리포니아주 팰로앨토

25년 전

"그래서, 진짜 여행 갈 거야?" 루시엔이 새로 채워진 술잔을 테이블에 내려놓으며 물었다.

수전 리처즈는 고개를 끄덕였다. "물론이지."

루시엔과 수전은 딱 일주일 전에 스탠퍼드 대학교 심리학과를 졸업했고, 자신들이 이루어낸 성과에 여전히 취해 있었다. 그래서 그들은 매일 밤 축하를 하는 중이었다.

"구직활동 시작하기 전에." 수전이 자신의 술잔에 손을 뻗으며 말했다. '더블잭앤드콜라(잭 다니엘스 위스키에 콜라를 섞어 만드는 칵테일—옮긴이)'였다. "나 자신을 위한 시간을 좀 갖고 싶어, 알지? 다른 곳에 가보고 싶어. 유럽으로 갈 수도 있고. 늘 가보고 싶었거든."

루시엔은 웃었다. "구직활동이라고? 너 제정신이야? 수전, 우린 막 **스탠퍼드**를 졸업했어. 심리학 분야에서 이 나라 최고의 대학교라고. 클리닉을 개업하지만 않으면 아마 전국에서 모셔 가려고 할걸."

"그게 네가 하려고 하는 거야?" 수전이 물었다. "네 클리닉을 차리는 거?"

"아니, 그런 건 아니야. 요즘 좀 생각해보고 있는데, 로버트와 같은 걸 할지도 모르겠어."

"박사학위?"

"응, 생각 중이야. 어떻게 생각해?"

"그래. 네가 정말 원하는 거라면 해봐, 루시엔."

루시엔은 고개를 한쪽으로 기울이면서 어깨를 으쓱했다. "그냥 그럴지도 몰라."

"로버트 말이야." 수전이 의자에서 자세를 고쳐 앉으며 말했다. "오늘 LA로 돌아가야 했다니 안타까워."

어린 로버트 헌터는 그들의 졸업식에 참석하고 일주일간 흥청망청 계속된 파티의 첫 사흘 밤은 친구들과 함께했지만, 팰로앨토에서 서머잡(미 연방정부와 기업들이 여름방학 동안 학생들에게 희망 직업과 관련된 일자리를 제공하는 제도―옮긴이)을 시작하기 전 일주일을 아버지와 보내기 위해 그날 아침 로스앤젤레스로 돌아가는 버스를 탔다.

"그래, 맞아." 루시엔은 새 칵테일을 홀짝이며 대답했다.

그들은 팰로앨토의 북쪽, 크레센트파크 안에 있는 로커클럽이라는 가게에 앉아 있었다. 친절한 직원과 저렴한 술, 좋은 시간을 보낼 준비가 된 젊은 손님들, 강한 비트의 경쾌한 음악……. 그들이 가장 좋아하는 라운지였다.

"로버트는 정말로 아버지를 그리워했어." 루시엔이 덧붙였다. "그 애한테 남은 유일한 가족이니까."

"그래, 맞아." 수잔이 말했다. "로버트가 아주 어렸을 때 어머니가 돌아가셨댔지?"

루시엔이 고개를 끄덕였다. "일곱 살인가 여덟 살 때였다나 봐. 하지만 로버트가 그 얘기를 제대로 한 적은 없어. 심지어 취했을 때도 말이야. 로버트는 아직도 그 문제에 관해선 회피하려고 해. 내 생각엔, 어렸을 때 부모를 잃게 되면 겪는 일반적인 트라우마보다 더 큰 뭔가를 갖게 된 것 같아, 알지?"

수전은 술을 홀짝홀짝 마시다가 멈췄다. "제발 그러지 마."

"뭘?"

"네가 꼭 상대의 심리분석을 해야 직성이 풀리는 그런 멍청한 심리학과 졸업생이 되지 않겠다고 말해줘. 특히 친구들을 상대로는 말이야."

"난……." 루시엔은 입가에 반쯤 당혹스러운 미소를 머금은 채 고개를 저었다. "나는 로버트의 심리를 분석하려는 게 아니야."

"아니, 넌 그러고 있어."

"아니, 그렇지 않아. 난 그저 우리가 4년 동안 그 작은 기숙사 방을 같이 썼다고 말하려던 것뿐이야. 그 애는 특이해. 로버트는 내가 만난 가장 밝은 녀석이지만, 그렇다고 해도 특이해. 어머니의 죽음이 녀석이 말하는 것보다 좀 더 중대한 무언가로 작용했을지도 모른다는 생각이 들어."

"오, 정말?" 수전이 술잔을 테이블에 내려놓고 눈살을 찌푸리며 말했다. "이를테면 뭐죠, 루시엔 박사님? 박사님의 이론을 들어보죠."

"난 박사도 아니고 이론도 없어." 루시엔이 얼굴을 찡그리며 대답했다. "내 말은 그저……." 그는 일축하는 몸짓으로 손을 내저었다. "신경 쓰지 마. 우리가 왜 이 얘기를 하고 있는지도 잘 모르겠어. 우리 졸업을 축하하려고 여기 온 거잖아." 그는 자기 술잔으로 손을 뻗었다. "그러니까 축하 파티나 하자."

수전도 자신의 술잔을 들어 올렸다. "그래, 그러자."

건스 앤 로지즈의 〈스위트차일드오브마인〉이 스피커를 통해 흘러

나오기 시작했다. 루시엔은 두 모금 만에 칵테일잔을 비웠다.

"자, 가서 춤추자." 그가 일어서며 말했다.

"하지만……." 수전이 자신의 잔을 가리켰다.

"단숨에 들이키세요, 아가씨. 로큰롤 스타일로." 루시엔이 일련의 손동작으로 그녀를 재촉했다. "자, 자, 어서."

수전은 단숨에 술을 들이켜고 루시엔의 손을 잡아, 그가 자기를 무대로 끌고 가게 했다.

두어 시간 지나 여러 잔을 더 마신 후에야 그들은 떠날 준비를 했다. 수전은 정말로 취한 듯이 보였지만, 루시엔은 상태가 꽤 좋아 보였다.

"네 차는 여기 놔두고 택시 타자." 수전이 말했다. 그녀의 말이 어눌해지기 시작했다. "내일 시간 될 때 와서 가져가면 되잖아."

"아냐, 난 괜찮아. 운전할 수 있어." 루시엔이 돌아왔다.

"안 돼, 나만큼 많이 마셨잖아. 그리고 나는…… 취했어."

"맞아. 그런데 나는 더블잭앤드콜라가 아니라 칵테일을 마셨어. 여기 칵테일은 술 몇 방울 섞은 주스인 거 알지? 밤새워 마시고 집까지 운전해도 끄떡없을걸."

수전은 잠깐 루시엔을 바라봤다. 그는 안정적인 모습으로 서 있는 듯 보였고, 그의 말이 맞는 것 같았다. 로커클럽의 칵테일은 아주 독하지는 않았다.

"정말 운전해도 괜찮다고 확신해?"

"확실해."

수전은 어깨를 으쓱했다. "그러면 좋아. 그래도 천천히 가, 알았지? 내가 지켜볼 거야." 그녀는 검지와 중지로 'V'자를 만들어 자신의 두 눈을 가리키고 나서 그걸 천천히 루시엔 쪽으로 옮겼다.

"알겠습니다, 여왕님." 루시엔이 거수경례를 하며 말했다.

루시엔은 길 아래 모퉁이를 돈 곳에 차를 대어놓았었다. 새벽 시간에 길거리에는 사람이 없어 보였다.

"안전띠 매." 그가 운전석에 오르며 말했다. "그게 법이야." 그리고 미소 지었다.

"칵테일을 한 트럭은 마시고 운전대를 잡으신 분이 할 소린가." 수전이 안전띠와 씨름하며 농담했다.

그는 그녀를 보면서 기다렸다.

"하고 있어, 알겠니?" 그녀가 다소 허둥거리며 말했다. "빌어먹을, 구멍을 못 찾겠어."

"여기, 내가 도와줄게." 루시엔이 몸을 숙여 그녀의 안전띠를 잡고 재빨리 버클을 채웠다. 그리고 예고도 없이 그녀에게 바짝 다가가 입술에 키스했다.

수전은 놀라서 몸을 뒤로 뺐다. "루시엔, 뭐 하는 거야?" 그녀는 술이 확 깬 듯했다.

"내가 뭐 하는 것 같아?"

아주 어색한 몇 초가 흘렀다.

"루시엔…… 난…… 내가 오늘 밤, 아니 언제라도 네가 오해할 인상을 줬다면 미안해. 넌 환상적이고, 정말 좋은 친구고, 너와 같이 있으면 아주 좋아. 하지만……."

"하지만 내게 그런 감정은 있지 않다." 루시엔이 그녀를 위해 문장을 대신 끝마쳤다. "이게 네가 하려는 말이야?"

수전은 그저 그를 바라보기만 했다.

"여기 앉아 있는 사람이 내가 아니라 로버트라면 어땠을까?"

그 질문에 수전은 당황했다.

"장담컨대 조금 전처럼 몸을 빼지는 않았을 거야. 단돈 2달러에 몸을 파는 창녀처럼 애정 공세를 펼쳤겠지. 네 옷은 벌써 사라진 채 놈의 무릎에 앉아서 안달을 하며 벨트를 풀고 있을 거야, 그렇지?"

"루시엔, 대체 무슨 일이야? 지금 너는…… 내가 아는 루시엔이 맞는지도 모르겠어."

루시엔의 두 눈이 얼음처럼 차가워졌다. 생명과 감정이 전부 밖으로 빠져나가버린 것 같았다.

"왜 날 조금이라도 안다고 생각한 걸까?"

루시엔의 극도로 차가운 말투에 수전은 몸이 떨려왔다. 루시엔이 폭발하며 맹렬하게 돌진해와 왼손으로 수전의 머리를 조수석 창문에 짓누르던 순간에도, 수전은 여전히 무슨 일이 일어나는지 이해하려고 애쓸 따름이었다.

루시엔은 안전띠를 매지 않았기에 움직임이 자유로웠다.

수전이 비명을 지르려 했지만 루시엔이 급히 손으로 입을 틀어막아 새어 나오는 소리를 다 죽였다. 그는 오른손으로 앞 좌석 사이의 센터 콘솔을 열고 안을 뒤졌다.

수전은 루시엔의 왼손을 잡고 밀어내려 했다. 자신의 입을…… 머리를 자유롭게 하려고 했다. 하지만 설사 그녀가 제정신이었다고 해도, 어차피 그는 그녀보다 훨씬 강했을 것이다.

"수전, 괜찮아." 그가 그녀의 귀에 대고 속삭였다. "금방 끝날 거야."

눈 깜짝할 사이에 루시엔의 오른손이 그녀의 얼굴로 향했다. 수전이 목에서 따끔함을 느끼는 순간, 그들의 눈이 마주쳤다.

공포로 가득 찬 그녀의 두 눈.

사악함으로 가득 찬 그의 두 눈.

41

루시엔은 아침 식사로 먹은 것을 떠올리기라도 하는 것처럼 그날 밤 일어났던 일들을 이야기했다. 말하는 동안 시선은 줄곧 헌터에게 고정돼 있었다.

헌터는 무표정을 유지하기 위해 최선을 다했지만, 루시엔이 수전을 제압하는 부분에서부터는 그도 목이 뻣뻣해지기 시작하는 걸 느꼈다. 헌터는 앉은 자세를 바꿨지만 루시엔의 눈길을 피하지는 않았다.

루시엔은 잠시 말을 멈추고 물을 한 모금 마시더니 입을 열지 않았다.

모두가 기다렸다.

정적.

"그녀에게 약물을 주사했군." 테일러가 말했다.

루시엔은 시큰둥한 미소를 지었다. "프로포폴을 주사했지."

테일러가 흘끗 헌터를 보았다.

"신속하게 작용하는 일반적인 마취제지." 루시엔이 부연했다. "스탠퍼드 의과대학 건물에 들어가면 쉽게 손에 넣을 수 있었어. 굉장하지."

"그래서, 그다음에 무슨 일이 있었지?" 테일러가 물었다. "그녀를 어디로 데려갔어? 무슨 짓을 했지?"

"아니, 아니, 아니야." 루시엔은 고개를 살짝 내저으며 말했다. "내가 질문할 차례야. 그러기로 했잖아, 안 그래? 지금까지 이 '질문 게임'은 몹시 일방적이었다고."

"좋아." 테일러가 동의했다. "다음에 있었던 일을 먼저 얘기하고 나서 네가 질문해."

"안 돼. 이번이 내 차례인걸. 드디어 내 호기심을 채울 시간이지." 루시엔은 잠깐 목 뒤를 주무르고는 다시 헌터를 응시했다. "네가 아이였을 때 얘기를 해봐, 로버트. 어머니 이야기를 들려줘."

헌터의 턱이 팽팽해졌다.

테일러는 약간 혼란스러운 듯한 모습이었다.

"퀴드 프로 퀴Quid pro quo('받은 것에 대한 대가'라는 뜻의 라틴어—옮긴이)." 루시엔이 말했다. "경찰로서나 프로파일러로서, 또는 연방요원으로서 너희들은 항상 나 같은 사람들이 왜 그런 행동을 하는지 이해하려고 하지. 안 그래? 너희들은 항상 냉혹한 살인마의 정신이 어떻게 돌아가는지 알아내려고 해. 인간이 다른 인간의 생명을 어떻게 그렇게 경시할 수 있을까? 어떻게 나 같은 괴물이 될 수 있을까?" 루시엔은 모든 단어를 흔들림 없는 단조로운 음성으로 전달했다. "글쎄, 한편으론 나 같은 괴물 역시 너희 같은 사람들이 왜 그렇게 행동하는지 알고 싶어. 사회의 영웅들…… 최고 중의 최고…… 알지도 못하는 사람들을 위해 자신의 목숨을 거는 사람들 말이야." 그는 극적인 효과를 노리고 잠시 뜸을 들이는 것 같았다. "너희는 날 이해하고 싶어 하고, 나는 너희를 이해하고 싶어 하지. 지극히 간단한 문제야, 테일러 요원. 프로이트의 말처럼 누군가의 정신을 깊이 파고들고 싶고 현재의 그 사람을 이해하고 싶다면 그 사람의 어린 시절, 부모와의 관계에서부터 시작하는 게 가장 좋거든. 그렇지, 로버트?"

헌터는 대꾸하지 않았다.

루시엔은 천천히 자기 두 손의 마디마디를 꺾어 뚝뚝 소리를 냈다. 관절을 꺾는 으스스한 소리가 감방의 벽에 부딪고 울려 퍼졌다.

"자, 로버트. 부디 내 25년짜리 호기심을 채워주길 바라. 그럴 거지?"

"그럴 일 없을 거야, 루시엔." 헌터가 말했다. 그의 목소리는 고해실 안 사제의 목소리처럼 고요했다.

"이런, 하지만 그렇게 될 거야." 루시엔 역시 평화로운 어조로 대답했다. "정말이야. 수전의 유해가 있는 장소뿐만 아니라 그녀에게 일어난 일을 조금이라도 알고 싶다면, 넌 날 충족시켜야 할 테니까."

헌터의 목이 조금 더 팽팽해졌다.

"무슨 일이 있었는지 말해, 로버트. 어머니는 어떻게 죽었지?"

정적이 흘렀다.

"그리고 거짓말은 사양하겠어, 로버트. 네가 거짓말하면, 내가 알수 있으니까."

42

헌터는 잠시 수전 리처즈의 부모를 떠올렸다. 그는 루시엔과 함께 그들을 두 차례 만난 적이 있었다. 그들이 네바다주에서 딸을 보러 스탠퍼드까지 왔을 때였다. 아주 다정한 부부였다. 그들의 이름은 기억나지 않았지만, 명문대에 합격한 수전을 그들이 얼마나 자랑스러워하고 또 그 사실에 얼마나 흥분해 있었는지는 기억했다. 친가와 외가를 통틀어 그녀는 처음으로 대학교에 진학한 사람이었다.

헌터의 부모님과 마찬가지로, 수전의 어머니와 아버지는 몹시 가난한 집안에서 태어나 둘 다 고등학교도 마치지 못했다. 신입생이 되어보기도 전에 자퇴하고 생계를 위해 돈을 벌어야 했다. 수전이 태어나자 그들은 자신들보다는 더 나은 기회를 딸에게 주기 위해 무엇이든 하겠다고 스스로에게 약속했다. 그들이 그녀의 대학 등록금을 위해 저축하기 시작한 것은, 수전이 고작 생후 3개월이 되었을 때였다.

미국 법에 따르면, 주마다 연年 수에는 약간의 차이가 있을 수 있지만 대개 7년 이상 소식이 없는 실종자는 '부재중 사망' 또는 '사망 추정'으로 처리된다. 수전 리처즈의 부모님이 아직 살아 있다면, 그들은 법이 뭐라 하든 유해나 구체적인 증거가 없는 상황에서 실낱같은 희망만을 붙들고 버티고 있을 거라고 헌터는 확신했다. 그가 할 수 있는 일이 있다면, 이 상황을 끝내고 그들에게 격식을 갖춰 딸을 묻을 기회를 주는 것이었다.

"어머니는 내가 일곱 살 때 암으로 돌아가셨어." 헌터가 이야기를 시작했다. 그는 여전히 편안하게 앉아 있는 듯이 보였다.

루시엔은 의기양양하게 미소 지었다. "그래. 거기까지는 이미 알고 있어, 로버트. 어떤 암이었지?"

"다형성신경교아종."

"가장 공격적인 형태의 원발성 뇌암이군." 감정이 없는 목소리로 루시엔이 말했다. "분명 힘든 싸움이었겠네. 얼마나 빨리 진전됐지?"

"빨랐어." 헌터가 말했다. "의사들이 너무 늦게 찾아냈지. 진단받고 3개월도 되지 않아 돌아가셨어."

자세를 고쳐 앉은 쪽은 테일러였다.

"어머니는 고통스러워하셨어?" 루시엔이 물었다.

다시 헌터의 입매가 굳어졌다.

루시엔은 몸을 앞으로 숙여 팔꿈치를 무릎에 대고 양손을 살살 문지르기 시작했다.

"말해봐, 로버트." 그러고 나서 그는 또박또박, 천천히 말했다. "어머니는, 고통스러워했어? 밤이면 찾아오는 통증 때문에 비명을 질렀어? 강하고 상냥하고 활기 넘쳤던 어머니가 뼈와 가죽만 남아 알아볼 수 없게 됐어? 죽음을 간청했어?"

헌터는 루시엔이 적어도 당분간은, 게임을 '전환'하기로 했다는 것을 알 수 있었다. 루시엔은 테일러에게는 관심도 없어 보였다. 오늘은 헌터가 그의 표적이었다. 그리고 루시엔은, 몹시 잘하고 있었다.

"그래." 헌터가 대답했다.

"그래?" 루시엔이 말했다. "어떤 질문에 '그래'라는 거야?"

"전부 다."

"그러면 네 입으로 말해봐."

헌터는 숨을 들이마셨다.

루시엔은 기다렸다.

"그래, 어머니는 고통스러워하셨어. 밤마다 통증으로 비명을 지르셨던 것도 맞고, 강하고 상냥하고 활기 넘쳤던 어머니가 뼈와 가죽만 남아 알아볼 수 없게 된 것도 맞아. 그리고 죽음을 간구하신 것도 맞아."

헌터를 살짝 훔쳐본 테일러는 전신에 소름이 돋는 것을 느꼈다.

"이름은 뭐였지?" 루시엔이 물었다.

"헬렌."

"병원에서 돌아가셨어? 아니면 집에서?"

"집에서." 헌터가 말했다. "어머니는 병원에 있고 싶어 하지 않으셨어."

"알겠어." 루시엔이 고개를 끄덕였다. "가족과 함께 있길 원했군……. 당신이 사랑하는 사람들과 함께 말이야. 아주 숭고하지만, 일곱 살짜리 아들이 당신의 모든 고통과 통증을 직접 목격하기를 원했다니 다소 가학적이기도 해. 틀림없이 아주 고통스러웠을 텐데."

기억이 눈사태처럼 쏟아져 내려 이제는 침착한 얼굴을 유지하기가 불가능해졌다. 헌터는 눈길을 다른 곳으로 돌리고 입을 꾹 다문 채 얼마간 시간을 흘려보냈다. 그러다 이내 다시 이야기를 시작하면서 최대한 목소리를 침착하게 내려 했지만, 그 안에 깃든 슬픔을 감추지는 못했다.

"어머니는 최저임금을 받고 청소부로 일하셨지. 아버지는 야간 경비원으로 일하시면서, 부족한 돈을 메꾸기 위해 낮에도 부업으로 할 수 있는 일이라면 다 하셨어. 우리 집은 월말이 항상 전쟁이었지. 두 분 다 건강하셨을 때도 저축은 할 생각도 못 했어. 그럴 만한 돈이 남은 적이 없었으니까. 아버지의 건강보험으로는 병원 비용을 충당할 수 없었어. 청구서를 감당할 수가 없었지. 집만이 어머니가 있을 수 있는 유일한 곳이었어."

긴 정적의 순간이 느릿느릿 흘러갔다.

"이런……. 정말 슬픈 이야기야, 로버트." 마침내 루시엔이 차갑게 말했다. "처량한 바이올린 선율이 진짜 들릴 것만 같아. 말해봐, 어머니가 돌아가셨을 때 넌 집에 있었어?"

헌터는 고개를 저었다. "아니."

루시엔은 보통의 앉는 자세로 돌아간 후 침착하게 고개를 끄덕인 다음 일어섰다. "로버트, 네가 거짓말을 하면 내가 알 거라고 말했었지. 넌 거짓말을 했어. 이 심문은 종료야."

테일러의 놀라는 시선이 헌터와 루시엔 사이에서 춤을 추었다.

"염병할. 수전의 유해 따위……." 루시엔이 말했다. "넌 절대 못 찾을 거야. 그녀의 가족에게 설명 잘해봐. 행운을 빌지."

43

루시엔은 몸을 돌려 천천히 세면대로 걸어갔다.

테일러는 앉은 자리에서 몹시 긴장했지만, 불편한 순간은 단 몇 초만 지속되었을 뿐이다. 헌터가 항복의 표시로 두 손을 들어 올린 것이다. "좋아, 루시엔. 미안해."

루시엔은 한 손으로 머리를 쓸어내렸지만, 여전히 헌터와 테일러에게서 등을 돌린 채였다. 그는 헌터의 사과를 숙고하는 체했다.

"음, 너를 탓할 수만은 없을 것 같군. 그렇지, 로버트?" 그가 입을 열었다. "네 거짓말을 내가 정말로 간파할 수 있을지 확인해봐야 했겠지. 아주 논리적이야. 그런데 지금 내 말은 왜 믿는 거야? 나는 네 거짓을 어떻게 알아보겠다고 방법을 이야기한 적이 없는데. 거짓말할 때 버릇 같은 건 네게는 없었어. 어떤 상황에서도 무표정한 얼굴을 유지할 수 있었지." 루시엔은 다시금 심문자들을 향해 돌아섰다. "글쎄. 옛 친구야, 너도 늙었나 봐. 아니면 내가 훨씬, 훨씬 사람을 잘 읽게 됐든지."

사실이었다. 사람을 관찰하고 그들의 신체언어와 숨겨진 징후를 읽는 전문가가 되는 연쇄살인범들이 많다. 적당한 피해자를 고르고 정확한 공격의 순간을 결정하는 데 도움이 되므로.

"자." 루시엔이 말을 이었다. "옛정을 생각해서 이번 한 번은 봐주지. 하지만 다시는 거짓말하지 마, 로버트." 그는 도로 자리에 앉았다. "아마 다시 대답하고 싶을 테지?"

헌터는 잠시 멈칫했다.

"그래, 어머니가 돌아가셨을 때 난 집에 있었어." 그가 다시 말하기 시작했다. "아까 말했듯이 아버지는 야간 경비원으로 근무를 하셨고, 어머니는 밤에 돌아가셨어."

"그렇다면 어머니와 너뿐이었어?"

헌터는 고개를 끄덕였다.

루시엔은 기다렸지만, 헌터는 그 이상은 말하지 않았다. "지금 끊지 마, 로버트. 밤에 들리는 어머니의 비명이 무서웠어?"

"맞아."

"하지만 넌 네 방에 숨어 있지는 않았겠지?"

"그래."

"어째서?"

"어머니가 날 필요로 할 때 내가 그 자리에 없는 게 더 무서웠으니까."

"그러면 그 마지막 밤에도 그랬어? 어머니가 널 필요로 했어?"

헌터는 숨을 멈췄다.

"어머니에게 네가 있어야 했어, 로버트?"

헌터는 루시엔의 두 눈에서 전에는 감지하지 못했던 무언가를 보았다. 대답을 이미 알고 있다는 듯이 확신하는 눈빛. 헌터가 진실에서 아주 조금이라도 벗어나면, 그러면 루시엔은 알 것이다.

"그래." 헌터가 기어이 대답했다.

"네가 왜 필요했지?" 루시엔이 물었다. "명심해, 내게 거짓말하지 마."

"약." 헌터가 말했다.

"약이 왜?"

"어머니는 약을 드셨어. 적은 약이라도 잠깐은 통증을 없애줬지. 하지만 어머니 속의 암이 강해지면서 점점 약이 듣지 않게 됐어."

"그래서 더 필요했구나." 루시엔이 말했다.

헌터는 고개를 끄덕였다.

루시엔은 생각에 잠긴 표정이었다. 잠시 후 입술이 당겨지며 그 위에 사악한 미소가 걸렸다.

"하지만 처방받은 진통제였겠지?" 그가 말했다. "아마 아주 강력한 마약성 진통제였을 거야. 다시 말해, 복용량 초과는 중대한 금기사항이라는 뜻이지. 그런 약을 침대 옆에 두지는 않았을 거야. 우연히 과다 복용할 위험이 너무 클 테니까. 그러면 그 약들은 어디에 있었지? 욕실? 부엌? 어디였어?"

로버트는 침묵했다.

"그 약 말이야, 로버트. 어디에 보관했었어?" 루시엔이 고집스럽게 캐물었다.

그의 목소리에서 위협이 느껴졌다.

"아버지는 찬장에 두셨어. 부엌에 말이야."

"하지만 어머니는 그날 밤 네게 약을 달라고 했겠지."

"맞아."

루시엔은 왼쪽 뺨에 난 흉터를 긁적거렸다.

"어머니는 더는 통증을 감당할 수 없었어, 그렇지?" 그가 다그쳤다. "차라리 죽는 게 나았을 거야. 그래서 실제로 죽음을 간청했겠지. 너는 메신저였어. 네가 그걸 가져다주었을 테니까, 안 그래? 어머니한테 몇 알을 가져다드렸지, 로버트?" 그때였다. 그는 갑자기 떠오른 생각에 두 눈이 약간 커짐과 동시에 한 손을 번쩍 들어 올렸다. "아니, 잠깐. 너, 병째로 가져갔구나? 그렇지?"

헌터는 아무 말도 하지 않았지만, 기억이 그를 그날 밤으로 데려갔다.

늘 밤이 되면, 더 나빠졌다. 어머니의 비명은 더 커졌고, 통증으로 신음도 더 깊어지고 거칠어졌다. 어머니의 비명에 그는 늘 몸을 떨었다. 추울 때의 떨림이 아니라, 깊은 내면에서 오는 강렬한 떨림이었다. 병으로 어머니는 아주 많이 아파했고, 그는 어머니를 도울 수 있는 일이 있기를 진심으로 바랐다.

일곱 살의 로버트 헌터는 어머니의 고통스러운 비명을 듣고 방문을 조심스럽게 열었다. 울고 싶은 심정이었다. 어머니가 아픈 뒤로 울고 싶을 때가 많았지만, 아버지는 울면 안 된다고 말했다.

병으로 어머니의 외모는 전과 딴판이었다. 피부가 늘어졌고, 너무 말라서 뼈들이 불뚝 튀어나와 보였다. 굉장히 매력적이었던 긴 금발도 꼬불꼬불해져 있었다. 한때 생기가 넘쳤던 두 눈은 기운을 전부 잃어 눈구멍 속으로 깊숙이 가라앉아버렸다.

헌터는 부들부들 떨며 문 옆에서 잠시 멈춰 섰다. 침대 위의 어머니는 공처럼 몸을 동그랗게 말고 있었다. 두 팔로 다리를 꽉 끌어안아 무릎으로 가슴을 누른 채였다. 얼굴은 통증으로 일그러졌다. 어머니는 문 옆에 있는 작은 인형에 두 눈을 고정하고 초점을 맞추려 애썼다.

"아가야, 제발." 아들을 알아본 그녀가 속삭였다. "엄마를 도와줄 수 있니? 더는 이 고통을 참을 수가 없구나."

울음소리가 목구멍을 빠져나오지 않게 모든 힘을 끌어모아야 했다. "엄마, 내가 뭘 하면 돼요?" 그의 목소리도 그녀만큼이나 약했다. "아빠한테 전화할까요?"

그녀는 가까스로 고개를 약하게 젓기만 했다. "아빠는 도와줄 수 없어, 아가. 하지만 너는 할 수 있어. 이리로 와주렴…… 제발. 엄마를 도와줄 수 있겠니?"

그때의 어머니는 다른 사람처럼 보였다. 눈 밑은 거뭇거뭇했고, 입술은 갈라져 거칠었다.

"우유 데워줄까요? 엄마, 따뜻한 우유 좋아하죠."

어머니의 미소를 다시 볼 수만 있다면, 그는 자신이 할 수 있는 일은 무엇이든 할 터였다. 그가 가까이 다가서자, 그녀는 새로이 밀려오는 고통에 온몸을 장악당한 듯 심한 경련을 일으켰다.

"제발, 아가. 날 도와줘." 그녀의 숨이 가빠지고 있었다.

아빠가 뭐라고 했든 간에 더는 눈물을 참을 수 없었다. 눈물이 얼굴을 따라 흘러내리기 시작했다.

어머니는 무서워 떨고 있는 아들을 보았다. "괜찮아, 얘야. 다 잘될 거야." 그녀가 떨리는 목소리로 말했다.

그는 어머니에게 더 가까이 다가가 그녀의 손 위에 자신의 손을 포갰다.

"엄마, 사랑해요."

어머니의 눈에 눈물이 고였다. "엄마도 널 사랑한단다, 아가." 그녀는 그의 손을 살짝 잡아주었다. 그녀 안에 남아 있던 얼마 안 되는 힘을 전부 그러모은 것이었다. "네 도움이 필요해, 아가. 제발……."

"내가 뭘 하면 돼요, 엄마?"

"약을 가져다줄 수 있니, 아가? 통증이 너무 오랫동안 계속되고 있단다. 얼마나 아픈지 넌 모를 거야."

그의 두 눈에 눈물이 가득 차서 모든 게 비틀려 보였다. 심장이 텅 빈 느낌이었고, 온몸에서 힘이 모조리 빠져나간 것같이 느껴졌다. 아무 말 없이 그는 천천히 뒤로 돌아 문을 열었다.

어머니는 뒤에서 그를 부르려 했지만, 미약한 목소리는 고작 몇 미터도 뻗어나가지 못했다.

헌터는 몇 분 후에 물 한 잔과 크림 비스킷 두 개, 약병이 놓인 쟁반을 들고 돌아왔다. 그녀는 자기 눈을 믿지 못하겠다는 듯한 얼굴로 그를 바라봤다. 그러고는 상상조차 할 수 없을 정도의 통증을 견디며 아주 천천히 몸을 일으켜 앉았다. 그는 어머니에게 더 가까이 가서 쟁반을 침대 옆 탁자에 내려놓고 물이 든 컵을 건넸다.

그녀는 아들을 아주 힘껏 안아주고 싶었지만, 몸에 남아 있는 건 간신히 움직일 만큼의 힘뿐이었다. 그래서 안아주는 대신 아들에게, 그가 이제껏 본 중에 가장 정직한 미소를 지어 보였다. 손가락들이 너무 약해져 있어서 그녀는 약병 뚜껑을 비틀어 열 수조차 없었다. 그래서 아들에게 눈빛으로 도움을 청했다.

그는 그녀의 떨리는 손에서 약병을 가져가 뚜껑을 아래로 누른 다음 반시계 방향으로 돌려 연 후에, 어머니의 손에 약 두 알을 쏟아주었다. 그녀는 두 알을 입에 털어 넣고 물도 없이 삼켰다. 그녀의 두 눈은 약을 좀 더 달라고 애원하고 있었다.

"엄마, 설명서를 읽었어요. 하루에 여덟 알 이상 먹으면 안 된대요. 엄마는 방금 두 알을 먹었으니까, 벌써 열 알째예요."

"참 똑똑하구나, 얘야." 그녀는 다시 미소 지었다. "넌 아주 특별해. 엄마는 너를 아주 많이 사랑한단다. 네가 자라는 모습을 보지 못하는 게 정말 미안하구나."

뼈마디가 앙상한 손가락으로 그녀가 약병을 감싸 쥐었을 때, 그의 두 눈에 다시금 눈물이 차올랐다.

그는 약병을 단단히 움켜쥐었다.

"괜찮아." 그녀가 속삭였다. "이제 다 괜찮을 거야."

그제야 그는 머뭇거리며 약병을 손에서 놓았다. "아빠가 화낼 거예요."

"아니야. 아빠는 화내지 않을 거야, 아가. 엄마가 약속할게." 그녀는 입안에 약 두 알을 더 넣었다.

"비스킷을 가져왔어요." 그가 쟁반을 가리켰다. "엄마가 제일 좋아하는 거예요. 하나만 먹어봐요. 오늘 많이 드시지도 않았잖아요."

"먹을게, 아가. 조금 있다가." 그녀는 약을 몇 알 더 삼켰다. "아빠가 아침에 집에 오면 내가 사랑한다고, 그리고 앞으로도 사랑할 거라고 말해주렴. 엄마 대신 얘기해줄 수 있겠니?"

소년은 고개를 끄덕였다. 그의 두 눈은 이제는 거의 비어버린 약병에 고정돼 있었다.

"아가, 가서 책을 읽지 그러니? 책 읽는 걸 좋아하잖아."

"여기서 읽어도 돼요, 엄마. 엄마가 외롭지 않게요. 엄마가 원한다면 구석에 앉아 있을게요. 소리 내지 않겠다고 약속할게요."

그녀는 손을 뻗어 아들의 머리를 쓰다듬었다. "이제 난 괜찮을 거야, 아가. 벌써…… 통증이 사라지기 시작했단다." 그녀의 눈꺼풀이 무거워 보였다.

"그러면 내가 방을 지킬게요. 문 바로 밖에 앉아 있을 거예요."

그녀는 고통에 시달리는 미소를 지었다. "왜 방을 지키고 싶어, 아가?"

"언젠가 엄마가 하느님이 와서 아픈 사람들을 천국으로 데려간다고 말했잖아요. 하느님이 엄마를 데려가지 않으면 좋겠어요. 내가 문 옆에 앉아 있다가 하느님이 오면 저리 가라고 말할 거예요. 엄마는 나아지고 있으니 데려가지 말라고 할 거예요."

"네가 하느님한테 저리 가라고 말할 거야?"

그는 힘차게 고개를 끄덕였다.

그녀는 다시 울기 시작했다. "정말 많이 보고 싶을 거야, 로버트."

테일러는 헌터를 보았다. 가슴속 심장이 쪼그라드는 것 같았다.

얼어붙은 어두운 호수의 얼음이 갈라지듯, 루시엔의 입가에 차가운 미소가 나타나기 시작했다. "그래서 넌 그 방을 나왔구나." 그가 말했다.

헌터가 고개를 끄덕였다.

"그때부터 악몽이 시작됐겠군." 마침내 환자의 방어벽을 무너뜨린 심리학자처럼 결론을 내리며, 루시엔이 말했다.

당혹스러운 침묵이 지하 복도 전체를 장악했지만 그렇게 오래가지는 않았다. 루시엔에게 시선을 고정한 채, 헌터는 결국 그 기억을 놓아주었다.

"수전 말이야, 루시엔." 그가 말했다. 목소리에서 슬픔은 이미 사라진 뒤였다. "원하는 대답을 들었으니, 차에서 수전에게 약물을 주사하고 나서 무슨 일이 있었는지 말해줘야지?"

44

라혼다, 캘리포니아주 팰로앨토에서 29킬로미터
25년 전

수전 리처즈는 육중한 문이 쾅 닫히는 소리에 번쩍 정신이 들었다. 갑작스러운 소음으로 인한 각성이었는데도, 그녀의 두 눈은 아주 천천히 뜨인 뒤 깜빡거림을 그치지 않았다. 마치 눈에 모래 알갱이라도 들어가서 각막을 할퀴어대는 것 같았다. 눈꺼풀이 무겁게 느껴졌고, 아무리 애를 써도 초점을 맞출 수가 없었다. 주위의 모든 것이 흐릿했다.

그녀가 처음 인식한 것은 어지러움이었다. 깨어날 방법이 없는 몽롱한 꿈속에 갇힌 기분이었다. 입안은 마르고 혀는 사포처럼 까끌까끌했다. 그때, 냄새를 맡았다. 더럽고 축축한 곰팡내 같은, 구역질 나는 냄새. 그녀는 자신이 어디에 있는지 알 수 없었지만, 몇 년은 방치된 장소 같았다. 끔찍한 악취에도 불구하고 수전의 폐는 공기를 제대로 들이마실 것을 강력히 요구했고, 그것에 굴복한 그녀는 결국 그 방의 역한 특성을 거의 다 맛보았다. 단 한 번 숨을 깊이 들이마신 뒤에, 격한 구역질이 일었다.

필사적으로 기침을 하던 중 돌연 날카롭고 극심한 통증이 찾아왔다. 완전히 지친 몸이 마침내 그 통증에 관심을 가지기까지는 몇 초가 걸렸다. 통증은 오른쪽 팔에서부터 퍼지고 있었다.

수전은 그제야 자신이 딱딱하고 끔찍하리만치 불편한 의자에 앉아 있다는 사실을 깨달았다. 두 손목은 의자 뒤로 등받이와 함께 묶여 있고, 발목은 의자 다리에 묶여 있었다. 온몸이 땀에 절어 있었다. 그녀가 불편하게 앞으로 고꾸라진 고개를 들어 올리려 시도하는 순간, 배 속에 욕지기의 물결이 퍼져나갔다.

방을 밝히는 빛이 어디서 오는지 확인할 수 없었다. 구석의 램프 불빛인지 머리 위에 매달린 낡은 전구 불빛인지 모를 흐릿한 노란색 불빛이 방을 휘감았다. 그녀의 두 눈이 마침내 오른쪽으로 움직이며 통증을 발생시키는 원인에 초점을 맞추려고 안간힘을 썼다. 아직 그녀는 몸을 가눌 수가 없어서 시야가 진정되고 선명해지기까지는 시간이 걸렸다. 그러다 마침내 초점이 맞춰졌을 때, 그녀의 가슴은 공포로 가득 찼다.

"이런, 세상에." 그녀의 입 밖으로 새어 나온 말이었다.

팔은 피부가 대거 사라진 상태였다. 어깨에서 팔꿈치까지 전부. 피부가 벗겨져 피에 흠뻑 젖은 속살이 보였다. 일순 상처가 살아 있는 것처럼 보였다. 피가 팔을 타고 손 위로, 손가락 사이로, 콘크리트 바닥으로 폭포수처럼 흘러내려 의자 다리 부근에 진홍빛 웅덩이를 만들며 흥건하게 고이고 있었다.

수전은 고개를 돌려 무릎 위에 토했다. 토하고 나니 힘이 더 빠지고 어지러워지는 것 같았다.

"미안하게 됐어, 수전." 친숙한 목소리가 들려왔다. "그 '피의 광경'을 참기가 참 힘들지?"

수전은 몇 번 더 쿨럭거렸고 입안에서 느껴지는 끔찍한 토사물을 뱉어내려 했다. 그녀의 두 눈이 마침내 앞에 서 있는 인영人影에 초점을 맞췄다.

"루시엔……." 그녀가 힘없이 속삭이듯 불렀다.

지난밤 로커클럽에서의 광경이 섬광처럼 떠올랐다. 기억 속에서 그녀는 루시엔의 차 안에 앉아 있었다. 자신을 바라보는 분노의 시선. 그러고 나서 모든 게 새카매졌다.

"무슨……." 그녀는 문장을 끝맺을 수가 없었다. 소리를 만들어내기에는 목구멍이 너무 약했다. 그녀는 본능적으로, 한 번 더 오른팔의 피부가 벗겨진 살을 향해 시선을 던졌다. 그리고 온몸을 떨었다.

"아아." 루시엔이 뒤로 손을 뻗으며 무심하게 말했다. "그건 걱정하지 마. 네가 이 끔찍한 걸 그리워하게 될 것 같지는 않으니까."

그는 안에 무언가 떠다니는, 연분홍색 액체가 든 커다란 유리병을 보여주었다. 수전은 지쳐 감기는 눈을 억지로 가늘게 치켜떴지만, 그게 무엇인지 통 알 수 없었다.

"아, 미안." 루시엔은 그녀가 혼란스러워하는 것을 포착하고 장갑 낀 손을 유리병 안에 넣어 떠다니는 물체를 꺼냈다. "내가 보여줄게. 가장자리가 약간 말렸네." 그는 그녀의 팔에서 도려낸 지 채 한 시간도 되지 않은 젖은 피부 조각을 펼쳐 보였다. "수전, 이 문신은 흉측해. 네가 왜 이걸 멋지다고 생각하는지 모르겠어."

시큼한 담즙이 다시 목구멍을 타고 올라왔고, 수전은 다시 미친 듯이 쿨럭거리며 구토했다.

루시엔은 즐거워하며 수전이 구토를 멈출 때까지 기다렸다.

"하지만 멋진 '기념품'은 될 것 같아." 그가 고개를 두어 번 끄덕이며 말했다. "그거 알아? 내가 정말 '기념품 수집가'인지 뭔지가 되어볼까 해. 봐봐, 이게 내 기분을 어떻게 만드는지. 이론을 적용해봐.

어떻게 생각해?"

수전의 심장이 쿵쾅거릴 때마다 머리가 울렸다. 손목과 발목을 묶은 끈은 뼈까지 잘라내버릴 것처럼 살을 파고들었다. 그녀는 뭐라 말하고 싶었지만 공포가, 겁에 질린 머릿속에서 단어를 전부 지워버린 것만 같았다. 그녀의 두 눈에 공포와 절망이 비쳤다.

루시엔은 문신이 있는 피부 조각을 유리병에 다시 넣었다.

"그거 알아? 그 주사기를 차 안에 거의 1년이나 숨겨놓았어. 언제 그걸 사용할까 참 많이도 생각했었지."

수전은 숨을 들이마셨고, 코로 들어간 공기가 곧장 폐로 이동하는 느낌을 받았다.

"너한테 쓸 생각은 전혀 없었어." 루시엔은 말을 이었다. "매춘부를 골라볼까 여러 번 생각했었지. 우리가 들었던 범죄학 수업, 너도 기억할 거야. 매춘부는 쉬운 표적이야. 말 걸기 쉽고, 다가가기 편하고, 대부분 '익명'이고." 그는 냉담하게 어깨를 으쓱했다. "하지만 불행히도 그쪽으론 잘 안 됐어. 하여간 전에는 실행할 준비가 안 된 것 같았는데, 오늘 밤은 다르더라고. 오늘 밤 처음으로 **진짜** '킬러'의 충동을 느꼈다고 할 수 있을 것 같아."

수전의 두 눈에 눈물이 고였다. 방 안의 공기는 아까보다 짙어지고 훨씬 더 오염돼서…… 숨을 거의 쉬지 못할 지경이었다.

"이 놀라운 충동은, 무작정 하라고 시켜. 결과는 생각하지 않고." 루시엔이 말했다.

새로운 목적으로 그의 두 눈이 빛났다. 그걸 본 수전의 몸에 새로운 통증의 전류가 흘렀다.

"그래서 나는 그 충동과 싸우지 않기로 했어." 그는 수전에게로 한 걸음 더 다가왔다. "나는 행동하기로 마음먹었고, 실행했어. 그래서 우리가 여기에 있는 거지."

수전은 호흡을 진정시키며 생각을 하려고 애썼지만, 여전히 이 모든 상황이 그저 악몽을 꾸고 있는 것처럼만 느껴졌다. 하지만 꿈이라면, 어째서 깨어나지 않는 걸까?

"루시엔……." 그녀가 입을 열었다. 부어오른 목구멍에 걸려 나는 듯한 거친 목소리로 말했다. "난…… 모르겠……."

"아니, 아니, 아니야." 루시엔이 왼손 검지를 흔들며 그녀의 말을 끊었다. "네가 할 말은 없어. 수전, 모르겠어? 이젠 돌이킬 수 없어." 그는 양팔을 옆으로 벌리고 주위를 둘러보았다. "지금 우리는 여기에 있고, 이미 시작됐어. 지옥문은 열렸다고. 아니, 네가 어떤 상투적인 표현을 생각하든 상관없어. 무슨 일이 있어도 그 일은 일어날 거야."

그 순간 수전은 루시엔의 눈빛이, 영혼 없는 사람처럼 공허하고 얼음같이 차갑다는 걸 알아차렸다. 그 모습에 그녀는 얼어붙었다.

그녀가 두려워하자 루시엔은 잔뜩 흥분했다. 처음에 그는 흥분이 그의 안에서 무언가와 충돌하리라고 예상했었다. 어쩌면 그것은 도덕일 수도 있고, 감정일 수도 있었다. 그것이 정확히 무엇인지는 확신할 수 없었지만, 여하튼 무언가와 충돌할 거라고 생각했다. 하지만 충돌 같은 건 전혀 없었다. 아주 오랫동안 상상해왔던 것을 마침내 이루고 있다는 설렘만이 있을 뿐이었다.

수전은 말하고 싶고, 비명을 지르고 싶었지만, 공포로 얼어버린 입술이 도무지 움직이지 않았다. 그 대신에 그녀의 두 눈이 그에게 자비를 간구했다. 절대 오지 않을 자비를.

아무런 경고도 없이 루시엔은 그녀에게 달려들었고, 눈 깜짝할 새에 수전의 목이 그의 두 손안에 있었다.

그녀의 두 눈은 공포로 휘둥그레졌고, 목 근육은 그의 공격으로부터 자신을 보호하려고 팽팽해졌으며, 입은 거칠게 숨을 몰아쉬면서 벌어졌다. 하지만 두뇌는 이미 그것이 패배한 싸움이라는 것을 알았다. 루시엔의 엄지손가락은 이미 수전의 기도를 압박하고 있었고, 커다란 손바닥은 경동맥과 경정맥에 충분한 압력을 가해 목에 피가 흐르지 못하게 만들어서 그녀는 벌써 폐색을 일으키는 중이었다.

수전이 의자에서 발버둥 치기 시작하자, 루시엔은 그녀의 몸이 흔들리지 않게 자기 체중을 실어 가냘픈 무릎을 눌렀다. 그리고 그때, 그는 엄지 밑에서 무언가가 스러지는 것을 느꼈다. 방금 그녀의 후두와 기관氣管이 으스러졌다. 수전은 몇 초 후면 죽을 것이다. 하지만 루시엔은 멈추지 않았다. 그녀의 목뿔뼈가 골절될 때까지 그는 계속했다. 그러는 동안 광기에 가득 찬 두 눈은 죽어가는 수전의 시선을 좇았다.

45

헌터는 말없이 앉아 있었다. 루시엔이 감정 없는 차가운 목소리로 진상을 전하는 동안 헌터는 단 한 차례도 그것을 끊지 않았지만, 듣는 내내 감정을 억제하기 위해 싸워야 했다.

테일러 역시 방해하지 않고 조용히 모두 들었지만, 그러면서 자신이 적어도 두 번은 자세를 바꿨다는 사실을 알고 있었다. 그녀가 보이는 아주 작은 불안이나 초조한 행동 하나하나에 루시엔은 기뻐하고 즐거워하는 듯이 보였다.

"네가 묻기 전에 미리 알려줄게." 루시엔이 헌터를 보며 말했다. "성적 만족 같은 건 없었어. 그런 쪽으로는 일절 손대지 않았지." 그는 어깨를 으쓱였다. "진실을 말하자면, 그녀가 내 처음이 될 줄은 전혀 몰랐어. '피해자'가 될 줄은 전혀 몰랐지. 그날 전까지 내가 품었던 수천 가지의 환상 속에 그녀는 없었어. 한 번도 있었던 적이 없었어. 그냥 아주 불행하게도 그날 그렇게 돼버렸을 뿐이야."

"수천 가지?" 테일러가 물었다.

루시엔이 미소 지었다. "테일러 요원, 그렇게 순진한 척하지 마. 나 같은 사람이 어느 날 갑자기 살인을 해야겠다고 결심했다고 해서 그게 쉽게, 바로 될 것 같아? 다음 날 밖에 나가서 첫 희생자를 물색할 준비가 된다고?" 그는 비꼬듯이 고개를 저었다. "나 같은 사람들은 오랜 시간 다른 사람을 해치는 상상을 해, 테일러 요원. 아이였을 때부터 그런 사람도 있고 많이 늦게 시작하는 경우도 있지만, 모두 다 그래. 그것도 아주 자주 말이야. 내 경우에는 아주 일찍부터 죽음에 강하게 끌렸다고나 할까. 그거 알아? 내 아버지는 훌륭한 사냥꾼이었어. 콜로라도주의 산에서 사냥할 때 날 데려가곤 했지. 사냥감을 기다리다가 몰래 다가가 방아쇠를 당기기 직전에 똑바로 바라본 동물의 눈 속에는 나를 사로잡는 뭔가가 있었어."

루시엔은 헌터를 보면서 턱을 긁적거렸다. 그리고 미소 지었다.

"로버트, 네 모습을 봐. 머리 굴리는 소리가 여기까지 들릴 정도야. 네 안의 심리학자가 벌써 내 어린 시절의 사냥과 훗날의 살인을 이론적으로 연결하려고 드는 거지." 그는 웃었다. "네가 묻기 전에 말해줄게. 나는 어렸을 때 이불에 오줌을 싸지도 않았고, 방화를 좋아하지도 않았어."

루시엔은 '맥도널드 트라이어드'를 언급하고 있었다. '동물 학대, 방화에 대한 집착, 5세 이후의 야뇨증'이라는 세 가지 행동 지표를 제시하며 어렸을 때 이 세 가지 지표가 있던 사람은 나중에 폭력적인 성향, 특히 살인 행위와 연관될 수 있다는 심리학 이론이다. 연구 결과 통계적으로 이 세 지표와 폭력적인 범죄자 사이에 유의미한 관련성은 없음이 밝혀졌다. 하지만 이 세 지표가 분리되어 나타날 경우, 체포된 연쇄살인범의 어린 시절에 단연코 많이 나타나는 지표는 '동물 학대'라는 것이 증명되었다. 헌터는 그 이론을 아주 잘 알고 있었다.

루시엔은 검지로 두 앞니 사이에 낀 것을 빼냈다. "음, 전력을 다해서 원하는 만큼 분석해봐. 하지만 틀림없이 놀라게 될 거야."

"이미 놀랐어."

루시엔의 입가가 우쭐거림으로 말려 올라갔다.

"내가 꿈을 꾸기 시작한 건 사냥하던 시절이 아니라 고등학교 1학년 때였어."

테일러의 얼굴에 호기심이 깃드는 게 보였다.

"꿈속에서 나는 동물이 아니라 사람을 사냥했어. 때로는 아는 사람들이었고, 때로는 본 적도 없는 사람들이었지. 내 상상력이 무작위로 만들어낸 창조물이었던 거야. 아주 폭력적이어서 무서울 법도 한 꿈들이었지만, 나는 그 꿈속에서 흥분해 기분이 좋아졌어. 너무 좋아서 일어나고 싶지 않을 정도였지. 멈추고 싶지 않았어…….그러다 언제부턴가는 완전히 깨어 있는 낮에도 환상이 시작되더군. 이……." 루시엔은 적당한 단어를 고르면서 주변의 공기를 훑었다. "이를테면, 이 '강렬한 환상' 속의 사냥감은 대개 내가 싫어하던 사람들이었지. 학교 선생이나 불량한 놈들. 아니면 가족 중 누군가일 수도 있고. 항상 그런 건 아니었지만 말이야." 그는 잠시 말을 멈추고 그게 뭐든 어떠냐는 듯한 표정을 지었다. "어쨌든, 수전은 절대 그 범주에 들지 않았어. 내 폭력적인 환상이나 꿈속에 전혀 나오지 않았지. 그냥 그녀는, 우연히 그날 밤 **완벽하게** 조건에 들어맞았을 뿐이야."

루시엔은 일어나 세면대로 가서 다시 컵에 물을 받았다.

"그게 내가 심리학과 범죄행동을 공부하고 싶었던 진짜 이유였어." 그는 침대로 돌아오면서 계속 말했다. "내 머릿속에서 벌어지고 있는 일을 이해해보려고. 왜 내 안에는 폭력적인 환상들이 가득할까, 하고 말이지." 그는 검지 끝으로 자신의 오른쪽 관자놀이를 톡톡 쳤다. "나는 왜 그 환상들이 그토록 즐거운 걸까? 그 환상들을 없애기 위해 내가 할 수 있는 일이 있을까?" 그는 킥킥거렸다. "하지만 대학은 역효과였어. 공부하면 할수록, 살인자들의 정신이 어떻게 작용하는지에 관한 심리학자들의 이론을 읽으면 읽을수록, 오히려 나는 더 흥미를 느끼게 됐지." 루시엔은 잠시 말을 멈추고 물을 한 모금 마셨다. "난 시험해보고 싶어졌어."

"시험해본다고?" 테일러가 물었다. "누구, 아니 뭘 시험해?"

"그 이론들." 헌터가 루시엔의 말 속에 숨겨진 뜻을 읽어냈다.

테일러가 그를 쳐다보았다.

루시엔은 '한 번에 맞혔어, 로버트'라고 말하는 듯한 얼굴로 그를 보았다. "그 이론들을 시험해보고 싶었어." 그는 몸을 약간 앞으로 숙였다. "로버트, 넌 흥미를 느끼지 않아? 그렇게 열성적이었던 학생이, 살인자의 머릿속에서 **실제로** 일어나는 일을 알고 싶지 않았다고? 그들이 그런 행동을 하는 **진짜** 이유가 궁금하지 않았던 거야? 우리가 배웠던 이론들이 진실인지, 아니면 멍청한 심리학자들의 허튼 추측에 불과할 뿐인지 정말로 알고 싶지 않았어?"

그러나 헌터는 계속 조용히 루시엔을 주시하기만 할 따름이었다.

"난 알고 싶었어." 루시엔이 말했다. "이론들을 공부하면서 나는 어땠는지 비교했지. 그랬더니 드디어, 내 케이스와 일치하는 하나를 발견했어."

루시엔은 발가벗겨져 꼼짝할 수 없는 느낌이 들게 하는 눈빛으로 테일러를 응시했다.

"테일러 요원, 그게 어떤 이론이었을지 한번 알아맞혀보겠어?"

테일러는 주눅 들지 않으려고 했다. "너 같은 짓을 저지르려면 정신 나간 개차반이 되어야 한다는 이론?" 테일러가 대답했다. 목소리에 분노나 흥분은 묻어 있지 않았다.

그러나 그 대답은 루시엔을 미소 짓게 할 뿐이었다. "로버트?" 그

228

는 눈썹을 치켜세우며 헌터를 보았다.

헌터는 게임을 할 기분이 아니었지만, 아직은 루시엔이 모든 패를 쥐고 있었다.

"*언젠가는 환상으로 충분하지 않을 수 있다……*" 그가 말했다.

루시엔의 미소가 더 커졌다. 그는 다시 테일러에게 말을 걸었다. "정말 **훌륭하지**, 안 그래? 맞아, 로버트. 나는 계속 환상을 꿔오다 어느 날 환상만으로는 충분하지 않다는 것을 깨달았지. 예전만큼 기분이 좋아지지 않더라고. 전과 같은 황홀경에 빠지려면 필연적으로 다음 단계로 넘어가야 한다는 걸 깨달았어." 그는 마치 네 덕분이야, 라고 말하는 듯한 시선으로 헌터를 보았다. "그때 네가 한 말이 시발점이 되었어, 로버트."

46

루시엔이 헌터에게서 어떤 반응이 나오기를 기대하고 있었다면, 그는 아마 실망했을 것이다. 헌터는 루시엔의 시선을 맞받으며 가만히 있었다. 완벽할 정도로. 놀라움을 내보인 쪽은 테일러였다.

"무슨 말이지?" 그녀가 의자에서 꿈틀거리며 물었다.

루시엔은 여전히 헌터의 반응을 살피며 그를 잠시 더 주시했다.

아무 반응도 없었다.

"로버트와 나는 많은 이론에 관해 아주 긴 토론을 하곤 했지." 루시엔이 이야기를 시작했다. "자연스러운 일이었어. 우리 정신은 이 미친 세상을 이해하고 싶어 했고, 우린 최고의 학생이 되기를 꿈꾸면서 굶주려 있었으니까. 하지만 스탠퍼드에서 보내던 두 번째 해에, 로버트와 토론하던 중에 저 친구의 말이 내 뇌를 강하게 자극했지."

테일러는 슬쩍 헌터를 훔쳐보았다.

헌터의 관심은 계속 루시엔에게 향해 있었다.

"내가 설명해주지, 테일러 요원." 루시엔이 히죽거리며 말했다. "그때 우리는 대뇌생리학을 공부하고 있었어. 살인을 비롯해 무언가를 하고 싶게 만드는 충동을 제어하는 두뇌 영역을 과학이 언젠가는 찾아낼 것인가 하는 것을 주제로 토론 중이었지. 그 영역이 아무리 작을지라도 말이야."

루시엔은 헌터를 보았다. 그는 비록 헌터가 반응은 보이지 않을지라도 당시의 토론을 기억한다는 것을 알았다.

"그때 네가 들었던 예를 지금 언급해도 부디 개의치 않기를 바라, 로버트." 루시엔이 말했다. "난 아직도 똑똑히 기억해." 그는 헌터의 대답을 기다리지 않고 테일러에게 설명하기 시작했다. "두 형제가 있어. 일란성 쌍둥이로 똑같은 상황과 환경에서 자랐지. 부모에게서 똑같은 애정과 보살핌을 받고, 같은 학교에 진학해서 같은 수업을 듣고, 같은 도덕관을 배웠어. 둘 다 매우 인기 있고, 아주 뛰어난 학생이었지." 루시엔은 어깨를 으쓱했다. "매력적이기도 했어. 여기서 요지는, 두 아이의 양육 방법에는 전혀 차이가 없었다는 거야. 이해했어, 테일러 요원?"

테일러의 얼굴이 아주 살짝 구겨졌고, 루시엔은 그것을 놓치지 않았다.

"조금만 더 들어봐." 그가 말했다. "상황이 분명해질 테니까 말이야. 그럼 이제, 이 두 형제가 어떤 음악을 열광적으로 좋아하게 됐다고 해보지." 루시엔은 헌터에게 눈을 찡긋해 보였다. "둘 다 같은 장르의 음악과 같은 그룹을 좋아했어. 그들은 자기들 우상과 어울리기 위해 외모와 머리 스타일을 바꾸고 앨범도 구입했지." 그러고 나서 루시엔은 잠깐 미소 지었다. "음, 그 당시엔 그랬어. 지금이라면 음원을 다운로드하겠지만. 어쨌든 그들은 티셔츠와 야구모자, 포스터, 배지…… 모든 걸 샀어. 그리고 자기들 동네에서 열린 콘서트에도 전부 갔지. 하지만 그런 두 사람에게는 차이점이 하나 있었어. 쌍둥이 중 'A'는 그냥 팬으로 만족한 거야. 공연장에 가고, 방에서 다시 노래를 듣고, 우상을 따라 옷을 입으며 그저 행복해했어. 반면에 다른 형제 'B'는 뭔가를 더 원했어. 팬으로서 공연장에 가고 음악을 듣기만

하는 것으로는 충분하지 않았어. 그의 안에 뭔가가 그에게 말했지. 그 음악의 일부가 되어야 한다고. 그는 자신을 위해 진짜를 경험할 필요가 있었어. 그래서 'B'는 악기를 배우고, 어느 밴드에 멤버로 들어가기까지 한 거야. 거기서 우린 깨달았지."

루시엔은 자신의 말을 공기 중에 떠돌게 함으로써 테일러에게 이해할 시간을 준 뒤 다음으로 넘어갔다.

"그 작은 차이가 **모든** 차이를 만드는 거야, 테일러 요원. 똑같은 상황에서 자란 'B'는 왜 'A'보다 좀 더 '원했'을까? 어째서 한 명은 팬으로 만족하고 다른 한 명은 만족하지 못했을까?"

만약 테일러가 그 질문의 대답을 생각하려 했다고 하더라도, 루시엔은 기다리지 않았을 것이다. 그는 바로 말했다.

"살인 욕구로 치환해도 마찬가지야." 그의 이죽거리는 웃음이 훨씬 더 건방진 빛을 띠었다. "폭력적인 성향의 사람 중에는 환상만으로 만족하는 사람도 있어. 폭력적인 영화와 책을 보거나, 인터넷에서 폭력적인 사진을 보거나, 아니면 샌드백을 치거나 하면서. 하지만……." 그는 천천히 고개를 내저었다. "어떤 이는 형제 'B'처럼 좀 더 나아갈 필요를 느끼는 거야. 그게 바로 이 충동이지. 다른 이들보다 좀 더 '원하게' 만드는 것. 로버트는 과학이 그 지점을 정확히 찾아낼 수 있을 거라고는 생각하지 않는다고 했어. 그러니까 적어도 육체적으로는 말이야. 이 충동이 우리를 각각 다르게 만들어서 개별적인 인간이 되게 하는 거니까."

헌터는 계속해서 루시엔을 관찰했다. 그는 교회의 전도사처럼 자신의 설교에 점차 흥분하고 있었다. 자신이 테일러를 궁금하게 만들고 있다는 사실 때문이었다.

"그 옛날 로버트가 토론에서 했던 주장 때문에 네가 살인자가 됐다는 말이야?" 테일러가 비꼬듯이 말했다. "네가 한 짓의 책임을 돌릴 사람을 찾고 있는 거야? 글쎄, 너무 전형적인데."

루시엔은 고개를 뒤로 젖히고 호탕하게 웃었다. "전혀, 테일러 요원. 내 행동은 내가 원해서 한 거야." 그는 손가락으로 헌터를 가리켰다. "하지만 생리학은 제쳐두고, 로버트의 주장을 듣고 나는 생각하게 됐지. 당시에 내가 해야 할 일을 즉각 깨달았으니까. 이제 환상을 멈춰야 했어. 욕구와 싸우는 걸 관둬야 했지. 형제 'B'처럼 다음 단계로 나아가야 했던 거야. 그래서 난 계획을 세우기 시작했어. 테일러 요원, 범죄학을 공부해서 정말 좋은 점은 이 지구상에 나타났던 가장 악명 높은 살인범들에 대해 배울 수 있다는 거야. 내 말을 믿어도 좋아. 난 그들을 심도 있게 연구했어. 전문지를 구독해서 읽었고, 유명 법정 정신의학자들의 글을 깊이 파고들었지. 성도착증 살인범, 연쇄살인범, 군인 살인범, 대량 살인범, 청부살인업자 등에 대해 알게 됐고, 대학살과 살인 모의도 공부했지. 닥치는 대로 공부했지만 특히 내가 관심이 갔던 건…… 가해자들의 실수였어. 그들이 붙잡히는 데 결정적인 계기가 된 실수들."

테일러는 반격하기로 했다. "글쎄, 그런데 말처럼 그렇게 깊은 관심을 가졌던 건 아니었나 봐. 네가 현재 처한 곤경을 보면." 그렇게 말하며 그녀는 루시엔을 가두고 있는 감방 안을 둘러보았다.

루시엔은 테일러의 가시 돋친 발언에 신경 쓰는 것 같지 않았다.

"아니, 나는 충분함 그 이상으로 관심을 가졌어. 하지만 불행하게도, 우연한 사고 같은 걸 내다볼 수는 없지. 내가 지금 여기 앉아 있는 이유는 내가 실수를 했거나 너희가 잘해서 그런 게 아니야. 이레 전에 불행한 '사고'가 우발적으로 연달아 일어났기 때문이지. 내 통제를 벗어난 사고들 말이야. 테일러 요원, 이제 그만 인정하라고.

FBI는 그동안 내 존재를 몰랐어. 너희는 나나 내 가명 중에 하나에 대해서든 내 '행위'에 대해서든 전혀 수사하고 있지 않았어."

"우리가 결국 널 잡았을 거야." 테일러가 말했다.

"당연히 그러셨겠지." 루시엔이 자신만만하게 웃었다. "그 얘기는 그쯤 하지. 어쨌든, 조금 전에 말했듯이 나는 계획을 세우기 시작했어. 목록에서 최우선 순위는 외지고 특색 없는 장소를 찾는 거였지. 방해받지 않고 나만의 시간을 보낼 수 있는 장소."

"그래서 라혼다에서 그런 장소를 찾아냈군." 헌터가 말했다.

"맞아." 루시엔이 헌터의 추리가 맞음을 확인해주었다. "숲 한가운데 버려진 낡고 작은 집. 스탠퍼드에서 아주 가까워서 가는 데 오래 걸리지도 않으니까. 그리고 그 집의 가장 좋은 점은 아주 외진 뒷길을 통해 갈 수 있다는 거였어. 아무도 나를 발견하지 못했을 거야."

루시엔은 일어서서, 자신의 건장한 뼈대를 손으로 늘렸다.

"그 장소는 아직 그대로 있어." 그가 말했다. "얼마 전에 다녀왔지." 그는 다시 앉지 않았다. "이봐, 지금 머리가 좀 아프고 배가 고파지는데. 그래서 말인데, 우리 모두 쉬는 게 어때?" 그는 소매를 걷어 올리고 마치 손목시계가 있는 것처럼 손목을 들여다봤다. "두 시간 뒤에 다시 시작하지, 어때?"

"안 돼, 루시엔." 헌터가 말했다. "수전의 유해, 어디에 있어?"

"두 시간 더 있다가 찾는다고 해도 별 차이는 없을 거야, 로버트. 서두른다고 해서 그녀를 살릴 수 있는 것도 아니잖아, 그렇지?"

47

밖은 또다시, 구름 한 점 없는 하늘에서 태양이 환히 빛나고 있었다. 뚜렷한 이유 없이 사람들을 미소 짓게 만드는 따뜻하고 기분 좋은 날이었지만, 날씨의 마법은 멀리 BSU 건물까지는 닿지 않는 듯했다.

헌터는 2층 어딘가에서 빈 회의실을 찾아냈다. 테일러가 안으로 들어와 살며시 문을 닫았을 때 그는 창가 옆에 서서 밖을 내다보고 있었지만, 딱히 무언가를 보고 있는 건 아니었다.

"여기 있었군요."

뒤돌아보지 않고 헌터는 손목시계를 확인했다. 루시엔이 구금된 유치장에서 나온 지 겨우 10분이 지나 있었다. 하지만 그에게는 그것이 몇 시간처럼 느껴졌다.

"괜찮아요?" 테일러가 조금 더 그에게 다가서며 물었다.

"네, 괜찮아요." 헌터가 대답했다. 단호하고 자신만만한 음성이었다.

테일러는 순간 머뭇거렸다. "저기, 잠시 여기서 나가야겠어요."

헌터는 뒤로 돌아 그녀를 보았다.

"지하로 다시 내려가기 전에 한 시간 정도 야외에서 신선한 공기를 마시거나 해야겠어요."

헌터는 그녀에게 공감할 수 있었다.

"여기서 멀지 않은 곳에, 이런 날씨면 야외에 테이블을 내놓는 곳이 있어요." 테일러가 덧붙였다. "거기 음식은 정말 훌륭해요. 그런데 당신이 배고프지 않다면…… 커피는 훨씬 더 괜찮거든요. 우리 여기서 잠깐 나가는 게 어때요?"

그녀는 두 번 물어볼 필요도 없었다.

48

마지막 식사가 네 시간 반 전이었는데도, 헌터나 테일러 모두 무언가를 먹을 기분이 나지 않았다. 테일러는 더블 에스프레소를 시키고 헌터는 블랙커피를 주문했다. 그들은 FBI 아카데미에서 차로 15분이 채 걸리지 않는 개리슨빌로드에 자리한, 작은 이탈리아식 바 스타일의 레스토랑 야외 테이블에 앉아 있었다.

테일러는 티스푼으로 커피를 휘휘 저으며 표면의 얇은 진갈색 크레마층이 서서히 사라지는 것을 지켜보았다. 그녀는 헌터에게 그의 어머니 일에 대한 유감의 말을 전해야 하나 고민했다. 자신의 어머니 이야기를 해볼까도 생각했다. 하지만 그 어떤 주제도 아무에게든 득이 되지 않을 거라는 생각이 들었다. 그녀는 커피 젓는 걸 멈추고 스푼을 찻잔 받침에 내려놓았다.

"루시엔이 말한 거요. 당신들 친구 수전이 그날 밤 우연히 조건에 완벽하게 들어맞았다고 한 게 무슨 뜻이죠?" 그녀가 물었다.

헌터는 커피가 약간 식기를 기다리고 있었다. 그는 로스앤젤레스 경찰국의 파트너 카를로스 가르시아처럼 컵에 절절 끓는 뜨거운 커피를 붓고 5초간 기다린 후 충분히 미지근해졌다는 듯 단숨에 들이켜는 타입이 절대 아니었다.

헌터는 시선을 들어 테일러를 향했다.

"루시엔과 수전 둘 다 막 스탠퍼드를 졸업했을 때였죠." 그가 말했다. "수전의 경우는 대학 생활이 끝났어요. 더 수업에 들어갈 필요가 없었죠. 그녀는 직업도 없고, 상사도 없고, 남자친구도 없고, 남편도 없었어요. 말하자면, 어딘가에 '출근 도장'을 찍어야 할 일이 없었죠. 가족은 네바다주에 살았고요. 수전의 소식을 듣고 싶어 하는 사람은 없었습니다. 더군다나 그녀가 졸업 후에 여행을 떠나겠다고 모두에게 알린 뒤였으니까요."

"사람들은 그녀가 사라져도 여행을 갔나 보다 생각하겠군요. 그렇다면 아무도 걱정할 이유가 없겠죠. 한동안은요." 헌터가 말하려는 바를 알아차린 테일러가 먼저 말했다.

"정확해요." 헌터가 그녀의 말에 동의했다. "어느 순간과 어떤 상황들이 그녀를 루시엔의 잠재적 희생자 조건에 부합되게 만들었죠. 아무도 그리워할 일이 없는 익명성의 부류로요. 물론 루시엔은 그 사실을 아주 잘 알았고요."

까만 긴 머리를 뒤에서 하나로 묶은, 키가 크고 어린 외모의 여종업원이 그들이 앉은 테이블로 걸어왔다.

"정말 메뉴 안 보셔도 되겠어요?" 그녀의 말에서 이탈리아 억양이 살짝 느껴졌다. "셰프 특선 요리로 치즈, 토마토, 바질 소스가 들어간 뇨키를 추천해드리고 싶은데요." 그녀는 매력적인 미소를 지어 보였다. "너무 맛있어서 접시까지 핥아 먹고 싶을걸요."

뇨키는 헌터가 제일 좋아하는 이탈리아 요리였음에도 불구하고 그는 여전히 입맛이 없었다.

"와, 구미가 당기네요." 그가 그녀의 미소에 부응하며 말했다. "하지만 오늘은 별로 배가 고프지 않네요. 다음에 먹겠습니다." 그는 테일러에게 고갯짓했다.

"그래요, 저도 오늘은 배가 고프지 않아서 커피면 됐어요. 고마워요."

"알겠습니다." 여종업원은 그렇게 말하고는 잠시 그들을 바라보았다. "잘되시기를 바랄게요. 두 분, 좋아 보여요." 그녀는 마지막으로 친절한 미소를 지어 보인 후 몇 테이블 건너에 앉은 손님들의 주문을 받기 위해 그쪽으로 갔다.

"지금 우리가 썸이라도 타는 중이라는 거예요?" 여종업원이 대화를 듣지 못할 정도로 멀어지자 테일러가 물었다.

헌터는 즐거워하는 듯한 미소를 지으며 어깨를 으쓱했다. "그런가 보네요."

테일러는 잠시 당황한 것 같은 모습을 보였다가 순식간에 결의에 찬 표정으로 돌아왔다. "루시엔의 환상 속에 수전이 없었다는 말, 정말 믿어요?" 그녀가 물었다. "그녀가 정말 첫 희생자라고 생각해요? 그리고 그녀를 강간하지 않았다는 말도 믿겨요?"

헌터는 몸을 뒤로 기대앉았다. "왜 그가 그런 거짓말을 한다고 생각하죠?"

"모르겠어요. 내가 알고 싶은 건…… 만약 수전이 정말로 루시엔의 첫 희생자였고 그가 꿈꾼 '폭력적인 환상'의 대상이 전혀 아니었다면, 어떻게 다른 사람도 아닌 그녀에게 그럴 수가 있는 거죠? 이를테면…… '낯선 사람'도 있잖아요?"

헌터의 미간이 좁아졌다. "바로 1분 전에도 같은 걸 얘기했던 것 같은데요."

"아뇨, 그 '특정한 밤' 같은 걸 얘기하는 게 아니에요. 로버트, 내 말은 당시 상황이 수전에게 '완벽한 희생자'의 조건을 갖게 했다고 해도 어쨌든 그녀와 루시엔은 '친구'여야 한다는 거죠. 그게 전부 연기가 아니었다면요. 그의 말을 들어보면 심지어 그녀에게 호감까지 갖고 있었던 것 같은데요. 일종의 감정적인 애착이 있었다는 뜻이죠."

이제 헌터의 커피는 아무 주의 없이 마실 수 있을 정도로 충분히 식었다. "납치해서 피부를 벗기고 죽이려는 대상이 가해자가 아는 사람, 친구인 줄 알았던 사람, 특히 짝사랑했던 사람이라면, 그 일이 훨씬 더 힘들어질 거라고 생각하는 거죠?"

"맞아요." 테일러가 고개를 끄덕였다. "특히 첫 희생자일 경우엔 더요. 루시엔에게 특별히 수전을 죽이려는 환상이 없었다면, 어째서 '친구'를 고문하고 죽인 거죠? 익명의 다른 피해자를 쉽게 찾을 수도 있었잖아요. 술집이나 클럽에서 만나는 사람들이나, 아니면 매춘부 중에서 완벽하게 '타인'인 누군가를 고를 수도 있었어요. 사적인 감정이 조금도 없고 그가 신경을 쓰지 않아도 되는 누군가 말이에요."

"루시엔에게는 수전이 바로 그런 사람이었어요."

테일러는 얼굴을 찡그렸다.

"코트니, 당신은 자신의 눈으로 보려고 하는 것 같아요." 커피 잔을 탁자에 내려놓으며 헌터가 말했다. "그리고 당신 자신의 정신으로 이해하려 하죠. 그런데 그러면 결국 당신의 감정들이 방해가 돼요. 루시엔의 눈으로 보려고 해야 해요. 그의 정신병질은 피해자 중심의 것이 절대 아니에요."

테일러는 헌터와 오랫동안 눈을 마주쳤다. FBI 행동과학부의 요원이라면, 공격적인 사이코패스에는 크게 두 가지 유형이 있다는 것을 잘 알고 있었다. 첫 번째 유형은 피해자 중심으로, 이 방정식에서 가장 중요한 요소는 피해자다. 가해자는 **특정한** 타입의 피해자에게 환상이 있어서 그 유형에 맞고 이미지가 부합되는 사람들만을 표적으로 고른다. 그리고 결국은 대개 육체적인 취향으로 귀결된다. 피해자 중심의 사이코패스는 피해자의 외모에 대해 환상을 갖고 있다. 그들을 자극하고 '성적으로 흥분시키는' 것은 피해자의 신체적 속성이다. 그것이 다른 누군가를 떠올리게 하기 때문이다. 이 경우, 감정적 애착을 늘 강하게 발현하는 데다 열에 아홉은 일종의 성적인 행위와 관련된 환상을 품을 것이다. 피해자가 살해되기 전이나 후에 거의 틀림없이 성폭행이 일어난다.

공격적인 사이코패스의 두 번째 유형은 폭력 중심으로, 여기서 피해자는 부차적이다. 이 방정식에서 가장 중요한 요소는 피해자가 아니라 폭력이다. 그들을 즐겁게 하는 것은 죽이는 행위 그 자체다. 그들은 특정 타입의 피해자에 대해, 그리고 피해자와의 성관계에 대해 환상을 갖지 않는다. 성관계는 그들에게 거의, 아니 전혀 즐거움을 가져다주지 못하기 때문이다. 도리어 폭력에 방해만 될 뿐이다. 그들이 갖는 환상은 고통을 가하는 방법, 즉 고문이다. 다시 말해, 자기들에게 신과 같은 힘을 부여하는 것에 관한 환상을 품는다. 이와 같은 사이코패스에게는 누구라도 피해자가 될 수 있다. 심지어 친구와 가족조차도. 그러한 연유로 그들은 피해자 중심의 사이코패스보다 '감정적 분리'를 훨씬 더 잘해낸다. 그들은 쉽게 납치하고, 고문하고, 죽인다. 친구를, 친척을, 연인을, 배우자를…… 그들에게 그것이 누구인지는 중요하지 않다. 감정은 그들과는 아무런 관련이 없다.

"루시엔의 정신병질이 피해자 중심이 아니라는 건 어떻게 알았죠?" 테일러가 물었다.

헌터는 커피를 마저 마시고 냅킨으로 입을 닦았다.

"지금까지 우리가 얻은 걸 토대로요."

테일러는 몸을 헌터 쪽으로 약간 기울이며 고개를 갸웃했다.

"루시엔의 집에서 발견된 상자 속 '기념품들' 기억해요?" 헌터가 구체적으로 설명하기 시작했다. "전부 여성 물품은 아니었죠. 크기도 다양했고요. 피해자의 신체 유형, 심지어 성별까지도 루시엔에게는 그렇게 중요하지 않다는 겁니다. 하지만 그가 말한 적이 있어요. 두 번."

테일러는 잠시 동작을 멈췄고, 헌터는 그녀가 그날 아침에 있었던 심문 기록을 검색하고 있다는 걸 알 수 있었다.

"고등학교 때 사람들을 해치는 꿈을 꿨다고 했잖아요." 헌터가 그녀에게 그 사실을 상기시켰다. "*때로는 아는 사람들이었고, 때로는 본 적도 없는 사람들이었지. 내 상상력이 무작위로 만들어낸 창조물이었던 거야*'라는 건, 즉 특정 타입은 아니라고 말하는 거죠."

테일러는 루시엔이 그렇게 말했던 것을 기억했다. 하지만 그녀는 그것들을 그렇게 연결하지 못했었다.

"그러고 나서 깨어 있는 동안에도 환상을 품기 시작했다고, 폭력적인 환상의 대상은 대개 그가 싫어했던 사람들이었다고 말했어요. 학교 선생이나 불량 학생들, 그리고 가족 구성원일 때도 있었지만 항상 그랬던 건 아니었다고 했고요. 신체적인 속성이나 성별은 작용하지 않았어요. 루시엔의 꿈과 환상 속에서 누굴 해치느냐는 차이가 없었던 거예요. 그를 자극했던 것은 살인 행위 그 자체였죠."

헌터는 시계를 보았다. 돌아갈 시간이었다.

"날 믿어요, 코트니. 루시엔이 수전에게 느꼈던 감정이 무엇이든 간에, 그게 그를 멈추지는 못했을 거예요. 설사 사랑이었다고 해도."

49

루시엔은 점심으로 알루미늄 쟁반에 받친 빵 1인분, 뭉텅뭉텅 썰어 으깬 감자, 약간의 채소, 그리고 닭고기 두 조각이 헤엄치는 노란 국물을 받았다. 모든 음식에 소금이 부족한 듯했고, 실수로라도 더 들어간 양념은 없는 것 같았다. 루시엔은 FBI가 아무 맛이 나지 않는 음식의 개념을 재정립했다고 확신했지만, 그는 정말 개의치 않았다. 루시엔은 맛이나 즐거움을 위해 먹지 않았다. 자신의 몸과 정신에 양분을 주기 위해, 그리고 근육에 필요한 최소한의 영양을 공급하기 위해 먹었다. 그래서 그는 마지막 한 조각까지 남기지 않고 그릇을 깨끗이 비웠다.

루시엔이 점심 식사를 마치고 10분 뒤에, 복도 끝에서 문이 열리는 익숙한 윙 소리가 들려왔다.

"두 시간 되기 딱 1초 전이군." 헌터와 테일러가 시야에 들어오자 그가 입을 열었다. "왠지 너희 둘이 시간을 꼭 지킬 것 같은 기분이 들었지." 루시엔은 그들이 앉기를 기다렸다. "얘기하는 동안 내가 일어서서 좀 걸어 다녀도 괜찮겠어? 그러면 혈액 순환이 잘돼서 내 두뇌를 더 잘 돌아가게 하고, 너희들이 '음식'이라고 부르는 쓰레기 같은 걸 소화하는 데도 도움이 되거든."

그는 머리를 끄덕여 앞에 놓인 빈 쟁반을 가리키며 말을 마쳤다.

이의를 제기하는 사람은 없었다.

"자, 무슨 얘기를 했었지?" 루시엔이 물었다.

헌터와 테일러 모두, 루시엔이 이야기를 어디서 중단했는지 스스로 잊지 않고 있다는 것을 알았다. 그저 게임의 과정일 뿐이었다.

"수전 리처즈." 테일러가 차분히 다리를 꼬고 손깍지를 끼며 의자 팔걸이에 오른쪽 팔꿈치를 걸치면서 말했다.

"아, 맞아." 루시엔은 감방 앞쪽에서 좌우로 천천히 서성거리며 대답했다. "그녀에 대해 뭘 더 알고 싶지?"

"수전의 유해." 헌터가 단호하지만 위협적이지 않은 어조로 말했다. "어디에 있어?"

"아, 맞아. 너한테 말해주려 했지, 안 그래?" 루시엔의 얼굴에 떠오른 새로운 미소는 어딘가 모르게 삐딱했다. "로버트, 수전의 부모님에게 벌써 연락해봤지? 아직 살아 계셔?"

"뭐라고?"

"수전의 부모님 말이야. 우리와 두 번 만났잖아, 기억나? 아직 살아 계셔?"

"그래, 아직 살아 계셔." 헌터가 확인해주었다.

루시엔은 이해했다는 뜻으로 고개를 끄덕였다. "좋은 분들 같았어. 네가 그분들에게 알려줄 거야?"

헌터는 그 일을 과연 자신이 하게 될지 의심스러웠다. 하지만 그는 루시엔의 게임에 지쳐가고 있었다. 바로 그 순간에 루시엔이 계속 말하게 만들 수만 있다면, 어떤 대답을 한대도 괜찮았다.

"그래."

"전화로? 아니면 얼굴을 직접 보고 할 생각이야?"

아무 대답이나.

"직접 보고."

루시엔은 헌터의 원래 질문에 답하기 전에 잠시 곰곰이 생각했다. "로버트, 알다시피 그날 밤 나는 '경험'했어……. 그때까지 범죄학 서적, 인터뷰 녹취록, 체포된 범죄자들의 진술로만 읽었던 감정들을 말이야. 그 개인적이고 은밀한 감정들을 읽으면 읽을수록 더 경험해 보고 싶었지. 진실인지 아닌지 알아낼 방법은 그것뿐일 테니까."

그는 잠시 말을 멈추고 앞의 벽을 응시했다. 보이지 않는 어떤 미술 작품에 매료된 것 같았다.

"로버트, 그날 밤 나는 내 손끝에서 수전의 생명이 빠져나가는 걸 실제로 느낄 수 있었어." 루시엔이 자신의 두 손을 내려다보며 이야기를 계속했다. "내 손바닥 안에서 고동치는 그녀의 심장을 느낄 수 있었지. 내가 조르면 조를수록 약해져갔어." 그는 다시 헌터와 테일러를 향해 몸을 돌렸다. "그런데 바로 그때였어. 유체이탈을 하듯 붕 뜨더군. 아주 많은 걸 증명했다는 사실을 깨달았지. 우리가 수없이 읽어왔던 그 느낌이 실제였다는 걸 말이야."

테일러의 두 눈이 쏜살같이 헌터를 향해 움직였다가 다시 루시엔에게로 돌아갔다. "무슨 느낌을 말하는 거야?"

루시엔은 대답하지 않았지만, 그의 두 눈이 그 질문을 헌터에게 떠넘겼다.

"신이 된 느낌." 헌터가 말했다.

루시엔은 고개를 한 번 끄덕였다. "역시……. 맞아, 로버트. '신이 된 느낌'. 그 전까지는 신만을 위한 것이라 믿었던 최고 권력을 거머쥔 느낌. 생명을 소멸시키는 힘. 그들이 하는 말은 사실이었어. 그 느낌은 네 인생을 영원히 바꾸지. 취하게 된다고, 로버트. 정신을 홀딱 빼앗기고, 중독되지. 특히 그들의 몸에서 생명을 짜내며 그 눈을 보는 순간에, **신이 돼.**"

아니. 헌터는 생각했다. *그 찰나의 순간 신과 자신을 동일시하며 스스로를 속이는 거야. 아무리 잠깐이라도 그것에 속는 사람만이 스스로 신이 된다고 믿는 거지.* 헌터는 아무 말도 안 했지만, 루시엔의 손가락들이 주먹으로 접히면서 그의 몸이 테일러를 향해 돌아서는 것을 주목했다.

"말해봐, 테일러 요원. 누군가를 죽여본 적이 있어?"

그 질문에 테일러는 허를 찔렸다. 그날의 기억이 휘몰아치자 흡사 전투기가 날아오르듯 심장박동수가 치솟았다.

50

테일러가 FBI 아카데미를 졸업하고 3년 후에 일어난 일이었다. 그녀는 뉴욕지부 소속이었지만, 그날 밤 일어났던 사건은 당시 그녀가 맡고 있던 수사와는 전혀 관련이 없었다.

그날 밤, 테일러는 일명 '광고 살인범The Ad Killer', 간략하게 'TAK'라고 불리던 연쇄살인범에 관한 뉴욕 경찰과 뉴저지 경찰의 합동 수사 파일을 검토하며 시간을 보냈다.

지난 열 달 동안 TAK는 뉴욕에서 넷, 뉴저지에서 둘, 총 여섯 명의 여성을 항문 성교 후 살해했다. 여섯 피해자 모두 비근로 성매매 종사자들로, 특정 신체 유형에 들어맞았다. 어깨 길이의 까만 머리, 갈색 눈, 19세에서 35세 사이의 나이, 평균 체중과 평균 신장. 그가 '광고 살인범'이라고 불리게 된 이유는, 경찰이 아홉 달 넘게 수사하면서 알아낸 사실이 여섯 명의 여성 모두가 지역 무가지無價紙 뒷면에 '탄트라 마사지'를 제공한다며 개인 광고를 게재했다는 것뿐이기 때문이었다.

아홉 달이 지났지만 별다른 소득이 없었던 뉴욕 시장은 경찰국장에게 FBI에 지원을 요청하라고 지시했다. 코트니 테일러가 그 사건에 배정된 두 명의 요원 중 하나였다.

10월 말의 어느 밤, 테일러가 페더럴플라자 건물의 23층에 있는

FBI 사무실을 떠난 건 자정이 지나서였다. 그녀는 천천히 맨해튼을 통과해 퀸스 북서쪽 구석의 애스토리아에 있는 자신의 작은 원룸 아파트로 향하며 미드타운 터널을 건넜다. 그녀의 머릿속은 넘치는 생각들을 꼼꼼하게 추려내고 수사 양상을 몇 가지 요소로 좁혀 정리하느라 너무 바빴던 탓에, 21번 애비뉴에 있는 24시간 영업 식료품점을 본 후에야 자기 집에서 필수품 몇 가지가 완전히 바닥났다는 사실을 떠올렸다.

"아, 젠장!" 그녀는 욕설을 뱉으며 상점을 지나 재빨리 오른쪽 길가에 차를 댔다. 차의 시동을 끄자마자, 위가 돌고래 짝짓기 신호 같은 소리를 내며 그녀가 얼마나 배고픈지 일깨워주었다.

새벽 시간이라 상점 안은 전혀 붐비지 않았다. 손님 두셋 정도가 통로를 지나다니고 있었다. 계산대의 젊은 점원이 기계적으로 테일러에게 "어서 오세요"라고 말하며 고개를 끄덕이고는 읽던 책으로 다시 눈길을 돌렸다.

테일러는 입구 옆의 바구니를 집어 들고, 필요한 물건들을 별로 시간을 들여 생각하지도 않고 담기 시작했다. 가게 앞쪽에서 소란스러운 소리가 들려온 건, 그녀가 가게 뒤쪽의 냉장고에서 2리터짜리 우유를 막 집어 들었을 때였다. 그녀는 눈살을 찌푸리며 코너를 슬쩍 보았지만 이상한 점은 발견하지 못했다. 하지만 본능은 무언가 잘못됐다고 속삭였고, 테일러가 오래전에 배웠던 진리는 항상 본능을 믿으라는 것이었다. 그녀는 바구니를 바닥에 내려놓고 다음 통로로 걸어갔다.

"젠장, 서둘러. 빨리하지 않으면 네 우라질 대가리를 이 더러운 바닥에 날려버릴 거야! 밤새 여기 있을 순 없다고." 그녀가 다시 코너를 돌아보기도 전에 누군가의 매우 불안정한 목소리가 들렸다.

테일러는 즉시 글록22로 손을 뻗어 엄지로 안전장치를 풀고, 아주 조용히 약실로 총알 한 발을 밀어 넣었다. 위가 내던 돌고래 짝짓기 소리는 갑자기 잠잠해져서 심장이 내는 헤비메탈 드럼 솔로 연주에 자리를 내주었다. 지금은 용의주도하게 준비된 FBI 작전이 아니었다. 훈련도 아니었고, 온전히 불운이었다. 바로 그곳에서, 그 순간에 일어나고 있는 실제 상황.

앞쪽 계산대에서 보이지 않도록 몸을 낮게 웅크린 채, 테일러는 슬그머니 통로 위쪽으로 올라갔다. 그리고 그 끝에 이르기 전에 잠시 멈춰 서서 선반의 물건들 사이로, 천장 한구석에 설치된 둥근 감시 거울에 비친 상을 확인할 수 있었다.

"이 빌어먹을 새끼, 내가 너랑 노는 줄 알아?" 다시 그 불안정한 목소리가 들려왔다. "이게 장난인 줄 아냐고! 더 빨리하는 게 좋을 거야. 안 그러면 네 못생긴 궁둥짝에 총알을 박아줄 테니까. 내 말 이해했어, 홈스?"

심장에서 마구 쳐대는 드럼 솔로 연주가 탄력을 얻었다. 거울을 통해 그녀는 가해자를 볼 수 있었다. 매우 어려 보였다. 큰 키의 마른 체격에 청바지와 짙은 색의 헐렁한 뉴욕 양키스 운동복 상의를 입고, 얼굴은 빨간색과 검은색이 섞인 색상의 반다나로 대부분 가렸다. 그는 베레타92 반자동 권총으로 겁에 질린 점원의 머리를 겨누고 있었다.

정신 나간 닭처럼 가해자는 몇 초마다 휙휙 고개를 돌려 가게 입구와 통로를 확인했다. 멀리서도 테일러는 그가 약물에 완전히 찌들어 신경이 곤두선 상태임을 알 수 있었다. 상황은 더 악화됐다.

쉴 새 없이 밖을 확인하면서도, 베레타를 든 아이는 정상이 아닌 탓에 가게 바로 밖에 주차된 경찰차를 보지 못하고 있었다.

터코우스키 경관은 신고를 받고 온 게 아니었다. 퀸스의 어두운 모퉁이에 숨겨진 그 작은 식료품점에는 계산대 뒤에 은밀히 숨겨진 경보기나 비상 신고 버튼 같은 게 없었다. 터코우스키 경관은 배가 고팠고, 한 시간 정도 더 순찰을 하기 위해 간단히 도넛 두 개, 어쩌면 트윙키도 사서 요기를 하려고 했을 뿐이다. 잭슨애비뉴의 타코벨에서 부리토를 먹을까도 생각했지만 마침 코앞에 그 식료품점이 있었고, 거길 본 순간 단 음식이 먹고 싶어졌다.

터코우스키는 뉴욕 경찰에서 근무한 지 2년 반 된 젊은 경관이었다. 1주일에 두 번 하는 단독 순찰을 시작한 지는 불과 두 달밖에 안 됐다. 우연히도 오늘 밤은 단독 순찰을 하는 밤이었다.

그는 '크라운 빅(미국에서 경찰차로 많이 사용되는 포드사의 차 '크라운 빅토리아'의 별칭—옮긴이)'에서 내리며 차 문을 닫았는데 그날따라 차 문이 소리 없이 닫혔다.

상점 안에서 금전등록기의 현금을 종이봉투에 옮겨 담고 막 강도한테 넘기려던 점원이 때마침 가게 입구에 나타난 젊은 경찰관을 보았다.

터코우스키가 베레타를 든 아이를 본 것은, 아이가 그를 보기 1초쯤 전이었다. 지원을 요청할 시간은 없었다. 경찰 훈련의 효과가 즉각 나타나면서, 그는 순식간에 권총을 꺼내 두 손으로 잡고 소년을 겨누었다.

"그만둬." 그는 침착한 목소리로 외쳤다.

아이는 이미 돈과 가게 점원은 까맣게 잊은 뒤였다. 이제 그의 온 신경은 총을 든 경관을 향해 있었다. 그는 몸을 휙 돌려 눈 깜짝할 새에 베레타 권총으로 터코우스키의 가슴을 조준했다.

"염병할 짭새. 너나 집어치워." 아이는 길거리 갱스터 스타일로 한 손으로 권총을 옆으로 뉘여 들고 소리쳤다.

긴장한 게 분명했지만, 이 짓이 처음인 친구는 아니었다. 아이는 민첩한 동작으로 경찰관을 향해 몸을 돌리며 한 걸음 뒤로 물러나 가게 앞면을 등지는 전략적인 자세를 취했다. 이제 그는 비스듬히 왼쪽으로는 점원을, 오른쪽으로는 경관을 두고 정면에는 상점의 통로가 오게 함으로써 대치 중인 셋 가운데 상황을 전체적으로 조망하기에 가장 나은 위치를 점했다.

통로에 숨어 있던 테일러가 확보한 시야는 아이의 것과는 정반대였다.

"그만두라고 했다." 터코우스키는 오른쪽으로 조심조심 움직이며 반복했다. "무기 내려놓고 앞으로 나와서 양손 머리 뒤에 올리고 무릎 꿇어."

테일러는 낮게 웅크린 채 조용히 통로를 따라 움직였고, 어느덧 가게 앞쪽에 거의 다다라 있었다. 아직 아무도 그녀의 존재를 알아차리지 못했다. 가려진 위치에서 그녀는 상황을 더 잘 지켜볼 수 있었는데, 특히 강도 아이를 잘 볼 수 있었다. 아이의 두 눈은 아드레날린과 불안감과 약물의 혼합 반응으로 마구 날뛰고 있었다. 자세는 뻣뻣했지만, 이전에도 그 자세를 취해본 적이 있다는 듯 두려움은 내비치지 않았다. 반면에 터코우스키 쪽이 더 불안해 보였다.

"염병, 이 짭새 새끼." 왼손으로 반다나를 끌어 내리고 목 근처에 느슨하게 걸쳐서 얼굴을 드러낸 아이가 욕을 뱉었다.

테일러는 그것을 좋지 않은 신호로 받아들였다. 제어 불능 상황이 오기 전에 즉각 행동해야 했다.

하지만 너무 늦었다.

대형 화면 속 영화의 한 장면처럼, 웅크리고 있던 테일러가 몸을 일으켜 세우기 시작했을 때, 눈앞의 광경이 슬로모션으로 바뀌었다. 아이는 아직 그녀의 존재를 알아차리지 못했고, 테일러가 모습을 드러내기 전에 아이가 그녀의 존재를 감지했는지는 아무도 알 수 없을 터였지만, 아이는 터코우스키 경관에게 아무런 기회도 주지 않았다. 경고조차 없었다. 그는 빠르게 연속 동작으로 세 번, 베레타의 방아쇠를 당겼다.

첫 번째 총알은 터코우스키의 오른쪽 어깨를 뚫어 힘줄을 파열시키며 뼈를 산산조각 내고 붉은 피를 안개처럼 흩뿌렸다. 두 번째와 세 번째 총알은 심장 바로 위 가슴에 명중해 좌심방과 우심방, 폐동맥과 폐정맥을 파괴했다. 터코우스키는 땅에 닿기도 전에 죽었다.

그 엉망인 상황과 낭자한 피에도 불구하고 아이는 공황 상태에 빠지지 않았다. 재빨리 발바닥 앞쪽에 체중을 싣고 몸을 홱 돌려, 현금 봉투를 움켜쥔 가게 점원에게 권총을 겨눴다. 이미 경찰까지 죽였는데, 어째서 살아 있는 목격자를 남겨두겠는가?

테일러는 아이의 광기 어린 눈빛과 움직임 속에서 그 결의를 읽어냈다. 그녀는 다음에 일어날 일을 예견할 수 있었고, 그가 그 악몽을 현실로 바꿔버리기 전에 몸을 일으켜 세웠다. 그리고 자신을 가려주던 통로에서 벗어나 탁 트인 시야로 들어서며 단호하게 글록22의 총구를 베레타를 든 아이에게 겨냥했다.

곁눈질로 오른쪽에서 다가오는 움직임을 포착한 아이는 본능적으로 몸을 돌렸는데, 손가락은 이미 방아쇠에 압력을 가하고 있었다.

소년을 향해 명령하거나 경고할 시간은 테일러에게 없었지만, 그래봤자 차이가 없으리라는 것 또한 그녀는 알았다. 어차피 아이는 따르지 않았을 것이다. 경관을 쏠 때처럼 그녀를 쏘았을 것이다.

테일러는 딱 한 번 방아쇠를 당겼다.

스미스앤드웨슨에서 빠져나간 40구경 총알은 오로지 상해를 입히려는 목적을 가지고 날아갔다. 팔 위쪽이나 어깨를 맞혀 손에 든 무기를 강제로 떨어뜨리도록. 하지만 총알은 성급하게 발사됐고, 아이는 그때 움직이고 있었다. 총알은 테일러의 의도보다 높게, 몇 센티미터 오른쪽으로 치우친 채 그를 맞혔다. 아이는 쓰러졌다. 목구멍에서 떨어져 나간 덩어리가 뒤쪽 벽에 튀었다. 그는 3분 30초 동안 피를 흘렸고, 구급차가 상점에 도착하기까지는 10분이 걸렸다.

아이는 고작 열여덟 살이었다.

51

　테일러는 최대한 침착하게 표정과 동작을 유지하려고 노력하며, 눈을 깜박여서 그 기억을 떨쳐냈다.

　"뭐라고?" 그녀는 루시엔의 질문을 제대로 못 들었다는 양 고개를 기울였다.

　"FBI에서 사건을 수백 건은 다뤄봤을 것 아니야." 루시엔이 말했다. "내가 알고 싶은 건 말이지, 그게 '자기방어'라도 좋으니 총을 꺼내 누군가를 죽인 적이 있었느냐는 거야."

　테일러는 몇 년 전 그날 밤에 일어났던 일을 루시엔과 되새길 준비가 조금도 되어 있지 않았다. 하지만 정직하게 대답했다가는 그가, 피가 흐를 때까지 그 상처를 쑤셔대리라는 걸 그녀는 알았다. 테일러는 호흡과 두 눈, 그리고 그 외 자신의 내면을 드러낼 만한 모든 것에 극도로 신경을 집중하며 대답했다.

　"아니."

　루시엔은 테일러를 관찰하고 있었지만, 이번에는 그녀의 포커페이스가 통한 듯싶었다. 설사 거기에 그녀의 '어긋나는' 무언가가 있었다고 하더라도, 그는 알아차리지 못한 것 같았다.

　"로버트?" 루시엔은 그 질문을 로버트에게로 넘겼다. 그의 고개가 비딱하게 기울어져 있었다. "거짓말할 생각은 하지 마."

이번에도 헌터는 어쩐지 루시엔이 그 답을 알고 있다는 기분이 들었다.

"있어." 그가 말했다. "불행히도 공무 집행 중에 사람들을 죽였지."

"몇 명이나?"

머릿속으로 다시 세어볼 필요도 없었다. "권총으로 여섯 명."

루시엔은 잠시 그 말을 곱씹었다. "그런데도 그 엄청난 힘의 느낌에 굴복되지 않았다고? '신이 된 기분'이 들지 않았어? 단 한 번도?"

"그래, 그런 적 없어." 헌터는 주저하지 않고 말했다. "그 상황을 피할 수 있었다면 피했을 거야."

몇 초 동안, 그들은 마치 둘만의 개인적인 줄다리기를 하듯 격하게 시선을 교환했다.

"수전의 유해." 헌터가 말했다. "어디 있어?"

"좋아." 루시엔이 눈을 돌리는 것으로 동의했다. 그는 깊이 숨을 들이마셨다. "아까 말했듯이, 라혼다의 그 장소는 아직 그대로 있어. 그날 밤 순간의 마법이 사라지고 아드레날린 분출이 가져온 떨림도 멈추자, 시체를 아무도 못 찾게 처리해야 한다는 생각이 들더군. 하지만 시체 처리 방법에 관해서는 벌써 많이 생각해뒀지. 그래서 그 장소를 선택한 것이기도 해. 자연림으로 둘러싸여 있거든." 그는 무심한 모습으로 어깨를 으쓱했다. "그날 밤에 그 일이 일어날 거라고는 생각도 못 했지만." 그가 덧붙였다. "기숙사에서 나와 수전을 만나러 갔을 때, 그걸 의도했던 건 아니었어. 이미 말했듯이, 단지 그렇게 돼버렸을 뿐이지."

그는 뒷짐을 지고 감방 안을 다시 서성거리기 시작했다.

"아침이 될 때까지 땅을 팠어. 1미터? 어쩌면 1.5미터 정도 깊이의 무덤을 만들었지. 나는 커피 가루를 대량으로 구매하고 퓨마 오줌도 몇 병 미리 사놨어."

헌터와 테일러 모두 커피 가루가 동물의 후각을 방해하는 강력한 자극제라는 걸 알았다. 커피 가루는 동물들을 혼란스럽게 해서, 놈들이 추적 중이던 '냄새 자취'를 잃게 한다. 퓨마 오줌은 포식자의 냄새가 필요할 때 사용되는데, 미국 전역의 여러 가게에서 쉽게 구입할 수 있었다. 그것으로 여우, 늑대, 코요테와 같은 많은 짐승을 겁주어 쫓아버린다. 간단한 자연법칙이다. 더 강하고 치명적인 포식자의 냄새일수록 더 많은 짐승을 쫓아버릴 것이다.

"집 뒤의 숲에 그녀의 시체를 묻었어." 루시엔이 말했다. "그 위에 흙과 커피 가루, 퓨마 소변을 켜켜이 쌓았지. 그리고 나뭇잎과 나뭇가지들로 덮었어. 사람이나 동물은 절대 건드리지 않았을 거야."

"그래서 그 집이 어디 있는데?" 헌터가 물었다.

루시엔은 이후 2분 동안 헌터와 테일러에게 시어스랜치로드에서 부터 그곳에 가는 방법을 상세하게 알려주었다.

루시엔은 헌터 바로 앞으로 다가와 멈춰 섰다. "그들한테 숨김없이 알려줄 거야? 진실을?"

헌터는 루시엔이 수전의 부모를 말하고 있다는 것을 알았다.

"그래."

"음, 듣고 나서 어떤 기분일지 궁금한데. 어떤 반응을 보일까?"

"네가 뭘 신경 쓰는 건데?" 테일러가 단어들을 하나하나 또박또박 뱉었다. "**끝**을 보겠지. 딸의 유해를 인간답게 묻어줄 수 있고, 또 딸을 앗아 간 괴물이 적어도 살아 있는 동안은 갇혀 지내게 되리라는 확신도 갖게 될 거야."

루시엔은 여전히 방 안을 서성이고 있었지만, 이제는 좌우가 아닌 앞뒤로 뒤쪽 벽과 앞쪽의 안전유리를 오가고 있었다.

"아, 아니. 난 그 얘기를 하는 게 아니야, 테일러 요원." 루시엔의 입술이 벌어지며 억지웃음 같기도 하고 재미있어서 웃는 것 같기도 한 표정을 만들었다. "내 말은…… 자기들 딸을 자신들이 **먹었다는 걸** 알게 되면 어떤 기분일지 궁금하다는 거야."

52

에이드리언 케네디는 워싱턴에서의 모든 일정을 취소하고 콴티코의 FBI 아카데미에서 최소 하루 정도 더 머물기로 했다. 그가 FBI에 몸담은 이래 루시엔 폴터 건만큼 강한 흥미를 불러일으키는 사건이나 용의자는 없었다.

그는 어젯밤 늦게 수전 리처즈의 부모에 관해 조사하라고 지시했었다. 그래서 헌터는 그들이 아직 살아 있다는 걸 알 수 있었다. 수전의 아버지는 일흔한 살, 어머니는 예순아홉 살로 둘 다 직업에서 은퇴했다. 케네디는 또한 헌터에게 그들이 아직 네바다주 볼더시市의 예전 집에 살고, 여전히 한 달에 한 번은 팰로앨토 경찰과 산타클라라카운티 보안관서에 전화를 걸어 딸의 소식이 있는지 묻는다고 말해주었다.

케네디와 램버트 박사는 유치장 통제실의 모니터를 통해 심문 과정을 유심히 지켜보고 있었다. 이따금 둘 중 한 명이 심문 내용에 관해 간단히 자신의 생각을 말하곤 했지만 대개는 침묵 속에서 지켜보았다. 케네디는 라혼다의 집 뒤에 있는 수전 리처즈의 무덤으로 가는 방법을 듣자마자 책상에 있는 전화기로 손을 뻗었다.

"샌프란시스코 지부의 요원 연결해, 최대한 빨리!"

몇 초도 안 되어 케네디는 FBI에서 20년 동안 근무했고 그중 9년을 샌프란시스코 지부에서 일한, 부드러운 목소리를 가진 브래들리 시먼스라는 요원과 이야기를 나누고 있었다. 그는 강한 텍사스 남부 억양을 아직도 가지고 있었다.

케네디는 몹시 집중해서 루시엔의 설명을 들었기에 녹화 영상을 다시 돌려보거나 그가 해놓은 메모를 들여다볼 필요조차 없었다. 토씨 하나 틀리지 않고 그대로 이야기할 수도 있었다.

"라혼다 경찰과 카운티 보안관서에는 꼭 필요한 경우에만 연락하게. 이해했나?" 시먼스 요원이 모든 걸 받아 적자 케네디가 말했다. "이건 **오로지** FBI 작전이야. 내가 이해한 바로는 그 장소는 숲으로 고립되어 있고 이웃이나 인근에 사람은 없어. 그게 그곳이 선택된 주요한 이유였지. 그러니 만일 자네가 이 일에 대해 아무도 알게 할 필요가 없다고 생각한다면…… **어느 누구도** 알게 해선 안 돼. 지금 당장 출발하고, 뭐든 발견하는 즉시 내게 연락하게."

케네디는 전화기를 내려놓고 주의를 다시 심문실 카메라 모니터로 돌렸다. 그리고 때마침 루시엔의 마지막 말을 들었다. 그는 몸이 굳는 것을 느끼며 램버트 박사를 돌아보았다.

"방금 그들이 자기들 딸을 '먹었다'고 말했나?"

램버트 박사는 못 믿겠다는 표정으로 모니터 앞에 앉아 있었다. 그는 확인을 위해 녹화 영상을 되돌려보고 싶었지만, 그럴 필요는 없다는 걸 알았다. 자신이 제대로 들었다는 걸 알고 있었으므로. 그는 모니터에서 관심을 떼지 않은 채 천천히 고개를 끄덕였다.

바로 그 순간, 노크 소리가 들렸다. 노크한 사람은 대답을 기다리지 않고 바로 문을 열었다.

"케네디 센터장님." 남자가 방으로 들어서며 말했다.

크리스 웰치는 40대 초반이었고, 짧은 금발을 뒤로 빗어 넘겼다.

그는 손에 공책으로 보이는 것을 들고 있었다.

"방해해서 죄송합니다." 웰치는 BAU 소속 요원이었다. "관련이 있어 보이는 걸 발견하면 즉시 보고하라고 하셔서……." 그는 고갯짓으로 자신이 들고 있는 공책을 가리켰다. 대리석처럼 갈색과 검은색으로 된 표지를 가진 가로 20센티미터, 세로 25센티미터 크기의 평범한 공책이었다.

루시엔의 머피시 집에서 꺼내 온 책과 공책은 행동분석팀에 넘겨졌었다. 그들의 임무는 그 내용을 샅샅이 조사하는 것이었다.

"이걸 보고 싶어 하실 것 같아서요." 웰치는 공책을 펼쳐서 케네디에게 건넸다.

케네디는 눈으로 몇 장을 대강 훑어보다가 무거운 숨을 내쉬었다.

"세상에."

53

환기 시스템이 최대로 작동하고 있는데도, BSU 건물의 지하 5층에선 숨 막힐 듯한 열기가 느껴졌다. 마치 헌터의 목덜미에 땀이 송송 맺혀 등 아래로 서서히 흐르다가, 루시엔의 말에 그 자리에서 얼어버린 것 같았다. 그의 말들이 극지방의 강한 바람처럼 공기를 냉각시킨 듯했다.

"그들이 어쨌다고?" 루시엔의 마지막 말 이후 공기를 음산하게 만들어버린 침묵을 깨며 헌터가 물었다.

루시엔은 다시 뒤쪽 벽에 이르렀고 드디어 서성거리기를 멈추었다. 그는 헌터와 테일러를 등지고 있었다.

"그래. 네가 들은 게 맞아, 로버트." 그가 말했다. "수전의 부모가…… 그녀를 먹었지." 그렇게 말하고 그는 고개를 갸우뚱했다. "내 말은…… 당연히 전부는 아니고, 깍둑썰기를 한 장기 조금."

테일러는 배 속에서 뭔가가 빙빙 소용돌이치기 시작하는 것을 느꼈다.

"어떻게?" 헌터가 물었다. "졸업식 끝나고 그때쯤엔 이미 네바다주로 돌아가신 뒤일 텐데."

"맞아, 내가 찾아갔어." 루시엔이 말했다.

"네가 어쨌다고?" 이번엔 테일러였다.

루시엔은 그들을 마주 보았다. "그날 밤 일이 있고 이틀 후에 찾아 갔어. 선물을 가지고 말이야. 내가 직접 구운 파이였지."

테일러 배 속의 원운동은 이제는 공포의 롤러코스터가 되었다.

"스탠퍼드에서 네바다주 볼더시까지는 그리 오래 걸리지 않아." 루시엔이 테일러에게 말했다. "수전은 1년인가 2년 전에 우리, 그러 니까 로버트와 나에게 부모님을 소개했었지. 졸업식 후에도 만났어. 수전과 나는 둘 다 **우등으로** 졸업했고, 그들은 자기들 딸을 정말 자 랑스러워했어. 뭐, 어떤 부모라도 그렇겠지."

간신히 눈치챌 수 있을 정도이기는 했지만, 헌터는 루시엔이 내뱉 은 마지막 몇 마디에서 찌르는 고통의 흔적을 포착했다.

"다정한 부부였지." 루시엔이 이어 말했다. "수전은 다정한 여자였 어. 나는 그게 옳다고 생각했어."

"'옳다'고?" 평정심을 잃은 테일러는 더 이상 자제할 수 없었다. 그 녀는 물어야만 했다. "그게 어떻게 옳아?"

"테일러 요원, 넌 이 사건의 담당 수사관이잖아. 네가 말해봐." 그 는 잘난 체하고 있었다. "깜짝 퀴즈를 하나 내지. 예를 들어 이게 완 전히 다른 수사라고 해봐. 붙잡힌 용의자는 없어. 미확인범이 피해 자의 장기 일부를 그 가족에게 먹인 걸 알게 됐다고 해보라고. 너의 결론은 뭘까, 테일러 요원? 알고 싶군."

그의 게임을 해요. 자기가 이기고 있다고 믿게 만드는 거예요. 헌 터의 말이 떠올랐다. 루시엔은 그녀를 화나게 하고, 그녀의 자신감 을 뒤흔들고 싶어 했다. 그녀는 이제 자신이 이성을 잃을 때마다 루 시엔은 그것을 또 다른 전투에서의 승리로 여긴다는 점을 이해했다. *그가 원하는 대로 해줘요.*

"네가 정상이 아닌 사이코패스라서?" 그녀가 말했다. "그게 재밌는

일 같았던 거지? '신'이 됐다고 착각할 수 있으니까."

루시엔은 가슴 위로 팔짱을 끼고 아주 흥미롭다는 듯이 테일러를 바라보았다. 도전적인 미소가 그의 입술을 늘리라고 위협하는 듯했다.

"아주 흥미로운 결론이야, 테일러 요원." 그가 빈정대며 대답했다. "진짜 전문가처럼 말하는군. 알다시피, 감정을 동력으로 삼는 사람들을 보는 것만큼 즐거운 일은 없어. 문제는, 그러면 객관성을 잃는다는 거야. 판단력을 흐리게 만들지. 실수의 세계로 통하는 문을 여는 거란 말이야. 난 오래전에 그걸 깨우쳤어."

걱정거리라곤 하나도 없는 사람처럼 그는 소매를 끌어 올려 다시 손목을 들여다보았다.

"어쨌든, 이제 모든 질문들이 다 재미없군. 그리고 이제 너희 둘은 할 일이 많을 텐데, 아닌가? 너희도 알다시피…… 뼈를 파내고, 설명을 만들고, 이야기를 전하고."

루시엔은 깍지낀 손으로 머리를 받치고 느긋하게 침대에 누웠다.

"나 대신 수전의 부모님께 안부 좀 전해줘. 해줄 거지, 로버트? 아, 그리고 네가 궁금해할까 봐 이야기하는데…… 그래, 나는 그날 밤 함께 저녁을 먹었어."

54

힘이 아주 많이 실린 헌터의 주먹이 샌드백에 닿자, 백이 족히 1미터는 뒤로 밀려났다. 헌터는 한 시간 조금 안 되는 시간 동안 BSU 건물 복싱 체육관의 천장에 매달린 45킬로그램짜리 가죽 샌드백을 치고 있었다. 셔츠와 반바지는 땀으로 흠뻑 젖었고, 이마에서도 비오듯 땀이 흘렀다. 운동으로 녹초가 되어 전신은 통증으로 가득했고, 정신적으로도 완전히 지쳤다. 하지만 실타래처럼 엉킨 머릿속 생각들을 정리하면서 단 몇 분만이라도 사건으로부터 떨어져 있을 시간이 필요했다. 그럴 때면 헌터에게는 힘든 운동이 효과적인 경우가, 아닌 경우보다 더 많았다.

오늘은 '아닌' 경우였다. 나쁜 피가 흐르듯 그의 몸속을 흐르는 좌절감은, 그가 아무리 힘껏 샌드백을 두들겨대고 무거운 역기를 들어 올린다 한들 없앨 수 있을 것 같지 않았다.

"내가 30년만 젊었으면 그 샌드백과 함께 자네를 날려버렸을 거야." 체육관 문 옆에서 케네디가 말했다. 체육관에는 헌터 외에는 아무도 없었다. "그래도 자네 펀치를 보니 오히려 나를 벽 너머로 날려버릴지도 모르겠군. 자네 손이 부서지지 않았다니 놀라운데."

긴 하루를 보내며 담배 한 갑을 다 피운 케네디의 거친 목소리는 평소보다 훨씬 약해진 채로 목 뒤 더 깊은 곳에서 나오는 것 같았다.

잽, 잽, 크로스, 레프트훅, 크로스. 헌터는 마지막 강편치 한 방을 샌드백에 날렸다. 그리고 얻어맞을 만큼 맞고 끝내 졌다는 듯이 앞뒤 양옆으로 이리저리 요동치는 샌드백을 껴안아 흔들림을 멈췄다. 호흡은 고통스러웠고, 얼굴은 검붉게 물들었으며, 팔과 어깨 위 혈관들은 그 모든 활동으로 추가 공급된 혈액으로 인해 잔뜩 부풀어 올라 있었다. 헌터는 헐떡이며 잠시 샌드백에 머리를 기대고 호흡이 정상으로 돌아오기를 기다렸다. 땀이 턱에서 신발과 바닥으로 뚝뚝 떨어졌다.

케네디가 가까이 다가섰다.

"라혼다에서 무슨 소식이라도?" 양팔로 여전히 샌드백을 끌어안은 헌터가 물었다.

케네디는 성의 없이 고개를 끄덕였다.

헌터는 이로 글러브 양쪽의 벨크로 끈을 물어서 당겨 풀고 케네디를 향해 몸을 돌렸다.

"요원 넷을 보냈어."

헌터는 왼쪽 겨드랑이에 오른손 글러브를 끼고 손을 당겨 뺀 후 왼손 글러브도 같은 방식으로 벗었다.

"루시엔이 말했던 집을 찾았지." 케네디가 헌터에게 수건을 던졌다. "요원들은 루시엔이 알려준 장소를 한 시간이나 팠어." 그는 헌터에게 A4 용지 크기의 봉투를 건넸다. "이걸 보게."

헌터는 수건으로 재빨리 얼굴과 손을 닦고 봉투 속에 손을 넣어 사진 두 장을 꺼냈다. 집어삼킬 듯이 사진을 노려보는 그의 심장박동이 또다시 빨라졌다.

첫 번째 사진은 1.5미터 깊이의 무덤으로 보이는 곳에 인간의 형태로 누워 있는 유골을 보여주고 있었는데, 뼈는 오래되어 변색된 채였다.

두 번째는 그 유골을 가까이에서 찍은 사진이었다.

헌터는 말없이 두 사진을 오랫동안 응시했는데, 머릿속으로 그 유골 위에다 수전의 얼굴을 복원이라도 하듯 첫 번째보다 두 번째 사진을 훨씬 더 오래 바라보았다.

케네디는 한 걸음 물러나 헌터에게 시간을 주고는 다시 이야기하기 시작했다. "이미 루시엔이 연쇄살인범이라는 걸 알기 때문에 공식 절차에 따라 그가 지목한 장소 전체에 걸쳐 발굴 작업을 진행해야 해." 케네디가 말했다. "다른 피해자들의 유해가 있을 수도 있으니까. 그렇게 되면 규모가 커져서 지역 당국을 관여시키지 않을 도리가 없어. 할리우드 스캔들만큼이나 이목을 끌게 되겠지."

"저라면 기다릴 겁니다, 에이드리언." 헌터가 말했다. 그는 공식 절차를 썩 좋아한 적이 없었다. "적어도 심문을 마칠 때까지만이라도요. 지금까지 루시엔은 솔직했어요. 만약 주변에 다른 사체들도 묻혀 있다면, 아마 그가 말할 거라는 기분이 드는군요. 지금 이 수사가 주목을 끌게 되는 것는 누구에게도 득이 되지 않을 겁니다."

케네디는 대개 정석대로 일을 처리해왔지만, 이때만큼은 헌터의 의견에 동조하는 쪽으로 기울었다.

"이틀은 걸릴 거야. 우리가 가진 게 정말 수전 리처즈의 유골인지 확인하려면 검사도 몇 가지 해야 하고." 케네디가 말했다.

"맞을 겁니다." 헌터가 봉투에 사진을 다시 집어넣으며 대답했다.

케네디는 표정으로 헌터에게 질문을 던지고 있었다.

"루시엔에겐 거짓말을 할 이유가 없었어요." 헌터가 말했다.

케네디의 눈빛에 여전히 질문이 남아 있었다.

"그가 수전을 죽였다는 걸 우리는 이미 압니다." 헌터가 명확하게 정리했다. "그가 직접 자기가 죽였다고 말했고, 지하실의 액자 속 문신 피부 조각으로 그 사실이 확인됐어요. 만약 그가 절대 찾을 수 없게 수전의 시신을 처리했다면, 분명 그렇게 말했을 겁니다." 그는 손가락으로 봉투를 쿡쿡 찔렀다. "저 유골이 묻힌 장소를 정확히 알고 있었으니, 그 유골이 그가 죽인 다른 피해자의 것이라면 우리에게 수전의 유해라고 말해봤자 소용없겠죠. 어차피 신원 확인을 위한 검사를 할 거라는 걸 그도 알고 있으니까요."

케네디는 한 차례 머리를 끄덕였다. "알겠네. 그래도 신중하게 처리하지. 자네는 공식적으로 확인이 되기를 기다렸다가 수전의 부모님에게 연락을 취하는 편이 좋겠어."

헌터는 천천히 고개를 끄덕인 후 수건으로 얼굴과 팔을 다시 닦았다. 수전의 부모에게 그 소식을 전하는 일은 그가 결코 고대하지 않는 일이었다. "샤워를 해야겠어요."

"끝나면 내 사무실로 오게." 케네디가 말했다. "자네한테 보여줘야 할 게 더 있어."

55

20분 후, 샤워를 마친 헌터는 아직 머리가 젖은 상태로 케네디 센터장의 사무실에 앉아 있었다. 테일러 요원도 그곳에 있었다. 묶었던 머리를 풀어 굽실거리는 금발이 어깨 위로 자연스럽게 흘러내렸다. 검정 펜슬스커트 속에 푸른색 블라우스를 넣어 입은 그녀는 역시 검은색의 나일론 스타킹과 끈 달린 까만색 코트 슈즈를 신었다. 그녀는 케네디의 책상 앞에 있는 안락의자에 앉아 있었다. 그녀의 양손에는 헌터가 체육관에서 봤던 수전 리처즈의 유골 사진이 들려 있었다.

케네디가 책상 뒤에서 일어섰다.

"자네, 아직도 스카치 마시나?" 그가 헌터에게 물었다.

헌터는 싱글몰트 스카치위스키에 큰 열정을 보였다. 그저 취하기 위해 마시는 사람들과 달리 그는 위스키의 맛을 제대로 음미하는 방법을 알고 있었다. 때로는 취하는 것만으로도 좋았지만.

헌터는 고개를 끄덕이고 되물었다. "마십니까?"

"가능할 때는." 케네디는 왼쪽에 있는 장식장으로 걸어가 문을 열고 잔 세 개와 토마틴 25년산 한 병을 꺼냈다.

"감사합니다만, 전 괜찮습니다." 테일러가 사진들을 봉투 안에 넣으며 말했다.

"긴장 풀게, 테일러 요원." 케네디가 안심시키는 어조로 말했다. "이건 비공식적인 자리야. 그리고 오늘 우리가 겪은 일을 생각하면 어디 한 잔만 필요하겠나." 그러고서 그는 잠시 머뭇거렸다. "혹시 스카치를 안 좋아해서 그런 거라면 다른 걸 주지."

"스카치, 괜찮습니다." 테일러가 자신 있게 대답했다.

"얼음은?"

헌터는 고개를 가로저었다. "물 한 방울만 넣어주시죠."

"저도요." 테일러가 말했다.

케네디는 미소 지었다. "내 사무실에 스카치를 진정으로 즐길 줄 아는 술꾼들을 모신 거 같군."

그는 잔 세 개에 위스키를 각각 알맞은 양으로 붓고 물을 한 방울씩 추가했다. 그리고 헌터와 테일러에게 한 잔씩 건넸다.

"자네에게 물어볼 게 있네, 로버트." 케네디의 목소리가 한층 진지해졌다.

헌터는 위스키를 홀짝였다. 과일의 풍미가 있고 위압적이지 않으면서도 기분 좋게 풍성한 질감이 느껴졌다. 복잡하지만 아주 부드러운 맛. 그는 잠시 스카치위스키의 맛을 음미했다.

테일러 역시 마찬가지였다.

"자네는 루시엔이 카니발리즘(인육을 상징적 식품 또는 상식常食으로 먹는 풍습—옮긴이)에 대해 거짓말하고 있다고 생각하나?" 케네디가 물었다. "우리가 증명할 방법이 없는 부분이야."

"먹었다고 거짓말해서 얻는 게 뭔지 전 모르겠습니다." 헌터가 대답했다.

"'충격 효과'를 노렸을 수도 있잖나." 케네디가 말했다. "'신 콤플렉스'가 있는 사람들은 자네들도 알다시피 관심을 즐기지."

헌터는 고개를 가로저었다. "루시엔은 아닙니다. 악명을 원하지 않아요. 적어도 아직은요. 역겹게 들리겠지만, 거짓말을 하는 것 같지는 않습니다. 수전의 살이나 장기를 먹었다거나…… 수전의 부모님께 먹였다거나 하는 것들이요."

케네디의 눈 속에 의심이 가득했다. "알다시피 나는 심리학 배경이 없어, 로버트. 그러니 루시엔이 테일러 요원에게 던졌던 그 질문을 자네에게 하지." 그는 말하면서 고개로 그녀를 가리켰다. "그가 왜 그런 짓을 한 거지? 루시엔은 오로지 그녀의 부모에게 주기 위해 직접 그녀를 요리해서 다른 주까지 운전해 갔어. 젠장, 보통 정신 나간 짓이 아니야. 사악한 정도를 넘어서고, 부도덕 그 이상이지. 난 지금까지 그런 걸 본 적이 없어. 살아오면서 온갖 것을 보고 들어왔다고 자부하는데도 말이야. 대체 얼마나 사악해야 그런 행동을 할 수 있는 거지?" 그렇게 말한 그는 다시 입안을 위스키로 가득 채웠다.

테일러는 호기심에 찬 눈으로 헌터를 보았다.

그는 어깨를 으쓱하며 눈길을 돌렸다.

"나는 연쇄살인이건 아니건 식인 살인마에 관한 연구, 서적, 발표 자료, 논문 따위를 닥치는 대로 읽었다네." 케네디가 덧붙였다. "내가 지난 몇 년간 저 아래에 있는 것 같은 감방에다 놈들을 처넣어왔다는 걸 하늘은 알지. 그들 중 상당수는 피해자가 자기들에게 특별한 존재고, 먹는 행위가 피해자와의 연결을 공고히 해준다고 믿어서 그런 모양이더군. 조금이라도 먹고 나면, 자기들이 영원히 그들과 함께 있게 됐다고 느끼는 거지. 다 개소리야." 그는 헌터와 테일러를 보며 고개를 살짝 저었다. "누구나 나름의 방법으로 자신을 현혹하는 거지. 하지만 남에게 먹이는 건 어떤가? 순수한 사디즘, 정신병일 뿐이야. 다르게 설명할 수 있나?"

헌터는 아무 말도 하지 않았다.

케네디는 우쭐해졌다.

"그러니 로버트, 이 광기의 '이유'를 설명할 수 있다면 그걸 내게 이해시켜보게. 나는 모르겠으니까 말이야. 왜 그는 수전을 그녀의 부모에게 먹인 거지? 순수한 사디즘으로?"

헌터는 책장에 몸을 기대고 다시 술을 홀짝였다. "아뇨, 사디즘이었다고 생각하지 않습니다. …… 죄책감을 느꼈기 때문이겠죠."

56

케네디의 못 믿겠다는 눈빛이 헌터와 테일러 사이를 오갔다. FBI 요원은 전혀 놀란 기색이 아니었다.

"로버트, 제발 자세히 설명해주게." 그가 나지막이 말했다. "내게는 자식을 부모에게 먹이는 행위가 죄책감에 시달리는 인간의 행동으로는 전혀 보이지 않는데."

헌터는 허공 어딘가에 답이 떠돌아다니는지도 모른다는 듯이 주위를 둘러보았다.

"이론은 얼마든 제시할 수 있습니다, 에이드리언. 하지만 루시엔의 머릿속에서 일어난 일들을 진짜 아는 사람은 그 자신밖에 없습니다."

"그건 이해하네." 케네디가 동의했다. "하지만 그래도 나는 그 행위가 어째서 죄책감과 관련이 있다는 건지 자네의 생각을 알고 싶어."

"수전이 정말로 루시엔의 첫 희생자고 현재로선 그 말을 의심할 이유가 없다고 했을 때, 알다시피 첫 살인을 저지른 자를 괴롭히는 일반적인 심리 감정 두 가지는 바로 죄책감과 후회입니다." 헌터가 말했다.

케네디와 테일러 모두 잘 알고 있었다. FBI의 행동분석팀은 '연쇄 살인'을 다음과 같이 규정하고 있었다. '냉각기간'을 두고 별개로 저지른, 3건 이상의 사건에서 3회 이상 일어난 살인. 단, 동일한 주체

(들)에 의해 저질러졌을 거라는 합리적인 가능성을 제시할 수 있다는 공통점이 있어야 함.

특히 연쇄살인 초기의 냉각기간은, 대부분 가해자가 범죄를 저지른 직후의 죄책감과 후회, 또는 죄책감이나 후회 각각의 격렬한 감정을 경험하기 때문에 나타난다는 것을 케네디는 알고 있었다.

그건 쉽게 이해할 수 있었다. 연쇄살인범이 되는 가해자 대부분은 때로는 몇 년이 걸릴 수도 있는 오랜 시간 동안 환상과 충동, 파괴 욕구, 심지어 분노에 의한 공격 성향과 싸우다 점차 저항하기 힘들다는 사실을 깨달으며 기어이 패배하고 만다. 그렇게 오랜 시간 이러한 충동들과 **싸운다는** 간단한 사실은 그들이 다른 사람을 죽이는 행위가 옳지 못함을 인지하고 있다는 걸 분명히 보여준다. 따라서 죄책감은, 인간의 단순한 심리적 반응이다.

대부분의 사람은 옳지 않다고 인지하는 일을 하면 죄책감을 느낀다. 시험에서 부정행위를 하거나, 이웃집에 배달된 신문을 훔치거나, 바람을 피우거나, 거짓말을 하거나 등등. 죄책감의 크기는 자신들의 행동을 얼마나 잘못된 것으로 생각하느냐에 정비례한다. 심한 행동일수록 죄책감은 더 커지는데, 살인보다 더 나쁜 행동은 없다. 그런 이유로, 처음 살인한 사람은 범행 직후 깊고 어두운 우울증의 한복판에 던져져 엄청난 죄책감에 시달리게 되는 경우가 많다. 그 점을 염두에 두면, 루시엔 역시 굉장히 힘든 시기를 겪었고 '생애 첫 살인 후의 죄책감'이라는 믿기 힘든 감정에 압도당했다고 보는 것이 이치에 맞았다.

"좋아, 루시엔이 수전을 살해하고 그 여파로 여러 단계의 죄책감과 싸웠으리라는 것에는 동의하네." 케네디가 인정했다. "하지만 나는, 그가 죄책감에 압도당했든 아니든, 어째서 수전의 시신을 그녀의 부모에게 먹였는지 아직도 모르겠어."

"두 가지 이유를 생각해볼 수 있습니다." 헌터가 손짓하며 말했다. "첫 번째는 조금 전에 말씀하셨어요."

케네디의 눈이 살짝 가늘어졌다. "그게 뭐였나?"

"피해자의 살을 먹음으로써 그들이 영원히 자신들과 함께하게 될 거라는 믿음이죠. 그들의 일부가 되는 겁니다." 테일러가 나지막한 목소리로 말했다. "누가 먹든 간에요." 그리고 그녀는 케네디가 그 말을 곱씹어볼 시간을 주었다.

케네디는 재빨리 그녀의 의도를 이해했다. "젠장! '제3자 전이'로군." 그는 자신의 의견이 맞는다고 확인해주길 바라며 헌터를 보면서도, 말을 그치지는 않았다. "그래서 루시엔은 수전의 부모가 딸의 육신을 조금이라도 먹으면 그들이 영원히 함께하게 될 거라고 믿었던 거군?"

"루시엔이 말했듯이 그는 수전을 희생자로 만들 의도가 전혀 없었고, 그녀의 부모님이 좋은 사람들이라고 생각했어요. 그러니 로버트 말이 맞을지도 몰라요. 자신이 그들에게서 딸을 앗아 가버렸다는 죄책감을 느껴 그런 것일 수 있죠." 테일러가 말했다.

케네디는 한동안 말없이 곰곰이 생각에 잠겼다.

"그러면 두 번째 이유는?" 마침내 그가 물었다.

"두 번째 이유는 첫 번째와 연결됩니다." 헌터가 말했다. "루시엔은 아버지와 사냥을 했었다고 했습니다, 맞죠?"

"그래 기억하네." 케네디가 말했다.

"아버지가 훌륭한 사냥꾼이라고도 말했죠."

"그래, 그것도 기억하네."

"사냥꾼들 중에는 북미 원주민들에게 대대로 전해 내려온 믿음을 계승한 이들이 많습니다." 헌터가 설명했다.

케네디의 눈썹이 호기심으로 활같이 휘었다.

"북미 원주민들은 절대 재미나 스포츠로 사냥하지 않습니다. 오로지 식량을 얻기 위해 사냥을 하고, 자기들이 죽인 것은 반드시 먹어야 한다고 믿죠. 사냥한 먹이를 먹는 것은 그것들을 존중하는 방식이었으니까요. 그들은 먹는 행위를 통해 그것의 영혼이 이 세계에 살아 있게 된다고 믿었습니다. 존중을 보여주는 방식이었고, 살이 버려지게 놔두는 것은 명예를 더럽히는 행위였죠."

케네디는 그 사실을 몰랐다. 하지만 그는 즉시, 책상에 놓여 있던 수전 리처즈 관련 파일을 읽은 기억을 떠올렸다. 그녀의 어머니는, 지금은 네바다주가 된 지역에 살았던 부족인 쇼쇼니족 2세대였다. 그녀의 성은 '젊은 독수리'를 뜻하는 '투아리'였다. 케네디는 루시엔 역시 그 사실을 알고 있을 거라고 생각했다.

테일러는 흥미롭다는 눈으로 헌터를 보았다.

"난 책을 많이 읽어요." 그녀가 물어보기도 전에 헌터가 대답했다.

"그러니까 자네는 루시엔이 적어도 마음속으로는 속죄하고 있었다고 생각하는 거군. 비록 그게 아주 미미하다고 하더라도 말이야." 케네디의 말은 질문이라기보다는 진술이었다. "그는 수전의 살을 그녀의 부모에게 먹임으로써 인정을 베풀었어. 설사 그들이 그걸 알지 못한다 해도, **그들을 위해** 수전의 영혼을 계속 살리려고 애썼던 거야."

"누구나 나름의 방법으로 자신을 현혹하는 거죠." 헌터가 조금 전 케네디의 말을 되풀이했다. "말했듯이, 이론이라면 우리가 원하는 만큼 제시할 수 있어요. 하지만 루시엔의 머릿속에서 일어났던 일들을 정말로 아는 사람은 그 자신밖에 없습니다."

"그렇다면, 자네에게 이 질문을 하지." 케네디가 말했다. "왜 그가 그들과 함께했다고 생각하나? 루시엔은 그날 밤 수전의 부모와 함께 저녁을 먹었다고 했어."

"실험 중이었으니까요."

케네디는 다가올 두통을 느끼기라도 한 듯 손으로 미간 사이 콧등을 꼬집었다.

"대학 시절 루시엔은 이런 가학적인 행동에 관한 이론들을 의심하지 않았어요." 로버트가 말했다. "그는 여러 이론들이 체포된 범죄자들과의 솔직한 인터뷰에 기반한다는 것을 알았지만, 살인범들이 묘사한 실제 **느낌**과 **감정**에 과도하게 집착하기 일보 직전이었죠."

케네디는 심문 중 루시엔이 했던 말을 기억해냈다. "그는 직접 경험해보고 싶어 했지."

"당시에는 그렇게 구체적으로 표현했던 적은 없었어요." 헌터가 동의하며 말했다. "하지만 이제는 그가 실험하기를 원했다는 걸 알겠습니다. 그 점에서 루시엔은 제가 지금까지 겪어본 사이코패스들과는 매우 다릅니다."

케네디의 눈썹이 캐묻는 것처럼 치켜 올라갔다.

"루시엔은 첫 번째 피해자 수전을 교살로 죽였어요." 헌터는 자세히 설명하기 시작했다. "하지만 트렁크 속 두 피살자와 비교해보면…… 살인 방식과 폭력 수준 등 모든 것에 있어 그 강도가 최근 들어 급상승했다는 걸 알 수 있죠. 장담컨대, 살인을 저지를 때마다 폭력 수준을 한 단계씩 높여왔을 겁니다. 하지만 그 이유는 내면의 충동을 통제할 수 없어서가 아니에요."

"의식적이죠." 테일러가 헌터의 생각을 포착하고 말했다. "점점 더 폭력적으로 변해가며 어떤 느낌일지 알고 싶어서 그런 거예요."

"무서운 생각이군." 케네디가 말했다. "25년 동안 단계를 계속 높여가며 살인해온 일념과 자제력이라니, 믿기 어려워. 단지 '그 느낌'을 경험할 수 있어서 그랬다고 생각하나?"

헌터는 오랫동안 잊었던 무언가를 기억 속에서 들춰내고는 멈칫했다. "이런 세상에!" 그가 외쳤다.

"왜?" 케네디가 물었다.

"진짜 그걸 하고 있었다니 믿을 수가 없군요." 헌터가 중얼거렸다.

"뭘 말인가?"

"루시엔은 '백과사전'을 쓰고 있는 건지도 모릅니다."

57

케네디는 온몸을 휘감는 불편한 떨림과 함께 어깨가 뻣뻣해지는 느낌에 빠졌다. BSU의 수사에서 자주 있었던 일은 아니었다. 그는 헌터가 계속 설명하기를 기다렸다.

"언젠가 그와 했었던 토론이 기억나요." 헌터의 기억이 과거를 탐색했다. "스탠퍼드에서 보낸 두 번째 해였을 거예요. 우리는 극단적인 폭력 살인 사건에서 감정의 방아쇠를 당기는 동인動因에 대해 토론하고 있었죠. 어떤 심리적 요인이 한 개인을 가학적이고 잔혹하게, 범죄를 계속해서 저지르게 하는지 말입니다."

"좋아." 케네디가 흥미로워하며 대답했다.

"당시에는 심리학자와 정신과 의사에 의해 만들어진 몇몇 이론과 체포된 살인자들의 진술 몇 개가 전부였죠. 제프리 다머나 아민 마이베스, 안드레이 치카티요 같은 악명 높은 식인 살인마들이 아직 붙잡히기 전이었어요. 그들의 심문이나 진술, 생각에 대한 기록 같은 것도 없었죠."

케네디와 테일러 둘 다 고개를 끄덕였다.

"아까 말했듯이 루시엔은 당시 진술의 진실성을 의심하지는 않았지만, 이론들을 확신하지는 못했어요. 제 기억으로는, 그가 많이 했던 말이 '그들이 어떻게 확실히 알 수 있지?'였어요."

"그들은 알 수 없죠." 테일러가 말했다. "그래서 사실이 아니라 이론이었던 거고요."

"맞아요." 헌터가 동의했다. "루시엔도 그 점을 이해했어요."

"하지만 만족하지는 않았군." 케네디가 결론지었다.

"네, 그랬죠. 그날 루시엔이 아주 황당한 제안을 했었는데, 그동안 완전히 잊고 있었어요."

"그게 뭐였나?"

헌터는 심호흡하며 그 내용을 기억해내려고 애썼다.

"오로지 실험을 목적으로 살인자가 되는 초현실적인 가능성." 마침내 그가 입을 열었다. "정신적으로 매우 뛰어난 개인이 폭력의 강도를 계속 높여가면서, 각기 다른 범행 수법과 환상을 실험하며 살인을 하는 거였죠. 그러면서 동시에, 살인할 때와 살인 후의 여파로 느끼는 기분과 심리 상태 등 모든 것을 종합적으로 기록한다면 범죄행동심리학에서 얼마나 혁신적인 연구가 되겠느냐고 주장했었고요. 살인자에 의해 쓰인, 살인자의 정신에 관한 일종의 심리학 연구요."

케네디는 조금 전 그의 몸을 휘감았던 불편한 떨림과 다시금 싸우느라 몸이 약간 경직됐다.

"루시엔은 그와 같은 고찰로 채워진 책이라면 범죄행동과학자들에게는 일종의 성서, 백과사전이 될 거라고 믿었어요."

케네디는 왼쪽 볼을 긁적거렸다. 그 이야기는 몹시 허황되게 들렸지만, 루시엔이 옳았다고 생각할 수밖에 없었다. 만일 그런 책이 존재한다면 매우 유용하다고 증명되어 아마도 범죄학자와 심리학자, 사법기관의 관료들, 전 세계의 수사관들이 가장 많이 참고하는 연구 중 하나가 될 것이었다. 특히 해당 정보의 중요성을 이해하고 그것에 정확히 무엇을 포함시켜야 하는지 아는 범죄심리학 전공자에 의해 쓰인 책이라면, 틀림없이 결코 끝나지 않을 이 폭력적인 포식자들과의 싸움에서 일종의 성서가 되고 말 터였다.

"백과사전을 쓰고 있는 게 맞을 거라는 생각이 들어요." 헌터가 말했다. 그런 생각들을 하니 속이 뒤집히기 시작했다. "살인할 때마다 비약적으로 폭력의 강도를 높이고 매번 다른 범행 수법을 시도하면서…… 특히 감정적으로 느끼는 바를 일지에 계속 쓰는 거죠. 그러면서 자신의 정신이 그 일을 원했다는 걸 구실로 삼을 겁니다."

케네디는 이맛살을 찌푸리며 헌터를 바라보았다. "구실?"

"루시엔은 의심할 여지 없이 소시오패스입니다. 우리도 알고, 그도 알아요. 그는 오랫동안 알았지만요. 그가 그렇게 말했습니다. 기억해요?"

테일러는 고개를 끄덕였다. "학교에 다니는 동안에도 계속 환상을 품기 시작했다고 했죠."

"맞아요. 본인이 소시오패스라는 걸 알고 괴로웠을 겁니다. 정상적인 아이라면 사람을 죽이는 환상을 가져서는 안 되니까요. 뇌 속의 무언가가 고장 난 것 같고, 자신이 소외되어 있다는 느낌을 받았을지도 모릅니다. 그는 자기 자신을 이해하려고 범죄행동심리학을 공부하기로 했다고 말하기도 했죠."

"하지만 역효과를 일으켰군." 케네디가 말했다.

"그렇습니다." 헌터가 대답했다. "오히려 그의 환상을 더 멀리 나아가게 했죠. 그리고 그럴싸한 동기를 스스로 생각해내게끔 했습니다."

"극악무도한 폭력 행위에 대한 핑계로, 고귀한 목적을 위해 살인한다고 자기 자신을 속이는 것보다 더 나은 게 있을까요." 테일러가 헌터의 논리에 따라 말했다. "모두 연구라는 명목으로 말이에요."

"그 거짓된 믿음이 내적 고통을 덜어주었을 겁니다." 헌터가 덧붙였다. "루시엔은 비로소 자신이 갈망하던 것을 충족시킬 수 있었죠. 그의 정신 속에서 자신은 이제 소시오패스가 아니었으니까요. 과학자이자 연구자였죠. 누구나 자기만의 방식으로 자신을 현혹한다고 하신 말, 기억하시죠?"

케네디는 그의 시선을 회피했다.

"또 뭐가 있습니까? 아직 말씀하시지 않은 게?" 헌터가 물었다.

케네디는 어깨를 으쓱하고 입술을 오므리는 것으로 대답을 대신했다. 그는 책상으로 걸어가 오른편 가장 위쪽의 서랍을 열어 공책을 하나 꺼냈다. 조금 전 유치장 통제실에서 크리스 웰치 요원에게 건네받은 공책이었다.

헌터는 즉각, 그것이 테일러와 함께 루시엔의 지하실에서 본 그 공책임을 알아보았다.

"불행히도 자네가 옳을지도 모르겠네, 로버트." 케네디가 말했다. "이걸 보게."

58

몇 년 동안 두려워하던 물건인 양 헌터는 케네디의 손에서 조심스럽게 공책을 가져와 표지를 젖혔다.

테일러가 헌터 쪽으로 다가왔다.

첫 장에는 비명을 지르며 몹시 괴로워하는 여성의 일그러진 얼굴을 연필로 스케치한 흑백 그림뿐이었다.

헌터는 종이에서 눈을 들어 케네디를 보았다.

그는 헌터에게 계속 보라고 손짓했다.

두 번째 장으로 넘어갔다. 그림은 없었고 손으로 쓴 글뿐이었다. 헌터는 바로 루시엔의 필적을 알아보았다.

글을 읽기 시작했다.

내 머리가 변하기 시작한 것 같다. 처음에는 예상대로, 살인한 뒤에는 늘 강렬한 죄책감에 압도당했다. 수개월 동안 지속될 때도 있었고, 거의 자수할 뻔한 적도 여러 번 있었다. 다시는 하지 않겠다고 나 자신에게 약속도 많이 했다. 하지만 시간이 흐르면서 죄책감은 서서히, 꾸준히 줄어들면서 살인 욕구는 결국 되돌아오곤 했다. 그리고 나는 그 욕구가 돌아오기를 원했다. 피해자가 늘어갈 때마다 죄책감의 지속시간은 점점 짧아져서 이제는 거의 느끼지 않는다. 느낀다고 해도 이틀 정도에 불과하다.

내 정신이 적응한 게 틀림없다. 살인은 이제 내게는 자연스러운 것으로 느껴진다. 밖에 있을 때 술집, 열차 안, 거리 등 어디에 있든 자주 주변을 두리번거리다가 혹여 누군가에게 시선이라도 꽂힐 때면, 그를 얼마나 쉽게 죽일 수 있는지 생각하는 나 자신을 발견한다. 얼마나 비명을 지르게 할 수 있을지, 얼마나 고통을 줄 수 있을지 생각한다. 그리고 그런 생각들을 하면, 전보다 더 흥분된다.

이런 생각들을 없애기가 점점 힘들어졌다. 하지만 사실을 말하자면, 없애고 싶지 않다. 이제는 살인이 아주 강력한 마약이 될 수 있다는 것을 이해한다. 내가 해본 어느 마약보다도 강력한. 나는 완전히 중독되었다. 하지만 중독 상태에서도 나를 더, 완전히 돌아버리게 하기 위해서는 결국 일종의 '방아쇠'가 필요하다는 사실을 깨달았다.

어떤 것도 방아쇠가 될 수 있다. 특정한 신체 유형, 말투나 시선, 옷 입는 방식, 체취, 행동, 버릇 등. 그 무엇도 방아쇠가 될 수 있지만, 내가 직접 보기 전까지는 몰랐었다.

어젯밤, 나는 다시 보았다.

헌터는 페이지를 넘겼지만, 읽기를 멈추고 케네디를 보았다. 바지 주머니 속에 두 손을 깊이 찔러넣은 그의 축 처진 볼은 지난 며칠간 무게가 더 늘어난 듯 보였고, 눈 밑 그늘은 훨씬 더 병적인 모습을 하고 있었다. 그의 시선은 헌터의 양손 안에 있는 공책에 고정되어 있었다.

헌터는 다시 종이의 단어들로 시선을 돌렸다.

늦은 시간이었다. 더블 스카치를 석 잔째 막 주문한 참이었다. 무언가를 찾거나 누군가를 찾았던 건 아니다. 나는 그저 취한 듯했고, 그게 다였다. 사실, 내가 지워지는 것 같은 느낌이었다. 미시시피주 포리스트시에 있었던 건 우연이었다. 모텔 같은 숙박업소를 예약하지 않았다. 나는 몹시 취해서 주차장에 있는 차 안에서 의식을 잃었다가 다음 날 일어나 떠날 거라고 생각했다.

하지만 상황은 그렇게 흘러가지 않았다.

나는 남들과 어울리지 않고 바의 맨 끝에 앉아 있었다. 손님이 많지 않고, 시간이 느리게 흐르는 밤이었다. 바텐더는 친근하게 굴며 대화를 시작해보려고 노력했지만 나는 꽤 퉁명스럽게 대했고 눈치 빠른 그는 적절하게 처신했다.

바텐더가 다음 잔을 채워주었을 때, 새로운 얼굴이 가게 안으로 들어왔다. 그는 덩치가 컸다. 나보다 훨씬 더. 몸에는 근육과 기름진 지방이 둘 다 있었다. 키도 나보다 7센티미터에서 10센티미터는 컸다. 바텐더는 그를 '제드'라고 불렀다.

제드의 머리는 아주 짧아서 왜 아예 밀어버리지 않았는지 궁금할 정도였다. 턱 밑에는 들쭉날쭉하게 반달 모양으로 난 흉터가 있었는데, 누군가가 깨진 병을 거꾸로 쥐고 그의 얼굴을 찔렀던 게 분명했다. 코 역시 한 번 이상 부러졌던 것 같고 오른쪽 귀도 약간 찌그러져 보였다. 제드가 싸움에 휘말리기 좋아하는 타입이라는 걸 알기 위해서 똑똑해야 할 필요는 없어 보였다.

그는 바로 와 내 왼쪽으로 네 번째에 있는 의자에 자리를 잡았고, 그가 앉자마자 우리 뒤쪽 테이블에 있던 손님 둘이 일어나 술집을 나갔다.

제드는 인기 있는 사내 같지는 않았다.

싸구려 술 냄새와 퀴퀴한 땀 냄새가 섞인 악취가 풍겼다.

"맥주 한 잔 줘, 톰." 그가 소리쳤는데, 약간 질질 끄는 목소리였다. 접시만 한 눈동자를 보면 알코올뿐만 아니라 더 강력한 무언가에 취해 있는 게 분명했다.

"이봐, 제드." 바텐더는 목소리를 차분하게 유지하면서도 주저하며 말했다. "시간이 늦었어. 그리고 오늘 밤 충분히 마셨잖아."

제드 이마의 불독 주름이 훨씬 심해졌다.

"그런 개소리는 마, 톰."

그의 목소리가 몇 데시벨 정도 더 커졌고 또 다른 손님이 슬그머니 문밖으로 나갔다.

"충분히 마시면 내가 알려주지. 네 말랑한 엉덩이에 쑤셔 넣기 전에 빌어먹을 맥주나 내놔."

톰은 냉장고에서 맥주 한 병을 꺼내 뚜껑을 딴 뒤 제드 앞에 놓았다.

제드는 병을 잡고 꿀꺽꿀꺽 세 모금 만에 절반을 마셨다.

제드는 내 쪽으로 몸을 돌릴 때까지 내가 자기를 응시하고 있었다는 사실을 알지 못했다.

"빌어먹을, 뭘 봐?" 그가 맥주병을 한쪽으로 치우며 말했다.

"너 뭐, 호모나 그런 거야?"

나는 대꾸하지 않았고, 시선을 피하지도 않았다.

"너한테 물었잖아, 호모 새끼야."

제드는 맥주를 한 모금 더 들이켰다.

"네가 보고 있는 게 맘에 들어?" 그는 오른팔을 들어 보디빌더처럼 이두박근에 힘을 주더니 내게 손 키스를 날렸다.

나는 제드라는 망할 자식에게 매료되었다.

"어이, 제드." 앞일을 내다본 바텐더가 중재하려고 했다. "그쯤 해 둬. 저 사람은 그냥 조용히 술이나 마시려는 것뿐이야."

나를 보는 그의 얼굴은 이렇게 말하고 있었다. '친구, 제발 그냥 가요. 문제가 생기는 걸 원하지 않잖아. 날 믿으라고.'

나는 움직이지 않았다. 어쩌면 눈도 깜박이지 않았을지도 모른다.

"젠장, 닥쳐." 제드는 톰에게 삿대질을 했지만, 시선은 나를 향해 있었다. "이 호모 새끼가 왜 이렇게 날 좋아라 뚫어지게 보는 건지 알고 싶다고. 오늘 밤 상남자와 자보고 싶어? 그래, 호모야? 내 거 좀 먹어볼래?" 제드는 두 손으로 자신의 거대한 성기를 가리켰다.

나는 천천히 그의 몸을 위아래로 훑었고, 그것이 그의 인내심의 한계를 넘어서는 짜증을 유발한 것 같았다. 그는 화가 나서 입을 다물었다. 얼굴이 더 붉어진 그가 위협적으로 자리에서 일어섰다.

그거였다.

그게 방아쇠였다.

그의 몹시 불쾌한 태도나 체취, 욕설, 혹은 거울을 숨어서 봐야 할 정도로 못생긴 외모 따위가 아니었다. 그리고 내가 평화롭게 취하도록 가만히 놔두지 않았던 그의 행동도 아니었다. 방아쇠는 바로, 자신이 나보다 우월하다 주장할 수 있다고 그가 생각했다는 사실이었다. 그것이 나를 견딜 수 없게 했다.

그 자리에서 나는, 제드가 그날 밤 죽게 되리라는 것을 알았다.

59

헌터는 읽기를 멈추고 케네디를 보았다.

케네디는 글자를 거꾸로 보고 있었음에도 헌터의 눈길을 따라 읽었고 그가 어디에서 멈출지 정확히 알고 있었다.

"계속 읽게." 그가 말했다. "반전이 있어."

나는 제드에 맞서지 않았다. 적어도 그곳에서는. 공공장소에서 그와 주먹다짐을 벌일 마음은 없다. 그건 너무 무모하다.

나는 내 술값으로 충분한 30달러를 바에 올려놓고 자리에서 일어나 뒤로 두어 걸음 물러섰다.

"호모 새끼, 뭐야?" 빈민가 래퍼 같은 손동작과 목소리로 제드가 말했다. "겁먹은 거야?"

바에서 넘어온 톰이 재빨리 제드와 나 사이에 끼어들었다.

"제드, 여기선 문제 일으키지 마. 저 남자는 아무 말도 하지 않았어. 그냥 떠나려는 거야, 맞지?"

톰은 고개를 돌려 나를 보았고, 두 눈으로 내게 엮이지 말고 떠나라고 간청하고 있었다.

나는 제드를 빤히 보던 시선을 돌려 땅을 내려다보면서 걸어가기 시작했다.

"좋아, 호모 새끼야. 그 말랑한 엉덩이 끌고 여기서 꺼져. 내가 박아주기 전에."

나는 문을 열고, 따뜻하고 축축한 밤 속으로 발을 내디뎠다.

나는 어디로도 가지 않았다. 그냥 내 차에 올라 맞은편으로 운전해서 녹슨 쓰레기통 옆 어둑한 곳에 다시 차를 세웠을 뿐이었다. 그곳에서는 술집의 입구를 똑똑히 볼 수 있었다.

기다렸다.

46분 후, 제드는 문밖으로 비틀비틀 걸어 나와 낡은 포드 픽업트럭으로 갔다. 그가 열쇠 구멍에 간신히 차 키를 넣고 문을 열기까지 거의 1분이 걸렸다. 곧장 출발하지 않기에 트럭에서 잠들었나 했지만, 아니었다. 그는 마리화나에 불을 붙이고 그걸 다 피운 후에야 차에 시동을 걸었다.

그가 길에 진입하자 나는 그를 뒤따랐다. 일정 거리를 유지했지만, 사실 그럴 필요도 없었다. 제드의 감각은 이미 곤죽처럼 뭉개진 뒤라, 금빛 튀튀 차림의 분홍색 코끼리가 뒤를 따라온대도 알아채지 못했을 것이다.

제드는 차를 엉망으로 몰았고, 경찰이 그를 불러 세울 수도 있겠다는 생각에 나는 무서워졌다. 만약 정말로 그렇게 됐다면, 그날 제드는 음주운전으로 유치장에서 밤을 보내게 되었을 테고 그럼으로써 아마도 그 모든 상황으로부터 벗어날 수 있었을 것이다. 그러나 제드에게는 매우 불행하게도, 미시시피주 스콧카운티 포리스트시는 그날 밤 경찰들에게 버림받은 것 같았다.

제드는 마을 외곽의 길가에 있는, 더럽고 낡았으며 빛바랜 푸른색의 목조 단층집에서 살았다. 차고는 없었고, 진입로는 흙과 자갈에 불과했으며, 옆에는 관목과 풀들이 웃자라 있었다. 그는 그 건물을 에워싼 녹슨 철제 담장 옆에 트럭을 주차한 뒤 마리화나를 한 대 또 피우고 나서야 뒤뚱거리며 집 안으로 들어갔다.

나는 은밀한 장소에 차를 세우고 20분을 기다렸다가 아주 조용히 집 쪽으로 다가갔다. 현관은 잠겨 있었지만 열려 있는 창문을 금세 찾았다. 열린 창문이 있을 줄 알았다. 에어컨 없이 창문과 문을 꼭꼭 닫고 보내기에는, 그날 밤은 제드에게 너무 덥고 답답했을 것이다.

집 안에서는 기름 냄새, 튀긴 양파 냄새, 퀴퀴한 담배 냄새, 나무 썩는 냄새가 났다. 아주 더럽고 몹시 어지럽게 보였지만, 나는 이미 제드를 만난 뒤였기에 그 이상은 기대하지 않았었다.

나는 까치발을 하고 집 안쪽으로 들어갔다. 침실은 쉽게 찾았다. 제드가 발정 난 공룡처럼 코를 골아대고 있어서, 코 고는 소리만 따라가면 되었다. 하지만 침대에서 죽이고 싶진 않았다. 그건 너무나 쉬울 터였다.

흥분으로 심장 뛰는 속도가 빨라지며 혈관 속에서 피가 달아오르는 게 느껴졌다. 입안은 정육점에서 고기를 기다리는 굶주린 개처럼 침이 흥건했고, 부신피질(아드레날린을 분비하는 내분비기관—옮긴이)이 새로운 박자에 맞춰 전력으로 펌프질을 해대기 시작했다. 나는 최대한 그 느낌을 오래 끌고 싶었다. 피해자의 집 안에 숨어 적당한 때를 기다리는 일보다 더 흥분되는 것은 없다.

나는 부엌에서 날카로운 칼을 골랐다. 감사하게도 칼은 종류별로 잘 갖춰져 있었다. 제드처럼 뚱뚱한 자식은 틀림없이 한밤중에 일어나 뭔가를 집어 먹기 위해 부엌에 가거나, 아니면 오줌통을 비우기 위해 화장실에 갈 터였다. 그 많은 술이 몸 안에 들어 있으니, 화장실 쪽이 보다 확실한 선택지일 것이다. 나는 그가 나를 발견하게 되더라도 이미 늦었다고 깨달을 곳, 샤워커튼 뒤에 숨기로 했다.

부엌에서 찾은 비닐봉지로 신발을 싸서 묶고 조심스럽게 샤워커튼을 친 다음, 때가 잔뜩 낀 욕조에 들어가 타일 벽에 기대서서 기다렸다. 해야 한다면, 그렇게 몇 시간도 있을 수 있었다.

내 힘에 도취된 상태로 기다리는 동안 내 온몸은 마치 탄산수로 가득 찬 욕조 안에 잠긴 것처럼 따끔거렸다.

제드가 마침내, 94분 후에 발을 질질 끌며 화장실에 왔다.

섣불리 달려들지 않도록 심호흡을 했다. 비닐 커튼의 미리 잘라놓은 틈으로 밖을 내다볼 수 있었다. 꼭 제 집에서 길을 잃은 사람 같은 모습으로 제드가 화장실로 들어와 잠시 멈춰 섰다.

이윽고, 적절한 때가 왔다.

60

헌터와 테일러는 마치 홀린 듯이, 루시엔의 공책에서 눈을 떼지 못했다. 일지에 적힌 모든 것이 사실이라는 차이만 있을 뿐, 내용은 영화나 소설과 다름없었다.

아직 술과 약물에 취한 제드는 비몽사몽간에 샤워커튼을 향해 서서 거대한 팔을 머리 위로 높이 뻗었다. 그가 하품을 하자 입은 블랙홀처럼 끔찍한 무언가가 되었고, 나는 커튼 뒤에서도 구역질 나는 그의 숨 냄새를 맡을 수 있었다. 그의 두 눈은 좀 전에 피우고 마셨던 마리화나와 알코올, 그리고 깊은 잠에서 방금 깨어난 영향으로 충혈이 되어 있었다. 그는 굉장히 더러운 사각팬티 외에는 몸에 아무것도 걸치고 있지 않았다. 그 모습에 하마터면 웃음을 터뜨릴 뻔했다.

그 순간 그의 두 눈이 샤워커튼에 초점을 맞추는 것처럼 보였다. 내가 잘라낸 틈을 그가 알아차렸는지는 알 수 없었지만, 어쨌든 그것이 내가 행동을 개시할 신호가 되어주었다.

나는 아드레날린과 흥분감에 도취되어 평소보다 두 배는 빠르게 움직였다. 반면에 제드의 뇌와 신경의 반사 반응은 술과 마약과 잠으로 아주 엉망이 된 탓에 그는 평소보다 두 배는 느리게 반응할 것이었다. 그 두 가지 요인을 종합하면, 제드는 자신에게 다가오는 나를 절대 볼 수 없었다.

나는 벌써 왼손으로 샤워커튼을 밀어젖히며 몸을 앞으로 들이밀고 있었다. 오른손에 쥔 칼 역시 빠르게 오른쪽에서 왼쪽으로 높게 호를 그렸다.

칼날은 내가 원했던 곳에 정확히 닿으며 그의 목과 목구멍을 한꺼번에 갈랐다. 날카로운 칼날과 강한 동작의 조합은 누구에게나 치명적일 터였다. 칼은 얇은 종이를 자르듯 피부와 근육을 베었다. 공중으로 높이 솟구쳐 내 얼굴에 튀고 뒤이어 커튼과 뒤쪽 벽에 흩뿌려진 피의 양을 통해, 나는 내가 제드의 내경정맥을 확실히 잘랐음을 깨달았다. 상기도 역시 파열시켰다. 제드의 두 눈이 발한 시선이 아주 짧게 내게 꽂혔지만, 그가 나를 알아보았다거나 무슨 일이 일어나고 있는지 이해했는지는 확신할 수 없었다.

그가 알았든 말든 상관없었다. 내 몸은 이미 황홀경 상태로 공중에 붕 떠 있었다. 왼손으로 제드의 뒤통수를 움켜쥔 채 뒤로 세게 당겨, 치명적인 상처를 내 눈앞에 더 노출시켰다. 그의 목에서 피가 뿜어져 나와 폭포처럼 몸을 타고 흐르고 입에서 거품이 나오는 그 장면을 나는 즐겼다. 낮게 꾸르륵거리는 소리가 그의 성대가 낼 수 있는 전부였다. 나는 그의 날뛰는 눈동자가 고요해질 때까지 그를 붙들고 그대로 있었다. 꾸르륵 소리가 사라지고, 그의 몸뚱이가 무거운 짐짝에 지나지 않게 될 때까지.

제드가 땅에 쓰러지고 나서도 나는 내 뇌가 방출한 천연 화학물질에 취해 화장실에 7분을 더 머물렀다. 죄책감도, 후회도 없었다.

얼굴과 손은 물로 씻어냈지만, 옷은 그다지 걱정하지 않았다. 그 집을 떠나자마자 불태워버리면 끝이었다.

이동할 시간이었다.

하지만 운명이란 재미있는 것이라서, 짧은 복도를 따라 제드의 방을 지날 때 무언가가 내 눈길을 잡아끌어 나를 멈추게 했다. 문이 활짝 열려 있었고, 그때 그녀를 보았다.

제드 같은 거대한 똥자루 인간에게 여자친구가 있으리라고는 믿기 어려웠다. 둘 다 결혼반지를 끼고 있지 않았으니 아내는 아니었다. 어쨌거나 그에게는 여자친구가 있었고, 그곳 침대에 그녀가 있었다. 놀랍게도 제드처럼 몸집이 크지도, 못생기지도 않았다. 그녀는 짧은 까만 머리에 높은 광대뼈, 섬세한 입술, 꿀처럼 매끈한 피부를 가진 매력적인 여인이었다, 정말로. 그녀가 어떻게 제드와 사귀게 됐는지는 내게는 평생의 수수께끼일 것이다.

한참을 문 옆에 서서, 침대 위에서 잠들어 있는 그녀를 바라보았다. 나는 제드의 목을 딴 여파로 여전히 들떠 있었다. 자신이 가장 좋아하는 약에 취해 있는 상태에서, 공짜로 그걸 좀 더 주겠다는데 마다할 사람이 있을까?

내 몸이 다시 따끔거리기 시작했고, 그날 밤 두 번째로 머릿속 방아쇠가 당겨지는 것을 느꼈다. 나는 더는 충동에 맞서 싸우지 않겠다고 결심했다. 그래서 조심조심 방으로 들어가 그녀 옆에 누웠다. 제드가 누워 있던 자리에서 아직도 온기가 느껴졌다.

22분 동안 움직이지 않았다. 그냥 옆에 누워 잠든 제드의 여자친구를 지켜보며, 그녀의 머리카락에서 나는 향기를 들이마시고 그녀의 온기를 느끼면서 기다렸다.

그때, 그녀가 움직였다.

잠결에 몸을 돌려 여느 커플이 그러듯 남자친구를 껴안으려고 내 가슴 위로 팔을 날렸다. 두 눈은 감은 채였다. 그녀의 손이 내 어깨에 떨어졌고 나는 더 이상 자제할 수 없었다. 내가 할 수 있는 한 부드럽게 그녀의 손을 잡고 내 입술로 가져가 그녀의 손가락에 키스하고 그 것을 핥기 시작했다. 핸드크림의 향과 맛이 느껴졌다.

그녀가 조용한 신음을 뱉으며 천천히 내 몸에 다리를 올렸던 것을 보면, 내 키스와 살짝 깨무는 애무를 즐겼던 것 같다. 다리가 내 몸 위에 자리를 잡으면서 무의식적으로, 그리고 당연하게도, 그녀는 제드의 몸집이 이전과 다르다는 것을 눈치챘다. 그녀에게는 제드의 크기가 익숙했던 것이다. 다리 신경이 입력한 정보를 잠에 전 뇌가 몇 초나 걸려 해독을 마쳤을 때, 그녀는 눈을 뜨기도 전에 얼굴을 찡그렸다.

그 방의 조명 상태는 좋지 못했다. 그녀가 의지할 수 있는 것은 보름달이 전부였는데, 달은 서쪽 벽의 열린 창문 밖 하늘에 금방이라도 스러질 듯 낮게 떠 있었다. 내 얼굴은 그림자에 반쯤 가려져 있었다.

바로 그 순간 제드의 피가 내 머리에서 이마로 똑똑 방울져 떨어져 내려 눈썹을 지나 흰 베갯잇 위로 흘러내렸다. 생각했던 만큼 잘 씻어 내지 못한 것 같았다.

여자는 다시 눈을 깜박였다. 이번엔 초조함과 두려움으로 가득한 깜박임이었다. 그녀의 뇌가 무언가 잘못되었음을, 위험을 감지하고 신속하게 정신을 차렸다. 그녀는 눈의 초점이 잘 맞도록 고개를 약간 뒤로 젖혔고, 마침내 선명해진 시야에 들어온 나를 보고는 공포로 얼어붙었다.

남자친구가 있어야 할 자리에서 그녀가 본 것은, 피에 흠뻑 젖은 옷을 입고 입속에 자신의 손가락 두 개를 찔러 넣은 채 두 눈을 똑바로 바라보며 누워 있는 낯선 사람이었다.

61

헌터는 공책을 덮었다.

불편한 기색의 테일러가 뒤로 한 걸음 물러나 위스키가 담긴 잔을 단번에 비웠다.

"다른 일지는 어디에 있습니까?" 헌터가 고갯짓으로 공책을 가리키며 물었다.

"그게 다야." 케네디가 대답했다. "머피의 집에서 찾아낸 나머지 공책에는 없었네. 그림과 스케치가 있는 건 있었지만, 이런 건 없었어."

"분명히 있을 겁니다." 헌터는 조금 혼란스러운 듯한 목소리였다. "찾아낸 책과 공책 모두 철저히 조사한 게 확실합니까?"

"그래, 확실해." 케네디가 확인해주었다. "분명히 루시엔이 다른 곳에 보관했을 거야. 아니면 여러 곳에 나눠 보관했을 수도 있지. 그렇다 해도 놀랍지 않아. 자네가 심문하면서 알아내줬으면 해."

헌터의 시선이 딱딱하게 굳었다.

케네디는 헌터의 의중을 읽었다. 이제 껄껄거리기 시작한 그의 쉰 목소리에 피곤함이 묻어났다.

"어이, 로버트. 루시엔이 한 짓을 내가 인정할 리 없잖나. 하지만 자네 말처럼 그가 자기 경험을 모조리 적어놓았다면, 그건 이미 끝난 사건이고 **돌이킬 수** 없네. 다른 일지가 정말로 존재한다면 우리가 갖는 게 나을 거야. 적어도 역사에 남을 연쇄살인 사건의 증거물이 될 거라는 건 분명하지. 두 번째는, 그 메모와 글에서 얻게 될 심리, 행동에 관한 지식과 이해는 우리가 연쇄살인이라는 범죄와 벌이는 싸움의 판도를 바꿔놓을 수도 있어. 사법기관의 관리로서, 심리학자로서 자네도 잘 알 거야, 로버트."

헌터는 반박하지 않았다.

"시애틀의 창고 시설에는 없었나요?" 테일러가 물었다.

"냉동고와 절단된 신체 부위 말고는 없었네." 케네디가 말했다.

잠시 동안 모두가 생각에 빠진 것 같았다.

"미시시피주 스콧카운티 보안관서에 확인해봤어." 케네디는 다음 주제로 넘어갔다. "제드 데이비스와 그의 여자친구 멜러니 로즈는 21년 전 포리스트시 외곽의 그들이 함께 살던 집에서 잔인하게 살해당했네. 사건 후 이틀 정도 지나 직접 만든 애플파이를 가지고 잠깐 들렀던 로즈의 어머니에게 발견됐지. 체포된 용의자는 없었어." 그는 극적인 효과를 위해, 그리고 숨을 고르기 위해 잠시 쉬었다. "검시관에 따르면, 멜러니 로즈의 머리는 부엌칼로 난도질당한 채 거실의 탁자에 놓여 있었어. 그녀의 어머니가 창문으로 안을 들여다 봤을 때 처음 본 장면이었지." 케네디는 심장마비가 온 듯한 심각한 표정의 헌터를 바라보았다. "그는 단지 그 집에 있었다는 이유로 그녀를 죽였어, 로버트. 순전히 쾌락을 위해 죽인 거지."

헌터는 눈을 감고 입을 꾹 다물었다.

"자네, 읽었지?" 케네디가 덧붙였다. "그 글은 그들을 도살한 다음 날 쓰였어. 거기 쓰인 묘사와 단어들은 명확하고 간결해. 히스테리나 긴장한 기색 같은 건 느껴지지 않아. 감정적으로 완전히 분리된 상태였다는 의미겠지. 자네가 말했듯이, 그의 글은 각 범행 전후와 범행하는 동안 악랄한 살인자의 정신 속에서 일어나는 일을 연구하고 기록한 것처럼 보이네. 어떻게 생각하고, 어떻게 느끼고, 무엇이 '그'를 움직이는지 말이야. 로버트, 날 이기적이라고 해도 상관없네. 나는 그 지식을 원해. 우리는 그 지식이 **필요해.** 그런 책들이 존재한다면, 나는 갖고 싶네."

헌터는 창가로 가 밖을 보았다. 비구름이 잔뜩 낀 밤하늘은 시커멨지만, 그는 도리어 지금까지 이해되지 않았던 것들이 이해되며 명확해지는 기분이었다. 좀 더 일찍 알아차리지 못한 자신이 원망스러웠다.

"갖게 될 겁니다, 에이드리언." 그가 말했다. "루시엔이 그걸 원하니까요."

그 말에 테일러는 이맛살을 찌푸렸고, 케네디는 삐딱한 시선을 던졌다.

"무슨 뜻이지?"

"전부 계획된 거였어요." 헌터가 말했다.

테일러와 케네디의 혼란스러운 표정이 한층 짙어졌다.

"로버트, 뭐가 모두 계획됐다는 거죠?" 테일러가 물었다.

"잡히는 거." 헌터는 그들을 향해 몸을 돌렸다. "아마 그곳에서 붙잡힐 계획은 아니었을 겁니다. 루시엔은 더 오래 계속하고 싶었을 거예요. 와이오밍에서 그를 우리에게 인도해준 그 사건이 일어나리라고는 미처 예측하지 못했겠죠. 하지만 언제 붙잡혀야 할지 항상 계산하고 있었을 겁니다."

케네디는 단 몇 초 만에 헌터의 생각을 읽어낼 수 있었다. "읽어줄…… 그러니까 '연구해줄' 사람이 없다면 살인과 행동의 동기에 관한 백과사전을 쓰는 게 무슨 의미가 있겠나, 맞지?"

헌터는 무언으로 동의했다.

테일러는 잠깐 그 의견의 타당성을 헤아려보았지만 끝내 확신하지 못했다. "그렇다고 해도, 왜 붙잡히기를 원할까요? 그 책들을 FBI에 보내는 방법도 있는데요. 익명으로 보낼 수도 있고요."

"효과가 다를 겁니다." 헌터는 동의하지 않았다.

"로버트 말이 맞아." 케네디가 그를 지지했다. "그 일지만으로는 가해자를 붙잡았을 때와 '무게'가 같지 않을 거야. 우리가 후속 조처를 하기까지도 훨씬 오래 걸릴 테고. 틀림없이 그 일지의 진실성에 대해 의심할 테니까. 루시엔을 가두고 심문하고 그가 우리를 피해자의 유해로 인도하는 그 모든 과정이 일지의 신뢰도를 높이지."

그리고 케네디는 순간 떠오른 새로운 깨달음에 잠시 헌터를 응시했다. "그래서 자네를 부른 거군."

헌터가 한숨을 내쉬며 고개를 끄덕였다.

"**자네가** 루시엔이라는 인물에 훨씬 더 강력한 신뢰성을 부여해줄 테니까." 케네디가 말했다. "자네는 그와 함께 대학을 다녔어. 기숙사 방을 같이 썼고, 가장 친한 사이였지. 자네는 그가 얼마나 지능적인지 알고 있으니, 루시엔은 자네가 그 점을 보증할 수 있다고 생각한 거야."

그는 책상 반대편으로 걸어갔다. "장담컨대, 그는 과거에 자네와 이야기했던 '살인 백과사전' 아이디어를 자네가 기억할 거라고 확신하고 있어. 자네가 수전 리처즈를 기억하리라는 것도 그렇고. 로버트, 자네는 그의 계획의 중요한 일부였어."

"그러면 지금 그의 신뢰성은…… 인정받은 정도가 아니잖아요." 테일러가 끼어들었다. "왜 그에게 다른 일지를 요구하지 않는 거죠? 만일 그게 사실이고 애초에 그가 FBI에 그 책들을 넘길 계획이었다면, 어디에 있는지 기꺼이 밝힐 텐데요."

"아뇨, 그러지 않을 겁니다." 헌터가 말했다. "아직은 아니에요."

"어째서죠?"

"아직 완성되지 않았으니까요."

62

헌터는 자다 깨다를 반복하며 간신히 세 시간 반을 잘 수 있었다. 아침 5시에 일어나 6시 반쯤엔 이미 8킬로미터를 달렸고, 7시 반에는 테일러와 함께 다시 지하 5층에 있었다.

전날과 마찬가지로, 루시엔은 침대 가장자리에 앉아 오른쪽 다리를 왼쪽 다리 위로 꼬고 깍지 낀 두 손을 무릎 위에 올려놓은 채 차분하게 그들을 기다리고 있었다.

전날 밤 헌터와 테일러, 케네디는 다른 일지들이 정말로 존재한다고 해도 지금 그것이 있는 장소를 이야기하라고 루시엔을 밀어붙이는 것은 최선의 전략이 아니라는 결론을 내렸었다. 아직은 피해자들의 유해를 찾는 것이 우선이었다.

"네가 아직 여기 있을지 궁금해하던 중이었어, 로버트." 심문자들이 자리에 앉자 루시엔이 말했다. "어쩌면 네가 수전의 유해를 직접 보고 싶어 할지도 모른다고 생각했지. 지금쯤이면 네바다주의 그녀 부모님에게 가는 중일 수도 있고." 그는 헌터의 표정을 자세히 살폈지만 얻을 수 있는 것은 없었다. "그녀를 찾았지?" 걱정스러워서 묻는 것처럼 들리지는 않았다.

"찾았어." 테일러가 대답했다.

"아, 하지만 물론 검사하고 또 검사하겠지." 막 떠올랐다는 듯 루시엔이 말했다. "넌 그게 그녀인지 알잖아. 안 그래, 로버트?"

헌터는 아무 반응도 보이지 않았다.

"하지만 FBI는 신원이 확인될 때까지 꼼짝도 않겠지. 그게 공식 절차니까. 수전의 유해라는 100퍼센트 확신 없이 부모에게 연락하는 건 경솔한 짓일 테니 말이야. 그러다 양쪽 모두에 피해를 줄 수도 있고. 뭐, 아주 정상적이야."

"루시엔, 라혼다의 집 부근에 묻힌 피살자들이 더 있어?" 헌터가 물었다.

루시엔은 미소 지었다. "그럴까도 생각했지. 훌륭한 장소야. 모든 것으로부터 고립돼 있지. 이웃도 없고 슬그머니 접근할 사람도 없어." 그는 고개를 저었다. "하지만…… 아니, 라혼다에 묻힌 건 수전이 유일해. 이 나라는 거대해, 로버트. 비슷한 장소를 찾아내기가 그렇게 어렵지 않지. 어쨌든, 수전 이후에 정신을 차리기까지 꽤 오래 걸렸어."

그는 손가락 마디와 마디를 부딪혔다. "살인과 살인 사이에 '냉각 기간'이 있다는 건 들었겠지만…… 내가 알려주지. 지옥에 떨어진 듯한 암흑의 시간이 될 수도 있어."

헌터는 루시엔이 개인적으로 어떻게 느꼈는지에는 관심이 없었다. 그리고 루시엔이 심문을 길게 끌고 가고 싶어 한다는 것도 알았지만, 그는 무시하고 다시 한번 정보를 요구했다.

"그렇다면 다른 피해자의 이름과 묻힌 장소를 알려줘, 루시엔."

루시엔은 그 질문을 듣지 못했다는 듯이 말을 이었다.

"수전 이후 '살인 마약'의 효과가 사라져가던 며칠, 몇 주, 몇 달……." 손가락으로 공중에 인용부호를 그리며 그가 말했다. "다시는 살인을 하지 않을 거라고 나는 확신했어. 하지만 시간이 지나면서 모든 충동이 다시금 스멀스멀 올라오기 시작하더군. 심지어 전보다 더 강력해져서 충족하기가 훨씬 어려워져 있었지. 나는 그 초월적인 황홀경이 그리웠어. 수전과의 그날 밤, 내가 마침내 힘을 가졌을 때의 그 느낌이 그리웠지. 그리고 내 몸뿐 아니라 두뇌도 그걸 간절히 다시 경험하고 싶어 한다는 걸 알았어."

"얼마나 길었지?" 테일러가 물었다. "냉각기간 말이야. 수전 리처즈와 두 번째 살인 사이의 시간 간격이 길었어?"

"700일 하고도 9일." 루시엔이 즉각 대답했다. 숫자가 뇌에 각인되어서 생각할 필요도 없었다. 그가 했던 모든 일이 전부 뇌에 세세하게 새겨져 있었다.

"이미 예일에 있었지." 그가 이야기를 시작했다. "그녀의 이름은 캐런 심프슨이었어."

헌터는 눈살을 찌푸렸다.

루시엔이 그런 그를 보고 고개를 끄덕였다. "맞아, 로버트. 몸에 문신이 있고, 입술과 코에는 피어싱을 하고, 1센티미터는 족히 늘어진 왼쪽 귀를 가진, 베티 페이지 스타일의 앞머리를 한 캐런 말이야. 그녀는 실재했어……. 예일에서 만났지. 내가 네게 말한 그대로 말이야. 하지만 캐런이 마약중독자라는 건 거짓말이었어. 절대 아니었지. 며칠 전에 네게 하려던 이야기와 잘 맞아떨어지기에 지어낸 거야. 내가 그동안 배운 게 그거거든. 거짓말을 하려거든 사람, 이름, 묘사, 장소, 시간대 등 가능한 한 실제의 것들을 소재로 써라. 그래야 기억하기 더 쉽고 나중에 다시 이야기해야 하는 상황이 왔을 때도 들킬 가능성을 줄일 수 있지."

그 이론은 헌터도 알고 있었다.

"전에 말했듯이 캐런은 아주 다정한 여자였어. 그녀도 심리학 박사 과정을 밟고 있었지. 우린 함께 공부하곤 했어. 사실……." 루시엔은 '너희가 모르는 사실이 있어'라고 말하듯 씩 웃었다. "너희 둘 다 이미 그녀를 만났어." 그는 헌터와 테일러를 향해 도전적인 표정을 지어 보였다.

"지하실에 있던 다른 액자 속 문신." 헌터가 말했다.

"맞아, 로버트." 루시엔이 인정했다. "그 학들……."

루시엔의 지하실에서 찾아낸 '피부 액자' 중에 한 쌍의 학이 그려진 컬러 문신이 있었다. 일본 에도시대 화가 가쓰시카 호쿠사이의 〈눈 쌓인 소나무 위의 학들〉이라는 그림에서 따온 문신 도안이었다.

"그녀의 오른쪽 위 팔뚝에 있던 문신이지." 루시엔이 말했다. "캐런은 고작 두 번째 희생자에 불과했지만, 나는 모험을 즐겨보기로 했어."

63

루시엔이 그 마지막 단어들을 말하는 방식에는, 지금껏 아주 가까이에 도사리고 있던 악이 막 자신의 존재를 드러내듯 일순 공기를 얼어붙게 만드는 힘이 있었다.

"이미 말했듯이, 스탠퍼드를 떠나고 몇 달 후에 그 충동들이 다시 올라오기 시작했어. 그게 참을 수 없는 지경에 이른 건 한참 후였지. 처음에는 내가 감당할 수 있다고 생각했어. 쉽게 억제할 수 있으리라고 생각했지. 하지만 반복해서 범죄를 저지르는 자들이 결국은 깨닫게 되는 것처럼, 내가 틀렸더군."

루시엔은 양손으로 목덜미를 문지르면서 눈을 감고 고개를 뒤로 젖혔다. 말없이 몇 초가 흐른 뒤에, 그가 숨을 길게 내쉬었다.

"이번에는 달랐어. 전에 말했듯이 수전에 대해서는 그 모든 일이 일어나던 순간까지 그녀가 피살자가 될 거라 생각해본 적이 없었지만, 캐런은 처음 만난 그날부터 그녀가 그렇게 될 거라는 걸 알았지."

"왜 그런 결정을 내렸지?" 테일러가 물었다. "왜 캐런을 선택한 건데?"

루시엔은 인상 깊다는 듯한 얼굴을 했다. "아주 좋은 질문이야, 테일러 요원. 하나씩 배워가는 것 같군."

문신들. 헌터는 생각했다. 비록 외형적으로는 전혀 닮지 않았더라도, 그녀의 문신이 루시엔으로 하여금 수전을 떠올리게 했을 것이다. 그리고 이미 인정했듯이, 그는 수전 때와 같은 황홀경을 좇고 있었다. 새로운 희생자에게도 커다란 면적의 문신이 있었다는 것은, 수전에게 했던 대로 피부를 일부분 벗겨낼 수 있다는 의미였다. 가해자들은 같은 범행 수법을 반복함으로써 이전 살인에서 경험했던 그 느낌과 황홀경을 재현할 수 있다고 믿는다.

루시엔은 자신이 캐런을 고른 데 실제로 이유가 있었는지 처음 생각해본다는 듯한 눈빛이었다.

"캐런에게 이끌렸던 첫 번째 이유는 아마 문신이었던 것 같아."

헌터는 눈도 깜박이지 않았다.

"23년 전만 해도 그렇게 커다랗고 컬러풀한 문신은 인기가 없었다는 점을 기억해야 해." 루시엔이 말했다. "특히나 여성들 몸에 하는 건 말이야. 그래서 수전이 생각났지." 그의 말은 너무나 건조해서 공기 속의 습기를 몽땅 빨아들일 것만 같았다. "나는 꿈을 꾸기 시작했어. 수전에게 했던 그대로 캐런의 몸에서 그 그림을 벗겨내는 환상을 갖기 시작했지. 그때 나는 또 다른 이론이 사실이라는 게 증명되고 있다는 걸 깨달았어."

루시엔은 과거에 어느 이론이 진실이고 어느 이론이 진실이 아닌지를 두고 헌터와 비밀 내기라도 했다는 듯한 태도로 그에게 고갯짓을 했다.

"무의식적으로 내 뇌가 자꾸만 수전에게 했던 범행 방식을 다시 사용하려는 거였어. 어째서인지는 알지? 완벽과는 거리가 멀었는데도, 이전에 했던 범행 수법을 쓰는 게 나 스스로도 편안하고 또 그게 통하리라는 걸 알기 때문이었지. 익숙함이란 무서운 거야, 테일러 요원. 재범자들이 좀처럼 범행 수법을 바꾸지 않는 이유가 그거거든." 그는 그녀의 수첩을 가리키며 말했다. "원한다면 적어도 돼."

루시엔은 자리에서 일어나 세면대에서 컵에 물을 받은 다음 침대 가장자리로 돌아왔다.

"하지만 나는 편안함에 기대지 않기로 했지. 한 번 한 것은 하지 않기로 말이야. 내 머릿속 계획은 그런 게 아니었거든. 그래서 어떻게 할지 생각했어. 사실 캐런을 만나기 전에도 내가 다시 살인을 하게 되리라는 건 알고 있었어. 더는 내 정신을 의심하지 않았으니까. 그 충동들은 내가 저항하기에는 이미 너무 커져 있었어. 결국 시간 문제일 뿐이고, 적절한 대상을 찾는 게 문제일 따름이란 걸 알았지. 그래서 새로운 은신처 탐색을 시작했어."

"그녀는 어디에 있지?" 헌터가 물었다.

"아, 아직 코네티컷에 있어." 루시엔이 말했다. "사실, 뉴헤이븐과 예일 대학교에서 그렇게 멀지 않아." 루시엔에게서 초월적인 느낌이 뿜어져 나왔다. 그것은 누구라도 섬뜩한 기분에 빠뜨릴 수 있는, 치명적인 침착함 같은 것이었다.

"정확히 어디야?" 헌터가 밀어붙였다.

극적인 효과를 노린 듯이 루시엔은 의심스럽다는 양 머리를 갸웃하며 머뭇거렸다.

"말해주지. 그런데 먼저 너한테 물어볼게."

테일러는 조심스럽게 루시엔을 관찰하고 있었다. 그녀는 그가 짓는 사악한 미소를 평생 잊지 못할 것 같았다.

"'LIN 폭약'이 뭔지 알아?"

64

예일 대학교에서 두 번째 해를 맞을 무렵, 루시엔은 캐런 심프슨을 만났다. 캐런은 영국의 어딘가에서 막 옮겨 와 아직 새로운 환경에 적응하는 중이었다. 그녀를 처음 본 순간은 루시엔에게 있어서는 절대로 잊지 못할 순간이었다. 아니, 처음 '들었던' 그 순간. 그녀의 목소리…… 영국식 억양은 단숨에 그를 사로잡았다.

'수사심리학과 범행 수법'이라는 다소 지루한 강의가 막 끝났을 때, 캐런은 손을 들고 질문했다. 벌써 책들을 그러모아 교실을 떠나려는 참이었던 루시엔은 그녀의 목소리에 발길을 멈췄다. 그녀는 차분하고 무심하게, 자기 말을 이루는 모든 단어를 발음했다. 매력적인 어조로 발해지는 문장은 듣는 이의 귀에다 흡사 최면을 거는 듯했다. 화룡점정은, 카리스마 있는 영국 억양으로 그 말이 단장되어 있다는 점이었다.

루시엔은 강의실 반대쪽 끝에 자리를 잡은 탓에 다른 학생들에게 가려져 보이지 않던 캐런을 비로소 발견했다. 키는 157센티미터를 넘지 않을 거라고 그는 추측했다. 그녀를 더 잘 보기 위해 옆으로 한 걸음 옮겼다. 그녀의 화장은 남달랐다. 진하고, 고딕풍이었다. 그녀는 '치유'라는 단어 아래로 헝클어진 까만 머리에 눈은 까맣게 칠하고 빨간 립스틱을 과하게 바른 누군가의 사진이 프린트된, 검은색 티셔츠를 입고 있었다.

하지만 정작 그의 관심을 가장 많이 끌었던 것은 그녀의 오른쪽 팔 위쪽에 있는 커다란 컬러 문신이었다. 그 문신이 눈에 들어오는 순간 숨이 멎었다. 갑자기 2년 전 그날 밤의, 수전과의 기억이 떠올랐다. 그녀의 팔에서 조심스럽게 피부를 저며내던 장면들. 그 기억이 떠오르면서, 그날 밤 이후로는 느끼지 못했던 아찔한 흥분이 찾아왔다. 루시엔은 순간 현기증을 느끼며 거의 쓰러질 뻔했다.

저게 뭐지? 그가 다시 마음을 가라앉히고 문신을 향해 눈을 가늘게 뜨며 생각했다. 한 쌍의 커다란 새처럼 보였지만, 그가 서 있던 곳에서는 확실히 알 수 없었다. 하지만 캐런 심프슨이 예일을 졸업하지 못하리라는 것만은 확신할 수 있었다. 그녀의 운명은 많이, 아주 많이 달라질 것이다.

루시엔이 캐런과 친구가 되는 데는 그리 오래 걸리지 않았다. 실은 그날 오후에 벌써 그들은 친구가 되었다. 루시엔은 그 수업 이후, 오후 늦게 완벽한 기회를 맞을 때까지 두 시간 동안이나 일정한 거리를 두고 그녀를 따라다녔다. 캐런은 오래된 캠퍼스의 남쪽에 있는 정신병동 건물에서 나오자마자 배낭 안에서 무언가를 찾는 듯했다. 2분 정도 배낭을 샅샅이 뒤지다가 포기한 그녀는 심호흡을 한 번 하고는 길을 잃은 듯한 눈빛으로 주위를 둘러보았다.

"괜찮아요?" 루시엔은 기회를 포착하고 머뭇머뭇 다가가 상냥하고 순진한 표정으로 물었다.

캐런은 수줍게 미소 지었다. "네, 괜찮아요. 캠퍼스 지도를 잃어버렸네요. 이렇게 큰 캠퍼스에서 맞는 첫 주에 잘한 짓이라고는 할 수 없겠죠."

예일 대학교는 약 300만 제곱미터의 부지에 학생 수는 1만 1,000명이 넘었다.

"그렇죠." 루시엔은 공감한다는 듯한 미소를 싱긋 지으며 동의했다. "하지만 운이 좋은 걸지도 모르겠는데요? 잠깐만요." 그가 기다리라는 뜻으로 손가락 하나를 들어 올린 후 배낭 속에 손을 넣었다. "여기 있네요. 있을 줄 알았다니깐. 이거, 가져요." 그는 캐런에게 캠퍼스 지도를 건넸다.

"와!" 그녀의 두 눈이 놀라움으로 빛났다. "정말요?"

"그럼요. 저는 이 주변의 자주 다니는 길은 꽤 잘 알아요. 그냥 가방 정리를 안 해서 한동안 그대로 들고 다녔을 뿐이죠." 그는 그녀에게 '사는 게 다 그렇죠'라고 말하듯 어깨를 으쓱했다. "어디로 가는 중이었죠?"

"그로브스트리트 묘지를 찾고 있어요."

'묘지'를 말하는 캐런의 영국식 발음에 루시엔은 미소 지었다.

"아, 여기서 꽤 걸어가야 해요." 그는 남쪽을 가리켰다. "괜찮으시다면, 왜 묘지에 가시려는 건지 물어봐도 될까요?"

"사실 묘지에 가려는 건 아니에요. 그냥 랜드마크로 삼아서 길을 찾는 중이거든요. 던햄 연구실 건물에 가야 하는데, 그 묘지 바로 건너편에 있는 걸로 기억해서요."

루시엔은 고개를 끄덕였다. "맞아요. 그런데 저…… 마침 저랑 같은 방향이네요. 괜찮다면 제가 데려다줄게요."

"정말요?"

"물론이죠. 던햄 연구실 건물 맞은편에 있는 벡톤 센터에 가는 길이거든요."

"운이 좋네요." 캐런은 배낭을 오른쪽 어깨에 걸치며 말했다. "음, 귀찮으시지만 않다면 그게 좋을 것 같아요. 정말 고마워요."

사려 깊은 표정의 루시엔이 곁눈질로 캐런을 보았다. "잠깐." 그는 손가락으로 그녀를 가리켰다. "오늘 아침에 '수사심리학과 범행 수법' 강의 듣지 않았어요?" 당장이라도 연극에서 한자리를 꿰찰 법한 명연기였다.

캐런의 얼굴에 놀라움이 가득했다. "아, 맞아요. 당신도요?"

"네, 뒤쪽에 앉아 있었죠. 심리학 박사 과정을 밟고 있어요."

그녀의 놀라움이 더 커졌다.

"저도요. 런던 대학교에서 막 옮겨 왔거든요."

"와, 런던이요? 항상 런던에 가보고 싶었는데." 루시엔이 손을 내밀었다. "루시엔이에요."

그렇게 두 사람은 친구가 되었다.

루시엔은 자신이 다시 살인을 저지르게 되리라는 걸 이미 알고 있었다. 여덟 달쯤 전부터 '어떻게 죽일지'에 대한 환상을 갖기 시작했고, 그것을 생각하면 할수록 충동을 제어하기가 힘들어졌다. 캐런 심프슨과의 만남은 마치 오래전에 잃어버린 퍼즐 조각을 찾아낸 것처럼, 몇 달 동안 초조함에 빠져 있던 뇌를 비로소 안심시켰다.

하지만 루시엔은 '오버하고' 싶지는 않았다. 그들이 함께 있는 모습을 사람들이 볼 텐데, 가장 친한 친구 사이라든지 심지어 로맨틱한 관계로 보이기를 그는 원치 않았다. 그런 사람들은 그녀가 실종되면 사법 당국의 방문을 제일 먼저 받게 될 터였다. 루시엔은 그저 캐런의 인간관계 속 한 명의 학우처럼 보이게끔 조심했다. 친구까지도 아니고, 그냥 지인 정도로만 보이도록.

그의 계획에는 여섯 달이 더 소요됐다. 그중 넉 달은 방해받지 않고 캐런과 함께 시간을 보낼 수 있는 은신처를 찾는 데 썼다. 그는 솔턴스톨 호수 옆 깊은 숲속에 숨겨져 있던 폐가를 찾아냈다. 라혼다의 집과 별반 다르지 않았다. 그때 루시엔이 확신했던 한 가지는, 캐런이 살아 있는 동안에 그녀의 피부를 벗겨내리라는 것이었다. 수전의 피부를 벗기는 작업은, 그날 밤 그에게 가장 큰 황홀경을 선사했었다. 그리고 그 말은 곧, 적어도 몇 시간 동안은 캐런을 사로잡고 있어야 한다는 의미였다.

루시엔은 실험도 한 가지 해보고 싶었다. 수전에게 했듯이 캐런의 목에 자신의 손을 가져가고 싶지는 않았다. 새롭고 다르게 해보고 싶었다. 어느 날 아침에 예일에서 분자세포 발생생물학 관련 글을 읽던 친구가 피어스 연구소에서 진행되었던 잘못된 실험에 대해 알려주었을 때, 그 생각이 떠올랐었다. 친구의 설명을 듣고 있자니 혈관 속 피가 따끔거렸다. 캐런을 죽일 방법을 찾았다.

65

5월 중순의 여름방학 동안 예일 대학교는 문을 닫는다. 루시엔은 오랫동안 방학을 간절하게 기다리며 계획을 세웠고, 그 과정을 능숙하게 처리해왔다.

4월경에 루시엔은 캐런에게 여름방학 때 영국으로 돌아갈 생각인지 물었었다.

"장난해? 영국의 여름은 이곳의 포근한 봄 같아. 미국에서 보내게 될 첫 여름을 내가 얼마나 고대했는데!" 그녀가 대답했다.

"이 근처에서 지낼 거야?"

"아닐 것 같아. 뉴욕 여행을 할까 생각 중이야. 항상 뉴욕을 보고 싶었거든. 너도 알잖아. 브로드웨이를 포함해서 전부 다 보고 싶어. 어쩌면 새 문신을 할지도 몰라. 거기에 실력 좋은 아티스트가 좀 있다고 하던데. 그다음엔 플로리다 해안을 여행해볼까 생각하고 있어. 해변에서 며칠 지낼 수 있겠지? 괜히 플로리다가 '태양의 주'라고 불리지는 않을 거야." 그렇게 말하고 캐런은 미소 지었다.

"혼자서 갈 계획이야?" 루시엔의 핵심 질문이었다.

캐런은 어깨를 으쓱했다. "아마도." 그녀는 호기심 어린 눈으로 그를 보았다. "하지만 친구와 함께 갈 수도 있겠지. 어떻게 생각해, 루시엔? 재밌을 거야. 뉴욕, 그리고 해변."

루시엔은 기회라고 여겼지만, 얼굴을 찌푸리며 이미 서머잡이 몇 개 잡혀 있다고 재빨리 둘러댔다. "좋다"고 대답할 경우, 캐런이 친구, 교수, 부모님 등 누구에게든 그와 함께 여행을 갈 거라고 말할 것임을 알았으므로. 그리고 그 여름 여행에서 그녀 없이 그만 돌아오게 되면, 그의 이름은 즉시 경찰의 수사 명단 맨 윗자리에 자리하게 될 것이다.

반면에 캐런이 혼자 여행하기로 되어 있다가 실종된다면, 조사는 훨씬 나중에 시작될 것이다. 사람들은 그녀가 예일에서 1년을 보낸 후 학업을 포기하고 영국으로 돌아갔으려니 지레짐작하다가, 영국에 있는 그녀의 부모가 딸과 연락이 되지 않아 걱정할 때가 되어서야 무언가 잘못됐다고 느낄 것이다.

여름방학을 불과 닷새 앞두고 다시 만났을 때, 캐런은 루시엔에게 나흘 후에 뉴욕과 플로리다로 떠날 계획이라고 말했다. 준비할 시간으로 그에게 사흘이 주어졌다. 하지만 루시엔은 두 달 동안 꼼꼼하게 준비해오고 있었다. 필요한 거의 모든 것이 필요한 자리에 있었다. 아직 준비하지 못한 화학물질 몇 통은 어디서 구해야 할지 정확히 알고 있었다.

루시엔은 그녀가 뉴욕으로 떠나기 전날 캐런의 원룸형 아파트에 들렀다. 그의 계획은 간단했다. 다음 날 아침에 출발하면 해가 지기 전에 돌아올 수 있다며 솔턴스톨 호수로 드라이브 겸 소풍을 가자고 그녀에게 제안할 것이다. 캐런이 어떤 이유로든 거절한다면, 루시엔은 작별 인사로 그날 저녁에 간단히 술 한잔하자고 그녀를 초대할 것이다. 그녀가 그 초대는 승낙할 거라고 그는 확신했다. 어느 쪽이건 최종 목적은 같았다. 멀리 소풍 장소에서든, 떠나기 전날 그의 차 안에서든, 캐런과 단둘이 있는 것.

캐런은 소풍을 가자는 제안을 받아들였다.

오전 11시경에 그들은 출발했다. 그는 안정된 속도로 차를 몰았고, 호수 옆에 미리 봐둔 외딴곳까지는 25분도 걸리지 않았다. 하지만 이번에는 차 안에서 대상을 제압하지 않았다. '깜짝 공격' 같은 건 없었고, 목에 주삿바늘을 꽂지도 않았다. 루시엔은 샌드위치, 샐러드, 과일, 도넛, 초콜릿, 맥주, 샴페인 등 그야말로 **진짜** 소풍 준비를 했다. 그들은 한 쌍의 친한 친구처럼 먹고, 마시고, 웃었다. 캐런의 잔에 마지막 샴페인을 따를 때에서야 비로소, 최소 한 시간은 꿈도 꾸지 않을 만큼 깊은 잠에 빠뜨릴 만한 진정제를 술에 탔다.

5분도 안 되어 약은 효과를 나타냈다.

캐런이 다시 눈을 떴을 때, 소풍은 온데간데없었고, 더 이상 야외도 아니었다. 아주 천천히 의식이 돌아오면서 그녀가 처음으로 자각한 사실은, 머리가 몹시 아프다는 것이었다. 그녀의 두개골 안에 갇힌 어떤 동물이 발톱으로 뇌를 마구 할퀴어대는 것 같았다.

형편없는 조명과 두통 속에서 두 눈에 초점이 돌아오기까지 족히 4분은 걸렸다. 시야가 회복되자 그녀는 먼저, 눈에 들어온 주변의 환경을 이해하려고 애썼다. 어둡고 환기가 되지 않아 답답하고 더러운 방이었다. 벽은 여느 집 뒷마당에 있는 커다란 공구 보관용 판잣집처럼 나무로 만들어진 것 같았다. 하지만 그녀 안의 무언가가, 그곳이 평범한 누군가의 뒷마당이 아니라고 말하고 있었다. 그녀는 다른 어딘가에 있었다. 아무도 그녀를 찾지 못할 어딘가에……. 그녀가 비명을 지른다 해도 아무도 듣지 못할 장소. 그 순간 방금 그녀는 방금 자신이 무엇을 하려고 했는지 명확히 깨달았다. 비명. 그리고 그때 자신의 입술이 움직이지 않는다는 사실 또한 알게 되었다. 턱도 움직이지 않았다. 공포가 온몸을 장악했다. 그녀는 주변을 둘러보려

했지만 목이 돌아가지 않았다.

이럴 수가⋯⋯.

그녀는 손가락을 움직여보려고 했다.

전혀 움직이지 않았다.

두 손.

움직이지 않았다.

발과 발가락.

움직이지 않았다.

다리와 팔.

움직이지 않았다.

그녀가 움직일 수 있는 것은 두 눈뿐이었다.

두 눈이 아래로 움직여 자기 몸이 묶이지 않은 채 싸구려 철제 의자에 올라앉아 있는 것을 보았다. 두 팔은 의자 양옆으로 늘어져 있었다.

잠시 그녀는 자기가 꿈을 꾸고 있다고 생각했다. 곧 침대에서 일어나 왜 자신의 뇌가 그토록 고통스러운 이미지를 만들어냈는지 궁금해하면서 웃으리라. 하지만 오른편에 깔린 어둠 속에서 인간의 형체로 보이는 것의 움직임이 감지되었고, 그녀 안에서 커지는 두려움은 이것이 꿈이 아니라고 말하고 있었다.

그녀의 두 눈이 그쪽으로 쏜살같이 움직였다.

"돌아온 걸 환영해, 잠꾸러기." 루시엔이 어둠 속에서 걸어 나오며 말했다.

실험복처럼 길고 속이 들여다보이는 비닐 작업복을 입은 그의 모습에서, 그녀는 저 남자가 자신이 알던 루시엔과는 완전히 다른 사람이라는 걸 알아차렸다. 그가 신은 스니커즈 역시 파란색 비닐로

된 신발 커버로 싸여 있었다.

루시엔은 그녀에게 미소 지었다.

캐런은 뭐라 말하려 했지만, 혀가 무겁고 부어오른 듯이 느껴졌다. 도저히 판독할 수 없는 소리만이 목구멍에서 새어 나올 뿐이었다.

"안타깝게도, 넌 말을 많이 할 수 없을 거야." 루시엔이 설명했다. "숙시닐콜린 기반의 약물을 주사했거든."

두려움이 캐런의 눈 속에서 폭발했다.

숙시닐콜린은 근이완제로, 신경근 접합부에서 운동 신경 충격을 차단하여 그것이 어느 부위든 간에 병든 골격근을 마비시키는 약물이다. 캐런의 경우에는 전신이 그랬다. 하지만 신경 체계는 온전하게 유지된다. 그녀는 여전히 모든 것을 느낄 수 있을 것이다.

루시엔은 손목시계를 확인했다. "당분간 이 상태일 거야." 그가 그녀에게 가까이 다가오며 말했다. "사실, 나는 문신을 별로 좋아하지 않아. 전에 말했는지 모르겠는데, 네 오른쪽 팔뚝에 있는 그 문신, 디자인만큼은 정말 멋지다고 인정해야겠어. 작가가 일본인이지, 안 그래?" 그 말을 하면서 그는 등 뒤에서 오른손을 움직였고, 금속 칼날이 어슴푸레한 빛에 반짝였다.

캐런의 눈동자는 다른 것은 들어갈 틈도 없을 만치 두려움으로 가득 찼다. 목구멍에서 알아들을 수 없는 소리가 더 많이 새어 나오는 걸 느끼고 그녀는 눈물을 터뜨렸다.

루시엔이 더 가까이 다가왔다.

"널 마비시킨 이유는, 네가 꼼지락대서 내 일을 망치게 하고 싶지 않아서야. 이건 아주 섬세한 작업이거든." 그는 칼날을 내려다보았다. 레이저처럼 날카로운, 외과수술용 메스였다. "이게 널 약간 아프게 할 거야."

눈물이 캐런의 볼 위로 흘러내렸다.

"하지만 네게 다행인 소식이 하나 있어. 뭐냐고? 이번이 처음이 아니라는 거."

66

캐런은 제발 움직여달라고 자기 몸에 사정했다. 그녀는 자기 안에 남아 있던 힘과 발휘할 수 있는 의지력을 깡그리 모아보려고 애썼지만, 그것으로는 충분하지 않았다. 의지력으로 아무리 열심히 움직여보려 한들 몸은 반응하지 않을 것이다. 그녀는 비명을 지르고, 이야기하고, 애원해보려 했다. 하지만 입안의 혀는 여전히 털 많은 거대 나방처럼 느껴졌다.

천천히, 그리고 능숙하게 루시엔은 메스를 사용해 캐런의 어깨뼈 위에서부터 피부를 찢었다. 첫 핏방울이 흘러나오자 거즈로 닦아냈다. 그는 계속해서 천천히, 피부를 얇게 베어내고 조심스럽게 떼어냈다.

캐런은 앉아서 조는 자세로 마비된 채 머리는 살짝 오른쪽을 향한 상태였다. 턱이 거의 가슴에 닿을 정도였다. 루시엔은 일부러 그녀를 그런 자세로 만들었다. 일단 약이 효력을 발휘하면, 캐런은 목을 움직이지 못한 채 오로지 눈만 움직일 수 있게 된다. 그는 그녀가 **보게** 하고 싶었다.

그리고 그녀는 그랬다.

루시엔이 가까이 다가가자 그녀의 눈알이 오른쪽으로 굴러가 자신의 피부를 파고드는 메스와 팔로부터 흘러나오는 피를 바라보았다. 그러나 통증의 전달이 지연된 탓에 몇 초가 지난 후에야 날카롭고 깊숙하게 파고드는 통증이 덮쳐왔고, 그녀로 하여금 목구멍 저 안쪽에서 동물처럼 그르렁거리는 소리를 토해내게 만들었다.

캐런을 공포에 빠뜨리며 피부를 벗기는 일은 루시엔에게, 뭐라 설명할 길이 없을 정도로 정신이 아득해질 만큼의 만족감을 주었다. 그가 아는 어떤 마약보다도 좋았다.

작업을 마치는 데는 그리 오래 걸리지 않았고, 마칠 즈음에는 뇌가 혈류 속에 방출한 화학물질에 취해서 그는 공중에 붕 떠 있는 기분이었다. 사실 피부를 다 벗기는 데는 지금 소요된 시간의 절반만으로도 충분했다. 시간이 더 걸린 것은 캐런이 겨우 몇 분을 간신히 버티다가 의식을 잃었기 때문이었다. 루시엔은 캐런이 깨어 있는 채로 극도의 공포에 빠지기를 원했기에, 그녀의 의식이 돌아오기를 기다렸다가 다시 '그 작업'을 시작하기를 거듭했다.

마침내 작업을 마친 그는 캐런이 의식을 되찾을 때까지 기다렸다. 그리고 피범벅이 된 문신 피부 조각을 들어 올려 그녀에게 보여주었다.

캐런의 내부장기는 마비되지 않았기 때문에, 한때 자신의 오른쪽 팔뚝에 있었던 조각이 눈에 들어오자 그녀는 위 내용물의 절반을 식도로 쏘아 올렸고 그렇게 토사물을 자신의 온몸에 쏟아냈다.

"걱정하지 마, 캐런." 루시엔이 그녀의 몸을 닦아주며 말했다.

그의 손길에 캐런은 속으로 몸서리쳤다.

"네게서 원했던 건 이 문신뿐이야. 뭘 더 가져갈 생각은 없어."

캐런에게는 총 다섯 개의 문신이 있었다.

"하지만 널 위한 깜짝 선물이 있어." 그러고 나서 루시엔은 잠시 어둠 속으로 사라졌다.

금속이 땅에 끌리는 낮은 소리가 들렸다. 맥주 통이 바닥에 끌리는 소리 같기도 했다. 그러나 루시엔이 다시 나타났을 때 함께 모습을 드러낸 것은 맥주 통이 아니었다. 루시엔은 병원에서 볼 법한 큰 산소 탱크와 똑 닮은 금속 탱크 두 개를 가진 채였다. 캐런은 그 안에 든 내용물이 산소가 아니라는 걸 어째서인지 알 것 같았다.

각 탱크의 상단 노즐에는 호스가 연결되어 있었다. 루시엔은 그 탱크들을 캐런의 의자에서 1.5미터쯤 떨어진 곳에 두고 어둠 속으로 다시 사라졌다. 몇 초 후 루시엔은 특별히 개조된 마이크스탠드를 들고 다시 모습을 드러냈다. 스탠드에 '붐 암boom arm'을 두 개 달아 개조한 것이었다.

그는 스탠드를 캐런과 탱크 사이에 놓고 두 개의 붐 암 중 하나는 위로, 하나는 아래로 위치를 조정했다. 위에 있는 것은 캐런의 가슴 높이에, 아래에 있는 것은 그녀의 허리 높이에 있었다.

캐런은 무슨 일이 생길지 몹시 두려워하며 루시엔을 일거수일투족을 주시했다. 그녀는 자기 몸 안에서 장기들이 떠는 것을 느낄 수 있었다.

루시엔은 호스를 각각의 붐 암에 걸었고, 그 결과 두 호스는 이제 캐런을 똑바로 향하고 있었다.

"질문이 하나 있어, 캐런."

그저 그를 응시하는 것 외에 캐런이 할 수 있는 일은 없었다.

"LIN 폭약에 대해 들어본 적 있어?"

그는 라벨이 캐런을 향하도록 두 탱크를 모두 돌렸다. 그녀가 라벨을 읽고 그 내용물이 무엇인지 이해했을 때, 그녀의 심장은 얼어 버렸다.

67

테일러는 루시엔의 질문에 얼굴을 찡그렸지만, 헌터는 아주 잘 알았다.

LN2, LIN, LN은 모두 액체질소liquid nitrogen의 약자로, LIN 폭약은 초냉각된 액체질소 바람을 이용한다. 군⁑이 문, 통로, 다리 등과 같은 구조물에 자석처럼 부착이 가능한 액체질소 수류탄과 장약을 개발하는 과정에서 그 존재가 알려지게 되었다. 용도는 합금, 금속, 플라스틱, 나무 등 그 어떤 소재도 초냉각시켜 극도로 취약한 상태로 만듦으로써 쉽게 파괴할 수 있게 하는 것이었다. 문제는, LIN 폭약이 인간의 피부에 접촉할 경우였다.

액체질소 수류탄에는 기존의 수류탄과는 한 가지 다른 점이 있었다. 바로, 살상을 위해 표적의 피부를 파괴하거나 관통할 필요가 없다는 것이었다.

그 유효성은 지구상에서 가장 풍부한 미네랄, 즉 '물'의 특수한 화학적 특성을 전제로 한다.

물은 이 행성에서 냉각될 때 팽창하는 유일한 자연 물질이다. 초냉각 액체질소 바람을 맞은 인간의 몸은 아주 빠르게 차가워진다. 그러면 혈구들이 급속 냉동되는데, 중요한 것은 혈구의 70퍼센트가 물로 이루어졌다는 점이다. 그래서 혈구 속 물은 급속도로 팽창하기 시작한다. 혈류 속에 있는 모든 물 분자가 빠르게 팽창하면서 전신의 다발성 출혈이라는 결과를 가져온다. 몸의 거의 모든 곳에서 피를 흘리게 되는 것이다. 눈, 귀, 입, 코, 손톱, 성기에서. 그리고 피부를 뚫고.

초냉각된 바람으로 인한 분자 팽창은 멈추지 않고, 결과적으로 인체 속 모든 혈구가 폭발한다. 몹시 고통스러운 죽음이고, 매우 소름 끼치는 광경이다.

테일러를 위해 루시엔은 그 전 과정을 간략하게 설명했다.

"액체질소 바람을 맞은 그녀의 몸은 지옥처럼 끔찍했어. 내가 보기에도 말이야. 그녀 안의 모든 게 폭발한 것 같았지. 피부를 뚫고 분출하던 그 피는⋯⋯." 깊은 한숨을 내쉰 그는 수염을 긁적거리면서 자신의 황량한 감방을 눈으로 훑었다. "정말 온갖 곳에서 다 나오더군. 내가 떠난 뒤에 야생동물이 와서 건드리지 못하도록 그 판잣집을 청소하고 소독하는 데만 나흘이 걸렸을 정도야." 루시엔은 잠시 당시의 기억을 떠올리는 것 같았다. "예일의 친구가, 한 실험실에서 살아 있는 개구리에 이 실험을 하고 있다고 말해준 적이 있었지. 액체질소와 관련된 실험이었어. 실험에서 어떤 일이 일어났는지 들었을 때, 나는 인간의 몸은 과연 어떻게 반응할까 상상해봤어. 하지만 내 풍부한 상상력조차 현실에 비할 바는 못 되더군."

만약 헌터와 테일러가 자기들 앞에 순수한 악의 존재가 앉아 있다는 사실을 이제껏 조금이라도 의심했다면, 그 의심은 이 몇 분 사이에 완전히 소멸되었다. 그들 가운데 누구도 그 이야기를 더 자세히 듣고 싶어 하지 않았다.

"위치, 루시엔." 헌터가 물었다. 그의 목소리에는 흔들림이 없었고, 상황에 적합한 어조였다. "솔턴스톤 호수 주변에 묻은 거야?"

루시엔은 왼쪽 벽의 콘크리트블록 하나를 에워싸는 홈을 손가락으로 쓸었다. "그랬지. 그리고 너희에게 깜짝 선물이 있는데, 캐런 이후에 그곳에 네 번 더 갔었어. 이게 무슨 의미인지 안다면 말이지만." 그는 '내가 그것까지 어쩌겠어?'라고 말하듯 입술을 오므리고 무심하게 어깨를 으쓱였다. "아주 잘 은폐된, 훌륭한 장소였지."

"네 말은 거기서 시체 한 구가 아니라 다섯 구를 찾아낼 거라는 말이야?" 테일러가 물었다.

루시엔은 자신이 만들어낸 긴장감을 잠시 더 끌다가 고개를 끄덕였다. "그들의 이름을 원해?"

테일러가 그를 쏘아보았다.

루시엔은 소리 내어 웃었다. "당연히 그러시겠지." 그는 눈을 감고, 기억을 떠올리려면 산소가 필요하다는 듯이 숨을 잔뜩 들이마셨다. 다시 눈을 뜬 그는 감정이 전혀 없이 무감각한 사람처럼 보였다.

"에밀리 에번스, 33세, 뉴욕시. 오언 밀러, 26세, 오하이오주 클리블랜드. 라파엘라 고메즈, 39세, 펜실베이니아주 랭커스터. 그리고 레슬리 젱킨스, 22세, 캐나다 토론토. 당시 그녀는 예일의 유학생이었지."

루시엔은 잠시 말을 멈추고 다시 한번 숨을 깊이 들이마셨다.

"그들이 어떻게 죽었는지도 알려줄까?" 그의 입은 히죽히죽 웃고 있었지만, 눈은 웃지 않았다.

헌터는 지하실에 앉아 루시엔이 피해자들을 어떻게 고문하고 죽였는지 떠들어대는 것을 듣고 싶은 마음이 없었다.

"장소, 루시엔. 더는 아니야." 헌터가 말했다.

"정말?" 루시엔은 실망한 표정을 지었다. "이제 막 재밌어지기 시작했는데. 캐런은 고작 두 번째였어. 난 대상이 하나씩 늘 때마다 매번 나아졌다고. 정말이야." 그는 테일러를 도발하는 윙크를 날렸다. "훨씬 나아졌지."

"넌 빌어먹을 사이코야." 테일러는 더 이상 자제할 수 없었다. 루시엔을 보는 것만으로도 역겨울 정도였다.

헌터는 무덤덤하게 테일러에게 시선을 던져 싸움을 그만두라고, 눈빛으로 조용히 호소했다.

"그렇게 생각해?" 루시엔은 마침내 기회를 잡았다.

테일러는 헌터의 눈빛을 외면했다. "내가 알기로는 그래."

루시엔은 잠깐 곰곰이 생각하는 것 같았다. "테일러 요원, 넌 정말 순진해서 문제야. 이런 충동을 가진 게 나쁘다고 생각한다면, 넌 틀림없이 직업을 잘못 고른 거야." 그는 자신의 어깨 너머를 엄지로 가리켰다. "매일 저 밖에서 수천, 수백만 명의 사람들이 다른 사람을 죽이는 생각을 해. 어떤 이들은 아주 어렸을 때부터 그런 생각을 하지. 매일 저 밖에는 자신만의 방법으로 사람을 죽이는 상상을 하는 자들이 있어. 그들의 배우자, 동료, 이웃, 상사, 은행 매니저, 그들을 괴롭히는 개자식들…… 그 명단은 끝이 없지."

테일러는 근거 없는 주장이라는 듯 루시엔을 힐끗 보았다.

"네가 말하는 건 순간적인 충동, 격양된 **생각들**에 지나지 않아." 다시 차분함을 되찾은 그녀는 '생각들'이라는 말을 강조하고 있었다. "특정 행동에 대해 화를 내는, 충분히 이해 가능한 심리적 반응이야. 그게 실현된다는 의미는 아니지."

"장소, 루시엔." 헌터가 끼어들었다. 어째서 테일러가 계속 불을 지피는 건지 도무지 이해할 수가 없었다. "캐런의 유해는 어디에 있지?"

루시엔은 그를 무시했다. 그는 테일러를 밀어붙이는 쪽에 더 관심을 보였다. "순진하군, 테일러 요원. 역시 순진하다니까." 그가 고개를 저으며 말했다. "순간적인 충동이든 아니든 그런 생각들이 분노, 상처, 환멸, 질투 따위를 양분 삼아 언젠가는 생각으로 그치지 않을 위험은 늘 존재해. 그렇게 되도록 일조하는 요인이 최소 1,000개는 있을 거야. '확률법칙'이라는 게 있어. 분명히 너도 들어봤을 거야. 너희 데이터베이스에도 넘치잖아. 누구나, 그러니까 내 말은 가정교육, 성별, 계층, 인종, 종교, 지위, 아니 그 무엇과도 상관없이 그야말로 **누구든지** 살인자가 될 수 있다는 거야."

그만해요, 코트니. 헌터가 머릿속으로 애원했다.

그러나 테일러는 그만두지 않았다. "네 망상이야." 그녀는 생각도 하지 않고 대답했다.

그것이 루시엔을 더 즐겁게 만들었다.

"여기서 망상을 하는 사람은 내가 아닌 거 같은데, 테일러 요원. 알잖아? 어떤 선을 넘지 않겠다고 말하기는 매우 쉬워. 그 선이 그들에게 제시되지 않을 때는 말이지."

루시엔은 그 말들을 공중에 맴돌게 해서 테일러가 소화할 시간을 준 다음 이야기를 계속했다.

"언젠가 그 선을 마주하게 되면, 그들은 태도를 아주 다르게 바꾸게 돼. 이 점에 대해선 날 믿어, 테일러 요원. 내 실험 중 하나였으니까. 다른 사람의 생명을 빼앗는 짓은 절대 할 수 없다던 누군가에게 그 선을 제시해줬지." 루시엔은 손톱을 다듬어야 하나 따져보듯 자기 손을 들여다보았다. "맙소사, 정말로 그녀는 그 선을 넘더군."

테일러는 숨이 턱 막혔다.

헌터는 불신의 표정으로 그를 응시했다.

"억지로 사람을 죽이게 했다는 말이야? 네 가설을 논증하려고?" 테일러가 물었다.

헌터는 루시엔이 그런 짓을 할 수 있다는 것을 의심하지 않았다. 훨씬 더한 짓도 할 수 있는 자였다. 하지만 헌터는 이제 충분히 들었기에, 이 수사의 선임 수사관이 테일러임에도 불구하고 그녀에게 그만하라는 표시로 손을 들어 올린 후 발언권을 넘겨받았다.

"장소, 루시엔. 뉴헤이븐 어디에 그 시신들이 있지?"

루시엔은 다시 턱수염을 긁적거리며 헌터를 자세히 살폈다.

"물론 말해줄 거야, 로버트. 그러기로 약속했잖아, 안 그래? 하지만 난 너무 오랫동안 말했어. 그러니 이제 다시 내가 질문을 할 차례지. 그게 거래였어."

헌터는 이제 무엇이 다가올지 예감했다. "시신들이 있는 곳을 먼저 말해. 그러면 FBI가 확인하는 동안 넌 질문할 수 있어."

루시엔은 눈동자를 움직이는 것으로 그 점을 인정했다. "네 논리는 알겠어. 하지만 FBI는 내가 방금 전에 알려준 이름 네 개를 벌써 확인하고 있을걸." 그는 감방 안 천장 구석에 있는 CCTV 카메라를 올려다보며 그것을 향해 미소 지었다. "즉, 너희들을 바쁘게 할 거리를 내가 이미 줬다는 뜻이지. 그러니 이제 내 차례야."

루시엔은 헌터의 눈 속 깊은 곳을 응시했다.

"제시카에 대해 말해줘, 로버트."

68

유치장 통제실에 있던 케네디 센터장은 루시엔이 헌터와 테일러에게 이름 네 개를 말하자마자 곧장 수색팀에 연락을 취했다.

"이 사람들이 실재한다는 증거가 필요해." 그가 선임 요원에게 지시했다. "사회보장번호든 운전면허든 뭐라도." 루시엔이 언급한 그대로, 처음 나온 세 명의 이름과 나이, 출생지를 받아 적게 했다. "네 번째로 언급된 레슬리 젱킨스는 캐나다 토론토 출신이야. 예일대 유학생이었지. 아마 90년대 초일 거야. 예일에 확인해봐. 그리고 필요하다면 워싱턴의 캐나다 대사관에도 확인하고. 실종 신고가 있었는지도 알아야 해. 가능한 한 빨리 결과 보고해." 그는 재빨리 전화기를 내려놓았다.

케네디는 언젠가 FBI에 합류했던 군사 무기 전문가와 함께 LIN 수류탄 및 폭약에 관해 나눴던 대화를 기억했다. 그 무기 전문가는 초냉각된 액체질소 바람에 노출된 인체에서 벌어지는 일을 보여주는 실제 영상을 그의 눈앞에 재생해주었었다. 케네디는 FBI에서 시신과 범죄 현장을 누구보다 많이 봐왔지만, 영상 속 광경과 비슷한 장면은 그때껏 본 적이 없었다.

이후 저 살인마가 어디를 지목하든 즉각 팀을 파견할 수 있도록 케네디가 코네티컷주 뉴헤이븐의 FBI 지부에 연락할 준비를 갖췄을 때, 루시엔은 게임의 양상을 변화시키며 헌터에게 제시카에 관해 물었다.

"제시카가 누구죠?" 램버트 박사가 케네디를 향해 물었다.

케네디는 아주 작은 동작으로 고개를 내저었다. "모르겠네."

69

루시엔의 질문이 벽에 부딪혀 울려 퍼지는 동안, 헌터는 마치 야구방망이로 흉부를 가격당해 구멍 난 폐가 쪼그라드는 듯한 느낌을 받았다. 그는 자신의 귀를 의심하며 눈을 가늘게 뜨고 루시엔을 바라보았다.

테일러는 헌터를 보지 않을 수 없었다.

"뭐라고?" 헌터가 말했다. 아무리 그가 포커페이스라 해도 그 순간에는 놀라움을 감추지 못했다.

"제시카 피터슨." 루시엔은 헌터의 반응을 잘근잘근 즐기며 되풀이했다. 그 이름이 연기처럼 대기 중으로 천천히 옮겨 갔다. "제시카 피터슨에 대해 말해줘, 로버트. 그녀는 누구였지?"

헌터는 루시엔에게 시선을 고정한 채 머리로는 그 상황을 판단하기 위해 안감힘을 썼다.

경찰 기록이나 의료 기록이야. 그는 그렇게 결론 내렸다. 그 방법밖에 없어. 어떤 수를 써서 루시엔은 경찰 기록이나 의료 기록에 접근했어, 아니면 둘 모두에. 그때 헌터는 루시엔이 자기 어머니에 관해 질문을 계속할 때 받았던 느낌을 떠올렸다. 그는 루시엔이 이미 모든 답을 알고 있다고 느꼈는데, 만약 그가 경찰 기록이나 의료 기록을 손에 넣은 것이라면 충분히 그럴 수 있었을 터였다. 검시관의 보고서에, 헌터의 어머니는 진통제 과다 복용으로 사망했으며 사망 시각은 한밤중이라고 적혀 있었을 것이다. 헌터의 아버지는 밤에 일했으니 그때 집에 없었다는 것도 그리 어렵지 않게 알 수 있었을 것이다. 당시 그 집에 어머니와 함께 있었던 건 일곱 살의 로버트 헌터뿐이었다. 루시엔은 별문제 없이 그날 밤 일어난 일의 대부분을 추론해낼 수 있었을 테다. 그는 단지, 빈틈을 메우기 위해 헌터가 필요했을 따름이다.

"그녀는 누구였지?" 루시엔이 냉랭하게 다시 물었다.

헌터는 눈을 깜박이며 혼란스러움을 몰아냈다. "몇 년 전에 내가 알았던 사람." 결국 로버트 역시 같은 어조로 대답했다.

"어이, 로버트." 루시엔이 쏘아붙였다. "그보다는 잘할 수 있다는 걸 내가 아는데 그러네. 그리고 나한테 거짓말할 수 없다는 거, 누구보다 잘 알잖아."

그들은 잠시 눈빛을 맞부딪었다.

"어렸을 때 만났던 사람이야." 헌터가 말했다.

"얼마나 어렸을 때?"

"박사 과정을 마친 직후에 만났지."

루시엔은 침대에서 뒤로 기대앉아 최대한 편안하게 다리를 앞으로 뻗었다. "얼마나 사귀었어?"

"2년."

"사랑했나?" 루시엔이 고개를 살짝 갸웃하며 물었다.

헌터는 주저했다. "루시엔, 이게 무슨 상관이……."

"질문에 대답이나 해, 로버트." 루시엔이 단칼에 그의 말을 잘랐다. "관련이 있든 없든 내가 원하면 물어볼 수 있어. 그게 거래였지. 나는 네가 제시카 얘기를 좀 더 해줬으면 해. 그녀를 사랑했어?"

테일러가 자리에서 몸을 들썩였다.

헌터의 고갯짓은 아주 미묘했다. "그래, 사랑했어."

"그녀와 결혼할 계획이었어?"

침묵.

루시엔의 눈썹이 대답을 기다리고 있음을 시사하듯 들썩였다.

"그래." 헌터가 말했다. "우린 약혼했었지."

테일러는 아주 짧은 순간 침울해진 헌터의 목소리를 들었다.

"와, 그거 재밌군." 루시엔이 자신의 의견을 밝혔다. "그런데 뭐가 잘못된 거야? 내가 알기로는 넌 결혼이나 이혼을 한 적이 없는데. 무슨 일이 있었던 거지? 왜 사랑하는 여자와 결혼하지 않은 거야? 그녀가 다른 사람 때문에 널 떠나기라도 했어?"

헌터는 도박을 해보기로 했다. "그래, 다른 사람을 찾았지. 더 나은 사람."

루시엔은 요란하게 침을 삼키며 고개를 저었다. "정말 날 시험해보고 싶은 거야, 로버트? 정말 내게 거짓말하고 싶은 거야? 그게 네가 지금 하고 있는 짓이잖아." 루시엔의 표정과 목소리가 강철처럼 단단해졌다. "**정말이지** 마음에 안 드는군."

테일러의 얼굴은 흔들림이 없었지만, 두 눈은 길을 잃은 듯이 보였다.

"그거 알아?" 헌터가 양손을 들어 올리며 말했다. "이 얘기는 하지 않을 거야."

"얘기하는 게 좋을 텐데." 루시엔이 반박했다.

"난 그렇게 생각하지 않아." 헌터는 심리학자가 환자에게 말을 걸듯 신중한 어조로 대답했다. "나는 여기로 불려왔어. 옛 친구를 돕는 일이라고 생각했으니까. 내가 안다고 생각했던 누군가를 말이야. 불과 며칠 전에 FBI가 LA에서 네 사진을 보여줬을 때, 나는 분명히 무언가 착오가 있었을 거라고 확신했지. FBI가 이 상황을 해결하고 네가 그들이 생각하는 그런 사람이 아니라는 걸 증명하는 데 내가 도움이 될 수 있을 거라고 생각해서 여기로 날아오기로 동의한 거야. 그런데 내가 틀렸군. 해결할 문제가 없으니 내가 도울 것도 없어. 지금 네 모습이 바로 너고, 바로 네가 그 짓을 했어. 불행하게도, 아무도 그 사실은 바꿀 수 없어. 하지만 네가 말했지. 구할 사람이 없으니 서두를 필요가 없다고. 내가 떠나면 FBI가 계속해서, 모든 피해자의 유해가 있는 장소를 캐내려 할 거야."

헌터는 테일러를 훔쳐보았다. '떠난다'는 말에 그녀의 이마가 구겨졌다.

"그들은 아마 다른 방법을 사용하겠지." 헌터가 계속 말했다. "덜 상투적인 방법 말이야. 어떻게 될지 넌 알 거야. 며칠 더 걸릴 수도 있겠지만…… 날 믿어, 루시엔. 결국 넌 털어놓게 될 거야."

헌터는 떠날 준비를 하며 일어섰다.

루시엔은 그 어느 때보다도 침착해 보였다.

"어이, 옛 친구. 다시 앉으라고 제안하지. 너는 내 말을 잘못 인용했으니까."

헌터가 멈칫했다.

"나는 '서두를 필요가 없다'고 하지 않았어. '수전의 유해를 찾으려고' 서두를 필요가 없다고 했지. 어쨌든 넌 **그녀를** 구할 수 없으니까."

루시엔의 말에 헌터의 심장박동이 불규칙해졌다.

"그리고 나는 '아무도 구할 수 없다'는 말을 한 적이 없어. 아직은 시간이 있다고 생각하거든." 루시엔이 다시 한번 존재하지 않는 손목시계를 보기 위해 손목을 들여다보는 동안 실내엔 긴장감이 감돌

왔다. "납치한 피해자들을 다 죽이진 않았어, 로버트." 루시엔은 지극히 차갑고 감정이 없는, 꼭 시체 같은 표정으로 덧붙였다. "아직 한 명이 살아 있지."

3막
시간과의 싸움

70

은신처
사흘 전

쿨럭거리며 깨어났다. 아니, 깨어났다고 생각했다. 그녀는 정확히 판단할 수 없었다. 그녀의 현실은 가장 끔찍한 악몽만큼 무서웠다. 뇌는 계속 몽롱한 채 반은 감각이 없고 반은 깨어 있는 상태여서, 그녀는 24시간 내내 혼란스러웠다.

햇빛이 들지 않아 시간의 흐름을 알 수 없게 된 지 오래였다. 악취 나는 이 기분 나쁜 곳에 오랫동안 갇혀 있었다는 것만은 알았다. 몇 년처럼 느껴졌지만 단 몇 달, 아니 단 몇 주에 불과할지도 몰랐다. 시간은 천천히 흘러갔고, 아무도 그것을 셈하지 않았다.

그녀는 마을 동쪽에 있는 술집에서 그를 만났던 밤을 아직도 기억했다. 그녀보다 나이는 많았지만, 멋지고 매력적이고 교양 있고 지적이고 재미있고 여자를 칭찬하는 법을 정말로 잘 아는 사람이었다. 그는 그녀가 스스로를 특별하다고 느끼게 해주었고, 자신이 밤하늘을 밝힐 수 있는 사람이 된 것처럼 느끼게 해주었다. 그 밤이 끝날 무렵, 그는 그녀를 택시에 태우고는 자기와 함께 가자고도 하지 않았고 심지어 같이 차를 타고 가도 되겠느냐고도 묻지 않았다. 그는 아주 예의 바르고 신사적이었다. 다만 그녀에게 전화번호를 물어보기는 했다.

며칠 후 그가 전화를 걸어와 저녁을 먹자고 했을 때 상당히 기뻐했다는 사실을 그녀는 인정해야 했다. 그녀는 함박웃음을 지으며 데이트 신청을 수락했다.

그날 저녁 7시경 그가 그녀를 데리러 왔지만, 그들은 레스토랑에 도착하지 못했다. 그녀가 차에 올라타 안전띠를 매자마자 목 옆이 따끔했다. 그의 동작은 아주 빨라서, 그녀는 아무런 움직임도 보지 못했다. 그녀의 다음 기억은, 이 차갑고 축축한 방에서 깨어난 것이었다.

이 방은 정확히 가로세로 열두 걸음 크기였다. 몇 번이나 세고 또 셌다. 벽은 거친 벽돌과 모르타르로 만들어졌고, 바닥은 시멘트 바닥이었다. 한쪽 벽의 중앙에 자리한 문은 금속으로 된 것이었는데 바닥에서 1.5미터 정도 높이에 문 너머를 들여다볼 수 있고 뚜껑을 달아 여닫을 수 있게 한 직사각형 모양의 구멍이 나 있었다. 감옥의 문과 비슷했다. 뒤쪽 벽에는 지저분한 얇은 매트리스와 젖은 개 냄새가 나는 담요가 있었고 베개는 없었다. 한쪽 구석에는 변기 대신 쓰라고 놔둔 플라스틱 양동이가 하나 있었다. 창문은 없었고, 천장 중앙에 매달린 채 단단히 잠겨 있는 철망 상자 속에서 아주 약한 노란 빛을 뿌리는 전구가 24시간 동안, 7일 내내 켜져 있었다.

감금된 이후, 그녀는 음식과 물, 그리고 질감이 거친 새 화장지를 가져온 납치범이 배설물이 든 양동이를 새것으로 바꿔주려고 방에 들어올 때밖에 그를 보지 못했다.

지금껏 그는 그녀에게 손을 대거나 아프게 하지 않았다. 말을 많이 하지도 않았다. 그녀는 소리 지르고, 빌고, 애원하고, 대화해보려고 했지만 그는 거의 대꾸하지 않았다. 한번은 그가 보인 단순한 신체 반응에 그녀는 지레 겁을 먹고 소변을 지린 적도 있었다. 순전히 두려운 마음에, 그녀의 잠재의식은 계속해서 무엇을 원하느냐고, 무슨 짓을 할 거냐고 그에게 물어볼 것을 재촉했다. 어느 날 그녀는 그것에 굴복하고 기어이 그에게 묻고 말았다. 그는 말로 답하지 않았다. 그저 그녀를 내려다보기만 했고, 그녀는 그 눈 속에서 전에는 본 적 없는 무언가를 보았다. '절대 악'을.

그는 그녀에게 음식과 물을 가져다주었다. 때로는 매일 가져다줬지만 항상 그런 것은 아니었다. 그녀는 시간관념을 완전히 잃었지만, '배급' 사이의 간격이 특히 긴 경우가 있다는 것만은 알 수 있었다. 분명히 하루나 이틀보다 훨씬 길었다.

한번은 이런 일도 있었다. 세 번째인가 네 번째 식량 배달이 있은 직후, 그녀는 문이 열리기를 기다렸다가 자기 안에 있는 힘을 전부 그러모아 깨진 손톱으로 그의 얼굴을 할퀴는 공격을 시도했다. 하지만 그는 그런 일이 일어나기를 그간 기다려왔다는 듯이, 아주 작은 생채기를 입기도 전에 그녀의 배를 아주 세게 가격했다. 뒤로 튕겨 나간 그녀는 몸을 반으로 접고 구토하기 시작했다. 그녀는 그날 태아 자세로 바닥에 누워 고통에 뒤틀린 채 나머지 시간을 보내야 했다.

다른 때보다 배급량이 많을 때도 간혹 있었다. 더 많은 물병, 더 많은 크래커와 쿠키 꾸러미, 더 많은 초코바, 더 많은 빵 덩어리……. 심지어 과일이 있을 때도 있었다. 그런 다음 그는 오랫동안 사라졌었다. 그녀에게 가져다주는 물건의 양이 많을수록 그가 돌아오기까지 더 오랜 시간이 걸렸고, 그녀가 마지막으로 받은 배급량은 여태까지 중에 가장 많았다.

시간이 정확히 얼마나 오래 지났는지는 알 수 없었지만, 이전 어느 때보다도 오랫동안 그가 돌아오지 않고 있다는 것만은 알았다. 그녀는 그에 관해 거의 완벽하게 추론하는 법을 빠르게 터득한 터였다. 그녀가 음식과 물을 소진할 때쯤 그는 새 보급품을 가지고 돌아오곤 했지만, 이번은 아니었다.

며칠 전에 음식이 바닥났다. 그녀에게는 더 길게 느껴졌지만, 아마 사흘이나 나흘 전이었을 것이다. 그리고 그로부터 하루나 이틀 뒤에 물이 소진되었다. 그녀는 기력이 쇠해지고, 탈수 증세를 느꼈다. 입술은 마르고 갈라졌다. 너무 배가 고파서인지 그 방의 추위와 습기가 평소보다 더 몸에 영향을 미치는 것 같았다. 그녀는 대부분의 시간을 방구석에서, 악취 나는 담요로 몸을 감싼 채 공 모양으로 웅크리고 지냈다. 하지만 그래도 떨림을 멈출 수는 없었다.

한동안 목이 계속 불타는 것 같았는데, 오늘은 어느 때보다도 정도가 심했다. 물 한 잔이 절실했다. 눈꺼풀은 몹시 무겁게 느껴져서 의지력을 발휘해야만 억지로 뜨고 있을 수 있었다. 머리는 조금만 움직여도 그것이 그녀의 마지막 순간이 될 것처럼 아파왔다. 그러다가 언제라도 두개골 안에서 뇌가 폭발해버릴 것만 같았다.

축축한 이마에 손을 갖다 대자 흡사 뜨거운 금속을 만지는 듯했다. 그녀는 불타고 있었다.

경이로운 노력으로 그녀는 고개를 들어 문을 쳐다보았다. 무슨 소리가 들린 것 같았다. 발소리인지도 몰랐다. 누군가 오고 있었다.

아마도 미친 듯이 보일 테지만, 그녀의 입가에 미소가 떠올랐다. 인간의 뇌는 아주 복잡한 기관이고, 취약하며 기진맥진해진 정신은 때때로 지푸라기라도 잡으려고 한다. 그 순간 그녀에게는 그가 자신을 반복적으로 강간하고 죽일 수도 있다는 생각은 들지 않았다. 그는 그녀에게 음식과 물을 가져다주고, 방 안을 악취와 욕지기로 가득 채우는 배설물 양동이를 비워주려고 오는 구세주였다.

그녀는 벽을 잡고 천천히 몸을 일으켜 세웠다. 전투를 치른 뒤 극도로 지친 병사처럼 비틀거리며 천천히 문으로 걸어가 귀를 문에 가져다 댔다.

"저기요……." 아주 약해서 겁에 질린 아이 같은 목소리가 나왔다.

대답은 없었다.

"저기요…… 거기 있어요?"

침묵.

"물 좀 마실 수 있을까요?" 그녀는 부서질 정도로 이를 딱딱 부딪으며 울먹이는 목소리로 애원했다. "제발요." 그녀는 울기 시작했다. "제발 도와주세요. 몇 방울만이라도…… 제발……."

완벽한 정적.

그녀는 오랫동안 문에 귀를 세게 누른 채 문 옆 바닥에 머물렀다. 아마도 두어 시간쯤. 아무 소리도 나지 않았다. 전혀 없었다. 피곤에 지치고 절망에 빠진 두뇌가 그녀를 속이기 시작했다. 고열로 인해 그녀는 환각에 빠져들고 있었다.

흐느낌이 진정되기까지는 시간이 걸렸다. 눈과 지저분한 볼에서 눈물을 훔쳐낸 그녀는, 다시 몸을 일으켜 세울 만한 힘은 남아 있지 않은 까닭에 방의 반대쪽 구석으로, 담요가 있는 곳으로 기어갔다.

그녀는 미쳐갔다. 자신이 미쳐간다는 걸 스스로도 느낄 수 있었다.

다시 공처럼 몸을 말면서, 그녀는 자신에게 속삭이기 시작했다. "포기하지 마. 버텨야 해. 넌 여기서 벗어나게 될 거야. 강하게 버텨야 해……." 그녀는 중얼거림을 잠시 멈추고, 혼란스러운 눈으로 방을 한 바퀴 둘러보며 얼굴을 찡그렸다. "버텨야 해……." 그러다 그녀는 다시 멈칫했다. 그녀는 기억해내라고 뇌에 강요하고 있었지만,

사라졌다. 도저히 믿을 수가 없었다.

"나는……."

사라졌다.

"내 이름은……."

사라졌다.

필사적으로 자신에게 버텨야 한다고 말해주고 싶었지만, 자기 이름을 기억해낼 수가 없었다.

그녀는 또다시 울기 시작했다.

71

"매들린." 루시엔이 말했다. 그는 여전히 다리를 앞으로 뻗은 편한 자세로 침대에 앉아 있었다. "그녀의 이름은 매들린 리드. 하지만 '매디'라고 불리는 걸 좋아해."

헌터는 몸속 깊숙한 곳에서 느껴지는 따끔거리는 감각을 의식했다. 긴박감이 팽팽하게 켕기면서, 마치 탄산 거품이 혈관 속을 질주하는 것 같았다.

한편 테일러는 누군가에게 막 뺨을 맞은 듯한 기분이었다.

"뭐라고?" 그녀가 의자에서 몸을 앞으로 기울이며 물었다.

"매들린 리드. 아니, 네가 매디라고 부르겠다면 매디 리드." 루시엔이 어깨를 으쓱하며 반복했다. "23세. 4월 9일 출생. 펜실베이니아주 피츠버그에서 그녀를 고르긴 했지만, 매디는 미주리주 블루스프링스에서 태어났지." 그는 고개를 휙 젖혀 감방 바깥의 복도 끝을 가리켰다. "원한다면 가서 확인해봐도 돼. 그녀의 가족은 틀림없이 지금쯤 미쳐가는 중일걸."

헌터와 테일러 둘 다 에이드리언 케네디가 이 심문을 듣고 있다는 걸 알았다. 몇 분 안에 이름과 기타 정보의 진위 여부를 확인할 수 있을 것이다.

"4월 9일?" 테일러가 놀라서 눈을 커다랗게 뜨며 말했다. "4개월

전이잖아."

"그렇군." 루시엔이 동의했다. "하지만 걱정하지 마, 테일러 요원. 내겐 작지만 효과적인 '시스템'이 있으니까. 수년에 걸쳐 증명된 시스템." 그가 미소 지었다. "내가 떠나기 전에 음식과 물을 두고 왔어. 매디는 아주 영리해서 보급품을 너무 많이 쓰면 안 된다는 걸 금방 이해하더군. 그렇지 않으면 내가 돌아오기 전에 전부 소진되거든. 그리고 덧붙여 말해두자면, 그녀는 아주 전문가가 다 됐지." 그는 깍지 꼈던 손을 풀고, 손등에 교차하는 정맥들을 자세히 살펴보았다. "하지만 나는 나흘 전, 아니 닷새 전에 돌아갈 예정이었어."

그는 상황의 심각성을 이해한 헌터와 테일러의 얼굴을 본 뒤 계속 말했다.

"매디가 며칠 전에 음식과 물을 다 써버렸다면, 지금쯤 아주 쇠약해졌을 거야. 그건 틀림없지만 아직 살아 있기는 할 테지. 그 상태로 얼마나 버티려나? 애석하게도 그건 알려줄 수 없겠어."

"어디에 있지?" 헌터가 물었다.

"제시카 피터슨 얘기를 해줘." 루시엔은 다시 그 주제로 돌아왔다. "네가 사랑했던 여자 이야기를 해봐."

헌터는 숨을 깊이 들이마셨다.

"그녀를 구할 수 있게 장소를 말해줘, 루시엔. 그러면 네가 뭘 알고 싶어 하든 다 얘기해준다고 약속할게."

루시엔은 손으로 미간을 문질렀다. "음." 그는 헌터의 제안을 생각해보는 척했다. "아니, 안 되겠어. 아까 말했듯이, 이제 내 질문에 네가 대답해야 할 차례야. 나는 답을 충분히 줬어."

"대답할게, 루시엔." 헌터가 말했다. "약속해. 하지만 나흘 전에 음식과 물이 동났다면, 지금 즉시 그녀에게 가야 해." 헌터의 목소리에서 스파크가 튀는 듯한 긴박함이 느껴졌다.

루시엔은 흔들림 없이 그를 보기만 할 따름이었다.

"루시엔, 그녀를 이런 식으로 죽게 한들 무슨 의미가 있어?" 헌터가 애원했다. "네가 지금껏 피해자를 죽여서 어떤 만족감을 얻어왔든, 매들린의 죽음으로는 그걸 얻지 못할 거야."

"아마 그렇겠지." 루시엔이 동의했다.

"그러니 제발 그녀를 살려줘."

루시엔은 동요하지 않는 듯 보였다.

"끝났어, 루시엔. 주위를 봐. 넌 잡혔어. 우연이었지만 잡혔다고. 누군가의 생명을 더 앗아 가봐야 의미 없어." 헌터는 잠시 멈췄다가 다시 말했다. "제발. 네 안에는 틀림없이 아직 인간적인 면이 있을 거야. 이번 한 번만 자비를 베풀어서 매들린을 데려오게 해줘."

루시엔은 다시 일어섰다. "멋진 연설이었어, 로버트." 그가 입을 오므리며 말했다. "간결 명료하고 감정의 양도 적절했어. 잠깐이지만 네 눈에 눈물이 고이는 줄 알았지 뭐야." 빈정거림이 제2의 피부라도 되는 양 루시엔이 또다시 비아냥댔다. "나는 자비를 **베풀고** 있어. 내 나름의 자비심 말이야. 내 자비를 구하려거든 이렇게 해. 먼저, 나는 제시카에 관해 듣고 싶어. 오직 그런 후에야 뉴헤이븐의 캐런 심프슨과 다른 네 명의 유해가 있는 장소를 말할 거야. 그리고 매들린 리드가 어디에 있는지도. 그러면 너와 테일러 요원은 영웅이 될 수 있어."

루시엔은 테일러가 손목시계를 확인하는 것을 보았다.

"그래, 너희는 시간을 잃고 있어." 그가 고개를 끄덕이며 말했다. "갑자기 매초가 소중해졌지, 안 그래? 탈수증이 돌이킬 수 없는 신경학상의 결과를 가져올 수 있다고 굳이 말해줄 필요는 없을 거야. 서

두르지 않으면, 설사 살아 있는 그녀를 찾아내더라도 너희가 도착할 때쯤엔 식물인간에 지나지 않게 되었을지도 몰라."

루시엔은 헌터의 의자를 가리켰다.

"그러니 다시 궁둥이 붙이고 앉아서 이야기를 시작해, 로버트."

72

헌터는 손목시계를 확인하고는 테일러와 걱정스러운 표정을 재빨리 주고받은 뒤 자리로 돌아왔다.

"뭘 알고 싶어?" 그가 루시엔의 눈을 들여다보며 말했다.

루시엔은 의기양양하게 웃었다. "무슨 일이 있었는지 알고 싶어. 약혼했던 여자와 어째서 결혼하지 않았던 거야? 왜 제시카와 함께 하지 않은 거지?"

"이 세상 사람이 아니니까."

테일러는 고개를 돌려 헌터의 눈을 보았다. 그의 눈 속에서 뭔가가 반짝였다. 그녀는 자신이 깊은 슬픔을 감지했다고 생각했다.

루시엔 역시 같은 것을 보았다. "어떻게?" 그가 물었다. "그녀가 어떻게 죽었지?"

헌터는 루시엔에게 거짓말을 할 수 없다는 걸 알았다. "살해당했어." 그가 대답했다.

테일러는 놀란 눈빛을 감추지 못했다.

"살해당했다고?" 루시엔이 얼굴을 구겼다. "좋아, 벌써 흥미로워지는군. 계속 얘기해줘, 로버트."

"더 할 얘기 없어. 우린 약혼했고, 결혼할 기회를 얻기 전에 그녀가 살해당했어. 그게 전부야."

"아니지, 로버트. 그건 피상적인 사실일 뿐이야. 고작 그걸 알자고 우리가 지금 이러고 있는 게 아니라고. 그 일이 어떻게 일어났는지 얘기해봐. 그래서 너는? 그때 현장에 있었어? 그 장면을 직접 봤어? 네 기분이 어땠는지 말해봐. 그게 내가 정말 알고 싶은 거야. 네 깊은 내면의 느낌과 머릿속 생각들."

헌터는 주저했다.

"네가 원하는 만큼 시간을 써도 돼, 로버트. 나는 상관없어. 하지만 불쌍한 매들린의 시계는 똑딱똑딱 계속 흘러가고 있다는 걸 명심해." 루시엔이 부추겼다.

"아니, 없었어." 헌터가 말했다. "내가 있었다면 그런 일은 일어나지 않았을 거야."

"그거 과감한 발언이군, 로버트. 그럼 어디에 있었지?" 루시엔은 다시 침대 모서리에 걸터앉았다. "허심탄회하게 처음부터 털어놔 봐."

헌터는 누구에게도 그 일에 대해 이야기해본 적이 없었다. 그 자신조차 거의 찾지 않는 은밀한 장소에 기억을 가둬놓는 편이 더 낫다고 생각했기 때문이다.

"당시 나는 형사가 되기 전이었어." 그가 이야기를 시작했다. "중앙서 소속의 순찰 경관이었지. 그날 파트너와 함께 램파트 지역을 순찰하고 있었어."

"듣고 있어." 헌터가 숨을 고르기 위해 말을 멈추자 루시엔이 재촉했다.

"제스와 나는 약혼한 상태였지만 함께 살지는 않았어." 헌터가 설명했다. "준비 중이었지. 내가 형사가 되자마자 같이 살기로 하고 말이야. 진급까지 몇 주밖에 남지 않았을 때였지만, 여전히 각자의 집에서 살았어. 그날 밤 함께 저녁을 먹을 예정이었지. 그녀가 웨스트 할리우드의 어느 식당에 예약을 해놓았었고. 그런데 그날 오후가 끝나갈 무렵, 내 파트너와 나는 웨스트레이크의 가정 폭력 신고 현장에 출동하라는 지시를 받았어.

우리는 10분도 안 되어 해당 주소지에 도착했어. 그런데 주위가 조용하더군. 너무나 조용했지. 가해자인 남편이 창문으로, 접근하는 경찰차를 본 게 틀림없었어. 우리는 차에서 내려 집으로 걸어가 문을 두드렸어. 실제로는 파트너인 케빈이 두드렸지. 나는 창문을 확인하기 위해 집 옆으로 걸어갔고."

"그래서 그때 무슨 일이 있었어?" 루시엔이 재촉했다.

"남편이 현관 우편함 구멍으로 케빈한테 총을 쐈어. 총신을 짧게 자른 12게이지 산탄총이었지. 문 뒤에 숨어서 우리를 기다렸던 거야." 헌터는 자신의 두 손을 내려다보았다. "그 총에는 더블 슬러그 중탄重彈이 장전돼 있었어. 단 한 방으로 케빈의 몸을 반으로 찢어놨지."

"잠깐." 루시엔이 말했다. "구멍 사이로 경찰을 쐈다고?"

헌터는 고개를 끄덕였다. "놈은 크랙 코카인(흡연 형태로 투약하는 강력한 코카인―옮긴이)에 취해 있었어. 며칠 동안 취해 있었지. 그게 놈이 저지르는 가정 폭력의 주요 원인이기도 했고. 완전히 맛이 간 놈이었지. 아내와 여섯 살짜리 어린 딸을 집에 가둔 채 학대했어."

루시엔도 생각하기 위해 잠시 말을 멈췄다. "그가 산탄총으로 네 파트너를 반으로 찢어놓은 뒤에 넌 어떻게 했어?"

"대응 사격을 했지. 문에서 케빈을 떼어놓고 총을 쐈어."

"그리고……?"

"나는 놈의 하반신을 조준했어." 헌터가 말했다. "죽이려던 게 아니라 그저 못 움직이게 하려고. 내가 쏜 두 발 모두 문을 통과했지만 합판을 뚫고 가면서 파괴력이 줄었지. 첫 발은 놈의 오른쪽 허벅지에 맞았고, 두 번째는 사타구니에 맞았어.”

루시엔이 킥킥거렸다. “거기를 맞힌 거야?”

“고의가 아니었어.”

이번에는 완전히 꺽꺽대며 웃었다. “그 쓰레기 같은 놈이 여섯 살 난 자기 딸을 학대하고 있었다면, 맞아도 싸지.”

테일러는 루시엔 같은 사람이 누군가를 “쓰레기 같은 놈”이라고 부른다는 게 어처구니없었다.

“그래서…… 살았어?” 루시엔이 물었다.

“그래. 나는 지원을 요청했지만, 놈은 사타구니에 총알을 맞고 피를 많이 흘리는 바람에 정신이 확 든 것 같더군. 지원팀과 구급대가 도착하기 전에 문을 열고 항복했지.”

“하지만 네 파트너는 살아남지 못했군.” 루시엔이 결론지었다.

“땅에 쓰러지기도 전에 죽었어.”

“그거 안 됐군.” 루시엔이 말했다. 감정이라고는 전혀 느껴지지 않았다. “그렇다면 그날 밤 너는 제스와 저녁을 먹으러 가지 못했겠네.” 그는 잠시 헌터를 살폈다. “내가 ‘제스’라고 부르면 실례인가?”

“그래.”

루시엔이 고개를 끄덕였다. “좋아, 사과하지. 다시 말할게. 그렇다면 그날 밤 너는 제시카와 저녁을 먹으러 가지 못했겠네.”

“그래, 못 갔어.”

73

캘리포니아주 로스앤젤레스
20년 전

케빈의 시신을 검시관의 밴에 옮기는 일을 도운 헌터는 그곳에서 있었던 일을 그 사건에 배정된 형사들에게 상세히 설명했다. 그런 다음 램파트 종합병원으로 차를 몰고 가 자신이 쏜 남자의 상태를 확인했다.

한 의사가 수술실에서 나와 최신 정보를 알려주었다. 마커스 콜버트라는 이름의 그 남자는 목숨은 건지겠지만, 아마도 여생 동안 절뚝거리며 누구와도 다시는 '능동적인' 성관계를 갖지 못할 거라는 것이었다.

헌터는 머릿속이 복잡했지만, 관할 경찰서로 돌아가 여러 장의 보고서를 작성해야만 집에 갈 수 있었다.

로스앤젤레스 경찰국은, 사망자가 발생한 총격전을 치른 경관은 누구라도 심리 평가를 거쳐야 하며 경찰국 내 정신과 전문의와 최소 두 차례 상담을 가져야만 정상적으로 업무에 복귀할 수 있다고 내규로 정하고 있었다. 헌터가 속한 부서의 부서장이 그에게, 지정된 심리학자와의 첫 상담이 이틀 후에 잡혀 있다고 알려주었다.

헌터는 빈방에 앉아 자신의 손에 들린 펜과 앞에 놓인 빈 보고서를 오랫동안 응시하고 있었다. 그날 오후 일어났던 사건들이 마치 반복 재생 버튼을 눌러놓은 오래된 영화처럼 머릿속에서 재생되고 또 재생되었다. 그는 케빈이 죽었다는 사실을 믿을 수가 없었다. 마약에 취한 편집증적인 중독자가 비겁하게 쏜 총에 죽다니. 그들은 1년 6개월 전 헌터가 LAPD에 합류한 이래로 죽 파트너였다. 케빈은 좋은 사람이었다.

헌터가 보고서 작성을 마쳤을 때 시간은 밤 10시가 되어가고 있었다. 그는 제시카와의 저녁 약속을 까맣게 잊고 있었다. 그녀에게 전화를 걸어 사과하고 자신이 왜 못 갔는지, 왜 더 일찍 전화하지 못했는지 설명하려 했지만, 전화는 신호음이 몇 번 울린 후에 곧바로 자동 응답기로 넘어갔다.

제시카는 아주 예쁘고 지적인 여성이었다. 그녀는 경찰관과 데이트를 할 때 당연히 따라오는 문제들, 이를테면 장시간 근무와 마지막 순간에 이루어지는 약속 취소, 남자친구의 안위에 대한 걱정 등을 충분히 이해했다. 또한 헌터가 형사가 되면 그러한 문제들이 더 심해지리라는 것도 알았지만, 그와 사랑에 빠져 있었던 그녀에게 그런 것은 그다지 중요하지 않았다.

헌터는 사과를 담은 짧은 메시지를 자동 응답기에 남기면서도 사정을 자세히 말하지는 않았다. 그녀를 만나서 전부 말해줄 생각이었다. 하지만 제시카는 매우 세심하기도 해서, 자신이 감추고자 했던 슬픔과 심각함을 목소리에서 모두 알아차릴 거라고 그는 확신했다.

헌터는 제시카가 전화를 받지 않는 게 이상하다고 여겼다. 그녀가 외출했을 거라고는 생각지 않았다. 화요일 밤 그 시간대에 외출할 리가 없었다. 어쩌면 그저, 약속 시간 직전에 데이트를 취소해야 했던 다른 날보다 오늘 좀 더 화가 났는지도 몰랐다. 헌터는 머릿속이 엉망이었지만, 24시간 영업하는 식료품점에 들러 그녀에게 줄 꽃을 살 정도의 정신은 아직 있었다.

밤 11시가 되기 직전 제시카의 집에 도착해 거리에 차를 대고 그녀의 집을 다시 올려다봤을 때, 그는 알 수 없는 무서운 느낌에 압도되어 구역질이 나올 것만 같았다. 이전에 그런 느낌이 들었던 적은 한 번도 없었다. 하지만 또 한편으로는, 파트너를 잃은 적도 없었다.

그가 차에서 내려 집을 향해 걸음을 내디딜 때마다 내면의 무서운 느낌은 기하급수적으로 커졌다. 문 앞에 도착했을 때, 헌터의 육감, 아니 예감, 아니 직감, 뭐라 부르든 간에 하여간 그 감각이 무언가 잘못됐다고 그에게 소리쳤다.

그는 열쇠가 있었지만, 열쇠는 필요 없었다. 현관은 잠겨 있지 않았다. 제시카가 현관을 잠그지 않은 적은 단 한 번도 없었다.

문을 열고 어두운 거실로 들어서자마자 풍겨오는 희미한 금속성의 냄새에, 그는 오싹한 소름이 등줄기를 타고 오르내리며 심장이 쿵 내려앉았다.

피는 사람의 몸속을 흐르는 동안은 아무 냄새도 갖지 않는다. 오직 공기와 접촉을 할 때만 구리 냄새와 비슷한 특유의 금속성 냄새를 풍긴다. 헌터는 그날 오후에도 같은 냄새에 둘러싸였었다.

"세상에…… 안 돼." 겁에 질린 탄식이 새어 나왔다.

꽃이 바닥에 떨어졌다.

그의 떨리는 손이 전등 스위치를 향했다.

방이 환히 밝혀지는 동시에 헌터의 세계는 암흑의 구렁텅이로 떨어졌다. 그 구렁은 너무 깊어서, 다시 빠져나오는 길을 찾을 수 없을 것 같았다.

제시카는 부엌문 옆 자신의 피 웅덩이 속에 얼굴을 파묻고 누워 있었다. 싸운 흔적이 뚜렷한 거실은 난장판이었다. 램프는 부서지고, 가구는 나뒹굴었으며, 서랍은 열려 있었다.

"제스…… 제스……." 헌터는 낯선 목소리로 그녀를 부르며 달려 갔다.

제시카는 칼에 여러 차례 찔렸다. 양팔과 양손, 가슴, 복부 그리고 목에 찢어진 상처가 있었다.

그녀의 아름다운 얼굴을 바라보는 헌터의 시야가 눈물로 흐려졌다. 그녀의 입술은 이미 옅은 색으로 바랬고, 얼굴과 손의 피부는 이상한 보랏빛을 띠었다. 사후경직은 아직이었지만 진행 중인 것으로 미루어, 헌터는 그녀가 살해된 지 네 시간이 되지 않았음을 알 수 있었다. 그가 저녁 식사를 위해 그녀를 데리러 오기로 되어 있었던 그 시각 즈음이었다. 그 사실을 깨닫자 그의 구렁텅이는 더 깊어졌다. 헌터의 영혼은, 슬픔이 삼켜버린 빈 육체를 뒤로 하고 떠나면서 그를 포기한 듯했다.

헌터는 그녀의 얼굴에 붙은 머리카락을 부드럽게 손으로 떼어내고, 이마에 입을 맞춘 다음 그녀를 꽉 끌어안았다. 여전히 그녀의 우아한 향수 냄새를 맡을 수 있었고, 부드러운 머리카락을 느낄 수 있었다.

"정말 미안해, 제스." 숨 막힐 듯한 비통함에 그의 목소리가 잠겼다. "정말 미안해."

그는 눈물이 멈출 때까지 그녀를 품에 안고 있었다.

만약 그녀와 자리를 바꿀 수 있다면, 자신의 생명을 그녀의 육신에 불어넣어줄 수 있다면, 그는 그렇게 했을 것이다. 그녀를 위해, 두 번 생각할 것도 없이 바로 자신의 생명을 내주었을 것이다.

끝내 그녀를 내려놓고 고개를 돌렸을 때, 그는 자신이 완전히 놓쳤던 무언가를 그제야 발견했다. 거실 한쪽 벽에 피로, '경찰의 창녀'라고 적혀 있었다.

74

결국 그날 밤 일을 루시엔에게 이야기하자, 결코 치유되지 않아 언제든 도질 수 있는 오래된 상처같이 헌터의 내면에 어두운 구렁이 다시금 열리며 그의 심장을 끌어당기고, 20년 동안 잊고 있었던 공허함을 되살려냈다.

한참동안 모두가 말이 없었다.

"넌 같은 날 저녁에 두 '파트너'를 모두 잃었군." 루시엔이 말했다. 만약 헌터에게 분별력이 없었다면, 맹세코 약간의 슬픔이 느껴졌다고 맹세했을지도 모를 음성이었다.

헌터는 눈을 한 차례 깜박여 그 기억을 정신으로부터 최대한 멀리 밀어냈다. "루시엔, 매들린. 그녀는 어디에 있지?"

"어이, 옛 친구. 잠깐 기다려. 그렇게 빨리는 안 되지."

"그렇게 빨리는 안 된다니 무슨 뜻이야?" 헌터가 대답했다. 그의 눈썹이 화난 모양으로 휘었다. "제시카에게 일어났던 일들에 관해 들어야 할 건 다 들었잖아. 그게 네가 원했던 거 아니야?"

"아니, 그건 일부일 뿐이야." 루시엔이 휴전을 요청하는 몸짓으로 양손을 들어 올렸다. "하지만 네가 그날 밤 일을 말해주었으니 나도 답례로 뭔가 주지. 그래야 공평하니까. 듣고 있어?"

루시엔은 단 2분 만에, 일찍이 언급했던 네 명의 피해자와 캐런 심프슨의 유해가 있는 뉴헤이븐 솔턴스톨 호수 근방 장소로 가는 길을 상세히 알려주었다.

헌터와 테일러는 루시엔의 말을 끊지 않고 집중해서 다 들으면서, 유치장 통제실에 있는 에이드리언 케네디가 몇 분 내에 뉴헤이븐 지부의 FBI 팀을 해당 장소에 파견할 거라고 확신했다.

"이제······." 그가 장소 지목을 마치고 말했다. "내가 매들린을 넘기기를 바란다면, 제시카 이야기로 돌아가서 그녀가 살해당한 뒤의 일을 얘기해보자고. 범인은 잡힌 거야?"

"**범인들**이었어." 헌터가 고쳐주었다. "감식반이 그 집에서 지문 두 세트를 찾아냈지. 하지만 경찰 기록에는 일치하는 게 없었어."

루시엔은 놀란 표정이었다. "성폭행이었어?"

"아니." 대답하는 헌터의 두 눈이 안도감으로 반짝였다. "강간은 아니었어. 강도였지. 그녀 손가락에 있던 약혼반지를 포함해 집 안에 있던 보석 몇 점과 지갑, 현금 전부를 가져갔어."

"강도?" 루시엔은 이상하다고 여기는 듯싶었다.

테일러도 마찬가지였다.

"강도였다면, 그녀를 왜 죽인 거지?" 루시엔이 물었다.

헌터는 잠시 시선을 다른 곳으로 돌렸다가 다시 루시엔을 보았다. "나 때문이야."

루시엔은 기다렸지만, 헌터는 더 말하려고 하지 않았다. "너 때문이라니 무슨 소리야? 보복이었어? 네게 앙갚음하려고?"

"아니." 헌터가 말했다. "제시카는 나와 함께 찍은 사진을 집 안 곳곳에 놔뒀어. 내가 제복을 입고 있는 사진이 많았지. 액자는 전부 박살 나 있었는데, 몇 개는 위에 피로 '견찰'이라고 적혀 있었고, 또 몇 개에는 '경찰 엿 먹어라'라고 쓰여 있었어."

상황이 한결 명확해지자, 루시엔은 천천히 고개를 갸웃했다. "그녀가 LAPD 경관의 약혼녀라는 것을 알고는 그저 재미로 죽이기로 했다는거군."

헌터는 아무 말도 하지 않았다. 눈조차 깜박이지 않았다.

"늙은 개한테 새로운 재주를 가르칠 생각은 없다만…… 갱들은 생각해봤어? 경찰에 대한 끝없는 증오가 뇌리에 박혀 있는 놈들이잖아. LA 같은 도시에서는 특히 더 그렇고. 그 외에 경찰을 그 정도로 싫어할 만한 사람들이라면 전과자밖에 없지만, 지문 기록에 없었다면 그쪽은 배제해야겠지." 루시엔이 말했다.

헌터 역시 그 사실을 잘 알았다. 그와 그 사건에 배정된 형사들은 정보를 얻기 위해 자신들이 보유한 갱단원 정보원들을 모조리 겁박하고 다그쳤다. 그러나 소득은 전혀 없었고, 들리는 풍문조차도 없었다.

"우린 지금 시간을 허비하고 있어." 헌터의 목소리에 짜증이 배어나기 시작했다. "제시카나 그날 밤 일에 관해서는 더 말할 게 없어. 그녀는 살해당했고, 그 짓을 저지른 놈들은 붙잡히지 않았어. 매들린이 어디에 있는지 말해줘, 루시엔. 그녀를 데려오게 해줘."

하지만 루시엔은 아직 그를 놓아줄 마음이 없었다. "그래서 너는 그녀의 죽음에 대해 자책했구나." 질문은 아니었다. "너는 두 가지를 자책했어, 안 그래? 첫 번째는 네가 경찰인 것. 그게 그들이 그녀를 죽인 이유였으니까. 그리고 두 번째는 네가 예정대로 저녁 식사를 위해 그녀의 집에 가지 못한 것."

헌터는 조용히 있었다.

"인간의 심리란 참 재미있단 말이야, 안 그래?" 노련한 심리치료 전문가 같은 어조였다. 낮고, 침착하고, 이성적인. "설사 네가 오랫동안 자책해온 그 두 이유가 실제로는 네 잘못이 아니라는 걸 네가 완전히 인지하고 있다 해도, 그리고 자책의 '이유' 이면에 관한 심리학을 네가 완벽하게 이해한다고 해도, 그래도 너는 여전히 그 죄책감을 떨칠 수 없겠지."

루시엔은 킥킥대며 일어섰다. "로버트, 심리학을 이해한다고 해서 심리적인 트라우마나 압박에 면역이 되는 것은 아니야. 의사라고 해서 병에 걸리지 않는 건 아니듯이 말이야."

루시엔의 목적이 저건가? 헌터는 머릿속으로 자신에게 물었다. 제시카의 살인을 예로 들어 자신의 추악한 행동을 변호하려는 거야? 사람을 죽이는 게 잘못이라는 걸 안다고 해서, 그리고 심리학자로서 그 충동을 이해하고 그것이 어디에서 비롯되는지 안다고 해서 그것들을 통제할 수 있는 건 아니다?

"그때부터 너는 혼자 지내는 걸 좋아했겠군, 아니야?" 루시엔이 말했다. "너 때문에 일어난 일이라고 자책해서 말이야. 그녀는 단지 너와 가까운 사이라는 이유만으로 살해당했어. 장담컨대, 너는 다시는 그런 일이 일어나지 않게 하겠다고 스스로에게 약속했겠지."

헌터는 정신분석을 받을 기분이 아니었다. 이제 끝내야 했다. 그것도 지금 당장. 그러기 위해서라면 그는 어떤 대답도 할 수 있었다. "그래, 맞아. 이제 매들린이 어디에 있는지 말해줘."

"좀 이따가. 너는 아직 내 안의 심리학자를 만족시키지 못했어. 내가 정말 알고 싶은 것은, 제시카가 살해당한 후에 네 머릿속에서 일어났던 일이야. 네가 겪었던 감정의 쓰나미. 그 얘기를 해주면 매들린을 넘겨줄게."

20년이 지나는 동안 헌터는 그러한 감정들과 함께 살아가는 법을 터득했다.

"뭘 알고 싶은데?" 그가 차분히 물었다.

"네 안의 분노에 대해 알고 싶어, 로버트. 격렬한 분노. 죽일 만큼 화가 났었는지. 놈들을 쫓았겠지?" 루시엔이 물었다. "범인들. 제시카를 살해한 범인들 말이야."

"수사가 시작됐어." 헌터가 말했다.

"내 말은 그게 아니잖아." 루시엔이 고개를 내저으며 쏘아붙였다. "그녀를 죽인 살인범을 찾기 위해 너 자신의 십자군 전쟁을 시작했느냐고 묻는 거야, 로버트."

헌터가 막 대답하려는 순간, 루시엔이 중단시켰다.

"지금 거짓말하려고 하지 마, 로버트. 매들린의 목숨이 달려 있어."

헌터는 자신을 보는 테일러의 시선을 느낄 수 있었다.

"그래, 나는 그들을 찾는 일을 절대 멈춘 적 없어."

헌터의 대답에 루시엔은 흥분한 것 같았다.

"그렇다면 여기 중요한 질문이 있어, 로버트." 그가 말했다. "만약 네가 그들을 찾아낸다면, 그들을 체포할까 아니면 네 손으로 정의를 집행할까? 너 자신의 복수 말이야."

헌터는 말없이 손등을 긁적거렸다.

"너는 그들을 직접 죽일 거야, 그렇지?" 루시엔의 미소는 자신만만했다. "로버트, 네 눈을 보면 알아. 네가 그날 밤 일을 되새기는 동안, 나는 봤어. 장담컨대 테일러 요원도 봤을걸. 화, 격렬한 분노, 상처……. 너는 경찰인 너 자신을 저주하고 네가 수호하겠다고 맹세한 법을 저주해. 분노가 모든 것에 우선할 거야. 너 자신의 생명보다도 말이지. 만일 네게서 제시카를 앗아 간 그 사람들을 대면하게 되면, 너는 조금도 주저 없이 그들을 살해할 거야. 네가 그러리라는 걸 나는 알아. 너는 그런 생각을 수백 번, 아니 수천 번은 해봤을걸."

헌터는 코로 숨을 들이마신 다음 천천히 입으로 내보냈다.

"제길, 어쩌면 너는 놈들이 저지른 짓에 대한 대가로 고통받는 모습을 보기 위해 고문을 할지도 몰라. 재밌겠지, 안 그래?"

루시엔은 헌터의 팽팽해지는 턱 근육을 보고 다시 입을 열었다.

"이미 말했던 대로, 적절한 상황에 놓이면 누구라도 살인자가 될 수 있어. 심지어 '수호하고 봉사하기로' 되어 있는 사람이라도 말이야." 그의 무감각한 시선은 얼음을 녹일 수도 있을 것 같았다. "기억해, 로버트. 살인은 살인이야. 살인에 타당한 이유는 없어. 그럴 만한 이유가 있는 복수건 가학적인 충동이건 말이야." 그는 안전유리 코 앞까지 얼굴을 들이밀었다. "그러니 언젠가 너는 나와 같아질지도 몰라."

루시엔은 제시카의 죽음을 이용하고 있어. 역겹게도 자기가 한 짓들을 정당화하려고. 헌터는 생각했다. 처음에는 심리학적인 이유로, 지금은 감정적인 이유로 정당화하고 있는 거야. 헌터는 루시엔이 경찰 보고서를 읽었다고 확신했다. 그는 오래전에 보고서를 읽었을 뿐만 아니라 헌터를 너무도 잘 알기에, 헌터가 제시카의 살인범을 찾는 일을 멈추지 않았다는 사실도 알았을 것이다. 그는 의도적으로 헌터가 그 이야기를 하게끔 만들었다. 헌터를 조롱하고, 자신의 비뚤어진 행동에 대한 근거로 사용할 수 있도록.

헌터는 화가 났지만, 그의 머릿속에는 여전히 무엇보다 중요한 게 하나 있었다. 그는 루시엔이 끝내 원하던 바를 성취했다고 생각했다. 그에 관해서는 달리 할 말이 없었다.

"매들린이 어디에 있는지 말해, 루시엔."

루시엔은 킥킥거렸다. "좋아, 하지만 장소를 말로 알려줄 수는 없어. 내가 너희를 데려가야 해."

75

테일러는 루시엔의 말을 이해하는 데 시간이 조금 걸렸다. 그녀는 그를 노려보았다.

"뭐라고?"

루시엔은 안전유리에서 물러났다. 걱정스러운 표정은 전혀 보이지 않았다.

"그녀가 있는 장소를 그냥 말로 알려줄 수는 없어, 테일러 요원. 내가 직접 너희들을 거기로 데려가야 해."

헌터는 놀란 듯 보이지 않았다. 사실 그는 예상했었다. 논리적으로 보아도, 얼마나 일찍 도착하느냐에 매들린의 목숨이 달려 있었기 때문에 간단한 구술이나 서면 지시에만 의존하는 것은 너무 위험했다. 만약 그녀가 억류되어 있는 장소 주변에 도착했는데 주변 환경이 전과 달라져 있어서 졸지에 루시엔의 설명이 불분명한 것이 되어버린다면, 그러면 어떻게 될까? 혹시라도 길을 잘못 들어서면? 고의건 아니건 간에 루시엔의 설명에 실수가 있다면? 전화 통화나 화상 연결로 루시엔에게 다시 설명하라고 요구하는 동안 귀중한 시간을 소모하게 될 것이다.

그렇다. 루시엔이 그들과 함께 가서 직접 안내해야 했다.

테일러는 헌터를 쳐다보았고, 그는 그녀를 향해 아주 살짝 고개를 끄덕였다.

루시엔은 미소 지었다. "하나 더 있어." 그가 그녀에게 윙크하며 말했다. "우리 셋만 가야 해. 다른 FBI 요원은 안 돼. 육지로든 공중으로든 아무도 따라와선 안 돼. 너와 로버트, 그리고 내가 가는 거야. 한 명이라도 빠질 수도 없고 더 갈 수도 없어. 그게 거래야. 협상은 없어. 너희가 그 거래를 깨거나 우리가 미행당한다는 의심이 들면 나는 너희들을 아무 데로도 안내하지 않을 거야. 매들린은 잊히고 버림받아 홀로 죽는 거지. 그리고 나는 언론이 그 이유를 확실히 알게 할 거야. 나는 감수할 수 있는데, 너희는 할 수 있겠어?"

테일러는 승산이 없는 상황이라는 것을 알았다. 루시엔만이 희생자들의 유해가 있는 장소로 그들을 인도할 수 있다는 사실을 안 이래로 상황은 전혀 바뀌지 않았다. 여전히 그가 모든 패를 쥐고 있었고, 피해자가 살아 있을지도 모를 지금은 더욱 그랬다. 그는 스스로가 적합하다고 생각하는 어떤 방식으로든 상황을 끌고 갈 수 있었다. 현재로서는 헌터나 테일러가 할 수 있는 일은 없었다.

"네 손과 발에 수갑과 족쇄가 채워질 거라는 걸 이해하기만 한다면. 그리고 우린 무장할 거야. 뭐든 허튼짓을 하면 맹세코 널 쏴 쓰러뜨리겠어."

"내가 예상했던 그대로야." 루시엔이 대답했다.

"준비는 15분 정도면 될 거야." 그녀가 일어섰다. "어디로 가지?"

"길을 나서면 말해주지." 루시엔이 대답했다.

"비행기가 필요할지 차가 필요할지 정도는 알아야 해."

루시엔은 동의한다는 표시로 고개를 끄덕였다. "비행기 먼저. 그 다음에 차."

"연료가 얼마나 필요한지도 알아야 해."

"일리노이주로 우리를 데려갈 수 있을 만큼."

헌터와 테일러가 복도 끝의 문을 향해 첫 발걸음을 뗐을 때, 루시엔이 그들을 멈춰 세웠다.

"그날이 네 생각보다 가까울 것 같아, 로버트." 그가 말했다.

헌터와 테일러 모두 루시엔을 향해 돌아섰다.

"무슨 날?" 헌터가 물었다.

"네가 나와 같아지게 될 날." 그전까지 그의 목소리가 차갑고 감정이 없는 것이었다면 이번에는 흡사 고대의 악마가 내는 음성처럼 들렸다. 완전하게 비정한. "그거 알아, 친구? 너는 지난 이틀 동안, 네가 20년간 그토록 찾아왔던 남자 앞에 앉아 있었어."

헌터는 배가 공처럼 움츠러드는 걸 느꼈다.

"네게서 제시카를 앗아 간 사람, 바로 나야."

76

헌터는 움직이지도, 숨을 쉬지도, 눈을 깜박이지도 않았다. 마치 그의 전신이 폐쇄되기 시작한 것 같았다.

"무슨 말이야?" 질문한 쪽은 테일러였다.

루시엔의 시선은 헌터에게 고정돼 있었지만, 처음에 혼란스러워하며 인상을 쓴 것 말고는 LAPD의 형사에게서 얻은 것은 아무것도 없었다.

"로버트, 내 말이 단지 널 괴롭히려고 하는 말인 것 같아?"

내면 깊숙이 꿈틀대기 시작하는 불편한 느낌에도 불구하고 헌터는 여전히 침착해 보였다.

"분명히 넌 지금 속임수가 떨어져서 지연작전을 펴는 것뿐이야." 테일러가 끼어들었다. 그녀는 목소리에서 짜증을 숨기지 않았다. "그거 알아? 억류된 매들린 리드 같은 건 없다고 해도 난 놀라지 않을 거야. 네가 이 작은 공연을 위해 준비한 것들이 바닥나서 그녀를 꾸며냈다 해도 전혀 놀랍지 않아. 총이 빈 너는 당황해서 이제는 정말로 게임이 끝났다는 걸 알고 공포탄을 쏴대고 있는 거야."

루시엔은 입가를 끌어당겨 히죽히죽 웃으면서 테일러와 마주 보았다. "그게 정말 네 주장이야, 테일러 요원? 내가 게임이 끝난 걸 알고 공포탄을 쏜다고? 그게 네가 생각해낼 수 있는 최선이야?" 빈정거리던 그의 시선이 다시금 얼음장같이 차가워졌다. "와, 내가 알파벳으로 끓인 수프를 먹고 그냥 뱉는대도 그것보단 훌륭한 문장이 나올 거야." 루시엔은 턱으로 감방 바로 밖에 있는 CCTV 카메라를 가리켰다. "우리 얘기를 듣고 있는 너희 쪽 사람들에게 가서 물어보는 게 어때? 매들린 리드가 실존하는지 아닌지 물어봐. 아마 지금 확인하느라 바쁠걸."

"설사 펜실베이니아주 피츠버그 출신의 매들린 리드라는 이름의 누군가가 실존한다고 해도……." 테일러가 평정을 유지하며 쏘아붙였다. "그리고 그 사람이 4월 9일 이후 실종 신고가 되었다고 해도, 그게 네가 그녀를 납치했다거나 그녀가 있는 장소를 안다는 의미는 되지 않아. 실종자 명단은 인터넷을 통해 전국의 모든 실종자 관련 기관에서 쉽게 구할 수 있지. 너는 준비가 아주 잘되어 있어. 그건 증명했어. 거만한 너도 언젠가는 붙잡히고 말 거라고 틀림없이 생각했을 거야. 그 만일의 사태에 대비해 몇 가지 속임수를 미리 준비해두었다고 생각하는 게 타당하겠지. 그리고 설령 네가 정말로 매들린을 납치했다고 해도, 너는 그녀가 아직 살아 있다는 증거를 보일 수 없어. 이미 몇 달 전에 그녀를 살해했을 수도 있고. 너는 우리가 그 사실을 확실히 알아낼 방법이 없다는 걸 너무나 잘 알지. 그래서 넌 지금 네가 고문하고 살해한 많은 사람들 중에서 그녀의 이름을 끄집어내 탈출의 마지막 기회로 삼으려는 거야." 말을 마친 테일러가 숨을 몰아쉬며 헌터와 루시엔을 차례로 보았다.

"네가 뭐라도 시도하면 널 쏘겠다는 말, 농담 아니야." 테일러는 계속 말했다. "네가 탈출 기회로 생각하는 이 여정에서 우릴 생존한 피해자에게 안내해줄 정보가 있을지도 모른다는 생각에 내가 결단력 있는 조취를 취하지 못할 거라고 생각한다면, 네가 틀렸다는 걸 알게 될 거야."

"공포탄 주장보다는 훨씬 낫군, 테일러 요원." 루시엔이 박수를 세 번 치며 말했다. "하지만 네가 방금 지적했듯이, 너희는 확실히 알아 낼 방법이 없어. 자, 생각해봐. 4월 9일 이후 펜실베이니아주 피츠버 그에서 실종 신고된 매들린 리드가 정말로 존재한다는 걸 마침내 너 희가 알게 됐을 때, 그때도 내가 허세를 부린다고 말할 여유가 있을 까?" 그는 그녀에게 생각할 시간을 몇 초 주고는 덧붙였다. "너는 허 세라고 하지만 만일 내가 허세를 부리는 게 아니라면, 너와 FBI는 엿 같은 상황에 평생 시달리게 될걸."

헌터는 둘의 대화를 거의 듣고 있지 않았다. 루시엔의 말들이 아 직 머릿속에 남아 떠돌고 있었다. *그거 알아, 친구? 너는 지난 이틀 동안, 네가 20년간 그토록 찾아왔던 남자 앞에 앉아 있었어.*

그의 몸속 원자 하나하나가 그저 루시엔의 허세에 불과하다고 애 써 믿고 싶어 했지만, 헌터는 루시엔의 눈 속에서 무언가를 보았다. 불안을 조성하는 반항적인 눈빛. 대개 사실을 이야기할 때의 눈빛이 었다.

"격정에 휩싸인 너의 눈빛이 보여, 로버트." 루시엔이 테일러에게 서 주의를 돌리며 말했다. "너는 내 말이 진실인지 아닌지 판단하려 는 거겠지. 어쩌면 내가 그걸 도울 수 있을 거야." 그는 혀로 윗입술 을 쓸었다. "이스트할리우드의 레몬그로브애비뉴와 노스옥스퍼드가 만나는 모퉁이의 5067번지 노란 집."

헌터는 목구멍이 조이는 느낌을 받았다. 제시카의 집 주소였다. 하 지만 루시엔이 경찰 보고서를 읽었다면 그런 건 아주 쉽게 알아낼 수 있을 터였다.

루시엔이 그의 마음을 읽었다.

"그래, 그래." 그가 인정했다. "그게 증명하는 건 없지. 주소는 얻기 쉬워. 그럼 이건 어때. 제시카가 집 안 곳곳에 놓았다고 했던 사진 중에 가장 큰 사진은 거실의 짙은 갈색 가죽 소파 옆 작은 테이블 위에 놓인 은색 액자였어. LAPD의 디너파티나 기념식 같은 장소에서 너희 둘이 찍은 사진이었는데, 너는 제복을 입고 자랑스럽게 상패를 들어 보이고 있었지. 제시카는 자줏빛 원피스를 입고 잘 어울리는 지갑을 손에 든 채였어. 긴 머리는 왼쪽 어깨 위로 흘러내려 있었고."

여전히 헌터에게 시선을 단단히 고정한 상태인 루시엔은 잠시, 옛 친구가 자신의 말을 제 기억 속 깊숙이 가둬두었던 이미지와 맞춰보게끔 시간을 주었다.

그러고 나서 그는 마지막 일격을 날렸다.

"하지만 그 사진이 다른 모든 훼손된 사진과 구별되는 차이가 하나 있었지, 안 그래? 그 사진에만 '견찰'이 가로가 아니라 세로로 쓰여 있었어."

77

헌터는 심장이 멎고 혈관 속 피가 얼어붙는 것 같았다. 그리고 배 속 구렁텅이는 이제 그의 영혼을 삼켜버리겠다고 위협하는 망각의 블랙홀이 되었다. 그는 뭐라 말을 하고 싶었지만, 목소리가 목구멍 안에 갇혀버린 듯했다.

헌터의 두 눈은 루시엔에게 집중되어 있었으나, 정신은 그렇지 않았다. 그의 생각은 온통, 제시카와 함께 자신의 일부가 죽어버린 그 날로 되돌아갔다. 오래 탐색할 필요도 없었다. 그날 밤 그가 본 광경은 두뇌 속 어딘가에 모조리 숨겨져 있었다. 그 기억에 접속하는 일은 고통스러웠지만, 쉬웠다. 루시엔이 말하는 사진은 그의 바로 앞에 있었다. 깨진 유리, 은색 액자, 그리고 피로 커다랗게 쓰인 '견찰'. 세로였다. 루시엔의 말처럼 유일하게 세로로 쓰여 있었다.

헌터는 최선을 다해 논리적으로 생각하며, 분노가 몸 밖으로 끓어넘치기 전에 어떻게든 억눌렀다.

만일 루시엔이 제시카 살인 사건에 관한 경찰의 범죄 현장 보고서를 손에 넣었다면, 헌터가 아주 상세하게 알고 있는 범죄 현장 증거 보고서와 증거품 목록도 구할 수 있었을 터다.

헌터는 깊은숨을 내쉬었다.

루시엔이 그의 의심을 포착했다.

"아직도 확신하지 못하는 거야? 응? 이봐, 로버트. 뇌의 방어기제란 거, 아주 흥미롭지 않아? 다가올 강력한 심리적 고통을 회피하기 위해 무의식적으로 어떻게든 다른 대안을 찾으려고 하잖아. 심지어 사실을 무시하고, 사실이 아니라고 알고 있는 것들에 매달리면서까지 말이야. 하지만 그런 너를 비난할 수는 없을 거야. 내가 네 입장이었다면 나 역시 믿고 싶지 않았을 테니까. 하지만 현실은 말이지, 그게 진실이야."

테일러는 지하 복도의 공기가 얼마나 불안정해졌는지를 피부로 느낄 수 있었다.

"너는 또 허세를 부리고 있어." 그녀는 한 번 더 시도했다. 화난 목소리는 전보다 몇 데시벨은 더 커져 있었다. "로버트는 범인이 둘이라고 했어. 감식반이 현장에서 두 세트의 지문을 발견했다고 말이야. 혹시 그때 딱 한 번 네게 동료가 있었다고 말하려는 거야? **더구나……**." 그녀는 일부러 힘주어 말해서 루시엔이 끼어들 틈을 주지 않았다. "우린 이제 네 지문을 갖고 있어. FBI의 컴퓨터 시스템이 가장 먼저 하는 일이 체포된 사람들의 지문을 IAFIS의 미해결 범죄 기록과 대조하는 거야. 만일 네 지문이 제시카의 집 안에서, 혹은 또 다른 미해결 범죄 현장에서 발견됐었다면, 며칠 전 적색 경보로 떠들썩했겠지."

IAFIS Integrated Automated Fingerprint Identification System는 통합 자동 지문 인식 시스템으로, FBI의 컴퓨터 시스템은 샘플 채취한 DNA를 전국 DNA 데이터베이스와 대조하는 작업을 실행한다.

루시엔은 참을성 있게 테일러가 말을 끝내기를 기다렸다.

"내가 주의하라고 했을 텐데, 테일러 요원. 넌 가끔 너무 순진하다니까. 범죄 현장 연출이 어렵다고 생각해? 살인을 강도 사건의 부산

물처럼 보이게 꾸미는 게 어려울까? 다른 누군가의 지문을 제시카의 집 안에 심어놓는 게 나 같은 사람에게 문제가 되겠어?" 그는 웃었다. "나는 그 지문들의 주인인 두 남자의 이름을 알려줄 수도 있어. 그렇다고 너희가 확인할 수는 없을 거야. 하지만 그들의 유해를 찾을 수 있는 장소도 알려줄 수 있지. 나는 그 사건이 갱단에 의한 강도 사건처럼 보였으면 했어. 경찰이 한 명이 아니라 두 명의 용의자를 뒤쫓기를 원했지. 테일러 요원, FBI는 왜 내 존재를 몰랐을까? 그렇게 많은 살인을 했는데도, 왜 행동과학부는 그중 어느 것도 나와 연결시킬 수 없었다고 생각해? 25년 동안 살인을 해오고 있는 살인자 한 명을 왜 찾지 못했다고 생각해?"

패배감과 분노가 테일러의 얼굴에 깃들었다.

"그걸 기만이라고 하지, 테일러 요원. 경찰들이 진실과는 아주 다른 것을 믿게 만드는 것. 그건 예술이고, 내 특기야."

루시엔은 다시 헌터에게로 주의를 되돌렸다.

"아마 이거면 네 머릿속 의심들을 완전히 없애줄 거야, 로버트. 너는 제시카가 집 안에 보관하던 보석류를 전부 그들이 가져갔다고 말했지. 하지만 정확히 무엇이 없어졌는지 형사에게 말했어?"

헌터는 피부에 두드러기가 번지듯 스멀스멀 퍼져가는 불편한 감각을 느꼈다.

"물론 아니겠지." 루시엔이 말했다. "너는 그것들을 다 알지도 못했을걸. 하지만 나는 뭐가 없어졌는지 네게 정확히 말해줄 수 있어. 그녀는 방 안 서랍장 위에 놓인 작고 귀여운 꽃무늬 상자에 그것들을 보관했어. 너희 둘이 찍은 또 다른 사진 옆에 말이야. 아마 훼손되지 않은, 해변에서 찍은 사진이었지?" 헌터의 얼굴을 보니 그의 펀치가 적중한 듯했다. 하지만 아직 끝이 아니었다. "나는 상자째 그걸 가져갔어. 그녀의 몸에서는, 네가 말한 약혼반지 말고도 다이아몬드 귀걸이와 앙증맞은 목걸이를 가져갔지. 목걸이의 펜던트는 백금으로 된 벌새였는데, 작은 루비로 눈을 만들었더군."

아무리 자기 수양을 많이 했다 하더라도 이번만은 분노를 안에 가둬둘 수 없었을 것이다. 헌터는 자리를 박차고 나가 두 주먹으로 안전유리를 내리쳤다. 여러 차례.

헌터의 두 눈에 눈물이 차올랐다. 그 안에 고인 깊은 고통은 종이에 적힌 단어만치나 분명했다. 의식할 새도 없이 악문 이 사이로 한 마디 말이 새어 나왔다.

"왜 그랬어?"

78

헌터의 폭발은 아주 급작스럽고 폭력적이어서, 테일러가 앉은 자리에서 펄쩍 뛰어올랐을 정도였다. 반면에 루시엔은 거의 눈도 깜박이지 않았다. 그는 예상했었다.

헌터가 주먹으로 안전유리를 치는 것을 멈췄을 때, 그의 손은 벌겋게 피부가 벗겨지고 벌써 멍이 들고 있었다. 격렬한 분노와 슬픔, 혼란으로 온몸이 떨렸다. 루시엔은 그저 쇼를 즐기고 있었지만, 헌터의 질문을 놓치지는 않았다.

"알고 싶어?" 루시엔이 말했다.

헌터는 그를 쏘아보기만 했다. 떨림을 멈출 수 없었다. 그 순간은 그도 제정신이 아니었다.

루시엔은 고개를 뻣뻣하게 쳐들고 몸을 일으키며 마음을 다잡는 것 같았다.

"진짜 이유는, 나도 어쩔 수 없었기 때문이야." 루시엔이 설명했다. "나는 정말 네가 그리웠어, 로버트. 유일하게 진정한 친구라 할 수 있는 네가 몹시도 그리웠지. 그래서 LA에 있는 너를 방문하기로 했어. 그 사건이 있기 여덟 달 전이었지. 나는 널 놀라게 해주고 싶어서 미리 연락하지 않았어. 내가 갑자기 찾아갔을 때 네가 나를 알아볼지 궁금했거든."

헌터는 양손을 몸 옆으로 떨어뜨렸다.

"나는 네가 사는 곳을 알아냈어." 루시엔은 계속 말했다. "그건 별로 어렵지 않았어. 그래서 어느 날 저녁에 나는 네 아파트가 있는 동네를 배회하면서 널 기다렸지. 너를 굉장히 놀라게 한 후 어디 가서 맥주나 한잔하며 옛날이야기를 나눌 수 있을 거라고 생각했어. 그간 살아온 이야기도 하고 말이야." 루시엔은 어깨를 으쓱했다. "어쩌면 내 내면 깊은 곳에, 네가 나를 알아볼지 어떨지 알고 싶어 하는 마조히즘적인 욕구가 있었는지도 모르겠어. 내 사이코패스적인 특성 말이야. 네가 내 일상의 가면 뒤에 숨은 것을 볼 수 있을지도 확인하고 싶었고. 아니, 어쩌면 그냥 내가 아주 자신만만해서 나 자신을 시험해보고 싶었던 건지도 몰라. 아주 뛰어나다는 걸 스스로 입증하기 위해서 말이지. 내가 아는 최고의 범죄심리학자와 며칠을 같이 보내는 것보다 더 나은 시험이 뭐가 있겠어? 더군다나 경찰이기도 한 데다 곧 형사가 될 네가 그 징후들을 읽어내지 못한다면, 도대체 누가 읽어낼 수 있겠어? 안 그래, 로버트?"

헌터의 배 속은 혼돈 상태여서, 토하지 않으려면 열심히 집중하는 수밖에 없었다.

"하지만 그날 밤 너는 혼자 집에 돌아오지 않았어." 루시엔이 말을 이었다. "네가 차를 세우고 운전석에서 내려 반대쪽으로 가서는 신사처럼 누군가를 위해 차 문을 열어주는 모습을 지켜봤지. 아름다운 여성이 내리더군. 하여간 로버트, 네 실력은 알아줘야 해. 그녀는 대단히 아름다웠어."

헌터는 북받치는 감정에 가슴이 들썩거리지 않도록 숨을 참아야 했다.

"그게 정확히 뭔지는 네게 말할 수 없었어." 루시엔이 말했다. "하지만 내가 경험을 통해 배운 것은, 모든 욕망과 폭력적인 생각, 충동 그리고 누군가의 생명을 빼앗으려는 멈출 수 없는 욕구에도 불구하고 결국 그 선을 넘어가려면 반드시 어떤 방아쇠가 당겨져야 한다는 거야."

그 순간, 헌터와 테일러는 전날 케네디가 보여준 루시엔의 공책에서 읽었던 한 단락을 기억해냈다.

"제시카의 경우엔, 네가 차에서 내리는 그녀를 돕기 위해 손을 잡아주었을 때 그녀가 널 바라보던 모습이었어." 루시엔은 말을 이었다. "주차장에서 그녀가 너에게 키스하던 모습. 너희 둘 사이에 사랑이 너무나 가득해서, 내가 서 있던 곳에서도 피부로 느낄 수 있을 정도였지."

헌터의 손가락들이 다시 한번 주먹으로 모아졌다.

"나는 노력했어, 로버트. 저항해보려고 했지. 그래서 그때는 네게 접근하지 않았어. 네게서 제시카를 앗아 가고 싶지 않았거든. 다음 날 아침 나는 LA를 떠나 그녀를 잊기 위해 내가 할 수 있는 모든 걸 다 했어. 내가 유일하게 충동에 저항한 적이 있다면 아마 그때일 거야. 하지만 너희가 절대 이해하지 못할 것은, 일단 머릿속에서 방아쇠가 한번 당겨지면 끝장이라는 거야. 그 강박상태가 사람을 미치게 하지. 지연시킬 수는 있지만 억누를 수는 없어. 밤낮 가리지 않고 찾아와서 머리를 두드려대는 통에 어느 순간 더는 참을 수 없게 되거든. 그 환영에 삶이 잠식될 때까지……. 그러다 바로 그 지점에, 여덟 달 뒤에 이르렀지."

헌터는 안전유리에서 한걸음 물러섰다.

"그래서 나는 강도처럼 보이게 모든 걸 계획했어." 루시엔이 말했다. "오로지 지문을 얻기 위해 남자 둘을 죽였지. 그들은 절대 발견되지 않을 테니, 경찰이 아무리 열심히, 오랫동안 수색해도 그 지문들이 누구와도 일치하지 않으리라는 걸 나는 알고 있었어. 나는 LA로 돌아갔지. 함께 있는 너희 둘을 다시 보았고, 그런 후에 나는 그녀를 따라 집으로 들어갔어."

이제는 테일러까지도 감각이 없어지고 있었다.

"고문은 하지 않았어." 루시엔이 덧붙였다. "성적인 것도 없었고. 내가 할 수 있는 한 빠르게 죽였어."

"고문이 없었다고?" 테일러가 끼어들었다. "로버트는 그녀의 온몸에 찔린 상처가 있었다고 했어."

"부검." 루시엔이 헌터를 보며 대답했다. "만약 검시관이 조금이라도 유능했더라면, 그녀의 목에 난 첫 번째 상처가 치명상이라는 걸 알아봤을 거야. 다른 상처들은 전부 사후에 가해진 거지. '강도 기만' 계획의 일부였어."

헌터가 검시 보고서를 읽을 때마다 유심히 살펴보는 부분이었다. 그는 제시카가 경찰관의 약혼녀라는 이유로 범인들의 분노가 폭발했다고만 생각했었다.

"나는 사진이 든 액자를 훼손했고, 집 안을 어지럽히고, 보석과 돈을 도난당한 것처럼 현장을 연출했지. 그게 다야. 그날의 진상이고, **동기지.**"

헌터가 다시 한번 안전유리에 다가섰을 때, 그는 여전히 루시엔의 얼굴을 뚫어지게 노려보며 양손의 주먹을 불끈 쥔 상태였다.

"네 말이 맞았어, 루시엔." 그의 목소리는 너무 침착해서 오히려 테일러를 무섭게 했다. "형사 따윈 개나 주라지. 내가 지키기로 했던 맹세도 엿이나 먹고. **넌 죽은 목숨이야.**"

그는 몸을 돌리고 복도를 지나 지하실을 벗어났다.

79

90초 후, 헌터와 테일러는 에이드리언 케네디 센터장의 사무실 안에 서 있었다. 램버트 박사 역시 그 자리에 있었다.

"로버트, 자네에게 있어서 전반적인 상황이 달라졌다는 거 이해하네." 창밖을 바라보는 헌터에게 케네디가 말했다. "아무도 그런 폭로가 있을 거라고는 예상할 수 없었어. 유감이네. 자네에게 거짓말을 하진 않을 거야. 그리고 자네 심정을 완전히 이해한다고도 말하지 않겠네. 이해하지 못할 테니 말이야. 이해할 수 있는 사람은 없지. 하지만 내겐 아주 타당한 명분이 있네." 케네디의 목소리가 몹시 피곤하게 들렸다.

그는 책상으로 걸어가 모니터 옆에 놓여 있던 인쇄물을 집어 들고는 셔츠 주머니에서 독서용 안경을 꺼냈다.

"변하지 않은 사실이 하나 있어." 서류를 읽기 전에 그가 말했다. "매들린 리드. 23세. 미주리주 블루스프링스에서 출생. 하지만 실종 당시에는 펜실베이니아주 피츠버그에서 살고 있었지. 4월 9일, 그녀는 며칠 전 술집에서 만난 사람과 저녁을 먹으러 나가기 직전에 동거인에게 마지막으로 목격됐어. 매들린은 그날 밤 집에 돌아오지 않았고, 동거인은 매디…… 음, 그러니까…… 모두가 그녀를 그렇게 불렀다는군. 어쨌든 그녀는 매디가 첫 데이트에서 남자와 밤을 함께 보내는 타입이 아니었기 때문에 이상하다고 생각했지."

헌터는 창밖의 세계에 계속 집중했다.

"그녀는 이틀 후에도 모습을 드러내지 않았어." 케네디가 덧붙였다. "그러자 설리나 누네즈라는 동거인이 경찰서로 가서 실종 신고를 했지. 실종 사건 담당 수사관들의 노고에도 불구하고 소득은 전혀 없었어. 4월 9일 저녁에 그녀를 데리고 식사하러 나갔던 이 의문의 남자가 어떻게 생겼는지 아는 사람은 아무도 없었네. 매들린이 그날 밤에 갔던 술집의 직원이 그녀를 기억했는데, 매들린이 자기보다 좀 더 나이 들어 보이는 누군가와 이야기하는 모습을 보기는 했지만 경찰에게 정확히 설명해줄 정도로 살펴볼 만큼의 관심은 없었다는군." 케네디는 콧등에서 독서용 안경의 위치를 조정했다. "매들린은 암 센터에서 일했어. 구체적으로, 말기암 어린이들을 지원하고 돌보는 일이었지. 로버트, 그녀는 좋은 사람이야."

케네디는 그 인쇄물을 헌터에게 내밀었다.

헌터는 움직이지 않았다.

"그녀를 봐봐, 로버트."

몇 초가 흐른 뒤 헌터는 마침내 창문으로부터 케네디의 손에 들린 서류로 시선을 돌렸다. 두 번째 장에 매들린 리드의 얼굴 사진이 첨부되어 있었다. 그녀는 밝고 매끄러워 보이는 피부에 약간은 동양적인 초록색 눈, 그리고 어깨 뒤로 찰랑찰랑 흘러내린 검은 머리가 매력적인 여성이었다. 사진 속 그녀의 미소는 순수하고 순결해 보였다. 그녀는 행복해 보였다.

"매들린 리드가 감금된 장소를 루시엔이 알 수도 있다는 사실은 달라지지 않았어, 로버트." 케네디가 다시 말했다. "자네는 지금 여기서 떠나선 안 돼. 그녀에게 등을 돌려선 안 돼."

헌터는 오랫동안 그 사진을 살핀 후에 말없이 케네디에게 돌려주었다.

케네디는 그 기회를 잡고 밀고 나가기로 했다. "로버트, 자네는 내밑에서 일하지 않으니 자네에게 명령할 수는 없어. 하지만 난 자네를 알아. 자네가 어떤 도덕관과 신념을 지니고 있고, 무엇에 인생을 헌신해왔는지 알아. 자네가 속으로 아무리 상처받고 화가 났을지라도 만일 지금의 감정에 휘둘린다면, 나중에 정말로 자신을 용납하지 못할 거야. 거울 속 자신을 마주하지 못할 테지. 자네도 그걸 잘 알고 있을 거야."

헌터는 눈 뒤가 콕콕 쑤셔오는 것을 느끼고 있었다.

"전 20년 동안 제시카의 살인범을 찾아왔어요, 에이드리언." 헌터의 낮은 목소리는 상처로 가득했다. "그날 밤 그녀에게 가지 않았던 걸 후회하지 않은 날이 단 하루도 없어요. 하루도 빠짐없이, 놈들을 찾아내서 대가를 치르게 해주겠다고 그녀와 나 자신에게 약속했죠. 내게 어떤 결과가 오더라도 말이에요."

"이해하네." 케네디가 말했다.

"이해한다고요?" 헌터가 물었다. "정말 이해해요?"

"그래, 이해해."

"그녀는 임신 중이었어요." 헌터가 말했다.

케네디는 폐에서 공기가 빠져나가는 기분이었다. 그는 혼란스러운 얼굴로 헌터를 다시 바라보았다.

"제시카는 임신 중이었어요." 헌터가 반복했다. "그날 아침 임신테스트기로 그걸 알았어요. 그래서 그날 저녁 식당을 예약한 겁니다. 축하하려고요. 우리 둘 다……." 헌터는 숨을 죽이기 위해 잠시 멈췄다가 말했다. "…… 아주 행복했어요."

테일러는 한기가 퍼져나가며 몸이 굳는 것을 느꼈다. 위로를 건네고 싶었다. 하지만 뭐라고 해야 할지, 어떻게 말해야 할지 몰랐다.

"루시엔은 내가 결혼할 여자만 앗아 간 게 아니에요, 에이드리언." 헌터가 말했다. "내가 갖게 될 가족을 앗아 갔어요."

케네디는 침통하게 바닥을 응시했다. 애도를 표하고 헌터의 고통을 인정하는 나름의 방식이었다.

"유감이네, 로버트." 케네디가 마침내 말했다. "전혀 몰랐어."

"아무도 몰랐죠." 헌터가 대답했다. "심지어 그녀의 가족들도요. 우리는 제스가 산부인과 의사에게 확인받을 때까지 기다리고 싶었어요." 헌터의 시선이 다시 창문을 향했다. "검시관에게 검시 보고서에서 그 내용을 삭제해달라고 부탁했어요. 그녀의 부모님들이 그런 식으로 알게 하고 싶지 않았어요. 고통만 더할 뿐이라고 생각했죠."

"자네의 고통과 분노, 그리고 충격이 얼마나 컸을지 우리는 상상만 할 수 있을 뿐이야, 로버트." 길고 어두운 침묵 후에 케네디가 말했다. "정말 유감이네."

"그런데도 여전히, 내가 복수를 다짐하며 20년이나 찾아온 사람과 함께, 안전유리 보호벽도 없는 밀폐 공간에 나를 밀어 넣고 싶어 하시는군요."

"로버트, 그는 붙잡혔어." 케네디는 신중한 목소리로 대답했다. "루시엔은 BSU 지하 5층에 있는 탈옥 방지 감옥 안에 앉아 있어. 그리고 놈은 자기가 저지른 모든 짓에 대해 **처벌을 받게 될 거야**. 제시카와 자네에게 한 짓에 대해서도." 그는 서류를 가리켰다. "하지만 이 여성은 자네가 루시엔과 비행기에 타지 않으면 죽을지도 몰라. 자네가 그런 일이 일어나기를 바라지 않는다는 걸 아네."

"다른 사람을 보낼 수도 있어요."

"아뇨. 그럴 수는 없어요, 로버트." 케네디의 책상 옆에 서 있던 테일러가 말했다. "루시엔의 말을 들었잖아요. 당신과 나, 그리고 루시엔. 한 명이 빠질 수도, 더 추가될 수도 없어요. 매들린이 아직 죽지 않았다고 해도, 우리가 그 거래를 깨면 죽고 말 거예요. 마지막 순간까지 누군가가 자기를 찾아내줄 거라는 희망을 붙잡은 채로, 혼자서요. 우리에겐 그녀를 구할 의무가 있어요, 로버트."

헌터는 대답하지 않았다.

"코트니 말이 맞아, 로버트." 케네디가 말했다. "매들린이 아직 죽지 않았다면, 우리는 지금 소중한 시간을 소모하고 있는 셈이네. 이제 행동해야 해. 부디 자네의 분노와 슬픔이, 매들린이 살 기회를 앗아 가지 않게 해주게. 그녀가 구출될 유일한 기회야."

헌터는 한 번 더 서류에 첨부된 매들린의 사진을 보았다. 그리고 말했다. "죽지 않았어요." 의심이라고는 전혀 없는 목소리였다.

"뭐라고?" 케네디가 물었다.

"당신이 말했잖아요. '매들린이 이미 죽지 않았다면'이라고." 헌터는 고개를 가로저었다. "매들린 리드는 죽지 않았어요. 아직 살아 있어요."

80

헌터의 목소리에서 느껴지는 확고한 확신은, 안심이 되면서도 그만큼 혼란스러운 것이었다.

테일러는 눈을 가늘게 뜨며 머리를 약간 흔드는 행동으로 질문을 대신했다.

"그녀는 살아 있어요." 헌터가 단호하게 고개를 끄덕이며 말했다.

"어떻게 그렇게 확신할 수 있습니까?" 램버트 박사가 물었다. "내 말을 오해하지는 말아요, 헌터 형사. 나는 케네디 센터장님의 말에 동의해요. 지금 당장 행동을 취해야 한다고 생각해요. 하지만 그 불쌍한 여성의 생명을 구하기에는 이미 너무 늦었을 수 있거나, 혹은 우리가 허탕을 치게 하려는 루시엔의 수작일 수 있다는 사실에도 대비해야 한다고 생각합니다. 그는 타고난 사기꾼인 데다 다년간의 범죄 경험까지 더해졌어요. 테일러 요원이 마지막 심문에서 말했던 대로, 루시엔은 이걸 여기서 탈출한 마지막 기회로 보고 있을지도 모릅니다. 지하 5층 감방 안에 앉아 있는 것보다는 뭔가를 시도해볼 좋은 기회죠."

"그럴 수도 있습니다." 헌터가 대답했다. "하지만 매들린은 아직 살아 있어요."

"그렇다면 램버트 박사의 질문을 내가 다시 하지." 케네디가 배턴을 넘겨받았다. "어떻게 그렇게 확신할 수 있나, 로버트?"

"매들린 리드가 루시엔의 비장의 카드니까요." 헌터가 말했다. "루시엔은 첫날부터 이 패를 쥐고 있었어요. 그를 처음 여기 BSU로 데려온 게 언제였죠?"

"일주일 전." 케네디가 대답했다. "자네도 알잖아."

"그런데도 지금까지 그녀를 언급하지 않았어요." 헌터는 그 기억을 그들에게 상기시켰다. "램버트 박사님이 말씀하셨듯이, 루시엔은 경험이 많습니다. 이 게임을 아주 오랫동안 해오고 있어요. 비록 우연히 붙잡혔다 해도, 모든 수를 아주 세밀하게 계산해놓았죠. 노련한 선수는 비장의 카드를 사용할 줄 압니다."

"절대 빨리 내놓지 말 것." 테일러가 말했다. "가장 좋은 순간이 올 때까지 쥐고 있을 것."

헌터가 고개를 끄덕였다. "아니면, 반드시 내야 하는 순간까지. 루시엔의 생체 시계와 계산력이 얼마나 인상적인지 말했었죠? 그는 매들린에게 남겨두고 온 음식과 물의 양을 정확히 알아요. 그리고 그녀가 모든 것을 스스로 제한하는 방법을 거의 완벽하게 터득했다고 말했죠. 그는 그 한계점을 첫날부터 알았어요. 돌이킬 수 없게 되는 지점이 어디인지도 정확히 알고 있었죠. 그럼에도 불구하고 지금까지는 그 비장의 카드를 내놓을 만한 이유가 없었던 겁니다. 게다가 그는 스스로 상황을 시간과의 싸움으로 끌고 가고 싶어 했어요. 그렇게 되면 우리를 압박할 수 있게 되니까요. 피해자의 유해만 찾는 것보다 훨씬 더한, 지옥 같은 압박이죠."

헌터의 설명을 듣고 일순간 모두가 숨을 들이마셨다.

"지금까지 기다렸다가 당신 약혼자를 죽인 살인범이 자신이었다고 폭로한 이유도 같죠." 램버트 박사가 말했다. "그럼으로써 당신을 극단까지 압박할 뿐만 아니라 정신상태에도 영향을 미칠 수 있을 테니까요. 정신적으로 불안정해지고 감정적이 되면 더 취약해지고 실수하기도 쉽죠. 루시엔은 그 사실을 잘 알았던 거예요."

테일러의 피부에 소름이 돋았다.

"하지만 로버트를 예측할 수 없게 만들기도 해요." 그녀가 말했다. "루시엔이 안전유리 벽 뒤에 있지 않았다면, 어쩌면 지금 죽었을지도 몰라요." 그녀가 헌터를 보자, 헌터는 100퍼센트 확신하는 시선을 돌려주었다.

"어쩌면 바로 그게 그가 원하는 것일 수도 있어요." 램버트 박사가 말했다. "당신 둘과 밖에 있는 동안 도망치려는 게 아니라, 경찰이 자신을 죽이기를."

케네디와 테일러는 그 말에 눈살을 찌푸렸지만, 헌터 역시 창밖을 응시하며 그 생각을 하고 있었다.

"어째서 경찰 손에 죽기를 바란다는 거죠?" 테일러가 물었다.

"어떻게 되든 루시엔은 기억되기를 원하니까요. 그는 악명을 원해요." 헌터는 손가락으로 공중에 인용부호를 그리며 말을 이었다. "유명 연쇄살인범에게 따라오는 '명망'이죠. 그는 자기 유산이 범죄학과 범죄행동분석 수업에서 다뤄지기를 원해요. 그게 자신만의 백과사전을 써온 이유이기도 하겠죠. 정말 그걸 썼다면요."

"그건 알겠어요." 테일러가 말했다. "그런데 어차피 그렇게 될 텐데요. 굳이 죽임을 당할 필요는 없어요."

"맞아요." 헌터가 동의했다. "하지만 루시엔은 감옥 안에서 생을 마치거나 국가 권력에 의해 처형되는 것보다는, 그러지 않는 편이 그 명성을 극적으로 높인다는 것도 알고 있습니다. 틀림없이 그의 정신 속에서 그런 비굴한 결말은, 그가 꿈꿔온 일생의 프로젝트에 어울리는 최후는 아닐 거예요. 반면에, FBI가 마지막 피해자를 구출하려고 애쓰는 과정에서 그들의 총에 맞아 죽는다면…….” 헌터는 어깨를 으쓱하며 자신이 한 말의 중요성이 공기에 스며들도록 했다.

“그는 전설이 되겠죠.” 램버트 박사가 동의했다.

“그렇다면, 자네 생각에 매들린 리드가 아직 살아 있다면 말일세.” 케네디가 헌터에게 말했다. “그리고 루시엔의 계산이 맞는다고 가정한다면, 우리한테 시간이 얼마나 있을 것 같은가?”

헌터는 불확실한 얼굴을 했다. “제 짐작으로는, 그가 매들린을 언급했던 시점부터 대략 스무 시간 정도 될 겁니다. 그 이후로는 큰 기대를 걸지 못할 겁니다.”

케네디는 손목시계를 확인했다. “빨리 움직여야겠군.” 그가 말했다. “여기서 시간을 버리고 있을 수는 없어, 로버트.”

매들린의 사진은 여전히 책상 위에 있었다. 그녀가 헌터를 똑바로 응시하고 있는 것 같았다.

“비행기는 준비됐습니까?” 그가 말했다.

“자네가 활주로에 도착할 때까지는 될 거야.” 케네디가 대답했다. “자네 둘이 먼저 준비해야지.”

“대비하세요.” 모두가 움직이기 시작했을 때 램버트 박사가 말했다. “당신 말이 맞을 겁니다, 헌터 형사. 루시엔은 당신 둘 다 극한까지 밀어붙이려고 할 거예요. 그리고 지금 상태로는 그리 세게 밀어붙일 필요도 없다는 걸 알고 있겠죠. 내 생각에, 그는 일단 밖에 나가게 되면 이곳으로 돌아오지 않으려고 무슨 짓이든 할 겁니다. 설사 자기 목숨을 대가로 치르는 한이 있더라도요.”

헌터는 재킷의 지퍼를 올렸다. “전 괜찮습니다.” 그리고 테일러를 보았다. “그를 쏘는 게 나이기만 하다면요.”

81

건물 뒤쪽의 보안 출구 옆에서 그들을 기다리는 SUV로 향하기 전에, 헌터와 테일러는 최첨단 무선 감시 마이크를 부착할 수 있도록 셔츠를 제출하라는 지시를 받았다. 마이크는 단추로 위장했지만 그것만 이질적으로 보이지 않겠끔 셔츠의 단추를 같은 모양의 것으로 전부 교체해야 했다. 배꼽 바로 위에 있는 단추가 마이크였다. 마이크는 등 한가운데 움푹 들어간 부분에 껌처럼 부착하고 붕대로 감아놓아서 겉에서는 눈에 띄지 않았지만, 작은 케이블을 통해 아주 강력한 위성 송신기와 연결되어 있었다. 이 마이크는 GPS 장치로도 작동했다. 에이드리언 케네디 센터장과 그의 팀은 그들의 정확한 위치를 실시간으로 확인할 수 있을 것이다. 하지만 셔츠를 돌려받은 헌터는 그 계획에 반대했다.

"원래 단추와 색이 달라요." 그가 에이드리언 케네디에게 말했다.

"거의 비슷하네." 케네디가 대답했다.

"대부분의 사람에겐 그렇겠지만 루시엔에게는 아닙니다." 헌터가 말했다.

"그가 자네나 테일러 요원의 셔츠 단추 색깔을 알아챌 거 같나?"

"날 믿으세요. 루시엔은 단번에 알아챌 겁니다, 에이드리언. 그는 스펀지 같아요."

"흠, 이 정도가 시간 안에 할 수 있는 최선인데." 케네디가 대답했다. "나는 자네들 상황을 계속 알고 있어야 해. 그러니 이걸로 잘해 보게."

큰 대가를 치르게 될 수도 있어요. 헌터는 생각했다.

10분 후, 해병대원 둘의 호위를 받으며 루시엔이 보안 출구 밖으로 나왔을 땐 모든 게 이미 제자리에 있었다. 그는 심문 내내 입었던 주황색 죄수복을 그대로 입고 있었다. 손과 발목에 채워진 수갑과 족쇄는 허리를 감은 쇠사슬과 연결되어 팔은 가슴 위쪽으로 올라가지 않았고, 보폭은 결코 30센티미터를 넘지 않아 달리는 것도 불가능했다.

"이 방정식에서 빠진 게 있는데." 루시엔이 올라탈 수 있게 테일러가 SUV의 뒷문을 열었을 때, 그가 말했다.

"헌터 형사는 비행기 안에서 만날 거야." 루시엔이 뭘 말하는지 정확히 안 테일러가 말했다.

루시엔은 웃었다. "하지만 당연해. 이 모든 게 완전히 실패로 돌아가기 전에 자신을 찾고 감정을 돌아볼 시간이 필요하지. 그렇지 않은가, 테일러 요원?"

테일러는 대답하지 않았다. 만약 감정에 따라 행동할 수 있게 허락되었다면, 그녀는 아마 그 자리에서 그의 얼굴에 주먹을 날리고 총으로 무릎을 쏴버렸을 것이다. 하지만 그러는 대신 그녀는, 두 해병이 그를 뒷좌석에 앉히고 쇠사슬을 자동차 바닥에 있는 금속 고리에 채운 다음 열쇠를 자기에게 건네줄 때까지 묵묵히 문을 열고 서 있었다.

"네 선글라스가 정말 맘에 드는군, 테일러 요원." 테일러가 조수석에 오르자 루시엔이 말했다. "아주…… FBI다워. 이번 여행을 위해서 나도 하나 살 수 있을까?"

테일러는 대꾸하지 않았다.

"대답은 '안 돼'인 것 같군."

루시엔은 잠시, 수갑을 찬 자기 양손을 보았다. 그리고 다시 입을 열었을 때는, 통제되고 신중한 목소리가 흘러나왔다. 흥분하는 기색도 없고, 화도 느껴지지 않았으며, 로봇처럼 편평한 어조였다. "결말이 어떻게 될 것 같아, 테일러 요원?"

이 SUV를 아령 삼아 들어 올릴 수도 있을 것같이 생긴 아프리카계 미국인 해병이 차를 몰기 시작했다.

테일러는 계속 길에 시선을 두었다.

"이봐, 테일러 요원." 루시엔이 고집스럽게 말을 걸었다. "이 질문은 아주 적절해. 난 네가 뭘 기대하는지 몹시 알고 싶다고. 너는 지금까지 훌륭하게 해왔어. FBI가 잃어버린 유해 세 구를 회수할 수 있도록 정보를 얻어냈지." 그의 눈썹이 위아래로 한 차례 움직였다. "너희 팀이 적어도 내 설명을 이해하고 따를 만큼은 유능하다면, 뉴 헤이븐에 남겨둔 유해 다섯 구 역시 찾아낼 거야. 게다가 살아 있는 피해자에게 찾아낼 수 있는 정보를 내게서 얻어내고 그녀를 구해낸다면 넌 영웅이 될 테지, 테일러 요원. 단 이틀간의 심문치곤 나쁘지 않은 편이야. 그러니 내 질문은 아주 적절하단 말이지. 너는 이 결말이 어떻게 될 것 같아? 너와 로버트는 영웅이 될까? 아니면 이 모든 게 최악의 악몽으로 끝날까?"

테일러는 운전사의 미심쩍어하는 두 눈동자가 아주 잠깐 그녀 쪽으로 휙 움직이는 것을 보았다.

그녀는 마음 같아서는 루시엔을 똑바로 바라보며 그들이 매들린 리드를 찾아내 결국 네 고문을 끝낼 것이라고 말하고 싶었다. 그런 다음 그를 다시 BSU로 데려와 다른 모든 피해자의 유해가 있는 장소를 불게 해 유해를 찾은 후에, 너는 감옥에서 썩거나 국가에 의해 처형될 것이라고 말해주고 싶었다. 영원한 유폐나 사형, 둘 중 어느 쪽이 되든 간에 그녀는 다시는 그의 얼굴을 보지 않게 될 것이기에 차이는 없었다. 하지만 그녀는 평정심을 유지하면서 한마디도 입에 올리지 않았다. 그를 쳐다보지도 않았다.

루시엔은 단념하지 않았다.

"로버트는 어떨 것 같아?" 여전히 로봇 같은 어조였다. "로버트가 제시카의 죽음에 대해 복수를 할까? 그가 살아오며 지켜왔던 것들을 분노가 전부 대체하게 될까?"

대답은 없었다.

"날 쏠까? 아니면 내가 숨을 거둘 때까지 두들겨 팰까?"

테일러는 눈으로 보지 않고도 루시엔이 또다시 그 소름 끼치는 미소를 짓고 있으리라는 걸 알 수 있었다.

그들은 FBI 아카데미를 떠나 북쪽의 터너필드 활주로로 향했다.

"너라면 어떨까, 테일러 요원? 네가 지독하게 사랑했던 사람을 내가 의혹과 피만 잔뜩 남긴 채 끔찍하게 앗아 갔다면, 너는 어떻게 복수할 거지?"

테일러는 혈관 속에서 뜨거워지는 피를 느꼈지만, 입 밖으로 나오려는 모든 단어를 여전히 삼킬 뿐이었다.

"어이, 근육 형씨. 그쪽은 어때?" 루시엔은 전략을 바꿔 운전사에게 말을 걸었다. "내가 네 집에 침입해서 네 아내를 잔인하게 살해했고, 너는 20년 동안 나를 찾아 헤매다 드디어 나와 마주하게 됐다고 해보자고. 그럼 어떤 복수를 선택할 건가? 네 그 바나나만 한 손가락은 내 두개골을 움켜쥐고 단박에 박살 낼 수 있을 것처럼 생겼는데.

장담컨대 너와 네 부인은 그걸로 재미 좀 많이 봤겠어."

성난 운전사가 백미러 속에서 눈알을 부라리며 루시엔을 보았다.

"저 죄수에게 대꾸할 생각은 하지 말아요, 이등병." 테일러가 그를 보며 말했다. "이 사람이 아무리 불쾌한 말을 해도 당신은 무시할 겁니다, 알아들었어요?"

"알겠습니다." 깊은 베이스의 음성이 대답했다.

루시엔은 크게 웃었다.

"내 생각을 말해주지, 테일러 요원. 로버트는 복수할 거야. 로버트는 맹세를 어기고 결국 복수하게 될 거야. 그를 멈추게 할 방법은 네가 그를 쏘는 수밖에 없어. 여기서 중요한 질문을 하나 하지. 너는 그를 쏠 텐가?"

82

테일러와 루시엔이 탄 검은색 SUV가 비행기 옆에서 멈추었다. 주문 제작한 5인승 소형 리어제트 모델 비행기 옆에 헌터와 해병대원 둘이 기다리고 있었다.

두꺼운 구름이 모여들면서 온 하늘의 분위기가 바뀌기 시작했다. 밝음은 어둠으로, 푸른색은 회색으로 바뀌어갔다.

테일러는 차에서 내려 해병에게 루시엔을 구속한 장치의 열쇠를 건넸다. 군인들은 뒷좌석에서 그를 풀어 비행기에 탑승시키는 일을 맡았다. 그들이 헌터를 지나 비행기로 통하는 계단을 몇 개 올라갔을 때, 루시엔은 몸을 돌려 헌터의 눈을 바라보았다. 그 안에 오로지 상처와 분노만이 깃들어 있는 것을 본 루시엔은 미소 짓지 않기 위해 내적 싸움을 벌여야 했다.

그의 쇠사슬이 비행기 좌석 옆 바닥의 특수 제작된 금속 고리에 단단히 채워지자, 헌터와 테일러가 비행기에 탑승했다.

루시엔의 좌석은 기내 뒤쪽에 있었고, 조종석 옆에 있는 버튼으로만 개폐할 수 있는 군용 등급의 전자식 잠금장치가 설치된 철제 우리로 에워싸여 있었다.

테일러는 루시엔의 바로 오른쪽 앞의 좌석에 재킷을 놓았지만 그곳에 앉지는 않았다. 헌터는 그녀의 자리로부터 통로 건너편에 있는 좌석에 앉았다. 조종사는 조종석에서 참을성 있게 기다리고 있었다.

"자, 일리노이주 어디지?" 테일러가 루시엔에게 물었다.

"안 갈 건데." 그가 무미건조하게 대답했다.

그 말에 테일러가 멈칫했다. "무슨 소리야? 네가 일리노이로 간다고 했잖아."

"아니, 그런 적 없어. 여기서 일리노이주까지 갈 만큼의 연료가 필요하다고 했지. 일리노이에 갈 수 있을 만큼의 연료가 있다면 뉴햄프셔주까지도 충분히 간다는 뜻이야. 거기가 우리가 갈 곳이고."

루시엔의 좌석은 움직이지 않았지만, 기내의 다른 모든 좌석은 360도로 방향을 바꿀 수 있었다. 헌터는 루시엔 쪽으로 의자를 돌리지 않고 계속 앞을 향해 있었다. 그는 루시엔이 여전히 게임을 하고 있다는 사실에 놀라지 않았다.

"뉴햄프셔." 테일러가 말했다.

"정확해, 테일러 요원. *자유 아니면 죽음을*(뉴햄프셔주의 표어―옮긴이)."

"좋아, 그러면 뉴햄프셔 어디로 가지?"

"조종사한테 우선 뉴햄프셔로 가라고 해. 우리가 주州 상공에 진입하면 더 상세하게 알려주지."

테일러는 그대로 조종사에게 전달하고 자기 좌석으로 돌아왔다. 그녀도 헌터와 마찬가지로 죄수와 마주하지 않는 쪽을 선호했다.

1분 후 비행기는 활주로 끝까지 천천히 이동했고, 조종사는 이륙허가를 받았다고 방송했다. 제트엔진이 가동되고 20초도 지나지 않아 그들은 벌써 하늘에 떠 있었다. 비행기가 우측으로 선회하자, 간신히 먹구름을 뚫고 나온 몇 줄기 햇살이 비행기 동체에 날카롭게 반사돼 부서졌다.

헌터는 아래로 땅이 흘러가는 창밖에 시선을 고정했다. 기내의 공기가 루시엔의 존재에 의해 오염되기라도 한 듯, 그에게는 그 어느 때보다도 대기의 밀도가 높게 느껴졌다.

테일러는 가만히 앉아서 앞을 바라보며 머릿속에서 폭발하는 수많은 생각들을 정리하려고 애썼다. 그녀는 생수를 1분 내지 2분마다 홀짝홀짝 마셔댔다. 목이 말라서가 아니었다. 몸이 자신을 진정시키기 위해 사실상 무의식적으로 강요하는 신경 반사작용일 뿐이었다.

헌터 역시 생각들과 씨름하고 있었다. 하지만 이번 싸움은 풀려나고 싶어 안달하는 20년 동안의 분노와 좌절을 상대해야만 하는 힘겨운 것이었다.

루시엔의 목소리가 다시 들려온 것은 30분 정도 비행했을 때였다.

"누군가가 '악마'로 태어날 수 있다고 믿나, 테일러 요원?" 그가 물었다.

테일러는 다시 물을 홀짝이면서 통로 건너편의 헌터에게 시선을 던졌다. 그는 질문을 듣지도 못한 것 같았다. 관심이 온통 창밖의 세상에만 있는 듯이 보였다.

테일러가 대답하지 않자 루시엔은 다음 질문으로 넘어갔다.

"'악마'로 태어날 수 있다고 믿는 범죄학자, 범죄심리학자, 정신과 의사들이 아주 많다는 건 잘 알지? 일종의 '악마 유전자'지."

테일러에게서는 대답이 없었다.

"악마 유전자를 믿는다는 건, 사악하거나 극단적인 폭력성 역시 유전의 조건이 될 수 있다고 믿는다는 뜻이야. 정말 그렇다고 생각해, 테일러 요원? 너는 갓난아기가 실제로 악의 유전자나 살인자의 유전자를 물려받을 수 있다고 생각해? 혈우병이나 색맹을 물려받는 것처럼?"

그녀는 말없이 물 한 모금을 더 들이켰다.

"이봐, 테일러 요원. 내 비위 좀 맞춰줘." 루시엔이 말했다. "네 의견은 어때? 나처럼 사악하고 무자비한 살인범이 되는 게 유전의 산물인 것 같아?"

그 순간 테일러의 머릿속에 커다랗게 떠오른 생각은 이랬다. *어째서 이 비행기에 철제 우리 대신 방음 처리된 안전유리 박스를 설치하지 않은 거야?*

"27." 루시엔이 머리를 의자 등받이에 기대며 말했다.

반사적으로 테일러는 다시 헌터를 힐끗 보았다. 그는 여전히 창밖을 보고 있었지만, 그녀는 그가 루시엔의 말을 들었다고 확신했다. 루시엔이 방금 대화의 주제를 완전히 바꾸었기에 이제 좌표를 주는 것인가 싶어 그녀는 의자를 휙 돌렸다.

"27?"

"27." 루시엔이 고개를 한 번 끄덕여 확인해주었다.

"'27'이 뭐지?"

"주." 루시엔이 대답했다.

테일러의 얼굴에 얇은 혼란의 가면이 씌워진 것 같았다.

"나는 스물일곱 개 주의 정자은행에 갔었어." 루시엔이 설명했다. "각각 다른 이름으로 된, 영국 여왕도 감명할 만한 이력서를 가지고 말이야. 아주 오랫동안 진행 중인 실험의 일부였지."

테일러는 목구멍에서 담즙의 신맛이 솟아오르는 것을 느꼈다.

"그러니 테일러 요원, 네가 살인이 유전의 산물일 수 있다고 믿는다면 말이야…… 그렇다면 몇 년 후에 우리 모두 깜짝 놀랄 일이 일어날지도 몰라." 루시엔이 말했다.

밀폐된 한 공간에서 루시엔과 같은 공기를 호흡한다는 사실만으로도 테일러는 속이 메스꺼워졌다.

"넌 아프기만 한 게 아니야." 그녀가 혐오스러운 표정으로 말했다. "완전히 미쳤어."

기내 스피커가 지글지글 끓는 소리를 한 차례 내고는 뒤이어 조종사의 목소리를 흘려보냈다.

"현재 매사추세츠주와 뉴햄프셔주의 경계에 접근 중입니다. 새로운 지시 사항이 있습니까?"

루시엔의 얼굴이 활기를 띠는 것 같았다.

"모험을 시작해보지."

83

은신처
이틀 전

매들린 리드는 몽롱한 두 눈을 천천히 여러 번 깜박이고 나서야 겨우 뜰 수 있었다. 초점이 즉시 돌아오지는 않았다. 그녀의 쇠약하고 지친 정신에, 시각이 받아들인 형체들이 아귀를 맞추기 시작하기까지 족히 2분은 걸렸다.

그녀는 여전히 작은 방의 한쪽 구석에서, 더럽고 냄새나는 담요로 마치 누에고치처럼 감싼 연약한 몸을 동그랗게 말고 있었다. 하지만 그 역겨운 거적때기로 몸을 아무리 단단히 감싸도, 구석 벽에 기대 몸을 아무리 작게 말아도, 추위를 떨쳐낼 수는 없었다. 열이 내렸는지 아니면 더 나빠졌는지도 이제는 알 수 없었다. 그녀 몸을 구성하는 원자 하나하나가 격렬한 통증에 비명을 올리며 기절 직전까지 가기 일쑤였다.

방 안에 들리는 소리라고는, 맞은편 구석의 배설물이 넘쳐흐르는 양동이 주위로 파리들이 날아다니며 내는 고통스러운 윙 소리뿐이었다.

쿨럭쿨럭 기침을 하자 얼굴과 머리, 그리고 마른 목구멍은 불이라도 붙은 듯 금방이라도 폭발할 것 같았다. 욕지기를 수반한 통증은 잠시 그녀의 눈꺼풀을 나비 날개처럼 파닥이게 만들었고, 그녀는 다시는 의식불명 상태가 되지 않기를 바라며 벽에 머리를 기대고 있었다.

그녀는 의식을 잃지 않았다.

그녀는 한 번 더 정신을 바짝 차리려고 애쓰며 알아보기 힘들 정도로 야윈 두 손과 손가락을 들여다보았다. 손톱은 전부 부서졌고, 손톱 밑에는 피가 말라붙어 딱딱한 껍질이 생겼다. 손가락 마디는 급성 류머티즘에 걸린 노인의 손처럼 빨갛게 부어올랐다. 그녀는 살면서 그렇게 여위었던 적이 없었다. 그렇게 약하고, 그렇게 배고프고, 그렇게 목말랐던 적도 없었다.

매들린은 담요가 아직 군데군데 젖어 있다는 걸 깨달았다. 아마도 고열로 그녀의 몸이 흠뻑 젖었을 때 그리 된 것일 터였다. 필사적이었던 그녀는 순간적인 광기로 담요를 입에 가져가, 천이 머금은 습기를 갈라진 입술과 마른 입안으로 옮기려고 열심히 빨아댔다. 하지만 입안 가득 흙 맛과 함께, 즉각 구토를 일으키게 한 몹시 기분 나쁜 맛만 느꼈을 뿐이었다.

기침이 멈추자 매들린은 방 안을 둘러보았다. 이미 탈수와 영양실조가 생리적으로나 신경학적으로 그녀에게 심각한 영향을 미치기 시작했다. 그녀의 두 눈은 1미터 밖에 있는 사물에 초점을 맞출 힘도 없었다.

빈 페트병들이 바닥에 흩어져 있었다. 안에 물은 한 방울도 남아 있지 않았지만, 매들린은 그중 하나로 손을 뻗었다. 그녀는 페트병을 입으로 가져와 고개를 뒤로 젖히고 양손으로 그걸 우두둑 소리가 나게 쥐어짰다.

아무것도 나오지 않았다.

완전히 지친 그녀는 그대로 병을 땅에 떨어뜨렸다.

눈꺼풀이 한 번 더 파닥거렸다. 그녀는 몹시 지쳤고 슬픔에 압도당했지만, 다시 잠들고 싶지 않았다. 극심한 피로로 인해 몸이 작동을 멈추는 거라는 걸 그녀는 알았다. 그저 깨어 있을 만큼의 에너지조차 없는 것이었다. 몸의 모든 기관이 계속해서 작동할 만큼의 에너지가 없었다. 거대 공장이 특정 생산 라인을 계속 가동하기 위한 충분한 자원이 없어서 그것들을 폐쇄하는 것과 다름없었다.

매들린은 언젠가 텔레비전에서 본 다큐멘터리가 기억났다. 탈수와 영양실조를 일으킨 몸이 천천히 자기 자신을 먹어치우던 장면. 처음엔 저장해놓았던 지방을, 그다음엔 근육 속 단백질과 영양분을 고갈될 때까지 전부 먹어치운다. 그 후 신체는 셔터를 내려버려서, 간과 신장 같은 주요 장기가 제대로 기능하지 않게 된다. 대략 75퍼센트 내지 80퍼센트가 물로 구성된 두뇌는 탈수로 인한 영향을 실제 감각으로 느끼게 될 것이다. 아주 생생한 환각에 빠지는 것에서부터 뇌가 완전히 녹아내리는 것까지, 사람마다 반응은 완전히 다르게 나타날 수 있다. 그리고 그 시점에서 뇌에 야기되는 손상은 돌이킬 수 없는 것이 된다.

영양분이 계속 공급되지 않으면, 우리 몸은 에너지가 고갈되어 극도로 지치게 된다. 하지만 지구상에서 인간의 몸과 뇌만큼 복잡하고 똑똑한 것은 없다. 그렇게 강한 압박 상황에서도 방어기제는 제 능력을 최대한 발휘하여, 우리 몸이 남아 있는 적은 에너지를 아끼고 스스로 고통스럽게 죽어가지 않도록 억지로 잠들게 한다. 일단 잠들게 되면 몸은 조용하고 천천히, 그리고 자비롭게 자신을 완전히 폐쇄하고, 그러면 그 사람의 두 눈은 절대 다시 뜨이지 않게 된다.

매들린은 자기가 죽어가고 있다는 걸 알았다. 다시 잠들면 아마 일어나지 못할 거라는 것도 그녀는 알았지만, 달리 할 수 있는 일도 없었다. 그녀는 너무 지쳐서 손가락 하나 움직이는 일조차 마라톤 경기를 뛰는 것처럼 느껴졌다.

"죽고 싶지 않아." 그녀는 쌕쌕거리며 속삭였다. "나는 이렇게 죽고 싶지 않아. 여기서 죽고 싶지 않아. 제발 누가 날 도와줘요."

순간 미친 생각이 떠올랐다. 그녀는 자기 소변을 마신다는 사람들의 이야기를 들은 적이 있었다. 메스꺼운 사실이었지만, 어떤 사람들에게는 그것이 성적인 흥분을 일으키는 행위라는 것도 알았다. 그러나 그녀의 지친 뇌는 그녀를 살아 있게 하려고 투쟁하고 있었다. 역겹든 아니든, 다른 수가 없었다.

두 번 생각하지도 않고 매들린은 다시 빈 페트병으로 손을 뻗었다. 안간힘을 써서 가까스로 다시 일어선 다음, 더럽고 찢어진 바지의 지퍼를 내리고 발목까지 끌어 내렸다. 팬티도 뒤따랐다. 적절한 위치에 페트병을 댄 그녀는 두 눈을 감고 최대한 집중해서 다리와 복근을 꽉 조였다.

나오는 게 없었다.

그녀의 몸은 탈수 상태라 그녀에게 줄 게 없었다. 하지만 바로 포기하려 들지 않았다. 다시 시도했다. 시도하고 또 시도했다. 얼마나 오래 그러고 있었는지는 알 수 없었다. 하지만 영원처럼 느껴졌던 시간이 지나자 마침내, 몇 방울이 페트병 바닥에 토도독 떨어졌다. 매들린은 몹시 행복해서 발작적으로 웃음을 터뜨렸다. 병 속을 들여다보기 전까지는.

간신히 쥐어짜낸 소변은 진한 호박색이었고, 그건 좋지 않은 신호였다.

소변 색이 진할수록 몸의 탈수가 더 심하다는 뜻이었다.

물 같은 액체를 많이 마실 경우, 건강한 간과 콩팥은 액체를 신속하게 여과해 몸에 필요한 양분은 흡수하고 나머지는 버린다. 이렇게 폐기된 액체는 방광을 채우고 방광이 꽉 차면 화장실에 가고 싶은 욕구가 생긴다. 소변은 독소를 비롯해 신체에 필요 없는 물질을 몸 밖으로 배출하는 주요 수단이지만, 항상 그렇지는 않다. 계속해서 수분을 섭취할 경우, 체내에 과도하게 들어온 액체로 인해 방광은 소변으로 가득 차게 된다. 이 때 신체가 제거하는 것은 주로 그 사람이 마신 여분의 물이나 액체다. 독소가 적을수록 소변의 색이 옅어지는 것이다. 하지만 그 반대라면……

색깔로 판단하건대, 매들린이 페트병에 얻은 몇 방울의 소변은 아마도 99퍼센트가 독소일 것이다. 그걸 마시는 건 독약을 마시는 것이나 다름없다. 생존을 돕는 게 아니라 죽음을 가속할 터다.

그녀는 페트병을 흔들며 오랫동안 그것을 응시했다. 그녀는 울고 싶었다. 실은 울고 있었지만, 탈수증상 말기의 눈물샘은 눈물을 전혀 만들어내지 못했다.

기어이 그녀는 힘이 빠져 스르륵 주저앉았고, 페트병은 데굴데굴 멀리로 굴러갔다.

"난 죽고 싶지 않아." 떨리는 입술 사이로 그 말들이 간신히 새어 나왔지만, 더는 버틸 기운이 없었다. 시야가 흐릿해지며 두 눈이 감겼다. 그녀에게는 자신을 깨어 있게 할 힘이 더는 없었다.

이제 그녀에게 희망은 없었다.

이제 그녀에게 믿음은 없었다.

그녀는 눈이 감기는 것을 허락했고, 이제 불가피한 운명을 받아들이기 시작했다.

84

루시엔은 구속 장치 때문에 양손을 가슴 위로 올릴 수 없는 탓에, 몸을 앞으로 숙여서 코를 긁어야 했다.

테일러는 의자를 돌려 그와 마주 보았고, 헌터는 계속 앞을 향한 채였다.

"좋아." 테일러가 말했다. "자, 뉴햄프셔주 상공에 진입했어. 이제 어디로 가지?"

루시엔은 딴청을 피웠다. "젠장, 불편하군. 테일러 요원, 친절하게 내 코나 좀 긁어주지 그래?"

그녀는 조용히 그를 노려보았다.

"그래, 해줄 거라고는 생각 안 했어." 루시엔이 마침내 자세를 바로 했다. "조종사에게 정북향으로 비행하라고 전해. 화이트산 국유림 위를 지날 때 다시 알려줘."

총면적 3,038제곱킬로미터의 화이트산 국유림은 연방정부가 관리하는 숲으로, 약 94퍼센트가 뉴햄프셔주에 걸쳐 있었다. 너무나 광대한 땅인 까닭에 그 위를 날아가는 항공기를 시야에서 놓치려야 놓칠 수 없을 정도였다.

테일러는 조종사에게 지시 사항을 전하고 자리로 돌아왔다.

그렇게 27분을 더 비행한 후, 스피커에서 다시 조종사의 목소리가 흘러나왔다.

"곧 화이트산 국유림 남쪽 경계입니다. 북쪽으로 계속 비행할까요? 아니면 새로운 '퍼즐 조각'이라도 있습니까?"

테일러는 한 번 더 루시엔을 보며 기다렸다.

루시엔은 자신의 손등을 응시하고 있었다.

"이쯤이면 괜찮겠군." 그가 눈을 들지 않고 말했다. "조종사에게 베를린으로 가자고 해."

테일러는 믿을 수 없다는 듯이 그를 보았다. "다시 말해봐."

"베를린으로 가자고 해." 루시엔은 태평스럽게 반복했다. 그의 시선은 자신의 두 손에 좀 더 머물다가 그녀에게로 이동했다.

테일러는 움직이지 않았지만, 놀란 표정은 순식간에 분노로 바뀌었다.

"진정해, 테일러 요원." 루시엔이 말했다. "나는 독일 베를린이라고 하지 않았어. 그랬다면 그건 나한테도 몹시 황당한 일이 되겠지. 뉴햄프셔주 지도를 확인해봐. 화이트산 국유림 북쪽에 '베를린'이라는 이름의 작은 도시가 있을 거야. 흥미롭게도 이 지역의 공항은 '밀라노'라는 이름의 소도시에서 북쪽으로 12킬로미터 떨어진 곳에 있지." 그가 웃었다. "어찌나 유럽 같은지, 안 그래?"

테일러의 표정이 한결 느긋해졌다.

"조종사한테 베를린 공항에 착륙해야 한다고 말해."

테일러는 기내 전화로 조종사에게 새 지시 사항을 전달했다.

헌터는 이 상황에 대해 잠시 생각해보고 있었다. 그는 루시엔의 철저한 계획과 준비가 믿기지 않았다. 대체 얼마나 오랫동안 준비해온 거지? 그는 자신에게 물었다.

뉴햄프셔주는 FBI가 지부를 두지 않는 몇 안 되는 주 가운데 하나였다. 그 주의 연방수사국 관할권은 케네디 센터장이 지원팀 파견을 요청하기에는 너무 먼 거리에 있는, 매사추세츠주 보스턴 지부에 있었다. 비록 루시엔이 육로와 항공로로 아무도 따라와서는 안 된다는 조건을 내걸긴 했지만, 헌터는 에이드리언 케네디가 연쇄살인범의 요구에 순순히 응할 거라고는 생각지 않았다. 케네디는 납치된 피해자의 생명이 위태로울 수 있기에 분명 극도로 신중할 테지만, 언제라도 가동할 수 있는 '플랜 B'를 확보하려 했을 것이다. 뉴햄프셔주에는 FBI 지부가 없으니, 에이드리언 케네디가 헌터와 테일러의 뒤를 따를 팀을 그 지역에서 구하려 한다면 카운티 보안관서나 지역 경찰서에 연락을 취해야 할 것이다. 그러나 어느 쪽에서도 고도의 감시 훈련을 받은 인력을 기대하기는 어려울 테고, 그렇다면 위험이 너무 컸다. 루시엔은 그의 병적인 '방정식'에 이 점을 모두 고려해 포함하고 있었다.

"베를린 공항과 막 통신했습니다." 조종사의 목소리가 기내 스피커를 통해 다시 흘러나왔다. "착륙 허가가 떨어졌습니다. 5분 후에 하강할 예정입니다."

루시엔이 속으로 얼마나 웃음 짓고 있는지는 누구도 볼 수 없었다.

85

두 시간도 채 걸리지 않은 비행 후, 제트기는 뉴햄프셔주 베를린 공항의 작은 활주로에 착륙했다. 그리고 다른 소형 비행기들로부터 멀리 떨어진 활주로 끝까지 신속하게 이동해서 기다렸다. 조종사는 이미 공항의 관제 센터에, 이 비행기는 연방정부의 공무를 수행하는 FBI 항공기이므로 누구도 접근해서는 안 된다고 경고했었다.

"그래서, 이제 어떻게 하지?" 비행기가 완전히 멈추기도 전에 헌터가 루시엔에게 물었다. 콴티코를 떠난 헌터가 그에게 처음으로 건넨 말이었다.

"이제 차를 타." 루시엔이 미심쩍은 얼굴로 대답했다. "하지만 여긴 LA 공항이 아니야, 로버트. 이 공항의 로비에는 렌터카 회사가 없어. 사실 로비 같은 것도 없지." 그는 고개를 창문 쪽으로 홱 돌렸다. "이제 알게 될 거야. 이 근방에서 자판기를 찾으면 아주 운이 좋은 거라는 걸."

테일러는 헌터를 향해 미심쩍다는 표정을 던졌다.

"원한다면 렌터카 회사에 전화해도 돼." 루시엔이 말을 이었다. "베를린이나 밀라노 어디서든 전화번호를 구할 수 있을 거야. 하지만 그들이 모든 절차를 끝내고 차 한 대를 여기로 보내기까지 20분에서 25분은 걸리겠지. 만일 너희가 그걸 기다리고 싶지 않다면, '임시변통'을 하라고 제의하고 싶은데."

"임시변통?" 테일러가 말했다.

루시엔은 어깨를 으쓱했다. "영화에서처럼 달리는 차를 현장에서 '징발'하는 거야. 너희한텐 FBI 배지가 있잖아. 이 주변 사람들은 분명히 그 배지에 껌뻑 죽을걸."

테일러는 어떻게 해야 할지 생각했다.

"불쌍한 매들린에게는 1분 1초가 중요하다는 걸 기억해." 루시엔이 덧붙였다. "자, 너희가 원하는 만큼 마음껏 시간을 보내."

"당신이 여기 있어요." 헌터가 벌써 출구를 향해 움직이며 말했다. "내가 가죠."

테일러는 고개를 끄덕여 동의했다. 그녀는 진심으로, 루시엔과 헌터만 그곳에 남겨두고 싶지 않았다.

"가죠." 헌터가 다시 비행기 안으로 들어오며 말했다.

"벌써 구했어요?" 테일러가 벌떡 일어나며 물었다. 헌터는 나간 지 3분도 지나지 않아 돌아왔다.

그는 고개를 끄덕였다. "여기 항공관제사에게 빌렸어요."

"다행이네요." 그녀가 말했다. 그녀에게 더 설명할 필요는 없었다. 테일러는 바로 총을 빼 들고 루시엔을 겨눴다. "좋아, 이제 천천히, 그리고 얌전히 하는 거야. 로버트가 버튼을 누르면 우리가 열리면서 바닥의 사슬도 풀리지. 그러면 **천천히** 일어나 걸어 나와서, 가만히 서 있어. 알아들었어?"

루시엔은 고개를 끄덕였다. 별로 감명을 받은 것 같지는 않았다.

테일러가 헌터에게 고갯짓으로 신호했다. 그는 조종석 문 옆에 있는 버튼을 누르고, 권총을 빼 들어 정확하게 루시엔을 조준했다.

윙 하는 전자음이 기내 전체에 크게 울렸다. 우리의 문이 철컹 소리와 함께 안쪽으로 열렸다. 루시엔의 발목과 손목을 함께 연결했던 사슬 역시 바닥과 의자의 구속 장치에서 풀려났다.

"천천히 일어나." 테일러가 말했다.

루시엔은 지시를 따랐다.

"이제 앞으로 걸어 나와."

역시 지시에 따랐다.

"출구 쪽으로 천천히, 그리고 얌전히 걸어."

이번에도 역시 따랐다.

테일러는 루시엔의 뒤쪽으로 움직였다. 헌터는 루시엔의 앞에 있다가 먼저 계단을 내려갔다. 루시엔과 테일러가 뒤따랐다.

빨간색 지프 그랜드체로키가 비행기에서 불과 몇 미터 떨어진 곳에 주차되어 있었다. 헌터는 차로 걸어가 뒷문을 열었다.

"좋은 차네." 루시엔이 평했다.

"타." 헌터가 말했다.

루시엔은 잠시 주위를 둘러보았다. 아무도 없었다. 베를린 공항은 삼림 옆에 지어진 아스팔트 활주로에 지나지 않았다. 공항 로비나 라운지 같은 부대시설은 전혀 없었다. 활주로 동쪽에는 개인용 비행기 두 대가 들어갈 만한 중간 크기의 격납고 두 개가 있었다. 정남향에는 더 작은 행정용 건물이 몇 채 있었다. 그게 전부였다. 그 외에는 아무것도 없었다.

루시엔은 하늘을 올려다봤다. 빠르게 밤이 찾아오면서, 차가운 바람이 잠잠해지고 있었다. 그는 한참 동안 하늘을 지켜보며 무언가를 탐색했다.

아무것도 보이지 않았고, 아무 소리도 들리지 않았다.

"타." 헌터가 다시 그에게 지시했다.

종종걸음으로 루시엔은 차를 향해 이동했다. 헌터가 문을 붙잡고 있었다. 루시엔은 양갓집 규수 같은 조신한 모습으로 엉덩이부터 좌석에 댄 후 다리를 안으로 들였다. 양손과 양발이 허리의 구속 기구와 쇠사슬로 연결돼 있어서, 그러는 편이 더 쉬웠기 때문이다.

헌터는 문을 닫고 테일러에게 반대쪽으로 가라는 신호를 보냈다. 테일러가 뒷좌석에 앉고 나서야 헌터는 운전석에 올랐다.

테일러의 총은 계속해서 루시엔을 겨눈 채였다.

"좌석에 등 붙이고, 팔은 문의 팔걸이에 항상 올려놔." 그녀가 지시하고는 뒷좌석 가운데의 팔걸이를 내려 루시엔과 자기 사이에 엉성하게나마 경계를 만들었다. "네가 갑자기 움직이기라도 하면 맹세컨대, 네 무릎을 날려버릴 거야. 간단하지?"

"완벽하게 간단하군." 루시엔이 대답했다.

헌터가 차를 몰기 시작했다.

"그래서, 어디로 가지?" 그가 물었다.

루시엔은 미소 지었다.

"아무 데도 안 가."

86

헌터의 생각이 옳았다. 케네디 센터장은 항상 '플랜 B'를 준비해 만반의 태세를 갖췄다.

헌터와 테일러, 루시엔이 탄 리어제트 비행기가 이륙하고 정확히 10분 뒤에 두 번째 제트기가 콴티코의 터너필드 활주로를 떠났다. 이번 제트기에는 케네디 휘하 최고 요원 다섯 명이 타고 있었는데, 모두 비밀작전에 숙련된 명사수들이었다. 그들에게는 헌터와 테일러의 마이크 단추에서 나오는 GPS 신호를 추적하는 위성 추적 장치가 있었다. 또한 감시 마이크는 FBI 아카데미의 케네디 센터장뿐만 아니라 두 번째 제트기에도 신호를 전송하고 있었기 때문에, 요원들은 비행기 안에서 헌터 팀의 상황을 파악할 수 있었다.

콴티코의 FBI 작전 통제실에서는 에이드리언 케네디와 램버트 박사가 레이더로 두 비행기의 이동 경로를 좇고 있었다. 또한 헌터와 테일러, 루시엔 사이에 오가는 말을 전부 듣고 있었다. 그들이 탄 비행기가 베를린의 공항에 착륙하자마자, 케네디는 주머니 속 전화기로 손을 뻗었다.

"네, 센터장님." 두 번째 제트기의 책임자인 니컬러스 브로디 요원이, 두 번째 신호가 가기도 전에 전화를 받았다.

"'버드 원' 막 착륙했다." 케네디가 말했다.

"네, 봤습니다." 브로디가 대답했다. 그들 역시 레이더로 첫 번째 비행기의 이동 경로를 확인하고 있었다.

"조종사에게 당장 선회하라고 해." 케네디가 말했다. "베를린 공항 지상에 노출되지 말도록. 자네 제트기가 착륙 가능할 때 다시 전화하지."

"알겠습니다, 오버."

브로디 요원은 전화를 끊고 조종사에게 새 지시 사항을 전달한 후 자리로 돌아와 대기했다.

87

헌터의 눈이 백미러 속에서 루시엔의 차가운 두 눈과 마주쳤다. 루시엔은 입가에 오만하고도 반항적인 미소를 띠었다.

"그게 무슨 소리야?" 테일러는 물었다. 그녀의 인내심은 거의 바닥을 드러내고 있었다.

루시엔은 헌터와 눈싸움을 하며 계속 백미러를 응시했다.

"우리는 아무 데도 안 갈 거야." 그가 다시 말했다. 자제력을 잃지 않은 차분한 어조였다.

헌터는 침착하게 차의 시동을 껐다.

"무슨 뜻이지, 루시엔?"

"내가 감방에서 했던 말 그대로야." 루시엔이 말했다. "'오로지 우리 셋만. 아무도 쫓아오지 않는다.' 이게 거래 내용이었는데 너희가 그걸 깼어. 나는 너희를 어디로도 데려가지 않을 거야. 내가 아주 확실하게 주지시켰다고 생각했는데 말이지. 안타깝군."

헌터는 핸들에서 양손을 떼고 손바닥을 위로 보이며 어깨를 으쓱했다.

"우리 셋 말고 다른 사람이 보여? 우리를 따라오는 사람이 있다고?"

"아직은 아니지." 루시엔이 자신만만하게 대답하고는 눈알을 위로, 그리고 오른쪽으로 굴렸다. "하지만 저 위에 있지. 아마 선회비행을 하면서 기다리고 있을 거야. 너도 알고 나도 알고 있어."

테일러의 호기심 어린 눈 역시 백미러 속에서 헌터의 눈을 찾았다. 헌터는 계속 루시엔을 응시하고 있었다.

"아니, 우린 모르겠는데." 헌터가 말했다. "그리고 너도 몰라. 추정일 뿐이지. 너는 추정 때문에 우리가 여기 앉아 있는 동안 매들린이 시간을 다 써버리길 원하는구나?"

"로버트, 내 '추정'은 늘 아주 정확해. 왜냐하면, 사실들에 근거하거든." 루시엔이 말했다.

"사실?" 이번에는 테일러였다. "무슨 사실들?"

백미러 속 루시엔의 눈길이 마침내 테일러에게로 옮겨 갔다. 그리고 그는 시선을 돌리는 중에, 총을 잡은 그녀의 손이 아주 살짝 느슨해진 것을 눈치챘다.

"어디 보자, 테일러 요원. 너와 로버트가 셔츠를 벗어서 창밖으로 내던지면 바로 갈 수 있겠는데, 괜찮겠어?"

"뭐라고?" 테일러가 말했다. 그러면서 가까스로 지어낸 불쾌해하는 표정은 그녀에게 오스카 상이라도 안겨줄 법했다.

"너희 셔츠." 루시엔이 반복했다. "벗어서 창밖으로 던져."

헌터와 테일러는 아무 말도 없었다.

"로버트, 실망이야." 루시엔이 말했다. "내가 셔츠의 단추를 알아채지 못할 거라고 생각한 거야?"

테일러의 턱 근육이 팽팽해졌다.

루시엔은 그녀에게 설명했다. "좋은 시도였어. 하지만 이전의 단추 색과 완전히 같지는 않아." 그는 오른손 검지로 테일러의 셔츠를 가리켰다. "살짝, 두 단계 어두워. 음, 내 생각에 거기에 있는 건 마이크와 GPS 송신기…… 어쩌면 카메라도 있으려나?"

답은 돌아오지 않았다.

"실망이야. FBI는 좀 더 치밀할 거라고 생각했는데." 루시엔은 어깨를 으쓱였다. "하지만 또 한편으로는, 내가 너희에게 한 경고가 충분하지 않았던 것 같군. 그렇지?"

헌터가 일찍이 했던 생각이 다시금 그의 뇌리에 떠올랐다. 큰 대가를 치르게 될 수도 있어요.

"자……." 루시엔이 말을 이었다. "지금 우리에겐 선택지가 몇 개 있어. 어서 둘 다 셔츠 벗어서 창밖으로 던져." 그는 능글맞은 얼굴로 테일러를 보며 윙크했다. "그러면 틀림없이 내 즐거움이 더해지겠군. 아니면 단추를 하나씩 뜯어내서 창밖으로 던져도 돼." 루시엔은 여전히 테일러를 응시하고 있었다. "장담컨대 네 배꼽은 무척 아름다울 거야, 테일러 요원."

"엿 먹어." 테일러는 자신을 억제할 수 없었다.

루시엔은 웃었다. "아니면 셔츠는 그대로 입고 너희 몸 어딘가에 테이프로 붙였을 송신기만 뜯어내도 돼."

테일러 본인은 알지 못했지만, 그녀는 거짓말하다 들켜 화가 난 아이처럼 행동하고 있었다.

"부디……." 루시엔이 덧붙였다. "마음껏 시간을 낭비하라고." 그는 가죽 머리 받침대에 머리를 기대고 눈을 감았다. "마음을 정하면 알려줘."

헌터는 안전띠를 풀고 몸을 앞으로 약간 숙인 다음 등 아래쪽에 붙어 있던 위성 송신기를 뜯어냈다.

테일러 역시 권총을 루시엔에게 겨눈 채로 같은 행동을 취했다.

콴티코의 작전실 사람들은 송신기가 버려지는 소리를 듣고 있었다.

그 후 헌터의 마이크가 완전한 침묵에 들어갔다. 몇 초 뒤, 테일러의 마이크 역시 같은 운명을 맞았다. 작전실 레이더 화면에서 두 사람의 위치를 나타내던 두 개의 점이 희미해지다가, 이내 사라졌다.

레이더 시스템을 운용하던 레이더국局 요원이 다급히 컴퓨터에 명령어 여러 개를 입력했지만, 결국 옆에 서 있던 케네디를 올려다보는 것으로 자신의 무력함을 인정해야 했다. "놓쳤습니다. 죄송합니다. 이제 우리가 할 수 있는 일은 없습니다."

"개자식." 케네디가 악문 이 사이로 중얼거렸다.

베를린 공항 근처 하늘을 선회하던 '버드 투'의 브로디 요원 역시 바싹 자른 머리를 손으로 쓸어내리며 정확히 같은 말을 내뱉었다.

88

"훨씬 낫군." 헌터와 테일러 모두 위성 송신기를 창밖으로 내던지자 루시엔이 입을 열었다. "이제 조심하자고. 벨트도 풀어서 창밖으로 던져."

"저것뿐이었어." 테일러가 말했다.

"메모해두지." 루시엔이 공손하게 고개를 숙이며 말했다. "하지만 지금 너를 믿지 못한다고 해도 용서해줘. 테일러 요원, 이제 벨트를 버려주시죠."

헌터와 테일러는 창밖으로 벨트를 떨어뜨렸다.

"이제 주머니를 비워. 동전, 신용카드, 지갑, 펜 전부. 그리고 손목시계도."

"이건 어때." 테일러가 열쇠고리를 루시엔에게 내보였다. 노스캐롤라이나 머피시의 집에 들어갈 때 사용했던 열쇠들이었다.

"아. 그건 가져가는 게 나을 거야, 테일러 요원. 안에 들어가려면 필요할 테니까."

헌터와 테일러는 손목시계와 주머니 속에 있던 것들을 전부 창밖으로 떨어뜨렸다.

"걱정하지 마." 루시엔이 말했다. "우리가 떠나면 분명히 조종사가 전부 챙겨놓을 테니까. 잃을 게 하나도 없지. 자, 이제 잘 풀리고 있으니까 신발도 똑같이 할까? 벗어서 밖에다 버려."

"신발?" 테일러가 물었다.

"힐에 숨겨진 송신기를 본 적도 있거든, 테일러 요원. 너는 이미 내 믿음을 한 번 저버렸기 때문에 나는 운에 맡기지 않을 생각이야. 하지만 네가 시간을 더 날리고 싶다면 반대할 생각은 없어."

몇 초 후, 헌터의 부츠와 테일러의 구두가 차 옆 아스팔트 바닥에 내던져졌다.

루시엔은 천천히 몸을 앞으로 숙여 테일러의 발을 내려다보았다.

"발가락이 아주 예쁘군, 테일러 요원." 그는 인정한다는 듯이 고개를 끄덕였다. "빨강, 정열의 색이지. 흥미로워. 남성의 30퍼센트에서 40퍼센트가 발 페티시를 가지고 있는 거 알아? 단지 저 예쁜 발가락들을 만지기 위해 살인을 할 놈들도 틀림없이 있다고."

그의 말에 위축된 테일러는 발을 숨기려는 듯이 본능적으로 뒤로 뺐다.

루시엔은 쾌활하게 웃었다.

"마지막으로 휴대전화는 반드시 없애야지, 안 그래? 휴대전화에 추적 가능한 GPS 시스템이 있다는 거 다 알잖아."

화가 치솟았지만, 헌터와 테일러는 따질 수 있는 입장이 아니었다. 루시엔은 여전히 이 게임에서 모든 패를 쥐고 있었다. 두 사람은 전화기를 차창 너머로 떨어뜨렸다.

만족한 루시엔은 백미러를 통해 헌터에게 미소 지었다.

"이제 괜찮은 것 같네." 그가 말했다. "다시 차를 출발시켜도 돼, 로버트."

헌터가 차를 출발시키자, 센터페시아의 8.4인치 터치스크린에 내비게이션 화면이 떠올랐다.

"그건 없어도 될 거야." 루시엔이 말했다. "도로명이나 번지 같은 게 없어. 그냥 흙길이지."

"그러면 어떻게 가?"

"내가 안내해줄게." 루시엔이 말했다. "우리는 일단 이 거지 소굴 같은 공항을 떠나야 해."

89

콴티코의 작전실에서 에이드리언 케네디 센터장은 레이더 화면을 오랫동안 응시하며 이제 어떻게 하면 좋을지 생각하느라 안간힘을 쓰고 있었다.

"휴대전화 GPS 신호를 추적해볼까요?" 레이더국 요원이 제안했다.

케네디는 어깨를 으쓱했다. "해볼 수는 있겠지만, 이 자식은 너무 똑똑해. 빌어먹을, 원래 단추보다 색이 '두 단계' 어둡다고? 셔츠 단추 색 따위를 누가 신경 써?"

"무엇을 예상해야 하는지 아는 거죠." 램버트 박사가 말했다. "루시엔은 FBI가 쉽게 굽히고 자신의 요구를 받아들일 거라고 예상하지 않은 겁니다. 분명 뭔가를 시도할 거라고 생각하고 대비했던 거죠."

"내 말이 그거네." 케네디가 말했다. "겨우 단추 가지고도 저러는데, 로버트와 테일러 요원에게 휴대전화를 허용할 리가 없어. 휴대전화 GPS 시스템으로 위치를 추적할 수 있다는 건 열 살짜리 아이도 아는 사실이잖나." 그는 레이더국 요원을 보았다. "그래도 밑져야 본전이지. 한번 해보게."

요원은 컴퓨터로 FBI 내부 프로그램을 불러와 화면에 띄웠다. "요원 이름이 뭡니까?" 그가 물었다.

"코트니 테일러." 케네디가 대답했다. "행동분석팀 소속."

몇 차례 더 키보드가 찰칵찰칵 소리를 냈다.

"찾았습니다." 요원이 말했다.

프로그램은 FBI 요원들에게 지급된 모든 휴대전화의 GPS ID를 화면에 나열했다.

"몇 초만 주시죠." 요원은 맹렬하게 자판을 두드렸다. 이윽고 '위치 탐지' 단어가 화면에 나타났고, 깜박이는 세 개의 점이 뒤따랐다. 그로부터 불과 몇 초 후, 화면은 'GPS ID 발견'을 알렸다.

새로운 점이 레이더 시스템에 나타났다.

"전화기가 살아 있습니다." 요원이 말했다. "GPS가 계속 신호를 전송하고 있어요. 전화기가 파손되지 않았고, 배터리도 방전되지 않았다는 의미죠. 위치는 조금 전 장소와 정확히 일치합니다. 그들은 아직 베를린 공항의 활주로에 있습니다."

"그렇거나……" 케네디가 말했다. "아니면 전화기를 놓고 갔거나." 그는 고개를 끄덕이는 램버트 박사를 돌아보았다.

"저라도 그랬을 겁니다."

케네디의 주머니 속 휴대전화가 울렸다. 브로디 요원이었다.

"센터장님." 케네디가 전화를 받자 브로디가 말했다. "저희 조종사가 막 '버드 원'의 조종사와 교신했습니다. 표적이 탄 차는 활주로에 물건을 쌓아두고 사라졌답니다. 휴대전화, 지갑, 벨트, 심지어 신발까지요. 표적은 전혀 운에 맡기지 않는 타입인 것 같군요."

케네디는 드디어 답을 얻었다.

"어떻게 할까요?" 브로디가 물었다. "지상의 상황을 알 수 없고 표적의 위치도 정확히 모르는 상태에서 착륙하는 건 위험 부담이 큽니다. 설사 표적이 눈치채지 못하게 착륙한다 해도 뒤쫓을 '점'도 없고요."

"알겠네." 케네디가 말했다. "그렇다면 답은 이거겠군. 아직 모르겠다는 거. 뭔가 생각나면 연락하지." 그는 전화를 끊었다. 그의 지친 두뇌가 적절한 방안을 떠올리기 위해 열심히 회전하고 있었다. 그때 한 가지 생각이 떠올랐다. "그 차." 그는 램버트 박사와 레이더국 요원을 차례로 보면서 말을 꺼냈다. "로버트는 공항의 관제사에게 차를 빌렸어. 이름이 조시였지. 로버트의 단추 마이크를 통해 대화를 다 들었잖나. 기억하나? 조시는 그랜드체로키를 산 지 얼마 안 됐다고 했어. 두 달 전이라고 했지."

요원이 케네디의 생각을 포착하고 입을 열었다. "새 차에는 도난 방지용 위성추적시스템이 설치돼 있는 경우가 많죠. 분명히 시도해 볼 만합니다."

케네디가 고개를 끄덕였다. "당장 조시에게 전화하지."

90

그들이 공항 출구를 통과하자 이스트사이드 리버로드가 나왔다.

"좌회전." 루시엔이 말했다. "그리고 다음 첫 갈림길에서 우회전. 작은 다리를 건너서 밀라노로 가야 해. 불행하게도 이탈리아에 있는 밀라노와는 전혀 비교가 안 되지만. 두오모 성당도 없고 볼 거라곤 전혀 없지."

헌터는 루시엔의 지시에 따랐다. 작은 다리를 건너 오른편에 보이는 초등학교를 지나 'T'자형 삼거리까지 왔다.

"우회전해서 쭉 그 길을 따라가." 루시엔이 말했다.

헌터는 우회전 후 수백 미터를 나아가는 동안 집 몇 채를 지나쳐 갔다. 크기가 모두 제각각이었는데, 썩 활기차 보이는 것은 없었다.

"뉴햄프셔주 밀라노에 온 걸 환영해." 루시엔이 턱으로 창문을 가리키며 말했다. "여기 있는 거라곤 촌놈들, 벌판, 고독 그리고 외진 장소뿐이지. 감시망을 피해 사라지기에 아주 좋은 곳이야. 아무도 널 방해하지 않고, 신경 쓰지도 않아. 미국의 가장 위대한 점 가운데 하나는 이곳과 비슷한 도시들로 여기저기 벌집을 이룬다는 거야. 주마다 밀라노와 베를린, 머피 같은 촌놈들로 가득한 소도시가 수십 개는 돼. 거리엔 이름조차 없고, 사람들은 네게 관심이라곤 없는, 신에게마저 버림받은 장소들."

테일러는 주머니 속 열쇠고리의 무게를 느끼며 고리에 달린 열일곱 개의 열쇠를 떠올렸다. 각각의 열쇠는 머피의 집처럼 전국에 산재한, 익명의 장소를 위한 열쇠일 수 있었다.

루시엔은 책을 읽듯 그녀를 읽었다.

"이 장소들을 어떻게 찾았는지 궁금해하고 있군. 안 그래, 테일러 요원?"

"아니." 테일러는 그저 루시엔의 말을 부정하기 위한 대답을 했다. "정말로 관심 없어."

헌터는 백미러로 그녀의 모습을 확인했다.

테일러의 대답은 루시엔을 멈추게 하지 못했다.

"사실 지극히 쉬워." 그가 설명했다. "거의 공짜나 다름없는 금액에 살 수 있지. 방치돼서 버려지고 반쯤 부서진 건물들이라 더는 신경 쓰는 사람이 없거든. 주인이 있다 해도 대부분 부담을 덜고 싶어 안 달이 난 사람들이지. 사겠다고, 그저 제안만 하면 돼. 금액은 아무리 적어도 상관없어. 재단장할 필요도 없지. 어지럽고, 더럽고, 썩고, 악취가 날수록 더 좋거든. 로버트, 넌 왜 그런지 알지?"

헌터는 계속 길에 시선을 두고 있었지만, 루시엔이 그런 곳을 선택한 이유를 그는 아주 잘 알고 있었다. **공포 요소.** 납치당한 피해자를 쥐나 바퀴벌레가 들끓는 더럽고 부패한, 어두운 곳에 던져버리면 그 장소만으로도 그들은 생명의 위협을 느낄 것이다.

루시엔은 헌터의 대답이 없어도, 그가 안다는 것을 알았다. 루시엔은 고개를 양옆으로, 그리고 앞뒤로 움직여 목의 긴장을 풀었다.

"이 집은, 순전히 운이었지만, 훌륭한 발견이었어. 예일에서 만난 사람의 소유였는데, 그의 증조부가 약 100년 전에 지은 집이야. 두 차례 개축을 거치며 대대로 내려오다 결국 내 친구의 소유가 되었지만,

그는 이 장소의 모든 것을 싫어했어. 장소, 외관, 배치 그리고 그 유산과 역사까지. 그에게는 저주받은 집이었고 징크스였지. 어머니는 뒷마당에서 사고로 죽었는데, 몇 년 후 아버지가 부엌에서 목을 매 자살했어. 조부 역시 그곳에서 죽었고. 그는 이 집을 다시는 보고 싶지 않다고 하더군. 다시 보게 된다면 그땐 완전히 불태워버릴 거라고. 내가 사겠다고 제안했지만 돈을 받지 않겠다고 했어. 그냥 내게 열쇠를 주고 증서에 서명하더니 말했지. '가져, 이제 네 거야'라고."

초입의 집들을 지나치자 풍경이 달라지기 시작했다. 오른쪽에는 강둑을 따라 멋지게 경작된 밭이 시야가 닿는 곳까지 멀리 펼쳐져 있고, 왼쪽에는 빽빽한 숲뿐이었다.

3킬로미터쯤 지나자, 헌터는 왼편 큰길에서 숲 안쪽으로 이어지는 여러 갈래의 좁은 흙길이 나타난 것을 보았다. 여기서는 저 길들이 얼마나 깊숙이 들어가는지, 어디로 이어지는지 알 수 없었다.

루시엔은 여전히 백미러로 헌터를 지켜보고 있었다.

"어느 길이 매들린이 있는 곳으로 데려다줄지 궁금해하고 있겠지, 로버트?"

헌터는 잠시 그와 눈을 마주쳤다.

루시엔은 헌터에게 짐짓 미소를 지어 보였다. "글쎄, 곧 도착할 거야. 그리고 널 위해서, 너무 늦지 않기를 나도 정말 바라고 있어."

91

그는 계속 밀어붙일 거야.

분노로 피가 끓어오르기 시작하자 테일러의 손가락이 다시 한번 방아쇠 주위를 조였다.

루시엔은 상황을 알아차리고 침착하게 창문에 머리를 기댔다.

"방아쇠는 살살 다뤄, 테일러 요원. 네가 날 쏠 수 있다고, 아니 아직 쏘고 싶어 한다고 생각하지는 않아." 그는 그녀에게 윙크했다. "게다가, 그랬다간 분명 로버트를 화나게 할 거야. 그는 그 '특권'을 원하고 있으니까."

아무 경고도 없이, 헌터의 기억은 거실의 피 웅덩이에 엎드려 있는 제시카의 이미지를 그 자신에게 던졌다. 두 주먹이 하얗게 될 때까지 핸들을 움켜쥔 손이 뻣뻣해졌다.

도로는 왼쪽으로 살짝 방향을 틀었다가 오른쪽으로, 그리고 다시 왼쪽으로 굽이쳤다. 교차로도 없고 급격한 커브도 없이, 가끔 큰길에서 벗어나 미지의 어딘가로 이어지는 흙길뿐이었다. 그들의 왼편에 있는 숲은 갈수록 빽빽해지는 것 같았다. 가로등은 없었고, 몸을 꽉 조이는 불편한 양복처럼 어둠이 그들을 감싸기 시작했다. 헌터는 실내등을 켰다. 루시엔이 어둠 속에서 움직임을 숨길 수 있게 그가 놔둘 리 없었다.

"얼마나 더 가야 해?" 테일러가 물었다.

루시엔은 몸을 돌려 창밖을 내다보고는 반대쪽을 바라보았다.

"멀지 않았어."

오른편에 펼쳐진 강의 윤곽을 따라가던 도로는, 다시 반달 모양으로 굽으며 왼쪽으로 방향을 틀었다. 멋지게 경작된 들판은 사라지고, 이제 양옆으로는 오로지 빽빽한 숲뿐이었다.

"로버트, 다음에 나오는 왼쪽 급커브를 주시해." 루시엔이 말했다. "흙길이 아니야."

헌터는 속도를 늦춰 150미터를 더 나아갔다.

"그래." 루시엔이 말하며 고개를 끄덕였다. "그거야. 저기 바로 앞에서."

헌터는 왼쪽으로 꺾었다.

이제 한층 울창해진 숲을 옆에 둔 도로는, 영원한 어둠 속으로 뻗어 있는 것 같았다. 공항을 떠난 이래 그들은 길에서 마주 오는 차를 한 대도 보지 못했다. 백미러 속에 들어오는 차도 없었다. 그들이 멀리 갈수록 문명에서 벗어나 어떤 비밀 세계로 진입하는 느낌이었다. 한 가지는 확실했다. 루시엔은 은신처를 고를 줄 알았다.

1.5킬로미터를 더 달리자 도로는 울퉁불퉁한 흙길로 변했다. 기어를 저속으로 바꾼 헌터는 만약을 대비해 사륜구동 모드를 작동시켜야 할지 궁금했다.

"운이 좋군." 루시엔이 말했다. "최근에 비가 오지 않았던 모양이야. 이 길은 비가 오면 악몽 같은 물웅덩이와 깊은 진흙탕으로 바뀌기 쉽거든."

헌터는 속도를 조금 더 늦추고 길의 상태가 좋은 쪽으로 이리저리 오가며 차가 너무 덜컹거리지 않도록 애를 썼다.

"이제 우회전이야." 루시엔이 앞을 좀 더 잘 보기 위해 고개를 한쪽으로 기울이며 일렀다. "그 길로 가야 해, 로버트."

"이번 거?" 헌터가 약 20미터 앞의 갈림길을 가리키며 물었다.

"바로 그거야."

헌터는 지시를 따랐다.

이제 헌터는 분명히, 어디에도 없는 땅 한가운데를 운전하고 있었다. 그들이 인간 문명의 표지를 마지막으로 목격한 건 무려 몇 킬로미터 전이었다. 지금 이곳에서 폭탄이 터진대도 아무도 듣지 못하고, 아무도 신경 쓰지 않으며, 아무도 오지 않을 것이다.

길은 더 울퉁불퉁해졌다. 1.5킬로미터를 가는 동안이 마치 영원처럼 느껴졌다.

"이제 한 번 더 좌회전." 루시엔이 말했다. "그러면 거의 다 온 거야. 하지만 로버트, 눈을 잘 뜨고 있어. 그 길은 아주 좁은 데다 상당 부분이 가려져 있거든."

헌터는 45미터쯤 더 가서 그 길을 보았지만 하마터면 그냥 지나칠 뻔했다. 그의 말대로 아주 좁은 길이었다. 구체적으로 그곳을 알고 찾는 게 아니라면, 그 길의 존재를 알아차리지 못할 것이다.

헌터는 왼쪽으로 방향을 틀었다. 산길은 지프 차가 간신히 지나갈 정도로 폭이 좁아서, 관목과 덤불이 차량 옆을 스치는 소리가 죄다 귀에 들렸다.

"이런, 관제사가 이 일을 알면 기뻐하진 않겠어. 하지만 FBI에 징발되었으니 분명 연방정부가 보상하겠지." 루시엔이 말했다.

이번에는 심한 요철과 구덩이를 피해 갈 곳이 없었다. 그들이 탄 차가 서스펜션이 튼튼하고 안정적인 새 차라는 것이 그나마 다행이었다.

흔들리는 차 안에서 800미터 정도를 더 버티자 길이 갑작스레 끊겼다. 헌터는 기어를 중립에 놓고 주변을 둘러보았다. 테일러도 주위를 살폈다. 오직 숲뿐이었다.

"어디선가 방향을 잘못 들었나?" 테일러가 물었다.

"아니, 여기야." 루시엔이 대답했다.

테일러는 다시 창밖을 내다봤다. 차의 전조등 불빛이 관목과 나무에 반사되었다.

"여기라고? 어디?" 그녀가 물었다.

루시엔은 차량 앞쪽을 턱짓으로 가리켰다. "여기서부터 걸어가야 해. 더는 차로 못 가."

92

헌터가 먼저 지프에서 내렸다. 내리자마자 총을 꺼낸 뒤 루시엔이 탄 뒷좌석 문을 열었다. 테일러가 뒤따랐다.

"이제 어디로 가지?" 그녀가 주변을 둘러보며 물었다.

"저 사이로." 루시엔이 주차된 차 바로 앞 오른쪽에 얼기설기 쌓아 올려진 나뭇가지들을 가리키며 말했다.

"깊은 숲속에 전등도 없고 신발도 없이요?" 테일러가 그들의 맨발을 보며 헌터에게 물었다.

"신발은 내가 어찌할 도리가 없네요." 그가 대답하고는 다시 차 안의 글로브박스를 향해 손을 뻗었다. 그의 손에는 맥라이트의 '프로 엘이디2' 전등이 들려 있었다. "하지만 손전등은 있어요."

"도움이 되겠어요." 테일러가 말했다.

"밤이 오고 있으니까요." 헌터가 말했다. "그리고 루시엔의 은신처가 아주 찾기 쉬울 거라고는 기대하지 않았어요. 그래서 관제사에게 이것도 빌려달라고 했죠."

"로버트 헌터." 루시엔이 고개를 끄덕이고는 마치 휘파람을 불려는 것처럼 입술을 오므리며 말했다. "언제나 한발 앞서 생각하지. 그런 네가 신발 문제를 내다보지 못했다니 유감이야."

"가자." 헌터가 지시했다.

그들은 비행기에서 내릴 때와 같은 대형을 취했다. 헌터가 선두에 섰고, 루시엔이 두 번째, 테일러는 루시엔 뒤로 네다섯 걸음 떨어져서 걸었다. 그녀는 그의 목선에서 5센티미터쯤 아래로 등을 겨눈 채였다.

헌터가 루시엔이 가리켰던 나뭇가지들을 빠르게 제거하자, 사냥꾼들이 다니는 닳아빠진 산길이 모습을 드러냈다.

"그 길을 따라가." 루시엔이 말했다. "여기서 그리 멀지 않아."

이미 서두르고 있으면서도, 헌터의 직감은 정확히 설명할 수 없는 무언가가 어긋났다며 위급 신호를 보내왔다. 하지만 그는 그 신호에 대해 깊이 생각할 여유가 없었다.

"이동하지." 그가 말했다.

손전등의 빛줄기는 매우 밝고 넓어서 상황을 조금은 쉽게 만들어주었다.

그들은 산길로 들어섰고, 놀랍게도 루시엔은 족쇄를 찬 다리를 핑계로 속도를 늦추려고 시도하지 않았다. 사실 그럴 필요가 없었다. 자갈과 작은 돌, 날카로운 마른 나뭇가지들이 헌터와 테일러를 그들의 바람보다 훨씬 느리게 나아가도록 만들고 있었다.

길이 급격하게 오른쪽으로, 그다음 왼쪽으로 휘어졌을 때, 그들은 고작 30미터쯤 이동했을 뿐이었다. 그때 그들은 어떤 비밀의 문을 통과한 듯한 느낌을 받았다. 돌연 덤불과 나무와 관목이 사라지고 평지가 나타났기 때문이다. 외딴 공터였다.

"도착했습니다." 루시엔이 뿌듯한 미소를 지으며 말했다.

헌터와 테일러는 걸음을 멈추고 믿을 수 없다는 듯이 주위를 둘러보았다.

"대체 이게 뭐야?"

93

헌터는 그들 앞에 있는 구조물에 손전등을 비추었다.

담쟁이덩굴로 뒤덮인 정사각형 모양의, 틀에 박힌 벽돌집이었다. 한때는 현관 입구에서 눈길을 끌었을 게 분명한 흰색 로마네스크양식의 기둥이 있는 집. 원래는 네 개였을 기둥은 현재 두 개만 서 있었는데, 그나마도 위에서 아래까지 길게 금이 가 있었다.

100년 전에 지어진 집인 데다 그 후로 두 번이나 개축을 거친 탓에, 산비탈에 지어진 웅장한 저택으로서의 첫 생애가 남긴 게 무엇이든 이제는 기억에 불과했다. 게다가 비바람에 오랜 세월 노출되고, 방치한 채 전연 보살피지 않은 탓에 건물의 미관은 처참하리만치 상해 있었다. 집은 결국 시체가, 다시 말해 낡은 껍데기 신세가 된 지 오래였다.

외벽은 사면 중 삼면이 아직 남아 있었지만, 모든 벽에 구멍과 틈이 많아서 중동의 어느 전쟁터 한복판에 놓인 집이라 해도 믿을 것 같았다. 집의 남쪽에 있는 오른쪽 벽은 거의 다 허물어져 돌무더기로 쌓여 있었다. 내벽 역시 대부분 무너진 탓에 온전한 방은 거의 없었고, 파괴된 잔해 같은 것들만 안쪽을 채우고 있었다. 지붕은 앞쪽의 오래된 거실과 그 뒤쪽의 복도, 왼쪽의 부엌 위에서만 제 형태를 유지하고 있을 뿐 거의 모든 곳에서 무너진 채였다. 마룻바닥과 잔해 사이사이에서는 잡초와 자생 식물들이 자랐다. 창문은 모두 부서졌고, 창틀의 일부는 내부에서 폭발이라도 있었던 것처럼 벽으로부터 뜯겨 나가 있었다.

"내가 제일 좋아하는 은신처 한 곳에 오신 걸 환영합니다." 루시엔이 말했다.

테일러는 눈을 깜박여서 놀라움을 쫓아내려 했다. "매들린?" 그녀가 오른쪽으로 한 걸음 내디디며 외쳤다.

대답은 없었다.

"매들린?" 이번에는 목소리가 훨씬 컸다. "FBI입니다! 내 목소리 들려요?"

돌아오는 대답은 없었다.

"설사 아직 살아 있다 해도 네 목소리를 들을 순 없을 거야." 루시엔이 말했다.

그녀가 격분한 눈으로 그를 보았다. "개소리 마. 여기엔 아무도 없어."

"정말 그럴까?" 루시엔이 질문했다.

"이 거지 같은 곳? 여긴 은신처가 아니야. 문도 없고 벽도 없는 곳에 어떻게 누구를 숨기거나 가둬둘 수 있겠어? 누구라도 쉽게 드나들 수 있는 곳에?"

"이 집의 존재를 아무도 모르니까요." 헌터가 집 주변 환경을 분석하며 말했다. "아무도 여기까지 찾아오지 않겠죠."

"역시. 맞는 얘기야." 루시엔이 테일러를 보며 말했다. "말 그대로 **숨겨진** 장소, 은신처지."

"개소리야." 테일러는 목소리에서 화를 숨길 수 없었다. "이런 폐가 어딘가에 매들린을 남겨뒀다는 거야? 창문도 문도 벽도 없는데, 그녀가 도망가지 않았다고?"

루시엔의 시선이 테일러에게로 향했다. 그 순간 그의 눈은 독으로 가득 찬 어두운 유리병 같았다.

"집 안 어딘가는 아니야, 테일러 요원." 그는 도마뱀처럼 혀로 아랫입술을 쓸었다. "그 아래에 묻어놨지."

94

루시엔의 말에, 공포가 테일러의 피부에 발진처럼 번졌다. 혼란스러운 그녀의 시선이 집의 잔해로부터 집을 둘러싼 흙으로 옮겨 갔다.

"글쎄, 정확히 말해서 **묻은 건** 아니야." 루시엔이 자신의 말을 정정했다. "내가 안내하지." 그가 수갑 찬 양손을 들어 심하게 훼손된 구조물의 북쪽을 가리켰다. "저 사이로."

서둘러 손전등을 든 헌터가 다시 선두에 서고 루시엔과 테일러가 그 뒤를 따랐다.

그들이 걷기 시작하자 루시엔이 입을 열었다. "이봐, 친구. 이곳을 내게 양도한 사람에 따르면, 그의 조부는 강경한 극우파였어. 구소련과의 냉전 시대 동안 이 집에서 최고의 해를 보냈다더군. 뭔지 알지? '공산주의자에게 죽음을' 같은 거 말이야. 그의 조부는 정말로 그 이데올로기를 지지했고, 당시에는 핵전쟁이 일어날 거라는 소문은 흔했지."

루시엔이 안내한 곳에 도착하자마자 헌터와 테일러는 그가 무슨 말을 하는지 이해했다.

북쪽 벽을 반쯤 따라가자, 매우 크고 바깥쪽이 두꺼운 강철로 된 이중문을 볼 수 있었다. 지하로 들어가는 문이었다. 그 문은 머피시의 집에서 봤던 자물쇠와 매우 흡사한 사전트앤드그린리프의 군용 등급 자물쇠로 단단히 잠겨 있었다.

"내 친구의 조부는 편집증이 있었어. 그는 핵전쟁이 임박했다고 믿고 집 전체를 새로 개축하면서 지하실을 확장해 크고 탄탄한 방공호로 만들었지." 그는 자물쇠로 잠긴 문을 향해 고개를 끄덕였다. "집은 지진이 지나간 폐허처럼 보일지 모르겠지만, 이 방공호는 기대 이상일 거야." 그는 자물쇠를 가리켰다. "저 자물쇠 열쇠는 그 열쇠고리에 있어."

테일러는 즉시 주머니에 손을 넣었다.

"어느 거야?" 열쇠 꾸러미를 꺼내며 그녀가 긴박하게 물었다.

루시엔은 몸을 앞으로 숙여 눈을 가늘게 뜨고 열쇠들을 보았다.

"네 기준으로 왼쪽에서 여섯 번째."

테일러는 열쇠를 골라 들고 자물쇠로 손을 뻗었다.

헌터와 루시엔은 기다렸다. 그동안 헌터는 무언가 잘못되었다는 불편한 감각을 다시 경험했다. 그는 잠시 주위를 둘러보았다.

"이 집 뒤에는 뭐가 있지?" 그가 물었다.

루시엔은 잠깐 그를 살핀 후, 시선을 집 반대편으로 가져갔다.

"관리가 아주 형편없는 뒷마당." 그가 대답했다. "커다란 연못도 있어. 지금은 깊은 진흙탕에 더 가깝지만. 내가 집 구경시켜줘? 나한테 있는 거라곤 이 세상의 시간뿐이니."

찰칵. 자물쇠가 열렸다. 테일러는 문에서 자물쇠를 떼어내 던져버린 후 손잡이를 움켜잡고 잡아당겼지만, 문은 꿈쩍도 하지 않았다.

"무겁지, 안 그래?" 루시엔이 킥킥대며 참견했다. "내가 말했잖아. 그냥 일반 지하 창고가 아니라고, 테일러 요원. 핵 방공호거든."

"내가 하죠." 헌터가 말했다.

헌터가 먼저 오른쪽 문을 당겨 열고 이어서 왼쪽 문을 여는 동안 테일러는 물러서 있었다.

따뜻하고 퀴퀴한 공기가 얼굴에 훅 끼쳐왔다. 문이 열리자 상상보다 훨씬 깊숙한 아래로 이어진, 콘크리트로 된 계단이 모습을 드러냈다. 단이 적어도 30개에서 40개는 되어 보이는 긴 층계였다.

"깊지, 안 그래?" 루시엔이 말했다. "잘 지어진 방공호야."

헌터가 먼저 내려갔다. 그들 모두 서둘러 아래로 이동했다.

계단을 다 내려가자 아주 튼튼한 잠금장치가 있는 육중한 철제문이 또다시 그들을 맞이했다.

"일곱 번째 열쇠." 루시엔이 알렸다. "아까 사용한 열쇠 오른쪽에 있는 거."

테일러가 앞으로 나가 문의 잠금장치를 풀고 문을 열었다.

그 너머 어두운 방 안의 공기는 바깥쪽보다 훨씬 탁하고 퀴퀴하게 느껴졌는데, 그 안에 무언가 다른 게 있었다. 헌터와 테일러는 아주 많이 겪어봤기에 쉽게 알 수 있는 냄새였다.

죽음의 냄새.

95

때로는 시큼하고, 때로는 악취 나고, 때로는 느글거리면서 달큰하고, 때로는 쓰고, 또 때로는 메스껍고……. 대개 이 모든 냄새가 섞여 있었다. 죽음이 어떤 냄새인지 아는 사람은 없다. 아마도 사람들은 죽음에 특정한 냄새는 없다고 말할 것이다. 하지만 헌터와 테일러처럼 그 주위에 많이 있어본 사람이라면 1초도 안 돼 그것을 알아차릴 것이다. 즉시 심장을 질식시키고, 특유의 방식으로 영혼을 슬프게 만드는 그 냄새를.

죽음을 감지한 헌터와 테일러는 공포로 불안해져서 같은 생각을 했다.

우리가 시간을 너무 많이 허비했어. 너무 늦은 거야.

헌터는 거의 정신이 나간 것처럼 허겁지겁 불빛을 비춰댔다.

비어 있었다.

아무도 없었다.

루시엔은 굶주린 사람이 갓 요리된 음식의 냄새를 맡듯 숨을 잔뜩 들이마셨다.

"우와, 이 냄새가 그리웠어."

"매들린?" 테일러가 시선으로 손전등 불빛을 좇으며 방에 대고 외쳤다. "매들린?"

"매들린을 입구에서 가장 가까운 방에 가뒀다면 그건 너무 어리석은 게 아닐까?" 아리송한 미소가 루시엔의 입가에 떠올랐다.

"그녀는 어디에 있어?" 테일러가 물었다.

"문 오른쪽 벽에 전등 스위치가 있어." 루시엔이 말했다.

헌터가 스위치로 손을 뻗었다.

천장 중앙에 있는 노란 전구가 작동해야 하나 말아야 하나 확신이 안 선다는 양 몇 차례 깜박였다. 그러다 마침내 불이 들어오면서, 신경에 거슬리는 "쉬익" 소리 역시 방 안에 울려 퍼졌다.

그들은 약 2제곱미터 크기의 빈방에 있었다. 두껍고 단단한 콘크리트 벽 중 두 곳은 손수 만든 책장으로 장식했고, 책장을 가득 채운 책들에는 먼지가 두껍게 쌓여 있었다. 그들이 서 있던 곳에서 왼쪽 벽 한가운데에 홑겹으로 된 철문이 있었다. 혹시 일부러 눈길을 끌기 위해 그렇게 만든 게 아닐까 싶을 정도로 표면이 얼룩덜룩한 암회색 문이었다. 그리고 정면에 있는 벽에는 적어도 50년이나 60년은 된 게 틀림없는 콘솔 데스크가 놓여 있었는데, 버튼과 스위치, 레버, 구식 다이얼게이지 등으로 제어반이 빼곡했다. 데스크 바로 위 벽에는 전원이 꺼진 컴퓨터 모니터가 걸려 있었다. 이 방공호의 주 통제실이 분명했다.

바닥은 단순한 광택 콘크리트였다. 지름이 제각각인 금속 파이프와 PVC 파이프들이 천장을 사방으로 가로질러 벽 속으로 사라졌다. 방 한쪽 구석에는 중간 크기의 사각 판지와 나무 상자들이 차곡차곡 쌓여 있었다. 아마도 보급품 같았다.

헌터는 눈으로 그 방을 탐색하기 시작했다.

루시엔은 이 지옥 같은 구덩이에 얼마나 많은 피해자를 가둔 채 고문하고 죽였을까.

"매들린은 저 문을 통과했어." 루시엔이 말했다. "서두르는 편이 좋을 거야."

"어떤 열쇠?" 테일러가 열쇠고리를 들어 올리며 한 번 더 루시엔에게 물었다.

"오른쪽 끝에서 두 번째 열쇠."

테일러는 총을 권총집에 꽂고 단호하게 암회색 문을 향해 이동했다. 루시엔과 헌터가 뒤를 따랐고 이제는 대형이 전과 반대가 되어 있었다. 헌터가 루시엔에게서 두세 걸음 떨어진 뒤쪽에 있었다.

테일러는 문의 열쇠 구멍에 열쇠를 넣고 왼쪽으로 비틀었다. 철컥철컥 커다란 소리를 내며 잠금장치는 360도 돌아간 후, 다시 한 번을 더 돌았다.

손잡이가 돌아가고 문이 열리기 시작하면서, 테일러의 심장박동이 빨라졌다.

경찰의 본능, 신체의 예민한 반응, 훈련과 경험, 심령 능력 등 이런 상황에서 발휘되는 게 무엇이든 간에, 마치 그 문의 열림이 수사관의 직관을 발동시키는 신호라도 된 것처럼 헌터와 테일러는 동시에 같은 것을 감지했다. 새로운 생명, 새로운 존재.

한 번 더 똑같은 생각이 그들의 머릿속을 가로질렀다. 어쩌면 아직 늦지 않았을 수도 있어. 아직 희망이 있어.

하지만 그 희망은 빠르게 사라졌다. 그들이 감지했던 새로운 생명, 새로운 존재는 그들 앞에 있는 문 너머에 있지 않았기 때문이다. 그것은 그들 뒤에 있었다.

96

철컥.

새로운 존재가 느껴졌다. 하지만 헌터나 테일러가 미처 돌아볼 새
도 없이, 9밀리미터 반자동 권총의 약실에 총알이 장전되는 소리가
났다.

"이 바보 같은 놈들. 누구든 움직이면 빌어먹을 머리통을 날려버
릴 거야, 알아들었어?" 방의 반대쪽 끝에서 들려온 목소리는 날카롭
고, 단호했으며, 젊었다. "이제 염병할 두 손을 머리 위로 올려."

헌터는 목소리가 들려오는 방향이 어딘지 알아보려고 노력했다.
앞서 들려온 몇 마디 말소리와 총알이 장전되는 소리로 미루어, 상
자가 쌓여 있는 방향일 거라고 그는 확신했다. 그 뒤쪽이 공격자가
숨은 곳일 테지만, 사실 난쟁이라도 숨을 공간은 거의 없어 보였다.
하지만 바로 다음에 이어진 말은 다른 방향에서 들려왔는데, 이는
그가 움직이고 있음을 말해주고 있었다. 그러나 방 안에 끊임없이
메아리치는 전등의 쉭쉭 소리와 섞여 들린 탓에 정확한 위치를 짚어
내기란 불가능했다.

헌터는 공격자가 상황을 눈치채기 전에 몸을 돌려 한 발 정도는
쏠 수 있다고 어느 정도 확신했다. 하지만 그것은 정확히 어디를 쏘
아야 하는지 알 때에만 효과가 있었다. 만약 그를 맞히지 못한다면,

자신은 죽은 목숨일 것이다. 헌터는 위험을 감수하지 않기로 했다.

"젠장, 너희들 귓구멍 막혔어?" 목소리는 그새 훨씬 더 불안해져 있었다. "손 쳐들라고."

헌터와 테일러는 결국 양손을 들었다.

루시엔은 뒤로 돌아 헌터를 지나쳐 가면서 의기양양하게 그를 향해 미소 지었다.

"나, 잘했죠?" 젊은 목소리가 물었다. "당신이 가르쳐준 그대로 했어요."

"훌륭했어." 헌터와 테일러는 루시엔이 누군가를 안심시키는 소리를 들었다. "자……." 루시엔이 이제는 그들에게 말했다. "이제 내가 너희 둘에게 권총을 바닥에 내려놓은 다음 몸은 돌리지 말고 그대로 내 쪽으로 차 보내라고 요청해야 할 때군. 한 번에 한 명씩. 로버트, 너 먼저. 얌전히, 그리고 천천히. 여기 내 친구가 방아쇠를 당기고 싶어서 손가락이 근질거린다는 걸 굳이 덧붙여야겠어. 그리고 이 친구는 사냥감을 절대 놓치는 법이 없다는 것도."

망설임으로 몇 초가 흘렀다.

"염병할 돼지 새끼야, 뭘 기다려?" 젊은 목소리가 외쳤다. "내려와. 뒤통수에 구멍을 내주기 전에 총을 바닥에 내려놓고 이쪽으로 차."

헌터는 자신을 저주했다. 왜냐하면, 그들이 이 폐가에 도착한 이후로 줄곧 그의 머릿속에서 작은 목소리가 이 상황은 옳지 않다고 말하는 것을 들었기 때문이다. 하지만 매들린 리드를 구하기 위해 서두르느라 그는 자신의 본능을 무시했고, 통제실을 제대로 확인하지도 않은 채 방공호 안으로 들어왔다.

"로버트, 그렇게 해." 루시엔이 말했다. "이 친구는 정말로 네 머리를 날려버릴 거야."

"제기랄, 맞아. 정말이야, 이 돼지 새끼야. 이게 게임 같아?"

목소리가 좀 더 가까워졌다. 헌터는 그가 오른쪽에 있다고 거의 확신했다. 하지만 그는 뒤에서 자신의 두개골을 겨누고 있는 상태인데 반해, 헌터는 무기를 머리 위로 높이 쳐들고 있었다. 상황은 그에게 유리했고, 헌터는 빠져나갈 구멍이 없었다.

"좋아." 그가 말했다.

"얌전히, 그리고 천천히." 루시엔이 재차 지시했다. "쪼그려 앉아서 권총을 바닥에 놓고, 일어서서 내 쪽으로 차."

헌터는 시키는 대로 했다.

"네 차례야, 테일러 요원." 루시엔이 말했다.

테일러는 움직이지 않았다.

"쌍년아, 말 못 들었어?" 젊은 목소리가 분노에 휩싸여서 말했다.

루시엔은 두 손을 들어 공범에게 잠시 시간을 달라는 신호를 보냈다.

"FBI의 현장 규칙들을 잘 알아, 테일러 요원." 그는 흔들림 없고 위협적이지 않은 목소리를 유지하며 말했다. "그 규칙에 예외가 없다는 것도 알고. 인질이 된 상황에서 FBI 요원은 용의자나 가해자에게 자신의 무기를 절대 건네서는 안 된다고 규정하고 있지."

테일러는 이 상황이 불만스러운지 이를 악물었다.

"실수하지는 마, 테일러 요원. 이건 일반적인 인질 상황이 아니야. 로버트와 너에겐…… 사느냐 죽느냐의 상황이지. 말하자면 말이야. 만일 네가 총을 이쪽으로 차 보내지 않는다면, 너는 **죽을 거야.** 이건 협박이 아니야. 실제지. 네가 판단해야 해. 그것도 빨리."

"젠장! 설명해줘봤자 소용없어요, 루시엔." 젊은 목소리가 불쑥 끼어들었다. "이 개 같은 두 년놈을 죽이고 끝내버려요."

헌터는 달라진 그의 목소리에서 음성의 주인이 '경계'에 이르렀음을 알 수 있었다. 선을 넘기까지는 그리 오래 걸리지 않을 것이다.

"판단해, 테일러 요원." 루시엔이 말했다. "5초 주지. 4……."

헌터의 시선이 테일러의 긴장한 몸에 고정되었다. "어리석은 짓 말아요, 코트니." 그가 숨죽여 말했다.

"3, 2……."

헌터는 움직일 준비를 했다.

"좋아." 테일러가 말했다.

헌터는 안도의 숨을 내쉬었다.

테일러는 천천히 총기를 땅에 내려놓은 다음 발로 차서 루시엔 쪽으로 보냈다.

금속 사슬이 바닥에 끌리는 소리가 잠깐 났다.

루시엔은 테일러의 총을 집어 올렸다.

"아냐, 안 돼." 테일러가 몸을 돌리려 하자 젊은 목소리가 말했다. "너한테 돌아서라고 아무도 말하지 않았어. 네 앞에 있는 문에 계속 눈깔 박고 있지 않으면 머리통을 날려버릴 거야."

테일러가 동작을 멈췄다.

"이 친구는 진심이야, 테일러 요원." 루시엔이 말했다.

"이년이 내가 농담한다고 생각하는 거야?"

헌터와 테일러는 신참의 총구가 그녀의 뒤통수로 옮겨졌음을 감지했다. 이제 그에게 필요한 건 총을 쏘기 위한 명분뿐이었다.

테일러는 그에게 구실을 주지 않았다. 결국 그녀는 지시에 따라 문에 시선을 두었다.

"이제 너희 둘에게 무릎을 꿇고 양손을 머리 뒤에 두라고 요청해야겠군." 루시엔은 그렇게 말하는 동시에, 헌터와 테일러에게는 보이지 않는 공범을 향해 신호했다. "지금 당장."

이번에도 헌터와 테일러에게는 빠져나갈 구멍이 없었다. 그저 시키는 대로 해야 했다.

"그래서, 이제 뭐지?" 테일러가 물었다. "뒤에서 우릴 쏘려고?"

"그건 내 스타일이 아니야, 테일러 요원." 루시엔이 대답했다.

탁.

금속을 자르는 날카로운 소리가 났다. 몇 초 뒤에 또 금속 자르는 소리가 들렸고, 사슬이 고리를 통과하고 땅에 떨어지는 소리가 뒤따랐다.

"이 쇠사슬들을 제거하는 동안 조심하고 있었을 뿐이야. 아, 이제 훨씬 낫군."

헌터와 테일러가 다음에 들은 소리는 무거운 금속 물체가 방의 반대편으로 던져져 벽에 쿵하고 부딪는 소리였다.

"이제 일어나서 돌아서주시죠." 루시엔이 지시했다.

그들은 시키는 대로 했다.

루시엔의 옆에서 H&K사의 USP9 반자동 권총을 들고 있는 건 고작 스물다섯 살밖에 안 되어 보이는, 경마 기수 같은 체격의 작고 강단 있어 보이는 남성이었다. 그는 잔뜩 구부린 자기 어깨와 같은 모양의 미소를 지으며, 삐딱하면서 다소 위협적인 표정을 얼굴에 띠웠다. 머리는 완전히 면도했고, 빛나는 푸른 눈은 불안해 보였다. 그는 턱의 왼쪽에서부터 시작해 오른쪽 뺨을 가로질러 오른쪽 귀 뒤까지 이어진 커다랗고 깊은 흉터를 갖고 있었다. 헌터는 멀리서도 그게 무딘 칼이나 두꺼운 유리 조각이 만든 흉터라는 걸 알 수 있었다. 방 건너편에 있는, 루시엔이 스스로를 자유롭게 만드는 데 사용한 48인치 볼트 커터도 눈에 들어왔다.

"내가 원하면 수습생을 찾기는 어렵지 않을 거라고 했던 말, 기억해?"루시엔이 입을 한쪽으로 씩 끌어 올려 웃으면서 말했다. "사실 이었어. 전혀 어렵지 않았지. 자, '고스트'를 소개하지." 그는 자기 오른편에 있는, 삭발한 남자를 손으로 가리켰다. "나는 고스트라고 불러. 정말로 유령처럼 움직이거든. 아주 가볍고 조용해서 너희들은 이 친구가 다가오는 소리를 듣지도 못할 거야. 그리고 작은 체구와 놀라운 유연성 덕분에 너희들은 상상조차 할 수 없는 곳에 숨을 수도 있지." 루시엔은 판지 상자들에 시선을 옮겼다. "믿기 힘들겠지만, 실제로 저 속에 있었어."

고스트는 앞니 하나가 빠져 있었다. 몇 초마다 초조하게 혀로 들쭉날쭉한 치아 끝을 쓸어대는 그는 금방 자제력을 잃을 것처럼 매우 불안정해 보였다.

"나는 여자가 맘에 들어요." 고스트가 끈적끈적한 시선을 테일러에게 던지며 말했다. "발가락이 참 예뻐요. **저어어엉말** 맘에 들어. 남자 새끼는 죽여버리고 여자는 데려가요. 재미 좀 볼 수 있겠어요."

테일러는 고스트의 눈길을 피하지 않았다. 분노의 시선과 욕망의 시선이 충돌했다.

"계획대로 다 준비해놨지?"

고스트는 고개를 끄덕였다. 그의 관심은 아직도 테일러에게 머물러 있었다.

"내가 너희에게 거짓말만 했다고 생각하지 않았으면 해." 루시엔이 말했다. "왜냐하면 난 거짓말하지 않았으니까. 그 문을 열어보지 그래, 테일러 요원." 그는 암회색 문을 가리켰다. "그리고 그 뒤에 뭐가 있는지 봐."

테일러는 잠시 루시엔과 시선을 맞추다가 돌아서서 문을 열었다. 열린 문 너머 복도 천장에서, 아주 약한 형광등 두 개가 금방이라도 퓨즈가 나갈 듯이 깜박거리며 쉭쉭 소리를 냈다. 빛은 복도를 따라 천천히 내려가는 것 같았고 기어이 그 끝에 다다랐을 때, 테일러의 심장은 고동을 거의 그칠 뻔했다.

97

헌터 역시 뒤돌아 문 너머를 보았다.

복도는 길고 좁았다. 벽은 방공호의 주 통제실과 똑같이 콘크리트였다. 복도 양옆으로 문이 여러 개 나 있고, 맨 끝에도 하나가 있었다. 전부 테일러가 방금 연 문과 똑같이 얼룩덜룩한 암회색의 문으로, 맨 끝에 있는 것만 제외하고 모두 닫혀 있었다.

형광등이 발한 약한 빛은 마지막 방까지 제대로 비추지 못해서, 그들이 본 것은 흐릿한 실루엣에 불과했다. 하지만 그렇다 하더라도, 벌거벗은 여성의 형체를 알아보는 데는 문제가 없었다. 그녀는 의자에 앉아 있었고, 고개는 불편하게 앞으로 떨어뜨린 채였다. 양손은 등 뒤에서 묶인 듯했다. 움직임이 없었다. 테일러는 배 속 구덩이에서 메스꺼운 전율이 시작되는 것을 느꼈다.

"고스트, 전등." 루시엔이 콘솔 데스크를 고개로 가리켰다.

헌터와 테일러에게 시선을 떼지 않으며 고스트는 오른쪽으로 몇 걸음 걸어가 구식 제어반의 스위치를 올렸다.

복도 맨 끝의 방 안에 매달려 있던 또 다른 전구가 몇 초 동안 제 몸을 활성화시키기 위해 투쟁하다 기어코 성공했다. 옅은 노란색 빛이 방을 휩싸는 순간, 헌터는 몸의 모든 근육이 긴장하는 것을 느꼈다.

매들린 리드는 죽지 않았다. 아니, 살아 있었다. 하지만 불과 몇 시간 전 케네디 센터장의 사무실에서 보았던 예전 모습에 비하면 거의 죽어 있는 것이나 다름없었다. 몸무게는 현저히 줄어들고, 부드러운 피부는 고작 몇 달 만에 40년은 나이 들어 보이게 변해 말기암 환자의 그것처럼 뼈에 달라붙어 있었다. 눈 밑의 다크서클은 너무 심해서 마치 수술로 생긴 멍처럼 보였다. 퀭한 두 눈은 두개골 안쪽으로 쑥 들어가 있어서, 시체처럼 보이기에 충분했다. 그녀의 입술은 마르고 갈라지고 군데군데 떨어져 나가 있었고, 몸은 너무 약해서 손만 대도 부서질 듯했다.

갑자기 밝혀진 불빛에 매들린은 필사적으로 여러 차례 눈을 깜박였다. 아무도 모를 영겁의 시간 동안 어둠 속에 있었을 그녀의 슬프고 혼란스러운 두 눈이 빛에 적응하려고 안간힘을 썼다. 초점이 잡히기까지 시간이 좀 걸렸지만, 마침내 시각이 돌아오자 이번에는 진이 빠진 뇌가 앞에 보이는 장면을 이해하기 위해 애를 써야 했다. 천천히 고개를 든 그녀 얼굴의 표정은 당혹에서 희망적인 무언가로 바뀌었고, 다시 간절한 무언가가 되었다가, 결국 절망으로 무너지고 말았다. 그녀의 입술이 움직였지만, 어떤 말이 나왔다 하더라도 소리가 크지 않아 복도 반대편의 누구에게도 닿지 않았을 것이다.

헌터와 테일러는 마침내 방 안의 전체적인 광경을 볼 수 있었다.

매들린은 실제로 벌거벗었고, 두 손이 의자 등받이 뒤로 묶여 있는 것도 맞았다. 그리고 두 발은 의자 다리에 묶여 있었다.

그녀의 눈이 복도 반대편 끝에 있는 사람들에 관한 정보를 뇌에 입력하자, 그녀는 떨기 시작했다. 방 안에 산소가 충분하지 않은지 호흡이 약간 가빠졌다.

"매들린." 그녀에게서 극심한 공포의 첫 징후를 읽은 헌터가 이름을 불렀다. 그것은 조건반사로 인한 공포였다. 아주 오랫동안 고문을 당하며 두려움에 질렸기 때문에, 그 지옥에서 누군가를 보았을 때 나타나는 즉각적인 심리적 반응으로서 무서운 공포가 그녀의 몸에 범람하는 것이었다. 바로 이 순간, 모두가, 그녀에게는 위협이었다. 그녀가 그곳에서 만난 모든 사람이 그녀를 고문했기에.

"내 말 들어요." 헌터는 자신이 낼 수 있는 가장 침착하고 따뜻한 목소리로 말했다. "내 이름은 로버트 헌터예요. FBI 소속이죠. 당신을 도우러 왔어요. 침착하게 있으면 당신을 여기서 데리고 나갈 거예요, 알겠죠?"

헌터는 말을 하면서도 자신이 몹시 무력하게 느껴졌다. 당장 매들린에게 가서 손과 발을 풀어주고 이 방공호에서 데리고 나가며 이제는 안전하다고, 악몽은 끝났다고, 더는 아프게 할 사람이 없다고 안심시켜주고 싶었다.

하지만 지금은 그 어떤 것도 할 수 없었다. 그가 할 수 있는 일이라곤 복도 멀리로 빈말을 던지고, 매들린이 자제력을 잃지 않기를 바라는 것뿐이었다.

매들린의 입술이 다시 움직였다. 이번에도 목소리는 크지 않아서 통제실에 있는 누구의 귀에도 닿지 않았다. 하지만 헌터는 그녀의 입술을 읽을 수 있었다.

제발 도와주세요⋯⋯.

헌터는 고스트를 힐끗 보았다. 그는 콘솔 데스크 옆에서 총을 단단히 쥔 채, 구멍이 뚫릴 정도로 테일러의 뒤통수를 쏘아보고 있었다. 그의 왼쪽으로 한 걸음 옆에 루시엔이 서 있었다. 그의 주의는 모든 곳을 향해 있는 것 같았다. 그 누구도, 그 무엇도 그의 주의를 벗어날 수 없을 것처럼 보였다. 헌터가 무언가를 시도할 경우, 그는 죽은 목숨일 것이다.

루시엔이 고스트에게 고개를 끄덕이자 그는 제어반의 다른 스위치를 조작했다. 매들린의 방문이 쾅 닫혔고, 그 순간 의심의 여지없이 그녀 몸속의 모든 분자에서 두려움이 눈덩이처럼 커졌을 것이다.

반사적으로 테일러는 몸을 돌려 루시엔과 고스트를 마주 보았다. "아니, 제발, 안돼."

그녀의 돌발적인 행동에 깜짝 놀란 고스트가 거의 발작적으로 방아쇠를 반쯤 당겼다.

"거기 가만히 발 붙이고 있는 게 좋을 거야, 개년아."

"제발." 테일러가 항복의 표시로 양손을 들어 올리며 말했다. "문을 닫으면 더 공포스러울 거야. 그녀가 견디지 못할 거라고."

루시엔은 느긋한 모습으로 고개를 끄덕였다. "그래, 알아."

테일러에게서 분노가 뿜어져 나왔다. "이 개자식."

"그녀를 놔줘, 루시엔." 헌터가 말했다. "매들린을 풀어줘. 이제 그녀는 필요 없잖아. 매들린의 목숨을 앗아 갈 필요가 없어. 너한테 아무 의미 없잖아. 날 가져가고 그녀를 놔줘. 코트니가 매들린을 데리고 나가게 해줘. 그리고 내 목숨을 가져가."

"이 멍청한 새끼." 고스트가 말했다. 그의 총은 여전히 테일러를 겨누고 있었다. "현실을 직시해, 돼지 새끼야. 넌 이미 우리 거야. 그리고 저 방에 있는 창녀와 여기 발가락이 예쁜 요원년도." 그는 다른 손으로 사타구니를 문지르며 테일러에게 키스를 날렸다. "이제 넌 온전히 내 거가 될 거야. 좋아서 비명을 지르게 해주지, 기대해."

테일러의 자제력은 완전히 그녀를 떠나버렸다.

"좆 까. 좆도 연필만 한 못생긴 새끼야."

테일러의 말 때문이었는지, 아니면 이 게임을 만끽한 절정의 순간이었기 때문이었는지는 알 수 없지만, 고스트의 머릿속에서 '과부하

스위치'가 올라갔다.

"염병!" 그는 화가 나서 침을 질질 흘리며 말했다. "이 걸레년이!"

그는 방아쇠를 당겼다.

98

FBI가 베를린 공항의 항공교통관제사인 조슈아 포스터와 접촉하기까지는 그리 오래 걸리지 않았다. 즉시 작전실의 케네디 센터장과 전화가 연결되었다.

"포스터 선생님?" 케네디가 스피커폰으로 전환하며 말했다. "에이드리언 케네디라고 합니다. FBI의 국립 강력범죄분석센터와 행동분석팀 책임자죠. 내가 알기로는 우리 요원, 로버트 헌터와 접촉했었다죠. 그 친구한테 차를 넘겼고요."

"네, 맞습니다." 조슈아 포스터의 목소리에 긴장감이 묻어났다.

"좋아요, 포스터. 잘 들어요." 케네디가 말했다. "이건 아주 중요한 일입니다. 선생님 차가 새 차라고 알고 있어요."

"네, 두 달쯤 전에 샀습니다."

"잘됐군요. 그 차에 도난을 대비한 위치 추적용 응답기와 GPS 위치 탐지기가 설치돼 있습니까?"

"네, 맞습니다."

케네디의 얼굴이 환해졌다.

"그런데 응답기 추적 코드가 지금 없는데요." 케네디의 다음 질문을 예상하며 포스터가 말했다. "집에 있어요."

"괜찮습니다." 레이더국 요원이 통화를 넘겨받았다. "차량 번호만 있으면 우리가 추적 코드를 알아낼 수 있습니다."

"아, 알겠습니다." 포스터는 자신의 지프 그랜드체로키 차량 번호를 알려주었다.

"대단히 고맙습니다, 포스터." 케네디가 말했다. "큰 도움이 됐어요."

"저, 뭐 좀 물어봐도……." 그러나 케네디는 전화를 끊은 뒤였다.

"추적 코드를 찾는 데 얼마나 걸리겠나?" 케네디가 물었다.

"오래 걸리지 않습니다." 요원이 벌써 컴퓨터에 뭔가를 입력하며 대답했다.

케네디가 기다리는 동안 재킷 주머니 속 휴대전화가 울렸다. 뉴헤이븐 솔턴스톨 호수에 파견된 팀의 책임자인 특수요원 모이어였다. 그들은 캐런 심프슨과 다른 네 피해자의 유해를 찾는 중이었다.

"센터장님." 요원은 단호하면서도 존경을 표하듯 약간 낮은 목소리로 말했다. "정보는 100퍼센트 확실한 것 같습니다. 지금까지 사체 다섯 구를 발굴했습니다." 불편한 침묵이 이어졌다. "계속 파볼까요? 이 지역은 광대합니다. 가해자가 선호하는 매장지라면, 얼마나 더 나올지 누가 알겠습니까."

"아니, 그럴 필요 없네." 케네디가 대답했다. "더 찾지 못할 거야." 그는 루시엔이 진실을 말했다는 걸 더는 의심치 않았다. "찾아낸 시신들을 운송할 준비를 하게. 최대한 빨리 콴티코로 보내야 해."

"알겠습니다."

"잘했네, 모이어 요원." 케네디는 그렇게 말한 후 전화를 끊었다.

"추적 코드를 찾았습니다." 레이더국 요원이 컴퓨터에 몇 가지 명령어를 더 입력하면서 알려왔다.

모두의 눈이 화면에 고정되었다.

"이제 추적 중입니다."

몇 초가 몇 분처럼 느껴졌다. 마침내 화면 위의 지도가 바뀌고, 밝게 진동하는 점이 나타났다.

"지프의 위치를 찾았습니다!" 요원이 흥분하여 외쳤다. 그리고 짧은 침묵. "그런데 이제 움직이지 않는 것 같습니다."

"그래, 보이네." 케네디가 화면을 향해 인상을 쓰며 말했다. "그런데 대체 어디에 있는 거지?"

"보이는 대로라면, 길이 없는 곳의 한복판이네요." 램버트 박사가 말했다.

지도에 따르면 차는 베를린의 공항에서 수 킬로미터 떨어진, 울창하고 깊은 숲속의 이름 없는 흙길 끝에 주차되어 있었다.

"지도 말고 위성사진이 필요해." 케네디가 말했다.

"잠시만요." 요원은 즉시 자판을 두드리기 시작했다.

2초 후, 지도는 위성사진으로 대체되었다.

화면을 본 모두가 일순간 얼굴을 찡그렸다.

"이게 뭐지?" 케네디는 지프가 주차된 곳에서 멀지 않은 곳에 있는, 공사 현장처럼 보이는 무언가를 가리키며 물었다.

요원은 그 부분을 확대하고 해상도를 재조정했다. "버려진 폐가나 건물처럼 보입니다." 그가 대답했다. "아니면 그 잔해거나요."

"됐어." 케네디가 말했다. "그들은 저기에 있어. 루시엔이 피해자를 숨겨둔 곳이야." 그는 휴대전화로 '버드 투'의 브로디 요원에게 전화를 걸었다. 이제 그들은 착륙해서 그 집에 가야 했다. 당장.

99

헌터는 일이 벌어지기 전에 실제로 보았다.

고스트의 차가운 눈 속에서 뭔가가 폭발했다. 정량보다 많은 순수한 분노와 악이 그에게 주입된 것 같았고, 그 순간 헌터는 고스트가 돌아오지 못할 선을 넘었음을 알았다. 그러나 헌터가 그 순간을 목격했다고 해도, 이번에는 충분히 빠르게 움직일 수가 없었다. 테일러와 고스트 사이에 끼어들 수가 없었다. 고스트는 순식간에 방아쇠를 당겼다.

공이가 권총 속 탄환의 뇌관을 때리면서, 슬로모션 스위치를 현실세계에서 작동시킨 것 같았다. 헌터는 총신을 떠나 공중을 날아와서 자신의 오른쪽 얼굴을 간발의 차로 스쳐 지나가는 총알을 똑똑히 보았다. 반사적으로 그는 테일러를 향해 몸을 돌리려 했으나, 돌아볼 필요는 없었다. 아마도 그 거리에서라면 초보자라도 표적을 놓치지 않았겠지만, 고스트의 눈빛을 보면 그는 '처음'이 아니었다. 총알이 발사된 지 단 1밀리초 만에 테일러의 머리가 산산조각 나면서 헌터는 자신의 목 뒤와 옆구리에 와 닿는, 따스한 혈액과 한때 뇌를 이뤘던 물질의 감촉을 느꼈다.

방 안은 즉시 화약 냄새로 가득 찼다.

몸을 마저 돌린 헌터는 테일러가 뒤로 밀려나 암회색 문에 쾅 부닿힌 후 땅에 쓰러지는 모습을 볼 수 있었다. 순식간에 뒤쪽 벽은 살점과 뇌의 회백질, 그리고 금발 머리칼과 함께 진홍빛으로 물들었다. 총알은 그녀의 미간을 거의 완벽하게 맞혔다. 고스트의 작은 키와 위치 때문에 총알은 약간 위쪽으로, 그리고 왼쪽에서 오른쪽으로 치우친 궤적을 그렸다. 총탄이 테일러의 신체에 일으킨 손상은 놀라웠다. 피격 시 (안팎이 뒤집혀) 급속히 커지면서 파편이 튀도록 고안된 시빌디펜스 탄*의 파괴적인 살상력에 의해, 그녀의 머리와 두개골 우측 윗부분이 대부분 날아가 조각조각 사방으로 흩뿌려졌다.

테일러에게는 결코 살 기회가 없었다.

헌터가 재빨리 고스트를 향해 몸을 돌리자, 총구는 이제 그의 얼굴을 향해 있었다.

"덤벼봐, 터프가이! 어서 덤벼보라고. 저 썩은 시체 위로 네놈의 머리를 날려줄 테니까."

헌터는 분노로 몸속의 모든 근섬유가 일순 경직되는 것을 느끼며 고스트에게 달려들지 않기 위해 온 의지를 발휘해야 했다. 그는 그대로 서 있었다. 호흡이 가빠지고 두 손이 떨렸지만, 두려움 때문은 아니었다.

"그래, 말을 잘 듣는군." 고스트가 말했다. "그렇게 거칠지는 않네?"

"젠장, 무슨 짓을 한 거야?" 루시엔이 고함을 쳤다. 헌터보다 그가 훨씬 더 놀란 듯 보였다. "대체 왜 쏜 거야, 고스트?"

고스트는 자기 총을 계속 헌터에게 겨누고 있었다. "저년이 내 신경을 건드렸어요." 진지하면서도 별로 개의치는 않는 듯한 목소리였다. "날 그런 식으로 말하는 거, 내가 싫어하는 거 알잖아요."

루시엔은 한 걸음 뒤로 물러나며 한 손으로 이마를 쓸어내렸다.

"입이 험한 년은 저렇게 돼도 싸요." 고스트는 자기가 한 짓이 다트 던지기와 다를 바 없다는 양 어깨를 으쓱했다. "어쨌든, 그게 뭐 중요해요? 어차피 둘 다 죽일 거잖아요, 아녜요? 우리 얼굴을 봤어요, 루시엔. 당신이나 나나 놈들이 여기서 살아 걸어 나가지 못한다는 걸 알잖아요. 그리고 난 이 모든 개소리에 화가 났다구요. 그래서 그냥 빨리 처리했을 뿐이에요." 그는 고개로 헌터를 가리켰다. "그리고 그거 알아요? 난 저놈한테도 똑같이 해줄 거예요."

고스트의 얼굴은 가학적인 욕망으로 불탔고, 방금 전과 같은 결심이 그의 눈에 넘실거리는 것을 헌터는 보았다.

반응할 시간이 없었다.

또 한 번 방아쇠가 당겨졌다.

이전과 마찬가지로, 총알은 놀랍도록 정확하게 목표물을 향해 날아갔다.

100

버드 투의 브로디 요원과 그의 팀은 희망이 사라져가는 것을 느꼈다.

그들이 탄 비행기는 몇 분 동안 베를린 공항의 외곽 경계를 빙빙 돌고 있었다. 조종사는 이미 브로디에게 '실행 계획'이 필요하다고 말한 참이었다.

비행기에는 30분에서 35분 더 비행할 수 있는 연료가 있었지만, 베를린에 착륙하지 않는다면 콴티코로 돌아가기 전에 다른 어딘가에 착륙해서 재급유를 해야 했다. 즉, 비행기를 돌려 다른 공항으로 날아가야 한다는 뜻이었다.

베를린에서 가장 가까운 공항은 정남향에 있는 고램 공항으로, 풍향에 따라 5분에서 10분 정도 걸렸다. 조종사는 항공 교통량이나 기타 돌발 상황에 대비하여 항상 비행시간을 10분 정도 여유 있게 잡았다. 그리므로 그들이 선회비행을 할 수 있는 시간은 앞으로 최대 10분, 끽해야 15분 정도였다. 그 후에는 비행기를 돌려 고램을 향해 날아가야 했다.

브로디는 탁자에 휴대전화를 올려놓고 홀린 듯이 어두운 화면을 응시했다. 마침내 손목시계를 확인했을 때는 7분이 흘러 있었다. 3분 후에 이 작전은 종료였다. 케네디에게 전화해야 했다.

그가 전화기로 손을 뻗는 순간, 벨이 울렸다.

101

헌터가 권총의 총구를 응시했던 게 이번이 처음은 아니었다. 생사의 갈림길에 처했던 것도 이번이 처음은 아니었다. 하지만 고스트는, 헌터가 몸을 날리기에는 너무 멀리 있었고 총알을 피해 몸을 던지기에는 너무 가까이에 있었다.

도무지 빠져나갈 구멍이 없었다.

고스트가 방아쇠를 당기기 직전 그 짧은 순간에, 헌터는 자신이 테일러를 보호하지 못해 얼마나 미안한지, 그리고 오래전 약혼녀의 훼손된 시신을 끌어안고 했던 약속을 이번에도 지키지 못해 얼마나 유감인지 생각할 뿐이었다.

헌터는 총구를 마주 보고 있음에도 눈을 감지 않았다. 깜박이지도 않았다. 절대 고스트에게 만족감을 주지 않을 것이다. 그의 시선은 고스트의 얼굴에 고정되었다. 그렇게 그는 고스트의 머리통이 날아가는 광경을 볼 수 있었다.

총알은 고스트의 왼쪽 관자놀이를 완벽하게 맞혔다. 할로우포인트 탄이 두개골의 장벽을 꿰뚫고 고스트의 두뇌를 관통하며 남겨놓은 구멍 안에 체액과 조직이 즉각적으로 채워지면서 뇌는 급속도로 팽창했고, 이내 모든 것을 잔혹하게 찢어발겼다.

총알의 구경이 커지면 대개는 속도가 크게 느려지면서 목표물 뒤쪽에 사출구를 만들지 않고 내부에 박히게 된다. 하지만 그렇게 가까운 거리에서 발사된 45구경의 위력은 고스트의 삭발한 머리 반대편으로 총알을 밀어내고도 남았다.

45구경 시빌디펜스 탄의 사입구는 매우 인상적인데, 고스트의 경우에는 포도알 크기였다. 귀에서 정수리 끝까지 우측 안면의 절반이, 마치 큰 알에서 외계인이라도 부화한 것처럼 폭발했다. 뼈와 피와 피질 그리고 피부가 벽에 튀면서, 끈적끈적하고 쫄깃하고 붉은 것들이 오른쪽에 있는 콘솔 데스크를 온통 뒤덮었다.

총알이 발사되는 굉음에 몸이 흔들렸지만, 헌터는 계속 눈을 뜨고 있었다. 고스트의 몸이 총격의 충격으로 붕 뜨기 직전에 그의 두 눈에서 분노와 결의, 그리고 악이 사그라드는 것이 보였다. 그는 제어반에 쾅 부딪혔고, 빈 밀가루 포대처럼 땅에 털썩 주저앉았다. 머리 주변으로 빠르게 피가 고이기 시작했다.

그의 총 역시 콘솔 데스크에 부딪혔지만, 그대로 튕겨 나가 방 저쪽 판지 상자 뒤편 어딘가로 미끄러졌다.

헌터의 심장은 경주용 차량처럼 쏜살같이 뛰고 있었다. 아드레날린이 몸속 모든 혈관에 범람하며 몸의 떨림을 일으켰다. 그는 마침내 루시엔에게로 시선을 옮겼다. 아직도 루시엔의 총에서는 가느다랗게 연기가 피어오르는 중이었다. 그러나 헌터가 반응하기도 전에, 루시엔은 이미 테일러의 총으로 그를 겨누고 있었다.

"꼼짝 마, 로버트. 나는 정말 그러고 싶지 않지만, 여차하면 네 심장에 총알을 박아줄 거야. 내가 진심이란 거, 너도 알지?"

헌터는 루시엔을 바라보며, 방금 그가 한 일에 대한 놀라움을 숨기지 못했다.

"도대체가 내 마음에 든 적이 없었어." 루시엔이 평소처럼 무심한 태도로 설명했다. "아무 목적 없이 남을 괴롭히길 좋아하는 어리석은 아이에 불과했지. 어릴 적 받았던 엄청난 충격으로, 그저 재미로 사람을 고문하고 죽이는 걸 좋아하게 된 놈이거든."

루시엔의 입에서 나오는 그 의견이 몹시 어처구니없다고, 헌터는 생각했다.

"뭐, 쓸모에 비하면 오래 살았어." 루시엔의 어조에는 일말의 후회나 연민 따위는 없었다. "다른 전임자들도 마찬가지였지만. 그들 모두 결국은…… 내가 좀 도와줬지."

헌터는 루시엔의 총에 집중했다.

"정말이야. 하지만 나는 테일러 요원을 죽일 의도는 없었어. 꼭 그래야 하지 않는다면 말이야. 하지만 불행하게도 그녀는 고스트의 아주 민감한 부분을 건드리고 말았어. 너도 알겠지만, 고스트는 심각한 문제가 있는 가정에서 자랐어. 부모 둘 다 그를 정신적, 육체적으로 나조차도 상상하기 어려운 방식으로 학대했지. 강제로 발가벗겨서 집 주변을 걷게 하고 끊임없이 놀려댔어. 특히 녀석의 성기를 얕잡아 부르면서 말이야. 뭐가 있었을 거 같아?"

헌터는 숨을 들이마셨다. "연필만 한 좆."

루시엔이 고개를 한 번 끄덕였다. "맞아, 테일러 요원은 하필 그걸로 조롱했지."

정신적으로 크게 충격받은 불안정한 사람은 단어, 소리, 색깔, 이미지, 냄새 등 별것 아닌 것으로 인해, 끔찍하게 고통스러웠던 상처가 쉬이 다시 열릴 수 있다. 그 반응의 양상은 일반적으로 예측이 불가능하지만, 폭력적인 사람의 경우 거의 대부분 폭력의 발현으로 나타난다. 더구나 고스트처럼 사이코패스일 경우에 그 폭력적인 반응은 대체로 치명적이다.

"열일곱 살이 되었을 때 고스트는 결국 넌더리가 났지. 그래서 아버지를 침대에 묶고 거세해 과다출혈로 죽게 내버려뒀어. 그러고 나서 야구 방망이로 어머니의 머리를 곤죽으로 만들었고. 녀석은 너무 손상돼 있었어. 어차피 얼마 안 가 내가 제거해야겠다 싶었지." 루시엔이 덧붙였다.

피가 낭자한 혼란스러운 상황이었음에도 불구하고 헌터는 최대한 명료하게 생각하려고 노력했다. 그때 그가 걱정하던 문제가 머릿속에 떠올랐고, 그는 뒤쪽 복도를 향해 돌아섰다. 그 과정에서 얼핏 바닥에 쓰러진 테일러의 시신이 눈에 들어오자, 그는 심장이 내려앉는 듯했다. 헌터는 다시 루시엔과 마주했다.

"매들린을 놔줘, 루시엔." 그가 한 번 더 말했다. "제발. 네가 다른 피해자를 원한다면, 그렇다면 나를 선택해. 그녀는 네게 이제 아무 의미도 없잖아."

"맞아. 그래서 그녀를 죽여야 하는 거야, 로버트." 루시엔이 말했다. "그녀가 내게 아무것도 아니라서. 너는 내 친한 친구였어. 우리에겐 역사가 있지. 그런데 내가 왜 그녀 대신에 널 죽이고 싶겠어?"

"너는 내게서 제시카를 앗아 갔을 때 내 생명의 절반을 이미 가져갔으니까." 헌터가 대답했다. "일을 하다 마는 걸 넌 좋아하지 않잖아."

헌터는 최대한 감추려고 노력했지만, 루시엔은 그의 목소리에서 진짜 감정을 알아챘다.

"그러니 지금이 기회야, 루시엔." 헌터가 계속 말했다. "그녀를 놔주고 내게 시작한 일을 마무리해. 그러지 않으면, 내가 널 **죽일** 테니까."

헌터는 심각한 말을 하면서도, 마치 도서관에서 이야기를 나누듯 조용하고 침착한 목소리로 이야기했다.

"좋아." 루시엔은 계속 헌터의 심장을 총으로 겨눈 채, 피로 뒤덮인 콘솔 데스크로 다가가며 말했다. "자기가 한 말을 지키는 남자인지 보자고, 로버트." 그가 제어반의 스위치를 올리자 복도 끝에 있는 문이 다시 열렸다.

헌터는 복도 쪽으로 뒤돌아섰다.

매들린이 고개를 들었다. 아까보다 훨씬 더 겁에 질린 듯 보였다. 그녀 또한 두 차례의 총성을 들은 것이었다. 그 소리는 틀림없이 그녀의 상상력을 자극하여 밖에서 벌어지는 일에 관해 최악의 상상을 하게 했을 것이다. 그보다 더 나쁜 것은, 이제 자신에게 무슨 일이 일어날지 그녀로 하여금 상상하게 했을 거라는 점이었다.

그녀는 심하게 헐떡였고, 그 순간 그녀의 떨림을 멈출 수 있는 것은 이 세상에 없었다.

루시엔은 총으로 복도를 가리키며 말했다. "그녀에게 가볼까? 네게 줄 마지막 깜짝 선물이 하나 있어."

102

복도로 들어가려면 테일러의 시신을 넘어가야 했다. 루시엔은 안전거리를 유지하며 헌터를 뒤따라왔다. 그 상태로는 헌터가 아무리 신속하게 공격을 가한다 한들, 루시엔은 적어도 두 발은 쏠 수 있을 것이다.

헌터가 복도를 따라 걸어가기 시작했을 때 매들린과 눈이 마주쳤는데, 그 안에는 오직 한 가지밖에 들어 있지 않았다. 순수한 공포.

"제발 도와주세요."

이번에는 그녀의 말을 들을 수 있었다. 그녀의 약하고 떨리는 목소리는 두려움에 잠겨 있었다.

"매들린, 제발 침착하게만 있어요." 헌터는 자신이 낼 수 있는 가장 자신감 있는 목소리로 말했다. "다 잘될 거예요."

매들린의 시선이 헌터를 지나 루시엔에게 이르자, 그녀는 마치 어렸을 때부터 꿔온 가장 끔찍한 악몽 속 괴물을 실제로 본 듯한 표정이 되었다. 두려움이 허리케인처럼 소용돌이치면서 그녀는 비명을 지르고, 부서질 것 같은 몸을 꿈틀대기 시작했다.

"매들린." 헌터가 다시 말했다. "나를 봐요."

그녀는 보지 않았다.

"나를 봐요, 매들린." 그가 더 단호한 어조로 반복했다.

그녀의 시선이 헌터에게로 옮겨졌다.

"그래요, 잘했어요. 계속 날 보면서 침착하려고 노력해요. 내가 여기서 데리고 나갈 거예요." 그는 거짓말하는 자신이 싫었지만, 이 상황에서는 할 수 있는 일이 많지 않았다.

매들린은 여전히 겁에 질린 듯 보였다. 하지만 헌터의 노력이 효과가 있는 것 같았다. 그녀는 똑바로 그를 보며 비명을 그쳤다.

"들어가서 왼쪽으로 다섯 걸음 간 뒤 무릎을 꿇어, 로버트." 그들이 문에 도착했을 때 루시엔이 말했다.

헌터는 시키는 대로 했다.

그 방은 매들린이 앉아 있는 의자와, 헌터가 무릎을 꿇은 곳 반대편에 있는 서랍 두 개짜리 작은 가구 외에는 완전히 빈방이었다. 문바로 안쪽에서는 중환자가 있는 방을 대충 청소한 것처럼 지독한 소독약 냄새, 그리고 소변과 토사물의 희미한 냄새가 섞여서 났다.

루시엔이 그를 따라 방에 들어왔고, 오른쪽으로 돌아 서랍장에 다가갔다. 그는 맨 위의 서랍을 열어 안에 손을 집어넣었다.

루시엔을 본 매들린의 두 눈이 흔들렸다.

"나를 봐요, 매들린." 헌터가 다시 그녀를 불렀다. "그는 걱정하지 말아요. 내게서 눈을 떼지 말아요. 자, 이쪽으로."

그녀는 다시 헌터를 보았다.

"인질을 잘 다루는구나, 로버트." 루시엔이 매들린이 앉아 있는 의자 왼쪽으로 이동하며 말했다.

마침내 루시엔이 서랍에서 꺼낸 물건이 보였다. 15센티미터 정도 길이의 스테인리스강 칼이었다.

"로버트, 그거 알아?" 루시엔이 말했다. "나는 정말 총이 싫어." 그는 재빠른 손놀림으로 테일러의 45구경 스프링필드 프로페셔널 권총의 탄창 클립을 제거해 바닥에 떨어뜨리고는 헌터에게서 멀리로, 그의 뒤쪽으로 그걸 차 보냈다. 그런 다음 양손으로 총의 슬라이드를 밀어 뺀 후 약실에 있던 총알을 꺼냈다.

헌터는 계속 그에게 주의를 기울였다. 그리고 기회를 엿보기 시작했다.

루시엔은 손가락으로 리코일 스프링 플러그를 눌렀다. 순식간에 총을 완전히 분해한 그는 분리된 부품들을 땅에 떨어뜨렸다.

헌터는 루시엔에게 얼마나 빨리 접근할 수 있을지 궁금해하며 심호흡을 했고, 그러자 그의 근육들이 긴장으로 팽팽해졌다.

"생각도 하지 마, 로버트." 루시엔이 한 발 앞으로 나서 매들린의 뒤쪽으로 다가가 의자로 몸을 가리며 말했다. 이제 왼손에 잡은 칼은 그녀의 목으로 이동하고, 오른손은 그녀의 머리채를 뒤로 잡아당겼다. 헌터가 그에게 덤벼들고 싶어 안달이 났다는 걸 알 수 있었다. "근육에 움직임이 보이기만 해봐. 이 여자 목을 베어버릴 테니까."

매들린은 차가운 칼날이 피부에 닿자 심장이 거의 멎는 듯했다. 이번에는 너무 겁에 질려서 비명을 지를 수도 없었다.

헌터는 꿋꿋했다.

"나를 경멸하는 거 알아, 친구." 루시엔이 사과라도 하는 것같이 옅은 미소를 지으며 말했다. "나는 널 비난하지 않아. 내가 해온 일의 진짜 목적을 알지 못하면 누구라도 그럴 거야. 모두에게 나는 그저 25년 동안 사람을 고문하고 죽여온 가학적인 사이코패스 살인마일 뿐이겠지, 맞지? 하지만 너한테는 그 이상일 거야. 네가 20년 동안 추적해온 사람이지. 네가 사랑했던 단 한 사람을 아주 잔인하게 훼손한 사람. 네가 결혼하려고 했던 여인, 네게 가족을 만들어줄 여인을······."

헌터는 자기 안에서 화와 격렬한 분노가 다시금 힘을 얻어가는 것을 느꼈다.

"하지만 나는 훨씬, 그 이상이야." 루시엔이 말했다. "때가 되면 이해할 거야. 너와 FBI에 선물을 남길 생각인데." 그는 복도 쪽으로 고개를 홱 젖혔다. "찾기 어렵지는 않을 거야. 하지만 그건 나중 일이고, 지금 당장은 오래전에 네가 자신과 제시카에게 했던 약속을 지킬 기회를 주려고 해. 로버트, 이번이 네겐 유일한 기회가 될 거야. 네가 지금 날 죽이지 않는다면, **절대** 나를 다시 보지 못할 테니까. 이번 생에는 없어."

헌터의 심장이 기어를 바꿨다.

"문제는 이거야." 루시엔이 계속 말했다. "곧 도덕적 딜레마가 네 머릿속을 급습해서 네 양심을 고통스러운 싸움에 내던질 거야." 루시엔의 시선이 일순 매들린을 향해 번쩍인 후 다시 헌터에게로 돌아갔다. "질문 하나로 무슨 말인지 정리해줄게." 그는 잠시, 눈빛으로 구멍이라도 뚫을 기세로 헌터의 눈을 쏘아보았다. "그 질문은 이거야. 지금 네가 나를 쫓아온다면, 그녀의 출혈을 어떻게 막고 또 어떻게 그녀를 병원에 죽기 전에 데려갈 거지?"

매우 빠른 동작으로 루시엔은 매들린의 목에서 몸으로 칼을 움직여 갈비뼈 바로 아래에 있는 왼쪽 복부 상단을 찔렀다. 칼은 손잡이까지 푹 들어갔다.

두 눈이 휘둥그레진 헌터가 경악했다.

"안 돼!" 그는 외치며 루시엔에게 달려들었지만, 헌터의 행동을 예상했던 루시엔은 그가 미처 다 일어서기도 전에 부츠 밑창으로 가슴팍을, 거의 직각이 되게 찼다. 강력한 일격에 헌터는 뒤로 나가떨어져 숨도 제대로 쉬지 못했다. 루시엔은 매들린의 몸에서 칼을 빼내 상처를 개방함으로써 다량의 출혈을 일으켰다.

"로버트. 제시카에게 한 약속을 지킬 거야, 아니면 매들린을 구할 거야?" 루시엔이 문을 향해 움직이면서 말했다. "둘 다 할 수는 없어. 선택하라고, 친구." 그는 복도 안쪽으로 사라졌다.

103

헌터는 몇 초 후에야 다시 숨을 쉴 수 있었다. 숨을 들이마시자 그의 폐와 가슴은 흡사 뜨거운 석탄을 빨아들인 것처럼 통증으로 타올랐다. 반사적으로 손은 가슴으로, 시선은 문으로 움직였다. 그는 간신히 바닥을 가로질러 기어가며 뭐라도 움켜잡고 다시 일어서려고 안간힘을 썼다.

마침내 일어설 수 있게 되자, 원시적인 본능으로 문을 향해 돌진했다. 절대 루시엔이 도망치게 놔둘 수 없었다. 루시엔의 말은 진심이었다. 만약 헌터가 지금 그를 죽이지 않는다면, 다시는 기회가 없을 것이다. 루시엔은 마지막 하나까지, 완벽한 탈출 계획을 세워놓았다. FBI가 그를 체포하기까지 25년이 걸렸는데, 다시 체포할 수 있을지 누가 알겠는가?

헌터가 복도 쪽으로 딱 세 걸음을 떼었을 때, 매들린이 그의 시야에 들어왔다. 벌어진 상처에서 피가 콸콸 쏟아지고 있었다. 머리는 다시 앞으로 떨구었고 눈꺼풀은 반쯤 닫혀 있었다. 생명이 그녀에게서 빠르게 빠져나가고 있었다.

헌터는 해부학에 대해 꽤 잘 알았다. 상처는 매들린의 왼쪽 갈비뼈 바로 아래 상복부에 나 있었다. 루시엔이 사용한 칼은 대략 15센티미터 길이였고, 그는 칼 전체를 그녀의 살 속으로 밀어 넣었다. 출혈의 정도로 판단하건대, 루시엔은 그녀의 몸속 순환 기관에 구멍을 낸 게 틀림없었다.

왼쪽 위야. 비장에 구멍을 냈어. 헌터는 생각했다.

그는 루시엔이 칼을 빼낼 때 칼날을 비틀어 장기와 상처 부위의 파열을 심화시켰다는 것도 알아차렸다. 만약 헌터가 지금 지혈하지 않는다면, 3분 내지 5분 후에 매들린은 과다 출혈로 죽을 터였다. 하지만 간신히 외부의 출혈을 막는다 해도, 내부 출혈에 관해서는 그가 할 수 있는 일이 없었다. 그녀를 빨리 병원에 데려가 수술을 받게 해야 했다.

헌터는 눈을 한 차례 깜박였다. 루시엔이 예측한 것처럼 우선순위가 충돌하고 있었다.

루시엔은 달아나고 있었다.

넌 다시는 나를 보지 못할 거야. 이번 생에서는 아니야.

헌터는 다시 눈을 깜박였다. 루시엔이 말한 대로, 지금 그의 머릿속에서 치열한 전투가 벌어지고 있었다.

제시카에게 한 약속을 지킬 거야, 아니면 매들린을 구할 거야? 둘 다 할 수는 없어. 선택하라고, 친구.

헌터는 한 번 더 눈을 깜박인 후 매들린에게 달려갔다.

그녀 옆에 무릎을 꿇고 셔츠를 찢어 공처럼 뭉친 뒤 상처 위에 올려놓고 왼손으로 압박했다. 셔츠에 피가 스며들기 시작했다.

"날 봐요, 매들린." 그는 루시엔이 떨어뜨린 칼을 향해 오른손을 뻗으며 말을 걸었다.

"날 봐요." 그가 다시 말했다.

그녀는 보지 않았다.

제바아아아앜······. 칼을 잡았다.

"매들린, 날 봐요."

그녀는 눈을 들려고 노력했지만 눈꺼풀만 파르르 떨릴 뿐이었다.

"아니, 안 돼요, 안 돼. 정신 차려요. 눈을 감지 말아요. 지쳤다는 거 알아요. 하지만 정신 차려야 해요, 알겠죠? 당신을 여기서 데리고 나갈 거예요."

헌터는 재빨리 의자 뒤를 보았다. 그녀의 두 손은 의자 다리에 결박된 다리와 마찬가지로 플라스틱 케이블 타이로 묶여 있었다. 그는 왼손으로는 계속 상처를 누르면서, 몸을 오른쪽으로 기울여 의자 뒤에서 칼로 케이블 타이를 잘랐다.

매들린의 두 손이 옆으로 툭 떨어졌다. 흡사 헝겊 인형 같았다.

헌터는 신속하게 그녀의 발을 묶은 케이블 타이도 잘랐다.

"매들린……." 그는 칼을 바닥에 떨어뜨리고 그녀의 얼굴로 손을 뻗었다. 턱을 부드럽게 잡고 양옆으로 흔들었다. "정신 차려요. 정신 차려요."

매들린의 생기 없는 눈동자가 그의 얼굴로 향했다.

"그거예요. 내게서 눈을 떼지 말아요." 그는 그녀의 왼손을 상처 위에 댄 셔츠 공으로 끌어다 놓았다. "이걸 잡고 최대한 세게, 계속 몸 쪽으로 눌러요. 내 말 이해해요?"

그는 그녀의 오른손도 끌어다가 왼손 위에 겹쳐놓고 양손으로 셔츠 공을 붙잡게 했다.

매들린은 반응하지 않았다.

"꽉 잡고 최대한 세게 눌러요, 알겠죠?"

그녀는 그렇게 했지만, 기력이 너무 쇠한 탓에 지혈에 필요한 충분한 압력을 가할 수 없었다. 헌터가 계속 지혈할 수는 없었다. 그는 그녀를 방공호에서 데리고 나가, 아직 주머니 속에 키가 들어 있는 지프로 데려가 차에 태워서 병원으로 옮겨야 했다. 몇 초 안에 문어 발이라도 갖게 되지 않는 한은, 그걸 전부 혼자 해내기란 불가능해 보였다.

헌터는 자신의 왼손을 매들린의 두 손 위로 가져가 그녀를 도와 상처를 눌렀다.

생각해봐, 로버트. 생각해. 헌터는 스스로에게 중얼거리며 방을 둘러보았지만, 쓸 만한 건 없었다.

방공호의 주 통제실로 달려가 셔츠를 그녀의 몸에 고정해줄 테이프나 끈 같은 게 있는지 찾아볼까도 싶었다. 하나 그러자면 시간이 너무 많이 걸릴 테고, 지금 그에게 시간이란 아예 없는 것이나 마찬가지였다.

생각해봐, 로버트. 생각해. 그는 여전히 방을 둘러보고 있었다.

그런데 그 순간, 하나부터 열까지 단번에 조각들이 맞춰지듯 어떤 온전한 생각이 떠올랐다. 고스트. 고스트는 아주 가는 허리를 가졌고 체구도 작았지만, 매들린은 체중이 현저하게 줄어든 상태이므로 고스트의 벨트로도 그녀의 상반신을 감는 데는 충분할 거라고 그는 확신했다.

"매디, 최대한 꽉 잡고 있어요. 곧 돌아올게요."

매들린은 몽롱한 눈으로 그를 보았다.

"단단히 잡아요." 그가 반복했다. "바로 돌아올게요."

헌터가 그녀의 손을 놓았다. 그러자 갑자기 그녀의 상처에서 피가 쏟아졌다. 매들린에게는 필요한 압력을 계속 가할 만한 힘이 없었다. 헌터는 최대한 신속하게 움직여야 했다.

그는 일어서서 단거리 육상선수처럼 복도를 질주해 통제실과 고스트의 시신에 3초 만에 다다랐다.

고스트는 전통적인 사각 프레임에 프롱 버클이 달린 싸구려 검정 가죽 벨트를 차고 있었다. 헌터는 벨트를 풀고 세게 잡아당겨 허리에서 단번에 빼냈다. 지체하지 않고 복도를 따라 날다시피 하여 다시 매들린에게 돌아갔다. 그가 되돌아올 때까지 단 9초만 소요됐을 뿐이었다.

매들린의 두 손은 셔츠를 거의 놓친 상태였다.

"내가 왔어요, 매디. 나 여기 있어요." 헌터는 왼손으로 셔츠 공을 움켜쥐고 세게 눌러 출혈을 최대한 억제했다. 그러면서 오른손으로는 매들린의 등을 의자 등받이에서 떼어내고 고스트의 벨트로 그녀의 상반신을 두른 다음 피가 흥건한 셔츠를 상처에 댄 위로 한데 동였다.

"꼭 조일 거예요, 알겠죠?" 그가 말하고 벨트를 세게 잡아당겼다.

매들린은 여러 차례 쿨럭거렸다. 입안에서 출혈은 없었다. 그나마 좋은 징후였다.

벨트는 완벽할 정도로 꼭 맞았다. 버클을 첫 번째 구멍에 채웠다.

"좋아요, 매디. 내가 당신을 안고 여기서 나가는 거예요, 알겠죠? 병원에 데려다줄게요. 정신 차려요. 지쳤다는 건 알지만 절대 잠들면 안 돼요, 알겠어요? 눈을 계속 뜨고 있어야 해요. 준비됐어요? 이제 갑시다."

헌터는 두 팔로 의자에서 그녀를 들어 올리며 일어섰다. 벨트로 만든 지혈대는 움직이지 않았다. 매들린이 또다시 기침을 했지만, 이번에도 피를 토하지는 않았다.

헌터는 최대한 빠르게 방에서 나와 복도를 질주했다.

104

밖은 시커먼 암흑이었지만, 필시 사탄의 지하실임이 분명한 곳에서 나와 들이마시는 신선한 밤공기는 꼭 신의 손길처럼 느껴졌다.

"매들린, 정신 차려봐요. 눈을 감지 말아요." 헌터는 긴 계단의 거의 끝에 이르러 잠시 멈춰 서며 말했다. 매들린이 눈을 떴는지 감았는지 알 수 없었지만, 그녀에게 계속 말을 걸어야 했다. 그녀가 잠들게 해서는 안 되었다.

헌터는 주머니 속에 아직도 들어 있는 맥라이트 손전등을 꺼내려고, 계단에서 왼쪽 다리를 오른쪽 다리보다 두 단 위에 올린 채로 왼손을 어렵사리 주머니 속에 넣었다. 그리고 잡았다. 손전등을 꺼내 켰다.

매들린은 눈꺼풀과 힘겨운 싸움을 벌이고 있었다.

"잘하고 있어요. 깨어 있는 거죠?"

헌터의 방향감각은 이곳에 왔을 때만큼이나 예리했다. 왼편으로부터 지하 입구에 접근했던 기억을 떠올리고, 빠르게 그쪽으로 돌아서서 움직이기 시작했다.

파편, 바위, 막대기가 발바닥을 찔러댔지만 이를 악물고 가능한 한 통증을 떨치려 했다.

"정말 잘하고 있어요, 매들린. 금방 차에 탈 거예요, 알겠죠?"

매들린에게선 대답이 없었다. 그녀의 고개가 헌터의 어깨 위로 툭 떨어졌다.

"안 돼, 안 돼……. 이봐요, 지금 잠들면 안 돼요. 이름을 말해줘요. 이름이 뭐죠?"

"음……."

"이름이요. 이름을 말해줘요."

헌터는 그녀의 의식수준을 시험해보고 싶었다.

"매디……." 그녀가 대답했다.

그녀의 속삭임이 점점 약해졌다. 지혈을 하고는 있었지만, 그녀의 피는 헌터의 팔과 하복부 전체를 뒤덮었을 정도였고 이제는 그의 바지 윗부분까지 적시기 시작했다. 달리는 동작 때문에 때론 위로 솟구쳐 가슴과 얼굴에 뿌려지기도 했다.

"대단해요, 정말 대단해. 매디는 뭘 줄인 거예요?"

"으음……."

"매디는 애칭이 아닌가요?"

"매들린……."

"와, 아름다운 이름이네요. 성은 뭐죠?"

대답이 없었다.

"매디, 일어나요. 정신 차려요. 성은 뭐예요? 당신 성을 말해줘요."

대답이 없었다. 헌터는 그녀를 잃어가고 있었다.

그녀의 얼굴을 보기 위해 길에서 눈을 뗐을 때, 왼쪽 발바닥이 뭔가에 베이는 느낌을 받았다. 로켓처럼 통증이 다리 위로 발사되며 그는 균형을 잃고 비틀거리다 거의 땅에 쓰러질 뻔했다. 비틀비틀 흔들리는 중에 매들린이 깨어났다. 펄럭이며 눈을 뜬 그녀가 마침내 그를 쳐다보았다.

통증에도 불구하고 헌터는 미소 지었다. "거의 다 왔어요. 눈을 계속 뜨고 있어요, 알겠죠?"

헌터의 왼발은 땅에 닿을 때마다 고통으로 아우성쳤고, 그는 절뚝거리면서도 필사적으로 달렸다.

그들은 마침내 집의 정면에 이르렀다.

"FBI다! 거기서 멈춰. 움직이면 발포하겠다!" 헌터의 왼쪽에서 누군가 외쳤다. 헌터는 소리가 들려오는 방향으로 고개를 돌렸지만, 빛줄기 하나가 그의 얼굴로 날아든 탓에 경고한 사람을 볼 수가 없었다.

헌터는 멈춰 섰다.

다음 순간 어둠 속에서 네 개의 불빛이 더 나타났다. 왼쪽에 하나, 오른쪽에 둘, 정면에 하나. 그 불빛들이 모여, 헌터가 자신이 마주한 상황을 잘 볼 수 있게 해주었다. 그는 FBI 요원들에게 둘러싸여 있었다. 그들 모두 총으로 그를 겨누고 있었다. 케네디의 지원 팀이 틀림없었다.

"여자를 땅에 내려놓고 세 걸음 뒤로 물러서, 천천히. 명령에 순순히 따르는 게 좋을 거야." 조금 전의 목소리가 소리쳤다.

"나는 FBI **소속**입니다." 헌터가 안도감을 무색케 하는 분노가 느껴지는 목소리로 맞받아쳤다. "내 이름은 로버트 헌터. 신분증은 베를린 공항의 활주로에서 버려야 했습니다. 원한다면 에이드리언 케네디 센터장님께 확인해봐도 되지만, 한가할 때 해요. 이 여성은 **즉각적인** 의료지원이 필요합니다."

아까 소리쳤던 브로디 요원이 한 걸음 다가와 눈을 가늘게 뜨고 헌터를 보았다. 그의 기억이 케네디 센터장이 보내온 사진과 피 묻은 헌터의 얼굴을 일치시키는 데 몇 초를 소비했다.

"중지. 우리 편이야." 브로디가 팀에 지시하며 신속하게 헌터를 향해 움직였다. "둘일 텐데." 그가 헌터에게 다가가 말했다. "테일러 요원은?"

헌터는 브로디에게 작은 고갯짓만으로 그가 알아야 하는 전부를 알려주었다.

요원 둘이 더 합류했다. 나머지 둘은 거리를 둔 채 손전등과 총으로 주변을 경계했다.

"죄수는?" 지프가 주차된 곳으로 이동하며 브로디가 물었다.

"도주 중입니다." 헌터가 대답했다. "당신들 차는 어디 있죠?"

"당신이 관제사에게서 빌려 간 지프 뒤에 주차돼 있어요."

"언제 도착했습니까?" 헌터가 물었다.

"1분 전쯤. 당신이 집에서 나오는 걸 봤을 때 막 그쪽으로 이동하던 참이었습니다."

"그러면 루시엔과 마주치진 않았군요?"

그들은 차에 도착했다. 브로디 팀의 차는 GMC의 SUV였다.

"그래요."

요원 하나가 뒷문을 열었다. 다른 요원들은 헌터를 도와 매들린을 뒷좌석에 눕혔다. 그는 부드러운 손길로 그녀의 이마에서 머리카락을 떼어냈다.

"매들린, 깨어 있어요. 좋아요, 거의 다 됐어요."

매들린은 지친 눈을 깜박였다.

헌터는 차 키를 든 요원을 보았다.

"어서 병원에 데려가야 해요."

요원은 벌써 운전석에 오르고 있었다.

"제가 가겠습니다."

헌터는 두 번째 요원을 향해 말했다. "그녀와 함께 뒤에 타요. 절대 잠들게 해선 **안 돼요.** 의료진에게 왼쪽 상복부에 대략 15센티미터 깊이의 자상을 입었다고 말해요. 칼이 비장에 닿았고, 칼날을 반시계 방향으로 비틀어 빼냈어요."

요원은 고개를 끄덕이고 차에 올라탔다.

매들린의 입술이 움직였다.

"뭐라고요?" 헌터가 몸을 숙이며 물었다. 그는 오른쪽 귀를 그녀의 입술에서 5센티미터도 떨어지지 않은 곳에 가져다 댔다.

"제발 날 떠나지 말아요." 이제 그녀의 목소리는 간신히 들을 수 있는 정도가 되었다. 충격에서 벗어나 안정을 찾고 있는 듯했다.

"그럴 거예요. 약속해요. 이제 이 사람들이 당신을 병원으로 데려가서 치료받게 해줄 거예요, 알겠죠? 나도 곧 따라갈 겁니다. 당신을 떠나지 않을 거예요. 하지만 먼저, 당신에게 이런 짓을 한 그 개자식을 잡으러 갈 겁니다."

헌터가 문을 닫고 운전석의 요원을 보았다. "이제 가요."

105

차가 멀어지자 헌터는 브로디 요원을 향해 말했다. "당신들은 이쪽으로 왔고, 루시엔과 마주치지 않았다는 거죠?"

"맞습니다." 브로디가 확인했다.

헌터는 그들을 둘러싼 숲을 둘러보았다.

"이 집으로 오는 길이 또 있어요." 브로디가 말했다.

헌터가 그를 보았다.

"위성사진이나 지도를 보면 그 길을 볼 수 있죠." 브로디가 설명했다. "멀리 돌아서 이 집 뒤쪽으로 이어집니다."

헌터는 고스트를 보았을 때 혹시 다른 길이 있는 게 아닐까 의심했었다. 그가 걸어왔을 리는 없고 분명 차를 타고 왔을 테니까.

"가죠." 헌터가 말했다.

그들은 재빨리 집 쪽으로 다시 이동했다. 다른 요원 둘이 그들을 보고 합류했다. 그들은 사탄의 지하실로 통하는 계단을 지나쳐, 건물 뒤쪽으로 계속 이동했다.

뒷마당은 건물만큼이나 죄다 허물어져 있었다. 루시엔의 말은 사실이었다. 작은 연못, 아니 한때는 연못이었던 게 있었다. 지금은 보기 싫은 진흙 웅덩이일 뿐이었지만. 넓은 콘크리트 길은 대부분 갈라지고 구멍으로 가득했다. 집에서부터 이어진 흙길의 오른쪽에 주차된 차는 15년 된 낡아빠진 포드 브롱코였다. 그들 모두 총을 꺼내 들고 천천히, 신중하게 차로 다가갔다. 차는 비어 있었고, 의심의 여지없이 고스트의 차였다.

이번에 집 주변의 숲을 자세히 살핀 쪽은 브로디였다.

"숲을 걸어서 통과하고 있다고 보십니까?" 그가 물었다.

헌터는 흙길로 건너가 무릎을 꿇고 손전등 불빛으로 땅을 살펴보았다.

"아뇨, 오토바이예요." 그가 몇 초 만에 찾아낸 타이어 자국을 가리키며 말했다.

"그가 우리보다 얼마나 빨리 출발했습니까?" 브로디가 물었다.

"5분에서 최대 6분."

브로디는 휴대전화를 꺼냈다. "그렇다면 그렇게 멀리 가지는 못했을 겁니다. 케네디 센터장님에게 전화해서 주변에 바리케이드를 치도록 하죠."

헌터는 눈을 감고 이 상황을 예상하지 못한 자신을 다시 한번 저주했다. 그는 브로디 요원에게는 아무 말 하지 않았지만, 바리케이드는 효과가 없으리라는 것을 알았다. 이 버림받은 장소에서, 그리고 그들에게 얼마 남지 않은 시간에.

주변을 바리케이드로 봉쇄하려면 엄청난 양의 인력과 차량 따위가 필요한데, 뉴햄프셔주의 베를린이나 밀라노에서 그런 것을 구하기는 어려울 거라고 헌터는 생각했다. 양쪽 경찰서를 다 합쳐 경관 여덟 명에 차량이 넉 대라도 된다면 그 정도로도 놀랄 일이었다. 가장 가까운 FBI 지부는 주 하나 크기 정도는 족히 떨어진 거리에 있어서 결국 인접 도시의 치안 기관에 지원을 요청해야 할 것이다. 케네디가 그 지역을 봉쇄하기 위해 도로와 도주 경로를 차단하는 데 필요한 인력을 끌어모았을 때쯤이면, 분명 루시엔은 벌써 주의 경계를 넘어간 뒤이리라.

이 모든 게 우연이 아니었다. 모든 것이 계획되어 있었다. 루시엔이 운에 맡긴 것은 전혀 없었다.

106

네 시간 후

핵 방공호에는 이제 FBI 요원들이 떼를 지어 돌아다니고 있었다. 코트니 테일러와 고스트의 시신은 둘 다 지퍼 달린 가방에 넣어져 공항으로 옮겨졌고, 그곳에서 콴티코의 수석 검시관에게 다시 이송될 예정이었다.

브로디의 팀 요원들은 신속하게 베를린의 앤드로스코긴밸리 병원에 도착했다. 매들린 리드는 아직 수술 중이었지만, 의사는 두 요원에게 그녀가 극심한 영양실조와 부분적인 탈수증세로 상태가 불안정한 까닭에 생존 가능성이 최상은 아니라고 설명했다. 하지만 기회가 있다면 희망은 있었다.

헌터와 에이드리언 케네디 센터장은 방공호의 주 통제실에 있었다. 헌터는 당시 공항에서 위성통신이 끊긴 이후 벌어진 일들을 전부 설명했다.

케네디는 침통한 표정으로, 그의 말을 단 한 번도 끊지 않고 경위를 전부 들었다. 헌터가 테일러 요원이 어떻게, 왜 처형됐는지 설명했을 때 케네디는 눈을 꼭 감고 턱을 가슴까지 떨구었다. 그는 분노로 몸을 덜덜 떨었다.

"어떻게 이럴 수가 있나, 로버트?" 헌터가 설명을 마치자 케네디가 물었다. "대체 이 고스트라는 인물은 어떻게 여기서 자네들을 기다리고 있었던 거지? 내내 여기 있었을 리는 없잖아, 안 그런가?"

"아마도 아닐 겁니다." 헌터가 대답했다.

"그렇다면 어떻게 여기서 자네들을 기다리고 있었을까? 자네들이 정확히 언제 도착할지 어떻게 알고?"

"그는 몰랐습니다."

케네디는 짜증스러운 표정을 지었다. "무슨 뜻이지, 로버트?"

헌터는 이 문제에 대해 한동안 생각해오고 있었다.

"FBI에는 암호나 숫자 같은 것으로 실행되는 비상 작전이 있죠?"

케네디는 고개를 끄덕이며 잠시 말을 멈췄다가, 이윽고 입을 열었다. "자네 말은, 루시엔이 휴지기에 실행할 작전을 준비했다는 건가? 붙잡혔을 때를 대비한 전략을 미리 짜놓았다고?"

헌터는 고개를 끄덕였다. "틀림없어요. 그래서 루시엔은 그렇게 오랫동안 의심받지 않고 그토록 많은 사람을 고문하고 죽일 수 있었던 겁니다. 심지어 그와 가까운 사람들도요. 너무나 잘 준비되어 있었던 거죠. 그는 체계적이고, 꼼꼼하고, 매우 조직적인 데다 잘 단련돼 있습니다. 여기서 벌어진 일은 아주 오래전에 계획된 겁니다."

헌터의 말을 곱씹으며 케네디는 다시 방 안을 빙 둘러보다가 복도로 통하는 문 옆에 흥건한 피 웅덩이에서 시선을 멈췄다. 테일러 요원의 피였다. 슬픔과 분노가 그의 눈 속에서 충돌했다.

"매들린이 며칠 동안만 버틸 수 있을 정도의 음식과 물을 주었다는 루시엔의 말은 틀림없어요." 헌터가 말을 이었다. "하지만 그는 간단한 암호나 신호로 이 모든 계획을 실행시킬 수 있었을 겁니다. 고스트가 어디에 있었든, 그녀가 죽게 하지 않으려고 이곳에 왔겠죠. 분명히 여유 있게 왔어요. 탈수를 해소할 만큼의 물과, 마찬가지로 적정량의 음식을 그녀에게 줄 수 있었던 걸 보면 말입니다. 그는 암호로 신호를 받고, 며칠 내에 루시엔이 누가 됐든 자기를 가둔 사람을 데리고 이곳에 오리라는 걸 알았죠."

케네디는 머릿속으로 그 정보를 곱씹으며 가만히 있었다.

"고스트는 '첫 수습생'이 아니었어요." 헌터가 덧붙였다. "루시엔이 그렇게 말했죠."

케네디는 호기심에 차서 헌터를 바라보았다.

"루시엔은 고스트가 쓸모에 비해 오래 살았다고 했어요. 다른 전임자들도 마찬가지였고, 결국은 자기가 '좀 도와줬다'고 했죠."

케네디는 생각하느라 말이 없었다.

"루시엔이 수습생을 둔 이유는 언제고 그가 필요로 할 때 이런 계획들이 실행될 수 있도록 하기 위해서라고 확신합니다. 아마 그들을 찾아내 자기가 계획한 작전을 숙지시키고 한동안은 관계를 유지하겠죠. 그러다 그들을 제거하고 새 수습생을 찾아내 다시 그 과정을 반복하는 겁니다."

"그들이 잡히기라도 하면 루시엔은 법적 책임을 져야만 할 테니까." 케네디가 말했다. "그런 위험부담을 지려고 하지는 않겠지."

헌터는 고개를 끄덕였다.

케네디는 아직 확신하지 못하는 듯 보였다. "하지만 그 작전을 실행하려면 루시엔은 이 고스트라는 인물에게 암호나 신호를 전달해야 했을 거야. 어떻게 그럴 수 있었지?"

"전화?"

케네디는 고개를 가로저었다. "루시엔은 전화에 접근할 수 없었어. 어떤 전화 통화도 승인되지 않았고, 내내 외부와 연결이 단절된 상태였어."

"FBI로 옮겨진 이후에 그랬다는 말씀이신 거죠." 헌터가 대꾸했다. "하지만 그는 와이오밍주 휘틀랜드의 보안관에게 체포됐습니다. 그때 전화를 썼다면?"

케네디는 침묵했다. 그는 통증이 있는 것처럼 잠시 눈을 감았다.

"개자식." 그가 중얼거렸다. 그제야 체포 기록에서 용의자에게 한 통의 전화를 승인했다는 내용이 있었던 걸 기억했다. 그 전화는 상대에게 연결되지 않았다. 암호. 절대 울려서는 안 되는 죽은 전화. 그게 울린다면…… 그것이 신호가 될 터였다.

"고스트는 어떻게 들어온 거지?" 케네디가 물었다. "자네는 이 지옥문이 밖에서 자물쇠로 잠겨 있었다고 했어."

"복도 오른쪽 마지막 방." 헌터가 대답했다. "그 안에 또 다른 복도로 통하는 문이 있고, 그 복도는 집의 뒤쪽 출구로 이어져 있습니다. 고스트는 거기로 들어왔어요. 왼쪽 첫 번째 방은 모니터 두 대가 있는 관찰실이죠." 헌터는 복도를 가리키며 말했다. "루시엔은 동작 감지 센서가 장착된 CCTV 카메라 여덟 대를 밖에 숨겨 설치했어요. 카메라 센서의 반경 안에서 뭐라도 움직이면 '적색경보'가 온 방공호 안에 울리게 되죠." 헌터는 케네디 뒤쪽 벽에 붙어 있는 빨간 전구를 가리켰다. "카메라 한 대가 집 앞쪽으로 이어진 흙길 끝에 있는 나무에 설치돼 있습니다."

"자네가 지프를 주차한 곳이군." 케네디가 말했다.

"맞습니다. 감옥이었던 왼쪽 마지막 방에서 매들린을 끌어내 의자에 묶고 자신은 그 상자 속에 숨고도 남을 만한 시간이 고스트에게는 있었을 겁니다."

케네디는 몸을 돌려 어두운 구석에 있는 판지 상자들을 보았다.

"놈이 저 안에 숨었었나?"

헌터는 고개를 끄덕였다. "그는 체격이 작았어요. 그리고 루시엔에 따르면, 유연성이 곡예사 수준이라더군요." 불편한 침묵이 흘렀다. "이건 전부 예행연습이 되었던 거예요, 에이드리언. 우리는 덫 안으로 걸어 들어간 거죠. 이런 일이 일어날 줄 몰랐던 게 유감입니다."

"아주 잘 준비된 덫이지." 케네디가 말했다. "루시엔은 자네와 테일러 요원을 인질의 생명을 구해야 하는, 한정된 시간이라는 엄청난 압박감에 처하도록 만들었어. 그리고 스스로 자네 약혼자의 살인범이라고 폭로함으로써 자네를 정신적으로 더 압박하고는 고작 몇 분 뒤에, 억지로 이곳에 오게 했지. 문은 밖에서 자물쇠로 잠겨 있었고, 우리는 루시엔이 당연히 혼자 일한다고 믿고 있었어. 자네나 테일러 요원이 이곳에서 누군가 자네들을 기다리고 있으리라고 의심할 만한 이유는 없었지."

"저는 이 방을 제대로 확인했어야 합니다." 헌터가 말했다. "코트니에게 일어난 일은 정말 유감이에요."

약 1분 동안 누구도 입을 열지 않았다.

"그는 살인을 멈추지 않을 거야." 결국 케네디가 정적을 깼다. "우리 둘 다 그걸 알지. 그리고 그가 다시 살인을 저지르면, 우리는 그 흔적을 포착할 테고 끝까지 그를 추적할 거야."

"아뇨, 그렇지 않을 겁니다." 헌터가 말했다.

케네디가 그를 쏘아봤다.

"그는 아무도 모르게 25년 동안 사람을 죽였어요, 에이드리언. 루시엔은 패턴을 따르지 않아요. 같은 수법을 되풀이하지 않고 실험을 하며 마구잡이로 죽이죠. 노인, 젊은이, 남성, 여성, 금발, 적갈색 머리, 미국인, 외국인……. 그에게는 그 경험 자체만이 중요합니다. 오

485

늘이 가기 전에 누군가를 죽일 수도 있고, 이미 죽였을 수도 있어요. 우리는 그 시신을 찾을 수도 있고, 범죄 현장을 수색할 수도 있습니다. 하지만 그 살인범이 루시엔인지는 확신할 수 없을 겁니다."

"그러면 자네는, 그의 말을 믿나?" 케네디가 물었다. "그를 다시 볼 수 없을 거라는?"

헌터는 고개를 끄덕였다. "우리가 그보다 한발 앞서지 않는다면요."

"어떻게 그를 앞지를 수 있을 것 같은가?"

"저기서 뭔가 찾아낼 수 있을지도 모릅니다."

케네디의 시선이 선반의 먼지 덮인 책들로 옮겨 갔다.

"센터장님이 찾던 겁니다." 헌터가 설명했다. "루시엔은 우리에게 선물을 남겨둔다고 했죠. 바로 저거예요. 총 53권이고, 각각 250쪽에서 300쪽 정도 분량입니다."

케네디는 선반으로 가 아무 책이나 뽑아서 펼쳤다. 모두 수기였다. 날짜도 없고, 시간에 대한 언급도 전혀 없었다. 번호나 제목 없이 빈 종이 한 장으로 장章을 구분한 것 같았다.

"전부 철저히 살펴보기 전까지는 무엇을 찾아낼지 모르겠습니다." 헌터가 말했다. "하지만 제게 생각이 있습니다."

"말해보게."

"당신이 여기 오기 전에 몇 권을 대강 훑어봤어요. 제가 본 내용으로 판단해보면, 이 책에는 루시엔의 감정, 정신상태, 살인 전후의 기분, 다양한 범행 수법 외에도 그가 저지른 짓과 만났던 사람, 그리고 이런 은신처를 포함해 이 '살인 백과사전'을 쓴 이래 그가 갔던 **장소 가** 전부 기록돼 있습니다. 아무도 모르는 곳들이죠."

케네디는 빠르게 이해했다. "지금 당장 루시엔은 은신처로 가야겠지. 그를 보호해주는 은신처나 포로를 감금하고 고문하는 장소가 머피시의 집과 이 방공호 두 곳만은 아닐 테고."

"정확해요."

케네디는 잠시 생각했다. "자네가 옳다면, 문제는 루시엔이 목적지까지 이미 반쯤은 갔을지도 모른다는 거야. 그리고 틀림없이 한 곳에 그리 오랫동안 있지는 않겠지. 신속하게 준비하고, 아마 사라질 거야."

헌터는 아무 말도 하지 않았다.

케네디는 다시 선반을 보았다. 53권의 책, 각각 약 300쪽 분량. 헌터는 그의 눈 속에서 의구심을 볼 수 있었다.

"에이드리언, 속독할 수 있는 사람들로 팀을 꾸리는 데 얼마나 걸릴까요?" 그가 물었다. "내용을 빠르게 훑으면서 특정 정보를 찾아낼 수 있는 사람들이요. 이 경우엔 장소겠죠."

케네디는 손목시계를 들여다보았다. "지금 지시한다면, 내가 이 책들을 가지고 콴티코에 도착할 때쯤이면 그들이 나를 기다리고 있을 거야."

"빠르면 아침까지는 리스트가 나오겠네요." 헌터가 말했다.

"거기에 오른 모든 장소를 동시에 급습하자는 거군." 케네디가 동의했다.

"모험이라는 거 알아요." 헌터가 말했다. "하지만 루시엔의 경우, 우리는 모든 시도를 해야 합니다. 결코 기회가 많지 않을 테니까요." 그는 선반으로 걸어가 아무렇게나 여덟 권을 모았다.

"자네 뭐 하는 건가?" 케네디가 물었다.

"센터장님이 찾으실 '속독할' 사람이 바로 접니다."

그 말은 사실이었다.

"이 책들은 제가 살펴보죠. 나머지는 요원들에게 살펴보게 하세요. 몇 시간 후에 리스트를 보내드리겠습니다." 헌터는 출구를 향해 움직이기 시작했다.

"어디 가나?"

"병원에요. 매들린에게 약속했습니다."

케네디는 헌터가 그 책들을 살펴보려는 이유가 단순히 장소를 찾기 위해서만은 아니라는 것을 알았다. 할 수만 있다면, 그는 전부 가져갔을 것이다.

"로버트." 케네디가 그를 불렀다.

헌터가 잠시 멈춰 섰다.

"그 책들 어딘가에서 제시카에 관해 쓴 단락을 찾아낸다 해도 자네 고통이 누그러지진 않을 거야. 자네도 알겠지. 오히려 분노와 상처만 커질 거야."

헌터는 한동안 케네디를 빤히 보았다. "말씀드린 대로, 몇 시간 후에 리스트를 보내드리죠, 에이드리언." 그는 사탄의 지하실에서 나와 계단을 올라갔다.

107

헌터가 병원에 도착했을 때는 매들린 리드의 수술이 막 끝난 참이었다. 의사는 그녀가 피를 많이 흘려서 병원 도착이 1분에서 2분만 늦었더라면 그들이 할 수 있는 일은 없었을 거라고 말했다. 하지만 벨트 지혈대로 외부 출혈을 막은 것은 아주 잘한 일이라고 했다. 그 조치가 없었다면, 그녀는 요원들이 응급실로 데려오기 5분 전에 과다 출혈로 사망했을 것이다.

의사는 또한 헌터에게 수술이 그들이 기대했던 만큼은 잘됐다고 말했다. 내출혈을 막고 장기가 망가지기 전에 비장의 상처를 봉합하는 데 성공했지만, 매들린의 기력은 이미 수술 전에 바닥난 상태였다. 이제 그들이 할 수 있는 일은, 기다리면서 매들린의 약한 신체가 어떻게든 깨어나 스스로 호흡할 힘을 찾기를 바라는 것뿐이었다. 그녀에게 살려는 의지가 충분히 강하기를. 다음 몇 시간이 절대적으로 중요했다. 그 순간에는 기계가 그녀의 생명을 지탱하고 있었다.

헌터는 매들린의 침상에서 불과 몇십 센티미터 떨어진 구석에 있는 안락의자에 앉았다. 매들린은 얇은 이불을 덮고 반듯이 누워 있었다. 그녀의 입과 코, 팔에 제각기 연결된 관들이 침대 양옆에 하나씩 놓인 두 기계로 이어졌다. 몸이 이불에 덮여 있었는데도, 헌터는 그녀의 복부에 붕대가 아주 두껍게 감겨 있음을 알 수 있었다. 침대 오른쪽에 있는 심장박동 모니터는 어두운 화면에 최면을 거는 듯한 파동의 선을 그리며 계속 삐 소리를 냈다. 파동의 선이 그려지는 동안은 아직 희망이 있었다.

자리에 앉기 전에 헌터는 오랫동안 매들린의 얼굴을 응시했다. 그녀는 겁에 질리지 않고 평화로워 보였는데, 그 평화를 얼마나 오랜만에 느끼는 것인지는 신만이 아실 터였다.

그녀의 부모와는 30분 전에 연락이 되었고, 현재 미주리주에서 이곳으로 오는 중이었다.

"당신은 매우 강해요, 매디." 헌터가 그녀에게 속삭였다. "당신은 이겨낼 거예요. 루시엔이 이번엔 이기지 못할 겁니다. 그가 이기게 하지 말아요. 당신은 여기서 걸어 나갈 거예요."

헌터는 밤새 루시엔의 책들을 읽어나갔다. 새벽 4시 18분, 그는 챙겨 온 여덟 권 중 여섯 권을 훑은 뒤였다. 그가 작성 중인 리스트에는 루시엔의 고문 장소 세 곳이 올라 있었다. 모두 다른 주였다.

20년 전 로스앤젤레스에서 있었던 제시카의 운명적인 밤에 관한 언급은 발견하지 못했다. 그는 안도해야 할지, 분노해야 할지 알 수 없었다. 그날 밤을 묘사한 단락을 발견하게 된다면 어떤 기분일지 자신도 확신할 수 없었다.

헌터는 20분 동안 속도를 더 높여 페이지들을 훑다가 멈칫했다. 지금 보는 페이지가 아니라 몇 페이지 전의 읽고 넘긴 부분이었지만, 피곤한 두뇌가 정보를 처리하는 데 몇 초 정도 지연이 있었던 탓이다. 그는 재빨리 해당 페이지로 돌아가 그 단락을 다시 읽었다.

이걸 어디서 들었더라?

헌터는 답을 찾기 위해 몇 분 동안 머리를 쥐어짰다.

마침내 기억이 났다.

108

헌터는 황급히 매들린의 병실을 나와 길고 텅 빈 복도 아래쪽에서 화장실을 발견했다. 헌터는 안으로 들어가자마자 휴대전화를 꺼내 케네디의 전화번호를 눌렀다. 케네디는 아직 깨어 있을 것이다.

두 번째 신호가 갈 때, 그가 전화를 받았다. "여덟 권을 벌써 다 읽었나?"

"거의 다요." 헌터가 대답했다. "한 권 남았어요. 그쪽은요?"

"각자 네 권씩 마쳤네." 케네디가 설명했다. "아홉 명에게 다섯 권씩 보게 했어. 이 속도라면 새벽쯤이면 리스트가 나올 걸세."

"잘됐네요." 헌터가 말했다. "하지만 처음부터 다시 해야 할 겁니다. 장소 말고 또 찾을 게 있거든요. 리스트를 더 만드세요."

헌터는 케네디가 얼굴을 구기는 소리를 들을 수 있을 것만 같았.

"뭐? 무슨 말인가, 로버트? 다른 거 뭐? 다른 무슨 리스트?"

헌터는 신속하게 설명했다.

"어째서지?"

헌터는 다시 그 이유를 설명했고, 이제는 케네디가 생각하는 소리까지 거의 들을 수 있을 듯했다.

침묵이 길게 이어졌다.

"무슨 이런 일이……." 케네디가 숨을 내뱉으며 말했다. "자네 생각에는……?"

"또 다른 시도죠." 헌터가 대답했다. "우린 모든 시도를 하겠다고 했어요."

"물론이지……." 케네디는 또다시 생각에 잠겼다. "로버트, 자네가 옳다면 우린 결과를 **얻을 수도** 있겠지. 문제는 그게 내일일 수도 있고, 다음 주나 다음 달일 수도 있고, 아니면 20년 혹은 30년 후 언젠 가가 될 수도 있다는 거야. 알 길이 없어."

"루시엔을 잡기 위해서라면 저는 기다릴 준비가 되어 있습니다."

"좋아." 케네디가 동의했다. "하지만 장소 리스트 작성을 곧 끝낼 참이네. 그리고 알다시피, 지체할 수 없어. 그러니 리스트를 먼저 만 들고 그 후에 다시 작업을 시작하라고 하지."

"좋아요. 한 시간 내에 제 리스트를 보내드리죠." 헌터는 전화를 끊 고 다시 매들린의 병실로 돌아갔다.

그는 마지막 책을 31분 만에 전부 훑었다. 새로운 장소는 없었다. 그의 리스트에는 세 개의 장소가 있었다. 그는 그것을 케네디에게 전송하고, 첫 번째 책으로 돌아가 처음부터 다시 시작했다.

케네디가 헌터에게 오전 11시 22분에 전화했을 때, 헌터의 두 눈 은 피곤함과 장시간의 독서로 인해 생긴 피로로 충혈돼 딸기처럼 빨 갛게 물들어 있었다.

"자네가 알고 싶어 할 것 같아서. 총 열다섯 개 주에 열다섯 개 장 소가 나왔네. FBI와 특수기동대가 준비하고 있지. 약 한 시간에서 한 시간 30분 안에 대규모 급습 준비를 마칠 거야." 그가 말했다.

"잘됐네요." 헌터가 말했다.

"두 번째 리스트는 어떻게 되고 있나?"

"거의 다 됐습니다. 30분만 더 주세요. 그쪽은 어떻죠?"

"완전히 지쳐서 혹사당하고 있지. 강력한 블랙커피로 버티면서. 이곳에선 그들을 '분홍 눈 부대'라고 부르고 있네."

"공감할 수 있을 것 같군요."

"한 시간 안에 끝마칠 거야. 매들린은 어떤가?"

"아직 의식이 없습니다."

"유감이군."

"그녀는 빠져나올 겁니다." 헌터가 말했다. "강한 여성이에요."

케네디는 헌터의 목소리에서 느껴지는 자신감에 사뭇 감탄했다.

"새로운 리스트가 나오면 어떻게 해야 하는지 알죠, 에이드리언?"

"그래, 물론이지."

그들은 통화를 끝냈다.

매들린의 병실에서 헌터는 24분 만에 새 리스트를 완성했다. 이번에는 항목이 네 개였다. 그는 그것도 케네디에게 전송했고, 5초 뒤에 다음과 같은 답신을 받았다.

'리스트가 완성되는 대로 절차 돌입. 작전 개시 53분 전. 계속 연락하겠음.'

109

헌터는 정확히 53분 후에 케네디에게서 다음과 같은 문자메시지를 받았다.

'일제 급습 개시. 상황 계속 알려주겠음. 두 번째 리스트 완성. 모든 절차 시작됨.'

이제 헌터가 할 수 있는 일은 앉아서 기다리는 것 외에는 없었다. 그는 뒷목을 주물렀다. 극심한 피로가 천천히 그의 두뇌와 관절, 근육으로 스며들었다. 움직일 때마다 온몸의 힘줄이 팽팽하게 켕겨서 끊어질 것만 같았다. 그는 잠시 눈을 감았다가, 셔츠 주머니에서 느껴지는 휴대전화 진동에 눈을 떴다.

거우 2초간 잠든 것처럼 느껴졌지만, 실제로는 84분이었다. 그는 재빨리 병실에서 나와 케네디의 전화를 받았다.

"성과가 없었네, 로버트. 루시엔은 어디에도 없었어." 모든 희망을 잃어 패배감이 물씬 느껴지는 목소리였다. "더구나 몇 주 넘게 그곳들에 있었던 것 같지도 않더군. 각 급습팀이 보내온 사진들을 보면, 고문실과 도살장도 있네. 어떤 고문 장비들을 찾아냈는지 자네는 아마 믿지 못할 거야."

헌터는 자신은 믿으리라고 확신했다.

"감식반이 열다섯 곳을 정밀조사 하려면 몇 주, 어쩌면 몇 달이 걸릴 거야. 그렇게 해도 루시엔의 행방에 대한 단서를 못 건질 수도 있어. 그 책들을 분석하는 게 우리가 뭐라도 찾아낼 수 있는 최선의 방책이라고 말하고 싶네만…… 찾을 게 있다면 말이야. 하지만 철저하게 분석하고 극히 사소한 항목까지 세세히 살펴야 해. 그런데 그마저도 오래 걸릴 테지." 무의식중에 케네디는 지친 한숨을 내쉬었다. 그들이 루시엔이 남긴 것을 다 분석할 때쯤이면 살인자는 이미 사라진 지 오래일 테고 아마도 그대로 영원히 사라지리라는 것은 분명했다. 루시엔이 말했던 대로, 그들은 그를 다시는 보지 못할 것이다.

110

헌터는 매들린의 병실로 돌아오다 돌연 멈춰 섰다. 뒷덜미의 털들이 전부 곤두섰다. 매들린은 여전히 미동 없이 반듯하게 누워 있었지만, 두 눈이 뜨여 있었다. 아니, 반쯤 뜨여 있었다. 눈꺼풀이 제 자신의 무게와 고군분투하고 있는 것처럼 보였다.

헌터는 침대 옆으로 황급히 달려갔다.

"매들린?"

그녀는 몽롱하게 눈을 깜박였다.

헌터는 부드럽게 그녀의 손을 어루만졌다. "매들린, 날 기억해요?"

그녀는 다시 눈을 깜박였고, 마침내 그의 얼굴을 보았다. 그녀는 한마디도 하지 않았지만, 입가를 끌어당겨 옅지만 진실한 미소를 지어 보였다.

헌터도 미소로 응답했다. "당신이 이겨낼 줄 알았어요." 그가 속삭였다. "의사를 불러와야겠어요. 곧 돌아올게요."

그녀는 그의 손을 아주 약하게 쥐었다.

헌터는 방에서 달려 나가 1분도 안 되어, 키가 작고 자신의 무게를 견디는 게 매일의 고행인 것처럼 걷는 살찐 의사와 함께 돌아왔다. 의사가 매들린의 침대로 다가갔을 때, 헌터는 다시 휴대전화의 진동을 느꼈다. 그는 실례한다고 말하고 재빨리 병실에서 나왔다.

"로버트." 헌터가 전화를 받자 케네디가 말했다. "두 번째 리스트 말이야. 자네가 생각해낸 아이디어 있잖나."

"네, 그게 왜요?"

"아마 믿지 못할 거야."

111

일곱 시간 후
뉴욕주 존 F. 케네디 국제공항

"테일러 코튼 고객님, 다른 승객분들이 탑승하시는 동안 음료 드시겠습니까?" 젊은 스튜어디스가 환하게 미소 지으며 물었다. 그녀는 금발을 뒤로 당겨 번스타일로 완벽하게 손질하고, 이목구비가 강조되도록 정성스럽게 화장했다. "샴페인을 드시겠습니까, 칵테일을 드시겠습니까?" 그녀가 제안했다.

샴페인과 칵테일은 일등석 승객이 누릴 수 있는 많은 특혜 가운데 일부였다.

승객은 창문에서 시선을 돌려 그녀의 예쁜 얼굴을 쳐다보았다. 그녀의 블라우스 위 명찰에 '케이트'라고 적혀 있었다. 그는 미소로 답했다.

"샴페인이 좋겠군요." 심하지 않은 캐나다 억양의 음성은 부드러웠고, 진녹색 눈은 강렬하지만 총명해 보였다.

스튜어디스의 입가에서 미소가 떠나지 않았다. 그녀는 테일러 코튼이 신비롭게 매력적인 사람이라고 생각했고, 그가 맘에 들었다.

"훌륭한 선택이세요." 그녀가 대답했다. "곧 가져다드리겠습니다."

"저기, 케이트?" 그녀가 고개를 돌리자 그가 물었다. "이륙하려면 얼마나 걸릴까요?"

"오늘 밤 저희 비행기는 만석입니다." 그녀가 대답했다. "그리고 다른 좌석 등급 승객분들의 탑승이 막 시작됐죠. 특별히 늦는 분이 없다면, 20분에서 늦어도 30분 안에는 활주로를 향해 천천히 이동하게 될 겁니다."

"아, 잘됐군요. 감사합니다."

"짧은 기다림이지만, 고객님을 더 편안하게 해드릴 수 있는 방법이 있다면 말씀해주세요." 그녀는 생글생글 추파 섞인 미소를 던졌다.

테일러 코튼 역시 추파를 던지는 미소로 답하며 고개를 끄덕였다. "기억해두죠."

케이트가 통로를 따라 멀어지기 시작하자 그의 시선이 그녀를 뒤쫓았다. 그녀가 칸막이 커튼을 지나 사라지고 나서야 그의 주의는 창문으로 되돌아갔다. 브라질에 가본 적은 없었지만, 대단한 곳이라는 이야기를 많이 들었다. 그는 그곳에서 시간을 보내기를 고대하고 있었다. 멋진 변화가 될 것이다.

"브라질의 해변은 그야말로 숨 막힐 정도로 아름답다고 들었어요." 테일러 코튼 바로 뒤에 앉은 승객이 몸을 앞으로 숙이면서 말했다. "가본 적은 없지만, 지상의 천국이라죠."

순간 심장이 얼어붙을 뻔했지만, 곧 테일러 코튼은 비행기 창문에서 자신을 되쏘아보는 또 다른 자신을 보고 미소 지었다. 어디에서든, 단번에 알아들을 수 있는 목소리였다.

그의 뒤에 앉은 승객이 일어나 앞으로 걸어오더니 '테일러 코튼' 옆 통로 맞은편 좌석의 팔걸이에 태평하게 몸을 기댔다.

"안녕, 로버트." 테일러 코튼이 고개를 돌려 헌터를 보며 인사했다.

"안녕, 루시엔." 헌터가 차분하게 대답했다.

"너, 끔찍해 보이는데." 루시엔이 말했다.

"알아." 헌터가 인정했다. "반면에 넌 아주 잘 꾸몄네. 머리 색도 바꾸고…… 콘택트렌즈도 끼고…… 수염은 사라지고 말이야. 심지어 흉터까지 없어졌네. 몇 시간 만에 이렇게……."

루시엔은 그 칭찬을 받아들이는 듯 보였다.

"뭘 해야 하는지 안다면, 메이크업과 약간의 인공삽입물로 놀라운 일을 해낼 수 있지."

"그리고 캐나다 억양을 완벽하게 익혔네." 헌터가 인정했다. "노바스코샤주, 맞지?"

루시엔은 미소 지었다. "로버트, 넌 여전히 귀가 아주 밝구나. 맞아, 핼리팩스(노바스코샤주의 주도州都—옮긴이)야. 내가 숙달한 억양 컬렉션이 있어. 몇 가지 들어볼래?"

그 말의 마지막 문장은 완벽한 중서부 억양이었다. 정확히는 미네소타주였다.

"지금은 됐어." 헌터가 대답했다.

루시엔은 무심하게 자신의 손톱을 들여다보았다. "매들린은 어때?"

"그녀는 살아 있어. 완전히 회복할 거야."

루시엔은 다시 헌터를 보았다. "네 말은, '육체적으로' 말이지? 정신적으로는 아마도 평생 엉망일 테니."

헌터의 시선이 훨씬 단단해졌다. 이번에도 루시엔이 옳았다. 매들린이 겪은 트라우마는 그녀가 사는 동안 계속될 터였다. 트라우마가 삶에 어느 정도까지 영향을 미치는지, 심리적으로 얼마나 오랫동안 영향을 끼치는지는 아직 확실히 알려진 것이 없었다.

침묵의 순간이 오랫동안 지속됐다.

"날 어떻게 찾아냈지?" 마침내 루시엔이 물었다.

"네 책들. 네 일생의 프로젝트. 네 말대로라면, 네가 우리에게 준 '선물'이지. 아니, '백과사전'이라고 하는 게 더 좋으려나." 헌터가 말했다.

루시엔은 흥미롭다는 얼굴로 헌터를 응시했다.

"그래." 헌터가 말했다. "네가 그 생각을 말했던 그날을 아직도 기억해."

루시엔이 미소 지었다. "넌 내가 미쳤다고 생각했겠지."

헌터는 고개를 끄덕였다. "아직도 그래."

"글쎄. 그 미친 생각은 실제가 됐어, 로버트. 그리고 그 책 속 정보는 FBI, 국립 강력범죄분석센터, 그리고 BAU, 아니 전 세계 사법기관들의 잔혹한 연쇄살인 범죄에 대한 시각을 완전히 바꿔놓을 거야. 이제껏 아무도 하지 않았던 것들, 내가 하지 않았다면 이 세계는 절대 모를 부분까지 이해하게 해줄 테지. 한 번도 설명되지 않은 은밀한 행위와 생각들 말이야. 그런 범죄자들을 잡을 확률을 기하급수적으로 높일 수 있어. 그건 너와 이 엉망진창인 세상에 내가 주는 선물이야. 내 연구와 그 책들은 앞으로 대대로 분석되고 참고될 거야." 그는 어깨를 으쓱했다. "그러니 연구 명목으로 목숨 몇 개 앗아 간들 무슨 상관이야? 지식에는 대가가 따르는 법이야, 로버트. 그리고 어떤 것들은 다른 것들보다 훨씬 비싸."

헌터는 고개를 끄덕였다. "심리학과 범죄 행동에 관한 그 모든 지식이 있음에도 정작 너는 너 자신의 정신병은 보지 못했어. 너는 연구원이 아니야, 루시엔. 하물며 과학자는 더더욱 아니지. 그저 지극히 평범한 살인범 중 하나일 뿐이야. 네 행동을 정당화하고 네 안의 반사회적인격장애가 요구하는 바를 충족시키기 위해 스스로 하는

501

짓이 고귀한 대의명분을 위한 거라고 착각하는 거지. 정말 애처로운 일이야. 왜냐하면, 심지어 독창적이지도 않거든. 그런 건 아주 오래 전에도 이미 있었어."

"내가 한 일은 전에는 한 번도 없었어." 루시엔이 맞받아쳤다.

헌터는 무심하게 어깨를 으쓱였다. "난 네 심리 치료사가 아니야, 루시엔. 널 도우러 온 게 아니고 이건 정신 상담도 아니지. 그러니 너는 원하는 만큼 계속 착각해도 돼. 아무도 신경 안 써. 하지만 네가 잘한 점은, 친절하게도 책 속에 네 실험과 관련한 모든 걸 기록해놓았다는 거야. 장소, 범행 수법, 피해자의 이름…… 이 밖에도 많은 것들을. 나는 밤새 그걸 살펴봤지."

"하룻밤에 쉰세 권을 다 읽었다고?"

"아니, 하지만 여덟 권을 훑어볼 수 있었어. 그리고 운이 좋았지. 너는 아니었지만."

루시엔은 몹시 흥미롭다는 얼굴을 하고 있었다.

"책을 훑어보는데, 한 피해자의 이름이 낯익더군. 리암 쇼."

루시엔의 두 눈이 차가워졌다.

"누군지 생각해내는 데 시간이 좀 걸렸지." 헌터가 말했다. "하지만 결국 기억해냈어. 네가 와이오밍에서 처음 체포됐을 때 사용한 이름이었지."

루시엔은 계속 말이 없었다.

"너는 또한 친절하게도 모든 피해자를 아주 세세히 묘사했지." 헌터는 이야기를 계속했다. "그때 리암 쇼가 너와 신체적 특징이 같다는 걸 깨달았어. 키, 신체 유형, 피부색, 그리고 이목구비를 비롯한 얼굴형까지. 나이대도 비슷했지."

여전히 루시엔은 침묵했다.

"심문에서 네가 했던 말이 기억나더군. 너는 코트니에게, 네가 붙잡힌 건 FBI 공이 아니라고 말했지. FBI는 네가 저지른 살인이나 네가 사용한 **가명들**을 조사하지 않았다고."

루시엔은 자세를 바꿔 앉았다.

"글쎄, 그래서 난 생각했어. 그리고 다시 처음부터 네가 책 속에 묘사한 모든 **남성** 피해자들을 확인했지. 그렇게 많지는 않았지만, 그들 모두 너와 같은 신체적 특징을 공유하더군."

루시엔은 턱을 긁적거렸다.

헌터는 두 손을 바지 주머니 속에 찔러 넣었다. "그래서 그들을 골랐던 거야. 그들을 고문하고 죽여서 백과사전에 넣기 위해서가 아니라, 네가 한 푼도 들이지 않고 훔칠 수 있는 신원의 목록을 만들기 위해서."

루시엔의 시선이 창문과 그 너머 암흑 속으로 다시금 옮겨졌다.

"남성 피해자 중 일부는 남창이었지." 헌터가 계속 말했다. "일부는 운이 없는 사람들이었지만, 그들에게는 한 가지 주요한 공통점이 있었어. 전부 외로운 영혼들이라는 거였지. 가족과 친구들도 없이, 아무 데서도 제대로 이해받지 못하고 버려진 사람들. 새로운 도시에서 새로운 삶을 시작하기 위해 이전 삶을 뒤로한 사람들. 누구와도 연결돼 있지 않아 실종 신고가 절대 이루어지지 않을 사람들. 잊힐 수 있고, 아무도 그리워하지 않을 사람들."

"언제나 피해자로서 최고의 조건들이지." 루시엔은 여전히 개의치 않는 듯했다.

"타고난 신체적 유사성 때문에 그들의 자리를 대신하는 일은 어렵지 않았을 거야. 약간의 분장과 머리 염색, 필요하면 콘택트렌즈와 새로운 억양도. 그다음은 이거겠지. '잘 가, 루시엔 폴터. 안녕, 내 새로운 이름의 나.' 오늘은 캐나다 핼리팩스 출신의 앤서니 테일러 코튼이군."

루시엔이 마침내 헌터의 의중을 파악했다. "그래서 너와 FBI는 밤새 그 책에서 남성 피해자들 이름을 찾아냈단 말이지."

헌터는 고개를 끄덕였다. "우리가 찾아낸 모든 이름에 전국 수배령을 내렸어. 하지만 우리의 기대치가 아주 낮았다는 걸 인정해야겠지. 아마 몇 년 후에 그중 하나가 신용카드 거래 현장에 나타날 가능성이 제일 크다고 생각했어. 그나마 운이 아주 좋다면 말이야. 그냥 네가 있을 수 있는 곳에 대한 단서에 코를 대고 킁킁댄 거지. 그러니 몇 시간 만에, 네 책에 묘사된 그대로 캐나다 여권을 가진 앤서니 테일러 코튼이 오늘 밤 브라질로 가는 항공권을 구매했다는 소식을 받았을 때 우리가 얼마나 놀랐을지 상상할 수 있을 거야."

"좀 더 일찍 비행기를 탔어야 했군." 루시엔이 말했다.

루시엔의 논리는 간단했다. 처음에는 두 가지 선택지가 있었다. 하나는 미국에 머물면서 몸을 사리는 것이었다. 한동안, 아마 오랫동안. 그리고 그동안은 아마도 '변장'이라는 보호막 아래 살아야 할 것이다. 그의 이름은 FBI 수배범 최상위 10인의 명단에 올랐을 테고, 그의 사진은 전국의 모든 경찰서와 보안관 사무실에 배포되었을 것이다. 루시엔 폴터는 이제 예전처럼 알려지지 않은 '유령 살인범'이 아니었다.

두 번째 선택지는 가급적 빨리 미국 밖으로 사라지는 것이었다. 헌터는 루시엔이 FBI를 과소평가하지 않는다는 것을 알았다. 그는 자신의 백과사전이 아주 작은 부분까지 정밀하게 조사되리라는 걸 알고 있었다. 왜냐하면 그게 바로 그가 원하던 바였으니까. 그는 FBI가 한 피해자의 이름과 체포 당시 자신이 사용했던 이름을 연결하고, 그다음엔 다른 모든 남성 피해자들과 자신 사이에 신체적인 유사성이 있다는 것도 발견해낼 거라고 기대했다. 루시엔이 재빨리 미국 밖으로 사라진다면, 그 후 그 연결 고리를 찾아내봤자 그에게는 문제가 되지 않았다. FBI는 어쨌거나 그를 잡지 못할 테니까. 다만, FBI가 몇 시간 만에 그것들을 전부 연결시킬 거라고는 미처 상상하지 못했을 뿐이다.

"어쩌면 그랬어야 했어." 헌터가 말했다. "내가 말했듯이 이번엔 내가 운이 좋았고, 넌 운이 없었지. '리암 쇼'. 그 이름이 내가 가지고 있던 여덟 권 중에 때마침 들어 있었으니까. 만약 내가 그 이름을 발견하지 못했다면, 아마 FBI는 그 점들을 연결하는 데 몇 달은 걸렸을 거야. 그때쯤이면 넌 이미 오래전에 사라졌을 테고."

헌터는 시선을 루시엔의 얼굴에서 통로 저 앞쪽에 있는 칸막이 커튼으로 돌렸다. 갑자기 커튼이 걷히고 에이드리언 케네디 센터장이 네 명의 FBI 요원과 함께 헌터를 향해 걸어오기 시작했다. 통로 반대편에서는 중무장한 뉴욕 경찰 특수기동대 대원 넷이 나타나 역시 이쪽으로 다가오고 있었다.

처음으로 루시엔은 진짜 놀라움을 드러냈다.

"나를 FBI에 넘기려는 거야?"

헌터는 대답하지 않았다.

"아주 실망이야, 로버트. 난 네가 한번 내뱉은 말은 지키는 남자라고 생각했는데. 너 자신에게뿐만 아니라 살해당한 약혼녀와의 기억에도 약속했다고 생각했거든. 네 삶에서 그토록 잔혹하게 제시카를 앗아 간 사람을 찾아내 그를 죽이겠다는 맹세 말이야. 네가 20년 동안 추적해온 일이잖아? 제시카의 죽음에 복수하려고. 음…… 내가 여기 있어, 친구. 내 머리에 총알을 박아 넣기만 하면 돼. 그러면

20년에 걸친 추적은 끝이 나는 거지. 자부심을 가져도 돼." 루시엔은 재빨리 통로를 확인했다. "그러니 어서, 로버트. 여기 내가 있어. 독 안에 든 쥐 신세지. 나는 아무것도 하지 않을 거야. 약속할게. '노마크 슛'이 될 거야."

헌터는 자세를 바꿔 섰다.

케네디를 비롯한 다른 사람들이 점점 더 가까이 다가오고 있었다.

"나는 네가 무엇보다도, 죽은 제시카에게는 마땅히 정의를 누릴 자격이 있다고 믿는 줄 알았어. 그 약속을 배신하겠다는 거야, 로버트? 네가 사랑했던 유일한 사람과의 그 기억을 배신하겠다고? 네 아내가 될 뻔한 여자를? 몸속에 네 아기를 품고 있었던 여자를?"

헌터는 얼어붙었다.

루시엔은 그의 얼굴에서 상처를 감지하고 몰아붙였다.

"그래, 난 그녀가 임신했다는 걸 알고 있었어. 죽이지 말아달라고 간청하면서 그녀가 말해줬지. 하지만 어쨌거나 난 죽였어. 제시카의 목을 따기 직전에 그녀 입술에서 흘러나온 이름이 네 이름이었다는 거, 알아? 내가 그녀와 네 아기를 살해하기 직전에?"

피가 끓어오르기 시작한 헌터는 결국 분노를 터뜨렸다. 머릿속 생각들은 이제 말로서 형체를 갖추지 못했다. 그의 행동은 더는 양식과 논리에 따르지 않고 이제는 순수한 분노에 인도되었다. 그가 권총집으로 팔을 뻗었을 때, 손은 엄청난 분노로 떨리고 있었다.

케네디가 헌터의 눈빛을 보았지만, 아직 그에게서 몇 걸음 떨어진 채였다.

"로버트! 안 돼!" 그가 통로에 대고 소리쳤다.

하지만 너무 늦었다.

112

헌터의 손이 아주 빠르게 총집으로 향했다가 순식간에 루시엔의 방향으로 궤도를 바꾸었다.

루시엔의 몸이 움찔하더니 그대로 경직되는 게 보였다. 하지만 그 것은 두려움이 아닌 기대감 때문이었다. 자신이 결국 완수했다는 만 족감. 그러나 그 만족감은 오래가지 못했다.

헌터가 루시엔의 무릎 위로 수갑을 떨어뜨렸다.

루시엔은 혼란스러운 얼굴로 고개를 들었다. 헌터는 권총을 쥐고 있지 않았다.

"네가 맞아." 헌터가 말했다. "제시카는 정의를 누릴 자격이 있지. 그녀의 부모님도, 태어나지 못한 내 아이도 마찬가지야. 그리고 네 가 한 짓에 대해 나 역시 정의를 행사할 자격이 있어. 바로 지금 여 기서 네 머리통에 총알을 박아 넣는 것보다 더 기쁜 일은 없을 거야. 하지만 네가 한 짓에 대해 정의를 누려야 할 사람은 우리만이 아니 야, 루시엔. 그 오랜 시간에 걸쳐 네가 고문하고 죽인 모든 피해자의 부모와 가족, 친구들 역시 그래야 옳아. 가까운 이가 실종됐을 거라 고 아직도 믿고 있을 그 사람들은 진상을 알 자격이 있어. 그들이 사 랑하는 사람의 유해가 어디에 있는지 알 자격이 있고, 그들의 믿음 에 따라 적절한 장례식을 치러줄 자격이 있어. 그리고 무엇보다도,

사랑하는 사람을 죽인 그 괴물이 다시는 살인을 하지 못할 거라는 사실을 알 자격이 있어."

헌터는 이제 단 두 걸음 거리에 있는 케네디를 응시한 후 다시 루시엔을 보았다.

"그런 이유로…… 그래, 나는 나 자신과 제시카에게 한 약속을 깰 거야. 그리고 심문이나 대화는 더 이상 없을 거야, 루시엔. 이제 네겐 협상할 거리가 없어. 우리에겐 네 책이 있고, 피해자가 묻힌 장소를 포함해 우리가 알아야 할 모든 내용이 그 안에 있으니까. 이제 넌 정말 끝이야."

헌터가 왼쪽에 있는 특수기동대원들에게 고개를 끄덕였다. "이제 데려가세요."

113

머릿속에서 축제를 벌이는 수많은 생각들과 불면증에도 불구하고, 헌터는 몹시 지친 탓에 마침내 총 네 시간의 수면을 취할 수 있었다.

루시엔을 체포한 후 다시 콴티코로 날아왔다. 케네디가 전에 말한 대로 그는 아직 공식적으로 FBI에 '파견' 중이었고, 그 자격으로 마지막 보고서까지 작성해야 했다. 그 보고서가 어젯밤 늦게 완성됐다.

헌터는 새벽이 되기 전에 일어났다. 케네디는 아침 일찍 그를 로스앤젤레스로 다시 데려다줄 제트기를 마련했고, 헌터는 어서 그곳을 벗어나고 싶었다. 그의 정신 속에서는 아직 모든 것이 비현실적으로 느껴졌다. 마지막이 언제였는지 기억도 안 날 만큼 아주 오랜만에 얻은 휴가를 위해 하와이행 비행기에 몸을 실으려 했던 게 불과 며칠 전이었다. 그러나 그는 하와이에 가는 대신 콴티코의 FBI 행동분석팀으로 끌려와 지독히 기분 나쁜 악몽이라고 설명될 수밖에 없는 무언가에 휘말렸다. 아주 짧은 시간에 너무 많은 진실이 드러났고, 빙빙 도는 머리는 절대 멈추지 않을 것만 같았다.

헌터는 돌아갈 준비를 마쳤다. 얼마 안 되는 소지품은 이미 배낭에 챙긴 뒤였고, 자기를 태워 갈 운전사를 기다리는 것 말고는 그는 달리 할 일이 없었다. 그는 창가로 걸어가 창문 아래 선반에 커피 잔을 올려놓았다. 창밖으로, 어둠을 틈타 그날의 강도 높은 체력 훈련과 구보를 시작한 FBI 신참 요원들의 모습이 보였다.

헌터는 별이 가득한 하늘을 올려다보며 지갑으로 손을 가져갔다. 지갑에서 20년 된 사진을 꺼냈다. 군데군데 색이 바랜 것 말고는 여전히 상태가 좋았다.

제시카와 약혼한 다음 날 직접 찍은 사진이었다. 샌타모니카 부두에 서 있는 그녀는 카메라를 보며 미소 짓고 있었고, 두 눈은 넘치는 행복으로 반짝였다. 그 사진을 응시하는 헌터의 심장은 빗발치는 오래된 감정과 새로운 감정들로 채워졌다. 그는 목구멍에 응어리가 맺히는 것을 느꼈지만, 그때 케네디 센터장이 지난밤에 했던 말이 떠올랐다.

"로버트, 자네가 돌아가기 전에 해주고 싶은 말이 있네. 아는 척할 생각은 없어. 지금 자네 머릿속이 어떨지 상상조차 할 수 없으니까. 하지만 자네에게 이것만은 말할 수 있어. 무슨 일이 있어도 자네는 **반드시** 자랑스러워해야 해. 자네는 미국 전역의, 적어도 80가구로 추정되는 가정에 마음의 평화를 가져다주게 될 테니까. 루시엔의 25년 간에 걸친 살인 행각이 마침내 끝났어. 자네가 끝낸 거야. 그걸 잊지 말게."

헌터는 평생 잊지 못할 것이다.

감사의 말

글쓰기는 고독한 일로 널리 알려져 있지만, 저는 한 개인이 쓴 소설이라고 해도 결코 혼자만의 성취가 아니라는 것을 깨달았습니다.

사이먼앤드슈스터의 놀라운 여러분들과 저의 편집자인 조 디킨슨에게 가장 먼저 진심 어린 감사를 전합니다. 그의 훌륭한 조언과 제안은, 이 이야기를 만들고 이야기 속 인물들을 살아나게 하는 데 커다란 기여를 했습니다. 또한, 원고 전체에 걸쳐 세세한 부분들까지 주의를 기울여 살펴준 교정 담당자 이언 앨런에게도 감사의 말을 전합니다.

모든 작가가 함께 일하기를 꿈꿀, 가장 열정적인 에이전트 달리 앤더슨에게 제가 얼마나 감사해하고 있는지는 말로 표현할 수 없을 정도입니다.

달리앤더슨 출판 에이전시의 근면한 사람들로 구성된 환상적인 팀에 한없이 감사한 마음을 전합니다.

처음부터 저와 제 소설을 지지해주신 독자분들께 감사드립니다. 여러분의 지지가 없었다면 저는 글을 쓰지 못했을 겁니다.

옮긴이 서효령

이화여자대학교 과학교육과를 졸업하고 3년간 교직 생활을 한 뒤 외국계 기업에서 오랫동안 근무했다. 어렸을 때부터 관심이 있었던 번역에 뜻을 두고 글밥아카데미를 수료한 후 현재 바른번역 소속 전문 번역가로 일하고 있다. 옮긴 책으로 '아르네 앤 카를로스' 시리즈, 《약혼 살인》, 《페닉스》, 《올터니트 스티치 사전 200》, 《열세 번째 배심원》, 《식물 예찬》, 《플라워 룸 모티브 뜨기》 등이 있다.

악의 심장

초판 1쇄 발행 2022년 3월 18일
초판 2쇄 발행 2022년 6월 30일

지은이 크리스 카터
옮긴이 서효령
펴낸이 신경렬

책임편집 최장욱
마케팅 박수진
디자인 박현경
경영기획 김정숙 김태희
제작 유수경

펴낸곳 ㈜더난콘텐츠그룹
출판등록 2011년 6월 2일 제2011-000158호
주소 04043 서울시 마포구 양화로 12길 16, 7층(서교동, 더난빌딩)
전화 (02)325-2525 | **팩스** (02)325-9007
이메일 longest@thenanbiz.com | **홈페이지** www.thenanbiz.com

ISBN 979-11-5879-181-0 03840